Eine Katze im Diamantenfieber

ECON Unterhaltung

Von Carole Nelson Douglas sind im ECON Taschenbuch Verlag außerdem lieferbar:

Neun Leben sind nicht genug (TB 25007)
Coole Katzen im Kasino (TB 25137)
Montags kommt der Katzenjammer (TB 25102)
Nachts sind alle Katzen schlau (TB 25051)
Rätsel um Amberleigh (TB 25062)

Zum Buch
Miss Temple Barr und ihr Kater Midnight Louie trifft es mal wieder von allen Seiten: Ihr ehemaliger Lebensgefährte, der Zauberer Max, will ihr die Wohnung streitig machen, ihr neuer Schwarm hingegen beißt nicht so recht an, Temple selbst will in einem Preisausschreiben den sündhaft teuren Original-Weitzmann-Pumps mit echten österreichischen Bergkristallen gewinnen ... Bei all dem Streß kommt es ihr gerade recht, mit ihrer schrillen Hausverwalterin einen Talentwettbewerb für junge Romanschriftstellerinnen zu besuchen, wo es von alten Bekannten nur so wimmelt. Als einer von ihnen jedoch plötzlich vom Pfeil durchbohrt vom Pferd fällt und ein anderes Model erstochen aufgefunden wird, machen sich Temple und Midnight Louie auf die Suche nach dem Mörder – ohne dabei den Glitzerschuh und die göttliche Perserdame Yvette aus den Augen zu verlieren.

Zur Autorin
Carole Nelson Douglas war Journalistin und lebt jetzt als freie Schriftstellerin in Texas. Von der *Romantic Times* wurde sie als eine der »First Ladies der Krimiszene« bezeichnet. »Eine Katze im Diamantenfieber« ist ihr fünfter Midnight-Louie-Krimi im ECON Taschenbuch Verlag.

Carole Nelson Douglas

Eine Katze im Diamantenfieber

Ein Katzenkrimi

Aus dem Amerikanischen
von Carmen von Samson-Himmelstjerna

ECON Taschenbuch Verlag

Veröffentlicht im ECON Taschenbuch Verlag
Der ECON Taschenbuch Verlag
ist ein Unternehmen der ECON & List Verlagsgesellschaft
Deutsche Erstausgabe

First published by Tom Doherty Associates Inc., New York
Titel des amerikanischen Originals: Cat In A Diamond Dazzle
Aus dem Amerikanischen übersetzt von:
Carmen von Samson-Himmelstjerna
Umschlaggestaltung: DYADEsign, Düsseldorf
Titelabbildung: Thomas Jarzina
Lektorat: Gisela Klemt
Gesetzt aus der Sabon, Linotype
Satz: Josefine Urban – KompetenzCenter, Düsseldorf
Druck und Bindearbeiten: Ebner Ulm
Printed in Germany
ISBN 3-612-27372-8

»Keine Maske so gut wie offene Wahrheit die Lügen bedeckt: die beste aller Verkleidungen ist Nacktheit.«
Congreve, Doppelspiel (1694)

Prolog

Mir sind die Augen geblendet

Na, das haut mich wirklich um. Ich glaub', ich werd nicht mehr.

Hätte sich Mr. Elvis Presley persönlich ins Wohnzimmer von Miss Temple Barr bequemt – es hätte mich nicht mehr verwundert. Allerdings bezweifle ich, daß der King so mutig gewesen wäre, ein Hawaii-Hemd mit solch farbenprächtiger Musterung anzuziehen.

Dieses letztgenannte Kleidungsstück ist derart wild geblümt, daß ich gezwungen bin, die Augen halb zu schließen. Miss Temple Barr läßt sich jedoch von solch verrottender Flora nicht ablenken, wenn es um einen Einbrecher geht.

Denn es gibt keinen Zweifel, daß dieser Gentleman, der immerhin so freundlich war, ihr die Sonnenbrille vom Balkon mitzubringen, ein Einbrecher ist. Doch scheint er ihr bekannt zu sein! Ich erinnere mich ebenfalls vage an ihn, obwohl es mich natürlich schmerzt, eine Bekanntschaft mit jemandem zugeben zu müssen, dessen modischer Geschmack derart beschränkt ist.

Tatsächlich schaffe ich es, derweil sich meine Augen an die textile Obstschale mit Ananas und Passionsfrüchten gewöhnen, diesen Eindringling von oben bis unten zu begutachten. Das ist angesichts der beeindruckenden Größe dieses Typen ein zeitaufwendiges Unterfangen.

Die nackten Tatsachen: Der Eindringling ist ein zirka dreißigjähriger, weißer Mann, ungefähr einsachtzig groß, irrsinnig schlank, und hat einen Schopf dichten schwarzen Haars, das fast genauso glänzt und so gut gepflegt ist wie meines.

Also: Das Haar kann ich gutheißen, wenn auch nur wenig anderes.

Aber schließlich bin ich nicht umsonst der Stardetektiv, als der ich gerühmt werde, und bin genauso in der Lage, eine Schlußfolgerung zu ziehen wie andere Leute an der Zigarette. Trotz der wildgetönten Sonnenbrille, die aussieht wie eine Benzinpfütze in der Sonne, könnte ich wetten, daß die Augen dieses Typen so grün sind wie Brechbohnen. Vielleicht noch grüner.

Es ist kein Dolch, den ich vor mir erspähe, sondern etwas, das fast noch gefährlicher für die gegenwärtige Situation ist: Es ist der vermißte Mysteriöse Max. Man kann sich wohl gut vorstellen, daß die beiden Hauptfiguren dieses überraschenden Wiedersehens viel zu sehr damit beschäftigt sind, einander zu beäugen, als daß sie noch einen Blick für meine Wenigkeit übrig hätten.

Man kann sich wohl ebensogut vorstellen, daß ich nicht vorhabe, die Rückkehr eines ehemaligen Bewohners dieser Wohnung widerspruchslos hinzunehmen, so groß er auch sein mag.

Aber man muß es sich ja auch gar nicht vorstellen: Midnight Louie ist schließlich persönlich am Tatort und beschreibt das Wiedersehen in Farbe und Vistavision, mit Sound Effects und Riechorama.

Gegenwärtig nimmt mein bestens ausgebildetes olfaktorisches Sinnesorgan die Düfte knistriger Spannung auf, unter die sich eine zarte Note von Pheromon mischt. Das sollte man endlich in Flaschen abfüllen! Bis dahin jedoch darf sich das werte Publikum auf die weisen Instinkte und scharfen Beobachtungsgaben von seinem bescheidenen Reporter am Tatort verlassen: stets zu Diensten.

Nicht weggehen!

Kapitel 1

Die Rückkehr

Max Kinsella sah aus wie eine dieser surrealistischen Figuren, die sich in den schreiend leeren Landschaften von Dalí verloren. Temple traute ihren Augen nicht.

Genausowenig war ihr Intellekt in der Lage, verschiedene eindeutige, aber sehr fremde Eindrücke zu einem erkennbaren Bild zusammenzusetzen ... Hawaiihemd in kreischendem Neon, karnevaltauglich. Regenbogenschillernde dunkle Sonnenbrille. Größe: wie der Eiffelturm. Vertraut, aber größer, als es die Erinnerung vermittelte.

Das hier war nicht Max Kinsella, sondern Max Headroom. Sie hatte das Produkt eines Unfalls in der computerisierten Image-Technik vor sich, das Äquivalent einer Jahrmarktsausstellung von Mißgeburten im zwanzigsten Jahrhundert.

In Temples Ohren donnerte es, als lausche sie einer Brandung.

Viktorianische Damen in enggeschnürten Korsetts, so vermutete sie, wären wohl schon längst in Ohnmacht gefallen. Das einzige Kleidungsstück, das Temple gegenwärtig zusammenhielt, war der weiche Stoffgürtel ihres *gi,* und der bot nun keine Ausrede für einen Riechsalz erfordernden Schwächeanfall.

Temple wurde sich bewußt, daß sie mit nackten Füßen auf ihrem strubbeligen, gemütlichen Ziegenhaarimitat-Teppich stand. Gleich anschließend wurde ihr klar, wie sehr sie es wirklich verabscheute, in einem derartig kindlichen Nachteil zu sein.

Doch trotz des lächerlichen Schocks durch Max' Auftauchen und seines Aussehens zerstörte die Realität schließlich ihre Benebeltheit wie eine Faust, die durch ein Buntglasfenster ging.

Sie nahm das ewig gleiche, prosaische Summen der Klimaanlage wahr, und langsam erkannte sie auch die unspektakuläre Vertrautheit ihres häuslichen Umfelds wieder. Dann erinnerte sie sich daran, daß Max eigentlich genauso Bestandteil der Inneneinrichtung war wie sie selbst.

Langsam konnte sie wirklich glauben, daß er vor ihr stand.

Diesmal war es wirklich und tatsächlich Max.

Und er war ... noch am Leben.

Donnernde Erleichterung übertönte ihre ungläubige Stumpfheit.

Allein, es schlich noch eine weitere Regung aus der Tiefkühltruhe mit den eingefrorenen Gefühlen, in die sie die Erinnerung an Max mit sehnsüchtiger Sorgfalt verstaut hatte.

Es war eine sehr energische Gefühlsregung, die zu einem Teil aus Feuer und zum anderen aus gehärtetem Stahl bestand. Der Motor, der so lange im Leerlauf verharrt war, gewann an Tempo, tuckerte ungeduldig, ganz im Gegensatz zu ihrem Herzschlag, der vor lauter Schreck in Zeitlupe ging. Die Lokomotive ihrer Erinnerung riß sie stürmisch mit sich fort. Sie sah ihrer beider Vergangenheit in einem beeindruckenden Panorama vorüberziehen.

Treffen im Guthrie Theatre. Der Auftritt des Zauberers in jener Nacht – Taschenspielerei im Herzen der Dunkelheit –, die Bühne ein samtschwarzes Loch, das vom kreisenden Feuerwerk des Spots beleuchtet wurde. Spaziergang in einer lauen Sommernacht entlang dem Lampen-glitzernden Wasser in Loring Park. Abschied von Minneapolis. In Las Vegas aufkreuzen, so einander hingegeben, so daß sie beide auf dieser *terra infirma* wie unter Schock stehende Aliens sind.

Electra, das Circle Ritz, das Goliath und immer wieder Zauber-Auftritte im Dunkeln, immer wieder Tage im Licht, immer wieder Nächte von schwarzem Satin mit Sternschnuppen, die auf dem Wasser schweben... azurblaue Tage, quecksilberhelle Nächte.

»Max...«, Temple hörte ihre eigene Stimme flüstern. Du lebst also noch, brüllte ihr Gehirn.

Max schien weder seinen Namen zu hören noch ihre namenlosen Gefühle. Vielleicht tönten ja die Kolben ihrer Freudenlokomotive zu laut. Dann sprach auch er.

»Wer ist das Blondchen?«

Temple runzelte bei diesen Worten die Stirn. Sie waren ihr genausowenig verständlich, wie es die Umgangssprache des Mars wäre. Unsinnige Silben. Wieso redete Max in einem solchen Moment derart unverständliches Zeug?

»Du lebst noch«, flüsterte sie, immer noch hinter dem eigentlichen Ereignis hinterherhinkend.

Wer ist das Blondchen? Welches Blondchen? Irgendeine Frau, die er zersägen wollte? Irgendeine Blondine, die einem Zauberer als Assistentin diente? Claudia Schiffer? Hä?

Dann behauptete sich die Gegenwart wieder, als hätte ihr eine Souffleuse die Details zugeflüstert. Temple beobachtete sich selbst, sah ihre Schritte der vergangenen vierundzwanzig Stunden, als würde sie eine geheime Videoaufnahme sehen. Und dann verstand sie.

Alles fiel in Zeitlupe in sich zusammen, wie alle Desaster es taten, seien sie körperlich oder psychisch. Sie hatte noch genau den Bruchteil einer Sekunde übrig, um die verdorbene Szene zu betrauern. Und dann endete dieser merkwürdige Reisebericht ihrer Gefühle bei ihr zu Hause.

Sie betrachtete Max' Technicolor-Fassade. Sie kannte den Mann dahinter – und kannte ihn doch wieder nicht. Seine Worte, so distanziert und arrogant, trafen sie direkt ins Herz. Ach, wäre es doch nur aus Stein...

Ein neues Gefühl stieg an die Oberfläche dieses Ozeans aus Schmerz, und das wollte zurückschlagen.

»Sind deine Augen wirklich grün?« fragte sie, die Stimme genauso emotionslos wie er.

Da standen sie nun beide, nach dieser langen Zeit, und stellten sich idiotische Fragen, auf die man nur mit Wut und defensivem Kontern reagieren konnte.

Max verharrte reglos und versuchte im Gegenzug, ihre Bemerkung zu entschlüsseln. Dann nahm er seine Sonnenbrille ab, schlug die Bügel übereinander und steckte sie in die Brusttasche seines grauenhaften Hemdes.

Seine Augen waren immer noch grün, das erkannte Temple, aber waren sie es *wirklich?* Er hatte es nicht gesagt. Er hatte sie ihr nur gezeigt. Zauberer waren sehr gut darin, den wichtigen Fragen aus dem Weg zu gehen, allen wichtigen Fragen. Sie würden die Dinge jederzeit zeigen, aber erzählen würden sie nichts.

»Du hast mich bespitzelt«, sagte sie. Klagte an.

»Das mußte ich. Um deinetwillen wie um meinetwillen.«

Ihr theatergewöhntes Ohr lauschte nach einer Spur von dem irischen Akzent, und das Schwert in ihrem Herzen drehte sich, ohne Rücksicht darauf, daß dies ein blödes Klischee war. Das Vertrauen, das eben noch in ihrem Gefühlszug gesessen hatte, starb jetzt einen kläglichen Tod. Die Hoffnung war schon längst für tot erklärt worden. Dennoch bedeutete dieses »um deinetwillen« ja immerhin etwas.

»Max...« Sie fuhr sich mit der Hand durch die Haare.

Er legte einen Finger an die Lippen, um sie zum Schweigen zu bringen, und seine (möglicherweise grünen) Augen warnten.

Sie blickte sich rasch im Zimmer um. Gab es hier etwa Wanzen?

Max begriff ihre Sorge und schüttelte den Kopf. »Niemand hört uns zu, außer wir selbst, und das sind schon zwei Leute zuviel.«

Er trat weiter in das Zimmer hinein. Sein glattes, katzenartiges Gleiten sollte beruhigend wirken. Max hatte die geschmeidigen, das Auge trügenden Bewegungen eines hervorragenden Schauspielers. Er blieb einige Meter von ihr entfernt hinter dem Sofa stehen.

»Der ist neu.«

Wer? Temple bewegte sich immer noch zum Takt einer Melodie mit ganzen Noten in einer Welt, in der es nur Sechzehntelnoten gab. Sie folgte Max' katzengrünem Blick zum Sofa.

Ach so. Louie.

»Ein streunender Kater. Ich hab ihn im Convention Center aufgesammelt.«

Max streckte vorsichtig einen Arm aus. Mit den Fingern streichelte er Louies Kopf. Die Katze knurrte tief und lange. Max zog seine Hand nicht sofort zurück, wie es die meisten Leute tun würden. »Dem gefällt es hier aber gut.«

»Warum auch nicht? Er bekommt hier sein Fressen und Zuneigung und kann kommen und gehen, wie es ihm gefällt.«

Ein ungemütliches Schweigen folgte, während beide bestimmte Parallelen bezüglich der anwesenden Personen bedachten.

Max kam vorsichtig um das Sofa herum und nickte Temple zu.

»Das auch.«

»Mein *gi?*« Du liebe Zeit, wie beiläufig, dachte Temple. Sie nahm ein Ende des mehlsackfarbenen Gürtels in die Hand. »Ich lerne gerade Selbstverteidigung.« Während sie das immer noch nicht ganz vertraute Kleidungsstück begutachtete, fügte sie hinzu: »Matt ist mein Lehrer.«

Wie einfach. Da hatte sie doch tatsächlich nolens volens

seine allererste Frage beantwortet. *Wer ist das Blondchen?*
»Matt Devine. Ein neuer Nachbar.«

»Selbstverteidigung ist eine wunderbare Kunst.« Max verriet sich nicht. Dann lächelte er, jenes Max-Lächeln, das jeden ganz ohne besondere Tricks verzauberte. »Aber ich finde nicht, daß dieses Outfit dir besonders gerecht wird.«

Temple zuckte zusammen und schloß schmerzhaft berührt die Augen. »In anderen Worten, ich sehe aus wie Dopey von den Sieben Zwergen.«

Max hatte sich den Augenblick zunutze gemacht. Temple hatte nichts gehört oder gespürt, doch plötzlich hob er sie hoch, bis ihr Gesicht genau wie früher auf der Höhe von seinem war. Temple zwang sich, nicht noch einmal zusammenzuzucken.

Doch diesmal hob er sie noch höher, so daß sie auf ihn hinabblickte, als wären sie gerade im Bett. Sie starrte in seine hypnotisierend grünen Augen, und ihre verräterische Farbe brachte sie wieder auf den Boden der Tatsachen zurück.

»Du siehst wunderbar aus«, sagte er. »Du hast dich schon immer unterschätzt, Temple.« Sein beiläufiger Tonfall veränderte sich. »Aber unterschätze mich nicht.«

Verräterische, unvermeidliche Tränen hingen wie Marienglas vor ihrem Blick und konnten doch nicht fallen. »Max ... warum?«

»Das kann ich nicht sagen.«

»Und warum erwartest du dann von mir, daß ich dir alles erzähle?«

Er ließ sie so rasch zu Boden sinken, daß sie das Gefühl überkam, sie führe gerade Achterbahn. »Ich hab eine ganze Menge unvernünftige Erwartungen.« Er blickte sich um. Schockiert bemerkte Temple, daß sein Haar in der Zwischenzeit so lang gewachsen war, daß er es jetzt in einem Pferdeschwanz trug. »So zum Beispiel die Erwartung, daß alle Dinge so bleiben, wie sie sind. Aber das tun sie nicht, nicht wahr?«

»Manche Dinge doch.« Zum Beispiel ihre Frisur. »Hör zu, warum setzen wir uns nicht und besprechen das Ganze?«

»Wirst du nicht irgendwo erwartet?« Er beäugte das *gi*.

»Doch.« Sie zog den Gürtel fester, und es war ein Händeringen. »Ich laufe schnell hinunter und sag, daß mir etwas dazwischengekommen ist.«

»Sag doch deine Stunde nicht ab! Ich komm' mit und schau' dir dabei zu.«

»Max, nein! Ich würde mir ... ganz dämlich vorkommen. Und überhaupt, wenn du dich verstecken mußt ...«

»Im Moment nicht allzu ernsthaft, sonst wäre ich ja nicht hier.«

Temple schüttelte den Kopf. »Dann erklär mir jetzt wenigstens dieses Osterei-Hemd.«

»Authentisch fünfziger Jahre, von Goodwill.«

»Das sehe ich selbst. Ich will wissen, warum du es trägst.«

»Warum? Kannst du dir das nicht denken? Die beste aller Verkleidungen ist nicht die Nacktheit, Temple. In Las Vegas ist Geschmacklosigkeit die beste Verkleidung.«

Sie konnte nicht anders, sie mußte lachen, und das war immer noch besser als weinen. Es war schon immer ein hoffnungsloses Unterfangen gewesen, Max überreden zu wollen, nicht irgendwo hinzugehen, wo er nicht erwünscht war. Sie zuckte mit den Schultern, nahm die Schlüssel und ihre Sonnenbrille und verließ die Wohnung.

Max folgte ihr wie auf leisen Pfoten.

Ihr letzter Blick galt Midnight Louie. Er blieb wie ein Sultan auf ihrem Sofa liegen. Seine Augen jedoch waren schmale Schlitze, die ihnen besitzergreifend und mißtrauisch nachschauten.

Kapitel 2

Immer dieselbe alte Geschichte

Temple hatte das Gefühl, man führte sie zu ihrer Hinrichtung. Da ging sie hin, in einen schlabberigen Gefängnispyjama gekleidet, begleitet von einer Art Wächter, verließ die kühle Sicherheit des Circle Ritz, um sich in das brutale Sonnenlicht des Hinrichtungshofes zu begeben.

Fehlte nur noch, daß sie den Gürtel von ihrem *gi* abnahm und ihn sich über die Augen band. Sie wünschte, das wäre möglich. Denn dann würde sie nicht Matt Devines blasse Gestalt sehen, der unter der großen Palme auf sie wartete.

Sie wünschte sich außerdem, daß der Zauberer von Oz in einem Ballon herbeigeschwebt käme, um sie fortzureißen. Nur trug sie gerade nicht die richtigen Schuhe, die man brauchte, um Oz zu verlassen, und wie konnte sie nach Kansas fliegen, wo doch hier ihr eigentliches Zuhause war?

Das traurige Schlurfen ihrer Jutesandalen auf dem Zementboden ließ sie hinunterschauen. Ein Schicksal, schlimmer noch als der Tod: in derart scheußlichen Schuhen einen Showdown erleben zu müssen.

Matt hatte sich auf den grellblauen Übungsmatten aus Vinyl mit orientalischem Schattenboxen aufgewärmt. Als Temple bei ihm ankam, richtete er sich auf und blickte mit einem Ausdruck höflicher Verwirrung über ihre Schulter.

Verdammt noch mal. Schon wieder spielte Max den professionellen Zauberer, den Mann, der alle Karten in der Hand hielt, während andere Leute zu erraten suchten, welche Zahl und welche Farbe für sie bestimmt war.

»Kann's losgehen?« Matt klang genauso verwirrt wie er aussah.

Bevor sie antworten konnte, trat Max dazwischen – im wahrsten Sinne des Wortes, denn er stellte sich zwischen sie beide. »Laßt euch von mir nicht stören. Ich bin nur Zuschauer.«

Auf Matts Gesicht lag immer noch ein fragender Ausdruck.

Also bringen wir es hinter uns, dachte sie. Achtung, fertig, Feuer. »Das ist . . . Max Kinsella.«

Max stand da, grinsend, die Arme vor der Brust verschränkt, die mitnichten das grauslige Hemd verdecken konnten.

So ungern sie es auch tat, Temple brachte die Vorstellungsrunde zu einem Ende. »Matt Devine ist der neue Nachbar in der Nummer elf.« Nicht *unser* neuer Nachbar.

Temple mußte der Disziplin, die auf katholischen Priesterseminaren gelehrt wurde, beste Noten geben. Matt zuckte noch nicht einmal mit einer seiner hellen Wimpern.

»Sie waren schon weg, ehe ich eingezogen bin«, sagte er gelassen und streckte Max die Hand hin.

Max entspannte sich und schüttelte sie. »Sie sind also Temples Kampfsportguru, wie ich höre.« Er blickte sie an. »Früher hatte sie eigentlich nie besonderes Interesse daran, sich die Fingernägel zu brechen.«

»Das war allerdings auch, bevor sie von ein paar widerlichen Gangstern überfallen worden ist«, antwortete Matt vollkommen höflich und vollkommen ruhig.

Temple zuckte zusammen, doch nicht etwas, weil sie sich an diesen Überfall erinnerte.

Im Vergleich zu der Situation, in der sie sich jetzt befand, war der geradezu eine Lappalie gewesen. Jetzt saß sie zwischen zwei Männern fest, die einander nicht kannten und von denen jeder glaubte, dem anderen mißtrauen zu müssen.

»Also«, sagte Temple, wollte als Gastgeberin ihre Gäste

davon abhalten, einander in der Luft zu zerreißen. »Das war doch gar nicht so wild. Jede emanzipierte Frau sollte lernen, sich selbst zu verteidigen. Die Frau lebt nicht vom Mace-Spray allein.«

Max warf ihr einen wissenden Blick zu, ließ sich aber nicht ablenken.

»Sie sind also Kampfsportlehrer?« fragte er Matt.

»Ich bin Kampfsportschüler«, korrigierte Matt ihn mit seiner üblichen Bescheidenheit.

Max hob seine linke Augenbraue, als wäre er Mr. Spock, und Temple hätte liebend gerne ihren neuesten Kniestoß an ihm ausprobiert.

Aus dem Augenwinkel sah sie, daß Midnight Louie sich aufgerafft hatte und auf seinen eigenen mysteriösen Wegen nach unten gefunden hatte. Er saß im Schatten einer Palme, wo er angelegentlich seine Pfote pflegte. Die Dinge mußten ja wirklich traurig stehen, wenn sich schon Midnight Louie so viele Sorgen machte, daß er Anstandswauwau spielen wollte. Die Spannung in der Luft war so elektrisch wie Max' Hemd. Jeder der beiden Männer hatte sich vorgenommen, Temple vor dem jeweils anderen zu beschützen. Hatten sie es denn noch nicht kapiert? Sie brauchte vor nichts Schutz, außer vor ihnen beiden!

»Wann ist Temple denn überfallen worden?« fragte Max, und die Frage war an Matt gerichtet.

Als ob sie gar nicht da wäre! Temple antwortete: »Vor ein paar Wochen.«

»Es war nicht nur ein Überfall.« Die Wut ließ Matts Stimme zu einer Klangkeule werden. »Sie ist furchtbar verprügelt worden. Die Arschlöcher waren übrigens auf der Suche nach Ihnen.«

Max wandte sich Temple mit einem Ausdruck zu, den sie noch nie auf seinem Gesicht gesehen hatte. Reines Entsetzen. »Temple? Ist alles in Ordnung mit dir?« Nach der

Dringlichkeit seines Tonfalls zu urteilen, war der Überfall gerade erst gestern passiert. Sie nickte rasch, doch er fragte schon weiter: »Wer war das? Wann...?«

Matt unterbrach ihn: »Wir haben uns gedacht, daß Sie sicherlich wissen, wer das war. Die wußten jedenfalls ziemlich genau, wer *Sie* sind.«

Max beachtete ihn nicht. Er trat zu Temple. Seine Hand hob ihr Gesicht an, als suche er nach sichtbaren Verletzungen.

»Es tut mir leid«, sagte er, und es klang ehrlich. »Das hätte ich nicht gedacht. Deswegen bin ich weggegangen. Ich...«

Die Intimität war genau wie in alten Zeiten. Es gab nur sie und Max, und niemand sonst auf dieser ganzen großen verrückten Welt. Matt würde die Macht einer solchen Anziehung nie verstehen. Der mußte ja denken...

»Hallooooooooo!« Electra Larks saftige Stimme ertönte in einem Jodler vom Circle Ritz her. »Max Kinsella, sind das etwa Sie in dieser King-Kong-in-Honolulu-Verkleidung? Na los, lassen Sie sich mal anschauen, Sie Fremdling!«

Electra tat, wozu Temple nicht fähig war, und was auch nur eine Frau über sechzig Jahre anstandslos tun konnte: Sie kam in ihrem Muumuu dahergelaufen und umfing Max in einer Umarmung, die seinem Hemd alle Ehre machte. Dann trat sie zurück, um ihn eindringlich zu mustern.

Temple ließ die Luft vorsichtig aus ihrer Lunge strömen, niemand sollte ihr Aufatmen bemerken. Matt merkte es trotzdem. Sie sah, wie sich seine Fäuste lockerten.

Electra keuchte noch vom Laufen und betastete hektisch ihr koboldartig geschnittenes Haar, das heute die gesunde Farbe von Dattelpflaumen hatte. »*Sie* würde ich doch überall wiedererkennen, Sie Schlingel«, sagte sie zu Max. »Was für eine riesige Überraschung! Bestimmt wollen Sie Ihre *Hesketh Vampire* inspizieren. Ich sage Ihnen, das ist wirklich ein klasse Motorrad. Jetzt kommen Sie schon mit in den

Schuppen, und ich zeige Ihnen, wie gut es ihm bei mir geht.«

Max lachte ob dieser ganzen Aufregung, doch warf er Temple einen fragenden Blick zu. »Wir haben noch gar keine Gelegenheit gehabt ...«

»Nur zu«, sagte Temple. »Wir unterhalten uns später. Ich will sowieso rauf und mich umziehen.«

»Gibt's heute keine Lektion?« fragte Max ironisch.

»Jedenfalls nicht in Sachen Kampfsport«, antwortete sie, und ihr Tonfall war trocken genug, daß der Hieb saß.

»Max!« drängelte Electra. »Nun los! Sie müssen doch mindestens eine Million Fragen haben.«

Er ließ sich von ihr abführen, denn er hatte das unausgesprochene Versprechen wohl verstanden: ihm all das zu erzählen, was in seiner Abwesenheit vorgefallen war. Nun hatte auch Temple die Chance, Matt aufzuklären. Divide et impera. Sie wandte sich zu ihm um.

»Laß uns reingehen.«

Matt war genauso unwillig wie Max, auch nur einen Zentimeter zu weichen. Er horchte auf Electras leiser werdendes Geplapper, während sie mit Max um den Zaun aus Zedernholz bog. »Hast du nicht Angst, daß er vielleicht wieder verschwindet?«

Sie zuckte mit den Schultern. »Das Glück wird wohl keiner von uns haben, fürchte ich. Also, nun komm schon.«

Er trat mit ihr in das grelle Sonnenlicht am Schwimmbad. »Ob Electra das wohl absichtlich gemacht hat?« fragte Matt. »Ich meine, ihn so abzulenken?«

»Das will ich hoffen. Ihr beiden wurdet ja ganz schön schwierig. Ich wünschte, du hättest Max nicht von dem ... Überfall erzählt.«

»Ich hab doch nur die Wahrheit gesagt.«

»Und du wolltest ihm auch nur ein bißchen Schuldgefühle vermitteln.«

»Dazu bin ich ja schließlich ausgebildet worden«, sagte Matt mit ironischem Tonfall. »Nein, war nicht so gemeint. Ich bin dazu ausgebildet worden, mir selbst Schuldgefühle einzuimpfen. Da ist es zur Abwechslung mal ganz schön, jemandem die Schuld aufzubürden, der es verdient hat.«

»Vielleicht.«

Matt hielt Temple die Tür auf. Sie schlurfte auf ihren widerlichen Sandalen hindurch. Die Stille der dämmerigen Eingangshalle war beruhigend. Temple seufzte.

»Wann ist er denn aufgetaucht?«

»Gerade eben. Auf meinem Balkon.« Sie lächelte, als sie das Entsetzen hinter Matts höflicher Maske spürte. »Er ist ein Zauberer. Er lebt von plötzlichen Auftritten.«

»Und Abgängen.«

»Aua.« Sie seufzte wieder. »Ich glaube, es gibt eine Menge, worüber wir reden müssen.«

»Ich glaube, das müßt ihr wirklich.«

Im Aufzug schwiegen sie. Matt kommentierte es nicht weiter, daß Temple nur für den vierten Stock den Knopf drückte. Sein Stockwerk, nicht ihres.

Zu dieser späten Nachmittagsstunde waren die Flure des kreisrund angelegten Gebäudes vollkommen verlassen.

»Wie findest du diese plötzliche Wiederauferstehung?« fragte Matt. Sie gingen den runden Korridor entlang und kamen schließlich in der Sackgasse vor seiner Wohnungstür an.

Temple mußte nachdenken. »Bin froh, daß Max noch lebt. Wütend, daß er zu glauben scheint, er kann in meinem Leben ohne größere Erklärungen ein- und ausgehen, wie es ihm beliebt. Durcheinander. Molina will ihn wegen eines Mordfalls befragen.«

»Tatsächlich?« Matt lehnte sich an die Wand neben seiner Tür.

»Das hab ich dir gar nicht erzählt. Molina hat ein paar ...

beunruhigende Lücken in Max' Vergangenheit ausfindig gemacht; beunruhigend deswegen, weil *ich* nichts von ihnen wußte.«

»Ändert das deine Gefühle für ihn?«

»Nein ... Nur frage ich mich, ob es so schlau war, sich auf meine Gefühle zu verlassen.« Sie lehnte sich an die Wand gegenüber, die Hände hinter dem Rücken. »Das verdirbt mir allerdings meine Erinnerungen an die Vergangenheit.«

»Er hat doch vorhin angedeutet, er wäre damals verschwunden, weil er Ärger erwartete.«

»Ja. Nur, was für einen Ärger? Molina würde jetzt argwöhnen, daß er ein Dieb ist oder ein international gesuchter Terrorist. Eines aber ist ganz sicher: Irgend etwas hat ihn gezwungen zu verschwinden. Und ich hoffe sehr, daß nicht ich es war.«

»Sonst wäre er ja wohl nicht zurückgekommen. Aber ist das nicht die eigentliche Frage?«

»Was?«

»Der Grund, warum er zurückgekommen ist? Und warum jetzt?«

»Ja, warum eigentlich jetzt? Und wieso bin ich gar nicht auf die Idee gekommen, ihn das zu fragen?«

»Möglicherweise hat es dich aus dem Gleichgewicht gebracht.«

»Möglicherweise balancierte ich gerade auf einem Fuß auf einem Medizinball, mit Stöckelschuhen. Lieber Himmel, als er in dieser unglaublichen Aufmachung durch die Balkontür hineinspazierte ...«

»Normalerweise zieht er sich nicht so an?«

»Nein! Max zieht sich eigentlich total konservativ an. Hosen und Pullover in sehr zurückhaltenden Farben, die nicht von seiner Show ablenken. Ich hab ihm oft nahegelegt, hinsichtlich seiner Garderobe etwas mehr ... Phantasie zu entwickeln.«

»Hat ja auch funktioniert.«

Temple lächelte zögernd, wurde dann aber wieder ernst. »Na ja, ich wünschte, er wäre nur in modischer Hinsicht so völlig ausgerastet. Aber er hat es eben selbst gesagt: Geschmacklosigkeit ist die beste Verkleidung.«

»Klingt so, als wäre er etwas vorzeitig auf die Bühne zurückgekehrt. Kannst du dir vorstellen warum?«

»Nein. Er hat nur gesagt, es wäre gefährlich gewesen, wenn er noch länger dageblieben wäre.«

»Für ihn oder für dich?«

»Für uns beide, vermute ich. Das bestätigt doch nur Molinas Verdacht, findest du nicht auch?«

Matt nickte ernst. Er hatte noch nicht einmal andeutungsweise gelächelt, als sie sich über Max' neuen Look lustig gemacht hatte. In der künstlichen Flurbeleuchtung wirkte sein Gesichtsausdruck sogar ausgesprochen verdrießlich.

»Matt, du fragst dauernd, wie ich mich fühle, aber was ist mit dir?«

»Was meinst du damit?« Er hatte sich aufgerichtet, lehnte sich nicht mehr an, als sei er auf der Hut.

»Nur, daß du doch angenommen haben mußt, was ich auch angenommen habe: daß Max der Vergangenheit angehört. Aber jetzt ist er eindeutig wieder Teil der Gegenwart. Fragst du dich da nicht, wie es um ... uns steht?«

»Uns.« Er wiederholte das Wort ohne besondere Betonung. »Es schien gar nicht notwendig zu sein, über dieses ›uns‹ nachzudenken, bevor er wieder aufgetaucht ist. Temple, ich muß deine vorherige Bindung respektieren. Du warst mit Max nicht verheiratet, aber ihr wart ein Paar, und vermutlich war es euch mit dieser Beziehung ernst. Jetzt ist Max zurück, und ich wünsche euch beiden alles Gute. Ich finde, ihr solltet versuchen, die Dinge wieder einzurenken. Was für Gründe sein Weglaufen auch gehabt haben mag – vergessen hat er dich ganz offensichtlich nicht.«

»Sehr wahr. Sehr weiser und kluger Rat, *Contact Man*. Das war's dann also? Ein paar nichtssagende Platitüden und ein freundlicher Rat? Das sind deine Gefühle in dieser ganzen Sache? Mehr nicht?«

»Hey, jetzt reg dich nicht so auf ...«

»Wieso soll ich mich denn nicht aufregen? Alle Männer scheinen zu glauben, ihr Kommen und Gehen in meinem Leben wäre eine Nebensache. Vorhin hast du dich wahrhaftig nicht wie der coole Typ vom Dienst verhalten.«

»Ich versuche doch nur, das Beste ...«

»Das Beste ist immer, ehrlich zu sein, und damit meine ich auch, ehrlich mit dir selber und mit mir umzugehen. Ich weiß bestimmt nicht, wo ich mit Max gerade stehe, aber ich würde völlig verrückt werden, wenn ich nicht einmal weiß, wo ich mit dir stehe.«

Plötzlich lehnte er sich wieder ganz an die Wand, ließ sogar den Kopf dagegen fallen, um ihre feste Stütze zu spüren. »Schuldig. Mal wieder. Nein, es begeistert mich nicht gerade, daß er zurückgekommen ist. Er hat dich nicht verdient. Wenn er nicht abgehauen wäre, hättest du nicht für ein paar Gorillas den Punching Bag abgeben müssen. Er hat dich nach dieser Sache nicht gesehen. Aber ich.«

»Matt, vielleicht bist du nicht nur auf Max wütend?«

»Auf wen denn noch?« fragte er und runzelte die Stirn.

»Wie wäre es mit deinem Vater – deinem richtigen Vater, der deine Mutter sitzengelassen hat, damit sie dann deinen prügelnden Stiefvater heiratet?«

»Der ist mir völlig egal!« Er schien von diesem Themenwechsel überrascht zu sein.

»Vielleicht doch nicht ganz«, sagte sie. »Und vielleicht bin ich dir auch nicht ganz egal.«

»Du.« Er drückte sich von der Wand ab. Das Licht der Lampe hinter ihm machte, daß sie kaum sein Gesicht sehen konnte, aber sie spürte die Wut, die er gegenüber Max gerade noch unter Kontrolle behalten hatte. »Natürlich bist du mir nicht egal, Temple«, sagte er mir leiser Stimme. »Du bist mein Schutzengel in dieser merkwürdigen neuen weltlichen Welt, in die ich hineingefallen bin. Als ich ihn sah, als ich wußte, wer er ist, welche Ansprüche er auf dich hat ... da spürte ich diese ganzen häßlichen Gefühle, die ich immer verabscheut habe, wie eine unsichtbare Armee auf mich zurasen. Genau davor hab ich immer Angst gehabt – vor Ärger und Rage, vor der Angst, vor Furcht und davor, verlassen zu werden.«

»Matt ...« Sie trat auf ihn zu, und er nahm sie in die Arme wie ein Mann, der verzweifelt menschliche Berührungen braucht, aber dennoch wild entschlossen ist, alle Menschen auf Armeslänge entfernt zu halten.

»Temple, mir ist klargeworden, wie sehr du mich in die wirkliche Welt geholt hast – eine Welt, in die ich gehöre, wenn ich die Vergangenheit hinter mir lassen will. Mir ist erst klargeworden, was ich wirklich für dich fühle, als es schon zu spät war.«

Sie standen sich gegenüber. Dies war einer jener seltenen Momente intensiver, persönlicher Wahrheit. Beider Stimmen waren auf ein Flüstern hinabgesunken.

»Temple ...«, Matt klang so, als empfinde er tiefste Trauer, »ich glaube, ich ... ich glaube, ich brauche dich.«

Nun denn. Das war zwar nicht ganz die Offenbarung, die sie erwartet hätte, aber immerhin kam sie von Herzen. Was hatte sie getan? Hatte sie ihn gerade so weit nach vorn gebracht, daß er ohne ihre Unterstützung fallen würde? Was sie Max schuldig war, und was sie Matt schuldig war, konnte nie, würde nie ordentlich in zwei unterschiedlichen Schubladen verstaut werden können. Und sie würde sich wahrscheinlich nie mit einem Kompromiß zufriedengeben.

Während ihr diese widersprüchlichen Gedanken durch

den Kopf gingen, zog Matt sie abrupt an sich und küßte sie fest auf den Mund.

Er war dank ihrer sehr, sehr weit gekommen, und jetzt lag die Schuld dafür auf ihren Schultern.

Und nun? Sie hatte alles, was sie sich je gewünscht hätte, doch nichts davon paßte. Max war zurück, und sie war sich nicht sicher, ob sie das auch wollte. Matt ließ sich endlich auf sie ein, aber jetzt tat es ihr leid, daß sie ihn an eine Grenze gebracht hatte, die sie möglicherweise doch nicht mit ihm überschreiten konnte, nicht überschreiten wollte.

»Es tut mir leid«, sagte er. »Ich hab das schlecht ...«

»Nein! Nein.« Temple warf die Hände in die Luft und dann umarmte sie ihn genauso, wie Electra vorhin Max willkommen geheißen hatte. Annäherungsweise.

»Egal, was passiert«, flüsterte sie ihm wild ins Ohr, »werden wir immer Freunde sein.«

Die Schlußszene von *Casablanca* war das jedenfalls nicht.

Kapitel 3

Kampf um Liebe und Ehre

Das blinkende Neonschild draußen warf rosa und blaue Streifen in das große, verdunkelte Zimmer. Rosa für die Mädchen, blau für die Jungs. Das rhythmische Zwinkern dieses obszön fröhlichen Neonlichts hatte eine hypnotische Wirkung, die Temple friedlich stimmte. Sie rutschte auf ihrem Platz nach unten und stieß dabei an ihren Banknachbarn.

»Verzeihung«, flüsterte sie automatisch eine Entschuldigung, obwohl das lächerlich war. Hochzeitskapellen in Las Vegas, vor allen Dingen so exzentrische wie der *Lovers' Knot,* waren eigentlich keine Kirchen.

Immer noch herrschte tiefe Stille und Frieden. Das pulsierende Neonlicht blitzte auf dem Torbogen aus Gitterwerk vorne im Raum. Durch die Öffnungen waren Seidenblumen geflochten.

Temple saß unter den Gemeindemitgliedern und starrte auf die blinkenden Lichtstrahlen. Hier fühlte sie sich wohl. Dies war genau der richtige Ort für sie.

Doch plötzlich ging die Nebentür mit einem Quietschen auf, und ein Lichtstreifen von normalem elektrischem Licht verscheuchte die Dämmerung. Temple erschrak so, daß sie die Dame neben sich anstupste und deren Hut beinahe zu Fall brachte.

Schritte knirschten über den Fußboden, der schon Dutzende von Reis-Streu-Orgien erlebt hatte.

Temple beobachtete, wie ein Schatten an den Rändern des Raumes entlangging und fühlte sich wie ein Kind, das eine Statue spielt und ganz still halten muß. Je länger sie sich versteckte, desto idiotischer würde es sein, wenn man sie fand.

Der Schatten hielt an dem dunklen Umriß der Orgel inne. Es war doch nicht etwa Matt, auf der Suche nach demselben Ersatz-Trost wie sie?

Der Schatten erreichte mit sicheren Schritten die Mitte des Raumes, einen freien Platz für zwei, bestenfalls für drei Personen. Mitten unter dem Bogen hielt er inne, und der Kopf schwenkte wie ein Suchscheinwerfer von links nach rechts.

»Was ist denn das...?« Electra Larks Stimme ertönte. »Die Erica-Kane-Puppe hab ich doch noch gar nicht fertig gemacht! Und der armen alten Sophie ist der Hut verrutscht.«

Sie kam näher. Ein lebendiger Mensch unter all diesen Puppen, die sie selbst gestaltet hatte, würde sie wohl nicht hinter's Licht führen können.

»Ich bin's nur.« Temple setzte sich aufrecht. Die ganzen Schaumstoffpuppen hinter ihr fielen zusammen.

»Temple! Du liebes bißchen! Sie haben mich mächtig erschreckt. Aber jetzt fällt es mir wie Schuppen von den Haaren. Ich dachte schon, Sie wären ein Einbrecher oder irgendein Sexualverbrecher.«

»Es ist nur die freundliche PR-Tante von nebenan«, bestätigte Temple verlegen. Die Sache war ihr peinlich.

Electra hob die Puppe Sophie auf, setzte sie eine Kirchenbank weiter nach vorn und ließ sich dann auf deren Platz nieder. Auf ihrem Schoß stapelte sie einige Papiere.

»Ich habe Sie gesucht, aber dann hab ich es aufgegeben und beschlossen, kurz nachzusehen, ob hier alles in Ordnung ist. Was machen Sie überhaupt in der Kapelle?«

»Ich dachte, hier wäre es ruhig.«

»Das ist es auch«, sagte Electra schmunzelnd. »Für die ganze nächste Woche ist keine einzige Hochzeit gebucht.

Jetzt hören Sie mal zu. Ich hab Max gesagt, er kann die Wohnung der Kellers hüten, während die in Nova Scotia sind.«

»Ach, Electra, das ist nicht fair! Meine Wohnung gehört doch zur Hälfte ihm.«

»Aber seinen Anteil an den Betriebskosten und die Raten von dem Bankkredit hat er nicht gezahlt, oder? Außerdem wird Louie ihn bestimmt nicht gerade freundlich behandeln.«

»Es geht hier nicht um Louie.«

»Das weiß ich doch, Liebes. Ganz offensichtlich brauchen Sie beide noch etwas Zeit ...«

Bei dieser Untertreibung schnaufte Temple verzweifelt auf.

»Jedenfalls ist das Ende vom Lied, daß Max nichts mit dem Circle Ritz zu tun haben will. Er sagt, hier gäbe es für ihn zu viele Menschen. Also sind Sie sowieso aus dem Gröbsten raus.«

»Bin ich das wirklich?«

»Fürs erste, ja. Aber sie werden sich mit Max hinsetzen müssen, um diese Dinge zu besprechen.«

»Diese Dinge und jene Dinge und noch irgendwelche Dinge. Wie schaffe ich es nur immer, in solche Situationen zu geraten? Viel lieber hätte ich es jetzt mit einem Mörder zu tun.«

Electra seufzte und ließ sich gegen die Rückenlehne der harten Bank zurückfallen, eine menschliche Kopie der Figur, die sie eben nach vorn gesetzt hatte.

»Wie hat Matt denn die Wiederauferstehung des Mysteriösen Max aufgenommen?« fragte sie.

»Wie eine Heiligenfigur aus Gips. Ganz ruhig, ganz besorgt um mich. Ich hätte ihn treten können.«

»Und wie fand Max die Sache mit Matt?«

»Gefiel ihm so gut wie eine Verstopfung. Und Max und

Louie vertragen sich auch nicht. Ich sollte am besten auswandern.«

»Nein, das sollten Sie nicht.« Electra raschelte mit ihren Papieren. »Deswegen habe ich Sie doch gesucht! Deswegen ist die Kapelle doch auch eine ganze Woche geschlossen. Sie müssen mal was anderes sehen. Morgen geht ein toller Kongreß los.«

»Ich hab die Nase voll davon, diese Art von Veranstaltungen zu organisieren. Außerdem kann ich sowieso nicht fort, schließlich habe ich einen Auftrag vom Crystal Phoenix.«

»Das ist doch gerade das Schöne daran! Der Kongreß findet hier statt, und zwar im Phoenix selbst. Wir verlassen für sechs streßfreie Tage unser Zuhause, ohne zu verreisen. Und die Männer in Ihrem Leben – Max, Louie und Matt – können sich derweil in Ruhe überlegen, wie lächerlich sie sich benehmen wollen.«

»Na ja, für Louie mag es ja noch Hoffnung geben, aber ich bezweifle, daß sich Matt oder Max in nächster Zukunft verabreden. Was für ein Kongreß ist das überhaupt? Eine Fortbildung zum Thema ›Eheschließung‹ für Friedensrichter?«

»Nicht im mindesten. Es geht um einen Kongreß für die großartigen Leser von wunderbarer Literatur, abgekürzt *G.R.O.W.L. – Great Readers Of Wonderful Literature*. Und stellen Sie sich vor, die tagen dieses Jahr ausgerechnet in Vegas! Im Crystal Phoenix. Sechs Tage Glamour, Bälle, Empfänge, Bankette und jede Menge Vorträge über das Wie und Warum des Liebesromans an sich. Die größten Autorinnen nehmen daran teil, und die schärfsten Models von den Buchumschlägen werden da sein. Es gibt ein Kostümfest, einen Schönheitswettbewerb für das attraktivste Cover-Model, sogar einen Anfänger-Schreibwettbewerb für Leser, die selber schreiben wollen.«

»Electra, Sie lesen dieses Zeugs doch nicht etwa?«

»Das ist kein ›Zeugs‹. Und ich lese es tatsächlich. Und bei dem Schreibwettbewerb will ich auch mitmachen. Sie wollen mir doch nicht erzählen, daß Sie noch nie einen Liebesroman gelesen haben?«

Temple dachte ernsthaft nach. »Ich glaub, ich hab auf der High School ein paar Romanzen von Georgette Heyer gelesen.«

»Heyer ist eine Klassikerin«, sagte Electra andächtig, »aber für die heutige Zeit ist sie wohl doch etwas zu zurückhaltend. Selbst Liebesromane, die in der Regency-Zeit spielen, sind mittlerweile etwas erotischer geworden. Aber egal. Sie müssen sich nicht mit der Liebe in den Zeiten der Regentschaft Georgs IV. abgeben. Nur könnten Sie vielleicht lernen, wie Sie aus Ihrer gegenwärtigen Situation herauskommen.«

Temple lachte, was gegenüber ihrer bisherigen Laune schon eine Verbesserung war. »Also ehrlich! Sie glauben ernsthaft, ich könnte etwas von einem Liebesroman im Taschenbuchformat lernen? Ich bitte Sie. Das Leben ist ernster, und es spielt vor allem in der Realität. Diese Art von selbsttrügerischer Flucht aus der Realität hat nicht das Geringste mit meinem ... häuslichen Dilemma zu tun.«

»Ein häusliches Dilemma«, äffte Electra sie geziert nach, »ein Liebesroman aus der Regency-Zeit. Von Henrietta Hayfield bei, ähm, bei Garnet.« Sie biß sich auf die Unterlippe. »Wurde in den späten siebziger Jahren veröffentlicht, glaube ich. Die Heldin ist eine davongelaufene Erbin, die sich als Schornsteinfeger verkleidet und einen Grafen mit einer Rußallergie heiratet. Hab ich eigentlich erwähnt, daß es auf dem Kongreß auch einen Trivial-Pursuit-Wettbewerb gibt? Alles über Liebesromane?« endete sie mit bescheidenem Stolz.

»Wie passend!« sagte Temple leicht verärgert. »Ich weiß, daß Sie es gut meinen, Electra, aber meine Füße müssen jetzt fest auf dem Boden der Tatsachen stehen ... und ein Kopf in den Wolken bringt mich nicht weiter. Ich gehe jetzt.«

Electra streckte Temple den Stapel Papiere entgegen. »Dann schauen Sie sich wenigstens einmal das Informationsmaterial an. Ich hab noch nie erlebt, daß Sie Neuem gegenüber so wenig aufgeschlossen sind. Es könnte doch Spaß machen!«

»Spaß steht im Moment nicht auf meinem Stundenplan.«

Temple stapfte in ihren lärmenden Sandalen aus der Hochzeitskapelle. Sie genoß es, die Stille zu zerstören, die sie zuvor so sehr gesucht hatte.

Doch hatte die Begegnung mit Electra immerhin ihren Gefühlsstau gelöst. Ihre verzweifelte Lethargie hob sich in die Lüfte, als sie in dem quietschenden Aufzug emporschaukelte.

Sie zog den Wohnungsschlüssel aus der Tasche, schloß die Tür zu ihrer Eigentumswohnung auf und machte das Licht in der Küche an. Die Helligkeit reichte bis ins Wohnzimmer und beleuchtete das Sofa und die beiden darauf Sitzenden.

Das eine Ende war wieder von Midnight Louie in Besitz genommen worden, dessen Augen grün im Halbdunkel leuchteten. Am anderen Ende saß Max Kinsella. Dessen Augen leuchteten nicht grün.

Es überraschte Temple diesmal nicht, ihn zu sehen, doch spürte sie wieder, wie sich der Liebesknoten in ihrer Magengrube verkantete. Max streckte seinen langen Arm aus, um die Leselampe über dem Sofa anzudrehen. Eine Pfütze buttergelben Lichts umgab ihn und sein Hawaiihemd.

Temple legte die Unterlagen, die Electra ihr gegeben hatte, auf der Küchentheke ab und stellte sich der Situation.

»Diesmal hab ich mich bestens benommen. Ich hab meinen Schlüssel benutzt.« Max beugte sich vor und hielt ihn ihr entgegen. Als Temple den Schlüssel nicht annahm, legte er ihn auf dem Wohnzimmertisch ab.

Beide Enden des Sofas waren besetzt, und Temple hatte nicht vor, sich in die Mitte zu setzen. Also ließ sie sich auf dem Wohnzimmertisch dem Sofa gegenüber nieder. Nur ein Fliegengewicht wie sie konnte sich das erlauben, ohne daß der Tisch umkippte.

»Ich versteh' das alles nicht«, sagte sie, nur um irgendwie anzufangen.

Er zuckte mit den Schultern. »Mein Einbruch vorhin über den Balkon hat dich anscheinend geärgert. Also habe ich mich diesmal anständig benommen und die Tür benutzt. Den da kannst du behalten.« Er nickte zu dem Schlüssel auf dem Glastisch hin.

»Es ist aber doch dein Schlüssel.«

»Du kannst ihn mir ja zurückgeben, wenn du das wirklich für richtig hälst.«

»Electra sagt, daß du nicht im Circle Ritz wohnen willst.«

»Nicht wohnen kann«, korrigierte sie Max. »Mein Auftritt hier war auch nur ein kurzer Besuch, damit du weißt, daß ich noch lebe.«

»Na, vielen Dank.«

Er schwieg. Am anderen Ende des Sofas schaute Louie weiterhin unverbindlich in die Gegend. Plötzlich drapierte er ein Hinterbein über die eine Schulter und pflegte sein Hinterteil, wobei er Max die ganze Zeit wütend anstarrte.

Temple hatte noch nie gesehen, wie eine Katze jemandem den Stinkefinger zeigte, und lachte. Max verdiente mindestens einen Katzenfinger, wenn nicht noch schlimmeres.

»Der mag mich wohl nicht«, bemerkte Max.

»Ach, ich glaube nicht, daß Louie hier über Mögen oder Nichtmögen nachdenkt. Er ist sich nur nicht sicher, ob du dich auch auf seinem Sofa anständig benehmen wirst.«

»Der weiß wohl gut über mich Bescheid.« Max richtete einen bedeutungsvollen, leidenschaftlichen Blick auf Temple.

Dieser Blick hätte jede Frau zum Erröten gebracht, doch in Temple steckte kein Fünkchen Frivolität mehr. Sie blickte zu Boden.

»Temple, was ist zwischen uns passiert?« wollte Max wissen.

»Max! Welches Wir? Du bist einfach ohne ein Wort verschwunden, vor mehr als fünf Monaten! Lieutenant Molina hat sogar angedeutet, du könntest tot sein. Obwohl Molina im wesentlichen angedeutet hat, daß du ein Mörder auf der Flucht bist, dessen Aufenthaltsort ich sofort preisgeben soll.«

»Electra hat mich über deine jüngsten detektivischen Unternehmungen aufgeklärt, aber diesen Molina-Idioten hat sie nicht erwähnt. Der hat kein Recht dazu, dir diesen Quatsch einzureden ...«

»Ist denn dein Register bei Interpol Quatsch?«

»Mein Register bei Interpol?«

»Du magst ja unschuldig tun, aber deine blauen Babyaugen werden mich nicht hinters Licht führen. Die sind nämlich babyblau. Ich hab es schwarz auf weiß auf deinem Interpolsteckbrief gelesen: ein Meter zweiundachtzig. Blaue Augen. Augen ändern ihre Farbe nicht. Würdest *du* jemandem trauen, der sogar über seine Augenfarbe die Unwahrheit sagt?«

Max runzelte immer noch die Stirn. »Was zum Teufel hat dieser verdammte Lieutenant ausgegraben? Der hat sich nicht einzumischen.«

»Wie wäre es zum Beispiel mit einer Verwicklung in die IRA? Erinnert dich das an irgend etwas? Du weißt schon, schwarzer Samt und so weiter, immer zum Wohle des guten alten Irland. Ich wußte gar nicht, daß du in Irland geboren bist.«

»Bin ich auch nicht.«

»Was hattest du denn dann im zarten Alter von siebzehn

in Irland zu suchen, als man dich verdächtigt hat, mit der IRA unter einer Decke zu stecken?«

»Ich war da als Tourist! Diese ganze Geschichte war ein Mißverständnis. Dieser Molina hatte wohl nichts Aktuelleres als diesen alten Bericht von Interpol, oder?«

»Nein...« Temple fand Max' Annahme, daß Molina ein Mann war, genauso irritierend wie eine über dem Bett schwebende Mücke, doch hatte es keinen Sinn, die Fliegenklatsche zu holen, da noch so viele größere Fragen massenhaft umherschwärmten. »Das erklärt immer noch nicht, warum deine plötzliche Verschwinde-Nummer von so dauerhafter Wirkung war. Oder wieso du dich noch nicht einmal verabschiedet hast. Oder mal angerufen hast. Und es erklärt auch nicht, was die Leiche im Kasino vom Goliath zu suchen hatte. Oder die andere Leiche im Kasino vom Crystal Phoenix neulich. Oder warum du diese verdammten grünen Kontaktlinsen trägst, von denen ich nie gesehen habe, wie du sie reintust oder herausnimmst. Sowas muß man alles geplant haben, Max, und zwar sorgfältig! Für wie treu und leichtgläubig hältst du mich eigentlich?«

Er beugte sich vor und legte ihr die Hände auf die Arme. »Wir müssen uns über eine Menge unterhalten. Unmöglich können wir fünf Monate auf einen Ruck nachholen.«

»Nicht nur Monate, Max, sondern *Jahre*. Nachdem du weg warst, kam Lieutenant Molina vorbei und stellte lauter Fragen. Da wurde mir klar, daß ich kaum etwas über deine Vergangenheit weiß.«

»Das gilt wohl in beide Richtungen«, wies er sie zurecht.

»Ich? Du willst behaupten, ich hätte eine Vergangenheit, die ein genaueres Hinsehen lohnt? Lächerlich!«

»Die letzten fünf Monate waren offensichtlich recht ereignisreich.« Jetzt lächelte er.

»Warum ist Lieutenant Molina so sehr darauf aus, dich zu finden? Und was ist mit diesen Männern, die ...?«

Max' Hände glitten ihre Unterarme entlang, bis sie ihre Finger umfaßten. Wie immer war die Berührung seiner Hände warm. Wenn »Kalte Hände, warmes Herz« eine wahre Volksweisheit war, stimmte dann umgekehrt auch »Warme Hände, kaltes Herz«?

»Temple, dieser Überfall auf dich hätte niemals geschehen dürfen. Deswegen bin ich abgehauen, und deswegen hab ich mich nie bei dir gemeldet, so sehr ich das auch gewollt hätte. Mein Verschwinden sollte die anderen von dir ablenken.«

»Dann weißt du, wer sie sind, und du weißt auch, warum sie hinter dir her sind?«

»Nein.« Er überlegte. »Ich hatte schon befürchtet, daß irgend jemand hinter mir her sein könnte, das stimmt. Ich kann mir sogar vorstellen, warum sie das tun, aber ich kann es dir nicht sagen. Sobald du etwas weißt, bist du in Gefahr.«

»Und wenn ich nichts weiß, bin ich auch in Gefahr. Also kann ich es genausogut wissen.«

Max schüttelte den Kopf und ließ ihre Hände los. »Ich kann es dir nicht sagen. Es ist nicht meine Entscheidung allein – und bestimmt nicht mein Wunsch –, dich im Dunkeln zu lassen, das kannst du mir glauben. Und ich kann jetzt auch nicht hierbleiben, um das Ganze zu sortieren.«

»Das Ganze was? Mich? Unsere Wohnung? Die Morde in den Hotelkasinos? Erzähl mir doch nichts!«

Seine Gesichtszüge wurden gleichzeitig weich und kantiger. Dann streckte er die Hand aus und zog sie zu sich auf das Sofa, in die Ecke, in der man sich so gut zurücklehnen konnte. Sie lag in seinem Arm wie ein Stück aus einem Puzzle, das endlich paßt.

Ihre Spannung ließ nach.

»Ich liebe auf dieser Welt nur dich«, sagte er schlicht,

»aber leider muß ich mich auch noch um andere Dinge kümmern.«

Max seufzte, was überhaupt nicht dem Max entsprach, den sie kannte, aber scheinbar hatte sie den echten Max ja nie gekannt.

»Ich vermute, ich war naiv«, sagte er mehr zu sich selbst als zu ihr, und das klang ebensowenig wie der alte Max. »Ich hätte mich einfach nicht auf dich einlassen sollen.«

»Großartiger Zeitpunkt, um sich das klar zu machen.«

»Es war ein Fehler, mich mit irgendeinem Menschen einzulassen, aber du hast mich eines anderen überzeugt ... und zwar schnell.«

»Ich dachte, du hättest mich verändert, und mein Leben auch.«

Seine Arme legten sich fester um sie, und er ließ sein Kinn auf ihrem Kopf ruhen.

»Wir mögen vielleicht sehr rasch zueinandergefunden haben, aber nicht aus einer Laune heraus«, sagte er gedankenverloren, »und keiner von uns beiden hat es sich damit leicht gemacht. Erinnerst du dich, wie vorsichtig wir anfangs miteinander waren?«

»Wir waren rührend miteinander.«

»Wir sind verantwortlich miteinander umgegangen«, korrigierte er sie. »Ich bin dir treu geblieben. Ich hab' nicht alles einfach weggeworfen.«

»Ich hab ebenfalls zölibatär gelebt.« Ein halbbitterer Gedanke voller Ambivalenz legte sich über die nackte Wahrheit. Entsprachen ihre Gefühle für Matt, die in Max' Abwesenheit gewachsen waren, Untreue?

Seine Umarmung wurde fester. »Dann gibt es ja nichts, was uns davon abhält, da weiterzumachen, wo wir aufgehört haben.«

»Das stimmt nicht ganz. Es gibt *niemanden,* der uns davon abhält ... außer dir selbst. Ich hab' versucht, die

Zweifel der anderen Leute in den Wind zu schlagen, aber du warst weg, und nach einer Weile gingen mir die lockeren Antworten aus.«

»Vielleicht solltest du mich einfach nicht *in absentia* erörtern.«

»Ach so, *da* hast du also die ganze Zeit gesteckt: bei einem Auslandseinsatz in Absentia.«

Nach einem kurzen Moment lachte Max dieses wilde, freie, Lachen, über das sie sich immer gefreut hatte. Auch jetzt.

Er zog sie auf sich. »Herrgott, wie mir das gefehlt hat!«

»Was?« Sie lächelte immer noch und ließ sich langsam in diese leise, flirtende Fragerei unter Liebenden gleiten.

»Mein Paprika-Mädchen.« Seine große Hand wuschelte durch ihr Haar. »Immer voller Überraschungen und voller Mumm.«

»Vielen Dank«, sagte Temple.

Temple konnte nicht sagen, ob Max sie geküßt hatte oder sie ihn, aber es war so, wie es immer schon gewesen war. Genausowenig konnte sie sagen, wann es angefangen hatte und wann es aufgehört hatte, aber sie küßten sich immer noch, als Midnight Louie aufstand und betont über ihre Schienbeine hinweg spazierte. Zehn Kilo Wut stolzierten davon.

Der Rückzug der Katze brachte sie wieder zur Besinnung oder vielmehr fort von aller Sinnlichkeit. Temple setzte sich auf und rückte von Max ab, wenn auch langsam.

»Was ist denn? Was ist nur zwischen uns getreten?« fragte Max.

»Die Zeit. Die Wahrheit. Es kann nicht mehr so sein wie früher. Das geht nicht. Ich bin nicht mehr dieselbe.«

»Ist es Devine? Er sieht verdammt gut aus, und er wirkt verflucht nett. Ich kann verstehen ...«

»Überhaupt nichts kannst du verstehen.« Sie legte ihm eine Hand auf die Schulter. »Matt ist keine Bedrohung.«

»Warum nicht? Ist er verheiratet?«

»Nein, aber er ist nicht frei.«

»Dann lebt er wohl in Scheidung...«

»Nicht so, wie du glaubst.«

»Wie denn dann?«

»Das kann ich dir nicht sagen.«

Dabei wollte sie nichts lieber als das, wollte erklären, warum ihre Verbindung so romantisch aussehen konnte und doch so platonisch war, abgesehen von einem mehr oder minder pubertären Tango im Dunkeln. Aber sie durfte Matt nicht verraten. Max betrachtete sie mit diesem typischen abwägenden, schlauen Max-Blick. Sie waren so verschieden und ähnelten sich doch so sehr.

»Ein echter Loyalitätskonflikt.« Die Nachdenklichkeit in Max' Stimme verriet, daß ihm derartige Gewissenskämpfe vertraut waren. »Du kannst sein Vertrauen nicht verraten. Dein Schweigen bedeutet, daß du dich andernorts ziemlich weit eingelassen hast, Temple.«

»Das tut deins auch.«

Traurig sahen sie einander an. Sie sagten die Wahrheit – und sagten doch eigentlich nichts.

Temple kehrte in ihre Ecke vom Sofa zurück, nun eigentlich in Louies. Zu ihrem großen Erstaunen hörte sie plötzlich aus der Küche knirschende Kaugeräusche. Louie aß tatsächlich das Free-to-be-Feline. Entweder stand nichts anderes Eßbares da, oder er wollte damit etwas zum Ausdruck bringen.

»Es geht nicht um Matt«, sagte sie schließlich, aber sie erwartete nicht, daß Max ihr glaubte. »Wir haben alle ein Recht auf unsere eigenen Geheimnisse, aber deine sind einfach zu geheim. Ich muß mich fragen, ob ich in die Irre geführt worden bin.«

Sie merkte, obwohl er verbergen wollte, wie er bei diesen Worten innerlich zusammenzuckte. Doch dann schlug er zurück. »Dann ist es dieser verfluchte Lieutenant Molina. Der verstreut sein Gift, aber was tut er sonst? Werd' ich festgenommen? Nein. Ich könnte zu ihm gehen und meine Handgelenke ausstrecken, damit er mir die Handschellen anlegt. Aber ich bin nicht ... schuldig, weil ich nichts getan habe, weswegen man mich festnehmen könnte. Du läßt zu, daß ein pathologisch mißtrauischer Detektiv zwischen uns tritt?«

»Molina ist nur ein Bote, Max. Nicht gerne gesehen, aber nur eine Nebenrolle. Du mußt diese Verantwortung auf dich nehmen. Du hast selbst gesagt, aus uns hätte kein Paar werden dürfen.«

»Aber ich fühlte mich zu dir hingezogen.«

»Ich habe ein Recht darauf, jene Dinge von dir zu wissen, die du mir nicht selbst erzählen kannst, seien sie nun gut, schlecht oder irgendwas dazwischen. Wenn du mir nur vertrauen würdest ...«

»Bei dem, was in Irland vor dieser langen Zeit angefangen hat, gibt es kein Vertrauen, Temple, da besteht ausschließlich Mißtrauen. Es ist nicht so, daß ich dir nicht trauen würde oder gar mir selbst. Es ist die schlimme, unheimliche Welt da draußen. Vermutlich muß ich noch froh sein, daß jemand auf dich aufpaßt«, fügte er mit einem bitteren Tonfall hinzu.

»Ja, ich selbst.« Temple reagierte selbstbewußt.

»Temple, ich hab deine Unabhängigkeit immer respektiert.«

»Das ist auch gut so, weil ich sie in letzter Zeit ziemlich ausbauen mußte.«

»Gut.«

»Bestens. Dann ist ja jeder hier zufrieden. Max, wenn du wüßtest, welche Gefahren ich überstanden habe, würdest du mir eine Stelle als dein Bodyguard anbieten.«

»Wenn ich es wüßte, würde ich dich wahrscheinlich zurück zu deiner Familie in Minneapolis verfrachten.«

Temple schüttelte den Kopf. »Zu spät. Da kann ich nicht mehr hin, und darüber bin ich auch froh. Ich kann auch nicht wieder hauptberufliches Unschuldslamm werden.«

Trauer hatte sich wie ein unsichtbarer Mantel um Max' eindrucksvolle Person gelegt. Im tiefsten Innern war er Schauspieler, doch trotz seiner phänomenalen Kontrolle über seine Gefühle und seinen Gesichtsausdruck verriet ihn seine Körpersprache immer. Temple spürte, wie Unsicherheit und ihre Festigkeit zu Mitleid und Verzweiflung schmolzen.

»Max! Vielleicht mit mehr Zeit, wenn wir reden würden...«

»Die Zeit hab' ich nicht! Und Gespräche sind intellektueller Unfug.« Er setzte sich auf die Kante des Sofas und starrte auf den Couchtisch. »Temple, dein Verdacht ist in mancher Hinsicht vollkommen richtig. Dieser uralte Interpol-Steckbrief hat damals den Anfang des ganzen Durcheinanders bedeutet. Mit einem Todesfall fing es an. Es hat mehrere gegeben, und es wird auch noch mehr geben. Vielleicht bedeutet das, daß ich es nicht verdient habe, ein gutes Leben zu haben. Aber du... dein Leben dich kann ich nicht aufs Spiel setzen, und wenn es bedeutet, daß ich dich verliere.«

»Wirst du in Las Vegas bleiben?«

Er schlang so fest die Finger ineinander, daß seine Hände ein Gebirge aus Knöcheln mit weißen, schneebedeckten Hügeln wurden. »Das kann ich nicht sagen.«

»Kommst du mal wieder auf einen Besuch vorbei?« Temple lächelte, als sie sah, wie sehr ihn die Einladung schockierte. Den Mysteriösen Max schockierte man nicht so oft.

»Ich hab' nicht gesagt, daß es hoffnungslos wäre, Max. Benutz nur immer die Tür. Und klopf bitte vorher an.«

Kapitel 4

Nur mit meiner Yvette

Menschen sind eine merkwürdige Spezies. Ihre eigenen Angewohnheiten sind schon seltsam genug, aber dann besitzen sie auch noch die Frechheit, die der anderen anzuglotzen.

Deswegen schreiben die dauernd Bücher über meine Artgenossen, in denen sie unser Kommen und Gehen und unsere liebreizenden kleinen privaten Angewohnheiten erklären wollen. Aus irgendeinem Grund sind sie insbesondere von unserer Hygiene besessen.

Und wenn sie nicht gerade über unsere Topfangelegenheiten spekulieren, sinnen sie über die Anziehung nach, die Papierwaren auf uns ausüben. Zeitungen, Steuererklärungsvordrucke oder die Seiten eines aufgeschlagenen Buches – man findet uns zu allen Gelegenheiten darauf (und gelegentlich auch darunter). Warum?

Die Antwort ist anscheinend zu offensichtlich. Denn wo sonst, glauben die, haben wir unser legendäres Savoir-faire her, unser weises Betragen und unsere klugen Gesichtsausdrücke? Den Inhalt der gedruckten Seiten nehmen wir auf unsere eigene rätselhafte, unnachahmliche Art auf. Ich will damit nicht andeuten, daß wir tatsächlich jede Zeile lesen, aber annähernd ist es so. Man hört ja gelegentlich, daß Tierärzte den Menschen die Anweisung erteilen, zerrissene Zeitungen als Ersatz für Katzenstreu zu verwenden, für diejenigen meiner Spezies, denen die Krallen von gewissenlosen Tierärzten entfernt worden sind.

Diese Tatsachen über das Wesen der Katzen führe ich nur an, um zu erklären, wieso Miss Temple Barr mich, nachdem sie Mr. Max Kinsella an die Tür gebracht hat, auf den Informationsblättern auf dem Küchentresen vorfindet, von denen ich mich dann erhebe und mich strecke.

»Ach, Louie, husch!« begrüßt sie mich mit ihrer wie immer melodischen Stimme, in der ihre Zuneigung mitschwingt. »Hast du etwa die ganzen Broschüren von Electra zerknittert?«

Zerknittert? Ich habe sie erobert. Während ich aufstehe, weiß ich nunmehr von einigen Tatsachen: Eine davon ist die bevorstehende Ankunft von Hunderten von Freunden der Romantik. Das ist keine besonders großartige Nachricht. Las Vegas ist voll von Freunden der Romantik, sonst gäbe es nicht so viele Hochzeitskapellen. Was meine Synapsen zum Schnackeln gebracht hat, ist vielmehr die Nachricht, daß die Moderatorin der wichtigsten Veranstaltung dieser romantischen Versammlung niemand anderes ist als Miss Savannah Ashleigh, ein sogenannter Filmstar. Und wo Miss Savannah Ashleigh hingeht, da wird man an ihrer Seite bestimmt auch ihre kleine Freundin finden. Ich meine damit niemand anderes als die Göttliche Yvette, mein pelziges Liebchen, der Höhepunkt persischer Pussyhaftigkeit, die wunderschöne, silbrige Sultanin des Rodeo Drive.

»Louie! Nicht auf die Kongreßbroschüre sabbern!« Miss Temple schimpft. »Du bist doch nicht etwa auch nach den Cover-Models verrückt?«

Ich muß doch sehr bitten. Nackte Muskeln bedeuten mir rein gar nichts. Die üblicherweise so aufmerksame Miss Barr hat offensichtlich einen Schlüsselreiz nicht mitbekommen: die kleine Aufnahme von Miss Savannah Ashleigh, deren wogendes, platinblondes Haar so gefärbt ist, um den silbernen, weichen Locken meiner Angebeteten zu ähneln.

»Oooh«, sagt Miss Temple, und ihre hübschen Miniaturgesichtszüge verziehen sich. »Savannah Ashleigh macht die Moderation beim Schönheitswettbewerb der Models. Incredible Hunk, soso. Was bin ich froh, daß ich nicht die Öffentlichkeitsarbeit für diese Veranstaltung machen muß ... eingebildete Cover-Models wären schon schlimm genug. Aber Savannah Ashleigh ist wohl der Gipfel. Louie! Gib das zurück!«

Da mein Püppchen mit mir um den Besitz der Kongreßbroschüre kämpft, hake ich meine Klauen ein und beiße fest zu. Doch plötzlich hält sie mitten im Kampf inne und öffnet die baby-blaugrauen Augen so weit es nur geht.

»Ach so, Louie, diese Ashleigh hat doch eine Katze, in die du dich verguckt hast. Wie heißt sie noch? Iva ... Ivory ... Minuet ... Minaret?«

Den Namen der Göttlichen Yvette zu verstümmeln, ist ein Affront. Aber ich spreche nicht mit Menschen, aus Prinzip nicht, weil manche von ihnen sich meinen Artgenossen gegenüber so schrecklich benehmen.

Miss Temple erwartet von mir ohnehin keine Antwort. »Katzen kriegen wohl auch manchmal vor lauter Einsamkeit den Katzenjammer«, fährt sie fort. »Garantiert nimmt Savannah Ashleigh das arme Ding überall mit hin. Also, Louie, gönn dir ruhig mal einen Spaziergang zum Phoenix, um Electra und mich während dieses G.R.O.W.L.-Kongresses zu besuchen. Dann kannst du gleichzeitig deiner verlorenen Innamorata Hallo sagen.«

In Amor was? Die ärmste Miss Temple. Sie ist wohl mehr als nur ein bißchen von ihrer jüngsten Begegnung mit dem Mysteriösen Max durcheinander gebracht worden. Ohne Zweifel hat sie schon vergessen, daß es Gründe gibt, warum ich gar nicht so versessen darauf bin, sofort zum Crystal Phoenix Hotel hinüberzurasen, um Schnurrhaar an Schnurrhärchen mit der Göttlichen Yvette zu kuscheln.

Ich kann dort schließlich keine Pfote hineinsetzen, ohne eine Begegnung mit meiner eigenen, immer höchst ungelegen kommenden Nachfahrenschaft zu riskieren, mit der höchst ungöttlichen Midnight Louise. Gleichgültig, daß die Göttliche Yvette in ihrer Baumwoll-Tragetasche wartet und sich wundert.

Ein Kongreß über Liebesromane mag sich ja im Crystal Phoenix zusammenfinden, aber für zwei einsame Königskinder auf jeweils anderen Seiten des Meeres steht die Liebe wohl nicht in den Sternen geschrieben. Die Göttliche Yvette ist auf ewig Prinzessin Samtpfote, und ich habe da nichts zu vermelden.

Kapitel 5

Ein anständiger Schuh-Down

»Das hat keinen Sinn mehr, Louie«, tat Temple um halb elf kund und warf plötzlich die Decke zurück.

Midnight Louie, der eine Stellung à la Sphinx eingenommen hatte (passend zur Architektur des neuesten Hotels in Las Vegas), betrachtete ihre aufrechte Gestalt mit höflichem, wenn auch gelangweiltem Erstaunen. Katzen konnten genausogut ihre Gedanken verheimlichen wie... na, eben die Sphinx.

»Ich kann einfach nicht schlafen«, fuhr sie laut fort, obwohl Louie sich offensichtlich nicht im geringsten dafür interessierte, »und jetzt werde ich einfach aufhören, mich wegen irgendwelcher Männer, deren Namen mit dem Buchstaben M beginnen, im Bett herumzuwälzen. Es muß im Leben einfach mehr geben als solche Nächte. Ich verziehe mich.«

Sie hob ihr rotes, schuhförmiges Telefon auf und hämmerte auf das Zahlenfeld eine Nummer ein, die sie auswendig kannte. Es ging erst nach dem vierten Klingeln jemand dran, aber das war Temple offensichtlich egal.

»Habe ich Sie aufgeweckt? Entschuldigen Sie bitte. Es geht auch ganz schnell. Electra, holen Sie mich hier raus! Ich komme mit zu Ihren G.R.O.W.L.ers. Sie können mich gerne in das Land der hoffnungsvollen Träume entführen. Die Wirklichkeit ist... beschissen. Acht Uhr morgen früh? Kein Problem.«

Sie legte den Hörer auf die schwarze Sohle, die die Funktion der Gabel einnahm, und betrachtete Midnight Louie nachdenklich. »Es gibt nur einen Ort, an den sich ein Mädchen zurückziehen kann, wenn alles in ihrem Leben schiefgelaufen ist, und da will ich jetzt hin.«

Temple riß sich das Garfield-T-Shirt vom Leib, ohne Zweifel zu Louies Erleichterung, und sprintete zur Kommode.

Strumpfhosen flogen in alle Richtungen, bis sie endlich eine gefunden hatte, die weder Laufmaschen, noch Querstreifen, noch Löcher an den Zehenspitzen hatte. Die Wegwerf-Orgie hatte Louie vom Bett auf den Fußboden gelockt, wo er mit den Strümpfen spielte.

»Wenn du magst, kannst du die gerne essen«, gönnte Temple ihm in untypischer Schenkerlaune den Spaß. »Warum soll ich kaputte Strümpfe aufheben, die ich ohnehin nicht mehr brauche?« Diese Frage konnte man natürlich auch leicht auf bestimmte Männer beziehen, deren Vornamen mit dem Buchstaben M anfingen, aber Temple hielt es mit Scarlett und fand, morgen wäre schließlich auch noch ein Tag.

Sie zog Shorts und ein passendes Oberteil aus Leinen an, dessen Farbe ein so fröhliches Margarine-Gelb war, daß die Männer meilenweit dafür gehen würden, fuhr mit einer Bürste durch ihre zerzausten Locken und rauschte aus dem Schlafzimmer.

Innerhalb von fünf Minuten hatte sie die rote Lacklederschultertasche auf den Beifahrersitz geworfen und fuhr mit ihren aquamarinblauen *Geo Storm* über den verstopften Las Vegas Strip.

Caesars Palace bestand fast ausschließlich aus angestrahlten weißen Säulen und war wie ein gigantischer Hochzeitskuchen beleuchtet. Der Anblick trug nicht gerade dazu bei, Temple aufzumuntern, doch parkte sie den *Storm* und stürzte sich in die Menge. Sie durchquerte das dunkle Kasino mit seinen Tausenden von Lichtpünktchen aus schwachen Glühbirnen in Schallgeschwindigkeit und kam Sekunden später im Forum an, der in geschmackvollem Beige gehaltenen Marmor-Einkaufspassage des Hotels. Trotz der späten Stunde drängte sich immer noch eine Menschenmasse durch die verwinkelten Gäßchen mit den vielen Läden. Temple schob den Bügel ihrer Schultertasche so hoch es ging. *Mit mir braucht ihr es gar nicht erst zu versuchen, verehrte Taschendiebe!*

Sie kannte die meisten Geschäfte, schaute sich aber trotzdem um, ob es etwas Neues gab.

Wo war es noch? Sie sah blinzelnd auf die Ladenschilder über den Türen. Temples Herz schlug schneller, als sie Bestandteile eines bestimmten Namens erkannte. Dieses erste Wort mußte doch . . .

S-t-u? Ja! Sie hatte das Schild zwar noch nie gesehen, aber erkannt hätte sie es überall.

Sie schnitt durch den Strom der Menschen, das Kinn hoch erhoben, damit sie sich in der Menge der kleinen und großen Touristen zurechtfinden konnte und rasch zum Ziel ihres Begehrens gelangte.

Da war sie auch schon. Temples Füße berührten kaum den Boden, als sie durch die offene Tür glitt.

Ah. Aaaah.

Hier war nichts klassisch, aber alles hatte Klasse. Zurückhaltend schimmernde Travertinstände, warme Leuchter an den Glasregalen, in denen die Ware kunstvoll arrangiert war. Sie sah Miniatur-Schneiderpuppen in goldenem Brokat, bemerkte aus dem Augenwinkel Handtaschen und hier und dort elegant plazierte Accessoires. Aber all das war nicht das Wesentliche.

Nachdenklich registrierte Temple den stillen und doch irgendwie erwartungsvollen Frieden dieses Schuhgeschäfts. All diese glatten, unberührten Sohlen, die darauf warteten, wie Zauber-Schlittschuhe über den weichen Teppich zu gleiten. All diese unberührten Schuhspitzen und Absätze, die kein anderes Ziel kannten, als vor den knöcheltief gestellten

Spiegeln zu posieren. All diese niedlichen Schleifen und Riemchen und Zierabsätze. Dieser ganze Ausgeh-Glitzer und -Glimmer, der nur darauf wartete, alle jungen Mädchen aus Kansas vom Aschenputtel-Herd auf die Bälle zu entführen.

Anders als Röcke und Kleider und Gürtel können Schuhe ihren Besitzern nicht zu klein werden. Wenn man sie sorgfältig pflegt, können sie auch nicht ausleiern, wie etwa Socken oder Strumpfhosen, menschliche Knie oder Freundschaften. Auch das Alter zerstört sie nicht, und ihrer unendlichen Vielfalt von Farben und Schnitten kann die Mode wenig anhaben.

Temple ging langsam und vorsichtig in dem großem Raum umher, als wäre sie in einer Galerie. Nie wieder würde sie beim Ausverkauf in den großen Geschäften nach den übriggebliebenen Exemplaren in kleinen Größen forschen müssen. Das Land Oz war zu ihr gekommen. Der Zauberer war hier gelandet, ganz vorsichtig, direkt in diesem Einkaufszentrum. Dieser einzigartige Laden mit Schuhen von Stuart Weitzman war plötzlich wie durch ein Wunder vor ihrer Nase erschienen. Sie seufzte. All dies war vorherbestimmt. Jetzt mußte sie sich die Schuhe nur noch leisten können.

Vorsichtig ging Temple an den äußeren Wänden des Ladens entlang. Ein exquisiter Schuh nach dem anderen blendete sie. Selbst die vanillefarbenen Treter hatten einen ganz eigenen, zurückhaltenden Glamour. Plötzlich stand sie vor einer geisterhaften Reflexion ihrer selbst und stolperte erstaunt zurück.

Ein Ausstellungskasten aus Plexiglas war ihr erwarteter Spiegel gewesen. Dahinter blinkten an einer Wand noch größere Wunderdinge: Tanzschuhe mit über und über von Glitzersteinen bedeckten Absätzen, jeder in allen Regenbogenfarben schillernd, manche diamanthell, andere mit Saphiren und Rubinen und Smaragden besetzt.

»Das sind Modelle aus der Pavé Kollektion. Die Schuhe werden von Mr. Weitzman für jede Kundin persönlich geschaffen«, bemerkte eine sanfte Stimme neben ihr.

»Ich weiß.« Temple konnte die Augen nicht von diesen Schätzen wenden. »Ich hab' schon von ihnen gehört. Sie sind unglaublich schön.«

»Man kann die Schuhe so bestellen, wie sie hier sind, oder passend zu einem bestimmten Kleid, oder mit sonst einem Muster, je nach Wunsch der Kundin.«

Temple nickte träumerisch. »Wieviel?«

Die Verkäuferin sagte es ihr, und dabei war ihre Stimme noch sanfter geworden. Ein Anflug von Herablassung lag darin.

Temple nickte. Der Preis erstaunte sie nicht. Doch würde sie nie Besitzerin eines Paars von Schuhen aus der Pavé Kollektion werden. Immerhin könnte sie manchmal zu Besuch vorbeikommen.

»Danke sehr.« Temple versuchte, so zu klingen, als wolle sie sich noch überlegen, welche Paare sie kaufen würde.

Diplomatisch schwebte die Verkäuferin von dannen. Temple blieb reglos stehen, tief in die Grausamkeiten ihres Finanzplans versunken. Das hier war für sie Stonehenge, Avalon und Nirwana in einem. Manche Frauen erstickten ihren Kummer mit Schokolade. Temple tröstete sich immer mit einem exquisiten Paar hochhackiger Schuhe. Wenigstens machte ihre Methode nicht dick (allerdings auch den Geldbeutel nicht).

Welches Paar schwarze Satinpumps sollte sie wohl nehmen? Das mit den roten Marienkäfern, mit der passenden Handtasche dazu? Den Jugendstilschuh mit einer Frau (auf dem Hacken), die einen Scottie (auf der Schuhspitze) an einer langen, glitzernden Leine (entlang dem Spann) führte? Das goldene Glitzern eines Sonne-Mond-und-Sterne-Motivs?

Der Straß tanzte ihr vor den Augen, doch schließlich schaffte Temple es, sich auf den Inhalt des Schaukastens zu konzentrieren, der vor den Schuhen der Pavé Kollektion stand. Unter dem Plexiglas schwebte ein Paar diamantweißer Schuhe. Es waren die von Aschenputtel, jetzt in Kristall. Und auf einer Karte wurde erläutert, wie die Pavé Kollektion angefertigt wurde: Bis zu 14000 Straßsteine benötigte man für ein Paar, und sie wurden alle von Hand eingesetzt.

Temple ging vorsichtig um das Podest herum, bemüht, es nicht anzurühren, die kostbare Fracht nicht zu bewegen. Aber dann ... aber dann ...

Heiliger Strohsack!

Da stand sie Aug' in Auge, Nasenspitze an Nasenspitze mit Midnight Louie. Oder vielmehr mit einer schwarzen Katze aus Straß, die an der Rückseite eines jeden glitzernden Hackens hochkletterte, mit einem blinkenden grünen Smaragd als Auge.

Heiliges Kätzchen!

Eine zweite Karte war auf einer zierlichen kleinen Staffelei hinter der Vitrine befestigt. *Halloween steht bevor,* stand darauf. *Wer entdeckt das Paar Hexen-Katze-Schuhe, das irgendwo in Las Vegas versteckt worden ist? Wer es bis zum einunddreißigsten Oktober findet, erhält ein maßgefertigtes Paar als Preis.*

Jawoll! Temple faltete andächtig die Hände. Die Antwort auf die Gebete eines jeden vom Liebeskummer heimgesuchten Mädchens. Nicht irgendwelche Kerle, deren Vornamen mit M anfangen, sondern Schuhe mit Midnight Louie darauf. Was konnte sich ein Aschenputtel des ausgehenden zwanzigsten Jahrhunderts eigentlich noch wünschen? Weg mit Schaden, was den entschlußlosen Prinzen anging, und auf zu neuen Ufern in den genialen Schuhen.

Ganz eindeutig war sie dazu auserkoren, diese Schuhe zu finden und zu gewinnen. Ganz eindeutig wurde ihr diese

Ablenkung von ihrem gegenwärtigen, persönlichen, kleinen Problem vom Himmel geschickt. Ganz eindeutig würde sie noch jede andere Kandidatin im Wettlauf um diese Schuhe schlagen können.

Temple marschierte auf die Verkäuferin zu.

»Brauche ich dazu ein Antragsformular?«

Das Gesicht der Frau, die ungefähr in ihrem Alter sein mußte, zeigte einen höflich fragenden Ausdruck. Die hatte doch nicht etwa noch andere Dinge im Kopf? Wie konnte sie überhaupt hier arbeiten, wenn sie nicht nur an das eine dachte?

»Für die Midnight Louie... Ich meine, die Hexen-Katzen-Schuhe für Halloween.«

»Ach so. Sie müssen sie nur bis zum einunddreißigsten Oktober gefunden haben. Dann kommen Sie vorbei und füllen eine Karte mit Ihrem Namen und Ihrer Adresse aus.«

»Lächerlich, das ist ja ein Sonntagsspaziergang«, sagte Temple so zufrieden, als habe sie gerade einen solchen hinter sich gebracht.

Sie verließ den Laden und schlängelte sich durch das überfüllte Kasino, ohne die Dekoration – Dutzende von griechischen Statuen, die zwar nicht bekleidet waren, dafür aber um so intensiver für Modehäuser warben – eines Blickes zu würdigen.

Merkwürdig. Jetzt starb sie geradezu vor Hunger.

Kapitel 6

Kleine Katzenfüßchen

Heute ist ein anstrengender Tag gewesen, und ich habe wirklich keinen Nerv, in meiner üblichen spätabendlichen Routine gestört zu werden.

In meinem eigenen Wohnzimmer mußte ich mein Revier gegen das Eindringen eines Riesen verteidigen.

Auf meinem eigenen, ureigenen und persönlichen Sofa mußte ich meine Kissen mit einem Fremden teilen, der mir auch noch ein Hemd von der Farbe von Chamäleon-Kakke präsentierte.

In der Zurückgezogenheit meines eigenen Schlafzimmers war ich gezwungen, ein schlimmeres Herumwälzen von Miss Temple Barr zu erdulden, als es je eine Crêpe Suzette in einer Omelettepfanne erlebt hat.

Und nun, da die Dame des Hauses zurückkehrt, bin ich in keinem Fall darauf vorbereitet, sie von dieser Aura allgemeiner Freude umgeben zu sehen.

Das jedoch hält Miss Temple Barr nicht davon ab, mich in ihre Aufgeregtheit einzubeziehen.

»Louie!« ruft sie schon, noch bevor sie unser Schlafzimmer betreten hat.

»Louie!« Sie steht im Türrahmen, läßt ihre Tasche auf den Boden fallen und breitet die Arme weit aus.

Ganz offensichtlich plant sie gerade eine Umarmungsattacke. Wenn es irgend etwas gibt, das ich mehr verabscheue als diese Übergriffe, dann könnte ich es nur schwer benennen.

Ehe ich mich erheben und die Flucht ergreifen kann, ist sie schon wie ein tomatenroter Tornado über mir. Man würde meinen, sie hätte mittlerweile gelernt, daß es unmöglich ist, einen Kerl meiner Geisteshaltung zu umarmen, ganz zu schweigen einen Kerl von meinen Ausmaßen. Aber sie tut es trotzdem und läßt ihre rostroten Locken auf meinen samtig-weichen Schultern ruhen. Ich hoffe nur, daß sie nicht haart.

»Ach, Louie«, seufzt sie. »Du hättest deine Schuhe sehen sollen.«

Ich hätte meine Schuhe sehen sollen!? Solch eine Nachricht würde bestimmt die Verbreitung im Internet lohnen. Was, wenn ich fragen darf, sind es für welche? Zweifarbige Schuhe mit Lochmuster? Turnschuhe mit hohen Hacken, die neueste Mode? Vielleicht plüschige Pantöffelchen? Als würde ich mein widerstandsfähiges, obersensibles Fußleder jemals gegen ein derartig unpassendes Fußbekleidungsstück tauschen!

Der emotionale Streß, den die plötzliche Rückkehr des Gentleman namens Max verursacht hat, muß die arme Miss Temple einfach umgeworfen haben. Es ist allerdings nachvollziehbar, daß sich ihre Wahnvorstellungen im Bereich ausgeflippter Fußbekleidung abspielen. Als sie noch bei Sinnen war, lag sie in dieser Hinsicht ja auch schon ein kleines bißchen neben der Spur.

Aber sie sollte nicht versuchen, einen unbedarften, unbeschuhten Freund aus Idaho in ihre Wahnwelt mit einzubeziehen. Demnächst kauft sie mir noch kleine rote Pullover und Gummigaloschen für meine Pfötchen. Nein danke! Ich bin schon immer eine freie und unabhängige Seele gewesen, und Kleider jeder Art lehne ich ab, auch Schlips und Kragen.

Meine hochmütige Reaktion auf ihre alles andere als freudige Nachricht hat die euphorische Zuckerwatte nicht durchdringen können, die Miss Temple Barrs Verwirrung um sie gesponnen hat.

Sie besteht darauf, meinen zuckenden Ohren noch mehr Verrücktheiten anzuvertrauen.

»Oh, Louie, die sind soooo wunderschön! Über und über mit winzigen, kleinen Glitzersteinchen besetzt, und weiß wie Diamanten, außer wenn sie reflektieren, dann sind sie regenbogenbunt. Und dann ist auf der Rückseite des Hackens von jedem Schuh die ganz entzückende Figur einer schwarzen Katze, die sich hochstreckt, wer weiß wonach. Vielleicht nach Free-to-be-Feline, was meinst du?«

Ich meine, daß mir das alles überhaupt nicht gefällt. *Entzückend? Winzige, kleine Glitzersteinchen?* In der ganzen Zeit, in der wir mehr als nur das Dach über unseren Köpfen teilen, habe ich von Miss Temple nicht solch Übelkeit erregende Beschreibungen gehört. Was ist nur über sie gekommen?

»Sie heißen ›Halloween-Hexenschuhe‹, und ich kann ein Paar davon gewinnen!«

Ein Paar gewinnen. Ich mache mir ernsthaft Sorgen um ihre geistige Gesundheit, ganz zu schweigen von meiner eigenen.

»Ich muß nur so einen Schuh in Las Vegas finden, irgendwo sichtbar und doch versteckt. Und dann ... kriegt Mama ein brandneues Paar Schuhe, Louie! Jawoll.«

Mama? Um Himmels willen! Ich kann mich noch sehr gut an meine Vorfahrin mütterlicherseits erinnern, und meine Frau Mutter ähnelte Miss Temple Barr nicht im geringsten.

»Hey, jetzt kriech doch nicht gleich weg!« bettelt sie und krabbelt auf den Knien neben das Bett, um mich weiter auf die Tagesdecke zu drücken. Man würde meinen, ich wäre ein Typ namens Matt oder Max. »Du bist doch mein Glücksbringer, Louie. Die Schuhe wissen es noch nicht, aber auf denen steht dein Name, und sie werden an meinen Füßen landen. Das hat das Schicksal so gewollt.«

Ich hab' es nicht gerne, wenn mein guter Name mit einem Paar Schuhen in Verbindung gebracht wird, egal wie luxuriös die sein mögen. Allerdings lasse ich mich dann doch zur Seite fallen und erlaube ihr, mir den Rücken und die Schultern zu massieren. Wenn diese Menschen von solchen kleinen Anfällen heimgesucht werden, ist es hoffnungslos, sie zurückhalten zu wollen. Von mir aus können sie dann die ganze manische Energie auch zu meinem Wohlergehen umsetzen. Mmmmmm. Gar nicht schlecht. Miss Temple ist eine erstklassige Masseurin, wenn sie sich dann mal dazu herabläßt. Und diese langen, roten Fingernägel ... Nun, ich habe ihr den hysterischen Anfall bald verziehen.

»Ach, Louie«, seufzt sie schon wieder. Langsam fällt mir diese Ideenlosigkeit auf. »Ach, Louie. Warum ist das Leben nur so kompliziert?«

An dem Tonfall erkenne ich, daß wir jetzt nicht mehr Preisausschreiben-Schuhe erörtern, sondern ernste Fragen der Philosophie.

Sie seufzt schon wieder. Wieso haben die Menschen eigentlich nur so geringe Möglichkeiten, sich auszudrükken? Wenn sie ihre Anspannungen, ihre Ängste und ihr Vergnügen in langen, tiefen Schnurr-Sitzungen zum Ausdruck bringen könnten, bräuchten sie bestimmt keine Psychiater.

Aber auch da reicht es bei ihnen eben nicht ganz, und so bin ich gezwungen, an Miss Temples Statt zu schnurren.

Sie legt ihren Kopf auf meinen breiten Bauch, preßt ihr Ohr daran, um mein maskulines Röhren und Grummeln besser hören zu können.

»Ich werde in den nächsten fünf Tagen an nichts anderes denken können als daran, wie ich diese Schuhe finde. Erzähl bloß niemandem, daß ich mit Electra auf einen Kongress über Liebesromane gehe. Das könnte meinen Ruf zerstören. Nun gibt es schon mal zwei Männer in meinem Leben, aber ich habe überhaupt kein richtiges Leben, wenn man bedenkt, daß ich flüchte, indem ich auf einen Kongreß über billige Liebesromane gehe, bei dem lauter Titelbild-Schönlinge herumtollen!«

Hey, *ich* bin hier der Überdecken-Schönling! Das muß sie auch begriffen haben, denn sie beugt sich näher zu mir, um mir zärtlich etwas ins Ohr zu flüstern. Und was sie da flüstert, ist der höchst geheime Einzelhandelspreis der Schuhe.

Mitten im Schnurren halte ich inne. Das sind nicht gerade Peanuts, von denen sie redet. Allerdings wäre natürlich jeder Schuh, der meine allzeit elegante Abbildung auf sich trägt, durchaus eine hübsche Summe wert.

Ich beschließe also, daß Miss Temple diese lauen Typen abservieren und sich auf die Suche nach den coolen Katzenschuhen machen sollte.

Kapitel 7

Ein Hotel voller Jünglinge

»Was werden Sie denn zum Ball anziehen, Liebes?«

Die freundlichen Worte kamen von Electra Lark, die kaum wiederzuerkennen war. Sie sah aus wie eine gute Fee, die von MTV gekidnappt worden und zum Auftritt in Musikvideos gezwungen war.

Temple begutachtete vorsichtig Electras bimssteingraues Muumuu mit dem kreischpinken Muster, das sie mit postmodernen Punk-Accessoires aufgerüstet hatte.

»Nichts Kürbisfarbenes, obwohl das natürlich zur Halloween-Saison passen würde. Das beißt sich mit meinen Haaren. Überhaupt, von welchem Ball reden Sie eigentlich?«

»Vom Mittsommernachts-Traum-Ball. Auf jedem G.R.O.W.L.-Kongreß gibt es an einem Abend ein großes Kostümfest. Sie möchten doch bestimmt passend angezogen sein.«

»Kann ich nicht einfach meine normalen Klamotten tragen, liebe gute Fee? Kombiniert mit einem umwerfenden Paar Glitzerschuhe, das ich vielleicht in ein paar Wochen habe?«

»In ein paar Wochen ist zu spät. Aber manche Leute tragen natürlich normale Abendgarderobe.« Electra rümpfte die Nase, als wäre ein Frack einfach widerlich geschmacklos. »Das können Sie selbstverständlich auch tun.«

Temple warf die Hände in die Luft und dann die Bürste, die eigentlich gerade ins Necessaire gepackt werden sollte. Sie landete mitten auf dem Haufen Unterwäsche auf dem Bett.

»Und was, liebe gute Fee, trägt man auf einem Mitsommernachts-Traum-Ball, der Mitte Oktober stattfindet?«

»Ich verkleide mich als die Großmutter von Droll, dem Kobold«, sagte Electra, »fließendes Silber-Lamé und graue Chiffon-Seide, mit aufgeklebten Tarnelementen aus glitzernden Glitterzweigen. Und eine Lesebrille.«

»Sie tragen doch noch gar keine Lesebrille.«

»Nein. Aber die Großmutter von Droll dürfte mittlerweile ziemlich alt sein. Haben Sie nicht auch irgendwas Verrücktes?«

»Ach, doch, ich hab' ein Kostüm von Lucrezia Borgia, das ich mir vor ein paar Jahren im Guthrie Theatre besorgt habe, als dort alte Kostüme verkauft wurden. Ich dachte damals, das würde ich bestimmt einmal gut gebrauchen können, wenn es irgendwo ein Renaissance-Festival gibt. Es gab dazu noch knielange, mit Bändern verflochtene rote Haare, die genau zu meiner Haarfarbe paßten. Die Perücke ist sogar aus Echthaar.«

»Rapunzel! Großartig! Dann brauchen sie jetzt nur noch ein Outfit für den Willkommensempfang. Da wird etwas annähernd Western-mäßiges sehr gut aussehen. Dann ein elegantes Kostüm à la männerfressende Emanze für den Schönheitswettbewerb der Cover-Models um den Titel des Incredible Hunk und ein Abendkleid für die Preisverleihung – diese mit Perlen besetzte Geschichte, die Sie damals im Gridiron anhatten, reicht, glaube ich. Schließlich werden Sie nicht zum Mikrophon laufen müssen, um irgendeinen Preis in Empfang zu nehmen ... Oder haben Sie vor, beim Wettbewerb für Anfänger-Schriftsteller mitzumachen?«

»Warum sollte ich einen Liebesroman schreiben, wenn ich gegenwärtig noch nicht einmal den Liebesroman meines eigenen Lebens auf die Reihe kriege? Außerdem, mußten die Teilnehmer nicht ihre Arbeit schon vor Wochen einreichen?«

»Nein, das ist doch gerade das Tolle an diesem Wettbewerb! Wir bekommen die Teilnahmebedingungen mit den

Kongreßunterlagen, so daß wir alle genau vier Tage Zeit haben, um drei Kapitel und eine Gliederung auszuarbeiten. Der Gewinner wird am Sonntag abend bei der Preisverleihung bekanntgegeben.«

»Sie wollen tatsächlich bei diesem Wettbewerb mitmachen?«

»Aber absolut. Ich hab' schon genug Liebesromane gelesen, um den Dreh genau zu kennen. Sagen Sie mal, könnten Sie nicht vielleicht Ihren süßen kleinen Laptop mitbringen?«

»Aha, deswegen soll ich also meinem emotionalen Waterloo im Circle Ritz entfleuchen! Sie brauchen meine Megabites.«

»Nun, es ist trotzdem eine gute Möglichkeit, einmal rauszukommen. Also, wo ist jetzt Ihre Verkleidung?«

»Ach, ich weiß nicht. Irgendwo in den Niederungen meines Schranks, in einem großen Plastikbeutel von der Reinigung.«

Temple seufzte, grunzte auf und tauchte dann in Tiefen hinab, in die sich seit ihrem Umzug in das Circle Ritz nichts gewagt hatte.

»Auuuu!« jaulte sie auf und sprang mit einem Satz zurück. »Irgend etwas hat mich gestochen.«

»War das etwa ein Skorpion?« Electra schob als besorgte Vermieterin einige Kostüme beiseite, um besser in den Schrank linsen zu können.

Der Übeltäter jedoch besaß keinen Stachel an seinem Schwanz, obwohl ein Schwanz tatsächlich zur Grundausstattung seiner Spezies gehörte.

Midnight Louie lag auf einem großen Plastiksack zusammengerollt. Seine Entdeckung kommentierte er mit einem löwenmäßigen Gähnen und streckte zufrieden die Klauen aus.

»Dahin verschwindet er also immer, wenn ich ihn nirgendwo finden kann«, sagte Temple.

»Er gönnt sich nur einen Nachmittagsschlaf an einem ruhigen Ort. Katzen ziehen sich gerne in so ein Versteck zurück.«

»Woher wissen Sie das denn?« fragte Temple. »Ich dachte, Sie hätten eine Katzenallergie.«

»Das bedeutet noch lange nicht, daß ich ihre Angewohnheiten nicht kennen würde. Vielleicht ist das sogar der Grund, warum ich so allergisch reagiere. Machen Sie sich keine Sorgen wegen des Kostüms. Wenn Louie es zerdrückt hat, nehme ich es mit und bearbeite es mit meinem Industrie-Dampfbügler.«

»Industrie-Dampfbügler! Da bin ich aber geplättet.«

»Nein, nur Ihr Kleid wird es sein«, sagte Electra. »Ich schlage vor, daß Sie innerhalb der nächsten sechs Stunden gepackt haben.«

»Was ist eigentlich mit Louie?« fragte Temple, während Electra erneut in den Schrank hinabtauchte, um ihm den Haufen Plastik unter dem Hintern wegzuziehen.

»Der kann als der Gestiefelte Kater auftreten.«

Fünf Stunden später standen Temple, Electra und mehr Koffer, als zwei Damen ohne eine männliche Begleitung dabei haben dürften, in der geschäftigen Lobby des Crystal Phoenix. Vor ihnen erstreckte sich eine endlos lange Schlange ähnlich aussehender Personen. Midnight Louie hatten sie auf dem mit Kleidungsstücken übersäten Wrack zurückgelassen, das ehedem Temples Bett gewesen war.

»Hätten wir nicht irgend jemandem Bescheid sagen sollen, daß wir hier sind?« fragte Temple unruhig.

»Wieso denn?« Electra klang empört. »Das ist doch der Vorteil des Single-Daseins: Man muß sich bei niemandem abmelden. Und überhaupt, bei wem? Beim Hausmeister, oder etwa bei anderen Mietern des Circle Ritz namens Max oder Matt?«

»Ich hatte eigentlich an niemand Besonderen gedacht«, setzte Temple unsicher an.

»Außerdem würden die uns nur auslachen.«

»Warum?« Temple fragte lieber nicht nach, wer »die« waren.

»Offensichtlich haben Sie noch nie einen Liebesroman gelesen, sonst wüßten Sie das. Für die Öffentlichkeit, die von guter Literatur keine Ahnung hat, sind wir alberne, liebeshungrige Frauen, in deren Leben so wenig los ist, daß wir unablässig einfältige Geschichten von Sex und Verführung lesen müssen.«

Temple hoffte, daß sie nicht so entsetzt aussah, wie sie war. »Ich hab' das hier für einen Kongreß wie viele andere auch gehalten. Mir war nicht klar, daß ich qua meiner Anwesenheit schon zum Liebesroman-Junkie mutiere.«

»Und was wäre daran so schlimm?« wollte Electra wissen.

Ehe Temple erklären konnte, daß sie schon in ausreichend vielen Kategorien benachteiligt war – Frau, kleine Frau, rothaarige Frau, vom Mann verlassene Frau, überfallene Frau – und daß sie nicht im mindesten in die nächste Kategorie geraten wollte, mit der sie überhaupt nichts zu tun hatte, stieß jemand sie von hinten an.

»Hey!« Temple wirbelte herum, durchaus bereit, eine Schimpfkanonade loszulassen.

Die Identität des Remplers ließ sie jedoch verstummen.

»Nun denn«, sagte er und schnurrte fast. »Ich hatte ja keine Ahnung, daß Sie mittlerweile derart verzweifelt auf der Suche sind, T. B. Ich könnte Ihnen noch ein Dutzend anderer Orte in Las Vegas nennen, an denen Sie Ihr Leben mit etwas mehr Romantik füllen können. Aber doch nicht bei diesem Hühnerverein.« Er warf einen Blick auf die lange Schlange von Frauen, die darauf warteten, sich anzumelden. »Was für ein Haufen Verlierer.«

»Womit ich verstehe, was Sie hier zu suchen haben, Buchanan.«

»Hey! War das nicht eben Ihre eloquente Formulierung? Ich lebe doch von Schund.« Er trat näher an sie heran als nötig oder besonders gesund gewesen wäre und klimperte mit seinen dichten, schwarzen Augenwimpern, damit er Temple besser von oben bis unten ansehen konnte. »Sie wollen doch nicht ernsthaft diese Muskelpakete von Cover Hunks anschauen, T. B.! Die Hälfte von denen ist schwul, und bei der anderen Hälfte weiß man es nicht so genau. Wenn ich gewußt hätte, daß Sie im Moment zu haben sind und sich nach ein bißchen Romantik sehnen ... Kein Wunder, daß Sie immer so schnippisch zu mir sind. Sie brauchen einfach nur einen guten ...«

»Vollidiot!« Electra knurrte wie ein Wachhund an Temples Seite. »Wer ist dieser kleine Mann eigentlich, Temple?«

»Darf ich Ihnen Crawford Buchanan vorstellen, Klatschspaltenjournalist des *Las Vegas Scoop?*«

»Ach so, ja, die Kolumne habe ich schon mal gesehen.« Electra heuchelte Freundlichkeit. »Meist ist da gebrauchte Katzenstreu drauf.«

»Ich bin nicht für den *Scoop* hier.« Buchanan zog hochmütig sein elfenbeinfarbenes Leinenjackett zurecht. »*Hot Heads* hat mich beauftragt, Sie wissen schon, die Fernsehsendung. Fünf Tage lang berichte ich Schlag auf Schlag, was die G.R.O.W.L.er so zu sagen haben. Wenn Sie ein bißchen nett zu mir sind,« – er lehnte sich so dicht an Temple, daß sie die schwarzen Flecken auf seinen Zähnen sehen konnte – »dann sehe ich zu, daß Sie vor laufender Kamera interviewt werden. Ich würde sogar Ihren Namen als ortsansässige Autorin nennen. Tut Ihrem Geschäft bestimmt gut.«

»Ich bin allerdings wegen des Geschäfts hier«, tat sie leichthin kund und trat einen Schritt zurück, wobei sie leider direkt auf Electras großem Zeh landete, »und zwar für das Phoenix.« Sie hoffte, daß das nichtssagend genug war. »Das einzige, was mir im Zusammenhang mit *laufend* und Ihnen einfällt, ist die Tatsache, daß ich immer dringend vor Ihnen weglaufen will.«

»Frauen.« Crawford lächelte Electra schmierig an, als gehöre sie – mit ihren silbrigen Haaren – schon nicht mehr ganz dazu. »Wenn sie so genervt sind, weiß man immer ganz genau, daß sie einen mögen.«

»Entschuldigen Sie bitte«, sagte Temple und sprang, kaum hatte Crawford Buchanan sich endlich verzogen, von Electras Fuß herunter.

»Was soll ich denn entschuldigen?« fragte Electra verwirrt.

Peinlich berührt wandte Temple sich um. Wessen Fuß hatte sie denn sonst mit ihrem Pfennigabsatz an den Fußboden genagelt, und, was noch wichtiger war, wer war dermaßen stoisch, daß er mit keinem Pieps Protest anmeldete?

Ach du liebes bißchen. David, fleischgeworden. Temples Blick ging immer weiter hinauf. Max war großgewachsen, aber unglaublich schmal. Dieser Typ hingegen wurde immer breiter, je weiter man an ihm und seinen Schwarzenegger-Proportionen hinaufschaute. Anders als David und Arnold jedoch umhüllte er seinen Oberkörper mit einem Vorhang aus Haaren, die bis über seinen Bizeps hingen – glatt, kunstvoll wirr und mit Strähnchen, die so taten, als seien sie von der Sonne ausgebleicht.

Temple hatte den merkwürdigen Eindruck, sich gefährlich nah an einem massigen Palomino-Pferd zu befinden. Na ja, Palomino-Hengst. Okay, endgültige Formulierung: Palomino-Zuchthengst.

»Es tut mir sehr leid«, sagte sie. »Bitte entschuldigen Sie, daß ich Ihnen auf den Fuß getreten bin.«

»Sie auf Fabrizio getreten?« Sein sonnengebräuntes Gesicht verzog sich (hinreißend, so nahm Temple an) amüsiert. »Nein. Fabrizio vorsichtig, nicht auf hübsche Dame treten.« Mit diesen Worten grinste er (zärtlich) und hob sie (voller Manneskraft) mit einer einzigen eleganten Bewegung auf.

Ein paar Frauen in der Schlange wandten sich um und starrten die beiden an, dann hörte man schmachtende, bewundernde Laute. Manche wurden rot. Fabrizio drückte Temple an seine männliche Brust, die sich den Blicken der Betrachterinnen unter einem aufgeschnürten, nicht ganz so männlichen Dichter-Hemd offen darbot. Seine Haut war gebräunt, übernatürlich haarlos, und seine Brustmuskeln auf derartig unglaubliche Dimensionen angeschwollen, daß Temple sich wunderte, wie man ihn ohne einen WonderBra auf die Öffentlichkeit hatte loslassen können.

Blitze explodierten entlang des Tresens, an dem man sich registrieren lassen mußte, aber daneben erstrahlte jetzt ein noch heißeres, noch blendenderes Licht. Temple kannte diese aufdringliche Leuchtkraft von früher, obwohl sie damals der Quälgeist gewesen war, der sich dahinter versteckt hatte.

»Es sieht so aus, als hätte Amerikas Lieblingsmodell für Buchumschläge, Fabrizio, bereits seine Minnedame gefunden.« Crawford Buchanans schmieriger Bariton ertönte aus dem Dunkel hinter dem Scheinwerfer. »Wie fühlt es sich an, Miss, da zu sein, wo jede Frau Amerikas liegen will? Wie ist es in den Armen des Großen Fabrizio?«

Der Große Fabrizio schnuffelte an ihrem Hals und warf seine goldenen Locken über ihre Nase. Das juckte.

»Wie... wie Flicka«, rief Temple fröhlich. Gegenüber dem Großen Fabrizio war sie weniger diplomatisch. »Ich hab' schreckliche Höhenangst«, murmelte sie unruhig, »mir wird gleich schlecht. Lassen Sie mich runter.«

Sie untermalte ihre Worte damit, daß sie tat, was sie bei einem durchgehenden Pferd tun würde. Sie trat ihm mit einem langen, spitzen Absatz in den Waschbrettbauch.

»Uff.« Fabrizio ließ sie schneller fallen als eine Partnerin beim Square-Dance. Aber er grinste immer noch. Anscheinend dämpfte seine riesige Körpergröße jedes Körpergefühl. So viel zum neuen, sensiblen Männertyp der neunziger Jahre.

Die Frauen hatten ihre Plätze in der Schlange aufgegeben und sich um die Statue in ihrer Mitte versammelt. Temple wurde von der Bildfläche verdrängt, zum Glück. Alle Frauen trugen schwarze Baumwolltaschen, auf die die kreischpinkfarbenen Buchstaben G.R.O.W.L. gedruckt waren, was sie durchaus gefährlich aussehen ließ.

»Schnell!« Electra schob ihre aufgetürmten Koffer mit dem Fuß über den glatten Marmorboden nach vorn. »Es geht weiter!«

»Wollen Sie nicht hierbleiben und Fabrizio bewundern?« flüsterte Temple.

Electra warf ihr über die Schulter einen interessierten Blick zu. »Momentan ist da viel zuviel Konkurrenz. Sie haben ihm aber gefallen.«

»Sehen Sie nur, er hat schon die nächste.«

Eine schlanke Frau mit langen, geflochtenen Haaren in einem bedruckten Kleidchen im Landhausstil kicherte in Fabrizios Fängen. Weitere Lichtblitze zuckten, während noch mehr Frauen nähertraten, um Oooh und Ahhh zu machen.

»Es tut mir ehrlich gesagt schon leid, daß ich hergekommen bin«, sagte Temple, als sie und Electra an den Tresen traten.

»Mag ja sein, aber denken Sie doch nur, was die Jungs im Circle Ritz heute abend denken, wenn sie zufällig *Hot Heads* im Fernsehen sehen.«

»Das tun die nie im Leben«, sagte Temple voller Zuversicht. »Matt wird um Punkt halb elf bei der Arbeit bei Con-Tact sein, und wer weiß, wo Max dann ist? Sicher nicht vor der nächstbesten Glotze.«

Temple fand es komisch, plötzlich in einem Zimmer im achten Stock des Crystal Phoenix zu wohnen. Sie hängte mit Electra ihre Klamotten im Schrank auf. Electra hatte, ohne auf Temples Rat oder Zustimmung zu warten, deren Kleider eingepackt. Aber es war Temple gleichgültig, was sie trug.

Sie warf sich auf die zum Fenster gelegene Seite des Doppelbetts und fing an, den Touristenführer durchzublättern. »Ich war noch nie an einem dieser Orte. Vielleicht sind die Schuhe ja irgendwo dort versteckt.«

»Sie wollen doch wohl nicht kreuz und quer durch Las Vegas rasen und die Hälfte des Kongresses verpassen«, sagte Electra, während sie auf dem langen Schminktisch zwischen Badezimmer und Schlafzimmer ein beeindruckendes Aufgebot an Haarpflegemitteln aufstellte. Während der ganzen Autofahrt ins Hotel hatte Temple begeistert von den Midnight-Louie-Schuhen erzählt.

»Warum nicht? Das hier ist doch eigentlich nicht mein Ding. Ich bin nur mitgekommen, um Ihnen Gesellschaft zu leisten.«

»Dann könnten Sie doch mal runtersausen und unsere Kongreßunterlagen holen, während ich zu Ende auspakke.«

Temple erhaschte einen Blick auf die Wolke aus Chiffon und Glitzersteinchen, die Electra gerade in den schmalen Schrank zwängte.

»In Ordnung.« Sie holte den Geldbeutel aus ihrer großen Tasche, sah nach, ob sie auch die Chipkarte zu ihrer Zimmertür dabei hatte, und machte sich dann auf den Weg zum Veranstaltungsraum.

In der Lobby des Raumes standen noch mehr Frauen als unten. Sie stürmten förmlich die Empfangstische. Zum Glück waren die Buchstaben *A-L* nicht ganz so belagert wie *M-Z*. Temple stellte sich an und rückte dann schicksalsergeben mit der Schlange langsam vor. Zuerst dachte sie darüber nach, ob man den Ansturm einer solchen Menge besser koordinieren könnte, wenn man die räumlichen Gegebenheiten veränderte. Schließlich war sie die offizielle Beraterin für Modernisierungsfragen des Hotels, und so nahm sie an allen Veranstaltungen im Phoenix großen Anteil.

Dann erwischte sie sich, wie sie den Fetzen der Unterhaltung um sich herum lauschte.

»Diese großen, bösen Jungs finde ich einfach herrlich.«

»Sind mir zu jung. Ich mag starke, schweigsame Typen lieber.«

»Alpha-Männer sind toll.«

»Aber nicht auf dem Schutzumschlag, einfach nur Muskeln sind langweilig.«

»Ach, seht mal! Da ist ja Sharon Rose! Haltet mir den Platz frei.«

An einem Tischchen an der Seite legten Autorinnen gerade Prospekte ihrer Bücher aus. Temple erkannte keine der Frauen dort.

»Shannon Little«, flüsterte eine Stimme in ihrer Nähe andächtig. »Die Sage vom Herrn der Blitze.«

Temple begriff, daß Shannon Little die auffallend große Frau sein mußte, die vollkommen in Lila gekleidet war, bis hin zur Straußenfeder, die sie wie ein Miniszepter vor sich her trug und die eigentlich ein Kugelschreiber war. Sie legte gerade ein paar bunte Poster aus, als eine andere Frau auf sie zutrat.

»Wo sind denn meine Prospekte?« fragte die zweite Frau. »Ich hab sie doch vor einer halben Stunde erst ausgelegt.«

»Ach, ich hab die Auslage ein bißchen verändert«, antwortete Shannon Little und unterstrich ihre Worte mit fahrigen Bewegungen ihrer dicklichen Hände. »Schließlich erwarten alle, meine Bücher hier vorne neben meiner lieben Freundin Misty Meadows zu sehen.«

Selbst Temple kannte diesen Namen. Misty Meadows war eine berühmte Bestsellerautorin. Sie war sogar in einer denkwürdigen Fernsehwerbung aufgetreten. In dem Spot hatte man sie angeblich bei sich zu Hause gezeigt – ein Haus, das Kensington Palace und dessen Gärten sehr ähnlich gesehen hatte.

»Sie haben meine Sachen einfach so weggefegt?«

Die andere Autorin war jünger, kleiner und höflicher als Little, aber Temple gleichermaßen unbekannt.

»Das macht Ihnen doch nichts aus?« Shannon Little klang ein ganz kleines bißchen beleidigt. »Misty und ich legen unsere Sachen immer nebeneinander.«

»Mistys Prospekte lagen schon da, und der Platz daneben war frei, also habe ich meine dahin gelegt. Wenn ich einen anderen freien Platz finde, dann räume ich gern wieder um, aber ...«

»Schon in Ordnung!« Shannon Little schob ihre Prospekte zu einem unordentlichen Haufen zusammen. »Ich geh' woanders hin, wenn es denn sein muß.«

Eine schmale Frau mit hüftlangen braunen Haaren schritt gelassen an der Versammlung vorbei.

»Misty Meadows«, murmelte eine Frau in der Schlange vor Temple. Temple beäugte die berühmte Bestsellerautorin: mittleres Alter, mittlere Größe, gut gekleidet und vollkommen ahnungslos, was ihre »liebste Freundin« Shannon Little gerade umtrieb.

Die segelte wie eine spanischen Galeone davon, die Pamphlete an ihren großzügig proportionierten lila Busen gepreßt, während die andere Autorin ihre Prospekte wieder an den alten Platz legte.

Temple hörte die Frauen ringsum leise lachen.

»La Little ... wollte sich mal wieder selbst in den Vordergrund schieben«, murmelte die Frau hinter ihr.

»Sie müssen sich ja sehr gut in der Szene auskennen«, sagte Temple und wandte sich mit einem Lächeln um. Erstaunt stellte sie fest, daß sie Aug' in Auge mit der anderen Frau stand. Normalerweise mußte sie zu ihren Gesprächspartnerinnen hochblicken. Also schaute sie jetzt erstmal nach unten. Jawoll, die Frau trug auch hochhackige Schuhe. Halleluja, endlich mal ein anderer Zwerg auf Stelzen! Das waren die echten »Littles«, die ihrem Namen alle Ehre machten.

Die Frau grinste sie an. »Was für eine Zicke! Aber wir sind nicht alle so.«

»Sie sind auch Autorin?« Temple konnte nicht anders, sie war beeindruckt. Autorinnen dachten sich Geschichten aus, was viel anstrengender war, als Tatsachen auf immer neue und immer phantasievollere Art auszuspucken.

»Ich fürchte ja.« Die Frau sah den in der Ferne verblassenden lila Segeln des Schlachtschiffes von Shannon Little nach.

Genau so stelle ich mir die Autorin von Liebesromanen vor, dachte Temple, während sie sich die Frau genauer anschaute. Sie war eine guterhaltene Fünfzigerin, klein und auf nachlässige Weise schick – mit einer übergroßen Designer-Brille und einem fröhlichen Seidentuch um den Hals. Außerdem gab es in ihrem Gesicht Falten, gegen die sie nichts zu haben schien, und offensichtlich schreckte sie nicht davor zurück, die Dinge beim Namen zu nennen und eine Hexe auch als Hexe zu bezeichnen. Temple stellte fest, daß auch sie gemustert wurde.

Die Frau schaute konzentriert in Temples Gesicht und blickte dann auf ihre Haare. Ihre Stimme klang plötzlich unsicher.

»Tem-ple?« Sie trat einen Schritt zurück, als würde sie ihrem eigenen Verdacht nicht trauen. »Sie können doch nicht die . . . die kleine Temple sein?«

»Ich bin nicht klein!« Temples Erwiderung war heftig und empört.

Ihre Gesprächspartnerin lachte. »Dann bist du wirklich Temple! Dasselbe hast du auch schon vor zwanzig Jahren gesagt. Kannst du dich nicht an mich erinnern?«

»Nein. Sollte ich das?«

»Nicht unbedingt. Ich bin deine Tante, aber ich hab' dich nicht mehr gesehen, seit du ... na ja, seit du klein warst.«

»Tante? Ich kenne doch meine Tanten! Außer ... Tante Ursula!« kreischte sie auf.

»Schschsch!« Ihre Tante warf einen nervösen Blick um sich. »Unter dem Namen kennt man mich nicht mehr.«

»Du bist doch nach New York gegangen, um Schauspielerin zu werden«, sagte Temple. »Mutter hat damals prophezeit, du würdest verhungern.«

»Nun, das bin ich wohl nicht, oder? Ihr habt doch immer meine Weihnachtskarten erhalten, oder?«

»Als ich noch zu Hause wohnte, ja, aber das tue ich schon seit neun Jahren nicht mehr.«

Ursula zuckte mit den Achseln. »Freut mich zu hören. Laß uns mal unseren Papierkram holen, und dann lad' ich dich auf einen Drink ein. Wir haben uns sicher jede Menge zu erzählen.«

Temple zögerte. Angesichts ihrer gegenwärtigen Gefühlsmisere hatte sie eigentlich keine Lust, in uralte Familienangelegenheiten einzutauchen, und alles, was mit der Generation ihrer Eltern zu tun hatte, mußte zudem einfach langweilig sein.

Aber es war immerhin etwas, womit sie sich ablenken konnte, während sie zentimeterweise nach vorne rückte.

Als sie endlich an dem langen Tisch ankam, ließ eine entnervte Frau sie dort einen Computerauszug für Electra Lark und Begleitung unterschreiben und reichte ihr zwei schwere Baumwolltaschen, die mit Ordnern, Prospekten, Werbegeschenken und kostenlosen Büchern vollgestopft waren.

Sie trat aus der Schlange heraus, um auf ihre Tante zu warten – man stelle sich vor, ihre lange verlorengeglaubte Tante Ursula, die offenbar jetzt unter einem anderen Namen lebte. Temple beobachtete sie bei der Anmeldung und suchte nach Ähnlichkeiten mit ihrer Mutter und den anderen Tanten in Minnesota. Es gab keine. Die ehemalige Ursula unterschrieb, dankte und trug den für sie vorgemerkten Beutel auf eine solch charmante Weise fort, daß Temple es kaum erwarten konnte, das Alter zu erreichen, in dem man sie nicht mehr für ein Mädchen hielt.

»Also.« Ihre Tante schob mit ihrem langen Mittelfinger die Brille auf ihrer aquilinischen Nase höher. Vielleicht war es diese Nase, die ihr eine Aura von Autorität verlieh. »Ich brauche jetzt unbedingt einen Martini. Los komm.«

Nachdenklich folgte Temple dem Ehrfurcht gebietenden Klappern der konservativ geschnittenen, aber teuren hochhackigen Schuhe ihrer Tante – Bally, vermutete sie. Aber warum sollte ihre Tante denn auch nicht in dieser Hinsicht Autorität ausstrahlen? Sie hatte doch gesagt, daß sie eine Autorin war, nicht wahr? Eine Autorin von Liebesromanen. Wieso hatte Mom denn davon nichts erzählt?

Bald schon hatten sie es sich an einem winzigen runden Tisch mit Marmorplatte bequem gemacht, gleich neben dem mäandernden Bach im Innern des Phoenix, der von einem Gewirr tropischer Pflanzen überwuchert wurde. Eine Kellnerin kam mit dem üblichen braunen Tablett. Ihre Tante bestellte einen Gibson, hob die Augenbrauen und wartete, während Temple unentschlossen überlegte.

»Eine Bloody Mary bitte.«

Die Kellnerin eilte davon.

»Wer ist denn dein Freund?« fragte ihre Tante und sah nach unten.

Temple erwartete durchaus, Midnight Louie zu sehen, so sehr hatte sie sich schon an seine geheimnisvollen Auftritte und Abgänge gewöhnt. Alles, was sie jedoch sah, waren drei Baumwollbeutel, voll mit Worten, Weibern, Wehmut, aber kein Katzenfell.

»Ach so. Der andere Beutel ist für meine Vermieterin, Electra. Sie ist der Liebesroman-Fan. Ich bin nur hier, um ihr Gesellschaft zu leisten.«

»Ich hab dich vorhin schon auf der menschlichen Achterbahn gesehen. Beeindruckend, nicht wahr?«

»Fabrizio? Ziemlich tolpatschig.«

Das Lachen ihrer Tante, ein warmes Contralto, wäre bei einer helleren Stimme ein Juchzen gewesen. »Sein Spitzname ist Breezy, wohl, weil sein Denken eher einer leichten Brise gleicht. Hör mal, hast du was dagegen, wenn ich rauche? Ich werd' den Qualm auch in die andere Richtung pusten.«

»Eigentlich ja, aber ich schätze, Verwandte genießen Ausnahmerecht.«

»Schreckliche Angewohnheit.« Ihre Tante zündete sich eine Virginia Slim an. »Ich versuche bestimmt einmal im Monat aufzuhören. Wenigstens fress' ich keine kleinen Kinder.«

Temple zwinkerte, während ihre Tante ihr Anzünde-Ritual mit einem erwartungsvollen Lächeln abschloß, und kam dann noch einmal auf etwas zurück, was sie interessierte. »Was hast du eigentlich vorhin gemeint, als du sagtest, daß du nicht mehr ›Ursula‹ genannt wirst?«

»Na ja, es ist ein wirklich scheußlicher Name.«

»Ich weiß.«

»Stimmt ja! Das Schwesterherz hat ihn dir auch noch als zweiten Vornamen gegeben, nicht wahr? Wahrscheinlich dachte sie, wenn ich deine Patentante werde, würde das einen guten Einfluß auf mich ausüben. Hat es aber nicht.«

»Du bist meine Patentante! Das hatte ich ganz vergessen. Du bist schon so lange weg und lebtest so merkwürdig zurückzogen.«

»Merkwürdig zurückgezogen.« Ihre Tante blickte auf die blinkenden kleinen Lämpchen, die in den grünen Pflanzen verborgen waren. »Der Regisseur eines Theaters am Off-Broadway hat das auch mal über mich gesagt, aber damit wollte er noch etwas anderes andeuten.«

Sie lehnte sich nach hinten, als die Kellnerin ihre Drinks abstellte, und zog einen Fächer grüner Scheine hervor, die von der Serviererin dankend und mit einem besonders tiefen Abschiedsknicks quittiert wurden.

»Ach, Temple, Liebes«, fuhr sie dabei fort, ohne auch nur mit der Wimper zu zucken, »die lange Geschichte meines Lebens ist nicht mal eine kurze Zusammenfassung wert. Tatsächlich sagt ein Bild mehr als tausend Worte.«

Sie steckte die Hand in die Tasche zu ihren Füßen und warf dann schwungvoll etwas auf die marmorne Tischplatte.

Temple schreckte zurück. Doch dann zog sie den Gegenstand, ein dickes Taschenbuch, auf ihre Seite des Tisches. Der glatte Umschlag mit den geprägten Buchstaben des Titels fühlten sich unter ihren Fingerspitzen an wie überdimensionierte Brailleschrift. »Sulah Savage... *Nacht der tausend Sterne*«, las sie laut vor. »Du? Du bist also Sulah Savage?«

Tante Ursula nahm einen Schluck und zog zufrieden an ihrer Zigarette. »Du hast schon von ihr gehört?«

»Bis jetzt noch nicht.«

»Ach so. Sie hat ziemlichen Erfolg. Ich hatte mal überlegt, mich ›Sue‹ zu nennen, aber das klang einfach nicht vernünftig genug. Viel zu sehr nach Buddy Holly. In jedem Fall hätte ›Ursula Carlson‹ kein einziges Buch verkauft, geschweige denn irgend etwas anderes. Wieso haben die mich nur so getauft?«

»Warum in aller Welt haben sie mich auch noch damit beglücken müssen?« Temple beugte sich über den Tisch. »Es gibt so einen gräßlichen Typen in dieser Stadt...«

»Nur einen? Von Las Vegas hatte ich mehr erwartet.«

»Der einzige, den ich kenne. Er nennt mich immer bei meinen Anfangsbuchstaben, als wäre ich eine Krankheit.«

»Ach so. T. B. Gott sei Dank bist du keine Krankenschwester, oder? Was arbeitest du überhaupt?«

»Ich war früher mal T.V.-Journalistin fürs Lokale.«

»Schauspielerblut, das wußte ich doch!«

»Dann wurde ich die PR-Frau für das Guthrie Theatre.«

»Das gute alte Guth! Sir Tyrone wäre ja so stolz. Da sieht man doch, wie das Schauspielerblut an allen Ecken und Enden wieder herauströpfelt.«

»Bitte, etwas weniger drastisch! Jetzt bin ich selbständig und mache hier und da ein bißchen Öffentlichkeitsarbeit. Tatsächlich hab' ich gerade einen Auftrag für dieses Hotel bekommen, das ein neues Image haben will.«

»Was in aller Welt hat eigentlich ein unschuldiges Mädel aus Minnesota nach Vegas gebracht?«

»Ein Zauberer namens Max.«

»Ein Zauberer. Schon wieder eine Verbindung zum Theater. Temple, ganz offensichtlich bist du dazu geboren, auf den Brettern zu stehen, die die Welt bedeuten.«

»Und was ist mit dir? Hast du nicht blutjung dein Zuhause verlassen, um in New York Schauspielerin zu werden?«

»Allerdings. So was macht man meistens, wenn man noch blutjung ist.«

»Und?«

»Ich habe in New York tatsächlich geschauspielert, aber ich habe dort auch noch eine Menge anderer Sachen gemacht. Model konnte ich nicht werden, dazu war ich zu klein. Also habe ich in Saks Fifth Avenue Parfum verkauft, Hunde spazieren geführt und immer mal wieder eine Rolle angenommen. Und dann, vor fast zwanzig Jahren, habe ich Sulah entdeckt.«

»Du schreibst seit zwanzig Jahren Romane, und die Familie weiß das nicht?«

»Die Familie wollte es nie wissen. Du kennst sie doch. Tief verwurzelt im Konservativismus des mittleren Westens. Ein Leben des ›Du sollst nicht‹ hätte ich nicht ausgehalten. Du sollst nicht mehr als eine Meile von deinem Geburtsort wegziehen. Du sollst niemals die erste Arbeitsstelle oder den ersten Ehemann verlassen. Du sollst dich nicht selbst verwirklichen. Du sollst nicht rauchen.«

Sie zog eine Grimasse und drückte ihre Zigarette in dem winzigen kristallenen Aschenbecher aus.

»Tante ... Wie soll ich dich denn eigentlich nennen?«

»Kit, einfach nur Kit. Bitte. Ich hab nie Kinder gehabt, und jetzt werde ich bestimmt nicht mehr damit anfangen. Gott sei Dank bist du schon erwachsen – oder etwa nicht?«

Als Temple nickte, fuhr sie fort: »Mein zweiter Name ist Katherine, und die Dramen von Christopher Marlowe haben mir schon immer gefallen. Seit dreißig Jahren nennen die Leute mich Kit.«

»Aber deine Karten an uns zu Hause ...«

»Waren mit Ursula unterschrieben. Ich weiß. Du sollst auch nicht deinen Vornamen ändern. Warum hat Schwester Sarah dir eigentlich den so fortschrittlichen Vornamen Temple gegeben? Ich weiß noch, daß Mom und Dad völlig perplex waren, als sie es hörten.«

»Vielleicht war das ihre einzige, winzige Rebellion. Immerhin war es ihre letzte Chance.«

»Denkst Du eigentlich darüber nach, auch Liebesromane zu schreiben?« fragte ihre Tante nach einer kurzen Gesprächspause.

»Nein. Aber Electra überlegt es sich anscheinend.«

»Na, dann sag deiner Freundin, sie soll sich mal mit mir unterhalten, wenn sie einen Rat braucht.«

»Verdient man eigentlich gut mit der Schreiberei?«

»Am Anfang zumindest nicht.«

»Aber inzwischen doch?«

Kit nickte und nahm einen Schluck von ihrem Gibson. Dabei wirkte sie so zurückhaltend wie eine Katze. »Es ist nicht einfach gewesen. Die meisten Autoren von Liebesromanen sind über Jahre hinweg auf das grausamste ausgebeutet worden ... nicht lachen, ich übertreibe nicht, obwohl ich gerne zugeben will, daß ich das gelegentlich tue.«

»Aber warum diese Liebesromane?«

»Weil sie wie Theater sind, meine Liebe! Action, Abenteuer, Leidenschaft. Niemand führt heutzutage Marlowe oder Webster auf. Der arme alte Shakespeare wird alle Nase lang neu inszeniert, so daß wir mittlerweile Romeo und Julia als Punker anschauen müssen, und Julius Cäsar ist ein Don der Mafia. Der *Sturm* wird als Episode von *Star Trek* aufgeführt, und Caliban wird dabei zum Klingonen. Historische Liebesromane bieten die Möglichkeit, ausschweifend und heroisch zu erzählen, es gibt tragische Trennungen und ekstatische Versöhnungen, Bösewichter, die großartig genug sind, um mit ihren spitzen Zähnen und gespaltenen Zungen an der Bühnenausstattung zu knabbern, Sprache, die fließt, wie sie es in früheren Zeiten getan hat, statt wie ein banales Telegramm zu stottern. Das ist noch mit Phantasie geschrieben! Optimismus! Es gibt ein Happy-End – nach viel Kummer und Qual natürlich. Wenn man darüber nachdenkt, ist es genau wie das richtige Leben.«

Die anderen Gäste im Restaurant klatschten nach diesem lauten Vortrag höflich Beifall. Kit neigte ihren mahagoniroten Kopf und zündete sich eine weitere Zigarette an. Sie würde eine großartige Irre von Chaillot geben, dachte Temple, besann sich dann aber eines besseren. Kit war für diese Rolle etwas jung, doch war der Giraudoux eine dieser wunderbaren Sprachübungen, die heutzutage nur noch sehr selten aufgeführt wurden. Kein Wunder, daß ihre Tante schrieb, anstatt zu schauspielern.

»Miss Barr?«

Die Stimme war männlich und unglaublich wohlklingend und tief, und sie kam von oben. War der Erzengel Gabriel auf die Erde niedergestiegen? Temple blickte auf und sah einen dunkelhäutigen, langhaarigen Mann in einem Hemd, das vorne wie eine Corsage zugebunden war.

Offensichtlich war das ein rechter Herzensbrecher, aber woher in aller Welt kannte er sie? Kits hochgezogene Augenbrauen stellten dieselbe Frage.

Die leise Bescheidenheit in seiner Stimme und in seiner Haltung verströmten unbewußten, aber nichtsdestotrotz sehr wirksamen Charme. Sie kannte ihn doch irgendwoher...

»Cheyenne«, erinnerte er sie mit einem schüchternen (oder möglicherweise auch sinnlichen) Lächeln.

Ach so, ja. Cheyenne. Einer der männlichen Stripper, der damals bei dem Wettbewerb mitgemacht hatte. Der mit den rätselhaft ambiguen (oder war es eher ambidextre?) sexuellen Neigungen und der fremdländischen Herkunft.

»Nehmen Sie hier am Wettbewerb teil?« fragte sie verwirrt.

Er nickte. »Das lohnt sich sehr viel mehr als der letzte, bei dem Sie mich gesehen haben. Fabio hat Millionen damit verdient, daß man ihn für Reklamezwecke verpflichtet hat. Und dieser Möchtegern Fabrizio will jetzt auf demselben Markt mitmischen. Ich denke, es ist Zeit für einen anderen Typ.«

Temple wollte ihm nur ungern sagen, daß Braunhaarige, egal welchen Geschlechts, immer erst an zweiter Stelle nach Blondinen kamen. Und Rotschöpfe wie sie erst...

Kit neigte den Kopf und ließ ihre schrägen, katzenartigen Augen blitzen. »Fabio war der erste, er wird am meisten einnehmen.«

Cheyenne lächelte freundlich. »Da bleibt für uns andere immer noch genug übrig. Ich bin gerade von ein paar Model-Einsätzen in Europa zurückgekommen ... London, Oslo, Amsterdam, Berlin, Rom. Und da ...«

Sein Blick glitt langsam wie rotbraune Lava über Temples Gesichtszüge. Doch diesmal lag eine andere, weniger vertraute Botschaft in seinem Blick. Etwas Eisiges, wie Angst.

»Vielleicht könnten wir uns heute abend ein paar Minuten zusammensetzen, Miss Barr. Ich hab da ein heißes Eisen im Feuer. Es wird erst in ein paar Tagen bekanntgegeben, aber ...« Er lachte entwaffnend. »Ich könnte eine Publizistin ganz gut gebrauchen oder wenigstens einen guten Rat. Darf ich Sie auf einen Drink einladen?«

Temple wog die schmeichelhafte Einladung zu einem Tête-à-tête mit einem der größten Liebesdiener des Model-Geschäfts gegen ihre Lust auf die Midnight-Louie-Schuhe ab. Die Schuhe trugen mühelos den Sieg davon.

»Vielen Dank, aber ich habe heute abend schon eine andere Verabredung. Aber ansonsten jederzeit, irgendwann im Lauf des Kongresses.«

Glitt da etwa ehrliche Enttäuschung über dieses schmale, wie gemeißelte Gesicht? In Temples Puls schlug eine kleines, schauderndes Bedauern.

»Dann wird es eben später sein müssen. Vielen Dank.« Cheyennes Lächeln wurde breiter, für die Öffentlichkeit zugänglicher, und sein Blick ging zwischen den beiden hin und her. »Sie sind beide herzlich eingeladen, morgen früh bei unserer Generalprobe im Peacock Theater dabeizusein. In meinen Auftritt ist eine Überraschung eingebaut, die wird alle tot umhauen. Acht Uhr.«

»So früh schon?« beschwerte sich Kit.

»Die Jungs wollen sich ab zehn Uhr unter die Kongreßbesucher mischen. Dann ist der Applaus des Publikums beim eigentlichen Wettbewerb größer, und *das* beeinflußt sicher die Jury. Kann ich auf Ihr Klatschen zählen, meine Damen?«

»Absolut«, donnerte Kit in ihrer tiefsten Stimmlage, »es wird Standing Ovations geben.«

Mit einem Zwinkern zog sich Cheyenne so graziös durch die grüne Dschungel-Pflanzenwelt zurück wie eine Schlange im Garten Eden.

»Ich glaube, der hatte es auf dich abgesehen«, sagte Kit.

»Nein, ich bin ihm viel zu alt... ich meine, diese Kerle sind bestimmt erst zweiundzwanzig oder so.«

»Männer erreichen ihren erotischen Höhepunkt mit achtzehn.«

»Das kann ich kaum glauben. Die sind doch gar nicht in der Lage, eine reife Beziehung einzugehen, ehe sie zwanzig sind.«

»Wer redet hier denn von Reife?«

»Vermutlich hinke ich den Zeiten hinterher«, gab Temple zu. »Was hältst du eigentlich von diesen Schönheitswettbewerben für männliche Schutzumschlagmodels?«

Kit hustete, schluckte den letzten Rest ihres Gibson hinunter, und griff sich dann mit einer gespreizten Hand an den Hals. »Du meinst ehrlich? Abgesehen von der Gelegenheit, mal was Hübsches zu sehen? Grund genug zum Morden. Das ist eine empörende Ausbeutung ... aber nicht von den kleinen Jungs auf der Bühne. Wir Frauen schreiben die Bücher, wir lesen die Bücher, aber wer kriegt den ganzen Ruhm und die Werbeverträge? Wann hast du das letzte Mal eine Autorin von Liebesromanen in einer Fernseh-Talk-Show oder in einem Reklamespot gesehen? Aber Fabio, das Muskelpaket unter den Schönlingen, macht dauernd Reklame für irgendein Parfum. Nicht zu vergessen sein völlig übertriebener Vertrag für ein Buch, das von irgendeiner ungenannten Frau für wenig Geld und überhaupt keine Ehre geschrieben wird. Meinetwegen sollen Frauen genausoviel hingucken dürfen wie die Männer, aber Tatsache ist doch, daß wir nur sehr wenig davon haben. Wirtschaftlich haben wir eindeutig den kürzeren gezogen.« Kit beugte sich zu ihr hinüber, und ein Hauch von rauchigem Atem ging in Temples Richtung. Ihre Stimme sank in Zarah-Leander-Tiefen hinab. »Den da würde ich allerdings nicht von der Bettkante stoßen.«

»Hmmmm, ich weiß nicht so recht. Ich mißtraue diesen Typen prinzipiell. Einer, der sein Geld mit Frauen verdient, hat doch was Schmieriges. Ich glaube, zu deiner Zeit nannte man sie Gigolos.«

»Oooh. Wir sind wohl ein bißchen bissig, nicht wahr, Nichtchen?«

»Ich schätze, du würdest nichts lieber tun, als morgen bei Anbruch der Dämmerung bei dieser Generalprobe vom Schönheitswettbewerb der Cover-Models dabei zu sein.«

»Mais oui, chérie.«

»Mom wäre ganz schön schockiert, wenn sie herausfinden würde, daß du dich zu einer Frau entwickelt hast, die nur eines im Sinn hat.«

»Deine Mutter wäre auch schockiert gewesen, wenn ich mich zu einer Heiligen gemausert hätte, aber warum sollte ich ihr die Freude machen? Außerdem ist diese Jungengeschichte mal eine ganz wunderbare Ablenkung. Was ist denn schon dabei, ein bißchen zu gucken? Vielleicht wird es dich ja dazu anregen, beim Wettbewerb für die Beste Liebesamateurin mitzumachen.«

Temple nickte mit säuerlicher Miene. »Manchmal fühle ich mich auf diesem Gebiet wirklich wie eine Weltmeisterin.«

»Ich kann nicht allzu lange ausbleiben«, sagte Electra warnend, als Temple auf ihr Zimmer zurückkehrte und vorschlug, am Nachmittag einen Ausflug zum neuen MGM

Grand zu machen. »Mein zweitägiges Schreibseminar fängt morgen um Punkt zehn Uhr an.«

»Sie werden noch früher aufstehen, wenn Sie sich zu mir und Tante Kit gesellen und die Probe für den Schönheitswettbewerb der Cover-Models anschauen. Cheyenne hat mich ausdrücklich eingeladen.«

»Ooh, Cheyenne. Ich erinnere mich an diesen sexy jungen Mann vom Stripper-Wettbewerb. Der wäre doch großartig für die Umschläge von Indianer-Romanzen.«

»Kit hat erzählt, daß die Autorinnen von Liebesromanen es nicht so toll finden, daß die Cover-Models die meiste Aufmerksamkeit bekommen.«

»Vielleicht haben die Verlage ja mit dem Reiz des schönen Mannes ein bißchen übertrieben, aber als Leserin bin ich weniger beleidigt als inspiriert.«

»Umschlag-Schönlinge! Der Ausdruck allein läßt einen doch schon an narzistische, schleimige Typen denken, die sich an Frauen bereichern.«

»So was nennt sich Chancengleichheit, Liebes. Seit Jahrhunderten schon machen wunderschöne Mädchen das mit den Männern. Jetzt kümmert sich wenigstens mal jemand um unsere Vorlieben. Wenn Sie erst mal mein Alter und meine Breite erreicht haben, zählt das eine ganze Menge. So, wegen Ihres Ausflugs heute mit Ihrer verlorengeglaubten Tante ...«

»Es macht bestimmt Spaß, wenn wir uns mit Kit die Ausstellung im MGM Grand über den Zauberer von Oz und den Vergnügungspark anschauen. Und machen Sie sich keine Sorgen, Kit ist überhaupt nicht wie eine Tante, sie wird Ihnen ganz sicher gefallen. Ich hab sie seit Jahren nicht gesehen. Es erstaunt mich sowieso, daß sie mich überhaupt erkannt hat. Außerdem ist sie Autorin und kann Ihnen Tips geben, wie sie Ihren Text beim Wettbewerb am besten einreichen können.«

»Ich kann mich nicht erinnern, jemals irgend etwas von einer Kit gelesen zu haben.«

»Unter dem Namen veröffentlicht sie ja auch gar nicht. Ihr Pseudonym ist Sulah Savage.«

»Nein!«

»Doch.«

»Etwa die Autorin von *Quecksilberner Mond?*«

»Das dürfen Sie mich doch nicht fragen!«

»Sulah Savage ist eine meiner Lieblingsautorinnen! Um mit der ein bißchen Zeit zu verbringen, würde ich nicht nur meilenweit gehen, sondern ich weiß nicht was tun. Warum haben Sie das nicht gleich gesagt?«

»Ich wußte doch nicht, wie bekannt sie ist.«

»Nun denn, kommen Sie mal in die Hufe, meine Liebe. Ich jedenfalls bin bereit. Auf geht's nach Oz.«

Kapitel 8

Tiefe Gewässer

Schwimmen war die unbarmherzigste und langweiligste Disziplin, die man für seine körperliche Fitneß ausüben konnte.

Und doch, so dachte Matt oft, während er sich durch das gechlorte Wasser kämpfte, hatte man als Schwimmer jede Menge Zeit, über alles mögliche nachzudenken, insbesondere natürliche über die Horrorfilme alter Zeiten, in denen riesige Seemonster oder – etwas zeitgenössischer – spielbergianische Geschöpfe ihr Unwesen trieben. Doch heute sah Matt, abgesehen von dem wirbelnden Durcheinander in seiner eigenen Psyche, keine Monster.

Hin und zurück. Sonne. Himmel. Gischt.

Matt berührte den warmen Zement, stieß sich ab, wendete und zog mit acht einfachen, aber kraftvollen Armbewegungen durch das kleine Becken.

Himmel. Sonne. Schatten.

Matt pflügte durch das Wasser.

Sonne. Himmel. Schatten. Schatten?

Er richtete sich sofort auf und trat auf der Stelle. Sein Gesicht und seine Atmung waren zwischen widerstreitenden Elementen gefangen. Er bemühte sich, klarer zu sehen.

Die Silhouette eines Busches neben dem Schwimmbad verwandelte sich in einen hockenden Mann, der die Knie zusammengeklappt und die Ellbogen weit auseinandergespreizt hatte. Menschen in fernen Ländern nahmen solche Haltungen gerne an, der überzivilisierte Mensch des Westens besaß weder die Gelenkigkeit noch die Bescheidenheit für derartige Stellungen.

Matt blinzelte. Die Gestalt wurde plötzlich bunt und scharf: Es war Max Kinsella in Tarnfarbe, seinem Hawaiihemd.

Matts Blinzeln verwandelte sich in ein Stirnrunzeln.

»Kann ich irgend etwas für Sie tun?« fragte er, und sein Tonfall legte nahe, daß er das eigentlich nicht vorhatte.

»Reden Sie mit mir.«

Matt faßte nach dem dicken, abgerundeten Rand des Pools, ließ sich noch einmal hinabsinken, nahm dann Schwung und drückte sich aus dem Wasser hoch. Er blieb einige schweigende Momente lang tropfend vor Max sitzen.

Kinsella bewegte sich nicht, obwohl die kleine Pfütze Wasser auf seine Tennisschuhe zugekrochen kam. Kein Wunder, daß Matt sein Kommen nicht gehört hatte.

Er haßte es, den schützenden Bereich des Wassers verlassen zu müssen, das Deckmäntelchen für seine Fast-Nacktheit.

Das war es, was ihm am Circle Ritz so besonders gut gefiel. Fast keiner der Mieter benutzte den Pool. Es gab keine Zeugen, wenn er das Wasser verließ, denn das war immer ein Moment, in dem ihn die eigene Verletzlichkeit wie ein Krampf überfiel. In der High School hatte er sich vor dem Sport gedrückt, egal mit welcher Ausrede. Er war den Augen und den Fragen ausgewichen. Jetzt hatte er keine blauen Flecken mehr zu verbergen, aber aus der Angewohnheit von damals war allgemeine Scham über seinen Körper geworden. Es war gleichgültig, daß er mittlerweile verstanden hatte, daß der alte Schmerz unsichtbar war, und daß er mittlerweile auch seinen Körper als Quelle der Freude und der Bewunderung begriff – er haßte es immer noch, sich zu zeigen.

Kinsella richtete sich mit den fließenden Bewegungen eines Tänzers auf. Matt erhob sich ebenfalls rasch, als wolle er trotz des erheblichen Größenunterschieds mit ihm auf einer Höhe bleiben. Seine übliche Verlegenheit in Situationen wie dieser hatte noch einen anderen, unangenehmeren Beigeschmack. Bei Temple wurde sie eher zur erotischen Schüchternheit. Doch jetzt fühlte Matt sich unzulänglich, was seine Stärke und Größe anging. Er war wieder acht Jahre alt, hilflos angesichts der Größe dieses Mannes und seiner Wut.

»Sie sind ja ziemlich sportlich«, bemerkte Kinsella, während er Matt seinen wildgemusterten Rücken zuwandte, um zu dem Tisch und den Stühlen zu gehen, die Electra am Rand des Pools aufgestellt hatte.

»Eigentlich gar nicht. Ich schwimme nur ein bißchen.« Matt nahm sein Handtuch von einem uralten Liegestuhl und folgte ihm, verärgert über diese automatische Bescheidenheitsfloskel, die er sich wohl nicht abgewöhnen konnte.

»Dann also diszipliniert.«

Matt zuckte mit den Achseln und gab sich gar nicht erst die Mühe, seinen Lieblingsbegriff »Meditation« anzubringen.

»Ich wüßte nicht, daß wir etwas zu besprechen hätten«, sagte er. Trotzdem setzte er sich hin und tupfte sich das Gesicht trocken. Er wünschte, er könnte sich endlich wieder anziehen.

Kinsellas zweifelnder Blick wirkte einstudiert. Ein Zauberer war schließlich vorrangig ein Schauspieler.

»Wir haben etwas gemeinsam.« Während Matt eine reglose Gelassenheit bewahrte, die sein Gesicht zu Eis erstarren ließ, fügte er hinzu: »Nicht Temple.«

»An Temple habe ich auch nicht gedacht«, antwortete Matt genauso schnell.

»Schande über Ihr Haupt«, erwiderte Kinsella. »Es lohnt sich, über sie nachzudenken, selbst wenn sie sich zurückzieht.«

»Zieht sie sich zurück, oder ist sie zurückgeschlagen worden?«

»Wahrscheinlich beides. Nicht, daß ich ihr das verübeln könnte. Hören Sie, Sie kennen mich nicht ... oder besser, Sie wissen nichts von mir, außer Irreführendem. Aber wir haben mehr gemeinsam als Temple.«

»Und das wäre?«

Matt nahm an, daß er gerade einen Meister der Irreführung dabei beobachtete, wie er seine Kunst ausübte. Kinsella mußte es wirklich genießen, die Leute aus dem Gleichgewicht zu bringen. Warum war Temple abgerauscht und hatte sie beide miteinander allein gelassen? Matt vermutete, daß sie mit Electra unterwegs war, und er wußte, daß er ihr diese Art Flucht nicht übelnehmen durfte. Aber das letzte, was er mit Max Kinsella erörtern wollte, war Temple, vor allen Dingen, wo er ihren letzten, höchst intimen Abend noch im Gedächtnis hatte.

»Was haben wir also gemeinsam?« erkundigte sich Matt zurückhaltend. Er machte sich auf weitere Überraschungen gefaßt.

»Tote Männer«, ließ ihn Kinsella mit einem Blitzen seiner katzengrünen Augen wissen.

»Tote Männer im allgemeinen?« fragte Matt. Er trug immer noch die Maske eines Gemeindepfarrers, obwohl Kinsella von deren Existenz nichts wissen konnte. »Oder bestimmte tote Männer?«

»Wie viele tote Männer kennen Sie denn?« parierte Kinsella.

»Einige.«

»Hmm. Dann haben Sie vermutlich schon von meinen gehört.«

»Ich glaube nicht.«

»Temple hat Ihnen nicht von dem Mann erzählt, der tot in einem maßgeschneiderten Loch in der Decke über den Spieltischen des Goliath gefunden wurde? Tot aufgefunden in der Nacht, in der ich verschwand, um bis jetzt nicht wieder aufzutauchen?«

»Vielleicht finden *Sie* Ihr Verschwinden ja sehr bemerkenswert. Aber das geht nicht allen so.«

»Ich langweile Sie. Wie schade. Wie ich sehe, fehlt es mir an Übung.«

»Was haben Sie eigentlich gemacht, während Sie verschollen waren?«

»Das geht Sie nichts an.« Max konterte mit einem ungezogenen Grinsen.

»Meine toten Männer gehen Sie auch nichts an.«

»Und genau da könnten Sie sich irren, mein Bester. Ich glaube, daß die Tode unserer Verstorbenen, mögen wir sie auch nicht beklagt haben, miteinander zusammenhängen.«

»Woher wissen Sie überhaupt von dem, mit dem ich es zu tun hatte?«

»Sagt Ihnen der Name Molina was?«

»*Die* kennen Sie?«

»Die?« Kinsella klang erstaunt.

»Die«, bestätigte Matt. »Sie will Sie unbedingt sprechen. Sie haben ihr den Gefallen noch nicht getan?«

»Noch nicht, aber wenn sie tatsächlich eine vernünftige Informationsquelle ist, bin ich ja gerade rechtzeitig zurückgekommen. Sagen wir mal, Nähe ist alles.«

»In welchem Fall ich verstehen kann, warum man Sie in Sachen Goliath verdächtigt.«

»Ich meine nicht diese Art von Nähe«, sagte Kinsella. »Sondern tote Männer.« Er kippte auf seinem weißen Plastikstuhl gefährlich weit zurück. »Denken Sie mal darüber nach. Meiner im Goliath vor fünf Monaten, Ihrer im Crystal Phoenix letzte Woche.«

»Meiner? Ihrer? Der Tod kennt keine Possessivpronomen.«

Kinsella schlug mit den Vorderbeinen des Stuhles wieder auf den Zement. »Sprachliche Finesse. Ihr toter Mann ist mehr Ihrer, als meiner zu mir gehört. Ihrer war ein Verwandter.«

»Woher ...?«

»Temple hat eine Bemerkung fallen lassen, ich hab' sie aufgeschnappt und bin zum Leichenschauhaus gegangen.«

»Er war kein wirklicher Verwandter.«

»Eine Menge Leute, mit denen wir zurechtkommen müssen, sind keine wirklichen Verwandten.«

»Er war mein ... Stiefvater.«

»Das ist nah genug, um zu zählen. Stiefeltern können ein wunder Punkt sein.«

»Der war kein wirklicher Vater. Der hat immer nur gemacht, was er wollte.«

Kinsellas Züge verhärteten sich. Vielleicht war es Mitleid. »Tut mir leid. Ich wußte nicht, daß die Verbindung so eng war.«

»War sie nicht. Ich hab ihn seit Jahren nicht gesehen.«

Kinsella nickte, zweifellos dachte er über die unausgesprochenen Tatsachen nach und wägte ab, ob er sie erwähnen sollte oder nicht.

»Und wie es aussieht, werden Sie ihn auch nie wiedersehen«, überlegte er.

»Aber ich habe ihn doch gesehen! Nach seinem Tod. Vielleicht.«

Kinsellas Miene wurde fröhlicher, als wäre er ein Jagdhund, der das Wort Wachteln hört. »Warum ›vielleicht‹?«

»Ich hatte den Mann seit siebzehn Jahren nicht mehr gesehen. Ich konnte ihn nicht richtig identifizieren. Die Zeit hatte ordentliche Arbeit geleistet, und der Tod hat den Rest erledigt. Er schien mir ... ein Fremder zu sein. Als ich im Leichenschauhaus stand, in diesem unglaublich spartanischen Raum, war ich mir nicht sicher, ob er es ist.«

Kinsella dachte darüber nach, und seine langen Finger streckten sich auf dem im Schatten liegenden Plastiktisch, als würde er einen Zaubertrick nachspielen.

»Sein oder nicht sein … Cliff Effinger. Wenigstens hatte Ihrer einen Namen und ein Gesicht.«

»Sie kannten den Toten vom Goliath nicht?«

Kinsella schüttelte den Kopf.

»Sie hätten ihn trotzdem umbringen können.«

Eine Pause, dann ein Nicken.

»Haben Sie es getan?«

»Nein«, sagte er mit einem langsamen, traurig schönen Lächeln, das andeutete, was derartige Verneinungen wert waren. »Haben Sie Ihren Stiefvater umgebracht?«

»Leider nicht. Ich glaube jedenfalls nicht. Und diese Frage hat mir auch noch niemand gestellt.«

Kinsella ging Matts merkwürdiger Unsicherheit nicht nach. »Was ist mit Lieutenant Molina?«

»Die gibt so leicht nicht auf. Sie wird immer noch auf der Suche nach Ihnen sein.«

»Vielleicht.«

»Was soll das heißen?«

»Warum hat sie Sie gebeten, die Leiche zu identifizieren?«

»Weil ich endlich meine Beziehung mit Effinger zugegeben habe.«

»Na und?«

»Bei ihr lag ein toter Mann im Leichenschauhaus, und sie brauchte jemanden, der seine Identität bestätigt.«

»Nein, das brauchte sie nicht.«

»Wie bitte?«

»Dieser Stiefvater hat das gemacht, was schlechte Stiefväter immer so machen, nicht wahr?«

Matt spürte, wie seine Muskeln sich verhärteten, obwohl er seine entspannte Haltung beibehielt. Hatte Temple Max etwa erzählt …?

Kinsella sprach weiter, als würde er Matts Zögern nicht bemerken. »Wenigstens hat er es getan, wenn er Cliff Effinger war. Effinger hat seine Heimatstadt verlassen und ist nach Vegas gegangen, hat getrunken, hat gespielt, ist wegen aller möglichen kleinen Vergehen festgenommen worden. Er hat zwar insgesamt nicht viel Zeit im Knast verbracht, aber eine lange, wohldokumentierte Spur hinterlassen. Hören Sie zu, Devine. Cliff Effinger war in jedem Polizeirevier in der Stadt bekannt. Wieso wollte diese Miss Molina, daß Sie zum Leichenschauhaus marschieren und sich die Kupferpfennige auf seinen Augen anschauen?«

Verwirrt griff Matt nach dem nächst besten Strohhalm. »Ich bin überzeugt, Lieutenant Molina hatte einen Grund...«

»Das bin ich auch«, unterbrach ihn Kinsella mit Nachdruck. Er beugte sich auf dem kleinen Stuhl nach vorn. »Denken Sie mal darüber nach. Es gab überhaupt keinen Grund, mit Ihnen dieses Theater zu machen.«

»Manchmal wollen Frauen wie sie, daß man sich selbst gegenüber tritt«, antwortete Matt langsam.

»Ist sie so gemein?«

»Nicht gemein, sie ist nur autoritär und hat ein wahres Sendungsbewußtsein.« Er erinnerte sich, wie Schwester Seraphina ihn dazu gedrängt hatte, eine letzte Ölung an Miss Tyler durchzuführen. Die ältliche Nonne hatte gewollt, daß er spürte, daß sein Dasein als Priester für immer existent sein würde. Vielleicht hatte Molina gewollt, daß er sich dem Tod seines Stiefvaters stellte, und auch seinem Haß auf diesen Mann. Aber sie war Polizistin und keine Therapeutin. Außerdem hatte sie von Effingers Prügeleien in der Familie nichts wissen können, es sei denn, Temple hätte es ihr gesagt, und Temple war zur Zeit wohl kaum bereit, mit Molina oder Kinsella zu sprechen.

Er sah noch einmal hoch und stellte fest, daß Kinsella ihn

genau betrachtete. Abgesehen von seinen Augen war Max Kinsella kein besonders gutaussehender Mann. Sein Gesicht war eckig und intelligent, seine Züge so beweglich, daß man hinter den Masken viele Männer erkennen konnte. Matt kannte solche chimärenhaften Persönlichkeiten. Sie hatten alle ein Geheimnis, trugen einen unsicheren Kern in sich verborgen.

»Sie haben recht«, gab Matt zu, wobei er sich fragte, warum er diese Tatsache so gräßlich fand, fast genauso gräßlich wie die Tatsache, daß er gewissermaßen nackt vor einen Mann im Hawaiihemd saß. »Von mir zu verlangen, daß ich einen Mann mit einem langen Polizeiregister identifiziere, ergibt überhaupt keinen Sinn. Das ist mir damals nicht aufgefallen.«

»Die Polizei verwirrt einen immer wieder. Also hatten Sie Ihren Stiefvater seit Jahren nicht mehr gesehen?«

Matt nickte.

»Und hat es Ihnen irgendwie gutgetan?«

»Was?«

»Ihn tot zu sehen.«

»Nein.«

»Hmmm. Die Art seines Todes hat Sie aber nicht erstaunt?«

»Er ist von zu Hause weg, als ich sechzehn war.«

»Freiwillig?«

Matt zuckte mit den Achseln. Er würde jetzt bestimmt nicht sein Familienleben darlegen, nur um dem Mysteriösen Max einen Gefallen zu tun.

»Vielleicht ist es Ihnen ja egal, was er in all den Jahren seither getan hat. Mir nicht.«

»Warum?«

Der Mann starrte ihn an, wie es Midnight Louie gelegentlich tat: mit einem überlegenen, ein bißchen drängelnden Ausdruck.

Matt erkannte, was hier gespielt wurde, und es gefiel ihm überhaupt nicht. »Sie sind sich nicht sicher, daß Cliff Effinger wirklich tot ist, nicht wahr?«

»Schauen Sie *mich* doch an. Die Gerüchte über mein Ableben waren genauso falsch.«

Matt tauchte noch einmal in den kühlen, unruhigen Ozean der Vergangenheit. »Ich wäre mir gerne sicher, und sei es nur um meiner Mutter willen«, gab er sich selbst zum Trotz zu.

»Um Ihrer Mutter willen. Nun denn.« Kinsella klatschte mit der flachen Hand auf den Tisch. Die Geste dürfte wehgetan haben. Er grinste. »Ich würde sagen, daß wir mehr als nur ein gemeinsames Interesse haben. Lassen Sie uns unsere wechselseitig wenig freundlichen Vorurteile vergessen und gemeinsam unsere beiden toten Männer untersuchen.«

»Sie sind doch eigentlich ein Einzelgänger. Was soll jetzt diese große Männerfreundschaft?«

»Ich werde offiziell vermißt. Ich versuche deshalb, mein persönliches Auftreten auf ein Minimum zu reduzieren. Für Temple ist es auch besser, wenn die Leute weiterhin glauben, ich sei verschwunden. Deswegen könnte ich einen Strohmann gut gebrauchen.«

Matt lachte. »Noch ein Zaubertrick, und ich bin die Ablenkung. Was hab' ich denn davon?«

»Sie könnten zum Beispiel herausfinden, wer Ihren Stiefvater umgebracht hat und warum. Oder ... Sie könnten herausfinden, daß er noch umgebracht werden muß.«

»Und warum sollte ich daran interessiert sein?«

»Weil es Sie eben interessiert! Vertrauen Sie mir«, sagte Kinsella und stand auf. »Sie können eh nichts daran ändern.«

Kapitel 9

Katzenfontäne

Auch wenn ich es nie wagen würde, das Crystal Phoenix zu betreten, bevor ich nicht den Aufenthaltsort und die Stimmung meiner undankbaren Nachfahrin Midnight Louise ermittelt hätte, kann ich doch zumindest draußen herumschleichen. Das tue ich aus zwei guten Gründen. Ich bin fest entschlossen, die Beziehung zu Miss Savannah Ashleighs reinrassigem Stolz und ihrer Freude, der Göttlichen Yvette, wieder aufzunehmen. Außerdem schadet es nichts, meine andere kleine Puppe ein bißchen zu beaufsichtigen, denn mir ist nicht entgangen, daß sie im Moment angesichts der diversen Ereignisse ein wenig durcheinander ist. Ehrlich gesagt fürchte ich um ihre geistige Gesundheit.

Deswegen bin ich also hier und beobachte unauffällig das Kommen und Gehen. So beobachte ich zum Beispiel eine Gesellschaft von drei Personen, die das Crystal Phoenix Hotel und das Kasino verläßt. Für diejenigen, die mit meinem üblichen Beritt nicht so vertraut sind, sei gesagt, daß das Phoenix ein Etablissement ist, welches eher wegen seiner Eleganz als wegen seiner illustren Gäste auffällt. Ich hefte mich an die Fersen des Trios. Zwei von ihnen kenne ich: Miss Temple Barr und Miss Electra Lark.

Die dritte gibt mir jedoch ein Rätsel auf, obwohl sie beinahe aussieht wie eine etwas reifere Version von Miss Temple. Die drei haken sich unter und schlendern den Strip hinab, wobei sie sich lachend wie alte Freundinnen unterhalten. Das allein ist schon verdächtig, denn diese neue Puppe habe ich noch nie gesehen. Sie ist alt genug, um Miss Temples Mutter oder Miss Electras Schwester zu sein. Ist sie vielleicht sogar beides? In dieser Stadt ist alles möglich.

Midnight Louie erkennt auch ohne die Gegenwart einer fremden Person, daß hier irgend etwas vorgeht. Miss Temple und Miss Electra sind viel zu schnell aus dem Circle Ritz entschwunden, als daß ich nicht mißtrauisch würde. Ich hoffe also, daß dieser Ausflug mich aufklären wird. Ihnen auf dem Strip zu folgen ist überhaupt kein Problem, obwohl hier sehr viele Fußgänger unterwegs sind. Unter vielen Fußgängern bin ich jedoch immer besonders unauffällig. In diesem Fall ist es durchaus von Vorteil, der kleinste zu sein.

Der Weg der Damen führt in Richtung Süden. Ich zische von einem Beton-Blumenkübel zum nächsten, als würde ich Schmetterlinge jagen. Ich halte mich unter den Petunien versteckt, bis ich in das nächste Nest aus Ringelblumen, oder was immer es auch ist, hüpfe. Und so weiter. Nach ein paar Straßenblocks (und am Las Vegas Strip sind die Straßenblocks von wahrhaft gargantuanischer Größe!) wird offensichtlich, wohin es die drei Damen zieht. Nur ein Hotel steht auf dieser Seite des Strip: das MGM Grand. Dieses riesige Gebilde aus grünem Glas erinnert weniger an die Smaragdstadt in Oz als an eine Flutwelle, die mitten im Brechen angehalten worden ist. Mit seinen 5005 Zimmern ist das MGM Grand das größte Hotel der Welt. Der Bau nimmt gut und gerne die doppelte Fläche der anderen Riesen auf dem Strip ein. Natürlich ist es vollkommen passend, daß der Türsteher dieses Babylons von Mojave ein Typ mit katzenhaften Zügen ist.

Genau, da ragt auch schon der ockerfarbige Gipskopf von Leo dem Löwen über den Horizont. Diese sogenannten Großen Katzen! Die glauben immer, sie können alles haben, was sie sehen, nur weil sie größer sind. Was die wahre Größe angeht, stehe ich mit Miss Temple Barr Aug' in Auge, natürlich nur bildlich gesprochen.

Bildlich gesprochen ist dieser Leo ein ziemlich beeindruckender Typ. Groß, eckig, mit weltklassegrünen Augen, von der Größe einer Plakatwand. Die von mir Verfolgten gehen um Leos muskulöse Pfoten herum, ohne auch nur einen einzigen Blick auf sein herrschaftliches, aber freundliches Gesicht zu werfen, so eifrig sind sie darauf bedacht, ihre merkwürdige Mission zu erfüllen. Doch dann bleibt Miss Electra Lark plötzlich wie festgenagelt stehen. Die Touristen teilen sich um sie wie das Rote Meer, während sie sich umdreht, zurückschaut und mit einem Mangel an Manieren, den man eigentlich nur einem Touristen nachsehen würde, mit dem Finger auf etwas zeigt.

Ich vergeude keine Zeit, indem ich weiter darüber nachdenke, sondern hechte ins schützende Grün – mitten hinein in die Stiefmütterchen und den Zierkohl, die am Sockel von Leos makelloser Pediküre sprießen. Ausgerechnet Stiefmütterchen? Also wirklich, Leo, was ist das denn? Sind wir etwa unter die Spießer gegangen?

Diese lächerliche Bepflanzung erstaunt mich aber nicht so sehr wie das, was später noch darin geschehen wird.

Aber erst einmal wedelt Miss Electra weiter mit ihrem Arm in der Luft herum. Miss Temple und die Fremde halten inne, um das anzustarren, was ich als die blauen und roten Spitzen des Camelot Hotel und Kasino erkenne, und die pseudo-mittelalterlichen Türme desselben, die schräg gegenüber von Leo und mir emporragen.

Das Camelot ist schon ziemlich abgenudelt. Der Zauberer mit dem spitzen Hut, der von der Zugbrücke auf den Strip herunterstarrt, steht schon seit vielen Jahren da. Ich stelle mir immer vor, daß dieser angebliche Merlin den alten Leo vielleicht verzaubert und ihn auf ewig dazu verdonnert hat, im Hotel gegenüber den Türsteher zu mimen. Man stelle sich vor, man müßte Tag für Tag da sitzen und könnte nichts anderes tun, als den Himmel mit den eigenen grünen Riesenaugen zu erleuchten. Das ist doch einer der schlimmsten Jobs, die man als Hauskatze in einem Hotel kriegen kann.

Während ich da hocke und darüber nachdenke, wie weit es mit dem Stolz der Katzen gekommen ist, stürmen ganze Scharen von Menschen durch Türen aus Messing und Glas in das Maul des MGM Grand. Doch dann ist plötzlich überall um mich herum ein leises, zischendes Geräusch wie ein Chor von Zikaden zu hören. Obwohl weit und breit keine offene Wüste ist, hat dieses Geräusch etwas schrecklich Bedrohliches, als wären tausend Klapperschlangen im Begriff, zuzuschlagen. Und dann wird auch schon zugeschlagen!

Dutzende Stellen meines Körpers werden unbarmherzig getroffen. Ich springe mit einem Satz aus den Stiefmütterchen und kreische auf: »Ich sterbe, Ägypten, ich sterbe.« Jedenfalls stolpere ich aus der Flora hinaus wie der Böse in einem alten Gangsterfilm, nachdem er von einer Maschinengewehrsalve zersiebt worden ist. Diese Stiefmütterchen waren also giftig. Aber der Hagel der Gewehrkugeln hält noch an. Ganz zu schweigen davon, daß sie naß sind. Und dann tritt die schreckliche Wahrheit zutage. Leo, der Löwe von MGM, hat ein Sprüh-Problem, und das ist all überall zu sehen. Die Stiefmütterchen strahlen, betaut durch einen frischen Schleier von Wassertropfen.

Ich schüttle mich in der Hoffnung, meine Überraschung mit den an mir vorbeigehenden Hosenbeinen teilen zu können. Dann sause ich in einem Pulk japanischer Touristen durch die Türreihe mit den riesigen Griffen, die die miteinander verschlungenen Buchstaben »O« und »Z« darstellen.

Kaum bin ich drin, halte ich entsetzt, ja sogar aufgebracht inne. Ich bin drinnen, nicht draußen, aber der Himmel ist dunkel und wolkenverhangen, als wolle er gleich noch einmal auf mich herunterregnen. Blitze leuchten unter den blauen Bäuchen der Kumulus-Wolken auf. Donner knurrt wie mein Magen an einem Morgen, an dem es nur Free-to-be-Feline gab. Ich blinzle. Wie kann das sein? Ich gebe zu, daß ich mir bislang nicht die Mühe gemacht habe, das MGM Grand Hotel von innen anzuschauen, aber ich hätte doch erwartet, daß es einen Innenraum gibt.

Tatsächlich haben die unvorhergesehene Begegnung mit dem Wasser draußen und der sich über mir zusammenballende drohende Guß hier drinnen eine unerwartete Wirkung auf mich. Ich erinnere mich plötzlich, wie lange es schon her ist, seit ich etwas dafür getan habe, Flüssigkeit loszuwerden. Zum Glück entdecke ich vor mir einen sanften, grasbewachsenen Hügel, der mit den Masern roter Mohnblumen befallen ist, und so sprinte ich dorthin, um mich zu erleichtern.

Noch glücklicher ist der Umstand, daß aus der Gondel eines in der Nähe vertäuten Ballons die Stimme eines Mannes donnert. (Nicht eines der üblichen lächerlichen Heliumobjekte, die es überall auf billigen Geburtstagsparties gibt, sondern die Mutter aller Ballons, groß genug, um zu Transportzwecken zu dienen.) Alle menschlichen Augen richten sich hinauf zu der gestikulierenden Figur vor dem wütenden Himmel, der von dem herannahenden Sturm grün verfärbt ist. Natürlich ist es eigentlich eine Decke, obwohl sie hoch genug ist, um auch als Himmel durchzugehen. Im Gegensatz dazu ist das sogenannte Gras kaum hoch genug, um einer Zwergmaus Obdach zu gewähren, sagen wir mal Mickey oder Minnie (auch wenn die nicht zu MGM gehören). Darüber hinaus fühlen sich die Grashalme widerlich nach Plastik an, und was ihren Duft angeht – wenn man mit Polyäthylen parfümierte Badezimmer schätzt, ist man hier bestens aufgehoben. Ich bin allerdings auf dieser Pseudo-Wiese nicht gerade unsichtbar.

Hinter den Mohnblumen in ihrer ewigen Blüte ist ein Wald zu sehen, der etwas mehr Privatheit und etwas echten Dreck bietet. Ich eile in seinen willkommen heißenden Schatten und seine erdbraune Tarnfarbe. Innerhalb kürzester Zeit habe ich mich hinter einer Aluminium-Mülltonne versteckt, die jemand freundlicherweise zwischen zwei Bäumen aufgestellt hat. Von meinem Aussichtspunkt aus überblicke ich die Mohnblumenfelder. Unter dem stürmischen Himmel schimpft der alte Typ in der Ballongondel auf die aufmerksam lauschende Menge ein, während lasergrüne Blitze über die brodelnden Wolken hinwegtanzen. Hinter dem drohenden Sturm leuchtet eine stille, friedliche Weite glitzernder Sterne in einem mitternachtsblauen Himmel. Genau dieselbe Farbe hat mein schimmerndes Fell, wenn es zu schwarzem Satin gebürstet worden ist. Dieses merkwürdige Zeug, das man Tapete nennt, erkenne ich auch oben an der Decke. Aber ich bin vollkommen verwirrt. Anscheinend hat man es vorgezogen, für die Eingangshalle des MGM Grand die scheußlichsten Dinge der Welt drinnen und draußen miteinander zu kombinieren.

Als die silberne Mülltonne neben mir plötzlich anfängt, sich zu bewegen und Geräusche von sich zu geben, springe ich vor Schreck fast bis an den besagten Himmel. Ich verstecke mich schnell hinter einem Baum, der auch aus irgendeiner übelriechenden, unnatürlichen Substanz gemacht ist. Die Menge bewegt sich in meine Richtung und gibt Oohs und Aahs von sich.

Und dann sehe ich die Ursache für meine Verwirrung: ein bewegungsloses Quartett – eigentlich sind es fünf, wenn man den winzigen Hund mitzählt – steht wie angewurzelt unter den Plastik-Mohnblumen. Die sammeln nicht für irgendeinen guten Zweck, sie stehen nur da. Selbst von hinten kann man sie erkennen: dieser gräßliche feige Löwe, der dem Ruf aller Katzen geschadet hat. Der Zwilling meiner neben mir stehenden redenden Mülltonne, der Blech-Holzfäller. Die junge Dorothy Gale aus Kansas in einem karierten

Kleid und den roten Glitzer-Pumps (Miss Temple würde tot umfallen, wenn sie sehen würde, daß jemand zu so wunderbaren Schuhen hellblaue Söckchen trägt). Und die Vogelscheuche.

Natürlich ist der beschissene, flohzerfressene, ach so niedliche schwarze kleine Toto auch da. Ich bin ganz einer Meinung mit der Bösen Hexe des Westens, die ihr letztes Vorhaben scheinbar doch verwirklicht hat: ihn auszustopfen und in die Show eines Hotels zu stecken.

Endlich rieche ich echten Dreck unter meinen Füßen und kann ein paar Fingerhüte voll davon zusammenkratzen, um meiner Notsituation abzuhelfen. In öffentlichen Gebäuden gibt es immer zuwenig Toiletten, obwohl Kasinos in dieser Hinsicht meistens sehr großzügig sind. Das letzte, was die Geschäftsleitung will, ist, daß die eifrigen Spieler durch den Ruf der Natur vom sirenenartigen Ruf der Spieltische abgelenkt werden.

In jeder Hinsicht erleichtert, gehe ich schließlich auf leisen Pfoten durch die Ersatz-Bäume und hinaus in das klingelnde, glitzernde Kasino, wo ich ungesehen zwischen den Schatten der Slotmachines und der Blackjack-Tische hindurchgleite.

Und gleiten tue ich wirklich, und zwar rasch, bis ich zu dem richtigen Terzett von Schuhen aufgeschlossen bin: Miss Temples rosa-metallic-farbene Turnschuhe, Miss Electras erdfarbene Sandalen und Madame X' weiße, luftkissengepolsterte Tennisschuhe mit den lila und limettengrünen Streifen. Und während ich in das eigentliche Kasino hineinschleiche, fühle ich mich schon ein bißchen wie dieser kleine Toto zum Aufziehen, der den größten Teil des Zauberers von Oz damit verbracht hat, den Hauptdarstellern nachzutrotten. Das hier ist nicht mehr Kansas. Ich bin mir nicht einmal mehr sicher, ob das Las Vegas ist.

Kapitel 10

Piraten ahoi

»Wohin gehen wir eigentlich?«

Electra betrachtete sehnsüchtig die leeren Tische, die aus den Restaurants in das Kasino hineinreichten.

»Sieh sich nur mal einer diese großartige Boutique an.« Kit wies nach links auf Schaufenster, die mit paillettenbedeckten Kleidern vollgestopft waren. Auf den Gläsern ihrer Brille war als Antwort ein besitzergreifendes Glitzern zu sehen.

»Wir sind geschäftlich hier, meine Damen«, ermahnte Temple sie. Ihr rascher Schritt war zum Schaufensterbummeln nicht geeignet. Was sie im Sinne hatte, war schuh-perwichtig.

»Und wo machen wir diese angeblichen Geschäfte?« Electra versuchte, mit ihr Schritt zu halten. »Wir rasen hier schon ewig herum. Ich hatte keine Ahnung, daß der Name so unpassend ist. Das hier sollte das MGM Riesengroß heißen.«

»Vergnügungspark, hinten.« Temple verschwendete keine Worte, während sie an kreischbunten Neonspielautomaten vorbeisauste, die Augen fest auf ihr Ziel gerichtet: Glastüren, die hinaus ins Freie führten. »Der macht gleich auf.«

Electra stöhnte. »Das heißt ja noch mehr marschieren!«

»Das tut uns gut«, jodelte Temple und hüpfte auf eine Rolltreppe, die nach unten führte.

Bald schon klapperten ihre müden Füße auf dem Zement-Kopfsteinpflaster. Mit einem ganzen Mob kamerabehangener Touristen gelangten sie in die Stadtkulisse von pittoresken Geschäften, Restaurants und Karussells.

»Oh!« Electra war hingerissen, alles Fußweh vergessen. »Schaut nur! Eine Hochzeitskapelle. Die muß ich mir unbedingt anschauen.«

Kit und Temple gingen in das winzige Foyer, während Electra zu den ehelichen Geheimnissen hinabtauchte. Etwas unruhig sagte Temple: »Hoffentlich beeilt sie sich. Ich möchte die nächste Show nicht verpassen.«

Kit zog eine Grimasse, während sie Temple in Augenschein nahm. »Uns geht es wohl nicht besonders gut, nicht wahr?« Auf ihrem Gesicht erschien ein Grinsen, und Temple stellte fest, daß auch ihre eigenen Mundwinkel sich gegen ihren Willen nach oben schoben.

»Ärger mit einem Mann, was?« diagnostizierte Kit.

»Mit Männern.«

»Männer. Ich bin beeindruckt. Ein Plural beeindruckt die Oberflächlichen doch immer, so wie die Leute, die zwei Mercedesse besitzen. Du siehst gar nicht aus wie so eine.«

»Bin ich auch nicht. Wir reden hier von Serien-Herzensbrechern.« Temple fühlte sich verpflichtet, ihre Lage zu erläutern. »Max ... er ist ... er war Zauberer ... wir haben mehr als ein Jahr zusammengelebt. Dann ist er einfach verschwunden, und Matt tauchte im Circle Ritz auf. Wir haben uns mehr oder minder gut verstanden, aber jetzt ist Max zurückgekommen – also stecke ich mitten in zwei Beziehungen, die beide nicht besonders viel wert sind. Denn wie soll ich Max noch einmal vertrauen, nachdem er plötzlich einfach verschwunden ist? Und Matt, der ein Berater bei der Telefonseelsorge ist, ist viel zu wohlerzogen, um sich auf das Territorium zu begeben, das er für Max' Gebiet hält ... Also, was mich angeht, können die beiden gerne in die Fremdenlegion gehen. Ich werd' mich dann für immer mit Louie zusammentun.«

»Einen Louie hast du bis jetzt noch gar nicht erwähnt.« Kit setzte eine tantenhaft besorgte Miene auf. »Wäre das denn ein Kandidat für die Räumlichkeiten, die Electra gerade besichtigt?«

»Ich glaube nicht«, flüsterte Temple. »Er ist ein Kater.«

»Ach so. Gute Wahl.« Kit kicherte, und Temple kicherte mit.

Sie freuten sich noch immer an dem Witz, als Electra aus dem Allerheiligsten herausgestürmt kam. »Lacht ihr etwa über mein Handwerk? Zyniker! So, wo gehen wir jetzt hin?«

Temple betrachtete die Hochglanzbroschüre mit der Karte der Sehenswürdigkeiten. »Diese Straße hinunter und dann links. Ich will zu der Show ›Duell der Piraten‹.«

Kit schüttelte den Kopf. »Wieso das denn?«

»Was haben Piraten?« fragte Temple zurück.

»Schwerter«, erwiderte Kit.

»Schärpen«, schlug Electra vor.

»Tätowierungen.« Kits Augen hinter den Brillengläsern tanzten förmlich, während sie ihrer Phantasie freien Lauf ließ.

»Das sind doch Matrosen«, widersprach Electra. »Piraten tragen nur einen Ohrring und haben nackte Oberkörper.«

»Was ich auch nicht schlecht finde«, erwiderte Kit.

Temple unterbrach die beiden, ehe sie es wirklich zu bunt trieben. »Kisten. Wir müssen unbezahlbare Schuhe finden. Und wo könnten sie versteckt sein?«

»Ach so.« Electra nickte weise. »In einer Kiste mit dem Piratenschatz. Aber wäre so etwas nicht bis an den Deckel irgendwo im Sand vergraben, Liebes?«

»Nicht, wenn es eine Requisite in der Show eines Abenteuerparks ist. Los jetzt.«

»Bist du dir denn sicher, daß es in dieser Show mit den duellierenden Piraten auch wirklich eine Schatzkiste gibt?« Kit folgte Temple trotz dieser Beschwerde.

»Nein, aber ich habe so ein Gefühl.«

Electra gab Kit einen Stups in die Rippen. »Temples Gefühle sind immer großartig, vor allen Dingen, wenn es um Mord geht.«

»Ooh, glauben Sie, es wird ein Mord geschehen, während ich hier bin?« Sofort war Kit Feuer und Flamme. »Ich hab' einmal in einem Stück mit einem Mord mitgespielt, aber da waren die Leichen ja alle nur geschauspielert. Glauben Sie, ein duellierender Pirat könnte vielleicht einen gegnerischen Buccaneer über den Jordan bringen?«

»Wegen ein Paar versteckter Schuhe?« Temple war empört. »Hört mal, ich hab von Morden die Nase genauso voll wie von den Männern.«

»*Von Morden und Männern.*« Kit hielt inne. Offensichtlich stellte sie sich gerade ein Theaterplakat vor. »Das klingt doch großartig. Du solltest ein Drama schreiben.«

»Jetzt will ich aber ein Drama sehen.«

Temple umkreiste die beiden, um sie in Richtung eines Souvenirladens zu scheuchen, in dem sie drei Karten für die Piraten kaufte, und führte sie dann zu der Schlange vor dem Theater. Der spitze Mast eines Segelschiffs stach durch das Dach des Eingangs.

Kit, eine wahre Schauspielerin, warf sich mit Spaß in die Rolle. »Die Brassen am Besanmast festgezurrt, Jungs, dann schaffen wir es bis zum Morgen in den heimischen Hafen«, ermunterte sie ihre Gefährtinnen in einem beunruhigendem Baß.

»Hängen Brassen denn am Besanmast?« fragte Electra.

»Na ja, sie sollten es zumindest.« Temple schob sich in der Schlange weiter vor, und sie spürte, wie in ihrem Magen aufgeregte Schmetterlinge Menuett tanzten. Waren die wunderschönen Schuhe mit den schwarzen Katzen hier irgendwo zwischen Perlen und spanischem Silber verbuddelt? Würde sie den Schatz gleich beim ersten Versuch finden? Das war doch endlich einmal eine ungefährliche Frage, und die richtige Antwort verhieß auch noch persönliche Belohnung. Keine toten Piraten, versprach sie sich.

Drinnen beäugte sie rasch die Bühne. Ein Plantschbecken hatte sich als Lagune verkleidet, und im Hintergrund lag ein Piratenschiff vor Anker. Die Zuschauer saßen dem Schiff gegenüber in einem steil aufsteigenden Amphitheater, das nur von einem Sonnendach bedeckt war.

»Je höher wir sitzen, desto besser sehen wir«, tat Kit mit höchst geheimnisvoller Stimme kund, gerade so, als gebe sie uraltes Wissen ihrer Vorfahren weiter.

»Aber wenn wir zu hoch sitzen, kann ich meine Schatzkiste nicht genau begutachten«, sagte Temple.

»Die es möglicherweise gar nicht gibt«, erinnerte Electra.

Nach einigem Hin und Her, bei dem sie die Gänge blokkierten und sich flüsternd berieten, entschieden sie sich für die vierte Reihe. Inzwischen war es relativ voll geworden. Die drei Frauen drückten sich an anderen Zuschauern vorbei, bis sie ihre Plätze erreicht hatten. Sie saßen etwas von der Mitte entfernt und nahe an der leeren Mole, die ins Wasser hineinragte.

»Glaubst du nicht, die Schauspieler würden selbst mit den Schuhen abzwitschern, wenn die hier wären?« fragte Kit.

»Nein, die wären doch eingeweiht.« Temple spitzte die Lippen und zog die Augenbrauen zusammen. »Oder sie wissen es auch nicht. Ich glaube nicht, daß die Schuhe offen zu sehen sein werden, aber sie müßten ... erreichbar sein.«

»Für wen?« machte sich Electra lustig. »Die sieben Zwerge? Oder Rübezahl?«

»Sie sind im falschen Film«, sagte Temple just in dem Moment, als eine säbelrasselnde Figur sich an einem Seil von oberhalb der Sitzreihen hinunter auf die Wasserfläche schwang.

Von links betritt eine Bande von Piraten die Bühne, die Schöne Jungfer führend.

Die Schöne Jungfer saß in einer durch Chiffon-Vorhänge verdeckten Sänfte, die an vier Stangen von der Piratenbande getragen wurde. Als sie ihr Obdach verließ, fiel der Chiffon in sich zusammen und zeigte, was sich dahinter verborgen hatte.

»Jawoll!« Temple blieb nur mit Mühe sitzen.

Die Piraten setzen die Schatzkiste ab, und aus dem verlokkend offenstehenden Deckel quollen Perlenstränge und Glitzerschmuck in das helle Sonnenlicht.

Unten entwickelte sich jetzt die Handlung. Es war ein musikalisches Zwischenspiel der Piratenbande, die von einem verbrecherisch aussehenden, aber beeindruckend muskulösen Ersten Maat angeführt wurde. Er trug kein Hemd, verfügte jedoch enttäuschenderweise weder über Brustbehaarung noch Tätowierungen. Hatte der etwa vom Wettbewerb für den schönsten Cover-Boy im Crystal Phoenix gehört?

Der Held war der aus dem Himmel herabgestiegene Kapitän der Piraten. Im Verlauf der Geschichte, in der er die Jungfer rettete, sein Schiff und seine Schatztruhe verteidigte und eine Meuterei niederschlug, rannte das ganz Ensemble umher, schwang mit Seilen über die Bühne auf einen Turm, von dort auf das Schiff und weiter zum nächsten Turm. Die Spannung wuchs: Wer würde wohl als erster in die Lagune plumpsen und naß werden?

Alle Augen waren auf die sportlichen Aktionen auf der Bühne gerichtet, also kletterte Temple über die Lehne des vorderen Sessels und ließ sich in die Reihe davor gleiten.

Synchrones Schnaufen ließ sie wissen, daß Kit und Electra es sehr wohl bemerkt hatten. Glücklicherweise war die Handlung so aufregend, daß der Rest des Publikums nichts mitbekam.

Temple ließ sich in dem freien Sitz nieder wie ein langsam auf Grund sinkendes Schiff und blieb reglos sitzen, bis die Piratenmannschaft vom Pier an Deck des Schiffes turnte und an den Masten hochkletterte.

Dann kletterte sie erneut über einen leeren Sitz in der Reihe vor ihr und setzte sich hin. Sie war jetzt nur noch zwei Reihen von der Schatztruhe entfernt, die abseits und vergessen auf der rechten Bühnenseite stand.

Mittlerweise befand sich das Ensemble in aufregenden Zweikämpfen links auf der Bühne. Glücklicherweise saß Temple am Rand des Publikums. Gleich wäre die Schatztruhe ihre, ganz allein ihre. Wenigstens für ein paar Sekunden.

Bei näherem Hinsehen sah die Kiste wenig vielversprechend, wenn nicht sogar enttäuschend billig aus. Die goldene Farbe an der Außenseite war dünn und unordentlich angebracht. Nichts in der Kiste war mehr als fünfzehn Cents wert. Temple erblickte den Fuß eines vergoldeten Kelches, eine Kette roter Plastikperlen, Streifen von rotem, grünem und goldenem Glitzer, glasige Pfützen von langsam vergilbendem Klebstoff.

Sowohl Bühnenrequisiten als auch Schauspieler entfalteten ihre Wirkung am besten aus schmeichelnder Entfernung.

Würde Temple teure, mit Glitzersteinen besetzte Schuhe einem so billigen Kasten anvertrauen? Nein. Aber ein unwahrscheinliches Versteck war das beste.

Kreischen von rechts ließ Temple zusammenzucken wie einen Dieb, auf den ein Scheinwerfer gerichtet worden ist. Sie blickte auf die Bühne. Die Zuschauer in den ersten Reihen waren durch das wilde Herumgeturne der Piraten-Mannschaft mit etwas Wasser bespritzt worden.

Während alles quiekte und klatschte, huschte Temple die letzten beiden Reihen hinunter und setzte sich genau vor den Piratenschatz.

Sie faltete die Hände wie eine bräutliche Prinzessin und konnte kaum glauben, daß sie jetzt vorne, mitten in der ersten Reihe saß und das Ziel ihrer Begierde anstarrte. Sie würde auf die Knie gehen müssen, um in die dunkle Höhle zu linsen. Wie gut, daß ich keine Strümpfe trage, dachte sie, während sie in die richtige Position rutschte, um in die Truhe schauen zu können. Etwas Blasses und Glitzerndes stach ihr ins Auge. Sie schob den Kopf noch dichter an die Truhe und hörte das Rufen und Gelächter nur noch aus der Ferne.

War dies ein mit glitzernden Steinen besetzter Schuh oder ein... eine Gabel? Und obendrein aus nicht rostendem Stahl? Was für eine Art Piratenschatz wollten diese Idioten hier eigentlich...?

Eine starke Hand ergriff sie plötzlich am Ellbogen und zog sie auf die Füße.

Temple keuchte auf und wandte sich um. Der Erste Maat grinste auf sie hinab, den altvertrauten Gummi-Degen zwischen seine fehlerlos weißen, ebenmäßigen Zähne geklemmt.

»Aha!« sagte er so laut und betont, daß Temple förmlich zusammenzuckte. »Schon wieder eine neugierige Dame! Aber hübsch ist sie ja! Eine Beute für das Zwischendeck.«

Ein zweiter Pirat schwang wie Tarzan auf sie zu und landete direkt neben ihr. »Die nehmen wir mit an Bord«, beschloß der erste und zog Temple in eine verschwitzte Umarmung. Leise flüsterte er ihr zu: »Einfach festhalten und die Füße auf den Knoten stellen. Das geht schon in Ordnung.«

Während er noch sprach, schnappte er sich ein vorbeischwingendes Seil und stellte sich auf den schweren Knoten, während er Temple mit dem anderen Arm festhielt.

Ehe sie überhaupt mit der Wimper zucken konnte, geschweige denn protestieren, segelte sie schon über die Lagune hinweg. Temples Füße reichten nicht an den Knoten heran, so daß sie sich nur an den Matrosen und das Seil klammerte. Die Welt sauste an ihr vorbei wie verlaufende Wasserfarben in einem Aquarell. Irgendwo in diesem Meer an verwischten Gesichtern saßen Electra und Kit.

Der Erste Maat landete mit einem Plumps auf dem Oberdeck und ließ das Seil über das Wasser zurückschwingen.

»Das hast du davon, wenn du nach Piratenschätzen gierst«, tat er jetzt nicht nur Temple, sondern dank der Wunderkräfte der modernen Soundsysteme auch der Welt im allgemeinen kund.

»Oh, bitte, Sir«, flehte sie artig. »Ich muß zu meiner alten und kranken Großmutter und zu meiner Großtante zurück.« Die Mikrophone, die überall im Bühnenbild versteckt waren, übertrugen ihre Stimme bis in die hinterste Reihe.

Auf dem Achterdeck landete jetzt der Kapitän der Piraten, wo er den Ersten Maat in einem gut choreographierten Zweikampf forderte. Temple gehörte nicht zu dieser Choreographie. Sie versteckte sich hinter dem Mast, während die Möchtegern-Piraten die Klingen kreuzten und alberne Dialoge sprachen.

Die Zuschauer, in einer sicheren Entfernung von mindestens dreißig Metern untergebracht, lachten über ihre mißliche Lage.

Endlich ließ der Erste Maat sein Schwert auf das Deck fallen und machte drei Saltos rückwärts, um der rächenden Schneide des Kapitäns zu entkommen.

»Keine Sorge«, posaunte der Sieger und grinste unter seinem roten Kopftuch hervor. »Dich werde ich sicher ans Ufer bringen.«

Mit diesen Worten packte er Temple mit einem Arm und das erneut nahende Seil mit dem anderen.

»O nein«, protestierte sie, »da schwimme ich doch lieber.«

»Gerne!« Mit vorgestrecktem Degen kam der Erste Maat auf sie zugestürmt, doch der Kapitän stieß sich bereits mit einem Bein ab.

Erneut flog Temple mit einem fremden Mann durch die Luft und schwang mit übelkeiterregender Geschwindigkeit über die weite Wasserfläche zum Steg.

Sie hatte nur ein Sekunde um abzusteigen, ehe das Seil wieder zurückschwang. Der Kapitän brachte sie zu einem leeren Platz und verbeugte sich tief vor ihr ... was ein meuternder Matrose sofort nutzte, um ihm das rote Kopftuch abzuschlagen.

Während der Kapitän den Bühnenboden küßte, schwang der Erste Maat wieder herüber, um sich erneut die eigentliche Schöne des Abends zu greifen. Die sprang unter lautem Protest auf das Seil, als täte sie den lieben langen Tag nichts anderes (was wohl auch der Fall war).

Temple ließ sich in ihren Sitz hinuntergleiten. Ihr dröhnte vor Bewegung, Lärm und Unsicherheit der Kopf. Für den Rest der Show blieb sie still sitzen und applaudierte, als das letzte »Hinfort, ihr feigen Hunde!« gebrüllt worden war und der letzte Matrose einen Kopfsprung ins kühle Naß gemacht hatte.

Sie saß immer noch, als Kit und Electra langsam auf sie zukamen und das Publikum aus dem Amphitheater hinausschob.

»Alles in Ordnung?«

»Bestens, ich brauche jetzt nur einen Rum«, erklärte sie, und stand leicht schwankend auf, als hinge sie immer noch an dem Seil. »Ich bin wohl seekrank.«

»Sie sahen so niedlich aus, wie Sie da hin und hergeschwungen sind«, sagte Electra. »Viel süßer als dieses andere Mädchen.«

»Dieses andere Mädchen ist eine professionelle Zirkusartistin«, bemerkte Temple. »Aber ich nicht!« Ihre an sich schon leicht rauhe Stimme war durch die Anspannung zu einem Knurren geworden. »Ich sollte diese angeberischen Deppen verklagen.«

»Keine Schuhe, was?« Electra und Kit starrten beide auf die vereinsamte Schatztruhe.

»Nichts als ein paar Plastikperlen und eine Metallgabel.« Temples Miene hellte sich auf. »Vielleicht denke ich einfach in zu kleinen Dimensionen.«

»Das ist immerhin eine ziemlich große Truhe«, bemerkte Kit.

»Doch nicht die Truhe! Der Ort. Als nächstes müssen wir es im Treasure Island Hotel versuchen. In dem Laden muß es eigentlich vor Schatztruhen nur so wimmeln.«

»Ohne uns«, sagte Electra. »Unsere Großmütter-Herzen halten es nicht mehr aus zuzusehen, wie Sie vom Achterdeck schwingen.«

»Oder unsere großtantigen Herzen«, fügte Kit hinzu.

»Nun hört mal, ich mußte doch irgend etwas sagen, damit das Publikum Mitleid mit mir hat!«

»Wie schade, daß Ihnen unseres versagt blieb.«

»Wir sollten jetzt langsam an unseren Kongreß denken.« Kit blickte Electra eindringlich an. Die beiden wandten sich um und schoben mit den anderen Zuschauern aus dem Theater. In der Nähe des Ausgangs stand jemand, den Hut in der Hand, und grinste das nahende Trüppchen an.

»Eightball! Was machen Sie denn hier?« fragte Temple.

»Was Sie hier machen, muß man ja nicht mehr fragen. Absolvieren Sie ein Praktikum als Zirkusartistin?«

Mit seinem schicken Stroh-Fedora zeigte er auf die Mastspitzen des Bühnenschiffs. »Circus Circus bietet gerade eine Stelle an. Ich kenn' den Leiter der Wachabteilung.«

»Ab jetzt bleibe ich mit den Füßen fest auf dem Boden«, sagte Temple entschlossen.

»Und ich passe darauf auf.« Das war Electra.

Eightball lächelte ihr zu. Dann setzte er den Hut wieder auf seine beginnende Glatze und fragte Electra: »Läuft dieser *Hesketh Vampire* immer noch wie geschliffener Stahl?«

»Aber absolut. Wenn ich einmal Zeit habe, werde ich Sie auf eine kleine Tour mitnehmen.«

»Ich hab' bemerkt, daß Sie vom Ritz weg sind«, sagte er.

»Tatsächlich?« Electra klang erfreut. »Wie kommt das denn?«

»Wollte nur mal Matt guten Tag sagen. Er erwähnte, daß Sie mit Miss Barr fortgegangen sind, wußte aber nicht wohin.«

»Tatsächlich? Vermutlich sollten wir uns freuen, daß überhaupt jemandem aufgefallen ist, daß wir weg sind.« Electra zwinkerte Temple zu. »Na ja, ich drücke im Crystal Phoenix die Schulbank, und Temple ist mit von der Partie, um aufzupassen, daß ich meine Lektion auch ordentlich lerne.«

»Schulbank im Phoenix?« Eightball schob den Hut hoch, um sich am Kopf zu kratzen. »Und diese Dame ist die Lehrerin?« Er nickte Kit zu, die geduldig darauf wartete vorgestellt zu werden.

»Kit Carlson.« Sie streckte die Hand aus, um die seine zu schütteln. »Mr. ... Eightball.«

»Ach herrje, Eightball ist doch mein Spitzname! Mein Nachname ist O'Rourke.«

»Eightball ist Privatdetektiv«, warf Temple freundlich ein.

Kit zog die Augenbrauen hoch. »Wirklich? Vielleicht könnten Sie mal einen Vortrag auf unserem nächsten Liebesroman-Kongreß halten. Viele romantische Schriftsteller wenden sich jetzt dem Krimi-Genre zu. Das wäre doch großartig.«

»Kommt nicht in die Tüte, meine Damen. Mit diesem Genre habe ich nichts am Hut.«

Die bloße Erwähnung von Romantik ließ Eightball zurückweichen, als hätte er gerade eine Schlange gesehen. Mit einem Nicken zum Abschied und einem nervösen Zurechtrücken seines Hutes mischte sich Eightball O'Rourke wieder unter die Menge.

»Siehst du, was ich meine«, sagte Kit mit einem Seufzen.

Temple nickte. »Allein schon das Wort ›Romantik‹ wirkt auf manche Männer eben wie Gift.«

Kapitel 11

Boogie mit der Blauen Dahlie

Lieutenant Molina hätte wohl nicht einmal einen Mordverdächtigen darin untergebracht, aber Carmen liebte ihre abgetakelte Garderobe in der Blue Dahlia Bar. Die Geschäftsführung hatte ihr nicht viel mehr als einen etwas zu groß geratenen Schrank zur Verfügung gestellt. Darin stand nun ein altersschwaches Schminktischchen aus den dreißiger Jahren mit einem großen runden Spiegel zwischen zwei niedrigen Säulen. Der Hausmeister hatte ein paar Leuchten organisiert, die jetzt auf beiden Seiten des Spiegels hingen.

Diese Atmosphäre einer Garderobe aus einem Nachtclub der vierziger Jahren beflügelte ihre Phantasie.

Unter einem Scheinwerfer zu singen, auch wenn die Bühne noch so klein war, und das Ritual, in eine andere Person zu schlüpfen und sich dann in den lyrischen Landschaften dieser wunderbaren alten Lieder zu verlieren – all dies war ihre einzige und wahre Entspannung. Sie zog sich nie gleich danach um. Statt dessen setzte sie sich in die Garderobe und trank den Whiskey-Soda, den Rudi ihr immer auf das blauspiegelnde Glas des Schminktisches stellte. Sie summte etwas von Gershwin, dachte an nichts und an alles, und ließ die Musik noch einmal Revue passieren. Was für ein Glück, so romantisch vor der Realität des Berufs flüchten zu können!

Sie begutachtete sich im Spiegel. Lieutenant Molina würde das nie tun, aber Carmen schon, weil sie eine Kreatur aus Rauch und Illusionen war. Matt Devines Kommentar, daß ihre Carmen-Persönlichkeit ihr ein Spielfeld für die sinnlicheren Seiten einer Polizistin bot, kam ihr in den Sinn.

Ihr Spiegelbild rollte mit den Augen. Wie merkwürdig, daß ein ehemaliger Priester eine derart intime Bemerkung machte! Selbst jetzt war es ihr noch peinlich. Ob das nun an der Person lag, die sie ausgesprochen hatte, oder daran, daß etwas Wahres dran war, konnte sie nicht sagen. Devine hatte in dem trockenen, leidenschaftslosen Ton eines Therapeuten gesprochen, und seine Beobachtung stimmte wahrscheinlich.

Manche Kolleginnen bei der Polizei, vor allem in den unteren Diensträngen, hatten eine ultra-feminine Ausstrahlung: lange Fingernägel, blondiertes Haar, heftiges Make-up. Frauen hingegen, die Karriere machen wollten und nicht so sehr auf Aufmerksamkeit bedacht waren, bemühten sich um eine neutrale Ausstrahlung. Natürlich nannte man sie deswegen toughe Ziegen und Kampflesben, aber am Ende vom Lied siegte doch immer die Vernunft.

C. R. Molina war so erfolgreich mit dieser Tarnung, daß ihr glitzerndes Alter ego sogar langsam zu einem Risiko wurde. Wenn ihre Carmen-Seite jetzt bekannt würde, wäre das nicht gut.

Sie berührte die blaue Dahlie an ihrer Schulter, zog sich eine Spange aus dem Haar und ließ sie in eine der oberen Schubladen fallen. Dann schloß sie die Lade mit einem Rums.

Als sie aufsah, war sie nicht mehr allein.

Vor der geschlossenen Tür stand die Figur eines Mannes, als wäre er darauf gemalt worden. Die Polizistin in ihr reagierte sofort: einsfünfundachtzig bis einssiebenundachtzig, neunzig Kilo, schwarze Hose, schwarzer Rollkragenpullover, schwarze Haare. Augenfarbe ungewiß. Natürlich hatte sie weder gehört noch gesehen, wie er reingekommen war. Michael Aloysius Xavier Kinsella war schließlich Zauberer.

Wenn er die Absicht gehabt hatte, sie durch sein unkonventionelles Auftreten zu erschrecken, dann hatte er nicht mit den ruhigen Nerven der Polizei von Las Vegas gerechnet. Für wen hielt er sich eigentlich, und warum war er hier?

»Nett, daß Sie geklopft haben.« Sie senkte ihre Augen auf den Schminktisch, als suche sie dort unter den wenigen zerstreuten Accessoires noch irgend etwas und müsse ihn gar nicht im Auge behalten.

Sie blickte wieder auf, als er sich mit kontrollierten Bewegungen von der Tür abdrückte. »In dieser Situation schien es keine Formalitäten zu brauchen.«

»Welche Situation? Sind Sie ein Fan?«

Sein Lächeln war nur angedeutet und ein bißchen schelmisch. »Erst seit heute abend.«

»Ein neuer Kunde. Sie hätten trotzdem klopfen können. So viel Zeit muß sein.«

»Nicht, wenn ich ungesehen hier hereinschlüpfen wollte.«

»Also nein! Ein verrückter Fan. So was wollte ich schon immer mal erleben.«

»Und ich wollte schon immer eine Erklärung haben.«

»Wie Sie wissen, will ich selbst auch eine Erklärung, aber von Ihnen, und nicht hier. Ich glaube, man sagt immer: Wir sehen uns auf dem Revier.«

»*Ich* sage, man muß immer das nehmen, was man kriegen kann.«

Sie antwortete nicht, aber es war ihr klar, daß er Ort und Zeit bewußt gewählt hatte.

Sie drehte sich auf der Bank um, damit sie ihn nicht nur in dem verräterisch reflektierenden Spiegel sah.

»Was hat Sie nun eigentlich bewogen, nach all dieser Zeit wieder zurückzukehren, Kinsella?« fragte sie in ihrem üblichen, professionellen Tonfall, in dem noch nicht einmal Neugier lag.

»Anscheinend haben Sie nichts Besseres zu tun, als Temple nachzustellen.«

Sie spürte, daß die Atmosphäre sich ungut veränderte, aber sie hatte keine Zeit, das zu verhindern. »Ich würde sagen, genau das Gegenteil ist der Fall.«

»Es hat aber nicht den Anschein, als könnte man Ihnen gut nachstellen.«

»Sagen wir mal, daß Miss Barr das Talent hat, sich immer wieder an Tatorten einzufinden. Da sie jedoch nie besonders bereitwillig über Ihre vergangenen, gegenwärtigen und zukünftigen Aufenthaltsorte Auskunft gegeben hat, sehe ich jetzt zu, daß ich sie immer danach frage, sobald sich dazu eine Gelegenheit bietet.«

»Anscheinend gab es auch einmal eine Gelegenheit, ihr mein Klassenphoto von Interpol unter die Nase zu reiben.«

Sie lehnte sich gegen den Schminktisch, legte den Kopf in die Hand und lächelte. »Wissen Sie, es ist eine ziemlich interessante Erfahrung, einmal selbst verhört zu werden. Haben Sie das auch für die IRA gemacht?«

Er schüttelte angewidert den Kopf. »Dieser lächerliche Bürokraten-Irrtum bedeutet niemandem etwas, außer Temple.«

»Es heißt ja immer, daß Liebe blind macht, aber farbenblind macht sie wohl nicht.« Sie stand langsam auf und reckte den Hals. »Mal sehen, sind die Augen jetzt grün oder doch blau?«

»Das geht niemanden etwas an«, sagte Kinsella knapp. »Ich hatte keine Ahnung, daß die Polizei sich derartig für Illusionskünstler interessiert. Diese Interpol-Meldung war schon vor siebzehn Jahren ein Witz, und heute ist sie eine nicht zu verantwortende uralte Geschichte. Wieso haben Sie damit vor Temple herumgewedelt?«

»Psychologische Kriegsführung.« Sie setzte sich wieder, um etwas gelassener zu wirken. »Temples idiotische Treue zu Ihnen macht sie zu einer schlechten Zeugin. Ich mußte ihr also klarmachen, daß ich guten Grund habe, mich für Sie und für Ihren Aufenthaltsort zu interessieren.«

»Deshalb mußten Sie mich als Schwindler darstellen?«

Sie zuckte mit den Achseln. »Sind Sie das etwa nicht? Ich bin keiner Ihrer bewundernden Zuschauer, Kinsella. Ich bin auch kein leichtgläubiges kleines Mädchen aus dem mittleren Westen. Erwarten Sie nicht von mir, daß ich auch nur für einen Moment daran glaube, daß sie eine erfolgreiche Karriere als Zauberer aus einer Laune heraus an den Nagel hängen. Und wo ist eigentlich das Geld, das Sie mit Ihren Auftritten verdient haben? Miss Barr hat Mühe, die Wohnung samt aller Nebenkosten zu bezahlen. Wieso haben Sie sie als Miteigentümerin eingetragen, wenn Sie verschwinden wollten?«

»Müssen Sie in Ihrem Job eigentlich jeden verdächtigen?«

»Glauben Sie denn, Sie können einfach verschwinden, ohne daß sich jemand dafür interessiert? Zumal in Ihrer Umgebung eine Leiche gefunden wurde?«

»Das Goliath ist ein ziemlich großes Hotel, Lieutenant, deswegen heißt es ja auch Goliath. Es gibt ungefähr tausend Angestellte, ganz zu schweigen von den Hotelgästen und den Spielern im Kasino. Wieso sollte ausgerechnet ich irgend etwas mit Ihrer Leiche zu tun haben?«

»Weil Sie plötzlich nicht mehr da waren.«

»Mein Vertrag mit dem Hotel war ausgelaufen. Ich hatte keinen Grund, länger zu bleiben.«

»Abgesehen von Temple Barr und dem Circle Ritz.« Sie verschränkte die Arme. »Ich hatte immer schon den Verdacht, daß Sie eines Tages zurückkommen würden.«

»Na prima. Warum auch nicht? Und was finde ich vor? Ihre völlig grundlosen Verdächtigungen haben Temple in ein sehr häßliches Licht gerückt. Wo bleibt Ihr Sinn für Verantwortung? Temple hat nichts damit zu tun. Daß sich die Polizei für sie interessiert, zieht nur dubiose Elemente an.«

»Abgesehen von Ihnen, meinen Sie?«

»Sie wissen genau, was ich meine. Suchen Sie sich jemanden in Ihrer eigenen Größe, Lieutenant.«

Bei dieser Andeutung richtete sie sich stocksteif auf. »Das habe ich getan. Aber er ist verschwunden.«

Kinsella breitete in einer Unschuldsgeste die Arme aus. »Ich vermute, daß es keinen Haftbefehl für mich gibt.«

»Noch nicht. Aber ich will mit Ihnen reden, und zwar offiziell. Was ist denn daran so falsch? Wovor haben Sie Angst?«

»Bestimmt nicht vor Ihnen«, sagte er rasch. Zu rasch. »Hören Sie zu. Ich schlage Ihnen ein Geschäft vor.«

»Das können Sie gerne tun. Aber ich bezweifle, daß ich Ihr Angebot annehme.«

»Besorgen Sie mir die Polizeifotos und Strafregister der Männer, die Temple zusammengeschlagen haben, und ich komme freiwillig auf ein Gespräch vorbei. Aber nicht im Hauptquartier.«

»›*Ihnen besorgen*‹? Sind Sie noch ganz dicht? Wieso sollte ich Ihnen dafür, daß Sie mir zu ihren Bedingungen für ein paar Minuten Ihre Aufwartung machen, Einblick in Polizeiakten gewähren? Außerdem hat Miss Barr die Leute nur ansatzweise identifiziert. Ich kann einen Amok laufenden Bürger nicht auf ahnungslose Kleinkriminelle loslassen.«

»Seit wann sorgt sich denn die Polizei so rührend um Kriminelle?«

»Sie scheinen diese Typen ohne jeden Beweis zu verurteilen. Ich bin auf Ihre Zeit und Ihre Einsichten nicht so sehr angewiesen, daß ich mich auf ein Geschäft mit jemandem einlasse, der in der nächsten Sekunde wieder verschwunden ist.«

»Wie schade. Ich hätte vielleicht was für Sie, aber zuerst muß ich noch ein paar Sachen überprüfen.«

»Wer von uns beiden ist eigentlich der Polizist?«

Er lächelte. »Sie, Lieutenant, und Sie sind der engstirnigste und eiskalteste Bulle mit Samthandschuhen, den ich jemals erlebt habe.«

»Lassen Sie sich von meinem Kostüm nicht irreführen.«

»Gut, wenn Sie das auch nicht tun.«

Sie schwieg und dachte über den bisherigen Verlauf der Unterhaltung nach. Der Typ war wie ein Stück Seife in der Badewanne. Sie würde sich vielleicht auf das Geschäft mit ihm einlassen müssen, um ihn endlich befragen zu können. Aber sie traute ihm zu, daß er ihre Informationen nahm und wieder verschwand. Sie traute ihm sogar zu, daß er in ihr Büro einbrechen würde, um an die Informationen heranzukommen. »Wenn ich Ihnen einen Blick auf diese Typen gewähre, dann wird das auf dem Revier sein, und ich werde einige Antworten bezüglich der Sache in Goliath haben wollen.«

Sein Gesicht verzog sich säuerlich. »So hoch wollte ich das eigentlich nicht hängen. Auch wenn ich es sehr genieße, mit Ihnen zu plaudern, dieses Tête-à-tête hier wird fürs erste genügen müssen. Sie haben recht, Lieutenant. Ich habe Ihnen tatsächlich das eine oder andere zu erzählen. Bis dahin sollten Sie einfach nicht vergessen, daß es nicht Temple ist, hinter der sie her sind.«

Er war so schnell wieder an der Tür, daß es schien, als hätte er übernatürliche Kräfte dazu genutzt.

Sie warf beim Aufstehen fast die kleine Bank um. »Mit Ihnen bin ich noch lange nicht fertig«, warnte sie ihn in dem Tonfall, den sie bei jedem anderen Verdächtigen auch anschlagen würde.

Kinsella hielt inne, die Hand schon auf der Türklinke, blickte über die Schulter, und wandte sich dann ganz um.

Sie hatte eigentlich genug Erfahrung, um zu wissen, wie sie ihn angehen mußte. Trotzdem beschlich sie das Gefühl, durch Wackelpudding zu waten. Sie war sich des langen, weichen Rocks bewußt, der um ihre Beine strich, aber auch des leichten Pistolenhalfters, das wie ein Strumpfband an ihrem Bein festgemacht war. Kein Bulle war je wirklich außer Dienst.

Er blieb stehen. »Glauben Sie wirklich, Sie könnten mich festnehmen?« fragte er, als sie neben ihn trat.

Die Frage war voller juristischer aber auch körperlicher Andeutungen. Ihre Begegnung war zu einem Kräftemessen geworden. Sie standen sich gegenüber, keiner von beiden bewegte sich, keiner gab auch nur einen Millimeter nach. Sie war keine kleine Frau, auch in ihren alten Schuhen war sie größer als einsachtzig. Und er hatte wahrscheinlich auch nur fünfzehn Kilo mehr Gewicht, schätzte sie mit geübtem Blick.

Sie spürte, daß er im Begriff war, sich zu bewegen, und ihr rechter Arm hob sich, um ihn an der Flucht zu hindern.

Statt dessen faßte er sie am Handgelenk. Eine schwache Taktik, aber eine schlaue Bewegung. Dieses nur leichte Zurwehrsetzen ermöglichte es ihr, seine Kraft zu erproben. Widerstand verunsicherte sie nicht. Sie kannte eine Menge Griffe, und sie hatte vier Jahre als patrouillierende Beamtin in South Central L. A. verbracht, wo man die Leute auf der Straße verhaftet.

Im Moment standen sie beide wie angewurzelt, maßen Kraft und Gegenkraft. Der eigentliche Kampf würde erst beginnen, wenn sie seinem Griff um ihr Handgelenk entkam, um selber einige Überraschungen zu bieten.

Das Gleichgewicht hielt noch einige Sekunden an.

Doch dann, ohne seinen Griff zu lockern, lehnte er sich plötzlich an sie und sagte mit einem rauhen Flüstern: »Nicht.«

Ein vibrierender Bariton an ihrem Ohr. »Zerstören Sie nicht den Anfang einer wunderschönen ... Verfolgung.«

Diese Ironie, diese Intimität waren versteckte Waffen, mit denen sie nicht gerechnet hatte. Ihr Handgelenk war jetzt frei, aber er war es auch, und so glitt er geschmeidig durch die kaum geöffnete Tür.

Den Bruchteil einer Sekunde überlegte sie, ob sie ihre Waffe herausholen sollte und ihm durch die Bar folgen sollte. Nein. Noch nicht. Sie wollte genausowenig Aufmerksamkeit erregen wie er. Außerdem hatte sie keinen Grund, ihn zu verfolgen, außer ihrem untrügerischen Instinkt.

Wütend wandte sie sich um und donnerte die Tür zu. So sehr sie sich auch über die gerade erfolgte Manipulation ärgerte, mußte sie doch den Fehler analysieren, der sie in diesem wichtigen Augenblick paralysiert hatte, und den er prompt genutzt hatte, um ungehindert zu verschwinden.

Sie erlaubte sich, den Blitz reiner sexueller Hitze noch einmal Revue passieren zu lassen, der sie von Kopf bis Fuß festgenagelt hatte. Seine rasche, beunruhigende Nähe, die warme, ironische Stimme, die physische Spannung des Widerstandes, seines und ihres, waren plötzlich umgeschlagen.

Sie hatte sich so etwas seit Jahren nicht erlaubt.

Natürlich hatte er das bis ins letzte Detail kalkuliert. Manipulativ. Frech. Effizient. Ein Teil von ihr verabscheute die Verwundbarkeit von Frauen in diesem uralten Spiel um sexuelle Dominanz, das immer mit gezinkten Karten gespielt wurde. Ein anderer Teil von ihr wollte es noch einmal spielen, Sam.

Carmen lehnte sich an die geschlossene Tür und stützte ihre Hände gegen das kühle, glatte Holz. Er war sehr, sehr gut.

Lieutenant C. R. Molina drückte sich vor der Tür ab – und von den entbehrlichen Trivialitäten wie sexuelles Verlangen.

So war sie eben.

Kapitel 12

Probe auf Leben und Tod

»Cheyenne hat uns eingeladen«, sagte Temple am nächsten Morgen zu einem Mann im Polohemd, der sie im Peacock Theater aufhalten wollte.

Der Mann blickte auf seinen Pieper, nickte und eilte weiter.

Kit sah sich um. »Das Theater und das Haus überhaupt sind ziemlich gewöhnlich, wenn man von dem türkis-violetten Samtvorhang absieht. Und wenn Cheyenne uns nicht eingeladen hätte? Wären wir dann immer noch Persona grata?«

»Na klar.« Temple grinste. »Ich arbeite doch jetzt für das Crystal Phoenix, das kann ich immer noch ins Feld führen.«

»Hey!« brüllte es laut aus dem hinteren Teil des Zuschauerraums.

»Yeah!« erklang das Echo.

»Tadadada bumm di rumms!« erklang ein wohltönender männlicher Chor von mindestens sechs Stimmen.

Temple wandte sich um, zuckte zusammen und versuchte, sich in ihrem Sitz unsichtbar zu machen.

»Temple ist wieder da, und ratet mal, wer sie gesehen hat?«

Die Boten dieser so ungelegen kommenden Nachricht donnerten den Mittelgang hinab, oder wenigstens klang es so. Temple ertrug es nicht hinzuschauen, aber sie konnte sie auf fünfzig Meter riechen: eine Phalanx von Englisch Leder, Russisch Leder und ein Hauch von Brut.

Temple linste durch ihre Finger und versuchte, die Anwesenden zu zählen. Nach ihrer Schätzung war es die gesamte Firma Fontana, Inc. Alle neun Brüder – mit Ausnahme von Nicky, der gewöhnlich nicht in der Herde mitlief – auf einen Haufen. Nicky, Besitzer des Crystal Phoenix und Ehemann der Managerin Van von Rhine, war das weiße Schaf einer großen Familie, deren Wolle ansonsten eher etwas dunkler gefärbt war. Die anderen Brüder waren alle Junggesellen – attraktiv, freundlich, und eitel. Doch jetzt hatte sich ihr Image vollkommen gewandelt.

Die eiskremefarbenen, italienischen Anzüge gehörten der Vergangenheit an, ebenso die diskrete Ausbuchtung unter der Achsel des einen oder anderen Bruders. Jetzt waren hautenge Designerjeans und fast platzende Muskelshirts angesagt. Ralph trug nicht wie sonst einen Pferdeschwanz, sondern seine Haare hingen offen und modisch zerstrubbelt auf seine Schultern herab. In Gegenwart von so viel mediterraner Männlichkeit fühlte Temple sich wie eine Statistin auf dem Bühnenbild der »West Side Story«.

»Diese Typen sehen aus, als sollten sie auch auf *Hesketh Vampires* sitzen«, bemerkte Kit nicht ohne Bewunderung.

»Sind das Freunde von dir?«

»Geschäftspartner.« Temple lächelte die Versammlung freundlich an. »Was macht ihr denn hier?« fragte sie, ehe man ihr selbst diese Frage stellen konnte. »Sicherheitskontrolle?«

»Nee«, sagte einer, »wir machen beim Wettbewerb für den schönsten Cover-Boy mit.«

»Gibt es denn da eine Sparte für Gruppenauftritte?«

»Näh«, sagte ein anderer. »Wir bewerben uns getrennt, treten in der Öffentlichkeit aber zusammen auf.«

»Weißt du, wenn die sechs Goat Guys aus Elbow Grease, Indiana, Verträge als Models einsacken können, dann gehen wir davon aus, daß die neun Fontana Fellows aus Las Vegas, Nevada, das mindestens doppelt so gut können.«

»Wer sind denn die ›die Goat Guys‹?« fragte Electra.

»Sechslinge, Bodybuilder aus Indiana«, sagte Aldo – oder vielleicht Armando – verachtungsvoll. »Echte Landeier. Die züchten Ziegen, die in Ohnmacht fallen. Die Sorte, die bei jedem lauten Geräusch umkippt. Deswegen haben sie wahrscheinlich so viel Erfolg damit, diese ganzen ohnmächtigen Frauen aus den Liebesromanen in den Armen zu halten. Gute Übung.«

»Lassen wir doch die Details«, sagte Julio – oder vielleicht Guiseppe, manchmal auch Pepe genannt. »Worauf es ankommt, ist, daß die Goat Guys es letztes Jahr ganz nach oben geschafft haben. Die sind geradewegs vom Futtertrog an den Medientrog gelangt. Die haben Verträge als Models und Schauspieler und machen sogar Schallplattenaufnahmen.«

»Gibt es bei eurem Wettbewerb auch eine Talent-Show?« wollte Temple wissen. Es interessierte sie wirklich.

»Ja.«

»Tatsächlich?«

Ernesto – oder möglicherweise Eduardo – nickte ernst. »Ja. Kleidung zu tragen.«

»Und *keine* Kleidung zu tragen«, warf Emilio ein.

»Tatsächlich geht es in dem Wettbewerb im wesentlichen darum, die Klamotten zu wechseln«, erzählte Ralph eifrig. »Als erstes kommen wir alle angezogen herein. Dann tragen wir etwas weniger, dann wieder mehr, dann weniger; dann kommen wir alle wieder in unserer Kleidung herein und warten ab, wer auf einem Cover überhaupt nichts tragen darf.«

»Es ist wirklich anstrengend«, beschwerte sich Julio, »überhaupt zu wissen, welche Kostüme dran sind, was man ausziehen, und was man anziehen soll. Außerdem haben wir kaum Zeit dazu.«

»Und noch weniger Platz.«

»Und keine privaten Garderoben. Es riecht da drin wie in der Umkleidekabine eines Footballteams nach dem Spiel.«

»Aber wir nehmen die Mühen gerne auf uns, wenn der Lohn dafür stimmt«, fügte Rico mit einem breiten Grinsen hinzu.

»Wir müssen jetzt los«, drängte Aldo. »Nicht, daß wir unser Stichwort verpassen.«

»Warten Sie ab, bis Sie uns in unseren Wettbewerbsklamotten gesehen haben«, gab Pepe an. »Das wird noch besser als unsere Überraschung damals in der Show im Gridiron.«

»Davon bin ich überzeugt«, sagte Temple, die sich gar nicht so sicher war, ob die Welt schon auf einen Auftritt der Fontana-Brüder vorbereitet war.

»Bis später!« sagte einer, und die anderen fielen in den Abschiedschor ein. Fort waren sie, wie italienische Windhunde, nur eins im Sinn und die geborenen Gewinner.

Die drei Damen hatten sich kaum von dieser Begegnung der besonderen Art erholt, als eine weitere männliche Stimme zu hören war. »Und da haben wir sie«, erklang ein Bariton, als würde er Miss America ankündigen.

Temple richtete sich stocksteif auf. Anscheinend hatte die Welt heute morgen nichts besseres zu tun, als die Aufmerksamkeit auf sie zu lenken.

Mit einer tiefen Verbeugung blieb der Rufer vor ihrer Sitzreihe stehen. »Zeigt her Eure Füße«, befahl er Temple. »Zeigt her Eure Schuh – was gibt's denn heute?«

Temple ergab sich und hob einen Fuß.

»Großartig«, tat er kund. »Gelb ist einfach Ihre Farbe. Ist der Knöchel wieder so fest wie Stahl?«

»Es war der andere Knöchel, und ja, zumindest so fest wie Aluminiumfolie. Wie geht es Ihnen, Danny?«

»Ganz in meinem Element, Schätzchen.« Danny Dove

warf einen theatralisch-sehnsüchtigen Blick über die Schulter auf die Bühne, wo sich nackte, brünftige Männer drängten, doch nicht auf der Suche nach Frauen, sondern nach Erfolg.

Danny trug heute die Kleider, die Gene Kelly berühmt gemacht hatte: eine enges schwarzes T-Shirt, Jeans und Slipper ohne Socken. Gene hätte wohl Socken getragen – wahrscheinlich spießige weiße Frottee-Dinger – aber das war ja auch vor vierzig Jahren gewesen, und nicht in den coolen Neunzigern.

»Organisieren Sie den Wettbewerb?« fragte Temple hoffnungsvoll.

»›Organisieren‹, das Wort hat mehr Silben, als die meisten dieser Typen aussprechen können. Manche haben Erfahrung als Model und Schauspieler, wenn man Pornos mitzählt, aber was das Theater angeht, ist die Mehrzahl einfach total unbedarft. Ich hab drei Tage Zeit, um aus diesen Halbaffen zivilisierte Menschen zu machen. Aber derart schöne, saftige Herausforderungen habe ich ja schon immer geschätzt.«

Danny rückte seine Schultern gerade und marschierte den Gang hinauf zu den Wettbewerbsteilnehmern.

Temple sagte es Kit, ehe die irgend etwas fragen konnte. »Der ist nicht auf dem Markt.«

»Vielleicht nicht für uns. Aber jeder ist doch auf irgend jemandes Markt. Wer ist er denn?«

»Der Choreograph des Hauses. Ich hätte Euch einander vorgestellt, aber er hat sein Herz schon in den Highlands verloren.« Temple zeigte auf die Bühne, wo ein Riese in einem roten Kilt über die Bretter schritt, ein breites Schwert in der Hand. »Danny Dove ist hierzulande ziemlich wichtig.«

»Danny Dove? Ohne Scherz?« Kit beugte sich in ihrem Sitz nach vorn, um zu beobachten, wie der drahtige Regisseur es im Nu schaffte, schöne Männer zu etwas zusammenzustellen, was immerhin entfernt an eine Gruppe Tänzer erinnerte.

»Du hast schon von ihm gehört?«

»In Manhattan hat er sich einen Namen gemacht, als auch Bette Midler langsam berühmt wurde. Also hat er es schließlich nach Las Vegas geschafft! Jede Wette, daß er haufenweise Kohle macht.«

»Die Wette würdest du gewinnen.«

Electra runzelte die Stirn. »Und warum organisiert er dann diese unbedeutende kleine Show?«

»Ein Kind in der Schokoladenfabrik.« Temple nickte zur Bühne. »Männer in Strumpfhosen. Die Atmosphäre.«

Electra war noch nicht beruhigt. »Ist das denn … nicht gefährlich für die jungen Männer?«

Kit lachte. »Liebe Zeit, Electra! Männer, die so aussehen, haben seit der High School gelernt, beide Geschlechter entweder zu ermutigen oder abzuwehren. Die nutzen ihr gutes Aussehen und die Sehnsucht anderer Menschen aus. Schöne Menschen lernen die Spielregeln rasch, und wenn sie mit ihrem Aussehen Karriere machen, sind sie im ewigen Spiel der Liebe kaum verwundbar.«

»Ich bin da ziemlich altmodisch«, gestand Electra. »Ich hab alle meine Männer geheiratet.«

»Alle?« Kit war schockiert.

Electra nickte. »Jetzt laßt uns mal ein bißchen zugucken, Mädels. Deswegen sind wir doch schließlich hier, oder?«

Sie ließen sich gleichzeitig in ihre Sessel zurücksinken, aber Electras rhetorische Frage blieb in Temples Hirn hängen.

Wozu waren sie in Wirklichkeit hergekommen? Kit war beruflich hier. Eine Schriftstellerin, man stelle sich einmal vor. Ihre eigene Tante war Autorin von Liebesromanen. Für Kit war dieser Wettbewerb nichts anderes als ein Werbe-Zirkus, und die Männer auf der Bühne waren attraktive Lockvögel, die die Öffentlichkeit anlockten, damit die ihr Produkt kaufte.

Electra wiederum war Feuer und Flamme, eine Leserin, die sich danach sehnte, selbst einmal ein Buch zu veröffentlichen. Diese überwältigenden Männer waren Symbol für verlorene Jugend und Verheißung eines zweiten Frühlings.

Temple jedoch war auf der Flucht vor der Realität. Sie war nur zum Vergnügen hier, um der Angst zu Hause zu entgehen. Sie war in eine Umgebung geflüchtet, die sie kaum verstand, und sie war sich nicht sicher, ob sie ihr gefiel oder ob sie sie überhaupt gutheißen konnte.

Frauen, die in Umkehrung der Geschlechterrollen Männer anglotzten, hatten einen gewissen Reiz, aber sie waren genauso albern und kindisch wie die Männer, die Frauen anglotzten. Und im Moment hatte Temple eigentlich keine Lust auf das Spiel. Wäre Hamlet anstelle von Danny Dove erschienen und hätte gebellt: »Hinfort ins Kloster«, wäre sie sicherlich folgsam gegangen.

Kit, die Schauspielerin und Autorin, machte eine abwertende Geste zur Bühne hin. »Das sieht doch eher aus wie eine Modenschau.«

Temple nickte und betrachtete den mit schreiend rotem Stoff bedeckten Laufsteg.

Auf der Bühne klatschten Dannys Hände erstaunlich laut zusammen.

»Achtung, Ihr Wettbewerbswilligen! Ihr werdet in fester Reihenfolge auftreten. Also bitte, kommt einer nach dem anderen hier herunter und zeigt mir den Sketch, den ihr präsentieren wollt. Ich werde euch dann schon sagen, was funktioniert und was nicht. Auf die Plätze, fertig, los!«

Sie kamen den Laufsteg herunter, gehorsam wie Lämmer, die lieber Löwen wären. Schulterlange Mähnen flatterten im Gegenwind (obwohl manche Typen eher Samson nach Dalilahs Attacke glichen und konventionelle Haarschnitte trugen), gemeißelte Muskeln an den Schultern, Oberschenkeln und waschbrettartigen Bäuchen spannten und entspannten sich im Rhythmus der Musik (obwohl manche etwas weniger muskulös waren als andere); alle ließen blendendweißes Zahnpasta-Lächeln blitzen (obwohl es außer Temple und ihren Gefährtinnen und einer Gruppe Bühnenarbeiter und freiwilliger Helfer überhaupt keine Zuschauer gab).

»Oooh!« rief Electra, als ein Kanditat auf den Händen über den Laufsteg lief.

Der nächste hielt einen geriffelten Degen mit juwelenbesetztem Griff mit beiden Händen zu Boden gerichtet, während er langsam Spagat machte. Derweil seine eisenharten Oberschenkel die endgültige Berührung mit dem Bühnenboden suchten, zeigte er mit dem Dolch langsam gen Himmel.

»Jui!« Kit fächelte sich mit einer Hand Luft zu. »Nicht von schlechten Eltern.«

Ein eher frecher Typ mit kurzen lockigen Haaren kam im Walzerschritt die Bühne entlang. Ein lederner Werkzeuggürtel hing wie ein Pistolengurt um seine Hüften. Am unteren Ende des Laufstegs stellte er sich breitbeinig in Positur und holte ein metallenes Maßband aus einem Gehäuse, das genau auf der Zwölf-Uhr-mittags-Position an ihm hing.

»Danny Dove hatte recht«, murmelte Temple. »Jeder hier hat irgendeinen Tick.«

»Genau wie die Stripper in Gypsy«, stimmte Kit zu und stand auf. »Ich muß mal verschwinden. Seht zu, daß keiner dieser Schönlinge etwas tut, was sich nicht gehört.«

Sie eilte den Mittelgang hinauf.

Auf der Bühne war Danny Dove in sich zusammengesunken und rieb sich die Stirn mit den Händen. Seine Haltung übermittelte die Botschaft, die er nicht in Worte fassen konnte: Die Auftritte waren genauso schrecklich, wie er es erwartet hatte.

»Was für eine Enttäuschung.« Electra sprach so laut, daß ihre Worte just in dem Moment bis auf die Bühne zu hören waren, als die siebenundzwanzig ausgestreckten Zentimeter von Mr. Maßband wieder in ihr Gehäuse zurückgeschnappt waren. »Ich hätte mehr erwartet... ähem... ich meine, mehr Eleganz.«

»Mehr Witz und weniger Peinlichkeiten«, stimmte ihr Temple zu. »Ich hoffe, Cheyenne hat nicht auch so einen peinlichen Auftritt, und ich denke mit Schaudern daran, was sich die Fontana-Jungs wohl ausgedacht haben.«

Electra nickte düster. »Kit verpaßt wirklich nichts.«

»Vielleicht können wir uns ja diskret rausschleichen«, schlug Temple vor und stand auf. »Man stelle es sich nur vor, eine Parade von männlichen Prachtexemplaren, und wir langweilen uns! Lassen Sie uns Kit abfangen, wenn sie aus der Toilette kommt.«

Eine Pause zwischen den Auftritten der männlichen Schönheiten bot ihnen die Gelegenheit zu entkommen. Temple und Electra schlichen gerade auf Zehenspitzen über den mit weichem Teppich ausgelegten Mittelgang, als hinter ihnen ein Rascheln und Flüstern ausbrach.

Wenn man Mord und Totschlag brüllt, schaut kein Mensch hin. Flüstert man hingegen nur ein bißchen, bleibt alle Welt wie angewurzelt stehen. Die beiden drehten sich zur Bühne um und sahen, wie gerade ein nacktes Bein durch den seitlichen Vorhang glitt.

Es war wohlgeformt und mit genug Haaren bewachsen, um männlich zu sein. Dennoch sah es auch aus wie ein Pferdebein. Temple hob eine ihrer rötlichen Augenbrauen.

Ein weiteres Bein – beziehungsweise Vorderbein – folgte dem ersten.

Nervös wagte sich ein grauweiß geflecktes Pferd auf die Bühne, ein Appaloosa mit den berühmten blassen »Schnee-Flecken« auf den Hinterbeinen. Doch im Publikum konnte man die Hinterbeine nicht sehen, und wen kümmerte es schon, solange man den dunkelhäutigen, sehnigen, nackten Indianer – amerikanischen Eingeborenen, um politisch korrekt zu sein – auf seinem Rücken sehen konnte.

»Also!« Electra hielt so plötzlich inne, daß Temple geradewegs in sie hineinrannte. »Moment. Ich habe überlegt, für meinen Beitrag für den Amateur-Schriftsteller-Wettbewerb einen Indianerhelden zu verwenden. Ich wünschte, ich hätte diesen Typen früher gesehen. Der ist wirklich genau das, was ich mir vorgestellt habe.« Sie eilte zum Ausgang.

»Großartiger Auftritt«, stimmte Temple zu, blieb noch stehen und beobachtete, wie das Pferd samt seinem Reiter über die Bühne ging. Würde diese improvisierte Rampe eine Tonne Pferdefleisch mit beigefügtem Prachtkerl aushalten?

Die Hufe donnerten auf dem Boden wie Trommelschläge. Obwohl der Reiter auf den ersten Blick nackt aussah, bemerkte Temple die Riemen an seinen Hüften, die ein hirschledernes Lendentuch hielten. Das lange, dunkle Haar des edlen Indianers war zu Zöpfen geflochten, und kein Lächeln erhellte seine gemeißelten Züge. Eine kleine Rehlederbörse hing an einem Lederband vor seiner nackten Brust. In dem mit Perlen besetzten Köcher auf seinem Rücken steckten drei Pfeile. Er trug einen hellen Bogen aus Hirschhorn oder Knochen, an dessen Sehne ein Pfeil angebracht war. Während sich das Pferd auf das Publikum zubewegte, ließ der Indianer den Arm mit der Waffe sinken.

Sehr vernünftig, dachte Temple im stillen.

Das Pferd hielt mitten auf der Bühne an. Es trug keinen Halfter, erkannte Temple, keine Zügel, keinen Sattel, und war offenbar darauf trainiert, auf die Signale des Reiters zu reagieren. *Was für eine prachtvolle Kreatur,* dachte sie, obwohl die meisten (in romantischer Hinsicht weniger ausgebrannten) Frauen dieses Lob wohl eher dem Reiter und weniger seinem Roß zollen würden.

Das Pferd verharrte für einige Sekunden in seiner Position, dann wandte es den Kopf und wieherte fragend. Doch der Reiter tat nichts, er bewegte sich noch nicht einmal.

Gutes Spiel, diese stoische Haltung trug zu der Spannung des Moments bei. Cheyenne – denn er war es – hatte wirklich etwas Vollkommenes geschaffen. Selbst Danny Dove saß bewegungslos und konzentriert da, wie alle anderen eingefangen von der Spannung auf der Bühne, festgehalten von der atemlosen Frage: *Was wird er – werden die beiden – als nächstes tun?*

»Bravo«, flüsterte Temple. »Aber nicht zu lange halten ...«

Noch während sie sprach, bewegte sich der Reiter. Er lehnte seinen muskulösen Oberkörper nach links, als wolle er absteigen, sein nacktes Bein glitt seitlich am Bauch des Pferdes entlang, Bogen und Pfeil hielt er nach unten gerichtet. Jede seiner Bewegungen war so elegant, als wäre dies ein Ballett, voller selbstbewußter Sinnlichkeit. Wer das sah, wünschte sich, diese Szene möge nie enden, aber er wußte gleichzeitig, daß die Füße in ihren Moccassins jeden Augenblick auf der Bühne landen würden.

Doch es geschah nicht das, was alle erwarteten. Statt dessen neigte sich der Körper des Mannes weiter zur Seite, als wäre er eine Zinnfigur in einer Schießbude. Normalerweise hätte Temple von einer solchen Figur erwartet, daß sie sich wieder aufrichtet und weiter bewegt. Das tat sie aber nicht.

Cheyennes Füße hatten den Bühnenboden nur kurz berührt, ehe er wie eine Strohpuppe in sich zusammenfiel.

Pfeil und Bogen fielen auf die Seite.

Alle sahen reglos zu und warteten auf den nächsten Akt des Dramas. Bestimmt würde doch gleich etwas kommen, was diese merkwürdige Wendung erklärte.

Temple sah es als erste.

»Nein!« brüllte sie und setzte sich in Bewegung. Sie sprintete den Gang entlang und auf die Stufen zum Laufsteg.

Alle Augen waren auf sie gerichtet. In den Gesichtern der Bühnenhandwerker stand deutlich der Ärger. Aber Temple hatte im grellen Licht des Scheinwerfers etwas gesehen... noch etwas anderes als nur ein nacktes Pferd und einen halbnackten Mann.

Blut färbte den Schnee auf dem Hinterteil des Appaloosa rot.

Niemand – nichts – bewegte sich außer ihr, dem Pferd und der Zeit. Das Pferd wieherte noch einmal, diesmal offenbar beunruhigt. Es trat vorsichtig beiseite und wandte sich um, so daß ein dünnes, scharlachrotes Rinnsal sichtbar wurde, das an seinem glatten, runden Bauch hinunterlief.

Jetzt stürzten alle los, aber Temple war zuerst bei ihm. Sie kam vor Cheyenne zum Stehen, betrachtete seine offenen, blicklosen Augen, seinen schlaffen Mund. Dann sah sie, daß einer der mit Federn geschmückten Pfeile in ihm steckte und ihn daran hinderte, ganz auf den Boden zu sinken.

Oder sank er etwa zu Boden und trieb damit den Pfeil noch tiefer in sich hinein?

Temple kniete sich nieder, um ihn hochzuhalten.

»Helfen Sie mir doch! Wir müssen verhindern, daß er darauf fällt!«

Jemand kniete sich neben sie. »Um Himmels willen, halt ein, mein Herz!« Danny Dove.

Einer der Gebrüder Fontana hockte sich neben Cheyennes Kopf, und sein gebeugtes Knie stützte den Oberkörper ab.

Temple spürte, daß immer mehr Beine um sie herumstanden.

»Legt ihn auf den Bauch«, schlug jemand vor.

»Ist der Puls noch zu fühlen?« fragte eine andere Stimme.

»Ich bin Krankenpfleger.« Ein Mann ließ sich neben sie ihr zu Boden und drückte mit zwei Fingern auf Cheyennes Halsschlagader.

Gleich danach suchten seine Finger eine andere Stelle. Und dann noch eine. Temple spürte das Kopfschütteln schon, bevor sie es sah. »Nichts. Kein Puls.«

Eine Garderobenfrau brachte aufgerollte Handtücher, die ohnehin mit Make-up befleckt waren, und schob sie unter Cheyennes Rücken, um den Körper davon abzuhalten, noch weiter auf den Pfeil zu sinken.

Auf den Pfeil. Eine Requisite, die auf Abwege geraten war? Oder eine Mordwaffe? Temple starrte in Cheyennes totes Gesicht, erinnerte sich an seine charmante, doch irgendwie merkwürdige Lebhaftigkeit am Abend zuvor, als er sie zu der heutigen Probe eingeladen hatte ... eine Probe auf Leben und Tod.

Nein! Er hatte sie zuerst gefragt, ob sie nicht Lust hätte, am Abend auszugehen. Mit ihm. Auf einen Drink. Um miteinander zu reden. Sie hatte die Einladung für frivol und unaufrichtig gehalten. Er war nur ein ehrgeiziger Schönling, der sich bei den Frauen einschmeicheln wollte. Kit und Electra hatten angenommen, daß er sich zu ihr hingezogen fühlte. Sie hatte die Vermutungen der beiden weggewischt, hatte abgelehnt. Für Spielchen hatte sie keine Zeit. Aber vielleicht war Cheyenne aus anderen Gründen an ihr interessiert gewesen. Vielleicht hatte er ein Problem und wußte, welche Rolle sie im Fall des würgenden Strippers gespielt hatte.

Sie hatte abgelehnt.

Nun würde ihm nie wieder jemand absagen.

Die anderen bewegten sich inzwischen vorsichtig von dieser Tragödie fort, wichen vor dem Tod zurück, weil es nichts gab, was sie hätten tun können.

Nichts, was sie selbst hätte tun können.

»Kommen Sie«, drängte jemand über ihr.

Temple blieb jedoch neben der Leiche hocken, stumm wie ein Fisch. Danny umfaßte ihren Ellbogen und zog sie gegen ihren Willen hoch. Sie wackelte auf ihren hochhackigen Schuhen wie jemand, der am Rand einer Klippe steht. Sie war so schnell aufgestanden, daß ihr schwindlig wurde. Das Pferd kam näher, eine große, graue Wand von Muskeln und Fell.

»Nun hol doch mal jemand dieses verfluchte Pferd hier raus!« befahl eine Stimme mit einem merkwürdigen Cockney-Akzent.

»Nein«, sagte Temple. »Die Polizei wird wollen, daß es so nah wie möglich am Tatort bleibt. Es ist ein Beweismittel.«

»Das heißt, jemand soll diesen riesendicken Zossen irgendwie solange festhalten?«

Temple warf dem Mann, der gerade gesprochen hatte, einen Blick zu. Er war fast genauso groß wie das Pferd, ein Prachtexemplar von einem Mann, mit kastanienbraunen Haaren, einer kunstvoll gebrochenen Nase und durchdringenden, haselnußbraunen Augen. Ganz offensichtlich hatte er keine Lust, den Stallknecht zu geben.

»Ich ... ich werd' es schon halten«, sagte sie.

Temple hatte noch nie in ihrem Leben ein Pferd festgehalten, erst recht keines ohne Halfter oder Zügel. Also trat sie an seinen riesigen Kopf heran und griff, während sie ihm über seine lange Nase strich, in die Mähne.

Alle außer Danny Dove und dem namenlosen Fontana waren zurückgewichen. Wie immer bei einem gewaltsamen Tod: Erst werden die Leute wie magisch angezogen, dann weichen sie zurück.

»Hat schon jemand die Polizei gerufen?« fragte Temple.

»Das hoffe ich sehr«, sagte Danny mit aschfahlem Gesicht. »Machen Sie sich keine Sorgen, ich werde Ihnen helfen, unseren Freund hier zu beaufsichtigen.«

Das Angebot war ihr sehr willkommen.

Temple wußte nicht, womit sie auf Dauer mehr Probleme bekommen würde: mit dem lebendigen Pferd, von dem sie nicht wußte, wie sie es festhalten sollte, oder mit dem toten Mann, von dem sie nicht gewußt hatte, wie sie ihm hätte helfen können.

Kapitel 13

Mord unterwegs

Der Tod hatte die Aufmerksamkeit aller im Peacock Theater gefordert, sich dann verbeugt, die Bühne verlassen und nur noch die Requisiten hinterlassen.

Ein gefallener Mann. Ein reiterloses Pferd. Ein tödlicher, niemals abgeschossener Pfeil. Und ein einziger Soundeffekt: das Schweigen. Rund vierzig stumme Menschen saßen mit bleichen Gesichtern verteilt auf den samtbezogenen Sitzen im ansonsten leeren Zuschauersaal und warteten, nicht auf Godot, sondern auf Clouseau.

Temple und Danny Dove dagegen saßen zusammen auf der obersten Stufe des Laufstegs.

Die Bühne selbst war, abgesehen von Cheyennes zusammengesunkener Leiche und einer jungen Frau, die sich schließlich dazu bereiterklärt hatte, das Pferd festzuhalten, vollkommen leer. Sie streichelte ihm den Kopf und flüsterte ihm süße Nichtigkeiten in die nervös zuckenden Ohren.

Die Doppeltür des Saales knallte mit einem Donnern auf, das Menschen und Pferd gleichermaßen erschreckte. Das Tier wieherte – ein leidender Schrei, der in dem halbleeren Raum echote. Die Menschen jedoch schwiegen weiter.

»Ist das die Polizei?« fragte Temple Danny, und heftete ihre Augen weiterhin auf den Teppich.

»Woher soll ich das wissen? Bestimmt zwei Fremde ...«

»Ist einer davon eine Frau?«

»Das Licht kommt von hinten, Liebes, wie das bei Fremden in der Stadt immer ist. Sie sind eigentlich beide zu groß, als daß eine Frau dabei sein könnte, es sei denn, sie ist ein Showgirl.«

Temple verzog ironisch den Mund, als sie diesen Ausdruck im Zusammenhang mit Lieutenant C. R. Molina hörte. Ihr Blick hob sich zu dem Paar, das jetzt auf sie zukam, als wäre es ein Brautpaar, das auf einem besonders farbenfrohen Zauberteppich zum Altar schritt.

Die beiden hielten am Fuß der Treppe an, wo Lieutenant Molina sich noch nicht einmal die Mühe machte, etwas Witziges zu sagen wie: »Sie schon wieder.«

Stumm standen Temple und Danny auf und traten auseinander, um den Blick auf die Szene hinter ihnen freizugeben.

»Was geht hier vor?« fragte Molina Temple, nachdem sie mit einem Blick die Leiche, das Pferd und die Pferdehalterin wahrgenommen hatte.

Temple wußte, daß jetzt kurze, präzise Informationen gefragt waren. »Eine Probe für den Incredible-Hunk-Wettbewerb, der hier im Hotel beim Kongreß über Liebesromane abgehalten wird.«

»Incredible Hunk?« fragte Molina in ungläubigem Tonfall.

»Männliche Cover-Models für Liebesromane, Sie wissen schon, Piraten, Wikinger, Indianer-Häuptlinge. Ungefähr dreißig Männer machen da mit. Einer ist vom Pferd gekippt, nachdem er auf die Bühne geritten war.«

»Und das ist das Pferd, auf dem er hereingeritten ist?«

Welches andere Pferd sollte es sonst sein? Temple nickte.

»Und die Frau daneben?«

»Eine Helferin. Ich nahm an, Sie würden den Tatort gerne möglichst unverändert in Augenschein nehmen, also erschien es mir sinnvoll, das Pferd in der Nähe zu halten.«

»Glauben Sie, das Pferd ist ein Zeuge? Hat es vielleicht ein klagendes Heulen von sich gegeben?«

»Nur ein klagendes Wiehern«, antwortete Temple, von

Molinas ewigem Sarkasmus getroffen, »aber es hat Blut von dem Opfer auf seinem Rumpf. Brauchen Sie denn nicht Fotos oder Proben davon?«

»Leider ja.« Molina stampfte die Treppe hinauf. Ihr Partner schlich hinter ihr her.

Temple hatte ihn noch nie gesehen: ein adrett angezogener Mann mit einem ordentlichen, graubraunen Schnurrbart. Als er zwischen Temple und Danny hindurchging, murmelte er eine Entschuldigung.

Danny seufzte laut, als die Beamten auf der Hälfte des Laufstegs innehielten, um den Schaden zu begutachten.

»Genau das, was ich brauche, wo ich doch nur ein paar lächerliche Stunden habe, um eine Show auf die Beine zu stellen.« Er fragte Temple flüsternd: »Sie haben doch Erfahrung mit Morden. Wie viele Stunden werden die denn brauchen, um mit ihren kleinen Staubwedeln überall durchzugehen und nach Fingerabdrücken zu suchen?«

Temple nahm die verstreuten Grüppchen in Augenschein. »Die Verhöre können schon den ganzen Tag dauern. Der Tatort selbst ist ja relativ überschaubar, aber der ganze Bereich hinter der Bühne wird natürlich durchsucht werden. Fragen Sie doch Lieutenant Molina, was man da machen kann. Die Polizei von Las Vegas versteht etwas davon, sich um öffentlich zugängliche Orte, größere Menschenmengen und um Schlagzeilen herumzulavieren.«

»Lieutenant Molina ist die hartgesottene Dame in den Hush Puppies? Die, von der Sie befürchteten, daß sie kommen würde?«

»Genau die, Danny.«

»Da würde ich doch lieber den David von Michelangelo um einen Gefallen bitten. Bei einer Marmorstatue hätte ich bestimmt Erfolg.«

»Hey, lieber Sie als ich. Die kann mich nicht ausstehen.«

»Damit beweist sie, was Menschen angeht, einen genauso schlechten Geschmack wie bei ihrem Schuhwerk.«

Er warf ihr zum Abschied ein koboldhaftes Grinsen zu, ehe er die Treppe hinunterhüpfte, um sein Ensemble und die Bühnenarbeiter zusammenzupfeifen und sie auf die unausweichlichen polizeilichen Befragungen vorzubereiten. Choreographen hüpften immer, bemerkte Temple sehnsüchtig, als hätten sie in ihren Knöcheln eine Feder eingebaut. Wo nahmen sie nur die ganze Energie her?

Plötzlich hatte sie die Vision, Michelangelos David stünde hinter ihr und starre auf sie hinab, und so wandte sie sich wieder zur Bühne. Lieutenant Molina war auf weichbesohlten Schuhen herangeschlichen und beobachtete sie mit ihrem üblichen beunruhigenden, nichtssagenden Blick. Dann endlich sagte sie: »Die Amazone mit dem Pferd hat gesagt, Sie hätten alle angewiesen, hierzubleiben.«

»Das habe ich auch.«

»Gut gemacht, aber sind Sie sicher, daß sich nicht doch jemand ungesehen von dannen geschlichen hat?«

»Nein. Ich vermute, das ist eher Ihr Job.«

»Es ist also niemand gegangen, den Sie kennen?«

»Nun ...«

»Wer?«

»Nur Electra Lark, meine Vermieterin.«

»Ich hatte ja schon fast erwartet, Sie hier anzutreffen, weil ich weiß, daß Sie für das Crystal Phoenix arbeiten, aber was macht Mrs. Lark auf diesem Kongreß von Platzhirschen?« Sie nickte in Richtung der sich in den Sitzen lümmelnden, halbnackten männlichen Geschöpfe. Ihre ernsten Gesichter standen im krassen Widerspruch zu ihrem Äußeren.

»Sie nimmt an einem Kursus für Liebesromanschriftsteller teil, und der hat gerade begonnen.«

»Es gibt Kurse für so was?«

»Anscheinend. Und ...«

»Wer sonst ist noch gegangen?«

»Meine Tante Ursula. Na ja, eigentlich nennt sie sich Kit. Das ist allerdings ihr Spitzname... wenn sie nicht unter Sulah Savage läuft.«

»Ihre Tante Ursula.« Molina wiederholte diese Aussage wie mit einer Computerstimme. »Das müssen Sie mir bitte erklären.«

»Ich bin ihr gestern im Hotel begegnet. Ich wußte überhaupt nicht, daß sie hier in der Stadt ist, und sie wußte nicht, daß ich hier wohne. Sie ist eine berühmte Liebesromanautorin.«

»Sulah Savage«, wiederholte Molina, und das klang kalt genug, um einen Fisch innerhalb von Sekunden schockzufrosten.

»Na ja, für manche ist sie berühmt. Ihr Taufname ist Ursula, verstehen Sie, aber den konnte sie aus naheliegenden Gründen nicht leiden, also nennen ihre Freunde sie Kit.«

»Kit wer?«

»Äh, Kit Carlson.«

»Kit Carlson.« Molina dachte nach. »Reitet sie?«

»Oh, das glaube ich nicht. Sie versteht absolut nichts von Pferden oder von Pfeilen. Sie kommt zwar aus Minnesota, wissen Sie, aber sie wohnt seit Jahren in New York City.«

»Das ist ja ein wunderbares Alibi.«

»Jedenfalls saßen sie, Electra und ich ungefähr zwei Drittel den Mittelgang hoch. Die beiden können es nicht gewesen sein.«

»Wir wissen doch noch gar nicht, wie der Mann umgebracht worden ist, also schließen Sie die beiden mal lieber nicht gleich aus.«

»Ist das nicht ziemlich offensichtlich, mit diesem Pfeil?«

»Mag ja sein, aber wurde das Opfer von dem Pfeil getroffen oder mit ihm erstochen? Sagen Sie mir, was Sie gesehen haben. Sie entsprechen noch am ehesten dem, was man eine Beobachterin nennen könnte.«

Temple wußte nicht, ob sie geschmeichelt sein sollte oder beleidigt. Sie wußte allerdings genug, um sich dem Befehl zu fügen.

»Sein Auftritt mit dem Pferd war eine Überraschung. Nur ein paar Leute hinter der Bühne können gesehen haben, wie das Pferd hereingebracht wurde. Der Rest zog sich wahrscheinlich gerade um oder hat den anderen Typen geholfen, sich umzuziehen. Er hatte angeblich mit einem Mädchen vereinbart, daß sie ihm mit dem Pferd hilft...«

»Jene zierliche Maid?« Molina zeigte mit dem Daumen über ihre Schulter auf die dralle junge Frau neben dem Appaloosa. »Sie heißt Camellia Stubbins, und sie hat als Grund für ihre Anwesenheit genannt, sie sei ein ›Groupie‹.«

»Jedenfalls ist... der Reiter auf dem Appaloosa langsam von links auf die Bühne herausgeritten gekommen – von hier aus gesehen rechts –, ohne Sattel und all das Zeug. Es war eine ziemlich beeindruckende Präsentation: das nackte Pferd und der halbnackte Krieger darauf. Das Pferd ging auf die Bühnenmitte und den Laufsteg zu. Ich weiß nicht, ob er es zu dem Zeitpunkt noch gelenkt hat, denn er kann ihm nur mit einem Anspannen der Beinmuskeln die Signale gegeben haben, und das wäre kaum zu sehen gewesen.«

»Sie reiten?«

»Nein, aber ich war auch mal ein Teenager, und wir sind doch alle ein Weile lang Pferdenarren gewesen, oder? Diese Sachen lernt man dann eben, verstehen Sie?«

Molinas Fassade wandelte sich zu einem ironischen Lächeln. »Das verstehe ich. Ich soll in unserem Garten ein Pferd halten, egal, was die Vorschriften über Großtierhaltung in der Stadt besagen.«

Temple nahm an, daß der Pferdenarr in diesem Fall die elfjährige Tochter des Lieutenants war, Mariah.

»Haben Sie schon mal an einen kleinen Esel gedacht?« fragte Temple ernsthaft.

»Davon treffe ich bei meiner Arbeit genug«, antwortete die Polizistin, und ihre koboldblauen Augen blitzten stählern.

Temple schluckte und akzeptierte diese Zurechtweisung schweigend.

»Ein großartiger Auftakt, wie ich schon sagte. Er sah prachtvoll aus, obwohl ich schon dachte, daß er die Pose des starken, schweigsamen Typs ein bißchen zu lange ausdehnte.« Sie zog eine Grimasse. »Dann glitt er zur Seite, und ehe wir überhaupt verstanden, daß er gar nicht freiwillig absteigen wollte, sondern daß etwas ... passiert war, sah ich diese Farbe, rote Farbe über die schneeweißen Hinterbeine und den grauen Bauch des Appaloosa rinnen. Kriegsfarbe, dachte ich zuerst. Was für ein großartiger, dramatischer Einfall. Aber dann erkannte ich, was es in Wirklichkeit war.«

»Man sagt, Sie seien die erste gewesen, die gemerkt hat, daß da etwas nicht stimmte. Daß Sie zuerst zu der Leiche gelaufen sind.«

»Ich bin nicht zu ›einer Leiche‹ gelaufen. Ich bin hingelaufen, weil er so aussah, als ob ihm schlecht geworden sei und weil ich ihm helfen wollte. Ich hab diesen Pfeil erst gesehen, als ich bei ihm ankam, und da sank er schon hintenüber.« Sie schauderte noch einmal, als sie sich vorstellte, wie Cheyennes eigenes Gewicht ihm den Tod noch tiefer in den Leib getrieben hatte.

Molina war weniger dramatisch und eher praktisch gesinnt. »Da war es schon zu spät. Wahrscheinlich war er schon tot, bevor er überhaupt auf der Bühne erschienen ist.«

»Sie meinen, daß wir alle einen Toten beobachtet haben?«

»Tiefe Stichwunden können so wirken: Der Verwundete

ist innerhalb von wenigen Sekunden eine wandelnde Leiche. In diesem Fall eine reitende Leiche.«

»Das schlimmste daran ist«, sagte Temple fast zu sich selbst, »daß Cheyenne gestern abend mit mir über irgend etwas reden wollte. Und ich ... ich habe ihn einfach abgewimmelt.«

»Cheyenne? Sie haben den Verstorbenen gekannt?«

Der letzte Satz war eindeutig anklagend.

»Gekannt? Eigentlich nicht. Ich hab ihn kennengelernt, als ich vor ein paar Wochen die Öffentlichkeitsarbeit für den Stripper-Wettbewerb machte. Mehr nicht. Gestern abend hat er mir nur guten Tag gesagt.«

»Er wollte mit Ihnen reden?«

»Jetzt fragen Sie doch nicht so mißtrauisch nach, Lieutenant. Wenn man Electra und meiner Tante Kit glaubt, bin ich von einem Schwarm verfügbarer Männer umgeben, die alle danach hecheln, mich auf eine einsame Insel abzuschleppen. Die beiden dachten, er würde mich anmachen.«

»Ein Kandidat des Wettbewerbs für den Incredible Hunk? Und Sie haben sich nicht ein bißchen Zeit für ihn genommen?«

»Ich hab' es nicht so gerne, wenn man mich anmacht. Ich war beschäftigt, und ich hab' den beiden sowieso nicht geglaubt. Außerdem nehme ich an, daß er bisexuell ist ... gewesen ist.«

Molinas Augenbrauen gingen in die Höhe. Ein derartig interessantes Detail erweiterte – wenn es denn stimmte – die Gruppe der Verdächtigen und das Spektrum der Motive um ein Erkleckliches. »Haben Sie für diese Einschätzung der sexuellen Präferenzen des verstorbenen Cheyenne irgendeine Grundlage?«

»Weibliche Intuition, aber ich muß zugeben, daß meine Instinkte, was Männer angeht, in letzter Zeit etwas neben der Spur gelegen haben.«

»Merkwürdig, ich dachte immer, dieser Zustand wäre chronisch.«

Temple weigerte sich, dieser herausfordernden Anspielung auf den Leim zu gehen. Von Max würde sie nichts erzählen.

»Haben Sie je den ganzen oder gar den wirklichen Namen des Herren erfahren?«

»Nein. Ich habe ihn beide Male nur für ein paar Minuten gesehen. Ich bin mir aber sicher, daß die Wettbewerbsorganisation alle Unterlagen der Teilnehmer hat.«

»Natürlich. Aber ich will später auf jeden Fall auch noch Electra Lark und Ihre Tante befragen.« Molina warf einen Blick über die Schulter auf den Tatort. Dann schaute sie wieder nach vorn. »Wer sind denn die Frauen dort drüben?«

Temple sah hinüber. Ungefähr sechzehn gut gekleidete Frauen mittleren Alters saßen flüsternd beieinander. Sie sahen aus, als wären sie eine Gruppe von Hobbygärtnerinnen, die aus unerfindlichen Gründen in das Szenario eines Mord-Dramas verfrachtet worden waren. »Danny weiß es vielleicht.«

»Danny?«

»Dove. Danny Dove.«

»Natürlich«, sagte Molina mit ungerührter Höflichkeit. Ihre blauen Augen betrachteten Temple, als frage sie sich, ob sie mit ihrem konzentrierten Starren die roten Haare entzünden könnte. »Sind Sie sicher, daß es sonst nichts gibt, was Sie mir vielleicht sagen wollen?«

»Über den Mord?«

»Über jedes kleine Ereignis in jüngster Zeit, und sei es noch so unbedeutend.«

»Das einzige wirkliche Ereignis in jüngster Zeit war nicht klein«, sagte Temple. »Es sei denn, daß es heutzutage schon als Kleinigkeit trivial gilt, wenn man Zeuge wird, wie ein Mann stirbt.«

Molina wandte noch einmal den Kopf zurück. »Er war ... wunderschön. Ich frage mich, ob er wohl gewonnen hätte.«

»Meinen Sie, jemand hat ihn wegen des Wettbewerbs umgebracht?«

»Sein Auftritt wurde jedenfalls sehr elegant beendet. Sie können jetzt gehen. Sagen Sie nur Ihren Freundinnen, sie sollen später mal bei mir vorbeikommen. Wir sind den ganzen Tag hier.«

»Danny wird außer sich sein. Er hat nicht genug Zeit, um diese Show vorzubereiten.«

»Die Show wird schon laufen, aber erst nach meiner Morduntersuchung.« Sie wies mit einem Zeigefinger in Dannys Richtung.

Temple wollte nicht mit ihr streiten. Sie war sicher, daß Danny das ohnehin noch tun würde, also verließ sie ohne weitere Diskussionen das Theater.

Lieutenant Molina war einfach unglaublich. Um halb sechs Uhr, als Temple mit einer aufgeregten Electra und einer genauso beunruhigten Kit im Schlepptau zurückkehrte, sah sie nicht anders aus als am Morgen.

Das Terzett setzte sich in die erste Reihe. Die meisten Leute waren schon weg, außer ein paar Bühnenarbeitern von der Gewerkschaft, die noch von den Detectives in Zivil befragt wurden.

Das gelbe Absperrband der Polizei ging im Zickzack von der linken Seite der Bühne bis zu einem Notenständer und führte von da aus zur Mitte der Bühne.

Dieses grellgelbe Band markierte Abwesenheiten: kein Pferd, keine Leiche. Temple vermutete, daß die Tatortspezialisten gekommen und wieder gegangen waren, zusammen mit der Brigade, die den Leichensack mit sich führte. Sie fragte sich, ob man das Pferd wohl nach Fingerabdrücken abgesucht hatte.

»Da ist er hingefallen?« Kits aufgeregte, tiefe Altstimme trug bis hinauf in das Gerüst über der Bühne.

»Nein, weiter hinten. Das nennt man den Hintergrund der Bühne.« Molina antwortete aus den Seitenkulissen und kam dann auf sie zu.

»Ich vermute, Sie sind die berühmte Tante mit den wechselnden Namen«, sagte sie zu Kit.

Was konnte Kit darauf antworten? Nichts, und das war auch gut so.

»Wie schön, Sie mal wieder zu sehen, Lieutenant«, zwitscherte Electra wie eine kleine Grille in Technicolor.

»Zuerst brauche ich Ihre Namen und Adressen.«

Molinas Partner, der hinter ihr hergekommen war, schrieb alles auf.

»Sie...«, Molina fixierte Electra und Kit abwechselnd, wie eine Adlermutter, die überlegt, welches ihrer beiden Kinder wohl das blutige kleine Maus-Leckerli bekommen wird, »nehmen an dem Kongreß über Liebesromane teil.«

Nicken. »Sie« – das galt Kit – »schreiben Liebesromane unter dem Pseudonym Sulah Savitch?«

»Sulah Savage«, korrigierte Kit sie bescheiden.

»Kit hat schon viel veröffentlicht«, erklärte Electra ehrfurchtsvoll.

»Und Sie...?«

»Ich strebe nur auf. Ich meine, ich bin aufstrebende... Schriftstellerin. Wie Kit. Soll heißen, ich strebe danach, so zu sein wie Kit. Daß man meine Texte veröffentlicht.«

»Deswegen haben Sie heute morgen einen Kursus über das Schreiben von Liebesromanen besucht?«

»Ja.«

»Haben Sie irgend etwas dabei gelernt?« fragte Molina freundlich.

»O ja. Alles über Alpha-Männer und Geschwindigkeit und erotische Spannung...«

»Aber Sie waren heute morgen beide mit Miss Barr hier, als das Opfer auf die Bühne kam?« unterbrach Molina sie.

»Nein«, sagte Kit. »Ich war zur Toilette. Als ich zurückkam, war der Vorhang schon gefallen.«

»Temple und ich wollte gerade gehen«, warf Electra ein, »als das Pferd auf die Bühne kam. Wir waren vor Staunen völlig gebannt.«

»Sie haben es beide von derselben Stelle aus gesehen?«

Electra nickte.

»Warum ist nur Miss Barr auf die Bühne gegangen, als der Mann hinfiel?«

Die beiden blickten sich schweigend an. »Temple arbeitet hier«, sagte Electra. »Und ich ... war schon weg.«

»Temple fühlt sich ohnehin auf einer Bühne ziemlich zu Hause«, sagte Kit.

»Ich habe nur mitbekommen, daß mit dem Mann etwas nicht stimmte«, sagte Temple. »Daß er von dem Pferd rutschte und nicht runterstieg. Meine Güte, ich kannte ihn doch sogar ein bißchen!«

»Also ...« Molina wandte sich an Kit. »Erzählen Sie mir von ihrem Treffen mit dem Opfer in der Hotelbar gestern abend.«

»Was denn für ein ›Treffen‹?« Temple unterbrach sie, und ihre Stimme klang ein bißchen beleidigt. »Wir saßen da und unterhielten uns, als er vorbeikam. Reiner Zufall.«

»Nun ja, ich weiß nicht ...«, fing Kit an.

Molina trat näher an sie heran. »Was meinen Sie damit?«

»Dieser Typ war wirklich nicht zu übersehen. Es kam mir vor, als hätte er Temple gesehen und dann geradezu auf eine Gelegenheit gewartet, sich in unser Gespräch zu mischen.«

»Nein ...«, wehrte Temple ungläubig ab.

Kit nickte ernst. »Er war hinter dir her, Temple, und als er dich dann gefragt hat, ob du dich auf einen Drink mit ihm treffen würdest ...«

Temple fand es an der Zeit, das Offensichtliche noch einmal in Erinnerung zu rufen. »Dies ist eine Polizistin, Tante Kit. Sie ist auf der Suche nach möglichen Verdächtigen. Daß du auf so freundliche Weise versuchst, mich mit dem Toten in Zusammenhang zu bringen, könnte dazu führen, daß sie meint, ich hätte den Mann gekannt oder er mich. In noch einfacheren Worten, du bringst mich gerade auf dem direkten Weg zum Gerichtssaal, führst mich in ein Gebäude, das man gemeinhin das Haus mit schwedischen Gardinen nennt. Besonders hübsche Gardinen, mit Schleifchen. Ich hab mich doch schließlich *nicht* mit ihm auf einen Drink getroffen, oder?«

»Zunächst nicht ...« In Kits Stimme lag nichts als reine Verwirrung.

»Nie! Wir drei sind zusammen losgezogen, um uns das MGM Grand anzuschauen, dann sind wir ins Phoenix zum Abendessen zurückgekehrt, und dann ab in unsere Zimmer und ins Bett. Electra und ich wohnen im gleichen Zimmer! Wir waren die ganze Nacht im Bett.«

»Also ...« Jetzt schaute Electra etwas unsicher drein.

»Ja, Mrs. Lark?« Molinas Stimme knallte wie ein Peitschenschlag.

»Sie ... « – Electra warf Temple einen entschuldigenden Blick zu – »ich bin aufgewacht, und da waren Sie nicht in Ihrem Bett, Liebes.«

»Kreiiisch!«

»War das ein Geständnis, Liebes?«

»Nein. Ich habe nicht in meinem Bett geschlafen. Ich habe in der Badewanne geschlafen.«

»Ach ja?« Jetzt war Molina tatsächlich interessiert.

»Eigentlich habe ich in der Badewanne gelesen. Erinnerst

du dich an all die Bücher, die du mir zum Lesen mitgegeben hast, liebstes Tantchen?«

Kit nickte weise.

»Und dann bin ich eingeschlafen, wirklich, in der Badewanne. Und glauben Sie mir, Cheyenne war nicht dabei. Am Morgen hat Electra mich da gefunden. Allein.«

»Aber Sie hätten in der Nacht auch *nicht* dort sein können«, bemerkte Molina. »Mrs. Lark kann nicht wissen, ob Sie nicht irgendwann weggegangen und wiedergekommen sind.«

»In Ordnung. Diese Bücher. Sie können mich über deren Inhalt ausfragen.«

»Das wird kaum nötig sein, obwohl es vermutlich durchaus faszinierend wäre.«

Molina nickte ihrem Partner zu. Dann wandte sie sich erneut an Temple. »Wir verdächtigen Sie zur Zeit nicht, obwohl Sie doch heftig versuchen, sich in die Sache zu verwickeln.«

Temple unterdrückte einen weiteren Ausruf des Protests.

»Aber das Hotel verlassen Sie nicht«, fügte Molina hinzu. Sie entließ die anderen beiden mit einem Nicken.

Temple hätte sich gern mit ihnen aus dem Staub gemacht, obwohl sie sie derart verraten hatten, aber Molina forderte sie mit einem Blick auf, noch zu bleiben. Temple ergab sich in ihr Schicksal. Molina signalisierte ihrem Partner mit einem Nicken, auch er könne jetzt gehen.

Dann standen sie Nase an Nase, wobei dies nur bildlich zu verstehen war. Temples Nase reichte in Wirklichkeit nur an den dritten Knopf von Molinas Bluse.

Molina senkte die Stimme. »Sie wissen, wie sehr ich diese Morde verabscheue.«

»›Diese Morde‹ heißt die, bei denen ich in der Nähe bin?«

»Das auch. Aber vor allen Dingen Morde, die stattfinden, wenn große Gruppen von Leuten dabei sind, die von auswärts für ein paar kostbare Tage hierhergekommen sind und dann wieder auseinandergehen. Die, bei denen die Opfer und ungefähr zwei- bis zwanzigtausend andere Leute irgendein gemeinsames Interesse teilen, und wo jemand einen anderen Menschen umbringt und sie dann alle gemeinsam die Stadt wieder verlassen. Abgesehen vom Opfer natürlich.«

»Und vielleicht dem Mörder«, sagte Temple.

»Und vielleicht dem Mörder.« Molina kreuzte schon wieder die Arme vor der Brust, was nie ein gutes Zeichen war. »Ich möchte sie um einen Gefallen bitten.«

»Ich gehe. Ich gehe jetzt. Nicht aus dem Hotel – nur aus der ... aus der Nähe. Ich schwöre Ihnen, daß ich mich für den Rest der Woche und am Wochenende an Electra und Kit festklammern werde. Ich werde den Kongreß besuchen und den Mund halten und die Augen fest zudrücken. Ich werde nichts Böses hören, nichts Böses sehen, nichts Böses sagen. Ich wollte nur ein paar angenehme Tage verbringen, weg vom Büro und von zu Hause. Sie werden überhaupt nicht merken, daß ich da bin.«

»Nein.«

»Nein?«

»Nein. Ich *will*, daß Sie hier die Freizeitdetektivin spielen. Ich *will*, daß Sie bis zu den Knöcheln in Schriftstellerinnen waten, in Leserinnen, und vor allen Dingen in unglaublichen Muskelmännern.«

»Incredible Hunks.«

»Genau, Incredible Hunks. Ich will, daß Sie auf alles achten, mit allen Leuten reden, allen Leuten nachsteigen, allen Leuten auf die Nerven gehen. Ich will, daß Ihre kleine Stupsnase überall hier im Hotel herumschnüffelt.«

»Ich habe keine Stupsnase.«

»Es gehört zu meinem Job, Gesichter zu beschreiben. Trauen Sie mir.«

Nach einer solch klaren Aufforderung, sich einzumischen, hielt Temple es für sinnvoller, sich über die Form ihrer Nase nicht weiter zu streiten.

Kapitel 14

Jede kleine Brise ...

Ich bin im Crystal Phoenix. Ein unglaubliches Durcheinander... Überall rasen Frauen umher. Sie tragen große Taschen über die Schulter gehängt, und Miss Temple hat auch so eine ähnliche. Auf jeder Tasche steht G.R.O.W. L., was unter englischsprachigen Tieren so gut wie ein Knurren ist. Gott sei Dank steht das hier aber nur geschrieben.

Darüber hinaus bin ich etwas verwirrt über die Tatsache, daß mehrere großgewachsene Herren in der Gegend herumstehen, die es sich anscheinend nicht leisten können, anständige Kleider zu tragen, zum Beispiel Hemden, und die außerdem offenbar beim Rasieren etwas Hilfe gebrauchen könnten. Ich betrachte mich selbst eigentlich immer als den haarigsten Typen in der Gegend. Und so beleidigt es mich außerordentlich, daß diese merkwürdigen Typen die ganze Aufmerksamkeit auf sich ziehen, ganz zu schweigen davon, daß sie oft genug kurz davor sind, auf mir herumzutrampeln, als wäre ich ein Fußabtreter.

Wenn man bedenkt, daß Miss Van von Rhine sich die Mühe gemacht hat, einen so wunderschönen Teppich mit Vögeln auf dunkelblauem Hintergrund auszulegen – was mich an Karpfen erinnert, die in einem dunkelblauen See schwimmen –, dann ist es äußerst rücksichtslos von diesen aufgeblasenen Typen, die Nasen derartig in die Luft zu recken und den Teppich nicht zu beachten, vor allem, wenn meine Wenigkeit sich darauf befindet.

Obwohl ich die Nachricht von dem schrecklichen Mordfall bei meiner Ankunft schon gehört habe, gilt mein Interesse diesmal nicht in erster Linie dem Verbrechen. Leichen, vor allen Dingen menschliche Leichen, gibt es hier in Las Vegas dutzendweise, aber die Fleisch und Blut gewordene Gegenwart der Göttlichen Yvette ist etwas wahrlich Seltenes.

Denn eine Tatsache ist mir nicht entgangen: Miss Savannah Ashleigh wird an diesem Kongreß teilnehmen. Daher habe ich die unbezahlbare Gelegenheit, meiner verlorenen Liebsten meine Ehrerbietung darzubringen. Allerdings wird es noch dauern. Ich habe herausgefunden, daß Miss Savannah Ashleigh den Kongreß erst mit ihrer Gegenwart beehren wird, wenn der eigentliche Wettbewerb stattfindet – und der ist noch vier lange Tage und Nächte entfernt. Aber die berühmte Miss Savannah ist bereits vor zwei Tagen angekommen (und hat damit auch jede Menge Zeit gehabt, wenn ich das bemerken darf, den Indianerschönling auf dem Pferd umzubringen). Es wäre mir vollkommen recht, wenn man Miss Savannah Ashleigh eines kleinen Mordes oder vielleicht auch zweier kleiner Morde verdächtigen würde, weil sie schließlich zwischen meiner großen Liebe und mir steht. Der Göttlichen Yvette würde es nie in den Sinn kommen, ihre verwöhnte und egoistische Herrin zu verlassen. Allerdings möchte ich auch nicht unbedingt, daß die Göttliche Yvette von ihrem Frauchen enttäuscht werden wird – schließlich ist sie das einzige menschliche Wesen, das sie kennt. Dennoch würde es mich freuen, wenn Miss Savannah Ashleigh ganz allein nach irgendwohin weit weg unterwegs wäre, oder gleich dahin, wo der Pfeffer wächst, und wenn ihr dabei Zyankali-Cocktails serviert würden.

Der Göttlichen Yvette gegenüber darf ich von diesem frommen Wunsch natürlich nicht das leiseste Miauen hören lassen. Sie ist sehr besorgt um ihr Frauchen, was ich zwar lobenswert, aber durchaus fehlgeleitet finde.

Wenn ich einem Menschen nachschleiche, muß ich mein gesamtes Wissen und meine gesamte Weisheit nutzen. Wenn ich einen meiner Artgenossen jage, genügen die sensiblen Dienste meines olfaktorischen Werkzeugs. Das ist gar nicht so ein ausgetüfteltes Gerät, wie es den Anschein haben mag. Ich richte einfach meine Nase auf den Boden und schnüffle so lange, bis ich einen ansprechenden Duft erhasche. In einem Hotel voller Menschenwesen ist dies ein selteneres Phänomen, als man glauben würde.

Ich beschließe, die öffentlich zugänglichen Teile des Hotels zuerst zu durchsuchen. Da ich Miss Savannah Ashleigh kenne, gehe ich davon aus, daß sie hier irgendwo herumlungert und darauf wartet, daß ein gelangweilter Scheinwerfer sich in ihre Richtung dreht. In meinen ganzen neun Leben habe ich noch nie eine so kamerageile Frau erlebt.

Das führt mich schließlich in den hinteren Teil des Hotels, wo ich eine wahre Armee von Fotografen und Filmleuten finde, die eine Riesenmenge von unbewaffneten (und sogar unbekleideten) Typen filmen und aufnehmen, während sie sich am Schwimmbad räkeln.

Bei dem übermächtigen Geruch von Körperöl und Bräunungslotions rümpfe ich die Nase, entdecke unter diesen widerlichen Ausdünstungen aber tatsächlich den typischen Geruch von Miss Savannah Ashleigh. Doch dann, während ich unbemerkt unter dem Grünzeug hindurchschleiche, das an den Wänden des Hotels wächst, schwirrt eine Brise an meinen Nasenlöchern vorbei, die mir die nahe Gegenwart meiner Liebsten verkündet.

Ein rasches Robben durch die Calla-Lilien, ein knappes Kriechen über den sandigen Boden, in den sie gepflanzt worden sind, und schon stoße ich mit der Nase an den Plastik-Reißverschluß des rosaroten Baumwoll-Tragekörbchens der Göttlichen Yvette. Diese tragbare Wohnstatt steht neben einem Regisseurstuhl, dessen Baumwollrücken und -sitz in passendem Rosa ausgestattet sind. Der Name, der auf dem Stuhl geschrieben steht, lautet MISS SAVANNAH ASHLEIGH.

Doch der Stuhl ist leer, die Dame ist weithin nicht zu sehen. Ich hoffe sehr, daß dies nicht auch auf die Bewohnerin der Tragetasche zutrifft, und gibt es nur eine Möglichkeit, es herauszufinden: grundlegende Detektivarbeit.

Vorsichtig hebe ich meinen Kopf an das Netzfenster und atme den weichen, pudrigen Duft meiner Angebeteten ein. Wie in einem Spiegel sehe ich, wie sich auf der anderen Seite des Drahtgitters ein zierlicher Kopf in die Höhe hebt. Dann wischt eine knappe Ohrfeige über meine süße Schnute.

»Hey! Was soll das denn heißen?«

Silberne Schnurrhaare staksen mit den Spitzen durch das Gitter. »Kennen wir uns?« will eine weibliche Stimme mit einem tiefen, kehligen Knurren wissen.

Na, das ist ja eine freundliche Begrüßung! Da gibt man sich Mühe und mutiert, bildlich gesprochen, zu einem roten Teppich, und dann trampelt die auch noch darauf herum! Habe ich mich vielleicht im Tragetäschchen geirrt?

»Wie schnell die Frauen vergessen«, klage ich leise vor mich hin.

»Die Frauen?« Die Bewohnerin klingt so beleidigt wie ein zum Zölibat verdonnerter Nerz in der Brunftzeit. »Du wagst es, mich mit deinen anderen Bekanntschaften in einen Topf zu werfen?«

»Ich habe dich auch nicht mit der Vulgo plebs in eins geworfen, als ich dich vor dem Stripper-Killer gerettet habe«, erinnere ich sie.

Ein geziertes Schnaufen sagt mir, daß die Göttliche Yvette sich selbst mal wieder viel zu ernst nimmt. »Ich glaube eher, du hattest damals ein viel größeres Interesse daran, deine Mitbewohnerin zu retten. Ich befand mich in meiner Tragetasche in der anderen Garderobe jedenfalls in größter Sicherheit.«

»Die Vergangenheit können wir später noch besprechen. Freust du dich nicht, mich zu sehen?«

»Ich habe dich noch gar nicht ›gesehen‹. Komm mal näher heran.«

»Nur, wenn es keine Ohrfeigen mehr gibt.«

»Bestimmt nicht! In meiner Position muß ich jedoch vorsichtig sein, vor allen Dingen, wenn meine Herrin achtlos genug ist, meine Tragetasche auf dem Boden stehenzulassen, wo einfach jeder heranspaziert kommen kann. Ich war mir nicht sicher, wer du bist . . . Midnight Louie war der Name, nicht wahr?«

»Höchstpersönlich«, erwidere ich in meinem schönsten Bogart-Graulen.

Diesmal schaut sie hin und stupst mit ihrer zierlichen rosa Nase gegen das Maschengitter. Ich schaue andächtig in ihre halb geschlossenen, von langen Wimpern umgebenen Augen. Wir stehen Nase an Nase und beschnuppern uns verstohlen.

»Wie ich bemerke, hast du mal wieder Karpfen gewildert«, bemerkt die Göttliche Yvette und rümpft die Nase.

Weiber! Da kann ein Typ einfach keine schönen Männersachen tun, ohne gleich wegen eines kleinen Duftes zur Verantwortung gezogen zu werden. Die Damen essen den Fisch durchaus gerne, wenn er ihnen filetiert vorgesetzt wird. Man darf ihnen nur nicht zuviel vom Prozeß des Fangens und des Zubereitens zumuten.

»Nicht in jüngster Vergangenheit«, sagte ich.

»Hmmm«, antwortet sie skeptisch. (Damen zögern außerdem, einem Typen Glauben zu schenken, wenn er die Wahrheit darüber sagt, wo er ist und was er tut.) »Vielleicht bemerke ich das auch nur, weil ich nur eine Sorte Speisen zu mir nehme.«

»Und die wäre?« frage ich freundlich. Es würde mich nicht überraschen, wenn sie mir mitteilen würde, daß es sich um Trüffel handelt, eine teure Delikatesse, die von französischen Schweinen geerntet wird. Die meisten französischen kulinarischen Delikatessen sollte man im übrigen lieber den französischen Schweinen überlassen, so meine Erfahrung. Ich mache mir nichts aus Innereien, Bries, Aal oder Ochsenzunge. Aber ich weiß, daß die leicht Beeindruckbaren all dieses Zeugs schlucken, wenn man es ihnen nur als französische Spezialität serviert. Ich fürchte, die Göttliche ist ein Opfer des Snobismus ihrer Herrin geworden. »Was ist denn das Leckerchen, das dir so gut schmeckt?«

»Free-to-be-Feline.«

Ich erbleiche. Die Göttliche Yvette mag wohl leicht gebogene Baby-Shrimps auf Flunder-Aspik zu sich nehmen, Austern Rockefeller, Jacobsmuscheln – doch nicht diese olivgrünen Dosen voll mit biologisch-dynamisch gewachsenem, mit Vitaminen verstärktem, vorgekochtem Gesundheitsfraß!

»Dieser Fraß schmeckt dir?« will ich perplex wissen. Ich werde meinen Glauben an die Göttlichkeit der Dame überdenken müssen.

Sie zuckt mit den Achseln, eine Geste, die den luxurierenden Kragen aus silbrigem Fell, der ihren Hals und ihre Schultern bedeckt, auf das Charmanteste in Falten wirft. »Es muß mir schmecken, mon ami. Ich bin die Sprecherin für Free-to-be-Feline.«

Ihre Antwort höre ich kaum. Dieses »mon ami« hat mich

mitten ins Herz getroffen. Oder sagte sie »bon ami«? »Guter Freund« ist nicht so intim wie »mein Freund«. Ist »bon ami« nicht auch der Name eines gewöhnlichen Haushaltsreinigers? Meint sie damit, daß ich nur dazu tauge, den Dreck fortzuwischen, den sie hinter sich zurückläßt? Diese adligen Damen sind immer so mühsam zu interpretieren.

»Hast du was gesagt, ma chérie?« Soll sie sich doch jetzt fragen, was ich damit wirklich meine.

»Ich sagte, daß ich einen Exklusivvertrag mit Free-to-be-Feline habe. Meine Herrin ist extra frühzeitig zum Crystal Phoenix gekommen, damit ich meinen ersten Reklamespot drehen kann. Es heißt, daß ich damit überall im Land bekannt werde.«

Damit ist mir das Wachs wahrhaftig aus den Ohren gefallen, und in meinem Herzen formen sich Eiszapfen. »Du wirst Fernsehstar?«

»So heißt es. Ehrlich gesagt verabscheue ich das Scheinwerferlicht. Es ist eine heiße und laute Arbeit, Louie. Aber meine Herrin bekommt in letzter Zeit keine Filmrollen mehr, und irgend jemand muß ja das Geld für den Unterhalt ihres Strandhauses in Malibu verdienen. Du glaubst doch nicht, daß Miss Savannah Ashleigh sich dazu herablassen würde, einen Schönheitswettbewerb für den Incredible Hunk zu leiten, wenn die Lage nicht wirklich ernst wäre? Nun, wie dem auch sei. Ich muß mich jetzt mit anderen Dingen befassen. Ich werde bald meinen Co-Star kennenlernen.«

»Co-Star? Ach, du meinst wohl den Menschen, der diesen Mist ... soll heißen, diese kulinarische Delikatesse in dein Schälchen kippt. Meistens sieht man ja nur die Füße und Hände. Vielleicht könnte doch deine Herrin diese Rolle übernehmen! Du weigerst dich einfach, mit jemand anderem zusammenzuarbeiten, bis der Regisseur begreift, worum es geht.«

»Wie schlau du doch bist, Louie! Es ist natürlich wahr, daß ich jetzt, wo ich ein Star werde, ein bißchen Künstlerallüren an den Tag legen sollte. Allerdings ist mein Co-Star kein Mensch.«

»Kein Mensch? Ist das eine Reklame, wo ein Marsmensch aus seinem UFO heraussteigt und einen Haufen von Free-to-be-Feline vor deiner Nase deponiert? Das scheint mir sehr passend.«

»Nein, keine UFOs, Louie. Nur die Sprecherkatze, die für die andere Sorte Katzenfutter dieser Firma verantwortlich ist.«

»Andere Sorte?« Ein schrecklicher Verdacht keimt in mir auf.

In dem Moment höre ich Schritte näherkommen und tauche wieder unter die Calla-Lilien ab. Die Göttliche Yvette ist auch nicht dumm. Sie rollt sich in der Tragetasche zusammen, als wäre nichts geschehen, was ja leider auch tatsächlich der Fall ist.

Meine Nachmittagsschläfchen in Miss Temple Barrs Schrank haben mich zu einem Experten werden lassen, was die Mode und Gerüche von menschlichen Schuhen angeht. Dieses aufgedonnerte, hochhackige Paar in Gold-Lamé kann nur die Füße von Miss Savannah Ashleigh bekleiden. Hinter einem zweiten, festen Tragekörbchen, das neben dem Übergangsheim der Göttlichen Yvette abgestellt worden ist, entdecke ich mehrere Paare spießige Männertreter, die aussehen, als kämen sie aus dem Osten, Chicago oder New York.

All diese Füße schlurfen in der Gegend herum, abgesehen von denen von Miss Savannah Ashleigh. Die wiederum vollführen irgendwelche merkwürdigen Tricks, so zum Beispiel einen Fuß zu strecken und die Fußspitze hinten an ihrer wohlgeformten Wade zu reiben oder auch an den Waden eines der Spießerschuhe tragenden Männer. Und dann höre ich ihre hauchige Stimme, die mir auf einer kleinen Brise zugeweht wird.

»Wir müssen Yvette im Schatten halten. Ich will nicht, daß sie auch nur eine einzige Sommersprosse auf ihre Nase bekommt, obwohl wir das natürlich als Schönheitsfleck deklarieren können. Das hat ja auch bei Marilyn funktioniert ... Ist das da das andere Tier?«

Die Worte »anderes Tier« werden in einem angeekelten Tonfall ausgesprochen, an dem ich nichts auszusetzen habe, denn ich hege bereits einen Verdacht, wer der Bühnenpartner der Göttlichen Yvette sein wird. Manchmal ist es ausgesprochen deprimierend, wenn man in der Lage ist, zwei und zwei zusammenzuzählen. Da ist man doch schnell das fünfte Rad am Wagen. Ich habe keinen Zweifel, daß ich demnächst in dieser sehr bedauernswerten Situation sein werde.

»Ja, Ma'am«, antwortet ein Typ, dessen Stimme die männliche Resonanz einer Hornpfeife hat.

»Also, dann nehmen Sie ihn mal aus dieser ... Kiste. Ich möchte Yvette gerne in ihrer Tragetasche lassen, bis wir wissen, daß auf ihn auch Verlaß ist.«

»Er ist sehr gut erzogen, Miss Ashleigh.«

»Trotzdem will ich nicht, daß dieses Monster Yvette aus irgendeinem Grund angreift. Sie ist sehr sensibel.«

»Vielleicht ist es dann doch keine so gute Idee, sie in der Werbung mitspielen zu lassen.«

»So ein Unsinn. Meine Yvette stellt sich jeder Herausforderung. Trotzdem will ich dafür sorgen, daß nichts sie durcheinanderbringt. Sie ist nicht irgendeine dahergelaufene Katze, sie ist ein bestens erzogenes Haustier, und darüber hinaus das Ergebnis jahrzehntelanger Zuchtversuche.«

»Ja, Ma'am«, sagt der Macho.

Ich sehe, wie er sich hinabbeugt, um das Schicksal loszulassen, von dem ich fürchte, daß es Yvette erwartet. Das Metallgittertörchen öffnet sich. Ich sehe eine feld-, wald- und wiesenartige rosa Nase. Dies ist nicht das zarte Muschelrosa, das das Gesicht der Göttlichen Yvette schmückt. Es ist eine große, freche, zungenfarbene Nase in einem großen frechen Gesicht mit gelben Streifen, die sich eindeutig mit der Farbe der Nase beißen. Rosa und Gelb. Igitt! Ein langes, quergestreiftes Bein steigt aus der Kiste, gefolgt von einem zweiten. Und bald schon steht der ganze Kerl vor der Göttlichen Yvette in der Sonne.

»Er ist so groß«, beklagt sich Miss Savannah Ashleigh, »und... und gelb... und gestreift. Ich hatte gehofft, es würde eine etwas elegantere Katze sein.«

»Der verdient Hundertfuffzigtausend im Jahr«, antwortet der Ja-Sager voller Gefühl. »Ich glaube, damit fährt er ganz gut. Er hat seinen eigenen Fanclub, einen Kalender und ein Video. Wir wollen zu Weihnachten eine Kassette mit Katzenweihnachtsliedern auf den Markt zu bringen, auf der sein Miauen und ein Refrain von Schlittenglöckchen zu hören sind. Ihre Yvette wird Glück haben, wenn sie das Publikum so begeistert, wie unser schlichter alter Gassenjunge Maurice hier es tut.«

Ich berechne gerade noch die Ausmaße des Finanzimperiums von diesem Typen, als der Name erklingt, den ich wahrhaftig verabscheue. Maurice. Natürlich ist er das. Welche andere Werbekatze ist so berüchtigt? Dieser arbeitslose kamerageile Wicht, der das Yummy-Tum-tum-tummy-Katzenfutter repräsentiert. Hat man je zuvor einen widerlicheren Markennamen gehört? All das, und jetzt auch noch eine Karriere als Sänger. Das reicht doch, um jeden normalen Gassenhauer-Sänger, nun ja... Haarbällchen von hier bis an die Ostküste speien zu lassen!

Maurice streckt sich genüßlich, so daß sein Bauch den Betonboden berührt, und spaziert an Miss Savannah Ashleighs hübschen Knöcheln (obwohl sie nicht ganz so gut geformt sind wie die meiner Mitbewohnerin) vorbei. Er schlendert hinüber zur Hauptattraktion: zur Tragetasche der Göttlichen Yvette. Nach einem ersten Schnüffeln entlang der Seitennähte schiebt er sein großes Gesicht an das Sichtgitter.

Die Göttliche Yvette schaut hindurch. Ich sehe das blau-grüne Schimmern ihrer juwelengleichen Augen.

Sie streckt eine silber-samtige Pfote vor.

Und dann haut sie Maurice eins über seine neugierige Nase, und ein wildes Zischen ertönt.

Sehr gut, mein Mädchen!

Kapitel 15

Hokus Fokus

Temple hielt in der Hotellobby an, völlig verwirrt. War das ein Hotel oder ein Museum? Was ging hier eigentlich vor? Immerhin war es das einzige Etablissement von Las Vegas, das einen Frauennamen trug.

»Debby Reynold's Hotel und Hollywood Museum«, überlegte Temple laut, während sie und Kit sich Frank Sinatra anschauten, der den Blick erwiderte, ohne auch nur mit einer einzigen seiner Kunstwimpern zu zucken. »Wieso treffen wir denn deine Autorenfreundinnen so weit weg vom Crystal Phoenix?« fragte sie ihre Tante.

»Aus Sicherheitsgründen«, sagte Kit. »Dieses Hotel liegt nicht am Strip, deswegen ist es sehr unwahrscheinlich, daß noch andere Kongreßbesucher hier vorbeischauen. Wir wollen doch, daß unser kleiner Spontan-Workshop ungehindert schmutzige Wäsche waschen kann. Außerdem können wir alle das Museum mit Hollywoodkostümen besichtigen, wenn unsere Konferenz vorbei ist.«

»Ich verstehe«, sagte Temple, obwohl dem nicht so war, »aber hier haben sogar die Wände Ohren.« Sie machte eine Geste zu den anderen Berühmtheiten auf der Balustrade.

»Aber *taube* Ohren.« Kit sah auf die elegant gekleideten Wachsfiguren. »Ist das nicht Duke Ellington? In einem Smoking? Für uns hätte er sich nicht so aufputzen müssen.«

Temple wandte ihre Aufmerksamkeit wieder dem Erdgeschoß zu, in dem sie gerade durch einen Sumpf von Geldspielautomaten wateten. Sie gingen auf einen Flur zu, der von Mae West in vollem Ornat bewacht wurde. Über ihr tat ein von glitzernden Lichtern umgebenes Schild kund, es handele sich hier um den »Hollywood Walk of Fame«.

»Ich wußte, daß es dir gefallen würde.« Kit eilte ihr nach. »Ich hatte es mir ungefähr so vorgestellt. Du bist hier tatsächlich noch nie gewesen? Kaum zu glauben, daß du in Vegas wohnst!«

»Ich kann nicht mit allen neuen Entwicklungen in dieser Stadt Schritt halten. Wann gibt's Essen?«

Kit blinzelte auf ihre schmale, elegante Uhr, die dekorativ an ihrem Handgelenk hing. »Die anderen kommen in drei verschiedenen Taxis, damit sie keine Aufmerksamkeit erregen. Sie dürften jede Minute hier sein.«

»Du bist dir sicher, daß diese ganzen Sicherheitsmaßnahmen auch notwendig sind?«

»Absolut. Im Phoenix wimmelt es nur so von Journalisten und anderen Ohren, die eifrig darauf aus sind, irgend etwas zu hören und weiterzuerzählen. Du kannst nicht erwarten, daß unsere ... Expertinnen dir allen Branchenklatsch erzählen, wenn sie Angst haben müssen, damit in einer Fernsehsendung der übelsten Art zitiert zu werden.«

Temple schüttelte ihren Schopf flammendroter Haare. »Ich kann es kaum fassen, daß das Schreiben von Liebesromanen ein so gefährliches Spiel sein soll.«

»Wer hätte gestern noch gedacht, daß das Leben als Cover-Model so tödlich sein könnte?« konterte Kit.

Sie gingen auf den Eingang des Restaurants zu. Kit bat eine Hosteß um einen Tisch für sechs Personen und sagte zu der Bedienung, die ihnen sechs Menükarten brachte: »Die anderen kommen auch gleich.«

Temple war nicht besonders konzentriert. Sie starrte gerade zwei lebensgroße Puppen an, die Miss Piggy und Madame von Wayland Flowers darstellten. Beide trugen Kreischrosa, und beide hatten eine Federboa um den Hals. Unter ihnen stand ein uralter Überseekoffer, der wohl einmal Tallulah Bankhead gehört haben mußte, denn das Monogramm war T. B. »Das ist ja mein Monogramm«, flüsterte Temple mit einem verträumten Blick.

»Temple! Was ist los?«

»Nur eine verrückte Idee. Vielleicht könnt ihr mir nach dem Mittagessen helfen.«

»In Ordnung, aber jetzt will ich dir erst einmal sagen, wer überhaupt kommt.«

»Stimmt.« Temple legte die Menükarte beiseite und faltete wie ein kleines artiges Mädchen die Hände im Schoß.

»Du wolltest einen Schnellkurs darin, wer in der Welt der Liebesromane wer ist, also habe ich nicht die Besten und die Erfolgreichsten gebeten, sondern die Nettesten und die Bestinformiertesten. Die Stars leben auf einer ganz anderen Ebene, durchaus nett, aber sie haben überhaupt nicht mehr dasselbe Interesse wie wir anderen, die wir versuchen, irgendwie im harten Leben unsere Frau zu stehen. Die blutigen Anfängerinnen sind zwar auch ganz eifrig, aber unglaublich naiv. Deswegen habe ich eine Gruppe von Expertinnen aus dem Mittelfeld zusammengetrommelt. Du kannst dir darunter doch sicher etwas vorstellen?«

»Autoren, die noch keine Bestseller produzieren und deren Namen noch keine richtigen Markennamen sind, die aber eine kontinuierliche Leistung bringen und viel Potential haben.«

»Sehr gut, meine Liebe. Die Öffentlichkeitsarbeit für die Messe der American Booksellers' Association zu machen, war offensichtlich eine guter Einstieg.«

»Eigentlich habe ich das alles dadurch gelernt, daß ich mich in die Morduntersuchung eingemischt habe.«

»Wir fragen nicht, wie es dazu kam, sondern nur, wieviel es gebracht hat. Jedenfalls wirst du hier einen Querschnitt durch die Industrie der Romanzenschreiberei kennenlernen. Ich kenne die Frauen alle von früheren Kongressen. Wir haben schon das eine oder andere mitgemacht bei unseren Veröffentlichungen. Uns kann man so leicht nicht mehr vom Karussell schubsen. Trotzdem sind wir noch lange keine Megastars. Wir machen uns aber Sorgen um unsere Sparte und darum, was in der Branche geschieht und was mit uns geschieht.«

»Na, dann sind das ja wirklich Expertinnen.« Temple hob ihr Wasserglas und prostete Kit zu.

Kit stieß ihr Glas klingend dagegen. »Wundere dich nur nicht, wenn es hier etwas deftiger zugeht. Manche dieser Frauen verdienen damit ihren Lebensunterhalt.«

»Reicht das, um einen Mord zu begehen, was glaubst du?«

»Du meinst ... ob eine von uns Cheyenne hätte umbringen können?« Kit sah wahrhaftig schockiert aus.

»Mordverdächtige kommen in allen Formen, Größen und Geschlechtern vor.«

»Ich war immer der Meinung, daß es nur zwei Geschlechter gibt, liebes Nichtchen.«

»Nicht in Las Vegas«, sagte Temple fest. Ihre blaugrauen Augen wurden noch dunkler und nahmen die Farbe von getöntem Schiefer an. »Was meinst du, könnten diese Schuhe nicht auch von einem Transvestiten in der Transi-Bar Gays 'n' Dolls getragen werden? Wer würde denn auf die Idee kommen, an einem Fuß Größe zweiundvierzig nach ihnen zu suchen?«

»In einer Transvestiten-Revue? Niemals. Diese Schuhe würden nie im Leben auf dem anderen Ufer spazierengehen, genausowenig wie die rubinroten Schuhe von Dorothy jemals den Blechmann kleiden würden. So, und jetzt müssen wir uns leider von den schicken Schuhen und dem Mordfall abwenden, denn da kommt meine Expertentruppe.«

Ein Haufen buntgekleideter Kongreßbesucherinnen wuselte an Miss Piggy und Madame vorbei. Wenn diese Damen danach trachteten, ihre Herkunft zu verleugnen, dann hatten sie es irgendwie falsch angefangen. Alle trugen die schwarzen G.R.O.W.L.-Baumwolltragetaschen.

In kürzester Zeit hatten sich die Neulinge zu beiden Seiten von Temple und Kit niedergelassen.

Das Problem der Bestellung wurde gelöst, indem man zwei große Pizzen und Eistee orderte. Die Kellnerin ging von dannen, nachdem sie angekündigt hatte, daß die Pizzen zwanzig Minuten brauchen würden.

»Kein Problem«, sagte Kit. »Wir haben jede Menge Gesprächsstoff.« Dann stellte sie alle Anwesenden einander vor. »Temple ist meine Nichte und vollkommen vertrauenswürdig.« (Temple fand diese Worte besonders nett von ihr, nachdem sie sich doch gerade erst kennengelernt hatten.) »Die Dame ganz links ist Dr. Susan Schuler.« (Eine Doktorin – das war ja interessant. Was für eine wohl?)

»Macht es Ihnen etwas aus, wenn ich mir verschiedenes notiere?« fragte Temple. »Nicht als ... Zeugenaussage oder so, nur, weil ich Sie am Anfang wahrscheinlich nicht auseinanderhalten kann.«

»Hey, das ist doch ganz einfach.« Eine Frau in einem rot-schwarz-weiß-geblümten Kleid mit Puffärmeln griff nach ihrer winzigen Lacklederhandtasche, die an einem dünnen Riemchen von ihrer Schulter hing. »Ran mit den Namensschildchen vom Kongreß, Leute! Für Temple! Wir können sie ja wieder abnehmen, wenn wir zurückfahren.«

Schon bald fixierte Temple dankbar die jeweils linke Schulter der Damen.

»Worin haben Sie promoviert?« fragte sie die Frau namens Susan.

»In Anthropologie.«

»Susan hat ein Buch über die Wurzeln des Liebesromans geschrieben«, sagte Kit. »*Alpha-Männer und Omega-Frauen.*«

»Gab es da nicht einen Nachfolgeband, *Männer sind vom Mars, Frauen von der Venus?*«

Alle außer Temple lachten. Susan holte aus ihrer Kongreßtasche ein Taschenbuch mit einem sehr langweilig aussehenden Umschlag hervor.

»Nein, Temple. Das hier ist ein furchtbar wissenschaftliches Buch, das in einem Universitätsverlag veröffentlicht und nur in wenigen Exemplaren gedruckt wurde. Es war ein Triumph, überhaupt einen Universitätsverlag davon zu überzeugen, ein Buch zu einem so sehr mißachteten Thema wie Liebesromane zu veröffentlichen.«

Temple nahm das Buch und fuhr mit dem Daumen durch die Seiten, um einen Überblick zu bekommen. »Wirklich interessant. Hmmm, ein Kapitel ›Habichte und Tauben‹ – das klingt doch eher politisch?«

»Habichte und Tauben sind Gegensätze, die auch im wahren Leben vorkommen, aber in Liebesromanen geht es eigentlich um den Krieg zwischen den Geschlechtern.«

Eine freundlich aussehende Frau mit luftigen, blonden Locken, die ein molliges, bequemes Strickoutfit trug, um ihre mollige, bequeme Körperlichkeit etwas zu verbergen, hob einen Finger und verkündete: »*Die Flamme und die Blume*. Solche Titel bringen es.«

»Was bedeutet das?« fragte Temple die Frau, auf deren Namensschild der Name LaDonna Morgan prangte.

Die anderen Frauen lachten.

»Das ist ein Titel«, erklärte eine gepflegte schwarze Frau um die Vierzig namens Vivian Brown.

»Die Mutter aller Titel«, korrigierte LaDonna sie.

Selbst Kit hatte zu diesem Thema etwas beizutragen. »Der Titel, der Tausende von Hüften in Bewegung setzte, sozusagen. Es war die erste sexuell eindeutige Liebesgeschichte, die von einer Frau geschrieben wurde.«

»Und was ist mit *Ewiger Bernstein?*« fragte eine Frau

namens Lori. Sie hatte lange, glänzend braune Haare und den sahnigen Teint eines Teenagers, obwohl sie so alt war wie Temple. Oder älter.

»Ein Vorläufer«, erklärte Susan, »aber nicht so revolutionär wie das Buch von Kathleen Woodiwiss.«

Temple lauschte der Unterhaltung und hatte dabei das Gefühl, sie würde ein Tennisspiel auf der Höhe des Netzes betrachten – eine äußerst verwirrende Position.

»Was haben Flammen und Blumen denn mit Habichten und Tauben zu tun?« wollte sie wissen.

»Titel«, erklärte Susan. »Die irrsinnig wichtigen Titel. Nicht-Eingeweihte machen sich über das lustig, was sie als die stereotypen Titel von Liebesromanen wahrnehmen und begreifen gar nicht, welch hohe Kunst dahintersteckt. Oxymora bedeuten im Bereich der Liebesromane einfach alles.«

»Oxymoron ...« Temple war sich sicher, daß sie einmal gewußt hatte, was dieses Wort bedeutete, vor langer, langer Zeit, irgendwann in einem Kurs über Kommunikation im College in Minnesota. »Das ist nicht etwa ein Mittel, das ich auf einen lästigen Pickel schmieren kann, nicht wahr?«

»Ein Oxymoron ist laut Lexikon ›eine rhetorische Figur, in der eine nachhaltige stilistische Wirkung geschaffen wird, indem gegensätzliche oder unwahrscheinliche Begriffe miteinander verbunden werden‹, zum Beispiel ›beredtes Schweigen‹«, belehrte Susan sie.

»Man schicke dieser Frau einen Lektor! Einfach, einfach, *einfach* schreiben!« LaDonna lachte laut auf und legte die Hände auf ihre ausladenden Hüften. »Eine rhetorische Figur hab ich allerdings schon immer haben wollen.«

»Ganz zu schweigen von einer stilistischen Wirkung«, fügte Vivian hinzu.

»Das wäre dann LaDonna mit einem WonderBra«, neckte Lori ihre vollschlanke Kollegin.

»Jetzt mal ernsthaft.« Susan unterdrückte ein Lachen. »Die Liebesromane verstärken die Gegensätze zwischen den Geschlechtern, statt sie aufzulösen. Wenn in den Titeln keine ›menschlichen‹ Oxymora benutzt werden, dann werden in jedem Fall Gegensätze benutzt, die dasselbe andeuten. In diesen Metaphern – und wir wissen doch alle, was das heißt? – ist der Mann das wilde, ungezähmte, lodernde maskuline Element, und die Frau das fragile, wunderschöne, bewahrende weibliche Element. Flamme. Blume. *Die Flamme und die Blume.*«

»›Der Tiger und die Trauerweide‹«, schlug Temple vor. »Oder, mit einer Verbeugung vor unserem neuen Freund, dem Oxymoron, ›Der Bulle und die Butterblume‹. Schon verstanden, meine Damen.«

»Das ist nur eines der Muster, dem diese Titel folgen können.« Susan grinste noch immer über Temples freche Vorschläge.

Temple runzelte mißtrauisch die Stirn. »Warum kommt eigentlich der Begriff für den Mann immer an den Anfang?«

»Weil er es am Ende doch immer abkriegt«, sagte LaDonna.

»Was denn?«

»Er kriegt das Mädchen«, sagte Kit.

»Er wird domestiziert. Gezähmt.« Jetzt klang Susan wieder absolut akademisch. »Deswegen übertreiben die Titel auch immer den Unterschied zwischen den Geschlechtern. Da kommt diese Art von Liebesromantiteln her, die so oft ironisiert worden ist, von wegen ›süß, wild‹, oder auch Redewendungen wie ›des Teufels Engel‹ oder ›Stahl und Seide‹. Lassen Sie sich nicht von diesen weichgespülten weiblichen Symbolen in die Irre führen. Die Liebesromane enden in der Regel damit, daß die Frau alle Macht hat. Indem sie sich der Gewalt der männlichen Leidenschaft hingibt, in dem sinnlichen Sturm mitschwingt, zähmt die Heldin die einzelgängerischen Züge des Helden und macht aus dem dämonischen Liebhaber einen liebenden Ehemann, Helfer und zuguterletzt einen Vater.«

»›Der Wolf und die Weide‹«, brachte Temple die Angelegenheit auf den Punkt. Sie hatte eigentlich keine Lust mehr, diesen Tanz um Männlichkeit und Weiblichkeit mitzumachen, und Happy-Ends gefielen ihr sowieso nicht. »In Ordnung. Ich gebe zu, daß Liebesromane eine komplizierte Mischung aus Mythos und populärer Kultur sind, aber wo passen dann die Cover-Models hinein?«

»Ins Bett«, schlug Lori schelmisch vor.

»Jedenfalls runter vom Umschlag!« Vivians Faust landete krachend auf der Tischplatte.

»Hört, hört!« tönte Kit.

»Das ist wirklich ein interessantes Phänomen«, fing Susan an. »Am Anfang ...«

»Am Anfang fiel das Augenmerk auf die Heldin, und der Held auf dem Umschlag war nicht mehr als eine gutaussehende Requisite«, bemerkte Vivian. »Das war zu Zeiten, als die Cover voller zerrissener Korsagen waren, die dem ganzen Genre einen selten schlechten Ruf beschert haben. Man denke nur an die Heldinnen, denen das Haar über die Schultern weht und denen der ganze Vorderbau aus dem Kleid kippt.«

»Die Zeiten, in denen es Titel gab wie *Die Liebe ist ein wilder Angriff*«, stimmte Susan zu. »Schauen Sie mich nicht so irritiert an, Temple, es gab wirklich einen Liebesroman, der so hieß. Während die Leserinnen immer offener bezüglich dessen wurden, was sie in den Liebesromanen lesen wollten, entwickelte sich die Heldin von einem passiven, widerwilligen Objekt unerwünschten männlichen Zupakkens zu ...«

»Zu einer anbetenden, willigen, glotzenden Requisite, die

dem neuen Helden auf dem Cover zu Füßen lag.« Kit schüttelte den Kopf.

Temple lächelte. »Ich schätze, manche von Ihnen mögen die neue Art der Umschlaggestaltung, in denen die männlichen Helden die Hauptrolle spielen, nicht besonders.«

»Manche von uns«, sagte Vivian, »haben die alten Klammeraffen-Cover und die ›Duell der Ausschnitte‹-Umschläge mit halbnackten Helden und sozusagen barbusigen Heldinnen schon immer abgelehnt. Und auch die neueste Masche verabscheuen wir: er, ganz allein in seiner muskulösen, haarigen Pracht, wobei er um Gottes willen keine Haare auf dem Gesicht oder der Brust haben darf. Männliche Models werden mit Wachsepilierung und Airbrush bis zur Unkenntlichkeit umgestaltet, genau wie die weiblichen. Und dabei sind die Frauen dann irgendwann weggeschubst worden, in einem Genre, das als Frauengenre gilt, geschrieben von Frauen für Frauen.«

»Ach, Viv, du nörgelst doch nur, weil du einen Universitätsabschluß in Geschichte hast, der dich davor bewahrt, daß man dir den Schmuddel vorwirft.« LaDonnas Gesicht strahlte, als die Kellnerin eine riesige runde Pizza auf einem Metalltablett an ihr Ende des Tisches brachte. »Sieh es doch einfach ein, Schätzchen. Muskelmänner sind jetzt in, also laßt uns uns doch einfach zurücklehnen und den Anblick genießen. Außerdem ist es ganz befreiend, daß zur Abwechslung mal die Männer als Sexualobjekt dienen.«

»Was meinen Sie dazu?« fragte Temple Susan, als die zweite Pizza über ihnen schwebte und dann wie ein UFO aus Aluminium in ihrer Mitte landete.

Die Diskussion wurde durch das Zerteilen der Pizza etwas behindert.

Susan knabberte gedankenverloren an einem von Käse und Soße tropfenden Stück. »Die neuen Cover bieten Positives und Negatives. Viele Umschläge von Liebesromanen haben heutzutage wunderschön geprägte und mit Metallicfarben beschriftete Vorderseiten, die aber etwas Neutrales abbilden; Blumen, Stoffe, kostbare Gegenstände. Und dann öffnet man den Buchdeckel und stößt auf ein weiteres Bild, das man auseinanderfalten kann: das traditionelle Paar im Clinch – oder manchmal auch ein Mann alleine.«

»Solche Bücher kann man eben in der U-Bahn oder im Bus lesen, ohne sich schämen zu müssen.« Die elegante Vivian mit ihrem schwarzen, stumpfgeschnittenen Pagenschnitt schaffte es, diesen Kommentar zwischen zwei Bissen einzufügen. Sie attackierte ihre Pizza, als wäre sie der Hunne Etzel.

»Aber diese wunderschönen Männer helfen einfach, die Bücher zu verkaufen«, insistierte LaDonna mit vollem Mund.

»Und der Wettbewerb um den Titel des Incredible Hunk ist für diese Typen eine großartige Chance. Die meisten von denen sind doch Models, die eigentlich lieber Schauspieler wären oder Schauspieler, die eigentlich lieber Models wären. Es geht nicht nur um das Geld, das einer bekommt, wenn er als Model auf dem Umschlag eines Buches erscheint. Der Wettbewerb selbst ist wunderbares Futter für das Boulevard-Fernsehen, und das bedeutet, daß der Incredible Hunk viel Medienaufmerksamkeit auf sich ziehen wird.«

»Wäre diese ersehnte Form von Öffentlichkeit ein Grund, einen Mord zu begehen?« fragte Temple.

Das zwang Gabeln, Messer und Münder zum Innehalten. Kit beugte sich vor und flüsterte dramatisch: »Motiv Nummer eins: Konkurrenz unter den Models.«

»Ruhm und Vermögen sind immer ein lohnendes Motiv«, sagte Vivian.

»Also könnte ein Hunk-Rivale Cheyenne umgebracht haben?«

»Klar.« LaDonna zuckte mit den Achseln. »Nur, daß ein toter Typ nicht automatisch einem anderen den Titel garantiert. Die Wettbewerbsjury ist meines Wissens unbestechlich.«

»Es gibt allerdings Favoriten«, widersprach Vivian. »Das weißt du auch, LaDonna. Du hast doch gesehen, wie die Typen die Kongreßbesucherinnen angehen. Im Rudel treten sie als Prinz Charming auf. Da charmieren sie und sind einfach umwerfend...«

»So nennt man das also?« warf Temple ein. »Charmant.«

»Temple ist von Fabrizio in der Anmeldeschlange sozusagen umgeworfen worden«, erklärte Kit.

»Typisch für ihn, so wenig originell zu sein. Er tut so, als bestünde er nur aus Muskeln, aber er hebt nur kleine Frauen hoch. Was für eine Memme! Fabio sollte ihn verklagen.« Lori klang angewidert.

»Wieso ist Fabio eigentlich König der Prinz Charmings?« fragte Temple.

»Er war das erste Cover-Model für Liebesromane, das als eigene Persönlichkeit auftrat. Er hat den allerersten Wettbewerb als Incredible Hunk gewonnen und ist damit zu internationaler Berühmtheit gelangt«, erläuterte Susan. »Aber ist denn seine Karriere so anders verkaufen als die von Arnold Schwarzenegger oder jedes anderen Muskelmannes seit Johnny Weissmüller? Nur hat heutzutage ein medienwirksamer Muskelmann einen eigenen Fanclub, veröffentlicht Musikkassetten mit romantischer Musik und so weiter und so weiter. Es kann einem schlecht dabei werden. Da Liebesromane neunundvierzig Prozent aller Taschenbücher ausmachen, die in Amerika verkauft werden, kann er direkt an die Frauen vermarktet werden, ohne daß er auch nur einen einzigen Film in Hollywood drehen muß.«

»Hoppla!« Jetzt war Temple tatsächlich baff. »Neunundvierzig Prozent aller Taschenbücher? Inklusive der Sachbücher?«

»Ja.« LaDonna zerknüllte ihre Papierserviette zu einem Ball und warf ihn auf den leeren Pizzateller.

»Und warum sind Sie dann nicht alle sehr reich? Oder sind Sie das etwa?«

Unter schallendem Gelächter beugte sich Kit vor, um zu flüstern: »Motiv Nummer zwei: die abgelehnte Autorin.«

»Viele sind berufen, doch nur wenige auserwählt«, zitierte Vivian beißend. »Frauen, die Liebesromane schreiben, waren immer schon die am meisten ausgebeutete Gruppe im Verlagsbusineß. Unsere prozentuale Beteiligung am Honorar ist oft niedriger als die von anderen Schriftstellern. Manchmal dürfen wir sogar noch nicht einmal unsere Pseudonyme mitnehmen, wenn wir zu einem anderen Verlag wechseln. Wir sind Fließbandarbeiterinnen, von denen erwartet wird, daß sie ewig schuften und sich mit geringem Lohn zufriedengeben. Um dem Ganzen die Krone aufzusetzen, bekommen wir überhaupt keine Anerkennung für das, was wir tun. Liebesromanautorinnen sind schlicht und ergreifend alberne Frauen, und es ist einfach peinlich, wenn wir über Sex schreiben, ohne die klinisch-gefühllose Prosa zu benutzen, die die männlichen Autoren zur Institution gemacht haben.« Sie hielt inne, um einen empörten Atemzug zu tun.

»Ach du liebes bißchen!« Kit wedelte mit einer Hand vor ihrem Gesicht herum und ahmte in Tonfall und Gestik eine in Ohnmacht fallende Südstaatenschönheit nach. »Unsere kleine Vivian ist über dieses höchst unpassende Thema sehr aufgebracht!«

»Kit hat's verstanden«, sagte Susan. »Was die Verlagswelt und die Kritiker bei den aktuellen Liebesromanen so beunruhigt, ist die Tatsache, daß sie eine weibliche Suche in weiblicher Sprache darstellen. Jedes junge Mädchen, das sich auf das Spiel mit der Liebe einläßt, stellt fest, daß sie dabei fürchterlich verlieren kann. Sie muß schließlich die unangenehmen Konsequenzen sexueller Aktivitäten tragen: Schwangerschaft, den Verlust ihres guten Rufs und damit ihres Selbstwertgefühls. Doch wie kann sie lernen, Sexualität zu erleben, ohne von ihrem Körper verraten zu werden und von der Gesellschaft, die ihr eine derart unmögliche Rolle auferlegt? Jungfräulich, aber begehrenswert. Sexualität, aber ohne Erfahrung. Ewige Liebe finden, aber ohne dabei einen einzigen Fehler zu machen.«

»Wie wahr«, sagte Temple.

»Und jetzt«, warf Vivian ein, »sind Liebesromane im Brennpunkt des nationalen öffentlichen Interesses. Aber entsteht dadurch etwa ein aufgeklärteres, weniger sexistisches Verständnis des Anliegens dieser Bücher? Nein. Stattdessen kriegen wir schwärmerische Artikel über die Prachtkerle auf den Umschlägen.«

LaDonna stellte energisch ihr Glas mit Eistee ab. »Und was noch schlimmer ist und was mich wirklich wahnsinnig macht, ist dieser Viertelmillionenvertrag, den Fabrizio abgeschlossen hat, um eine Bücherserie zu ›schreiben‹. Dadurch sieht es so aus, als wäre es überhaupt nichts besonderes, einen Liebesroman zu schreiben. Wir wissen doch ganz genau, wer diese Fabrizio-Bücher in Wahrheit fabriziert – eine unterbezahlte, ungenannte weibliche Schriftstellerin. Ich frage mich, wie es wohl Sidney Sheldon gefallen würde, wenn die Models auf seinen Covers wesentlich mehr Geld verdienen würden als er. Das würde er keine Sekunde lang zulassen.«

»Also… wen bedroht die neue Prominenz der Cover-Models nun am meisten?« fragte Temple.

Einen Moment lang herrschte nachdenkliche Stille.

»Manchmal sind sogar die Großen nicht allzu begeistert

von diesem neuen Trend«, sagte Lori. »Ich hab gehört, daß Mary Ann Trenarry gedroht hat, den Verlag zu wechseln, weil sie für alle ihre neuen Bücher und auch für die Neuauflagen der alten Fabrizio unter Vertrag genommen haben.«

»Sie ist doch so bekannt, daß es völlig egal ist, wen sie auf ihre Cover drucken.«

»Es ist ihr aber nicht egal. Sie hat sich sehr für den gesellschaftlichen Wert von Liebesromanen stark gemacht, vor allem natürlich von ihren eigenen Büchern. Dieser Vertrag mit Fabrizio läßt sie wahrscheinlich ihre Honorarabrechnungen in der Luft zerreißen.«

»Was ist mit den Ehemännern?« fragte LaDonna plötzlich. »Häh?« machten alle.

»Temple hat doch vorhin gefragt, wer wegen der Cover-Models wütend sein könnte. Was ist mit den Ehemännern, denen ihre Frauen dauernd mit Schwärmereien von dem ›phantastischen Fabrizio‹ und seinen Kollegen in den Ohren liegen?«

»Wessen Ehemänner?« wollte Kit wissen. »Die von den Leserinnen oder die von den Autorinnen?«

»Ich vermute, beide«, sagte LaDonna. »Vielleicht vor allem die Ehemänner von prominenten Fans, also diejenigen, die die Fanclubs der Models organisieren. Manchmal dürfen sie mit ihnen zusammenarbeiten. Die meisten Ehemänner sind es jedoch nicht gewohnt, mit den perfekten Models der Medienzauberwelt zu konkurrieren.«

»Ich hab' da tatsächlich mal etwas gehört«, sagte Lori zögernd.

»Los, erzähl!« drängten gleich mehrere Stimmen.

»Deshalb sind wir doch hier«, bemerkte Vivian, »um über Geheimnisse zu tratschen.«

»Und um sie für uns zu behalten.« Lori fummelte an ihrem dunklen Haar herum und drehte eine lange, gerade Strähne um ihren Zeigefinger zu einer Locke. Sie seufzte.

»Könnt Ihr Euch erinnern, wie Ravenna Rivers mit dem Homestead Man vom West Wind Verlag auf diese lange Lesereise gegangen ist? Ich hab' gehört, daß sie diese Reise hinterher als ›äußerst anregend‹ beschrieben hat, weiß der Geier, was sie damit meinte.«

Kit wandte sich Temple zu. »Heutzutage nehmen die Verlage von Liebesromanen ein männliches Model für die Imagewerbung einer Buchreihe unter Vertrag, das wiedererkennbare Markenzeichen der Bücher einer bestimmten Autorin. Und er holt als Attraktion bei den Lesereisen die Leserinnen heran, die sonst womöglich den Hintern nicht hochbekämen. Der Homestead Man von West Wind heißt Dwayne Rand und ist so ein Cowboytyp aus Texas.«

»Das erinnert mich an etwas«, warf Lori mit einem Kichern ein, »Ravenna hat Dwayne nach dieser Tournee ›den Rammler Randy‹ genannt hat. Ich glaube, daß sie damit etwas bestimmtes andeuten wollte.«

Kit ignorierte den Tratsch, um Temple weiter über die gegenwärtigen Marketingtricks im Liebesromangeschäft aufzuklären. »Stell dir mal Tom Selleck vor, mit den Locken von Wild Bill Cody, aber ohne Schnurrbart. Genauso sieht der Homestead Man aus.«

»Das fällt mir ein bißchen schwer«, gab Temple zu und erinnerte sich an ihr großes Erstaunen, als sie Max' Pferdeschwanz gesehen hatte. »Und Tom Selleck ohne Schnurrbart würde ja aussehen wie Kaffee ohne Dosenmilch.«

»Dieser Homestead Man!« Lori schwärmte ungestört weiter. »Ein traumhafter Typ. Gerüchteweise wird behauptet, daß die Journalisten auf Ravennas Tournee einfach davon ausgegangen sind, daß die beiden zusammen sind. Das ist ihrem Mann zu Ohren gekommen, und er stürmte mit seinem Revolver herbei. Die Tournee wurde jedenfalls sehr plötzlich abgebrochen.«

»Ich weiß gar nicht, warum Mr. Ravenna Rivers sich so

große Sorgen macht«, warf Vivian ein. »Die Hälfte dieser Typen steht doch eh nicht auf Frauen. Wißt Ihr überhaupt, wie hoch der Anteil von Homosexuellen unter den Bodybuildern, Tänzern, Schauspielern und Models ist? Hoch genug, daß die heterosexuellen Männer in diesen Jobs schon etwas nervös werden, wenn sie ihren Beruf angeben müssen.«

»Die sexuellen Vorlieben tun hier nichts zur Sache«, sagte Dr. Susan voller Autorität. »Allein die Phantasie zählt. Die meisten der Frauen, die wegen dieser männlichen Models verrückt spielen, wissen doch genau, daß das alles nur Show ist. Die erwarten auch keine Beziehung. Zum Beispiel dieser Kongreß über Liebesromane ist eine Flucht für ein Wochenende, und Ziel ist es, ein Autogramm von einem Cover-Model oder sogar ein Foto mit ihm zu bekommen. Das muß man eher als Jagd verstehen.«

»Eine Jagd bedeutet immer, daß es irgendwo auch eine Beute gibt«, bemerkte Temple. »Was ist eigentlich mit Cheyenne? Gibt es über den irgendwelche Gerüchte?«

»Ach, das ist wirklich ein Jammer!« LaDonna wirkte aufrichtig bekümmert. »So ein netter junger Mann. Er war dieses Jahr ein echter Favorit für den Pokal von G.R.O.W.L. Und so weit ich gehört habe, wäre sein Auftritt unglaublich spektakulär ausgefallen.«

»Er hat schon einmal bei so einem Wettbewerb mitgemacht?« Temple war überrascht. Sie hatte gedacht, daß Cheyenne ein ortsansässiger männlicher Stripper war, der nebenbei diesen Job mitnahm, und nicht einer, der wirklich ernsthaft auf Buchumschläge wollte.

»Klar, letztes Jahr in Atlanta.«

»Das heißt, manche der Bewerber für Cover Models sind jedes Jahr dabei?«

Lori nickte. »Genau wie bei den Schönheitswettbewerben von Frauen. Man braucht etwas Erfahrung, um zu gewinnen. Sie sehen so enttäuscht aus!«

»Bin ich aber nicht. Wenn die Wettbewerber Jahr für Jahr erneut teilnehmen, dann gehe ich davon aus, daß auch die Kongreßteilnehmer immer wiederkommen?« Alles nickte. »Also gibt es hier ein größeres Potential an Beziehungen, als ich gedacht hätte.«

»Was ist denn daran schlimm?« verteidigte sich LaDonna. »Natürlich gibt es Stammkunden, sowohl auf der Bühne als auch im Zuschauerraum. Die meisten Autorinnen kommen auch jedes Jahr zum Kongreß. Es ist die Gelegenheit, einmal im Jahr miteinander zu quatschen.«

»Die meisten Teilnehmer sind Frauen«, resümierte Temple. »Abgesehen von ein paar guten Männern und einigen mitreisenden Ehemännern. Aber die Autorinnen sind gleichzeitig auch Rivalinnen und nicht nur Kolleginnen. Und dann muß man sich nur die Konkurrenz während des Schönheitswettbewerbes der Incredible Hunks vorstellen. Wie ich schon sagte, dies ist nicht nur ein jährlich stattfindender Kongreß, es ist ein reisender Zirkus von Beziehungen. Und ich muß Ihnen als Liebesromanautorinnen wohl nicht erzählen, was im wirklichen Leben aus Beziehungen werden kann. Und natürlich auch in der Prosa.«

»Mörderisch«, sagte Vivian langsam und nickte den Kopf. »Die können wirklich mörderisch werden.«

In Paaren zogen die vier Verschwörerinnen von dannen, offenbar davon überzeugt, daß es auf dem Rückweg ins Crystal Phoenix weniger Grund gab, ihren gemeinsamen Ausflug zu verbergen.

»Wir werden einfach behaupten, wir hätten uns den Strip angeschaut«, sagte Lori.

Temple war nachdenklich, während Kit sich von jeder der Damen mit einem Dank verabschiedete und versprach, man würde sich irgendwann im Verlauf des Kongresses noch einmal zusammensetzen.

»Nun?« fragte sie, während sie eine Zigarette aus ihrer Tasche fischte und sie anzündete.

»Du hast etwas bei mir gut dafür, daß du diese Truppe zusammengetrommelt hast.«

»Was hältst du denn von ihnen?« fragte Kit, während sie einen ersten Zug nahm.

»Großartige Quellen – tratschen alle Schriftsteller so viel?«

»Das ist kein Tratsch, das ist Selbstverteidigung, unser Netzwerk. Schriftsteller sind vollkommen isoliert, und wir leben und sterben durch die Gnade der Verlage. Also bearbeiten wir wie verrückt die Buschtrommel. Schriftsteller sind außerdem ziemlich eitel, also erzählen wir auch nicht, was wir für unsere Bücher bekommen, wenn die Honorare sehr niedrig sind. Und wenn die Vorschüsse höher werden, weiß sowieso jeder darüber Bescheid.«

»Mir scheint, ich sollte mal mit den Autoren sprechen, die noch ein Hühnchen mit jemanden zu rupfen haben. Kannst du mir da einen Tip geben?«

»Tu einfach so, als wärst du eine Journalistin für überregionale Blätter, und sie werden ihre Schriftstellerpulsadern aufschneiden und die Tinte herauslaufen lassen. Selbst die Bestsellerautoren finden, daß man sie nicht genug beachtet.«

»Du warst während der Klatschorgie ziemlich still.«

»Ich höre zu, aber es macht mir keinen besonderen Spaß. Wir müssen zu unserem eigenen Schutz wissen, was gerade läuft, aber ich finde es nicht besonders lustig, von den Sorgen und Nöten anderer Leute zu hören. Diese ganzen Sachen kann ich den Figuren in meinen Büchern antun. Allerdings ist mir etwas aufgefallen, als ich vor ein paar Tagen ankam.«

»Hat es etwas mit Cheyenne zu tun?«

»Wie hast du das denn erraten?«

»Ich höre zu, aber es macht mir keinen Spaß.«

Kit stupste ihre nur zur Hälfte gerauchte Zigarette im Aschenbecher aus. »Ich habe einige sehr vertraut wirkende Zwiegespräche zwischen dem Verstorbenen und der Hosteß für den Wettbewerb bemerkt.«

»Der Hosteß für den Wettbewerb?«

»Jawohl, ein Mann und eine Frau sind immer die Moderatoren bei der Veranstaltung, und die beiden müssen irgendwelche dummen Sprüche von Karteikarten ablesen. Das Team wird jedes Jahr neu zusammengestellt, je nachdem, wo der Kongreß stattfindet. Es gibt also keine weitreichenden Beziehungen zwischen den Gastgebern und den Wettbewerbsteilnehmern, derentwegen man sich Sorgen machen muß. Aber ich hätte schwören können, daß zwischen Cheyenne und dieser süßen Maus etwas war.«

»Hast du den Namen, den Rang und die Bataillonsnummer von diesem ›süßen Mäuschen‹?«

»Natürlich ein Hollywood-Mädel, schließlich ist Los Angeles ja nur einen Katzensprung von hier entfernt. Sie hat sich wohl mal Schauspielerin geschimpft. Wahrscheinlich hast du noch nie etwas von ihr gehört oder sie in irgendeinem Film gesehen, und da kannst du sicher von Glück reden. Die hat nur in B-Movies mitgespielt. Eine gewisse Savannah Ashleigh.«

Zwischenspiel

Die Liebe ist ein rebellischer Vogel …

Jeder kann doch einen Liebesroman schreiben.

Die Hände hängen über der Tastatur, als wären es die eines Pianisten, der kurz davor ist, mit dem gefürchteten Rach Drei loszulegen. Ein Blick noch auf den Stapel Taschenbücher, die auf dem Schreibtisch des Hotelzimmers liegen. Die Umschläge, oft schon durchgeblättert, biegen sich nach oben, und so scheint es, als lägen die Hände des Helden wagemutig höher als üblich auf den nackten Schenkeln der Heldin.

Jeder Idiot kann einen Liebesroman schreiben.

Und was die historischen Details angeht, so kann man immer noch ein paar einbauen. Details sind schließlich nur in der »sinnlichen Szene« wichtig.

Noch eine Pause. Dann werden vier Worte getippt.

›WILDE WIRRNIS DES WILLENS‹

Ist der Titel gut genug? Würde er die Richter des Wettbewerbs in die Knie zwingen? Er ist alliterativ. Er legt heißen Sex nahe.

Als nächstes das Pseudonym. Jede Autorin von Liebesromanen, die irgend etwas taugt, hat ein eindrucksvolles Pseudonym.

VON FELICITY FEVER

Nein. Das klingt zu ausgedacht. Hat überhaupt nichts Hei-

ßes. Irgend etwas Heißes braucht der Mensch, vor allen Dingen bei Liebesromanen ...

VON TAMALE TOWER

Nee. Kein Mensch würde in der Interpretation den Transfer vom mexikanischen Essen zum Sex hinbekommen.

VON TEMPEST TOWER

So. Das hätten wir. Diese Dinger zu schreiben, ist so einfach, man kann es gar nicht fassen. Auf zum großen Geld! Ahoi!

Okay. Er. Der Held. Ein Hunk. Straßenräuber sind immer heiß.

Es war eine helle, mondbeschienene Nacht.

Großartiger Anfang. Klassisch.

Die Straße war ein Bahn aus Mondlicht über den lilafarbenen Mooren.

Herrje, ist das einfach. Die Worte fließen ja nur so aus mir heraus! Menschen. Jetzt muß ich Menschen hier herein bekommen.

Der Kapitän? Viel zu gewöhnlich, viel zu weit unten in der sozialen Skala. Der maskierte Rächer. Die braune Maske. Nicht männlich und gefährlich genug. Der ... Dämon von Devonshire. Der dämonische Dolch von Devonshire. Da haben wir es!

Der Mann, der als der dämonische Dolch von Devonshire bekannt war, zog seine Waffe, natürlich einen Dolch, während er auf die Kutsche wartete.

Er wußte nicht, welcher der beiden Schätze, die das Vehikel trug, eine größere Versuchung für ihn bedeuten würde: die fünfhunderttausend Pfund für den Brautschatz der Tochter des Earls of Eddington oder die verwöhnte einzige Tochter des Earls selbst.

Er konnte es kaum erwarten, die beiden in die Hände zu bekommen.

Mein Himmel, das dauert aber, bis man so einen Laptop-Bildschirm voll hat! Doch schließlich hat Tolstoi Krieg und Frieden auch nicht an einem Tag geschrieben. Nicht vergessen, was in den Wettbewerbshinweisen steht: Der Held ist wichtig.

Er hob den Lauf seiner Pistole, um sich das lange, goldene Haar aus der Stirn zu schieben, während der Wind um seinen Körper strich. Bald wäre er mit seiner Beute schon wieder im Gasthof. Und vielleicht auch mit der Schönheit, wenn er sich tatsächlich dazu herablassen würde, die hübsche Dirne zu nehmen, bevor er sie zu ihrem schrecklichen ... Vater zurückschickte.

Der Mann, den man nur als den dämonischen Dolch von Devonshire kannte, hatte lange auf diesen Moment gewartet, der ihm die Rache an dem bösen Baron ermöglichen würde. Dieser hatte alle seine Verwandten in den Ruin getrieben, das Gut der Familien in eine Schafzucht verwandelt und ihren berühmten und sagenumwobenen Edelstein, den ...

Taubenblut ... Nee, viel zu gewöhnlich.

Pfauenblutblauen Diamanten aus dem Punjab gestohlen hatte!

Na, das ging doch schon ganz ordentlich. Immer schön den Dolch erwähnen, das ist sexy. In etwa so:

Wenn die Krone den dämonischen Dolch von Devonshire finge, dann würden seine langen Locken als Henkersseil dienen, an dem er baumeln würde.

Häh? Was heißt denn das? Weiß nicht. Klingt aber gut. Kein Mensch liest diese Dinger unter dem Aspekt, ob sie auch logisch sind.

Aber die wunderschöne ...

Ach, du liebes bißchen. Wunderschöne ... Hazel. Klingt

wie eine Hexe. Ariania. Jawoll. Ein paar Vokale und ein paar Konsonanten – und schon ist ein toller Name gefunden.

... Ariania war den Preis wert.

Der Dolch ließ sein kohlschwarzes Pferd vor der Kutsche zu Halt kommen.

»Halt!« brüllte er den Kutscher an und winkte mit seiner ...

Pistole? Gab es die damals überhaupt schon? Wann spielt das hier eigentlich? Pferde, Straßenräuber. Irgendwann im siebzehnten oder achtzehnten Jahrhundert, vermute ich. Das überprüfe ich später. Außerdem ist dieser Typ Mackie Messer mit Pferdeschwanz.

... Und ließ seinen langen, silbernen Dolch im Mondenschein blinken.

Großartig! Dieses große Messer ist außerdem ein wunderbar phallisches Symbol. Ich bin ein Genie. Hiermit hätte ich schon vor Jahren anfangen sollen. Nicht den Mondenschein vergessen. Phantastisches Detail.

»John, was ist denn los?« trällerte eine melodische weibliche Stimme.

Der Kutscher verbarg sich in seinem Mantel und schwieg.

Das ist die Art von Nebenfigur, die mir gefällt. Kümmert sich um seinen eigenen Kram und bleibt aus dem Weg.

Der Dolch bewegte sein machtvolles Roß auf die Kutsche zu.

Was zum Teufel hat eigentlich eine Kutsche, eine Tür?

Die schöne Airiania ... Araniana

Wie zum Teufel war noch mal dieser blöde Name?

Araniana schüttelte ihre langen, pechschwarzen Haare, als sie den Kopf durch das Fenster in der Tür der Kutsche steckte.

»Wer seid Ihr?« fragte sie mit zitternder Stimme, und ihre

Augen glitzerten im Mondenschein. Sie sah zu der großgewachsenen, dunklen Figur auf dem riesigen schwarzen Pferd mit der langen, fließenden, goldenen Mähne auf.

»Meinen Namen wirst du nie erfahren«, zischte er im Dunkeln. »Aber kennenlernen wirst du mich wohl. Wo sind die Juwelen?«

Ja, wo sind sie denn?

Kapitel 16

Genervt

»Vielen Dank, daß du das mit mir machst«, sagte Temple, als sie mit Kit zur Kasse ging. »Jetzt kommt nämlich der zweite Grund, warum ich hier bin. Könntest du die Rechnung begleichen und die Kassiererin ablenken, während ich ein bißchen Detektivarbeit leiste?«

Kit rollte mit den Augen, aber sie nahm die beiden Zwanzigdollarscheine, die Temple ihr in die Hand drückte, und vergrub sie in ihrer Handtasche. Am Ausgang grub sie erneut nach ihnen, anscheinend jedoch ohne großen Erfolg.

»Ach, herrje.« Sie legte die Tasche auf die gläserne Vitrine an der Kasse und kramte verzweifelt darin herum. »Vielleicht bin ich ja blind und hab es nur noch nicht gemerkt. Ich könnte schwören, daß ich die Geldscheine herausgenommen habe und ...«

Während Kit die Kassiererin mit diesem Idiotenspielchen ablenkte, tat Temple das Undenkbare und schlich hinüber zu den hilflosen Puppen. Sowohl Miss Piggy als auch Madame waren viel größer, als sie im Fernsehen wirkten, sozusagen lebensgroß. Temple schob vorsichtig den mit Straußenfedern besetzten Saum des Kleides von Madame hoch und linste dann in das verdunkelte Zelt dahinter. Keine Füße, also waren dort auch keine straßverzierten Schuhe versteckt.

Temple warf einen Blick durch das Restaurant, ignorierte Kits genervte Schnaufereien und Entschuldigungen – ihre Tante leerte gerade systematisch den beachtlichen Inhalt ihrer Handtasche auf den Tresen und schaffte es dabei, das

Geld versteckt zu halten. Madame hing höher als Miss Piggy, so daß Temple sich hinunterbeugen mußte, um unter den Rock der berühmte Schweinedame zu schauen. Man würde ihre Neugier als Anzeichen von perversen Neigungen interpretieren, aber wer nichts wagte, gewann schließlich auch nichts.

»Die sind wunderbar, nicht wahr?« dröhnte plötzlich die Stimme einer Frau hinter ihr.

Es war weder die von Kit noch die der Kassiererin.

Temple richtete sich auf. »Ja, wunderbar. Und so ... groß. Ich fragte mich nur ... ob sie Füße haben.«

Die Hosteß des Restaurants nickte. »Miss Piggy. Sie können sie gerne ansehen, wenn Sie möchten.«

»Ach, vielen Dank!« Temple mochte und tat es auch. Sie deckte blasse, formlose Stumpen aus vollgestopfter Baumwolle auf, die nie in der Lage sein würden, etwas so exquisit geformtes wie einen Kristallslipper von Stuart Weitzmann zu halten.

Die Hosteß mißverstand ihr enttäuschtes Seufzen. »Wie schade, daß die beiden Männer, die diese wunderbaren Figuren geschaffen haben, so früh gestorben sind. Deswegen ist dieses Hotel gleichzeitig auch ein Museum des Showbusineß, um die Kostüme und Gebrauchsgegenstände der Unterhaltungsmacher lebendig zu halten. Haben Sie schon unser Museum gesehen?«

»Nein.« Hinter sich hörte Temple das Rascheln von Zwanzigdollarscheinen. Das Spiel war vorbei. »Lohnt es einen Besuch?«

»Unbedingt! Eine Multimedia-Erlebnisshow in der Abteilung Theater, und dann gibt es eine Führung durch die Kostümabteilung nebenan. Und dann sind natürlich überall im ganzen Hotel noch andere Kostüme ausgestellt.«

Kit verstaute gerade wieder ihre Besitztümer, als Temple zu ihr trat.

»Hast du das gehört? Wir müssen uns das Museum anschauen.«

»Warum?«

»Nun ja, die Schuhe könnten irgendwo dort untergebracht sein.«

»Also ehrlich, Temple. Du bist ja wirklich völlig besessen. Wenn es nicht Mörder sind, dann sind es wandernde Schuhe.«

»Es dauert nur eine halbe Stunde. Bitte!«

»Ja, mein liebes Kind. Aber deine so praktisch veranlagte Tante schlägt vor, daß wir uns den kostenlosen Teil der Ausstellung zuerst anschauen, ehe wir uns zwei Eintrittskarten besorgen.«

»Dir sollte das doch gefallen. Früher hast du schließlich auch mit Kostümen zu tun gehabt.«

»Nein, damit hatte die Requisite zu tun. Also los, dann sehen wir mal zu, und den Film drüben im Star Theater können wir uns ja auch gleich noch anschauen.«

Wie alle Menschen, die eine Zeit im Dunkeln verbracht und sich etwas Magisches angesehen haben, kamen sie blinzelnd nach draußen. Das war der Sinn dieser ganzen Zauberer-Auftritte, Seiltanzdarbietungen und Zirkuskatzen. Las Vegas mochte es, wenn seine Besucher irgendwo blinzelnd heraustraten ... und gleich in die nächstbeste Spielhölle hineinstolperten, immer noch an den Zauber glaubend, den sie gerade gesehen hatten. Das war eines der grundlegenden Prinzipien der Architektur von Las Vegas. Niemand kommt in ein Hotel hinein, ohne zunächst durch einen Korridor von Spielautomaten zu gehen.

Hinter der Hollywood Hall of Fame, ganze zwanzig Meter entfernt, warteten die Geldspielautomaten und jaulten ihre metallischen Liebeslieder. Temple und Kit hielten inne, um sich zu orientieren.

»Wunderbare Sachen«, sagte Kit. »Es ist besonders schön, zu wissen, daß wir die echten Gegenstände sehen. Wie fandest du die rubinroten Schuhe? Dagegen sind doch deine Kätzchenschuhe ein blasser Abklatsch.«

»Die sind großartig, aber ich würde niemals nach Hause gehen wollen, wie Dorothy es getan hat. Ich will im Lande Oz bleiben, vielen Dank, und die Kätzchenschuhe passen ohnehin besser zu dem Terrain dort.«

»Du willst diese Schuhe wirklich unbedingt haben, nicht wahr, Nichtchen?« sagte Kit.

»O ja. Immerhin, im Restaurant waren sie nicht. Den Ort können wir schon mal ausschließen.«

»Ach, wir werden uns also nicht wie Tarzan auf die Balustrade da drüben schwingen, um uns die Schuhe von Duke Ellington anzuschauen? Immerhin kann man von hier aus seine Füße nicht sehen... Moment mal, Temple, ich hab' doch nur Spaß gemacht!«

»Ich aber nicht.« Es sah so aus, als wolle Temple umgehend das obere Stockwerk erstürmen. »Was in aller Welt hat Eightball O'Rourke eigentlich da oben zu suchen?«

»Der alte Typ, der neben Liza Minnelli steht? Ist das nicht Jimmy Durante? Der lebt?«

»Nicht mehr lange.« Temple krempelte sich die Ärmel hoch. »Vielleicht vertritt er ja auch nur den Hausmeister.«

»Die Füße von Liza Minnelli! Das wäre wirklich sehr passend, nachdem ihre Mutter im Film die rubinroten Schuhe getragen hat! Auf geht's.«

Temple donnerte die Treppe hoch, wobei sie Gefahr lief, alle möglichen Pappfiguren umzuwerfen.

Das zweite Stockwerk war ein einziges Labyrinth. Den Eingang zum Balkon zu finden, bedeutete, viele falsche Türen aufzumachen: eine in ein Zimmer, in dem ein Zimmermädchen aufräumte, eine zu einem Schrank, aus dem das Zimmermädchen, das das Zimmer saubermachte, ihre

Reinigungsutensilien nahm. Eine zu einer Dienstbotentreppe, über die das Reinigungszubehör zum Schrank gebracht wurde, aus dem das Zimmermädchen sie holen konnte, ehe es zu dem Zimmer ging, das sie gerade putzen sollte ...

»Entschuldigung.« – »Huch.« – »Falsche Tür.« Temple sang förmlich den jeweils passenden Satz, je nachdem, welche Tür sie gerade geöffnet hatte, bis sie eine vierte Tür aufriß.

»Aha!«

»Temple!« warnte Kit vom Flur her. »Alle Leute können dich sehen. Als würdest du in einem Schaufenster stehen.«

Temple linste über die Balustrade hinunter. »Glücklicherweise ist niemand so neugierig wie ich und schaut nach oben. Ach, so ein Ärger. Ich bin im falschen Teil des Balkons, und da ist eine durchgezogene Wand. Gibt es da vom Flur aus noch eine Tür, die nach Balkonzugang aussieht?«

»Dutzende«, jodelte ihre Tante. »Und ich werde keine einzige davon selbst aufmachen.«

»Dann muß ich einfach ...«, Temple schlich an Sammy Davis Jr. vorbei, um hinter die kleine Wand zu spähen. »Eightball!« flüsterte sie.

Sein erstauntes Gesicht (Temple hätte es als durchaus schuldbewußt bezeichnet) linste um die breite Schulter von John Wayne.

»Was stellen Sie denn da mit Liza an?« fragte sie energisch.

»Nichts.«

»Und warum sind Sie dann hier oben?«

»Wegen ... wegen der Aussicht.«

Er beugte sich über die Balustrade, entdeckte unten einen Wachmann, und duckte sich sofort wieder hinter John Wayne.

Temple suchte gleichzeitig Schutz hinter Sammy. Dann schlich sie wieder zur Tür zurück und glitt nach draußen.

Kit und Eightball warteten dort auf sie.

»Was hat Liza an ihren berühmten Füßen?« fragte sie ihn hastig.

Eightballs wettergegerbte Züge verzogen sich bedauernd. »Nichts. Vermutlich hat man gespart, weil man sie von unten sowieso nicht sehen kann.«

»Sie haben auch nach Schuhen gesucht, nicht wahr?« sagte Temple.

Er scharrte mit den Füßen und lenkte damit die Aufmerksamkeit auf seine altersschwachen Mokassins.

»Das kann ich nicht sagen«, antwortete er. Sein ausgeblichener Fedora aus Stroh drehte sich wie eine lahme Frisbeescheibe in seinen Händen.

»Wieso denn nicht? Das ist doch so klar wie Kloßbrühe! Die Suche nach den Preisausschreiben-Schuhen von Stuart Weitzmann. Warum?«

»Hab'n Klient'n«, murmelte er.

»Noch einmal, und diesmal bitte artikuliert«, verlangte sie.

»Ich habe einen Klienten.«

Temple lehnte sich schockiert an die Wand.

»Ein Klient? Man hat Sie tatsächlich eingesetzt, um diese Schuhe zu suchen? Wer denn?«

»Das kann ich nicht sagen.«

»Was soll das heißen, das können Sie nicht sagen?«

»Dienstgeheimnis.«

»Jemand hat einen Privatdetektiv eingestellt, um die Schuhe zu finden und so das Preisausschreiben zu gewinnen? Eine solche Person kann man wohl kaum als ernstzunehmenden Klienten bezeichnen. Das ist ... das ist einfach blöde! Verachtenswert. Unter aller Würde. Als würde man einen Profikiller anheuern, um einem Kleinkind ein Bonbon zu klauen.« Temple ging erregt auf und ab. »Außerdem, wer hat soviel Geld, um es für so etwas aus dem Fenster zu schmeißen? Irgend jemand, der es sich leisten könnte, die

Schuhe auch zu *kaufen*, jede Wette. Eightball, Sie haben Ihre Seele für ein paar Designer-Latschen verkauft! Sie verändern das Gleichgewicht der Mächte in der Welt der Schuhe. Sie geben Ihre Fähigkeiten und Ihren guten Namen für das dümmste Vorhaben her, das je auf dem Las Vegas Strip bekannt geworden ist, und das ist schon einiges! Ich fasse es nicht.« Temple blieb stehen.

»Ein Kunde ist ein Kunde.«

»Jetzt seien Sie nicht so störrisch. Welcher Detektiv schleicht denn schon durch die Stadt und untersucht die Schuhe von Schaufensterpuppen? Folgen Sie etwa mir, in der Hoffnung, daß ich Sie hinführe?«

Er zuckte mit den Achseln. »Sie haben den besseren Instinkt.«

»Da können Sie drauf wetten. Und wenn ich noch mal feststelle, daß Sie mir nachschleichen, dann werde ich... dann werde ich die Polizei rufen und Sie wegen etwas wirklich Ekelhaftem anzeigen. Zum Beispiel Schuh-Schnüffelei.«

Eightball wehrte mit einer Handbewegung ab. »Es ist doch nur ein Job.«

»Ein schmutziger Job. Die Idee dieses Wettbewerbs ist es, Spaß bei der Suche zu haben!«

»Ich bin es langsam auch leid, überall in dieser Stadt nach einem Paar verrückter Schuhe zu suchen. Es ist nicht so, als wäre das eine besonders wichtige Aufgabe. Und in keinem Fall ist sie es wert, die Wut eine Rotschopfs auf sich zu ziehen.«

Auf diese Beichte folgte eine Pause. Auch Temple beruhigte sich langsam wieder.

Kit machte mit zwei Fingern das Peace-Zeichen. »Immer daran denken«, sagte sie zu Eightball, »ich bin nur Temples gleichmütige, langsam nicht mehr ganz so rothaarige Tante Kit.«

»Eightball O'Rourke.« Er nickte eher verlegen und mißtrauisch. »Sie sind doch nicht etwa auch hinter diesen verdammten Schuhen her, oder?«

»Nur als unschuldige Passantin. Und als solche« – sie schloß Temple in ihren Blick ein – »schlage ich vor, daß wir uns ins Crystal Phoenix begeben. Auf welcher Seite ihr beide auch stehen mögt, hier sind keine Schuhe, um die es sich zu streiten lohnt, außer denen, in denen wir hergekommen sind.«

Damit waren die Schuhe da, wo sie hingehörten: auf dem Boden der Tatsachen. Sie gingen zurück zum Strip und ließen sich ein Taxi kommen, das sie zum Crystal Phoenix fuhr.

Kapitel 17

… flüstert Louise

Es dauert nicht lange, bis Midnight Louies heller Kopf, seine scharfen Augen, Nase und Vibrissae (für die weniger Gebildeten: Schnurrhaare) den Weg zur Garderobe auf der unteren Etage, die von Miss Savannah Ashleigh in Beschlag genommen worden ist, gefunden haben.

Ich könnte sagen, daß ich meine sensible Nase eingesetzt habe, um dem Duft von Miss Savannah zu folgen – je nachdem, welche Marke jetzt gerade auf dem Rodeo Drive im Sonderangebot ist –, aber das wäre irreführend. Ich hätte es tun können, mußte es aber nicht, weil ich ohnehin eine gute Vorstellung davon habe, wo man sie finden kann. Es ist dies tatsächlich derselbe Ort, den sie auch bei ihrem letzten Besuch im Crystal Phoenix mit Beschlag belegt hatte, als sie irgendwelche Pflichten als Moderatorin beim Flitter-G-String-Wettbewerb im Goliath Hotel hatte. Tatsächlich erinnert mich vieles an die alten Zeiten. Nicht nur ist die Göttliche Yvette in der rosa Tragetasche gegenwärtig, unser Zusammentreffen ist durch ein Ereignis geprägt, das auch bei unserer letzten Begegnung eine Rolle spielte: Mord an einer menschlichen Person, die damit ihr Geld verdiente, so wenig Kleider zu tragen, wie es das Gesetz zuläßt.

Dafür bin ich sehr zu haben. Nicht für Morde, aber so wenig Kleider zu tragen, wie es nur geht.

Es bleibt festzuhalten, daß man den wahrhaft überlegenen Spezies nicht erst sagen muß, daß sie sich warm anziehen müssen: Die kommen schon mit all der Bekleidung auf die Welt, die sie jemals brauchen werden – warme, haltbare, lange Mäntel aus Pelz, Haaren, Federn oder Schuppen. Nur die Menschen tauchen auf und tragen nichts weiter als ein dünnes Schichtchen Haut. Ich kann sehr wohl bezeugen, wie dünn und verletzlich diese Haut ist, nachdem ich aus Versehen, selbstverständlich immer nur aus Versehen, gelegentlich hier und da einen Kratzer darin hinterlassen habe. Aber die Menschen sind dermaßen ignorant. Sie haben sich von der Spinne anleiten lassen und zahlreiche verschiedene und komplizierte Arten entwickelt, geeignete Kleidung zu weben und zusammenzusetzen.

Und dann, wenn sie ihren angeborenen Minderwertigkeitskomplex überwunden haben, steigen sie auf zu einem unglaublichen Niveau an Idiotie.

Sie teilen sich in zwei klar voneinander getrennte Lager auf. Manche werden dermatophil und sind in Nudisten-Lagern anzutreffen. Andere, und das ist die Mehrheit, werden zu Dermatophoben und sind auf Bibelwochenenden anzutreffen. Ich wünschte, die würden sich mal entscheiden, aber das ist wohl das allerletzte, wozu die Menschen in der Lage sind.

Einige sehr wenige Menschen lernen, die Vorlieben der Dermatophilen auszubeuten, indem sie in ihrem natürlichen Zustand auftreten (den die Dermatophoben ekelhaft und widerlich finden) und nur einige knappe Accessoires tragen, die gerade noch im Rahmen der Gesetze liegen. Wirklich kaum faßbar ist jedoch die Tatsache, daß, wenn nackte Menschen winzige Kleinigkeiten erfinden, um eine gänzliche Nacktheit zu vermeiden, sie sich meistens dazu verpflichtet fühlen, die einzige Region zu verhüllen, an der sie ohnehin schon ein paar Haare haben! Aus diesem Grunde liegen die Menschen bei Psychiatern auf der Couch, und tierische Begleiter laufen deswegen von zu Hause fort.

Ich selbst finde nichts Besonderes am nicht bedeckten Zustand eines Menschen, bin allerdings als wahrer Philosoph der Meinung, daß alle Spezies in ihrem natürlichen Zustand verharren sollten. Zum einen, weil die Menschen, indem sie die Kleidung zu einer Kunst erhoben haben, die bedauerliche Tendenz entwickelt haben, Haut, Pelz, Schuppen und Federn von anderen Spezies zu Kleidung zu verarbeiten. Die meisten dieser Spezies können ihre Bekleidung nicht aufgeben, ohne gleichzeitig ihr Leben zu verlieren.

Na ja, solange ich nicht gezwungen werde, Pluderhosen und eine Weste zu tragen, kratzt mich das wohl nicht. Aber es würde in jedem Fall denjenigen kratzen, der versuchen würde, meine Epidermis zu einem Muff zu verarbeiten. Glücklicherweise sind Muffs heutzutage aus der Mode.

Und noch glücklichererweise schläft der zusammengerollte Muff aus silbernem Fell, der mit der Göttlichen Yvette identisch ist, allein und sicher in ihrer Tragetasche. Endlich! Ich tapse in die Nähe des Gitterfensters, um meine Liebste anzuschauen, und betrachte sekundenlang ihre schnurchelnde Gestalt. Tatsächlich ist die Göttliche Yvette am süßesten, wenn sie schläft. Im wachen Zustand stellt sie meistens ungeschickte Fragen und zeigt sogar manchmal ihre Reißzähne (die übernatürlich weiß und gut erhalten, aber dennoch Reißzähne sind).

Ich bin vollkommen hingerissen vom Anblick meiner schlafenden, süßen Unschuldigen und beobachte, wie die Spitzen ihrer Vibrissae bei jedem Atemzug zittern. Da flüstert jemand hinter mir: »Hssst.«

Normalerweise bin ich durch solche Annäherungen nicht aus der Fassung zu bringen. Aber heute drehe ich mich erschrocken um und erwarte, diesen gräßlichen Maurice zu sehen. Ich bin aber nicht weniger erschrocken, als ich feststelle, wer mir unter der langen Reihe von Kleidern, die auf dem Kostümständer von Miss Savannah Ashleigh hängen entgegenblickt: die schlaue Louise.

»Was machst du denn hier unten, Väterchen?« fragt sie. Ich erkenne, daß diese Art der Anrede, die alles andere als eine ehrfurchtsvolle Verbeugung vor meinem väterlichen Status darstellt, ein Ausdruck ist, mit dem sie jeden Herren eines bestimmten Alters konfrontiert. Sie will damit andeuten, daß ich steinalt bin.

Eine solche Andeutung greife ich jedoch nicht auf, sondern hebe nur eine Tatze und reibe mir nachdenklich die Schnurrhaare.

»Denk an den Tatort des letzten Verbrechens«, sage ich und erinnere sie beiläufig daran, wer den Fall des Stripper-Killer in Wirklichkeit gelöst und den Verbrecher festgenagelt hat. »Da Miss Temple Barr jetzt mit einer anderen Angelegenheit beschäftigt ist, möchte ich nicht, daß dieser Einbruch und Mord, den wir neulich hier erleben mußten, sich wiederholt.«

»Ach, du und deine alten Kriegsgeschichten«, stöhnt sie theatralisch auf und rollt sich herum, um ein Ohr zu putzen, anscheinend, weil es das Verbrechen begangen hat, sich meine Taten anzuhören. »Die kenne ich doch schon längst. Alles unter Kontrolle.«

»Tatsächlich? Ich vermute, daß du den Mord an einem Incredible Hunk für ein zu triviales Ereignis hältst, als daß du es bemerken würdest.«

»Ich habe es bemerkt, Vaterherzchen. Diese aufgepumpten Menschen sind ja nicht zu übersehen. Tatsächlich war ich vor der Polizei am Tatort, wenn auch nicht vor deiner neugierigen Wohnungsgenossin. Diese Frau scheint ja das Unglück förmlich anzuziehen.«

»So ist Miss Temple Barr überhaupt nicht. Sie ist nur schnell zur Stelle, wenn sie bemerkt, daß etwas nicht stimmt. Du hingegen«, fahre ich fort und gähne dabei etwas, »warst so wenig an der Sache interessiert, daß du dich wahrscheinlich noch nicht einmal an die Haarfarbe des Toten erinnern kannst.«

»Burmesisches Braun«, zischt sie zurück und verpaßt nur knapp die Spitzen meiner Schnurrhaare. Ich rieche den schrecklichen Gestank von Free-to-be-Feline in ihrem Atem. »Wäßriggrüne Augen. Habichtfeder auf dem Pfeil, der ihn niedergestreckt hat. Ironischerweise seine eigene Waffe.«

Womit ich genau das erfahren habe, was mich interessiert.

»Was hat dieser tote Typ eigentlich mit einem Pfeil im Sinn gehabt?«

»Er trug ihn ... und übrigens nicht sehr viel mehr.« Midnight Louise rümpft ihre kleine schwarze Nase, die tatsächlich ziemlich niedlich ist, wenn ich das sagen darf. »Jui! Ziemlich viel Haut, die man da riecht, und dann auch noch der genauso unangenehme Geruch des Todes. Ich verstehe einfach nicht, warum diese Typen darauf bestehen, soviel von ihrem Körpergeruch zu verteilen.«

»Das ist ihre Art, provokativ zu sein.«

»Dann bin ich hiermit also provoziert.« Sie runzelt die Stirn, bis sich der kurze, seidige Pelz darauf wie ein Flikkenteppich zusammengeschoben hat. »Ich mußte aber wegschleichen, bevor mich jemand bemerkte. Ich hab' versucht, das Pferd zu befragen, aber es hatte einen zu großen Schreck erlitten, um irgend etwas sagen zu können.«

»Das Pferd? Du meinst so ein Riesenteil, so was mit vier Hufen?«

»Ja, ein richtiges Pferd mit knubbeligen Knien und einer Mähne. Und außerdem trug es noch eiserne Hufe. Größe allein kann mich aber nicht einschüchtern.« Louise betrachtet mich mit ihren runden, goldenen Augen von oben bis unten, und sie meint das nicht als Kompliment. »Jedenfalls war das Pferd ziemlich schockiert. Konnte nur herumwiehern. Später bin ich dann mal hoch in die Soffitten geklettert und habe mir sein Hinterteil aus der Vogelperspektive angeschaut. Überall waren da weiße Flecke, als sei das Pferd in einen Regen mit Entfärbemittel geraten. Albern aussehende Kreatur.«

»Ich glaube, du beziehst dich da auf ein sehr wertgeschätztes Rassezeichen, das eine Zucht namens Appaloosa kennzeichnet.«

»Appaloosa, Applesonstwie, jedenfalls redet es nicht.«

Bei diesem Umgangston meiner berüchtigten Nachkommenschaft zucke ich zusammen. Aber sie mißversteht meine Körpersprache, was auch nicht selten vorkommt. »Also, was hättest du denn gemacht, Väterchen? Ich weiß nur, daß dieser Typ, der jetzt Gefällte Eiche spielt, sich als indianischer Krieger verkleidet hatte. Und dann hat ihm jemand einen Pfeil in den Rücken gestoßen. Auf Wiedersehen, Cheyenne.«

»Cheyenne?« Ich setze mich aufrecht hin und widme mich nervös der Pflege meiner Brustbehaarung.

»Cheyenne«, wiederholt sie, und ihre Augen werden zu schmalen horizontalen Schlitzen. »Was ist mit ihm?«

Ich kann mich nicht entschließen, sie ins Vertrauen zu ziehen, denn ich kenne den Namen aus Miss Temples Verbindungen mit dem Stripperwettbewerb. Könnte dieser Mord seine Wurzeln im letzten Schlachtfest im Crystal Phoenix haben? Während ich noch nachdenke, wacht gerade die Göttliche Yvette in ihrer Tragetasche auf und gibt eine ganze Reihe von leisen, schlaftrunkenen Miaus von sich, die süß und charmant und laut genug sind, daß die schlaue Louise sie hört, obwohl sie gerade die Ohren angelegt hat.

Sie – die schlaue Louise, nicht die Göttliche Yvette – richtet die Ohren auf, streckt den Hals vor und steht auf, um hinüber zur Tragetasche zu traben und sie genau zu untersuchen.

Ich kann nur hoffen, daß sie nicht bemerkt, daß jemand darin wohnt, doch ist das leider sehr unwahrscheinlich.

»Miau«, begrüßt die Göttliche Yvette das schwarze Katzengesicht durch das Maschengitter. »Louie?«

»Das hätte ich mir ja gleich denken können!« Die schlaue Louise wirbelt herum, um mich anzuschauen und trifft aus Versehen mit ihrem Schwanz meine Wange. Jedenfalls möchte ich gerne glauben, daß dies aus Versehen geschehen ist. »So zu tun, als würdest du hier herumschleichen, um die arme Miss Temple zu beschützen, wo du doch eigentlich diese abgetakelte Showkatze besuchen willst! Und meine Mutter war dir nicht gut genug, um deine Aufmerksamkeit für länger als eine Nacht auf sich zu ziehen. Männer! Ihr seid doch alle gleich, egal, um welche Spezies es sich handelt.«

Ich bemühe mich, meine Würde zu bewahren. »Du irrst dich da auf sehr bedauerliche Weise, mein liebes Mädchen. Die Göttliche Yvette und ich haben eine ausschließlich platonische Beziehung.«

»Die Göttliche Yvette? Wie einfach du doch herumzukriegen bist von irgend so einem überzüchteten Geschöpf mit Stammbaum! Und dann auch noch mit einem möchtegern-französischen Namen!« Midnight Louise wendet sich zur schläfrigen Göttlichen Yvette um und knurrt: »Parläh vuh Frangsseh, scheriih? Übersetz mir das doch mal.«

Und schon haut Midnight Louise auf das Maschengitter ein, daß es nach innen klappt.

Ich bin starr vor Entsetzen. Und ich bin sogar noch entsetzter, als ich sehe, wie sich das Maschengitter nach vorne wölbt, als die Göttliche Yvette mit einer ganzen Reihe von Schlägen ohne Handschuhe loslegt, die Klauen ausgefahren.

»Zibet!« zischt sie. »Straßenkatze! Namenlose Nutte! Vaterloses Flittchen! Ungepflegtes Flaumbällchen! Gossenmüll! Deine Mutter ist das Futter in einem Handschuh, und der Schwanz von Deinem Vater hängt von einem Spiegel im Auto!«

Midnight Louise setzt sich zurück und genießt die Beschimpfungen, wobei sie kurz einen Blick in meine Richtung wirft.

»Nicht ganz«, wirft sie ein, als die Göttliche Yvette einen tiefen, schaudernden Atemzug nimmt, ehe sie zu weiteren Anwürfen ausholt. »Mein liebstes Väterchen ist, so glaube ich, ein Freund von Ihnen.«

»Unmöglich«, zischt die Göttliche Yvette voll selbstgerechter Empörung.

Ich bin im Moment zwischen zwei Kräften meiner Katzennatur gefangen. Ich kann nur stillsitzen, mich klein machen und hoffen, daß der Sturm bald vorüber ist.

»Das sage ich auch immer zu ihm«, zischt Midnight Louise. »Mich hingegen nennt man Midnight Louise.«

»Oh!« Die Wut der Göttlichen Yvette verpufft.

»Über diese Tatsache werde ich Sie mal ein bißchen nachdenken lassen«, sagt Louise, dehnt ihren Rücken und schüttelt sich den Schwanz aus, »und ich sage: auf Wiedersehen. Halten Sie sich nur an eins: Das hier ist mein Revier und ich erwarte einen gewissen Respekt, auch von durchreisenden Aristokatzen. Und denken Sie nicht, daß mein alter Erzeuger irgendeinen Einfluß auf mich hat.«

Sie stolziert mit steifen Beinen von dannen. Ihr Schwanz zuckt immer noch hin und her.

In der Tragetasche der Göttlichen Yvette ist es besorgniserregend still. Ich schleiche mich näher heran und schaue hinein.

Die Göttliche ist damit beschäftigt, ihren silbernen Pelz in höchster Pflegestufe zu lecken, wobei sie ihre lange, rosenfarbene Zunge mit geschickter Regelmäßigkeit herausstreckt. Sie blickt kurz mit ihren tiefblau-grünen Augen zu mir herüber.

»Du hast mir gar nicht erzählt, daß du verheiratet warst, Louie«, wirft sie mir in traurigem, ruhigem Tonfall vor.

Ich schlucke. »Es war eine beiläufige Affäre. Und jetzt sind wir geschieden. Na ja, Las Vegas ist die Hauptstadt der schnellen Ehen und Scheidungen. Es ist lange her.«

»Ach ja? Ich würde sagen, daß die zierliche Midnight Louise nicht älter als ungefähr ein Jahr sein kann. Ich irre mich nie über das Alter einer anderen Weibsperson.«

Ist es möglich, daß die Göttliche Yvette einen französischen Akzent aufgesetzt hat, seit Midnight Louise ihr vorgeworfen hat, Französin zu sein? So was nennt man wohl suggestible Sensibilität!

»Es tut mir von Herzen leid, verehrte Dame, daß meine tunichtgute Tochter so unhöflich zu dir war.«

»Und mir tut es leid, Louie, daß du eine so unhöfliche Nachkommenschaft hast. Und jetzt muß ich schlafen. Mein Schönheitsschlaf ist unterbrochen worden.«

»Du nimmst mir also meine Verwandtschaft nicht übel?« frage ich etwas besorgter, als es mir selbst gefällt.

Die Göttliche Yvette seufzt, während sie ihr weiches, dreieckiges Gesicht auf die Seidenpfötchen stützt. »Das kann ich nicht sagen. Ich habe immer gewußt, daß wir in zwei verschiedenen Schichten leben . . .«

»Du willst doch nicht etwa sagen, ich sei ein Flachlandkätzchen?«

»Ich versuche sehr, kein – wie sagt man noch gleich? – kein Snob zu sein. Vielleicht würde es deiner Tochter guttun, ein Gehorsamkeitstraining mitzumachen.«

»Das ist doch für Hunde!« erwidere ich entsetzt.

Die Göttliche Yvette zuckt mit den Achseln und läßt die perlweißen Spitzen ihrer Reißzähne sehen. »Wenn der Schuh paßt, dann sollte der Fuß ihn auch tragen. Au revoir, mon ami.«

Ich ziehe mich zurück und weiß nicht, was ich Midnight Louise mehr übelnehmen soll: Daß sie meiner gegenwärtigen Amoure mein vergangenes Liebesleben verraten hat, oder daß sie der Göttlichen Yvette einflüsterte, sie sei Französin.

Kapitel 18

Jede große Brise ...

Temple und Kit kehrten ins Crystal Phoenix zurück, wo sie in der Eingangshalle auf lauter Kongreßteilnehmerinnen trafen, die sich gerade für G.R.O.W.L. einschrieben.

»O nein!«

»Was denn?« fragte Kit und sah sich in der Menge um.

»Da ist schon wieder Fabrizio. Wartet er immer an der Schlange, oder was ist mit ihm?«

»Natürlich, er will sie sofort abfangen, wenn sie reinkommen. Das ist sein Geschäft, Temple, diese Frauen sind seine Fans.«

»Gott sei Dank haben wir uns schon eingeschrieben und können uns hier vorbeischleichen.«

»Das werden wir aber nicht tun.« Kit nahm Temple beim Arm. »Jetzt ist die ideale Gelegenheit, deine neue Rolle inkognito auszuüben.«

»Welche neue Rolle?«

»Weißt du nicht mehr? Ich hab es dir doch beim Mittagessen erklärt. Hol mal deine alten Reporter-Tugenden vom Speicher und werd einfach ein bißchen offiziell neugierig. Diese Menge erwartet, daß die Medien höchst präsent sind, und jede von den Frauen hier würde zum Sterben gerne auffallen.«

»Sterben ist in letzter Zeit ein ziemlich wichtiges Wort geworden.«

Temple runzelte die Stirn, als Kit sie zu der Gruppe zog, die Fabrizio umringte. »Ich habe eigentlich keine Lust, Fabrizio noch mal zu begegnen. Er ist so anstrengend, so blond ... so sehr viel größer als im richtigen Leben.«

»Ah! Aber jetzt repräsentierst du die Medien. Breezy wird eine leichte Eroberung für dich sein, und zwar jetzt gleich. Erwähne nur den Namen einer wichtigen Fernsehshow, und er kommt sofort zu dir, um sich einen feinen Keks abzuholen. Hier hast du einen Notizblock und einen Stift. Denk daran, er weiß wahrscheinlich lauter Insider-Dinge über alle, die beim Schönheitswettbewerb der Incredible Hunks mitmachen. Er könnte sogar der Killer sein. Ab mit dir, Mädchen!«

Kit schob Temple in den magischen Kreis, der das Cover-Model umgab. Es war ein merkwürdiger Anblick: Eine gedrungene Gruppe von Frauen stand rings um den großen Mann mit seiner blonden Mähne wie ein Ring verzauberter Pilze.

Temple fühlte sich eher wie ein Mädchen aus der High School in den fünfziger Jahren, doch der gute Breezy sah sie sofort, vermutlich, weil sie die kleinste und leichteste der Frauen um ihn herum war, wie immer.

»La Rossa!« begrüßte er sie, als sei sie ein alter Flirt.

Sein sonnengebräuntes Gesicht strahlte, seine mittelmeerblauen Augen zwinkerten, und seine unmöglich weißen Zähne blitzten. Dieser Mann war der Wetterbericht in Person: klar, sonnig und heiter, nur für dich allein, du Glückliche. Nur du und zweieinhalb Millionen anderer Damen auf diesem Planeten. Seine ... oh! ... riesigen Hände streckten sich nach ihr aus.

Temple atmete heftig aus. Das hatte Matt ihr beigebracht für den Fall, wenn sie sich mit einer stärkeren Macht konfrontiert sah. Sie bellte: »Stop!« auf Englisch und: »Basta!« auf Italienisch und hielt ihm die Hände entgegen, als sei sie ein Schülerlotse.

David hätte mit dieser Taktik gegen Goliath nicht viel ausgerichtet, aber Temple schaffte es, den nahenden Helden mitten im Schritt aufzuhalten. Vielleicht war es das italienische Wort für »genug«, das den Erfolg gebracht hatte. Eine Wolke der Unsicherheit umschattete Fabrizios gnadenlos fröhliches Gesicht.

»Du nicht gern haben, von Fabrizio aufheben? Aber warum?« Seine Arme breiteten sich weit aus, sowohl, um die Frage zu unterstreichen, als auch, um den nächsten Angriff vorzubereiten.

Die Frauen ringsum wurden still, als seien sie Schakale, die darauf warteten, daß der herrschaftliche Löwe die Beute erledigte, ehe sie das, was übrig blieb, zerfleddern durften.

Temple schluckte, aber sie antwortete mit fester Stimme: »Weil ich keine Notizen machen kann, wenn ich nicht auf dem Boden stehe, und Notizen sind schließlich sehr wichtig, wenn man wie ich die lokale Produzentin für *Hot Heads* ist.«

Auf den Gesichter der Fans verwandelte sich Mißtrauen in Begeisterung. Breezy selbst war nicht weniger selig. *Hot Heads* war in der Unterhaltungsbranche die derzeit angesagteste Boulevard-Fernsehshow. *Hot Heads* bedeutete nicht nur berühmte Gesichter und sprechende Münder, die alles nur mögliche beichteten, sondern auch begeisterte Zuschauer, die von der Show geradezu hypnotisiert waren.

»Warum Sie das denn nicht schon vorher gesagt, liebe *Signorina?* Ich würde nie in Ihre Arbeit eingreifen wollen. Und was kann ich für Sie tun?«

»Ach, schenken Sie mir nur ein paar Minuten Ihrer Zeit für ein paar Fragen, damit ich die Kollegen richtig vorbereiten kann.«

»Die Minuten haben Sie. Sie haben sogar mich ganz.« Seine Arme breiteten sich aus, und sein offenes Hemd klaffte auf und offenbarte seine spielende Brustmuskulatur. Temple fand diesen Eindruck eher widerlich. Sie hatte die Schlagzeile schon vor Augen: »Fabrizios Körper von intelligenten Muskeln besetzt ... Sind es Außerirdische?«

Temple führte ihn in eine von Van von Rhines Sitzecken aus samtigem italienischen Leder, die überall in der Lobby verstreut standen. Van hatte das Crystal Phoenix mit einer solchen Mühe und Liebe zum Detail möbliert, daß jedes Stück wirkte, als sei es das Lieblingsstück einer eleganten Gastgeberin.

Temple setzte sich auf die Kante des weichen Sessels, die Hacken ihrer Schuhe fest auf dem dunkelblau-goldenen Teppich des Hotels. Aus Erfahrung wußte sie, daß es auch eine Falle sein konnte, wenn man sich in gepolsterte Möbel hineinsinken ließ. Fabrizio lehnte sich mit weitausgebreiteten Armen in eine Ecke, als sei er eine sehr sahnige Schokoladenpraline in einer luxuriösen Schachtel. Eines seiner gespreizten Beine stieß fast an Temples Knie.

Sie legte sich das Notizbuch auf die zusammengepreßten Schenkel und fühlte sich wie eine Novizin in einem spanischen Kloster. Aber Breezy nahm so viel Raum ein, daß sie keine andere Wahl hatte, wenn sie nicht vollkommen von ihm in Beschlag genommen werden wollte.

Die Fans hielten zwar gebührenden Abstand, schwebten aber in der Nähe herum, eindeutig in der Hoffnung, das eine oder andere zu aufzuschnappen.

Fabrizio lächelte sie wissend und vertraut an. Temple räusperte sich. »Also, wegen der Show ...« Sein Körper und seine Gesichtszüge veränderten sich wie auf Knopfdruck: konzentrierte Aufmerksamkeit.

»Natürlich kennt jeder Ihre Geschichte, Fabrizio.«

»Ja, genau. Wie Fabrizio ein einfacher Italiano-Junge ist. Immer wollte ich Model werden, reisen, immer ich bodygebuildet und will nach Amerika. Wie Arnold. Aber dann ich werde Model für Liebesromane-Cover, und die Frauen begeistert. Jetzt bin ich eine Multimedia-Persönlichkeit. Ich habe Videos zum Sport machen, Kassetten, Kalender, Ratgeber für Romanzen, Männerparfum.«

»Arbeiten Sie noch als Model für Cover von Liebesromanen?«

»Nein, zu beschäftigt.« Sein Lächeln ließ wieder die Teflonzähne blitzen.

»Oder weil es im Moment so viele andere männliche Models dafür gibt?«

Fabrizio schüttelte so heftig den Kopf, daß seine Haarsträhnen gegen die Rückenlehne des Sofas schlugen. »Nein. Umschlagfotos sind der Anfang, nicht das Ende. Kleinkram für international gefragte Multimedia-Persönlichkeit. Ich bin nur hergekommen, um den Wettbewerb mitzumachen, weil G.R.O.W.L. für mich ein so guter Anfang war. Aber dieses Publikum ich nicht mehr brauchen. Fabrizio jetzt ist für die ganze Welt da.«

»Dann fühlen Sie sich von den ganzen Neulingen auf dem Markt überhaupt nicht bedroht?«

Wieder schüttelte er seine goldene Mähne, was bei allen Beobachterinnen ein Schaudern der Begeisterung hervorrief. »Fabrizio fühlt sich von niemanden bedroht.« Das Grinsen kehrte auf seine Miene zurück. »Außer den wunderschönen Frauen, die glauben, sie haben Höhenangst. Da fühlt sich Breezy sehr traurig, weil sie ihm nicht glaubt, daß er stark genug, sie wirklich zu halten.«

»Also fühlen sie sich noch nicht einmal von einem Mörder bedroht?«

Bei dem letzten Wort gefror ihm der Ausdruck auf dem Gesicht. Eindeutig fühlte er sich nicht mehr wohl.

»Sie glauben, ein Mörder will Breezy umbringen? Nein. Dieses tote Model, dieser Cheyenne. Der war neu im Geschäft, und er hatte doch gar nicht den Körper von Fabrizio, nicht wahr?«

»Trotzdem hat er wohl schon im Ausland als Model gearbeitet. Das ist meistens das Zeichen einer beginnenden Karriere.«

»Wie sagt man noch, Peanuts? Kleinzeug. Fabrizio spielt im großen Geschäft mit, die kleinen Dinge überläßt er jetzt den anderen. Er wäre keine Bedrohung für das, was ich mache, was ich bin. Das ist kein richtiger Mann.«

»Dann können wir also davon ausgehen, daß Sie kein Tatverdächtiger sind, da Sie kein Motiv hatten?«

»Tatverdächtiger? Für eine so kleine Frau Sie spielen großes Spiel. Warum soll Fabrizio irgend jemandem Böses wollen? Er reich, berühmt, glücklich. Viele Frauen wollen von Fabrizio aufgehoben werden, überall auf der ganzen Welt!«

Die muskelbepackten Arme breiteten sich wieder aus, um seine festen, wohlgeformten Brustmuskeln zu offenbaren. Merkwürdig, dachte Temple, das war doch sonst immer ein weibliches Sexualmerkmal. Breezys Oberschenkel drückte sich an ihren, heiß und fest. Er erinnerte sie an einen bedrohlich näherrückenden Prager Schinken.

Mit einem scharfen Knall schloß sie ihr Notizbuch. »Als Gewinner im zweiten Wettbewerb um den Titel des Incredible Hunk können Sie ja sowieso nicht noch einmal teilnehmen, nicht wahr?«

»Nein. Aber das ist auch nicht nötig. Fabrizio hat alle Herzen gewonnen, weil er direkt vom Herzen spricht.« Eine riesige Pranke schlug auf den sonnenvergoldeten Brustkorb, nur falls Temple diesen Teil seiner Anatomie übersehen haben sollte. »Ehrlichkeit, das ist das Geheimnis von Fabrizio. Und es geht uns sehr gut damit.«

Wie merkwürdig, daß er sich selbst sowohl in der dritten Person als auch mit dem majestätischen »wir« bezeichnete, wenn es um seine Geschäfte ging.

Temple stand auf. »Vielen Dank. Damit haben meine Mitarbeiter erst einmal ein gutes Fundament.«

Fabrizio schnippte mit den Fingern. Eine angestrengt wirkende Frau trat zu ihnen, eine Tasche in der Hand. »Das ist Cindee, meine Presseagentin. Sie hat die Presseunterlagen.«

Eine Hochglanzbroschüre mit einem Farbfoto von Fabrizio, von der Hüfte aufwärts nackt, wurde Temple in die Hand gedrückt. Das Foto war so täuschend echt, daß Temple erwartete, auf ihrer Handfläche Öl zu spüren.

Auch Fabrizio stand auf und beugte sich über sie, wie er sich über zahllose halb ohnmächtige, hingerissene, weibliche Cover-Models gebeugt hatte. Seine Augen, die ohnehin zu eng beieinander standen, wurden jetzt zu horizontalen schmalen Schlitzen. »Eines Tages wird Ihnen noch gefallen, wenn Fabrizio Sie aufhebt.«

Mit dieser vielversprechenden Drohung schritt er zurück zu den Frauen, die sich um ihn schlossen wie eifrige Antikörper im Kampf gegen eine Infektion.

»Siehst du!« Von irgendwoher war Kit aufgetaucht und wirkte so glücklich wie die Biene Maja an einem Honigtopf. »Er beißt gar nicht. Hast du irgend etwas Interessantes in Erfahrung gebracht?«

»Nur, daß es keine gerechte Verteilung dabei gibt, wer reich und berühmt wird.«

»So ein Quatsch. Das wußten wir doch schon längst.«

»Er macht sich keine Sorgen, daß er das nächste Opfer werden könnte«, sagte Temple. »Entweder hat er sich diese Möglichkeit noch nicht klargemacht, oder ... oder er weiß, warum Cheyenne umgebracht worden ist.«

»Vielleicht können wir ihm am Abend auflauern und ihn befragen.«

»Tante Kit! Du findest dieses aufgeblasene Stück Fleisch mit überentwickeltem Selbstbewußtsein doch nicht etwa attraktiv?«

Sie zuckte die Achseln, vollkommen schamlos.

Temple ging auf die Aufzüge zu, dicht gefolgt von Kit.

»Du hattest aber in einer Hinsicht recht«, sagte sie zu ihrer Tante. »So zu tun, als würde ich für das Boulevard-Fernsehen arbeiten, ist ein wahres Sesam-öffne-Dich. Funktioniert viel besser als damals, als ich wirklich bei einem Fernsehsender angestellt war.«

In der Halle mit den klingelnden Spielautomaten griff Temple plötzlich nach Kits Arm, zog sie hastig vor einen Automaten und setzte sie beide mit einem vernehmbaren Rumms auf zwei benachbarte Sitze.

»Ich fasse es nicht!« zischte sie empört. »Bleib unten.«

»Warum? Ist Fabrizio schon wieder auf der Suche nach Rotschöpfen? Ich fürchte, dafür bin ich leider schon etwas zu grau geworden ...«

Temples Rotschopf ging auf und nieder. »Schschsch!« befahl sie. Ihre wütenden Augen starrten über den Spielautomaten hinweg. »Was machen *die* denn hier ... und dann auch noch zusammen! Die haben aber Nerven.«

»Wer?« Kit linste vorsichtig über das Gerät in die Richtung, in die Temple gerade starrte. »Diese beiden Cover-Models?«

»Das sind keine *Cover-Models!*« Temple tobte fast vor Wut. »Die haben hier nichts zu suchen. Und vor allen Dingen nicht zusammen.«

»Temple! Wer sind die beiden denn? Die sehen völlig harmlos aus.«

»Das anzunehmen war auch *mein* erster Fehler. Der eine ist der Mysteriöse Max ...«

»Dein Ex?«

»Sozusagen. Und der andere ist Matt Devine.«

»Ach so, dein ... Vielleicht-Gegenwärtiger.«

Kit verrenkte sich wie eine Schlangenfrau, um mehr erkennen zu können. »Welcher ist denn welcher?«

»Das ist doch egal!«

»Hmmm, nicht schlecht, Nichtchen. Jeder von beiden könnte beim Wettbewerb mitmachen. Wenn du wirklich nichts mit ihnen anfangen kannst, stehe ich gerne zur Verfügung.«

Kit wurde sofort wieder auf ihren Stuhl hinuntergezogen. »Geht in Ordnung, wenn du an Verrätern interessiert bist!« Temple war immer noch wütend.

»Was haben sie dir denn getan?«

»Nun ja, das letzte Mal, als ich sie zusammen gesehen habe, hätte man die Feindseligkeit zwischen ihnen in riesige Stücke schneiden und an die Haie verfüttern können. Und jetzt spazieren sie durch das Crystal Phoenix, als wären sie die besten Freunde. Und Max hat behauptet, er könne sich nicht in der Öffentlichkeit zeigen. Klar! Damit war wohl nur ich gemeint!«

Kit sah noch einmal hoch. »Stimmt, jetzt ist er nämlich auch wieder weg. Und Matt auch. Schade. Ich würde sie wirklich gerne einmal aus der Nähe sehen.«

Temple stand langsam auf, jederzeit bereit, sich wieder zu bücken. »Ich weiß nicht, ob die mich nervöser machen, wenn ich sie sehe, oder wenn ich sie nicht sehe.«

»So ist das doch mit Männern immer.« Kit gähnte. »Nun denn, nachdem ich jetzt meine tägliche Ration Aufregung abbekommen habe, werde ich aufs Zimmer gehen und mir vor dem Abendessen noch einen kleinen Schönheitsschlaf gönnen.« Sie tätschelte Temple die Hand. »Laß dich davon nicht unterkriegen. Ich bin mir sicher, daß es eine sehr einfache Erklärung gibt.«

»Gibt es bestimmt nicht«, sagte Temple verdrossen.

Sie griff so fest nach ihrem Fabrizio-Ordner, daß das Hochglanzpapier unter ihren Fingern quietschte, und machte sich mit ihrer Tante erneut auf den Weg zum Aufzug, wobei sie sich allerdings dauernd umsah.

Doch auf dem Weg in ihr Zimmer sah sie weder Haut noch Haar noch Brustmuskel noch die wilde Mähne von irgend jemandem, der aussah wie ein Cover-Model.

Kapitel 19

Juwelenschiff

Wenn man das Treasure Island Hotel und Kasino betritt, ist es so, als würde man in eine kühle Grotte eintauchen. Obwohl im Hintergrund Orchestermusik lief, hörte Temple nur das eine, alte, immergleiche Lied: »Money, Money, Money.« Die Lebendigkeit der lauten Spielautomaten faszinierte sie, und das lag nicht an dem sporadischen, verführerischen Klingeln der hineingeworfenen Münzen.

Wie so viele der blasierten Einwohner von Las Vegas war sie bislang nicht dazu gekommen, die neuen riesigen Hotels zu besichtigen, die wie gigantische Dinosaurier entlang dem Strip standen. Sie hatte von ihnen gelesen, aber noch keine Gelegenheit gehabt, einen dieser architektonischen Giganten persönlich in Augenschein zu nehmen. Daher ahnte sie nur vage, welche Attraktionen im Treasure Island auf sie warteten, aber ... Jawoll!

Temple faltete die Hände und stellte sich auf die Zehenspitzen, obwohl ihre Pumps bereits zehn Zentimeter hohe Absätze hatten, um ihre Beute noch besser sehen zu können.

Sie lächelte ein albernes, glückliches Lächeln – nicht in Richtung der grellen, blinkenden und klingelnden Geldspielautomaten, sondern beim Anblick der darüber schwebenden Decke. Ein Piratenschatz aus Messing, Silber und echtem Gold, aus Perlen und gläsernen Juwelen purzelte aus den Nischen, die unter der Decke eingesetzt waren. Über den Spielern hingen so viele Schatzkisten, daß Hunderte von Paaren von kristallenen Schuhen darin versteckt sein konnten.

Temple stöckelte zielstrebig zu einer glitzernden, schwarz und golden dekorierten Bar-Insel, um die ein Ring von Schatztruhen drapiert war. Natürlich hingen die Truhen ein bißchen zu hoch für sie. Das war nun wirklich ungerecht. Wenn sie doch einen Meter fünfundachtzig groß wäre! Oder wenn sie die kleine Flasche von Alice hätte, die sie wachsen ließe! Wenn sie nur eine Trittleiter hätte, oder Stelzen!

Und wenn nur das Sicherheitspersonal des Hotels nicht wie uniformierte Barrakudas in diesen schwarzgoldenen Gewässern herumschwimmen würde, immer auf der Suche nach Leuten, die sich verdächtig benahmen. Leute wie Temple also, die zur Decke starrte. Sie griff nach dem nächstbesten Barhocker und setzte sich vor eine Maschine, die mit einem grinsenden Seeräuber mit Dolch zwischen den Zähnen bemalt war.

Sie durchsuchte ihre Schultertasche nach der Geldbörse und holte einige Fünfundzwanzigcentmünzen heraus. Während sie die Münzen gelangweilt ihrem raschen Tod entgegenwarf, der sie in dem gierigen Metall-Mund von Long John Silver erwartete, beäugte sie ihre Umgebung.

Um sie herum schwebten Männer in Polyesteranzügen, in deren Ohren Drähte aus diskret angebrachten Kommunikationsgerätschaften steckten. Sie schlenderten durch die bunten Grüppchen ahnungsloser Touristen, die auch einmal versuchen wollten, auf die Schnelle reich zu werden. Die uniformierten Wachleute waren leichter zu erkennen.

Man soll die Midnight-Louie-Schuhe nicht mitnehmen, sondern nur finden und den Fund melden, ermahnte sich Temple. Alles, was sie tun mußte, war, an den vielen Schatzkisten vorüberzugehen, die von der Decke des Kasinos hingen und jede einzelne nach den versteckten Schuhen abzusuchen.

Nur gab es ein Problem. Ihre Größe, oder eher der Mangel an einer solchen, war ein altvertrauter Nachteil. Die versteckten Schuhe waren vielleicht nur für einen größeren Menschen sichtbar. Denn es hatte schließlich nirgendwo in den Regeln des Preisausschreibens gestanden, daß die Schuhe so plaziert sein würden, daß auch kleine Leute sie sehen könnten. Sie konnte also nur versuchen, von verschiedenen Stellen aus einen Panorama-Ausblick auf die Schatzkisten zu erhaschen.

Und so schlich sich Temple an ihre Beute heran. Sie warf Münzen in die Maschinen, als wären es bloß Pfennigbeträge, ging von einem Schlitz zum nächsten, wählte Positionen, die ihr eine Weitwinkelsicht in die nächstgelegene Kiste ermöglichten.

Das war anstrengende Arbeit. Demnächst würde sie eine Krankengymnastin aufsuchen müssen. Ihre Augen konnten sich kaum auf die Glitzer-Gegenstände konzentrieren. Sie wagte es nicht, allzu lange hochzuschauen, denn dadurch würde sie unerwünschte Aufmerksamkeit erregen.

Sie hatte sich gerade um die Bar herumgearbeitet, als ihr die ersten Zweifel kamen. Lohnte sich dies alles eigentlich? Temples Seufzen war so laut, daß sich mehrere Köpfe in ihrer Nähe umwandten. Sie war es leid, die vielen ausgebeulten Messinglampen zu begutachten, die aufgereihten Perlenstränge und die glänzenden Aladinslampen, war es leid, nichts anderes zu erkennen als glitzernden Müll. Sie ging an den Spielautomaten entlang und beäugte die lange Reihe von Schatztruhen an der gegenüberliegenden Wand des Kasinos.

Wahrscheinlich *wollte* sie aus irgendeinem tief verborgenen psychologischen Grund diese Schuhe gar nicht finden. Vielleicht hatte sie in Wahrheit das Gefühl, sie würde sie oder das Glück gar nicht verdienen. Vielleicht war sie ja einfach süchtig nach Absätzen. Vielleicht brauchte sie einfach schöne Schuhe und konnte sich deswegen keine schöne Beziehung gönnen. Vielleicht taugte sie auch einfach nicht zur Schatzsuche ... Als sie an der vorletzten Nische vorbeikam, glitzerte etwas weiß und hell, wie eine Schneeflocke im Sonnenlicht. Temple hielt inne. Sie reckte den Hals und begab sich auf die Zehenspitzen, als sei sie eine aufmerksame Meerkatze.

Ein Stoff aus Silberlamé war in die Ecken dieses Schaustücks hineingestopft, und irgend etwas darin glitzerte. Lauter kleine Sternchen ... Vielleicht ... Ein Glitzern, das die Rheinkiesel von Anno dazumal übertraf. Rheinkiesel waren nach dem Fluß benannt worden, weil sie zuerst entlang des Rheins hergestellt wurden, aber die heutigen Kristalle aus Österreich – die aus wirklichem Bleikristall gemacht wurden und nicht nur aus Glas – hatten ein wilderes Feuer.

Ohne länger nachzudenken hatte Temple einen Barhokker von einem freistehenden Automaten fortgezogen und war daraufgestiegen. Jetzt balancierte sie unsicher darauf. Immerhin war sie nun groß genug, und sie fühlte sich wie ein Kind auf der Suche nach der Keksschachtel auf dem obersten Küchenregal. Ihre Nase stieß an ein Regalbrett. Verflucht, sie konnte auf alles hinabsehen, aber erkennen konnte sie nichts.

Huch! Jetzt verlor sie auch noch ihr Gleichgewicht. Ihre Fingerspitzen krallten sich an der Kante fest, als sie spürte, wie der Barhocker wackelte. Temple griff nach dem mit Sternen besprenkelten Stoff, es war, als versuche sie, sich an einer Wolke festzuhalten. Der Stoff war luftig, zart, fast substanzlos ... Er glitt auf sie zu, während sie auf dem Barhokker herumwackelte, und all der Piraten-Plunder, der darauf ruhte, tröpfelte wie schwere, luxuriöse Lava auf das Regal über ihrem Kopf.

Temple schloß fest die Augen, zog den Kopf zwischen die Schultern und erwartete gottergeben den nahenden Goldregen.

»Loslassen!« befahl jemand, und sie gehorchte. Wenn es einem schlecht geht, ist man für jede Hilfe dankbar.

Sie spürte, wie sie vom Hocker kippte. Jemand fing sie auf. Mit einiger Mühe stand sie wieder auf ihren eigenen zwei Pumps auf dem Boden. Ihr Retter in der Not war kein Pirat mit Ohrringen.

»Eightball O'Rourke! Was machen Sie denn hier?«

»Nichts Besonderes. Im Gegensatz zu Ihnen. Was ist denn da oben los?«

Der Schatz sah jetzt wesentlich mehr nach Talmi aus als vorher. Er war von dem silber-weißen Stoff heruntergerutscht, der sich auch längst nicht mehr so verlockend bauschte. Keine schuhähnlichen Formen darunter oder dahinter. Er hing schlapp über den Rand, und nur ein einziges Sternchen aus silbernem Glitzer leuchtete.

Eightball schob den Hocker zurück an seinen Platz. »Ihr Glück, daß die Sicherheitsleute gerade Pause machen«, grunzte er. »Wenn man sich mit der Dekoration in einem Kasino vergnügt, ist das ein ziemlich verdächtiges Benehmen. Wahrscheinlich hat man Sie schon längst auf Video aufgenommen, in Großformat. Lassen Sie uns lieber schnell verschwinden.«

Dagegen konnte Temple nichts einwenden.

Sie hielt kaum Schritt mit Eightballs bestiefelten Beinen, mit denen er sich durch die Spielhalle schob. Bald schon schlängelten sie sich durch die Touristen in der Eingangshalle und stürmten auf den Haupteingang des Hotels zu.

»Sie haben mir immer noch nicht gesagt, was Sie hier machen«, sagte Temple.

»Derselbe Fall«, sagte er knapp. »Nur habe ich diesmal ganz alleine hierher gefunden.«

Als sie durch eine weitere Tür mit Totenschädel-Klinken hinaustraten, stellten sie fest, daß das Tageslicht langsam schwand. Temple nahm an, daß es schon nach sieben Uhr abends war. Zu ihrer Linken erhob sich ein Hügel mit heimeligen Häuschen und exotischen Gärten. Der hölzerne Gehweg vor ihnen war voll mit Menschen, die zum Strip gingen oder von dort kamen. Zu ihrer Rechten bemerkte Temple etwas Riesiges, einen weiteren Dinosaurier des neuen Las Vegas Strip – ein Segelschiff aus dem achtzehnten Jahrhundert, das mit fest gerefften Segeln an der sich hoch auftürmenden Fassade des Treasure Island Hotels sicher im Hafen lag. Auf beiden Seiten standen Leute an der Reling und glotzten.

Sie blieb ebenfalls stehen.

»Haben Sie die Show noch nicht gesehen?« fragte Eightball.

»Sie meinen die Schlacht der Piratenschiffe?«

»Genau. Der da drüben ist der Pirat. Das andere Schiff ist von der Royal Navy, aber das kommt erst später.«

»Und wer gewinnt?«

»Es wäre ja wohl kaum fair, Ihnen das zu verraten, wenn Sie die Show noch nicht gesehen haben.«

»Ist das der Grund, warum diese Seile die Brücke zum Strip abgrenzen? Damit die Zuschauer, die ins Treasure Island hinein wollen, nicht mit denen durcheinandergeraten, die herauswollen?«

»Messerscharf geschlossen, Frau Detektivin! Ganz genau.«

»Wann ist die nächste Show?«

»Alle vierzig Minuten.« Eightball trat vorsichtig an die Holzreling, um aufs Wasser hinabzuschauen. »Es ist alles ruhig, das bedeutet, daß sie sich schon für den nächsten Kampf rüsten.«

Temple ging zu ihm an die Reling, die ihr gerade bis an die Schultern reichte. Gegenüber sah sie durch ein großes Fenster Besteck und metallene Lampen glitzern. Die Speisenden an den Tischen stammten ausschließlich aus der Gegenwart, und so schaute sie wohl gerade auf eines der zahlreichen zum Hotel gehörenden Restaurants.

Das Wasser schwappte an die Stützen der Brücke und an die Uferseite gegenüber am Strip, wo noch mehr Leute standen und zuschauten. Die Szene, das Wasser, die weiterentfernt sitzenden Speisenden, all das verlieh dem Ort, der eigentlich wegen seiner Hektik und Eile berüchtigt war, etwas Friedliches.

Temple legte die Unterarme auf das noch sonnenwarme Holz.

»Die Show lohnt wirklich das Warten«, bemerkte Eightball.

»Ich sollte sie sowieso sehen, schließlich bin ich PR-Frau.«

Er nickte.

Temple bemerkte, daß die Wellen, die an den Bollwerken anschlugen, stärker wurden. Doch es gab keinen Wind, nur den langsamen Sonnenuntergang in ihrem Rücken.

Plötzlich entdeckte sie ein kleines Holzboot auf dem Wasser, mit zwei Männern, die wie verrückt auf die Brücke zuruderten. Stimmen von dem vor Anker liegenden Piratenschiff feuerten sie an. Die Männer ruderten unter die Brücke und verschwanden. Ihre Stimmen wurden schwächer.

Eightball hatte recht. Der Tag zog sich zurück. Kerzenlicht erhellte jetzt das Fenster des Restaurants und reflektierte von den Messern und Gabeln, die sich wie Wellen hoben und wieder senkten.

»Sehen Sie nur dort!«

Temple starrte in die Richtung, in die Eightball gewiesen hatte. Ein hoher schwarzer Bug schob sich vor. Spitz und scharf wie ein Degen schnitt er den langsam dunkler werdenden Himmel entzwei.

Wie beeindruckend ... ein riesiges Schiff glitt unter vollen Segeln über die künstliche Lagune. Die Wellen waren die schweigenden Boten des nahenden Schiffes gewesen. Dramatische Musik durchbrach das Schweigen und erfüllte die ganze Szenerie.

Wieder riefen hinter ihnen Stimmen.

Temple drehte sich um und sah, wie die Buccaneers das Takelwerk hinaufschwärmten. Das Piratenschiff war jetzt wie ein Bühnenbild von versteckten Scheinwerfern beleuchtet. Die Mannschaft rief einander Anweisungen zu.

Dann hörte man gegenüber von dem nahenden Schiff in scharfem, britischem Ton gebellte Befehle. Temple wandte ihre Aufmerksamkeit wieder nach links. Das Schiff der Royal Navy glitt um die Spitze der Halbinsel und nahm die Feuerposition ein, während das Piratenschiff hinter ihnen nur noch ein einziges lautes Chaos war, in dem sich die überraschten Buccaneers auf die bevorstehende Schlacht vorbereiteten.

»Mir wird schwindelig«, beschwerte sie sich bei Eightball, obwohl sie sich über das ganze Tohuwabohu hinweg kaum verständlich machen konnte.

»Es lohnt sich aber«, antwortete er grinsend. »Die Leute am Strip haben zwar eine bessere Sicht, aber wir sind mittendrin im Geschehen.«

»Ich könnte jetzt gut einen Sitzplatz gebrauchen.« Temple verlagerte ihr Gewicht vom linken auf den rechten Fuß. Hochhackige Schuhe machten ihr nichts aus, solange sie nicht gezwungen war, über einen längeren Zeitraum auf derselben Stelle zu verharren.

Der britische Kapitän brüllte seinen Matrosen den Befehl zu: »Kanonenluken auf!« Eine Reihe winziger Türen im Kiel des Schiffes öffnete sich mit einem Ruck.

Augenblicke später explodierten an den Kanonenluken rote, donnernde Lichtblitze. Temple wirbelte herum und sah, daß die Masten des Piratenschiffs wie ein Feuerwerk rot aufglühten, eine einzige Flamme. Ein kreischender Matrose stürzte kopfüber von dem Ausguck hinab auf das Deck. Nur ein paar Meter über dem Boden hielt ihn das Seil, das er um einen Knöchel gebunden hatte, auf. Ein perfekt choreographierter Stunt.

»Junge, Junge«, bemerkte Eightball mit einem Schmunzeln.

»Sie haben das doch schon einmal gesehen. Wer gewinnt denn die Schlacht?«

»Wen hätten Sie denn gerne als Sieger?«

»Na ja, die Piraten waren faul und haben nicht aufgepaßt...«

»Also sind Sie für Recht und Ordnung?«

»Aber die Briten sind andererseits solche verfluchten Leuteschinder...«

Rrrums! Die Leuteschinder feuerten nach einem knapp vorgebrachten Befehl noch einmal ihre Kanonen ab. Und noch einmal.

Auf dem Piratenschiff stürzten Masten und Leute in wildem Durcheinander auf das Deck. Das Licht und die Hitze des sich in seine Bestandteile auflösenden Schiffes flackerten auf Temples und Eightballs Gesicht. Um sie herum johlten die Leute in aufgeregtem Unglauben.

Eine weitere Salve traf den fast schon zerstörten Freibeuter. Temple zuckte zusammen, als sie mitansehen mußte, wie ein so schönes Bühnenbild einfach zu Klump gehauen wurde. Plötzlich fiel noch etwas anderes auf das Deck, an eine Leine gebunden, viel zu klobig, um ein akrobatischer Matrose zu sein.

Temple blinzelte durch den Rauch und wünschte sich, sie hätte ein Opernglas. Konnte es sein...? War es etwa möglich...? Wie hatte sie nur etwas so Lebenswichtiges vergessen können? Bislang hatte sie in dem Durcheinander noch keine Schatztruhe gesehen, doch jetzt schwang ein massiges Exemplar der Gattung über dem zerstörten Schiffsdeck hin und her. Ihr Deckel war weit geöffnet, und der Inhalt glitzerte im Scheinwerferlicht.

Genausogut könnte ich jetzt in China sein, dachte Temple verzweifelt. Die Kiste hing mindestens zwei Körperlängen hoch über dem Deck. Und das Schiff selbst lag drei Meter entfernt von der rechten Reling der Brücke, die ohnehin mit Zuschauern überfüllt war. Außerdem wurde das Schiff gerade systematisch auf sein eigenes Skelett reduziert, und wer konnte ihr garantieren, daß die Schatztruhe nicht das nächste Ziel der Briten wäre?

Vielleicht konnte der Requisitenleiter ihr das garantieren, denn wenn die Leute von den Special Effects die Truhe für die Show zerstören ließen, dann würde für jede Aufführung eine neue hergestellt werden müssen. Requisiteure, das wußte Temple, hassen es jedoch, große und komplizierte Requisiten wie zum Beispiel vollgestopfte Schatztruhen immer wieder ersetzen zu müssen.

Damit wäre also die Truhe gesichert, was auch bedeutete, daß sie in ihrem Innern durchaus die Preis-Pumps beherbergen konnte.

Während Temple versuchte, ihren Überlegungen bis zu dem Punkt zu folgen, an dem sie, der Schwerkraft trotzend, auf das Piratenschiff kam, um die Kiste zu durchsuchen, waren die Briten nicht faul.

Erneut ertönte ein Befehl: »Feuer!«

Und er wurde wortwörtlich genommen. Das Piratenschiff explodierte von der Spitze seiner Masten bis zum Hauptdeck in wilden Flammen. Das Bauwerk hinter dem Schiff, in dem die Piraten wahrscheinlich in einem riesigen Magazin ihr Schießpulver aufbewahrten, spie eine dichte, schwarze Wolke aus. Hochofenartige Hitze schlug Temple ins Gesicht, während die Leute um sie herum ihre Begeisterung darüber, die Gefahr von so nahe zu erleben, herauskreischten. Sie selbst fragte sich, wie die Betreiber dieser Show es wagen konnten, ihre Zuschauer derart zu grillen. Was wäre eigentlich, wenn da mal etwas schiefginge?

Mittlerweile verließen die Piraten wie die Ratten ihr sinkendes Schiff und tauchten kopfüber in die dunklen Gewässer. Dennoch rief ihr tapferer Kapitän seine restlichen Leute auf, das Feuer ein letztes Mal zu erwidern.

Wo man gerade von Ratten sprach ... Igitt, was für ein scheußlicher Realismus! Ein besonders großes Exemplar dieser Spezies hing an dem Deckel der Schatztruhe. Ihre Hinterbeine ruderten wie wild, während sich die Vorderbeine mit aller Macht festkrallten, als ginge es um ihr Leben. Zunächst hielt Temple das Wesen für künstlich, aber kein Roboter-Schwanz konnte so flüssig umherpeitschen. Erstaunlich, was diese Tiertrainer heutzutage alles fertigbrachten, dachte sie. Die Silhouette der Ratte zeichnete sich so scharf vor der feurigen Wand des Pulverarsenals ab, als wäre sie in Glas geritzt. Der verzweifelte Kampf der Kreatur bewirkte, daß die Schatztruhe sich an dem Seil drehte, und so wandte sie ihre Öffnung Temple zu.

Sie konnte hineinsehen! Wenn sie jetzt nur wirklich etwas erkennen könnte!

Temple zwängte sich unter Inanspruchnahme von Ellbogen, Knien und Zehenspitzen durch die Menge und versuchte, ihren Kopf über den Halbglatzen und Sonnenschirmen zu halten.

Bald schon wurde sie an die gegenüberliegende Reling gedrückt, allzu nah an die Hitze und die hektischen Betriebsamkeit an Bord ... und an die Schatztruhe, die sich langsam um sich selbst drehte, ohne daß irgend jemand ihr Beachtung schenkte.

Inhalt, dachte sie. Irgend etwas Rotes und Glitzerndes, wie Rubine ... nein, zerknittertes rotes Cellophan, ein alter Bühnentrick. Etwas silbrig Glänzendes ... Schuhe?

Verflixte Ratte, die war ihr mit ihrem dicken, schwarzen

Kopf und ihrem dicken, schwarzen Schwanz im Weg. Ratten haben gar keinen dicken Kopf. Und auch nicht so pelzige Schwänze. Und Ratten sind auch nicht schwarz, oder? Noch nicht einmal trainierte Schauspieler-Ratten.

»Eine *Katze*«, flüsterte Temple.

Hörte sie jemand in dieser Menschenmenge? Eightball stand auf der anderen Seite der Brücke. Sie war die einzige, die sah, was da vor sich ging.

Eine schwarze Katze.

Das Tier grabschte weiter an der Schatztruhe herum, als versuche es, hineinzuklettern. Schließlich lockerte sich sein Griff und es fiel – Temple zuckte zusammen, ohne die Augen zu schließen –, es fiel und zog den Inhalt der Kiste mit sich, eine wirre Menge von zerknäulter Alufolie, Cellophan, glitzernder Plastikperlen und ... keinem Schuh.

Wo war die Katze?

Temples Blick glitt über das Deck, und sie sah gerade noch, wie eine letzte Gestalt von der Reling des Schiffes in das Wasser darunter katapultiert wurde.

»Louie«, flüsterte sie, wissend, daß es Midnight Louie gewesen war.

Pechschwarz war es im Schatten des Schiffes, und das Wasser kräuselte ich immer noch von der letzten Explosion, doch nichts Lebendiges bewegte sich darin. Temple schob sich durch die Menge zurück über die Brücke, stellte sich wieder an die Reling und suchte in den brackigen Wellen nach Überlebenden.

Nichts. Kein Matrose, keine Schiffskatze. Eightball starrte immer noch wie gebannt auf das britische Schiff, das plötzlich in Flammen aufging, nachdem die letzte Salve aus dem Piratenschiff gefeuert worden war.

»Louie«, murmelte Temple untröstlich in das triumphierende Gebrüll. Den eleganten britischen Kapitän hatte keiner gemocht.

Das britische Schiff sank langsam. Der Kapitän befahl seiner Mannschaft, sich schwimmend zu retten, während er aufrecht am zersplitterten Mast stehen blieb und sich weigerte, das Schiff zu verlassen. Das Schiff glitt langsam hinab, hinab, hinab in die schlammigen Tiefen.

War das der Ort, an dem sich auch Louie befand?

Temple reckte den Kopf über die Reling und beobachtete, wie die britische Mannschaft auf die Brücke zuplantschte. Als die Männer fast da waren, brüllte sie: »Ist da unten auch eine Katze?«

Zwei Männer sahen zu ihr hoch und traten dabei Wasser.

»Eine Katze!« formte sie die Worte besonders deutlich in der Hoffnung, die beiden könnten es von ihren Lippen ablesen. Sie machte kleine Paddelbewegungen mit den Händen.

Die Männer sahen ihr besorgtes Gesicht, sahen sich unter der Brücke um und schüttelten die klatschnassen Köpfe. Dann schwammen sie weiter zu einem versteckten Ausgang.

Vielleicht hatte Louie den ja auch gefunden.

Um sie herum ertönte Musik, aber Temple war zu besorgt, um darauf zu achten. Eightball griff sie am Arm. »Schauen Sie, schauen Sie nur, dort! Das Schiff kommt wieder hoch.«

Würde Louie auch wieder hochkommen?

Temple sah, wie die Mastspitzen der Royal Navy durch die dünne Haut des Wassers stachen und dann zusehends höher und höher stiegen, bis der Kopf des Kapitäns wieder erschien. Da war dieser Pedant schon wieder, salutierte immer noch, während »Britannia Rules the Waves« über die Lautsprecher donnerte und sein vom Gefecht mitgenommenes Schiff sich erhob, um erneut auf den Wellen zu dümpeln.

Die Menge lachte und applaudierte und verlor sich dann allmählich, ein ständiger Strom von ununterscheidbaren Menschen, die dringend irgendwohin mußten, zum Beispiel an die Spieltische. Feierlich verschwand das britische Schiff hinter der Landzunge, um für die nächste Show in seinen jungfräulichen, weißbesegelten Zustand zurückversetzt zu werden.

Temple schlenderte wieder an die Seite des Piratenschiffs, wo alles zerbrochen und verbrannt war. Sie ging davon aus, daß die Techniker es innerhalb der nächsten vierzig Minuten wieder instandsetzen würden.

Ob sie wohl irgend jemanden von der Mannschaft fand und befragen konnte? Die Männer anbetteln, das Schiff, das Wasser und das Bühnengelände nach Louie abzusuchen? Würden Sie ihr glauben?

»Es ist eigentlich kaum zu glauben«, überlegte Eightball neben ihr.

Sie blickte den alten Mann an. Er meinte die programmierte Zerstörung und Wiederauferstehung der duellierenden Schiffe, aber er hatte, ohne es zu wollen, ihre unausgesprochene Frage beantwortet. Niemand würde ihr glauben, daß ein Kater mitten in eine Seeschlacht gesprungen war, um eine Schatztruhe zu öffnen, damit seine menschliche Wohnungsgenossin nach juwelenbesetzten Schuhen suchen konnte.

Temple beäugte traurig die Reste der Schatztruhe.

Midnight Louie war ihr eigentlicher Schatz, nicht irgendwelche seltenen Schuhe, die vielleicht seine Abbildung trugen. Womöglich waren die Schuhe jetzt sein Gedenkstein.

Denn er war absichtlich an Bord geschlichen, um die Kiste zu untersuchen, das wußte sie. Irgendwie hatte er die Spur ihrer Suche aufgegriffen und war tapfer dorthin gegangen, wo sie selbst nicht hin konnte.

Eine Träne kullerte über ihre Wange.

»Hey.« Eightball zog sie am Ärmel. »Das ist ja merkwürdig. Dieses Detail da drüben ist mir bisher noch nicht aufgefallen.«

»Was denn?« fragte sie lustlos.

»Da drüben bei den Häusern, neben dem Papagei. Schauen Sie doch, auf der drallen Galionsfigur da drüben.«

Temple sah in die angegebene Richtung. Es wäre zu mühsam, ihm zu erklären, daß sie Zeugin des Todes von Midnight Louie geworden war. Der Papagei saß in seiner ganzen farbenfrohen Pracht, den Kopf auf ewig zur Seite geneigt, vor der Bugfigur, und diese streckte ihr Kinn und ihre Brust in die Ferne. Und auf ihrem zurückgelegten Kopf, den Papagei beäugend, kauerte eine Katze, eine schwarze Katze. Eine nasse schwarze Katze.

Temple öffnete den Mund, sagte aber nichts.

Mit einem leuchtend grünen Auge zwinkerte ihr die Katze zu, bevor sie anfing, eine ihrer nassen Vorderpfoten zu lekken.

Kapitel 20

Long John Louie

Sich für ihn ins Naß zu begeben, ist der größte Liebesbeweis, den eine Katze für ihren Menschen erbringen kann.

Naß? Ich bin vorhin sozusagen fast abgesoffen.

Wenigstens ist es ein künstlicher See, so daß mein Körper nicht Opfer knabbernder Fische, Blutegel oder sonstiger Kreaturen, die in Feuchtbiotopen ihr Unwesen treiben, wurde.

Daher sitze ich im Halbdunkel auf dieser hölzernen, nackten halben Dame, die als Galionsfigur bezeichnet wird, und wende mich meiner Körperpflege zu. Ich bin erleichtert, daß Miss Temple ihre Sinne endlich wieder beisammen hat und sowohl meine Heldentaten als auch meine allmähliche Erholung bemerkt hat.

Wie ich dorthin kam und das tat, was ich tat, ist einfach. Wenn Miss Temple derzeit den Tatort verläßt – und derzeit ist der Tatort meine heißgeliebte Alma mater, das Crystal Phoenix, muß ich mit Bedauern gestehen –, dann hat sie Dinge vor, die besonders abscheulich sind: Sie sucht immer an den falschen Orten nach Liebe, zum Beispiel in einem Schuhladen.

Ich verstehe nicht, warum Menschen so abhängig von der Idee der Exklusivität sind. Wenn wir Katzen diesem Glauben anhingen, wären wir schon bald ausgestorben. Es ist schon wahr, ich bin durch die Pfeile jener persianischen Zauberin, der wunderschönen Yvette, verletzt worden. Aber das bedeutet nicht, daß Midnight Louie vollkommen vom Markt ist. Keinesfalls. Ich bin jederzeit in der

Lage, zu kommen und zu gehen, wie es mir gefällt, und alles mögliche anzustellen.

Es scheint mir, daß Miss Temple in ihren Beziehungen zum anderen Geschlecht wesentlich besser damit fahren würde, wenn sie sich diese Sicht der Katzen zu eigen machen würde. Ganz offensichtlich ist der Mysteriöse Max ein Streuner, den man nehmen muß, wie er ist, und den man einfach genießen sollte, wenn er denn mal da ist. Mr. Matt Devine dagegen ist viel häuslicher, obwohl er unglaublich pingelig ist, was die Regeln und Vorschriften betreffs jener Aktivitäten angeht, denen man viel besser spontan nachgeht. So könnte Miss Temple von beiden das Beste haben, wenn sie nur einsehen würde, daß es zu jedem Tango zwei braucht, und daß beide sie oft genug zum Tanz auffordern.

Allerdings werde ich mich hüten, mich in diese komplizierten menschlichen Hormon-Angelegenheiten einzumischen. Ich werde mich nur dort hilfreich einmischen, wo es um ein kleineres Einsatzgebiet geht: Miss Temples Leidenschaft für Fußbekleidung. Obwohl ich derartige dekorative Accessoires ablehne, will ich mich doch nicht über die Neurosen anderer lustig machen, vor allen Dingen, wenn es um einen Lederfetisch geht. Lecker, lecker. Ich selbst kaue gern hin und wieder auf etwas Leckerem herum, und Miss Temple hat durchaus die Lederwaren, um meine Bedürfnisse in dieser Hinsicht zu stillen. (Obwohl sie stets etwas ärgerlich wird, wenn ich dazu ihre Wildlederschuhe verwende.)

Nachdem ich inzwischen weiß, daß ein Meister der Schuhmacherkunst aufgeklärt genug war, für einige seiner Kreationen ein Bildnis zu verwenden, das an mich erinnert, werde ich alles in meiner Macht Stehende tun, um Miss Temple zu helfen, diese seltenen Gegenstände zu erlangen.

Deswegen bin ich ihr vom Crystal Phoenix hierher gefolgt, deswegen hat mein blitzschnell arbeitendes Hirn sofort geahnt, daß ihr Interesse an nautischen Dingen mehr mit Gier zu tun hat (wie es ja bei Piraten häufiger auftritt) als mit Fernweh. Deswegen auch habe ich Leib und Seele riskiert und bin auf das Piratenschiff geklettert. Wer sonst könnte so schön über die Takelage laufen? Sich so unnachgiebig an der Schatztruhe festhalten, bis ihr ganzer billiger Inhalt entlarvt wurde und sich auf Deck ergoß?

Wer sonst könnte sich dem brennenden Oberdeck entgegenstellen, ohne sich die Schnurrhaare zu versengen? Wer wäre wohl der letzte Mann – das letzte männliche Wesen –, der das Schiff verläßt? Wer sonst könnte durch das dunkle, ekelerregende Wasser plantschen, bis er sicher am Ufer angekommen ist, um dann einen trockenen Zufluchtsort aufzusuchen, der von meiner verzweifelten Wohnungsgenossin gut einzusehen ist, die mittlerweile glaubt – was sie ehrt und was ich nicht ahnte –, daß ich tot bin?

Nur Midnight Louie ist in der Lage, diese Art von Krisen zu bewältigen. Versuchen Sie nicht, diese Kunststückchen in Ihrem eigenen Heim nachzustellen. Zu Risiken und Nebenwirkungen fragen sie ihren Arzt oder Apotheker.

Kapitel 21

Ritterliche Eröffnungsnacht

»Hier.«

Als Temple Kit die Tür zum Hotelzimmer öffnete, drückte diese ihr eine Handvoll bedruckter Blätter in die Hand.

»Was ist denn das? Aufnahmeunterlagen für die Hare Krishnas?«

»Fotos aus der Verbrecherkartei.«

»Stimmt doch gar nicht.« Temple sah sich die Ansammlung genauer an. »Das sind ... die Rückseiten von Liebesromanen! Na ja, die Texte sind wirklich aufreizend: ›Er war so wild wie der Wind, ein gertenschlanker Mann von ungewöhnlicher Stärke und Unabhängigkeit, der sich keiner Schönheit beugen würde, und dessen stolzes Herz sich doch nach einer süßen Leidenschaft sehnte, die die Liebe der richtigen Frau in ihm wecken würde.‹ Da habe wir ja gleich mehrere Titel: *Wild wie der Wind ... Sich keiner Schönheit beugen ... Der Wille der Schönheit ... Stolzes Herz ... Süße Leidenschaft ... Die Liebe der richtigen Frau.* Diese ganze Passage ist ja nichts anderes als eine Aneinanderreihung von Titeln!«

»So langsam begreift sie's.« Electra blickte von ihrem Schminktisch auf, wo sie merkwürdige Rituale mit Schaumfestiger, einer elektrisch betriebenen Haarbürste und Pakkungen mit auswaschbarer Haarfarbe betrieb.

Kit schüttelte den Kopf. »*Sich keiner Schönheit beugen* und *Die Liebe der richtigen Frau* sind viel zu zahm, Schätzchen. Ich habe die Rückseiten dieser Taschenbücher nicht abgerissen, damit du zynische Bemerkungen über die Lektoren machst, die die Waschzettel für unsere Bücher schreiben.

Dreh die Seiten mal um, dann wirst du sehen, wer die Autorinnen sind, die als Tatverdächtige in Frage kommen.«

Temple tat, was man ihr sagte, und begutachtete die lächelnden Gesichter mehrerer attraktiver Frauen mittleren Alters. »Die sehen alle aus, als wären sie Buchhalter-Gattinnen, die sich zur Weihnachtsfeier aufgebrezelt haben!«

Kits Gesicht verzog sich. »Oooh, was für ein gemeiner Kommentar! Wir legen die Brille ab, kaufen uns einen glitzerigen Fummel, den wir uns eigentlich gar nicht leisten können, gehen zum Friseur und anschließend noch zu einem Starfotografen, der uns diese weichgespülten, faltenlosen Fotos für die Bilder in unseren Büchern macht, und du vergleichst uns dramatisch aussehende Liebesromanautorinnen mit *Buchhalter-Gattinnen?* Ich bin ja wohl die Ausnahme. Ich bin nicht verheiratet.«

»Sie und ich sind wirklich Ausnahmen«, murmelte Electra vom Spiegel her, wo sie die grünen und blauen Streifen in ihrem Haar begutachtete.

»Was meint sie damit?« fragte Temple.

»Sie hat recht«, sagte Kit. »Die meisten Autorinnen von Liebesromanen sind auf das ekelhafteste verheiratet. Seit Jahr und Tag. Auch noch mit demselben Mann. Wir sind mittleren Alters, kommen aus dem mittleren Westen und stellen schlicht und ergreifend das Mittelmaß dar.«

»Mmmh.« Temple nickte die schwarzweißen Gesichter an, die sie wie eine Ansammlung Spielkarten in ihrer Hand hielt. Alles Damen. »Das würde bedeuten, daß diese ganzen Frauen aufrechte Ehemänner haben, die möglicherweise dagegen sind, daß es da draußen Macho-Models gibt. Vor allen Dingen heutzutage, wo Autorinnen mit ihnen auf Lesereise gehen.«

»Ein Pfeil ist tatsächlich eine sehr männliche Waffe«, sagte Kit.

»Warum?« Electra ließ von der Gestaltung ihrer Frisur

ab. Die sah aus wie ein unterbrochener Regenbogen. »Jeder kann etwas in einen Gegenstand hineinstechen, und Frauen haben darin besonders viel Übung, wenn sie jeden Sonntag den Braten zum Temperaturmessen anstechen müssen.«

»Es sei denn«, bemerkte Temple, »sie leben in einem dieser modernen Haushalte, in denen der Gatte kocht. Aber es ist wirklich eine gute Frage, warum ausgerechnet ein Pfeil?«

»Weil er gerade zur Hand war!« Kit wirkte sehr zufrieden mit dieser Antwort.

»Sicher, der Pfeil stammte aus Cheyennes eigenem Köcher, aber dieser Mord muß doch vorher geplant worden sein. Kam es mehr als nur gelegen, einen Pfeil zu benutzen? Sollte der vielleicht ein Symbol sein?«

Kit sah Electra hilfesuchend an. »Kriegt sie immer solche philosophischen Anwandlungen, was Morde betrifft?«

»Ich glaube, Temple fragt, ob jemand wirklich *ihn* treffen wollte. Ob das persönlich gemeint war.«

»Das sind Morde doch meistens, oder etwa nicht?« sagte Kit. »Was denn sonst?«

Temple zögerte. »Also, die Morde, die ich kenne, wurden auf jeden Fall aus persönlichen Gründen verübt, obwohl in mehr als einem Fall der Mörder sein Opfer noch nie gesehen hatte.«

»Und warum hat er es dann getan?« Kit war schockiert, daß Temple die Beweggründe und Vorgehensweisen der Mörder so gelassen diskutieren konnte.

»Rache für frühere Vergehen. War doch bei den alten Griechen schon hinreichend Grund genug.«

»Das kann man wohl sagen. Grund genug, um Dutzende von endlos langen Tragödien zu verursachen, von denen ich in manchen auftreten mußte. Auf der Bühne. Vor allen Leuten.«

Temple untersuchte noch einmal die Fotos. »Nicht eine

dieser Damen sieht gemein genug aus, um einen Sonntagsbraten mit einem Thermometer zu erstechen.«

»Der erste Eindruck kann täuschen. Deswegen sind diese wunderhübschen Damen auch Tatverdächtige.« Kit hielt einen Buchdeckel hoch, damit Temple ihn genauer begutachten konnte.

Diese Frau, dachte Temple, sah am feurigsten aus: Blonde Locken umgaben ihr Gesicht wie ein wolkiger Heiligenschein, eine Andeutung von Ausschnitt war zu sehen, und ihr Mund war leicht geöffnet, als wäre sie ein professionelles Model.

Auch Kit sah sich das Foto an. »Manche Liebesromanautorinnen – meistens die jüngeren – kultivieren ein sehr erotisches Image. Die wollen, daß man glaubt, sie würden selbst als die Heldin auf ihrem eigenen Cover posieren. Vielleicht haben sie auch die Wahnvorstellung, daß sie diese Rolle wirklich spielen könnten. Das hier ist die berühmte Ravenna Rivers, von der behauptet wird, daß sie sich auf ihrer Lesereise mit dem Homestead Man vergnügt hat. Jetzt begleitet ihr Mann sie überall hin, auch auf Kongresse. Der dürfte also ebenfalls hier sein. Wie allerdings auch der Homestead Man. Übrigens sind ihre Bücher am ›heißesten‹ von allen, für meinen Geschmack allerdings ein bißchen viel SM.«

»Was bedeutet denn ›ein bißchen viel‹?« wollte Temple wissen.

»Daß überhaupt SM drin ist. Als in den siebziger Jahren historische erotische Novellen ganz heiß auf den Markt kamen, war Sadomasochismus ziemlich verbreitet. Eine Menge Frauen, die unter der Käseglocke groß geworden waren, wußten damals nicht, was Erotik war, wenn es nicht von ihren Ehemännern in einem braunen Papierumschlag nach Hause gebracht wurde, und eine Menge männlicher Pornographie stellt SM dar. Mittlerweile ist es in den historischen Liebesromanen nicht mehr so verbreitet, aber der latent vorhandene Appetit auf kleine Perversionen und niedere Instinkte beschert so mancher Autorin immer noch hohe Auflagenzahlen.«

Kit tippte mit dem Finger auf das Foto einer weiteren Autorin, einer ungefähr sechzigjährigen Frau mit viel zu exakt frisiertem, rabenschwarzem Haar. »Die hier ist radikal dagegen, daß die Umschläge von Liebesromanen allzusehr von den schönen Männern bestimmt werden. Mary Ann Trenarry. Sie hat sowohl an die Verlage als auch an die Medien einen Rundbrief geschickt, in dem sie sich gegen Verträge zwischen Models und Autoren ausspricht. Ich bewundere ihren Mut, denn das könnte natürlich ihren Verkaufszahlen schaden. Es wird kolportiert, daß sie ihre neuen Bücher mittlerweile nicht mehr los wird. Vielleicht möchte sie nach dem Mißerfolg den Schönheitswettbewerb der Incredible Hunks sabotieren.«

Kit hielt mit einem etwas merkwürdigen Lächeln ein weiteres Foto hoch. »Und hier haben wir Sharon Rose, eine schlichte Frau, so möchte sie sich geben. Allerdings ist sie der Rasputin der gesamten Szene.«

»Dieses Mondgesicht, dieses breite Grinsen, dieser völlig altmodische Pilzhaarschnitt? Die Mutter aller Pfadfinder?«

Kit nickte. »Dagegen sieht Shannon Little doch aus wie Cruella de Ville, nicht wahr? Ich hab dir doch gesagt, daß der äußere Eindruck immer täuscht. Ihre Bücher sind sentimentale Melodramen, und ihre Fans beten sie an, aber im wahren Leben ist sie ein Piranha in Polyester. Und außerdem die größte Bestsellerautorin überhaupt. Sie hat vor langer Zeit selbst ihre Schwester, die damals neu auf den Markt kam, aus ihrem eigenen Verlag rausschmeißen lassen, weil sie die Konkurrenz nicht ertragen konnte. Die arme Frau hat danach ihre Bücher nirgendwo sonst unterbringen können.

Seither hat kein Mensch je wieder etwas von Jessica Rose gehört.«

»Wenn diese Frau so furchtbar reich ist, warum in aller Welt trägt sie dann Polyester?«

»Weil es im Koffer nicht knittert, Dummerchen!«

Temple beäugte den schlicht umwerfenden Abend-Hosenanzug ihrer Tante. »Und deiner wird wie eine alte Rosine Falten werfen. Das ist Shantung-Seide, und wahrscheinlich ein Designerstück.«

»Ganz genau. Hab ich natürlich im Schlußverkauf erstanden. Wir armseliges Fußvolk müssen uns so anziehen, als ob wir dazugehören. Und die, die schon dazugehören, würden Seide nicht erkennen, selbst wenn eine Raupe auf sie zukäme und ihnen ins Gesicht springen würde. Es gibt keine Gerechtigkeit auf dieser Welt. Die Leute, die reich werden, geben das Geld nie auf die Art und Weise aus, wie man selbst es tun würde.«

»Immerhin hat man auch deren Sorgen nicht«, sagte Electra fröhlich. Sie drehte ihren buntgemusterten Technicolor-Kopf von einer Seite zur anderen. »Was meint Ihr? Als hoffnungsvolle Autorin will ich bei der Eröffnung des Kongresses auffallen, aber ist das nicht doch ein bißchen zu viel?« Ehe Temple oder Kit antworten konnten, stellte Electra ihre eigentliche Frage: nicht *ob,* sondern *wieviel.* »Sollte ich die Farbkanten ineinander übergehen lassen, oder auf den Schockeffekt setzen?«

»An den Kanten überblenden«, erwiderten Temple und Kit wie aus einem Munde.

Niemand in Las Vegas konnte Veranstaltungen so gut organisieren wie das Crystal Phoenix. Überall im Ballsaal standen Phantasie-Palmen aus weißem Metall und Messing. Das Dekorationskomitee des Kongresses hatte die Inneneinrichtung – ähnlich einem französischen Palast aus dem

18. Jahrhundert, mit blaßgefaßtem Holzpaneel und diskreten Vergoldungen – mit luftigen, schleierartigen Stoffen verziert. Temple fand, daß bald eine Truppe von guten Feen auftreten müsse, um das königliche Neugeborene zu inspizieren und gute Wünsche loszuwerden.

Doch irgendwo um dieses Hotel herum, wenn nicht gar in seiner Mitte, lauerte eine böse Fee, deren Zauberstab ein tödlicher Pfeil war. Cheyennes Tiefschlaf konnte von keinem Prinzessinnenkuß mehr beendet werden. Interessant, überlegte Temple, hatte eigentlich noch keine versucht, einen Liebesroman à la Dornröschen mit vertauschten Rollen zu schreiben? Herrjemine! Sie hatte in letzter Zeit wirklich viel zuviele Liebesromane gelesen, sie kam schon auf die merkwürdigsten Ideen. Sie sollte sich lieber auf die Unordnung und auf den Mord konzentrieren, nicht über Tüll und Rosen und ... Igitt ... Männer nachdenken.

»Das sind ja tolle Schuhe.« Vor lauter Bemühungen, Electra von ihren Spraydosen mit Haarfarbe loszueisen, waren Kit Temples Füße noch gar nicht aufgefallen. »Die könnten jederzeit als Waffe dienen.«

»Stahlabsätze von Weitzman. Das sind die Vettern von Louies Schuhen, nur mit Klauen.« Temple drehte sich einmal um die eigene Achse, um die Bleistifte aus zinnfarbenem Metall vorzuführen, auf denen sie balancierte. Sie verliehen ihrem braven, sixties-mäßigen, platinfarbenen Hosenanzug etwas Pfiff.

»Wo hast du denn dieses Outfit her?«

»Aus einem Secondhandladen namens Reprize. Manche dieser uralten Klamotten sind wirklich super.«

»Manche von diesen uralten Klamotten, Herzchen, waren großartig und neu, als *ich* sie getragen habe.« Angesichts der zum Leben wiedererweckten modischen Geister ihrer Jugend verwandelte sich Kits ironische Miene zu einem Lächeln. »Ich hatte eigentlich beschlossen, dieses ganze Zeug aus meiner Jugend einfach abscheulich zu finden, aber du siehst sehr niedlich darin aus.«

»Nennen Sie sie bloß nicht ›niedlich‹«, warnte eine männliche Stimme. »So was bringt Red auf die Palme.«

Temple wirbelte herum. Niemand nannte sie ungestraft »Red«.

Ach so. Natürlich.

»Mit diesen Schuhen kann ich um so besser treten«, sagte sie zu Crawford Buchanan, der sich in einen Abendanzug mit Weste geworfen hatte, passend zu seinen mit Gel zurückgekämmten Haaren ganz in Schwarz. »Und wenn Sie nicht augenblicklich einen Schritt zurücktreten, probiere ich das gleich mal aus.«

»Tsk-tsk.« Vorsichtig tat er einen Schritt rückwärts. »Dabei wollte ich doch nur eine Nahaufnahme von Ihnen für Hot Heads machen.« Er beugte sich zu ihr und flüsterte: »Diese Liebesroman-Tanten sind nicht halb so fotogen wie Sie, T. B. Die meisten davon nehmen das ganze Objektiv ein und lappen immer noch über.«

»Vielleicht haben die einfach von Ihnen die Nase voll! Haben Sie immer noch nichts besseres zu tun, als hier herumzuhängen und Frauen zu belästigen?«

»Hey, das ist mein Job.« Seine langen, dichten Wimpern zwinkerten. »Dafür werde ich bezahlt.«

»Das genau ist mit diesem Land nicht in Ordnung«, sagte Temple und wandte ihm und seiner Kamera den Rücken zu.

So etwas konnte aber einen Crawford Buchanan nicht aufhalten. Temple beobachtete, wie Kit und Electra in eine Aura von Blitzlicht getaucht wurden.

»Wenn ich nur die Midnight-Louie-Schuhe hätte«, murmelte sie leise, »ein einziger Tritt mit dem österreichischen Straß würde den Sensor der Kamera ein für allemal erledigen.«

»Sie haben etwas über Sensoren gesagt«, schnurrte Crawford ihr ins Ohr. Vielleicht war es aber auch ein Knurren.

Temple hätte liebend gerne zurückgeknurrt, nicht umsonst hieß dieser Kongreß G.R.O.W.L., statt dessen benahm sie sich wie eine Erwachsene und ignorierte ihn, bis er endlich verschwand.

»Wenn er das nächste Mal vorbeikommt«, sagte Electra, »sage ich Ihnen rechtzeitig Bescheid, damit Sie ihm mit Ihrem Stahlabsatz ordentlich eins auf die Hühneraugen geben können.«

»Du mußt einfach eine bessere Sorte Männer kennenlernen.« Kit konzentrierte sich wie ein äußerst schick gekleideter Dobermann auf eine in der Nähe stehende Gruppe. »Aha. Da steht ein verlassener Ehemann. Ehemänner, wie Männer überhaupt, sind bei dieser Veranstaltung eher selten, und meistens stehen sie einsam herum. Sollen wir mal nebenbei ein wenig Detektivarbeit leisten? Folgen Sie mir bitte unauffällig.«

Temple warf die Hände in die Luft und folgte. Sehr bald schon stand sie einem hochgewachsenen Mann gegenüber, der wie eine einsame Kiefer in einem Meer von allzu aufgedonnerten Büschen herumstand.

»Hallo!« sagte Kit voller Wärme. »Sie habe ich ja schon ewig nicht mehr gesehen! Erinnern Sie sich an den Empfang, den G.R.O.W.L. in New York auf dem Kongreß für Liebesromanautorinnen gegeben hat? Ich bin Kit Carlson, besser bekannt, so hoffe ich doch sehr, als Sulah Savage.«

»Ach so, ja«, sagte der Mann erleichtert.

Er war nicht nur großgewachsen, er sah auf zurückhaltende Weise auch gut aus, nett, aber nicht aufregend, perfekt geeignet als Ehemann einer anderen Frau. Obwohl er ganz erfolgreich so tat, als fühle er sich in dieser Welt der Frauen wohl und wäre auch damit zufrieden, nichts anderes zu tun, als zu glotzen, war er doch eindeutig erfreut, ein bekanntes

Gesicht zu entdecken. Er blickte Temple unsicher an, als müsse er sie auch kennen.

»Meine, ähm, Cousine«, improvisierte Kit rasch und radierte damit den Altersunterschied aus. »Temple Barr. Sie schreibt für das *Women's Work Magazine,* Sie wissen schon, diese Zeitschrift über Unternehmerinnen, die es von der Tellerwäscherin zur Millionärin geschafft haben. Riesige Auflage. Ganz bestimmt würden die auch gerne eine Geschichte über Ihre reizende Gattin bringen.«

Kit blickte auf eine lebhafte Gruppe Frauen, die sich entweder um die Chips an einem Cocktailtischchen rissen oder ein Gesicht ansehen wollten, das Temple vor kurzem erst auf einem abgerissenen Deckel eines Taschenbuches betrachtet hatte.

»Sie ist aber auch wirklich beliebt«, sagte Kit in ihrer künstlich-herzlichen Gesellschafts-Stimme. Eine Frau hätte sofort den sarkastischen Unterton herausgehört, ein Mann, oder wenigstens dieser Mann, nickte nur höflich. »Temple, das ist der Mann hinter der Frau hinter den Bestsellern, Sharon Rose. Ich weiß, daß Ihr Nachname anders lautet... Herbert...?«

»Harvey«, sagte er.

»Ach, Verzeihung! Harvey ...?«

Er schüttelte lächelnd den Kopf. »Nein. Herbert Harvey.«

»Ach so.«

Was für ein Pech, dachte Temple, wenn man zwei Vornamen hat.

Herbert Harvey nickte schüchtern in ihre Richtung. »Ich bin überzeugt, daß sich meine Frau riesig freuen würde, wenn noch einmal ein Artikel in einer überregionalen Zeitschrift über sie erscheinen würde. Sie wurde zuletzt in einem Buch darüber porträtiert, wie Berühmtheiten die Feiertage begehen. Sie hat für den Unabhängigkeitstag ein ländliches Picknick veranstaltet, mit altmodischen Coca-Cola-Flaschen auf Eis in einem Waschzuber und Schinken auf einem karierten Tischtuch.«

Das war nicht gerade die Art von eleganter Bewirtung, die Temple von einer unsäglich reichen Bestsellerautorin erwartet hätte.

Doch nachdem sie von Kit Rolle und Stichwort zugewiesen bekommen hatte, versuchte Temple zu improvisieren. Sie war leider nicht besonders gut darin.

»Kommen oft auf diese Kongresse, Mr. Herbert... Ich meine, Harvey?«

»Schon in Ordnung. Die Leute bringen meine Namen immer durcheinander. Nennen Sie mich einfach Herbert.« Er seufzte und blickte hinüber zu der lebhaften Menge, in der unzählige weibliche Stimmen unglaublich schnell plapperten. »Ich komme nur hin und wieder, wenn es sich ergibt. Ich bin gerade auf dem Weg in den Westen Kanadas, um dort zu jagen.«

Das war schon eher das Leben der Reichen und Berühmten! Jagdreisen in Kanada inklusive Trapper waren ein teures Vergnügen.

»Wo wohnen denn Sie und Mrs. Herbert?«

»In Muncie, Indiana. Da war ich früher stellvertretender Schuldirektor.« Einen Moment lang wirkte er etwas verloren. »Jetzt bin ich Privatier. Ich brauche ja nicht mehr zu arbeiten.« Er blickte noch einmal zu dem Zauberkreis um seine Frau, als sorge er sich um sie.

Temple nahm an, daß Hervey Harbert, oder wie immer er heißen mochte, gerade mal in den Vierzigern war. Der Ruhm und das Vermögen seiner Frau hatte seine Karriere überflüssig gemacht. Er steckte die Hände in die Hosentaschen und lächelte Temple erwartungsvoll an. Offensichtlich war der Ball jetzt in ihrem Spielfeld. Sie ging aber davon aus, daß sie mehr erfahren würde, wenn sie ihm die Gesprächsführung überließen. So war es dann auch prompt.

»Erzählen Sie mir von Ihrem Beruf. Diese ganzen erfolgreichen Frauen zu interviewen, muß ja sehr interessant sein.«

»Das ist es wirklich.« Temple nickte strahlend. »Manchmal geht es einem aber auch auf die Nerven.«

»Auf die Nerven?«

»Na ja, die sind so reich und so beschäftigt, und ich bin nur eine freiberufliche Journalistin. Ich wünschte, ich könnte auch so einen Liebesroman schreiben ...«

»Am Anfang lohnt es sich finanziell nicht«, warnte er. »Und es ist ein ziemlich hartes Stück harter Arbeit in einem harten Geschäft. Sharon hat jeden Zentimeter, den sie vorangekommen ist, bitter erkämpft. Sie reist mehr, als sie schreiben kann.«

»Ich glaube ehrlich gesagt nicht, daß ich für die Liebesthematik geschaffen bin. Krimis, das wäre schon eher etwas. Haben Sie eigentlich schon von dem Mord an dem Cover-Model gehört?«

Herbert runzelte die Stirn und räusperte sich. »Ich vermute, die Verlage müssen diese Typen auf den Umschlag setzen, damit sich die Bücher auch verkaufen, aber irgendwie ist es doch ein bißchen merkwürdig, finden Sie nicht auch – diese Primadonnen von Muskelmännern? Na ja, manche wirken ja durchaus wie anständige Kerle, aber die Frauen machen sich doch lächerlich, so, wie sie hinter ihnen her sind.«

Temple lächelte verschwörerisch. »Ganz meine Meinung! Es ist einfach peinlich, wie diese Frauen mittleren Alters dem nächstbesten hübschen Brustmuskel nachrennen, als hätten sie Hormone gekifft. Oberflächlich und albern. Reinstes Ego-Building.«

Herbert blinzelte. Es war ihm nicht klar, ob Temple sich über ihn lustig machte oder nicht, also lachte er nervös. In diesem Moment erschien eine kleine, rundliche Frau mit einer nicht allzu blond gefärbten, ausgesprochen übergarten

Dauerwelle an seiner Seite und steckte besitzergreifend ihren Arm durch seinen. Sie lächelte mit zusammengebissenen Zähnen und gab sich nicht die geringste Mühe, ihre Mißstimmung zu verbergen.

»Vielen Dank«, sagte sie zu Temple, und es klang wie kratzige Stahlwolle. »Vielen Dank, Miss, daß Sie unbekannterweise *meinen Herb* unterhalten haben, während ich mit meinen Fans plauderte.«

Mit diesen Worten führte sie Herbert Harvey wie einen ungehorsamen Apportierhund, den sie nur mit Mühe bei Fuß gebracht hatte, fort. Treu ergeben folgte er ihr.

Temple spürte, wie sie rot wurde. Nicht wegen ihrer kleinen Schwindelei, sondern wegen Sharon Roses entsetzlichem Benehmen. Welch Frechheit! Als wäre Temple eine billige Lolita, die versuchte, einen verheirateten Mann fortzulocken, indem sie ein paar Worte mit ihm wechselte! Als könne man ihm nicht für eine einzige Minute trauen. Wieso hatte die Gemahlin sich denn nicht die Mühe gemacht, Herbert in ihren anbetenden Kreis hineinzuzuholen, wenn sie fürchtete, daß er nicht mit einer fremden Frau reden konnte, ohne sich sofort und augenblicklich von ihr verführen zu lassen?

Kit tauchte auf, zwei Gläser Weißwein in den Händen. »Sie schreibt nur Liebesromane, vergiß das nicht. Deswegen muß sie noch lange nichts von Männern oder der Ehe verstehen.«

»Da spricht wohl die Expertin.« Temple nahm ein Glas. »Was für eine ... wie schade, daß ich derartige Worte über andere Frauen nicht verwende.«

»Ach, mach ruhig mal eine Ausnahme. Ich weiß genau, was du meinst.« Kit wandte sich um. Sharon Rose blühte in der sie bewundernden Runde von Fans gerade wieder auf. Ihren Gatten Herbert an ihrer Seite ignorierte sie. Er ragte aus der Menge heraus wie ein umgepflanzter Stengel einer

Stockrose, der dringend einmal gegossen werden mußte, mit Wasser oder etwas Stärkerem.

»*Ihr* Herb«, wiederholte Temple in demselben spitzen, zuckersüßen Tonfall.

»Hat sie dich etwa angesteckt, meine Liebe?«

»Nein, ich versuche nur, diese paranoide, besitzergreifende Geisteshaltung zu ergründen. Sie muß sehr unsicher sein.«

»Brillant geschlußfolgert.«

»Trotzdem, warum ich? Eine Fremde. Wie geht sie eigentlich mit den Frauen um, die sie tatsächlich kennt?«

»Sie rammt sie unangespitzt in die Erde, indem sie ihnen durch zusammengebissene Zähne sagt, wie sie alles anstellen sollen: angefangen von ihrer Hausarbeit bis hin zum Schreiben einer Sexszene. Und dabei lächelt sie ununterbrochen. Sie zerreißt Männer wie ein Pit-Bull-Terrier. Ich hab gesehen, wie sie auf Kongressen herumläuft, in Begleitung eines völlig erschöpft aussehenden, männlichen Agenten und einer total erniedrigten Lektorin, und beide die obligatorischen zwei Schritte hinter ihr. Diese Frau hat einen wahren Sinn für dysfunktionales Leben, kann ich nur sagen. Sie sollte mal das Buch schreiben: *Wie man austeilt, ohne einzustecken und dabei Spaß hat und Geld verdient.*«

»Ich könnte mir glatt vorstellen, daß jemand sie umbringt.«

»Ein solches Glück werden wir wohl nicht haben. Ihr Mann scheint mir auch nicht gerade der Typ, der ein Muskelpaket über den Jordan bringt, was meinst du?«

»Nie im Leben! Warum?«

»Na ja, ich hab den Entwurf für das Cover von Sharon Roses neuem Buch gesehen, ehe ich von New York abgereist bin, *Satin und Salbei*. Und das war Cheyennes bester Auftritt, glaube mir. Ein umwerfendes Bild von ihm in Cowboyklamotten, allerdings ohne Hemd und ohne Hose. Ihre persönlichen ›Bemerkungen an meine Freunde‹ auf der hinteren Umschlagklappe waren voll mit irgendeinem Quark darüber, wieviel Spaß es ihr gemacht hat, bei der Fotosession mit einem werdenden Star dabei zu sein.«

»Und dann hast du ihn hier wiedererkannt?«

»Als Leiche. Und nackt.«

»Na ja, ich glaube, das sollten wir jetzt fürs erste vergessen und uns lieber hinsetzen. Da drüben sehe ich Electra. Sie hat uns ein paar Stühle an dem Tisch da vorne reserviert, und ich höre schon, wie das Mikrofon auf der Bühne ausprobiert wird.« Ein entsetzliches Kreischen ließ allen Anwesenden das Mark in den Knochen gefrieren, ehe es rasch von der Tontechnik ausgeschaltet wurde. »Showtime!«

»Ich muß mir unbedingt ein gutes Pseudonym überlegen«, sagte Electra, als sich die beiden gesetzt hatten. »Ich habe mich mit Leserinnen unterhalten, und die sagen alle, daß der Name sehr wichtig ist.«

»Electra Lark ist ein großartiger Name für eine Schriftstellerin!« bemerkte Kit empört. »Nicht so lang, daß er nicht auf einen Buchumschlag paßt, aber ungewöhnlich und gleichzeitig hübsch.«

»Alle sagen immer, er klänge wie ein Pseudonym.« Electra nahm einen herzhaften Schluck von ihrem Blue Hawaii. »Außerdem alliteriert er nicht.«

»Diese ganze Alliteration wird heutzutage als sehr zweifelhaft angesehen«, sagte Kit. »Sie vergessen, daß ich schon seit Jahren im Geschäft bin. Ich würde heute auf keinen Fall mehr Sulah Savage nehmen, aber dazu ist es nun zu spät.«

»Wie würden Sie sich denn heute nennen?« fragte Temple Electra.

»Ich wollte schon immer Vivian heißen.«

»Na ja«, sagte Kit, »wir wissen ja alle, daß ich nie eine Ursula sein wollte.« Sie schaute Temple an. »Hast du dir jemals vorgestellt, einen anderen Namen zu tragen?«

Da Temple Kinsella das einzige war, worauf Temple in dieser Richtung je spekuliert hatte, was nicht besonders wohlklang und außerdem ein Name war, den man im Moment besser nicht erwähnte, schwieg sie. Dann legte ihr jedoch ein schelmischer Erfindungsgeist den Namen Temple Devine in den Sinn. Sie verschluckte sich an ihrem Wein und lachte sich kaputt, während Kit und Electra ihr auf den Rükken klopften.

Auf der niedrig gelegenen, langen Bühnenfläche wurden jetzt die Scheinwerfer eingeschaltet.

»Ich glaube, ich würde Temple Barr beibehalten«, flüsterte sie, als sie wieder reden konnte.

Kit und Electra nickten beiläufig und unkonzentriert, die Augen unverwandt auf die schmalen Scheinwerferspots gerichtet.

Es folgten die üblichen Rituale der Eröffnungen von Kongressen wie überall auf der ganzen Welt, nur daß hier ein besonders liebesromanhaftes Flair herrschte. Die Präsidentin von G.R.O.W.L. hieß die Autorinnen und Leserinnen willkommen. Die Präsidentin von Fabrizios Fanclub kam auf die Bühne und überreichte ihm für seinen neuen Duft »Macho Man« einen silbernen Flakon.

»Temple ist von dem schon mal auf den Arm genommen worden«, erzählte Kit Electra.

»Nein!« Electra beugte sich interessiert vor. »Ich hab gehört, daß er Frauen in Aufzügen anmacht.« Sie runzelte die Stirn. »Außerdem habe ich gehört, daß er sich eigentlich gar nichts aus Frauen macht. Also vermute ich, daß an beiden Gerüchten nichts dran ist.«

Bis die beiden endlich fertig waren, die Neigungen von Breezy durchzuhecheln, war das Model selbst längst verschwunden, und mit ihm all seine goldenen Locken, der Silberflakon und jeder einzelne Muskel.

Eine weitere Frau nahm ein Bad im Scheinwerferlicht, nur

hatte sie wirklich das richtige Haar dafür, direkt von Barbie abgekupfert. Temple blinzelte, und dann hyperventilierte eine atemlose, monotone Stimme in das Mikrofon.

»Meine Damen und ... Damen. Liebe Jungs.« Sie blickte kurz keck nach links. Temple konnte dort die glänzenden Häupter von einer langen Schlange männlicher Models erkennen.

»O nein«, stöhnte sie in ihr Weinglas hinein.

»Meine offiziellen Pflichten fangen erst am Sonnabend beim Schönheitswettbewerb an, aber ich bin sehr stolz und freue mich, heute schon die Wettbewerbsteilnehmer vorstellen zu können.« Ein lautes Rascheln von Papieren kam über das Mikrofon.

»Wer ist die denn?« fragte Kit fassungslos.

»Das muß die Las-Vegas-Version von Norma Desmond sein, der Filmstar Savannah Ashleigh.«

Neben ihr wurde Electra aus einer langen Träumerei ins Leben zurückgeholt. »Das ist es. Mein Pseudonym. Was für ein großartiger Name.«

»Den können Sie nicht benutzen, Electra, das ist schon *ihr* Pseudonym, wie auch immer ihr echter Name einmal gewesen sein mag.«

»Und außerdem«, warf Kit tröstend ein, »ist der viel zu lang für ein Buch. Von der hab' ich ja noch nie gehört«, wechselte sie das Thema.

»Da hast du Glück. Ich mußte sie im Fall des Stripper Killer befragen. Ich hätte wahrscheinlich weit vernünftigere Informationen aus ihrer Katze Yvette herausbekommen.«

»Yvette? Die Katze heißt so?«

»Du solltest sie mal sehen. Natürlich ein Perser, mit silbernem Pelz und winzigen kleinen Zähnen und Klauen. Sie hält sie in einer rosa Tragetasche.«

Nach diesen Worten konzentrierte sich Temple aufs Zuhören. Es war immerhin möglich, daß auch aus diesem unschuldigen Mund ein Hinweis auf den Mord kommen könnte.

Der Mund dieser Unschuldigen jedoch stolperte weiter durch die Namen der Models und ihre Lebensläufe. Vielleicht brauchte Savannah eine Lesebrille und war zu eitel, sie aufzusetzen. Vielleicht war sie auch einfach nicht in der Lage, gleichzeitig zu lesen und zu reden.

Nachdem sie aufgerufen worden waren, hasteten die Männer so eifrig auf die Bühne, als würden sie gleich Sharon Stone vorgestellt.

Weibliche Köpfe nickten überall im Raum ihre Zustimmung, und die Wettbewerbsteilnehmer wurden mit enthusiastischem Applaus aus dem Saal begleitet, vor allem jener blond-bis-weißhaarige Surfer und Krankenpfleger, der herzförmige Süßigkeiten in den Zuschauerraum warf.

Während das Publikum die Männer für den bevorstehenden Wettbewerb begutachtete, beobachtete Temple sie aus anderen Gründen. Gab es irgendeinen Hinweis? Irgendeine Verbindung zu Cheyenne? Keines der Models erwähnte in seiner Biographie den Stripper-Wettbewerb, aber das war ja auch nichts, was man unbedingt hervorheben sollte. Obwohl die meisten professionelle Models oder Schauspieler waren oder es noch werden wollten, hatten sie in keinem Fall die Absicht, sich vor diesem Haus voller Frauen aus der amerikanischen Mittelschicht, aus dem mittleren Westen, mit mittleren Einkommen und überhaupt einem durchschnittlichen Wesen allzu locker zu präsentieren.

Temple dachte darüber nach, auf welch schmalem Grat diese Männer wandelten. Ja, sie waren Sexualobjekte. Ja, sie mußten die Teilnehmerinnen des Kongresses hofieren und umschwärmen, um Erfolg zu haben und Fans um sich zu scharen. Doch mußten sie auch ungeheuer aufpassen, daß sie nichts taten, was als sexuelle Belästigung hätte interpretiert werden können.

Das konnte weiblichen Sexualobjekten nicht passieren.

Nicht alle Männer waren Profis. Manche waren einfach begeisterte Amateure. Denjenigen, die normalen Berufen nachgingen, wurde besonders applaudiert: Heilpraktiker, Autoverkäufer und Rechtsanwalt (der wurde zuerst mit Buhrufen empfangen und bekam dann seinen Applaus).

»Es ist wirklich nett, daß man Altersgruppen von über Vierzigjährigen und unter Vierzigjährigen gebildet hat«, bemerkte Electra.

»Dreiunddreißig«, sagte Temple nachdenklich.

»Nein, meine Liebe. Dreiunddreißig ist nicht die Altersgrenze, obwohl das genausogut möglich wäre.«

»Ich meinte dreiunddreißig Wettbewerbsteilnehmer. Mit Cheyenne wären es vierunddreißig gewesen. Das sind eine Menge möglicher Opfer und auch Verdächtiger. Die arme Lieutenant Molina!«

»Molina tut Ihnen leid? Das höre ich ja zum ersten Mal.«

»Es macht keinen Sinn, Cheyenne wegen des Wettbewerbs umzubringen. Es gibt einfach viel zuviele Teilnehmer, als daß man das Ergebnis mit einem einzigen Mord beeinflussen könnte.«

»Na prima. Dann willst du uns wohl gleich erklären, daß hier ein Serienmörder frei herumläuft«, sagte Kit.

»Nein. Jedenfalls noch nicht. Ich muß noch etwas näher an den Wettbewerb rankommen.«

»Du meinst wohl an die Teilnehmer«, sagte ihre Tante. »Glaubst du, das hältst du auch aus?«

»Das ist doch nur ein Haufen netter Typen, die alle an erster Stelle landen wollen.«

»Genau«, sagte Kit skeptisch.

»Ohne dabei umgelegt zu werden.«

»Nun denn, ich werde mir deinen Wunsch zu Herzen nehmen, Pinocchio, und vielleicht stellt sich heraus, daß du aus

Holz bist, trotz der ganzen Funken, die da fliegen. Aber wenn deine Nase anfängt zu wachsen, dann hole ich dich schleunigst wieder raus.«

»Keine Sorge. Ich hab' es doch schon ein paarmal gesagt: Auf Männer habe ich keine Lust mehr. Ich bin immun.«

»Mit der Einstellung bist du allerdings keine gute Leserin. Wenigstens nimmst du nicht auch noch am Schreibwettbewerb für die beste Amateurschriftstellerin von Liebesromanen teil.«

»Wettbewerb«, wiederholte Temple träumerisch. »Die Leute kommen von überall her, um an einem Wettbewerb für einen Preis teilzunehmen. Und dann sterben sie. Warum?«

Zwischenspiel

Vögelhysterie

Mein Gott, dieser ganze Aufruhr. Wo war ich eigentlich? Die Juwelen.

»Die Juwelen?« Im Mondenschein war deutlich zu erkennen, wie die wunderschöne Amaianariala erbleichte. »Verehrter Herr, ich habe keine Juwelen. Meine Kutsche ist nur ein Vorwand, um böse Räuber von dem wahren Schatz abzulenken. Die Juwelen sind auf dem Weg nach ...

Timbuktu. Gab es damals schon Timbuktu? Wenn nicht dahin, wohin denn sonst?

»... nach Sizilien.«

»Ein Schiff habe ich nicht, so daß ich nicht in der Lage bin, den Juwelen auf See hinterherzueilen. Ich verstehe ... dann ...« Der dämonische Dolch von Devonshire grinste und sprang von seinem Pferd auf die Straße.

Innerhalb von Sekunden wurde die Kutschentür so rasch aufgerissen, daß die wunderschöne Amslslisdfnkdl ...

Verflucht! Dieser blöde, bescheuerte Name. Nie kriege ich den auf Anhieb hin. Na ja, das korrigiere ich dann später.

... auf die Straße und damit geradewegs in die Arme des Dämonischen Dolchs von Devonshire fiel.

»Ahhh!« kreischte sie. »Wedelt nicht so sehr mit Eurem Dolch, Herr! Ihr habt mich gestochen.«

»Der wird noch mehr tun, als Euch stechen, Madame, solltet Ihr nicht tun, was ich Euch sage, was Ihr zu tun sollen bedürft.«

Hey, diese blumige Sprache kriege ich ja ganz schön schnell hin. Das mit »dem Stechen« ist doch nicht zu billig?

Eine kleine sexuelle Anspielung, kaum zu merken, hat noch nie jemandem geschadet. Und was passiert jetzt?

Die Tochter des Grafen fiel in Ohnmacht, so daß der dämonische Dolch sie wieder in die Kutsche warf, dem Kutscher befahl, unverzüglich weiterzufahren und die Zügel seines treuen Pferdes an ein …

Rad. Ach so, das würde das verfluchte, unpassende Pferd ja umbringen.

… an einer Laterne *(das Dings, was oben an einer Kutsche hängt, das Wort suche ich mir später heraus)* zu befestigen.

Dann sprang er in die Kutsche, den Dolch zwischen den Zähnen.

Die hübsche Arianainla hatte sich in eine Ecke gekauert. *Sex nicht vergessen, sexuelle Spannung.*

Der dämonische Dolch steckte seine Dolch in …

in … in … seinen (Gürtel? Zu modern!) … seine Schärpe!

… seine scharlachrote Schärpe und nahm seinen …

Knauf!

Das ist das verdammte Wort, an das ich eben die Zügel binden wollte.

… Geldbeutel.

»Ich habe kein Geld«, rief das Mädchen.

»Das brauche ich auch nicht. Ich will nur Gerechtigkeit.«

»Und was ist für Euch Gerechtigkeit?« fragte sie mutig.

»Was auch immer ich von den Habseligkeiten des Barons nehmen kann«, zischte er, während er ihre vor ihm hingestreckte Gestalt anblickte.

»Was hat mein Vater Euch jemals angetan?« rief sie aus.

»Er hat meinen jüngeren Bruder in die Wildnis Australiens geschickt, meinen älteren Bruder in die Kohlebergwerke von Wales, meine älteste Schwester in die Ginfabrik und meine jüngste Schwester auf die Straßen von San Francisco *(Zeit überprüfen)*. Und aus mir hat er einen gesuchten Mann gemacht.«

»Und was habt Ihr nun vor?« fragte sie schwach.

Okay. Jetzt müssen wir an die richtigen Sachen ran. Wo ist der entsprechende Teil in dem Buch von neulich? Das kann ich doch irgendwie ... na, nachempfinden. Auf meine eigene, originelle Weise, natürlich.

Das Mondlicht senkte sich durch das Kutschenfenster wie mitternächtliche Spitzen und malte das Gesicht der wunderschönen Arianaina zu einem weichen Silber. Es reflektierte glänzend vom weißen Seidenhemd des dämonischen Dolches, betonte seine breiten Schultern und schmalen Hüften, seine langen Gliedmaßen und sein langes Haar, sein bartloses Gesicht, seinen Waschbrettbauch und seine Brust in Form einer Regentonne.

Hoppsa, Regentonne paßt ja ziemlich gut zu Waschbrett. Haben die Leiter des Kurses das damit gemeint, als sie rieten, man solle »Wäschezettel« von physischen Beschreibungsmerkmalen vermeiden? Vielleicht lasse ich diese Waschtag-Metaphern auch weg. Aber bitte sehr! Ich kann doch diese dummen Autorinnen von Liebesromanen locker in die Ecke schreiben! Jede Wette, ich gewinne.

Kapitel 22

Morgen, Mond und Molina

»Charlie Moon.«

»Charlie Moon?«

»Cheyennes richtiger Name.«

»Tatsächlich?«

»Würde ich mir mit Ihnen einen Scherz erlauben?«

Temple blickte in Molinas eisblaue Augen und wußte, daß dieser Tag nie kommen würde.

Der Lieutenant schien nicht glücklich darüber zu sein, Temple mit Auskünften zu versorgen, doch in ihrem Beruf war sie den Umgang mit Polizeispitzeln gewohnt, und man bekommt nichts, wenn man nicht auch etwas dafür gibt.

»Das ist doch ein sehr hübscher Name«, sagte Temple nach einem Augenblick. »Warum hat er ihn denn geändert?«

»Ich vermute, andere Kinder haben ihn ausgelacht, als er noch klein war. Im Reservat und außerhalb.«

»Also hatte er tatsächlich amerikanisch-indianisches Blut!«

»Etwas. Genügend, um als Kind im Reservat in Phoenix unter den Verwandten herumgereicht zu werden. Das übliche, wenn ›gefährdete Jugendliche‹ mit dem Gesetz in Konflikt kommen. Kleine Fische. Wir haben keine Verwandten ausfindig gemacht, die sich der Leiche annehmen.«

»Niemand holt ihn? Das ist doch lächerlich. Dieser Typ wäre eine Berühmtheit geworden, wenn er gewonnen hätte. Er wäre in allen Fernsehsendungen gewesen, von *Hard Copy* bis *Hot Heads.*«

»Vielleicht hätte ihn dann auch niemand abgeholt. Für

manche der heutigen Kids ist die Familie ein völlig aus der Mode gekommenes Konzept. Charlie Moon hat nie viel besessen außer seinem Aussehen. Und das liegt jetzt beim Gerichtsmediziner auf Eis, und die Show geht weiter.«

Temple folgte Molinas Blick auf die Bühne mit dem Laufsteg, der Treppe und dem angedeuteten Bühnenbild.

»Selbst das Pferd hat man doch abgeholt.« Temple wußte, daß sie so angewidert aussah wie sie klang.

Molina legte den Kopf auf die Seite. »Stimmt. Das Pferd. Ein so großes Tier in ein Hotel zu bekommen, kann so einfach nicht sein. Wie hat er das nur geschafft?«

»So was dürfen Sie mich nicht fragen, Lieutenant. Ich hatte nie ein Pferd, leider. Ich weiß nur, daß Danny Dove gesagt hat, daß es in einem von diesen Pferdetransportern abgeholt wurde. Er war unglaublich nervös, weil er Angst hatte, daß es auf seiner Bühne Pferdeäpfel verteilen könnte.«

»Wo ist Danny Dove jetzt?«

»Hinter der Bühne.« Temple zeigte ihr den Weg. Sie konnte es kaum erwarten, zuzusehen, wie Molina und Dove sich einander stellten.

»Und was haben Sie eigentlich hier zu suchen?«

»Ähm, ich helfe nur bei der Show.«

Molina nickte und ließ ihr schmales Notizbüchlein in die Seitentasche ihrer salbeigrünen Jacke gleiten. »Sie sind ja mittlerweile praktisch Teil der Belegschaft«, bemerkte sie.

Temple sagte nichts. Sie wollte, daß Molina den Eindruck hatte, daß ihre Pflichten sie in der Nähe des Tatorts hielten.

»Irgendwelche Fingerabdrücke auf dem Pfeil?« Die Frage fiel ihr erst ein, als Molina sich schon umgedreht hatte.

Molina wandte sich wieder um und schüttelte langsam den dunklen Kopf. »Kein einziger. Der Killer war klug genug, daran zu denken. Wahrscheinlich hat er oder sie den Pfeil mit einem Lappen aus dem Köcher von Cheyenne genommen und zugestochen. Im übrigen trug das Opfer nichts weiter als ein fleischfarbenes Suspensorium, einen Lendenschurz, den Köcher und das Behältnis für den Bogen. Und außerdem noch einen Medizinbeutel mit einem Knochen, einer Feder und ein paar Kristallen«, fügte sie hinzu. »Das gibt als Beweismittel nicht sehr viel her.«

»Wenn Cheyenne schon hinter der Bühne umgebracht wurde, wie konnte er denn dann noch seine Show durchführen?«

»Das hat er nicht.« Molina zeigte auf die Decke über dem Publikum. »Teil seines Auftritts war, daß er einen Pfeil durch den Ballon dort oben schießt.«

Temple blickte suchend in die dunklen Höhen, bis sie einen riesigen, herzförmigen Ballon aus roter Folie entdeckte, der an einem Scheinwerfer angebracht war. »Ziemlich spektakulär, dieser Trick. Ich vermute, ein Scheinwerfer hätte das Herz beim eigentlichen Wettbewerb beleuchtet.«

Molina nickte ernst. »Während sich die Bühnenarbeiter darum kümmerten, wo man das Herz anbringen und wie man es beleuchten soll, hat niemand darauf geachtet, was hinter der Bühne geschah. Wer auch immer ihn dort mit dem Pfeil erstochen hat – ein Pfeil übrigens mit einer stählernen, breiten Spitze, wußte, daß dieser Stoß einen Mann wie Cheyenne mehr oder minder auf der Stelle fixieren würde, bis das Pferd ihn hinaus auf die Bühne trägt. Dort starb er an massiven inneren Blutungen, und er stürzte auf die Bühne, bevor er seinen Pfeil abschießen konnte. Er war tot, ehe irgend jemand ihn erreichte.«

Temple fröstelte es. »Also bin ich keine Tatverdächtige.«

»Nicht, wenn Sie mitten auf dem Gang standen und glotzten, und das in Gegenwart von Zeugen. Es war ein sehr schlauer Angriff, aber riskant. Ich kann nur hoffen, daß jemand irgendwen beobachtet hat, der etwas Auffälliges tat.«

Temple nickte. Die Polizistin marschierte die Stufen hinauf und ging dann den langen Laufsteg hinunter zur eigentlichen Bühne. Molina bewegte sich immer wie ein Panzer. Vielleicht war Temple aber auch einfach keine großen Frauen gewöhnt. Oder vielleicht mangelte es Molina an Grazie. Temple zog die letztere Erklärung vor.

»Nicht herumstehen und gucken, wenn man dabei auch sitzen kann«, bemerkte eine Stimme von hinten.

Temple wandte sich irritiert zu den leeren Zuschauerrängen hinter sich um. Sie waren nicht *ganz* leer.

Ein Prachtexemplar von Mann räkelte sich in einem Sitz in der fünften Reihe, die langen Beine in Jeans mit Cowboystiefeln in den Gang gestreckt. Sein Westernhemd war sehr knapp geschnitten und dort fest zugeknöpft, wo es nicht gerade die üppige Brustbehaarung offenbarte. Kein Wunder, daß bei diesem Wettbewerb der Incredible Hunk gekürt wurde; alle Teilnehmer sahen aus, als würden sie bald aus den Nähten platzen, genau wie der Comicheld Incredible Hulk.

Eine großgewachsene, schmale Frau, die dieselbe Western-Uniform trug wie er, saß neben dieser Sonderausgabe, als wäre sie sein weiblicher Zwilling.

Temple nahm seinen Vorschlag an – vor allem, da sie ihre umwerfend roten, aber ausgesprochen unbequemen Schuhe von Charles Jourdan trug, selbstverständlich als Supersonderangebot gekauft – und setzte sich auf eine Armlehne auf der anderen Seite des Mittelgangs.

»Troy Tucker.« Die Hand des Mannes streckte sich ihr entgegen, und er gönnte ihr ein kräftiges Händeschütteln. »Das ist meine Frau Nance.«

Nance nickte nur. Sie trug einen langen Pferdeschwanz und hatte ein mit Sommersprossen übersätes Gesicht.

»Ich arbeite für das Hotel«, sagte Temple. »Ich versuche gerade, mich in den Wettbewerb einzufühlen. Öffentlichkeitsarbeit, Sie wissen schon.«

Die beiden wurden plötzlich stocksteif, als wären sie auf der Bühne. »Wir sind zum dritten Mal dabei«, sagte Nance in demselben weichen Tonfall, den auch ihr Mann hatte.

»Großartig! Da können Sie mir ja alles erklären.«

Die beiden tauschten einen Blick aus, dann sagte er: »Na ja, es ist ziemlich genau wie ein Rodeo, Ma'am. Man wartet hinter der Bühne in einer Schlange, hat in den paar Sekunden, in denen man im Scheinwerferlicht steht, einen Adrenalinstoß und hofft, daß einen nichts aus der Bahn wirft. Wenigstens bekommt man hier keine Pferdeäpfel unter die Sohlen geschmiert.«

Temple lachte, wie man es von ihr erwartete, und hielt einen ihrer hochhackigen Schuhe hoch, um zu zeigen, wie tief sie tatsächlich in dem Zeug versinken würde, wenn es das denn hier gäbe. »Vielleicht wäre ich ja auch ganz tief in der Scheiße gewesen ... wenn ich in der Nähe gewesen wäre, als Charlie Moon umgebracht wurde.«

Eine neue Anspannung ließ die beiden zusammenzukken.

»Wie hat er überhaupt dieses riesige Pferd hier herein bekommen?« fuhr sie fort.

»Das ist ganz einfach, Ma'am«, sagte Troy. »Man lädt es hinten hinter der Bühne aus, an der Laderampe des Hotels. Dann fährt man es im Lastenaufzug hinunter und bringt es dann mit dem Bühnenaufzug hinter der Bühne wieder herauf.«

»Woher wissen Sie das denn alles so genau?«

»Ach herrje, Ma'am. Ich hab' doch geholfen!«

»Dann kannten Sie Charlie also?«

Die beiden tauschten noch einmal einen Blick. Ihre Augen waren schmal geworden, vielleicht weil sie den fernen, hellen Horizont im Westen Amerikas betrachteten, vielleicht auch aus angeborener Skepsis.

»Das stimmt«, sagte Nance schließlich. »Vom letzten

Wettbewerb. Und außerdem war er auch bei manchen Rodeos dabei.«

»Rodeos! Tatsächlich?«

»Nee, keine richtigen. Das ist Jahre her. Kindereien«, sagte Troy. »Reichte gerade aus, um das Pony auf der Bühne zu reiten und so zu tun, als sei man richtig gefährlich. Nur eine Show, aber ziemlich scharf.«

»Das war auch der Pfeil, der Charlie getroffen hat.«

Nance schrak zusammen, aber Troy zuckte mit keiner Wimper. Er hatte die Daumen in seinen um die Hüften geschlungenen Gürtel gehängt und die Finger genau auf den Schritt seiner engen Jeans gerichtet.

»Spiel für Erwachsene«, sagte er.

Angesichts seiner Körperhaltung mußte Temple sich sehr zurückhalten, um nicht zu lachen. »Was meinen Sie mit erwachsen?«

»Nun, es war ein alter Pfeil, das ist alles. Fast ein Kunstgegenstand. Charlie hatte das ganze Kostüm von einem Laden draußen am Highway, der mit echtem indianischen Zeugs handelt. Nicht ganz so alt, daß man es auch in einem Museum finden würde, aber doch was Besonderes.«

»Warum, glauben Sie, wurde er umgebracht?«

»Wer weiß das schon? Hätte alles mögliche sein können. Ich gehe davon aus, daß es eine impulsive Tat war. Einer hat gesehen, wie er allein hinter der Bühne auf seinen Auftritt wartete, hat sich den Pfeil gegriffen und dann rrrummms!« Troys Faust machte eine sehr wirkungsvolle, zustechende Geste.

»Aber wenn Cheyenne auf dem Pferd saß, dann hätte der Killer ja mindestens zweieinhalb Meter groß sein müssen.«

»Hey, die Polizei kennt sich mit diesem ganzen Zeug von wegen dem Eintrittswinkel und so aus. Außerdem gibt es da hinten hinter der Bühne einen großen Bereich mit einer erhöhten Rampe. Von dort aus hätte jeder den guten alten Charlie über den Jordan bringen können.«

Temple merkte, wie sich ihr Gesichtsausdruck schmerzlich verzog. »Wie schrecklich, sich vorzustellen, daß er schon verwundet auf die Bühne hinausreitet! Und seine Karriere … ich hab' gehört, daß er sogar schon in Europa war.«

Troy veränderte seine Stellung im Sessel. Dabei knirschte seine Jeans, und der Ledergürtel knarrte. »Na ja, der Look von Charlie Moon ist ja in Europa ziemlich erfolgreich. Der kann auch gut mit gegeltem Haar und Armani-Anzügen arbeiten. Ich bin viel zu sehr Durchschnittsamerikaner, um in Übersee anzukommen. Nance ist im übrigen froh, daß ich zu Hause arbeite.«

Sie nickte ernst.

»Sie haben nichts dagegen, daß Ihr Ehemann auf der Bühne steht und von Hunderten von Frauen angeglotzt wird?«

»Herzchen, das macht mir gar nichts aus. Wir sind verheiratet. Er kennt das Leben ungebunden, aber auch angeschirrt, und ich denke mir, er weiß genug, um sich von allem fernzuhalten, was allzu gefährlich werden könnte. Dieser Wettbewerb ist ziemlich harmlos. Die Damen schauen sich nur gerne alles an. Die meisten würden doch tot umfallen, wenn einer von diesen Typen sie wirklich ernsthaft anmachen würde.«

»Die meisten?«

Nance zuckte mit den Achseln. Temple fiel auf, daß ihre Schultern für eine Frau ziemlich breit waren. Hätte wohl auch sie auf Cheyennes Rücken einstechen können?

»Sind Sie sich so sicher, daß all diese Frauen wirklich unschuldig sind?« drängte Temple noch einmal. »Haben Sie nie davon gehört, daß es auch Handgreiflichkeiten der besonderen Art zwischen den Cover-Models und den Frauen gibt, seien sie nun Fans oder Autorinnen?«

»Ach, wissen Sie, solche Dinge passieren natürlich manchmal«, sagte Troy. »Wir wissen das alles nicht so genau, und wir wollen es auch nicht wissen. Wir kümmern uns nur um unser Ding.«

»So schlimm kann es auch gar nicht zugehen. Manche Männer bringen ja sogar ihre Frauen mit.« Nance spielte mit den irisierenden Knöpfen an ihrem halboffenen Hemd.

Sie ist auch nicht gerade ein schüchternes kleines Fohlen, dachte Temple. Die Tuckers hatten sich wirklich gefunden: beide überdurchschnittlich attraktiv und daran gewöhnt, es zu zeigen, es zu nutzen, es zu genießen. Keiner würde sich vom Verhalten des anderen bedroht fühlen.

Genau das sagte Nance auch. »Warum sollten die Typen denn ihre Frauen mitbringen, wenn sie was Besonderes vorhaben?«

»Zum Beispiel einen Mord?« Temple erhob sich plötzlich und verlagerte ihr ganzes Gewicht auf die Füße.

Das Paar schrak zusammen, als hätte sie mit einer Peitsche geknallt.

»Diese ganze Mordgeschichte macht uns ziemlich nervös.« Troys ehrliche, blitzblaue Babyaugen schauten unter seinen sonnengebleichten Augenbrauen hervor.

Er war wirklich ein sehr hübsch aussehendes Dummerchen. »Hätte es ein Rivale sein können?« fragte Temple unvermittelt.

»Meinen Sie einen anderen Wettbewerbsteilnehmer?« fragte Troy mit ungläubiger Miene.

»Die sitzen immerhin da hinten.« Temple wies mit ihrem Daumen über die Schulter auf die Bühne und auf das Labyrinth hinter den Vorhängen.

»Und noch eine Menge anderer Leute«, wehrte Nance rasch ab. »Da sind die Techniker, die Bühnenarbeiter und eine Menge Freiwilliger, immer Damen, die ganz heiß darauf sind, irgendeinen Mann in sein offenes Hemd einzubinden oder seine engen Lederhosen zu schnüren. Und« – ihre schlammgrünen Augen betrachteten Temple von oben bis unten – »es gibt jede Menge Autorinnen, die da herumhängen, um die Wettbewerber zu taxieren, angeblich, um erst einmal zu sehen, mit welchem der Typen sie über den Laufsteg gehen.«

»Was soll das heißen, über den Laufsteg gehen?«

»Jeder Wettbewerber wird zuerst von jemanden herausgeführt, den man ›einen Beteiligten aus der Verlagswelt‹ nennt«, erklärte Troy. »Das könnte ein Künstler für die Umschlaggestaltung sein oder eine Lektorin. Es muß nicht unbedingt eine Autorin sein.«

Nance grinste. »Damit haben die Damen eine Chance, sich unheimlich fein zu machen und ihren Namen und ihre Buchtitel oder sonstwas angesagt zu bekommen«, sagte sie. »Die können da ganz schön nervös werden.«

»Sind diesmal die Pärchen noch nicht bekanntgegeben worden?« fragte Temple.

»Nee, das machen wir immer am Tag des Wettbewerbs selbst«, sagte Troy. »Das hält die Damen allerdings noch lange nicht davon ab, vorher schon einmal vorbeizuschauen. Die wollen sehen, wie die Bühne aussieht, und was sie machen müssen. Natürlich müssen sie immer hohe Absätze tragen und diese verflixt langen Kleider, und dieser Laufsteg ist ja auch ziemlich schmal. Die sind hier dauernd zugange.«

Da viel mehr aus den Tuckers nicht herauszuholen war, entschuldigte sich Temple und folgte Molina zur Bühne hinauf. In ihrem Hirn rumorte es wild. Das klang ja so, als hätte jeder auf dem Kongreß einen Grund, sich hinter der Bühne zu tummeln! Und als ob niemand dort besonders auffallen würde! Temple war erleichtert, daß hinter dem Vorhang kein einziges bekanntes Gesicht zu sehen war. Die verschiedenen Teile der männlichen Anatomie erkannte sie allerdings sehr wohl. Sie gingen in äußerst unbekleidetem Zustand vor ihr auf und ab. Sie würde einfach an England denken und das Ganze vergessen.

Doch wo befand sich Danny Dove?

Diese Frage stellte sie einem Typen, der gerade einen Teil der erhöhten Rampe hinter der Bühne festnagelte, die Troy erwähnt hatte. Er wies nach links, wo Danny sich mit dem Soundtechniker beriet.

»Lassen Sie uns ein Niveau festlegen und das dann auch halten«, sagte Danny gerade, »egal, was passiert. Ich kann es nicht ausstehen, wenn die Lautstärke wie auf einer Kinderwippe rauf und runter geht. Das wirkt so unprofessionell.«

Schließlich entdeckte er, daß Temple auf ihn wartete.

»Ach, hallo, Miss Muffett. Was kann ich für Sie tun?«

Temple trat näher, um ungestörter mit ihm reden zu können. »Ich muß Sie um einen Gefallen bitten.«

»Bitte sehr.«

»Ich brauch' einen Grund, um mich hier aufhalten zu können.«

»Sie können doch meine Assistentin sein und meine Aktentasche tragen.«

»Es muß etwas sein, das mich näher an die Wettbewerbsteilnehmer bringt.«

Dannys runzelte seine blonden Augenbrauen. »Ich dachte, Sie hätten einen Freund.«

»Dachte ich auch. Hatte, Vergangenheit. Aber das hat nichts mit meiner Bitte zu tun. Meine Tante Kit sagt, die beste Möglichkeit, sich mit den Wettbewerbsteilnehmern bekannt zu machen, wäre, als Model bei der Abschlußpose mitzumachen.«

Dannys Augenbrauen schienen abheben zu wollen.

»Wer ist denn Ihre Tante? Eine Puffmutter, mit Verlaub? Wissen Sie überhaupt, was die Abschlußpose bedeutet?«

»Es klingt wie etwas aus einem Ringkampf.«

Sein Lachen war laut, lang und begeistert. »Genau das ist es auch, in gewisser Hinsicht.« Er zog sie noch etwas tiefer in die Schatten und senkte die Stimme. »Liebes Mädchen, haben Sie überhaupt eine Ahnung, was Sie da auf sich nehmen? Nein, natürlich nicht. Die Abschlußpose ist die dritte und letzte Runde des Wettbewerbs. Zuerst kommen die Jungs im Smoking auf die Bühne, mit einer Autorin oder anderen sonstwie interessanten Damen am Arm. Ganz einfach. Dann kommen sie solo heraus und stellen sich vor. Und zwar oben ohne.«

»Im Badeanzug?«

»Ich meinte das eher im übertragenen Sinne. Zu viele haarige Beine würden die edlen Gefühle dieser besonderen Zuschauerschaft stören, so daß unsere Jungs enge Jeans tragen, manchmal noch weniger, aber immer ein breites Grinsen.«

Temple nickte. Es überraschte sie nicht, daß bei dem Zeitaufwand, den die Jungs mit der Entwicklung ihrer Oberkörpermuskulatur trieben, es für alle Seiten interessant und sinnvoll sein mußte, ihre jeweiligen Fortschritte zu begutachten.

»Die dritte und letzte Runde ist die Abschlußpose.«

Temple nickte ernst.

»Da kommen die Männer in Kostümen auf die Bühne, die sich für den Umschlag eines historischen Liebesromans eignen, und nehmen Posen mit jungen, weiblichen Models an, die für einen Umschlag taugen.«

»Das klingt aber nicht allzu schwer.«

»Ach, meine Liebe! Ich habe in meinen besten Zeiten die eine oder andere Ballerina über eine Bühne geworfen, aber das ist nichts im Vergleich zu dieser Übung. Sie müssen darauf vorbereitet sein, von fast nackten Wilden beschnuppert, angekaut, abgeschleckt und betatscht zu werden, die vorhaben, Sie in einen ähnlichen Zustand des Ausgekleidetseins zu versetzen. Sie müssen erwarten, daß man Ihnen den Rock hochschiebt und Ihre Korsage herunterkrallt. Sie werden unter kitzelnden Haaren leiden, vor allen Dingen bei diesen Langhaardackeln. Sie werden wie ein Bogen nach hinten gespannt oder über eine Schulter geworfen, als wären Sie ein Mehlsack.«

»Ich danke Ihnen für die Warnung, Danny, aber ich fürchte, ich muß da durch.«

»Sie bringen sich schon wieder in eine lebensgefährliche Situation.« Er redete nicht mehr von der Abschlußpose. »Warum?«

»Lieutenant Molina hat mich gebeten, mich hier ein bißchen umzuschauen.«

»Lieutenant Molina meinte damit doch nicht etwa verdeckte Ermittlungen?«

Temple seufzte. »Cheyenne wollte am Abend vor seinem Tod mit mir reden. Ich habe ihn nicht ernst genommen, aber ich glaube, daß er einen Verdacht hegte.«

Danny schüttelte den Kopf. »Ich werde versuchen, Ihnen die Wettbewerbsteilnehmer zuzuteilen, die am wenigsten wie King Kong aussehen, aber ich habe nicht immer alles unter Kontrolle.« Er überlegte einen Moment. »Und ich will nicht, daß noch ein Mord geschieht. Vor allen Dingen nicht an Ihnen.«

Das erinnerte sie daran, daß Danny der perfekte Zeuge war für die Frage, die sie schon die ganze Zeit über stellen wollte. Sie nahm allen Mut zusammen.

»War Cheyenne bisexuell?« fragte Temple unvermittelt.

Danny zögerte lange. »Wenn man von seinen sexuellen Neigungen absieht, würde ich sagen, daß er eine universelle Seele hatte. Er war innen ganz weich, wenn Sie verstehen, was ich meine, mit einer sehr dünnen Schutzschicht. Ein guter Mensch. Er hatte eine starke Ausstrahlung, aber die war auf Höflichkeit aufgebaut. Er wollte … den Leuten irgendwie nützen. Vielleicht bedeutete das, daß alle Arten von Leuten in allen Arten von Hinsichten Nutzen aus ihm zogen, vielleicht bedeutete es auch, daß er zuweilen benutzt wurde. Er war aber niemand, der seinerseits die Leute ausnutzte.«

»Sie mochten ihn.«

Danny nickte. »Ich fand immer, daß er für dieses ganze Spiel eigentlich viel zu nett sei. Ich vermute, ich hatte recht.« Er sah Temple an. »Was halten Sie von diesen Incredible Hunks? Als Frau, meine ich?«

»Ich? Ich bin hier nur die verdeckte Ermittlerin. Ich hab' dazu keine Meinung.«

»Natürlich haben Sie die.« Danny kreuzte die Arme und grinste. »Ich lese noch nicht einmal Liebesromane. Na ja, ich habe sie nicht gelesen, bis man mich hierher verschleppt und mir ein paar aufgedrängt hat. Es gibt eine solche Spannbreite in den Büchern, von peinlich pubertärem Müll bis zu außerordentlich eleganten und literarischen Stoffen. Dasselbe Spektrum gibt es bei den Cover-Models. Manche wirken so, als bestünden sie nur aus Muskeln und hätten statt eines Gehirns nur Haargel im Kopf. Andere sind weltgewandt, attraktiv, ausgereifte Schauspieler. Dennoch sollte man sie nicht allzu ernst nehmen.«

Sie seufzte und lehnte sich neben Danny an die Wand. »Genau das ist mir mit Cheyenne passiert. Am Abend, bevor er gestorben ist, ist er auf mich zugekommen und hat mich gefragt, ob ich mit ihm etwas trinken gehe, und ich habe ihm einen Korb gegeben. Meine Freundinnen haben mich seinetwegen auf den Arm genommen, und ich wollte nicht für eine eitle, alberne Frau gehalten werden, die noch nicht einmal das allerkleinste Kompliment verkraften kann. Ich glaube, er wollte mit mir sprechen, weil er sich wegen irgend etwas

Sorgen machte. Er war dabei, als ich bei dem Mordfall des Strippers mitgemischt habe. Verstehen Sie, ich habe ihn unterschätzt, weil er einfach zu gut aussah, um wahr zu sein. Und jetzt ist er tot.«

»Hey!« Danny schüttelte sie am Arm. »Sie sind keine Superfrau. Eine kleine Unterhaltung hätte einen Mörder nicht aufhalten können.« Er wirkte plötzlich amüsiert. »Sind Sie immer so störrisch, wenn es um das andere Geschlecht geht?«

»Sie haben meine eigentliche Frage nicht beantwortet. War Cheyenne bisexuell? Ich bin nicht nur neugierig. Wenn es stimmt, dann würde es die Gruppe der Tatverdächtigen vergrößern und auch das Spektrum an Motiven. Lieutenant Molina hat mich gebeten, ihr Informationen zu besorgen.«

»Der Drache des Las Vegas Metropolitan Police Department läßt sich von Amateuren helfen?«

»Sie ist für alle Vorschläge zugänglich. Was ist jetzt mit Cheyenne, war er bisexuell oder nicht?«

»Wahrscheinlich.« Danny zuckte mit den Schultern. »Ich habe dem täglichen Kommen und Gehen nicht viel Aufmerksamkeit geschenkt. Manche Leute – Schwule, Lesben und auch die Heteros – finden es ganz toll, mit jemanden zusammenzusein, der auf beides scharf ist.«

»Sogar im Zeitalter von Aids?«

»Vor allem im Zeitalter von Aids. Sie vergessen, daß Homosexuelle nicht die einzigen sind, die es mit der Selbstverachtung haben. Ein promiskes Leben ist nicht besonders lustig, noch nicht einmal klug. Wenn Homosexualität die Hölle sein kann, dann stelle ich mir Bisexualität als die Vorhölle vor.«

»Das überrascht mich. Ich hätte gedacht, daß Sie eher als andere mit Ihrer sexuellen Orientierung zurechtkämen.«

Er lachte, als wolle er sagen: »Ach, wie albern!«

»Sehen Sie, diese überbetonte Tuntenhaftigkeit ist eine Art Prahlerei und auch etwas Trotz. Selbst die heterosexuellen Theaterleute gehen sehr leicht mit Zuneigung um, weil wir alle aus derselben merkwürdigen Schauspielerecke kommen. Wir sind eine große Familie, und wir sind alle Teil des Trüppchens, das einander dauernd Liebling, Süßes, Herzchen nennt. Wir kommen für die Shows zusammen, leben in zeitweiliger Gemeinschaft, um dann wieder auseinanderzugehen. Da gibt es eine große Intimität und gleichzeitig eine ewige Isolation.

Die High School war die Hölle. Zu meiner Zeit war es gesellschaftlicher Selbstmord, wenn man sich zu seiner Homosexualität bekannte. Man fängt in dem Alter doch gerade an, zu erahnen, wer man überhaupt ist, abgesehen von den sexuellen Vorlieben, aber man weiß in jedem Fall, daß man auf tausend kleine Arten nicht ins große Bild paßt.«

»Wer paßt denn überhaupt hinein?« fragte sich Temple plötzlich. »Sind sich all die angeblichen coolen Kids wirklich so sicher, wenn man einmal hinter die Fassade schaut?«

»Wie dem auch sei«, fuhr Danny fort. »Ich wußte, daß ich auf der High School gesellschaftlich nicht anerkannt sein würde. Man sah mich ohnehin schon schief an, weil ich Tanzunterricht nahm, und dann merkte ich, daß ich keinesfalls ein Adonis war und auch, daß ich nicht größer werden würde als ein Meter fünfundsechzig. Jungs wie ich haben sich schon damals einen älteren Typen außerhalb der High School gesucht, der uns benutzt hat oder den wir benutzt haben. Aber trotzdem mußte ich immer noch irgendein armes Mädchen zum Abschlußfest bitten und es aushalten, daß sie mir absagt oder – was noch schlimmer war – daß sie glaubt, meine Einladung wäre tatsächlich ernst gemeint. Nachdem ich aus der Schule raus war, bin ich in die Homosexuellenszene im Untergrund gestolpert. Da habe ich alles mitgemacht, bin alle Risiken eingegangen, viel zu früh und viel zu lange. Und ich hab die Fassade eines Homosexuellen konstruiert, diese ganze Show, einfach nur, damit alle wissen, wer ich bin. Na ja, immerhin bewahrt es die Frauen davor, sich in mich zu verlieben, da sei der Himmel auch vor. Obwohl ich vermute, daß der Himmel überhaupt nicht vermeiden will, daß ich mich hinsichtlich meiner Vorlieben noch verändere, aber das wird nicht passieren. Ich bin so homosexuell, daß ich Bisexuelle nicht verstehe.«

»Ich auch nicht«, stimmte Temple ihm zu. »Manchmal glaube ich, das Zölibat wäre die einfachste Antwort.«

»Sie?« spottete Danny. »Der heißeste Rotschopf der neunziger Jahre? Außerdem, kennen Sie überhaupt irgendeinen glücklichen Menschen, der im Zölibat lebt?«

»Vielleicht. Wenigstens haben die keine Krankheiten.«

»Aber sie sind bestimmt emotional völlig leer. Wenigstens war ich das, als ich zölibatär gelebt habe. Ich finde nicht unbedingt, daß man körperliche Risiken eingehen muß, aber gefühlsmäßige Risiken sind immer notwendig.«

Er hielt inne und betrachtete Temple mit einem schrecklich ernsten Gesicht. Plötzlich sah der sonst so sorgenlose Danny Dove aus, als sei er sein eigener älterer Bruder. Sogar sein fröhlich-lockiges Haar schien glatter geworden zu sein.

»Ich bin gar nicht das Flittchen von Schwulette, für das Sie mich halten. Ich habe einen Partner«, sagte er ernst. »Wir sind seit sieben Jahren zusammen und leben monogam. Er war schon HIV-positiv, als wir uns kennenlernten, aber er ist immer noch voll dabei. Natürlich machen wir nur Safer Sex. Bißchen langweilig, aber immer noch besser, als hinterher zu heulen, weil es zu spät ist.«

Dannys anzügliches Lachen zerriß die ernste Stimmung. Temple vermutete, daß er nur selten seine ernstere Seite zeigte.

»Sieben Jahre. Das ist … großartig.« Selbst Temple war sich nicht sicher, ob sie die Länge von Danny Beziehung meinte oder die Länge des Überlebens seines Partners. Aber Danny war es egal, er erzählte schließlich gerade von seinem Freund.

»Er ist Gartenarchitekt. Er hat es mit natürlichen Gartenlandschaften – heimische Pflanzen, die mit wenig Wasser auskommen, findet er für Las Vegas großartig. Ich mache mir Sorgen, daß er Melanome bekommt, wenn er soviel in der heißen Sonne arbeitet. Ich sehe zu, daß er Sonnencremes benutzt, nerve ihn dauernd, daß er einen Hut aufsetzen soll. Er haßt Hüte.«

Sie nickte. Sie haßte Hüte genauso sehr, wie sie Schuhe liebte.

»Und dann denke ich immer …«, Danny machte ein ironisches Gesicht. »Hey, wenigstens lebt das, was er macht, länger als ein paar Stunden auf einer Bühne. Wenn er stirbt, wird es nicht nur ein Grab geben, das ich aufsuchen kann. Es wird überall in der Stadt diese buschigen kleinen, ökologisch sinnvollen Grünecken geben, an denen ich jeden Tag vorbeifahren kann …«

»Es tut mir ja so leid«, sagte Temple. Ihre Stimme brach, und sie spürte die Tränen in ihren Augen aufsteigen. Sie versteckte ihre Gefühle, indem sie Danny rasch umarmte.

Ihre Umarmung brach ihm fast die Rippen. »Sie haben ein echtes Herz, Mädchen.« Seine Stimme war rauh. »Lassen Sie bloß nicht zu, daß es Ihnen einer bricht.«

Leichter gesagt, als getan, dachte Temple, vor allen Dingen, da sie selbst ja so darauf versessen zu sein schien, es in Gefahr zu bringen.

Kapitel 23

Katzenfutter vs. Hundefleisch

Ich halte mich durchaus für einen ziemlich emanzipierten Typen, obwohl ich natürlich weiß, daß jetzt bestimmt aus der Ecke von Midnight Louise ein spöttisches Johlen ertönen wird. (Man sage mir nur, weshalb eine so emanzipierte kleine Puppe immer noch einen Namen trägt, der von ihrem so gering geschätzten Pater familias felinus abgeleitet ist?)

Dennoch muß ich zugeben, daß manche dieser modernen Szenarien ausreichen, um meine Schnurrhaare grau werden zu lassen.

Szenario ist genau das richtige Wort, um die Situation zu beschreiben, die mein Hirn im Moment erfolgreich in Beschlag genommen und mich völlig abgelenkt hat von den üblichen amüsanten und saftigen Themen, wie zum Beispiel Chefkoch Songs Karpfenteich und Miss Temple Barrs letztem Mordopfer. Im Falle menschlichen Dahinsterbens kann ich mich allerdings vollständig auf reine Neugier beschränken: der Tod als intellektuelle Gedankenübung. Deswegen war ich für Miss Temple während ihrer Morduntersuchungen auch immer so nützlich.

Zur Zeit habe ich allerdings nur wenig Appetit auf die Lebenden oder Toten irgendeiner Spezies. Ich leide an einer Gefühls-Verstopfung, und der Grund ist einfach: Die Liebe meines Lebens, die Göttliche Yvette, schreitet die Treppe himmelwärts zum Dasein eines Fernsehstars – aber an der Seite irgendeines anderen Typen.

Daß er eine bekannte Medienpersönlichkeit ist, ist nur ein weiterer Nagel an meinem Sarg.

Während Miss Temple hinter der Bühne herumwuselt, spiele ich in einem abgelegenen Ballsaal des Crystal Phoenix ganz andere Spielchen. Dort bemüht sich die Göttliche Yvette um den Oscar für tierische Schauspieler, indem sie Begeisterung über den neuesten klebrigen Katzenfutter-Brei mimt, der das Interesse der Feliden erwekken soll.

Ich mache mich auf den Weg zum Set, indem ich mich während der Zubereitung des Frühstücks in die Küche wage, wo ich hinter Teewagen aus rostfreiem Stahl in Dekkung gehe. Sollte der Koch Song mich hier erwischen, könnte ich mehr als nur ein paar Haare verlieren. Sein Fleischmesser würde mein Fell so tief scheiteln, daß meine Persönlichkeit auf Dauer gespalten wäre. Und meine neun Leben wären in Sekundenschnelle auf viereinhalb oder noch weniger reduziert.

Aber zu Hochbetriebszeiten zischen in der Küche Omeletts und Pfannkuchen durch die Luft, keine Messer. Die weißgekleideten Figuren sausen umher und richten die Blicke nach oben, nicht auf den Boden.

»Ein Haal!« Chefkoch Song brüllt plötzlich ein Solo, als wäre er der Barbier von Sevilla im letzten Stadium der Demenz und beugt sich über den gelben Schaum eines Omeletts. »Kulz und schwalz. Ein Schnullbalthaal. We' sich nicht lasiert?«

Ich mich nicht lasiert... und ich nicht lang genug bleiben, um abzuwarten, bis das einsame Haar wieder zu mir nach Hause kommt. Ich entwische durch die Schwingtür in die hinteren Räume, die wie in allen Hotels zu den Ballsälen und Restaurants führen. Durch eine ähnlich schicke Türvariante bin ich schneller, als man Esiuol Thgindim vorwärts schreiben kann, im Ballsaal Lalique angekommen und verstecke mich unter einem bis auf den Boden herabfallenden Tischtuch.

Nur meine Nase und meine Augen linsen durch das rosafarbene Damastzelt. Ich erspähe die erwarteten Schrecklichkeiten: die tiefschwarzen Spaghettilinien dicker elektrischer Kabel, die ruhelosen Füße von Miss Savannah Ashleigh in ihren hochhackigen Schuhen, die intensiv duftenden, in Turnschuhe gehüllten Füße der Kameraleute, die italienischen Collegeschuhe des Regisseurs, die Kreppsohlen der beobachtenden Schmierfinken mit dem Katzenfutter, und die rosafarbene Baumwolltragetasche der Göttlichen Yvette.

Nirgendwo entdecke ich ein Transportmittel für den widerlichen Maurice, aber ich weiß, daß er irgendwo herumlungert.

Dann sause ich von einem Tischtuch-Zelt zum nächsten, bis ich nur noch wenige Schnurrhaarlängen von Miss Savannah Ashleighs Knöcheln entfernt bin. Dies sind nicht die zierlichen kleinen Knöchel meiner eigenen süßen Puppe. Miss Savannah Ashleigh lebt sprichwörtlich auf großem Fuße. Ihre Knöchel sind unglaublich braun gebrannt, trotzdem krampfen sich blaue Adern darauf. Ich weiß, daß Miss Temple eine ausführliche Beschreibung von Savannah Ashleighs Fußbekleidung wünschen würde, wenn sie hier wäre, so daß ich meinen Ekel überwinde, um die Gegend weiter zu untersuchen. Ohne Zweifel hat Miss Savannah Ashleigh eine Vorliebe für besonders glitzeriges Schuhwerk. Das Paar von heute ist aus öliglattem Lackleder, am Hacken ist ein Reißverschluß. Auch wenn die Bleistiftabsätze mindestens drei Zentimeter höher sind als die höchsten Absätze von Miss Temple, so wirken die knochigen, von blauen Venen durchzogenen Füße der Ashleigh doch so, als hätte sie sie in die Schuhe zwingen müssen. Der Spann wölbt sich, als wären es die Füße von Aschenputtels Stiefschwester. Alles in allem ist dies ein höchst unappetitlicher Anblick, der keines Kommentars wert wäre, hätte ich nicht eine Verpflichtung gegenüber den Interessen meiner Wohnungsgenossin, ehe ich mich meinen eigenen zuwende.

Dies tut Miss Savannah Ashleigh. Wendet sich zu, meine ich. Jedoch nicht der Göttlichen Yvette.

»Was wollen Sie denn mit diesem Stock da?« fragt sie mit einer Stimme, die gleichzeitig leise und nasal ist.

Der Herr in den italienischen Collegeschuhen wirbelt auf dem weichen Teppich herum. »Es ist ein Spielzeug, mit dem Ihre Katze vor der Kamera spielen soll.«

»Yvette spielt nicht mit derart billigem Zeug. So etwas interessiert sie nicht.«

Ich sehe, wie eine türkisfarbene Straußenfeder auf den Teppich hinabsinkt. Die Farbe ist tatsächlich billig und anbiedernd, aber ich muß schon sehr an mich halten, um nicht aus meinem Versteck herauszusausen und mir die Feder zu schnappen.

Anscheinend bin ich mit diesem Wunsch nicht allein. Ein silbernes Etwas springt aus dem Nichts und krallt sich die Feder. Die Göttliche Yvette ist trotz ihrer Herkunft und ihrer Winzigkeit eine gekonnte Schleicherin. Ja sie ist einfach hinreißend, wenn sie wütend ist. Ich sehe, wie ihr Gesichtchen winzige Reißzähne bloßlegt, während ihre zierlichen Samtfüßchen die Feder an dem Stock in kleinste Teile reißt. Türkisfarbene Fetzen fliegen durch die Luft, als wären sie gerade einem Ballkleid von Ginger Rogers entflohen.

Ich kann eben noch verhindern, daß ich niesen muß, was einer Katastrophe gleich käme.

»Gräßlich«, mißbilligt Miss Savannah Ashleigh.

Ich bin überrascht, daß sie nicht auf ihre Füße schaut sondern auf die Göttliche Yvette. Sie erhebt sich und bewegt sich näher zur Kamera.

»Und was sind diese... abgeschnittenen Grashalme auf dem Teppich?« will sie als nächstes wissen.

Die italienischen Collegeschuhe bewegen sich verlegen von einem Ort zum nächsten. »Ach, etwas für das Kätzchen. Katzenminze.«

»Katzenminze? Sie geben meiner Yvette eine bewußtseinsverändernde Droge? Beseitigen Sie die sofort! Sie hat noch nie irgendein anderes Kraut von mir bekommen als hier und da etwas biologisch-dynamisch gewachsenes Roggengras und meine Farnpflanzen!«

»Es ist nur ein bißchen Minze, Miss Ashleigh.« Die Collegeschuhe tanzen vor Nervosität auf dem edlen Wollteppich. »Damit entspannt sie sich. Ich habe Dutzende von Tier-Werbespots gedreht...«

»Das ist ganz offensichtlich das Problem«, unterbricht ihn Miss Savannah Ashleigh. »Yvette ist kein Tier.«

»Werbespots mit tierischen Lebensgefährten«, korrigiert er sich durch zusammengebissene Zähne im Bemühen um den politisch korrekteren Terminus.

Politische Korrektheit kommt aber bei Miss Savannah Ashleigh nicht gut an. »Sie ist kein tierischer Lebensgefährte!«

»Katze?«

»Hmmpf.« Miss Savannah Ashleigh dreht sich auf ihren hochhackigen Schuhen um und somit den italienischen Collegeschuhen und der wenig aufgeklärten Person darin den Rücken zu.

»Sie ist keine Katze? Der Hersteller wird ziemlich unglücklich sein, das zu erfahren.«

Miss Savannah Ashleigh bückt sich sehr tief, ohne dabei die Knie zu beugen, ein Manöver, bei dem ihr verlängerter Rücken hoch in die Luft ragt, als wäre es der einer läufigen Katzendame.

Die Göttliche knurrt hübsch, als ihre Herrin sie aufhebt und an ihr Gesicht schmiegt. Sie richtet sich auf – die Herrin, nicht die fragliche Yvette.

»Mamis kleines Schätzchen ist kein einfaches dummes Tier! Sie ist eine kleine Märchenprinzessin, Prinzeßchen, Schätzchen, mit einer uralten, weisen Seele. Sie jagt nicht irgendwelchen albernen Spielzeugen nach und braucht auch keine halluzinogenen Substanzen, um aufzutreten. Sie ist ein geborener Star, ganz wie ihr Mamilein.«

Wenn die allerletzte Bemerkung stimmt, dann haben die Göttliche Yvette, die italienischen Collegeschuhe und der Werbespot für diese alberne Katzennahrung ein ernsthaftes Problem.

Der Regisseur beschließt, endlich die Regie zu übernehmen. Er zupft Mamis Prinzeßchen, Schätzchenklein aus der Nähe von Mamis Gesichtchenklein.

»Setzen Sie sich bitte, Miss Ashleigh«, sagt er. »Es wird viel schneller vorbei sein, wenn Sie uns einfach unsere Arbeit machen lassen.« Er geht zu einem Set, das von einer ganzen Gruppe von Stativen und Kameras umgeben ist, und setzt die Göttliche Yvette auf eine Balustrade aus Plexiglas. Ein Kristalleuchter ist von der hohen Decke herabgelassen worden, damit er über dem Sitzplatz der Göttlichen Yvette zwinkert und blitzt, als wäre er ein Wasserfall aus Diamanten. In der Nähe ist ein langer Bankettisch mit rosafarbenem Damast gedeckt, absolut passend zu den blaßrosa Füßen der Göttlichen, wie auch zu der Mitte ihrer winzigen, dreieckigen Nase. Sie sieht anbetungswürdig aus, und sie ist – dank der aufeinanderfolgenden Anschläge Federkampf, Katzenminze, Probe und dem Übergriff durch Mamilein – immer noch wütend.

»Wo ist die andere Katze?« Der Regisseur wendet sich an seine Mannschaft, während Miss Savannah Ashleigh sich in den rosafarbenen Regiestuhl setzt, der zur Tragetasche der Göttlichen Yvette paßt und sie anscheinend ebenfalls überallhin begleitet.

»Yvette braucht keinen Co-Star«, schnaubt Miss Savannah Ashleigh leise und beleidigt vor sich hin.

Miss Savannah Ashleigh wäre nicht hier, wenn sie nicht die Knete für diesen Einsatz bräuchte. Dennoch stöhnt sie auf, als eine Frau aus der Belegschaft auf die Göttliche Yvette zustürzt und ein Halsband aus eisig-rosafarbenem, viereckigen Zirkoniumstücken am zierlichen Hals meiner Angebeteten anbringt.

Miss Savannah Ashleigh setzt sich empört gerade. »Ich hoffe doch, daß ich . . . daß sie das nach den Dreharbeiten behalten darf.«

Der Regisseur rollt die Augen gen Himmel. »Ich bin überzeugt, daß sich das arrangieren läßt, Miss Ashleigh.«

Auch er weiß, daß dieses Schmuckstück eher das Handgelenk der Ashleigh schmücken wird als den Hals der Göttlichen Yvette.

Meine arme Minnedame! Gezwungen, unter dem Einfluß merkwürdiger Substanzen zu schuften und dabei beengende Juwelen zu tragen, die eigentlich für ihre gierige Herrin bestimmt sind! Man sollte Gesetze gegen diese Art von Unternehmung machen. Und der fremde, aufdringliche männliche Partner ist noch nicht einmal aufgetaucht. Diese ganze Szene riecht langsam nach einer Zwangsvereinigung, und meine gefangene Süße ist schon bereitet, demnächst in den Harem einzutreten.

»In Ordnung.« Als der Regisseur nickt, wedelt dieselbe Frau, die eben meine Angebetete mit einem Halsband versehen hat, mit einem mit Federn versehenen Stock vor der rosigen Perle der Nase der Göttlichen.

Die blau-grünen Augen der Göttlichen Yvette weiten sich zu perfekten, babypuppengleichen Kreisen, während ihre platinfarbenen Schnurrhaare zittern. Sie springt die Balustrade entlang und balanciert dabei wie eine chinesische Akrobatin, als wäre sie eine Primaballerina in Schwanensee.

Trotz des Gewichts des Halsbandes schwebt die Göttliche wie ein Schmetterling ... und sticht zu wie Ali, wobei sie winzige, türkisfarbene Locken aus der Feder schlägt, die sich wie fallende Sterne in ihrer silbrig glänzenden Halskrause verfangen. In einer Hinsicht hat Miss Savannah Ashleigh recht: Die Göttliche Yvette ist als Schauspielerin ein ausgesprochenes Naturtalent. Ein Katzenfutter-Hersteller könnte mit diesem begnadeten Wesen Wurm-Filets verkaufen!

Mit ein paar Luftsprüngen ist sie auf die rosa Damasttischdecke gehüpft. Die Kamera folgt ihrer fedrigen Spur. Jetzt hat ihre sensible Nase den Zweck der Übung entdeckt. Eine frische Portion von à la Cat füllt eine Kristallschale, die sich an einem Platz befindet, der wie für eine Königin gedeckt ist.

Doch während die Kamera das Spiel der Göttlichen Yvette einfängt, bemerke ich im Hintergrund ungute Vorbereitungen. Ein mit Vorhängen zugehängtes Fenster ist dort aufgebaut. Ein schwarzer Vorhang simuliert schwärzeste Nacht, aber auch schwarze Vorhaben, denn ich sehe eine mir wohl vertraute Visage, die mir aus einem ebenso wohl vertrauten Tragebehälter entgegenglotzt. Sie ist so gelb wie die beiden Schlitzaugen. Maurice, der Yummy-Tum-tum-tummy-Kater steht kurz vor seinem großen Auftritt.

Ich beobachte, wie man ihn aus seiner Tragetasche zieht und seine großen, gespreizten Vorderfüße auf den vorgeblichen Fenstersims setzt. Nach einem kleinen Stupser von hinten und einem weiteren gefiederten Stock, den man wie eine türkisfarbene Karotte vor seiner Nase herumwedeln läßt, springt er auf das schmale Sims.

Ich wende mich um und sehe die Göttliche Yvette, die

bereitwillig das angebotene Katzenfutter probiert. Sie ahnt noch nicht, daß sie in Kürze von einem unerwünschten, vulgären, kamerageilen Idioten angegriffen werden soll.

Ein kleiner Schubser von hinten ermutigt Maurice zu einem riesigen Satz, um der Göttlichen Yvette auf dem Tisch Gesellschaft zu leisten. Ich presche aus meinem Versteck unter dem Tisch hervor, als wäre ich ein zwanzig Pfund schwerer, rächender Höllenhund.

Wir treffen mitten in der Luft aufeinander, die Klauen ausgestreckt, Schwänze eingerollt, und die Kamera läuft. Maurices überraschtes Aufquietschen wird von meinem großartigen Schlachtruf übertönt. Nachdem ich ihn wie einen Schmetterling heruntergeschlagen habe, wende ich mich um (meine Schokoladenseite immer der Kamera zugewandt) und springe zur Göttlichen Yvette auf den Tisch.

»Louie!« begrüßt sie mich und hält inne, um ihre Schnurrhaare katzensauber zu lecken.

Wir schnüffeln einander an den Nasen, um uns zu vergewissern, daß nicht irgendwo auf halber Strecke ein Double eingesetzt worden ist. Sie ist nicht übermäßig aufgewühlt, aber der besiegte Maurice und der Regisseur sind außer sich vor Wut.

»Ahhhh!« Miss Savannah Ashleigh ist starr vor Entsetzen. Sie hat ihre Handtasche an die Brust gedrückt und heult.

Maurice knurrt wütend vom Boden herauf und versucht, zu uns hoch zu springen. Ich muß ihm noch nicht einmal einen neuerlichen Schlag versetzen. Die Göttliche Yvette beobachtet das Ganze verachtungsvoll und haut ihm eins über, als seine Schnurrhaare ihr unter die Vorderpfoten kommen. Der Schlag ist schwach, aber er reicht aus, um Maurice tierisch zu erschrecken. Er landet wie ein Sack

Kartoffeln auf dem Boden, und da bleibt er auch. Die Göttliche Yvette ist wahrhaftig niedlich, wenn sie wütend ist, was ich ihr auch sage.

»Ich bin nicht wütend, Louie«, sagt sie mit einem zierlichen Achselzucken. »Ich esse nur gerade.«

Mit diesen Worten wendet sie sich wieder ihrem Futter zu, wie es auch ihre Pflicht ist. Wahrlich professionell!

Ich schnüffle am Rand ihrer Schüssel und setze mich dann etwas abseits. Ich habe gerade das Zeugs gerochen, das sie da ißt. Wirklich, wahrhaft professionell!

Mittlerweile kommen der Regisseur, die Dame mit dem Halsband, die Kameraleute und Miss Savannah Ashleigh mit verzerrten Gesichtern auf mich zu.

Ich springe um mein Leben, wobei ich einen Teller mit Goldrand auf den Boden sausen lasse, zusammen mit etwas Besteck, das so schwer ist, als wäre es ein Besteck von Buccalatti für zwölf Personen. Das Klirren und Klimpern der fallenden Gedecke übertönt die bösen Worte der Menschen, so daß meine Geliebte sie nicht hören muß.

Das letzte, was ich von der Göttlichen Yvette sehe, ist, wie sich ihr pikantes kleines Schnäuzchen bis zu den Nasenlöchern in à la Cat vergraben hat.

Das letzte, was ich von Maurice, dem Rum-tum-Tiger, der Yummy-Tum-tum-tummy-Katze, sehe, sind seine gelbgestreiften Hinterteilpartien, die man wenig elegant in ein tragbares Plastikkistchen stopft, als wäre er ein Haufen Hundefleisch. Schade, daß die Kiste kein Müllwagen ist.

Kapitel 24

Jake in allen Gassen

»Die Garderobe von Cheyenne? Klar doch.« Er bedeutet Temple mit einer Kopfbewegung, ihm zu folgen.

Da über dreiunddreißig Typen irgendwo im Keller des Crystal Phoenix fünf Kostümwechsel machten, hatte Temple das Bedürfnis, einen vorbeieilenden Fremden um Hilfe zu bitten, statt alleine in der Gegend herumzustolpern.

Der Mann war freundlich, großgewachsen, aber mehr schlaksig als muskulös. Eigentlich erinnerte er sie sehr an den niedlichen jüngeren Bruder von Tiny Tim.

Temple folgte seinen langen Schritten, so schnell sie konnte. Sie stellte fest, daß man den Wettbewerbsteilnehmern einen riesigen Lagerraum als Umkleideraum zugeteilt hatte. Lange Reihe von Klappstühlen und Tische mit Kosmetikspiegeln waren durch Vorhänge zu Zweimann-Garderoben abgeteilt worden. Dennoch war es bei mehr als dreißig Wettbewerbsteilnehmern überflüssig, an so etwas wie Privatsphäre auch nur zu denken.

Hier war Cheyenne bestimmt nicht ermordet worden.

Der Mann hielt an einem der weinroten Vorhänge vor den Kabinen inne, warf diesen zurück, verbeugte sich mit einer ausschweifenden Geste und ließ sie eintreten.

Temple entdeckte auf dem einen Tisch offene Dosen mit bronzefarbener Körperschminke, eine oft befingerte durchsichtige Plastikflasche mit irgendeinem Öl und ein ganzes Bataillon Haargels, Sprühdosen und sonstigen modernen Haar-Form-Mitteln und Volumenspendern, die man für lange Locken brauchte, egal, welches Geschlecht deren Träger hat. Soviel zu dem einen der beiden nebeneinanderstehenden Tische. Der andere war so ordentlich, daß er fast verlassen aussah, nur ein blauer Hefter, eine Schachtel Papiertaschentücher und eine einsame Dose Make-up.

»Meiner«, sagte der Mann, der bemerkt hatte, daß sie sich über den Mangel an Kosmetika wunderte.

Temple wandte sich noch erstaunter um. »Sie nehmen am Wettbewerb teil?«

»In der Gruppe über vierzig.« Der Mann ließ sich in seinen metallenen Klappstuhl fallen und blickte in einen Spiegel, der von lauter nicht eingeschalteten Theaterglühbirnen umrahmt wurde, genau wie der auf Cheyennes vollgestelltem Tisch. Eine fluoreszierende Deckenlampe ließ ein eingefallenes, blasses Gesicht erkennen. Er zwinkerte ironisch. »Noch mehr über vierzig als die meisten. Jake Gotshall. Und Sie sind ...?«

»Temple Barr. Ich arbeite für das Crystal Phoenix.«

»Ich vermute, ich bin das, was man einen Joker nennen würde.« Jake lächelte sein Spiegelbild an.

Er erinnerte Temple an einen alternden Hippie. Sein Haar war lang, aber dünn, glanzlos und angegraut. Seine Gesichtszüge waren weich: keine harte Kante an Kinn oder Kiefer, die einen Schatten auf massige Brustmuskeln werfen würde. Keine üppigen Augenbrauen, die tiefversunkene, mysteriöse Augen versteckten. Nach ihren bisherigen Erfahrungen in der Nähe der Incredible Hunks erstaunte Temple die Feststellung, daß Jake durchaus männlich aussah, ohne eines der Hunk-ähnlichen Merkmale an sich zu haben.

Er lächelte, als er ihren erstaunten Gesichtsausdruck bemerkte.

»Ohne Zweifel fragen Sie sich, warum ich euch alle hierhergerufen habe. Huch« – er blickte vorsichtig um Temple herum, ob es dort noch mehr Menschen gäbe – »Sie sind ja allein!« Sein Tonfall wurde selbstironisch. »Ohne Zweifel fragen Sie sich, warum ich Sie alleine hierhergerufen habe?«

Seine Augenbrauen gingen hoch, wie bei einem glotzenden Bösewicht aus einem Stummfilm.

»Ich bin von alleine hierhergekommen«, korrigierte Temple ihn. »Und Sie habe ich für einen Bühnenarbeiter gehalten.«

»O grausames Schicksal! Bedeutet das, daß meine Chancen auf den Titel des Incredible Hunk in diesem Jahr alles andere als gut sind? Sehe ich denn nicht aus, als wäre ich mindestens der Garderoben-Mitbewohner des letzten verstorbenen Hunks?«

Temple setzte sich vorsichtig auf Cheyennes leeren Klappstuhl. »Anscheinend sind Sie das, ob Sie sich dessen bewußt sind oder nicht. Ich kannte Cheyenne, wenn auch nur sehr flüchtig. Ich frage mich, was passiert ist, ehe er auf die Bühne kam. Vielleicht können Sie es mir erzählen.«

Jake stützte die Ellenbogen auf den Schminktisch und umfaßte mit seinen Händen sein freundliches, wenn auch nicht besonders attraktives Gesicht. »Sie sind viel zu höflich. Ich weiß, daß sie brennend gern wissen würden, was ich überhaupt in diesem Schönheitswettbewerb zu suchen habe. Anstatt sich nach meinem verstorbenen Garderoben-Genossen zu erkundigen, sollten Sie mich doch erst mal fragen, wie ich an den Türstehern, in diesem Fall Türsteherinnen des Wettbewerbs, vorbeigekommen bin.«

»Klären Sie mich bitte auf.«

Er grinste und schob sich näher an sie heran, wobei er seine schiefen grauen Zähne offenbarte. »Ich kenne eine großartige Fotografin. Außerdem arbeite ich gelegentlich als Entertainer, und ich dachte, dieser Einsatz würde mir einige neue Einsichten vermitteln. Hier haben Sie meine Setkarte.« Er zupfte eine Karte mit verschiedenen Aufnahmen aus dem blauen Ordner und warf sie Temple zu.

»Sie haben wirklich eine höllisch gute Fotografin.« Jede Menge Schatten und der ausgeklügelte Einsatz von Licht ließen Jake darauf aussehen wie einen alternden Hamlet. Nur schade, daß der echte Mann dem dänischen Prinzen nicht entsprach. Er sah aus wie ein schlechter Schauspieler, ein Entertainer eben. Temple würde die Fotografin aufsuchen, wenn sie je ein wirklich schmeichelhaftes Portrait bräuchte. »Mehr war nicht nötig, um teilnehmen zu dürfen? Ein gutes Foto?«

Er nickte. »Und paar biographische Angaben, mit den üblichen Körpermaßen. Natürlich habe ich ein bißchen gemogelt.« Er schaute wie Tiny Tim hinter einer Locke grauen Haares hervor, die sich aus dem Gummiband in seinem Nacken gelöst hatte.

Temple fing an zu lachen. »Sie sind ja wirklich köstlich! Was haben die Organisatoren des Schönheitswettbewerbs gesagt, als Sie hier ankamen?«

»Zeter und Mordio geschrien, bis ihnen aufgefallen ist, daß die Presse es aufbauschen könnte, wenn sie einen im Vorfeld angenommenen Kandidaten wieder rausschmeißen würden. Also haben sie das Beste daraus gemacht. Schließlich bin ich nun einmal hier, nicht wahr? Hab meine Startgebühren bezahlt und alles. Außerdem lebe und atme ich noch, und es gab dieses Jahr wirklich sehr wenige Bewerber in der Kategorie über vierzig. Ich bin, wie Sie sehen können, groß und so weit über vierzig, wie man es überhaupt bringen kann.«

»Neunundvierzig?« riet Temple.

»Und drei Viertel. Das habe ich auch als meinen Brustumfang angegeben.«

»Drei Viertel?«

»Neunundvierzig und drei Viertel.«

»Also sind Sie ein Außenstehender, anders als die anderen Wettbewerbsteilnehmer«, sagte Temple lächelnd.

»Ja. Und deshalb sehe ich den Typen einfach zu. Und Junge, Junge, ein paar von denen sind so süchtig nach Spiegeln, daß sie einen nicht einmal ansehen, wenn sie mit einem reden. Schönheit ist wirklich anstrengend, nicht wahr?«

»Das dürfen Sie mich nicht fragen. Wenn die Teilnehmer so sehr mit sich selbst beschäftigt sind, muß es doch sehr interessant sein, sie zu beobachten.«

»Faszinierend«, erwiderte er in hochmütigem Ton und mimte dabei Mr. Spock. Als er erkannte, daß Temple das Zitat verstanden hatte, fügte er mit einem ironischen Lächeln hinzu: »Der hätte hier auch keine Chance. Nicht mit diesen Ohren von Mickey Maus auf dem Mars.«

»Was haben Sie denn bislang so mitgekriegt?«

»Abgesehen von der Tatsachen, daß ich keine Chance habe, diesen Titel des Super-Hunk zu erwerben? Nun, die meisten dieser Typen sind Profis, arrogante ehrgeizige Models oder Schauspieler, die noch einmal von einer Kamera stehen wollen, noch einmal in einer riesigen, rollenden Welle der Aufmerksamkeit der Medien umspült werden wollen. Manche sind abseits der Kameras lustige Typen, normale Menschen, die gut genug aussehen, um sich auf eine Wette mit ihren Freundinnen einzulassen und sich zu bewerben. Diese Kerle haben meistens Erwartungen, die so normal sind wie ihr üblicher Beruf. Nur noch ein anderer Spaßmacher hat sich wie ich aus Spaß an der Freude eingeschlichen, um sich lächerlich zu machen.« Jake wirbelte seine Kosmetikdose umher.

»Warum machen Sie das? Hätten Sie sich nicht einen Schönheitswettbewerb ausdenken können, um ihn in ihre Show einzuarbeiten?«

Jake zuckte mit den Achseln. »Die heißen Klatschsendungen mit ein bißchen Sex wie *A Current Affair, Hard Copy* und *Hot Heads* kommen nicht mit laufenden Kameras zu meinen Shows. Man sehe sich nur Pat Paulsen an, den Komiker, der sich regelmäßig als Kandidat für das Präsidentenamt aufstellen läßt. So verrückt ist der gar nicht. Er wird von der Presse beachtet, und schon eine Nanosekunde auf einem nationalen Fernsehsender kann einer Karriere den notwendigen Impuls geben. Nehmen Sie doch nur Kato Kaelin.« Wobei er den Namen des ehemaligen Zellengenossen von O. J. Simpson allerdings mit sehr übertriebenem französischem Akzent aussprach.

»Vielleicht wollen ich und der andere Typ einfach nur sagen: ›Normale Kerle können auch romantisch sein‹«.

»Was ist denn mit Cheyenne? Hatte der eine Chance? Hätte der gewonnen?«

Jake schüttelte seinen zotteligen Kopf. »Wer weiß? Er hatte alles, was dazu gehört – und er war auch witzig genug, aber ... er hat mir nie irgendwas über sich erzählt. Er ist hereingestürmt, einer der letzten Teilnehmer, die ankamen, direkt aus irgendeinem Transatlantikflugzeug, und er roch nach erster Klasse.«

»Wonach riecht denn die erste Klasse?«

»Leder, Champagner und Stewardeß. Er warf ein paar Seesäcke hin ... wie Sie an seinem Kostüm gesehen haben, war da nicht viel drin. Alles, was er sonst noch brauchte, war ein Smoking, Jeans, Haarspray und seine Evian-Flasche. Was für ein toller Typ!«

»Ein Mordopfer zu kennen, dürfte Ihre komödiantische Darbietung wirklich beleben.«

»Klar. Ich kann zum Beispiel sagen, daß alle Cover-Models zum Tot-Umfallen schön sind.«

»Glauben Sie wirklich, daß dieser Mord demnächst im Plural zu handhaben ist?«

Jakes freundliches, schlaffes Gesicht – er hatte den Ausdruck eines netten alten Pferdes – wurde vor Entsetzen ganz straff. »Scheiße, ich hoffe nicht! Ich habe mich hier schließlich ohne Gefahrenzulage beworben! Für ein paar hundert kreischende Frauen mit dem Hintern zu wackeln, dürfte doch nicht unter Todesstrafe stehen.«

Temple saß auf Cheyennes Platz, und die im Spiegel reflektierten, weinroten Vorhänge ließen sie ganz verloren wirken. Selbst wenn er mit kleinem Gepäck reiste, trug Cheyenne mehr Haar-Accessoires mit sich herum, als Temple je besessen hatte. Sie hob einen kleinen, glatten Aluminiumbehälter mit Schaumfestiger hoch, der aussah wie eine Dose Selbstverteidigungsspray. Sie fühlte sich an, als ob sie voll sei. Temple setzte sie schnell wieder ab, als sie sich vorstellte, wie oft ein lebender Cheyenne sie wohl noch benutzt haben würde.

»Niemand ist gekommen, um seine Sachen abzuholen, außer der Polizei«, bemerkte Jake. »Die Reisetasche mit seinen Klamotten und dem ganzen Zeug. Ich habe einen elektrischen Rasierapparat gesehen, einen teuren Fön, eine ausländische Zeitschrift, französisch oder italienisch. Den ganzen Schmadder haben sie hiergelassen.«

Mit einem Nicken deutete er auf die Ansammlung glänzender Flaschen und Behälter. »Vielleicht hat ihn jemand umgebracht, weil er die ganze Ozonschicht allein kaputtgekriegt hat.«

Temple berührte einen weiteren der Aluminiumsoldaten, die vor ihr Parade standen. »Das hier sind Pump-Sprays, keine FCKW-Geschichten. Der hat niemandem was getan.«

»Er muß doch für irgend jemanden eine Bedrohung gewesen sein, warum hätte man ihn sonst umgebracht?«

»Es muß nicht unbedingt ein Rivale im Schönheitswettbewerb der Incredible Hunks getan haben. Es gibt eine ganze Palette möglicher Killer: ein eifersüchtiger Liebhaber, ein ehemaliger Liebhaber eines neuen Liebhabers, ein abgeblitzter Möchtegern-Liebhaber. Vielleicht sogar eine tödlich genervte Autorin, die es einfach schrecklich findet, daß die Cover-Models die ganze Aufmerksamkeit und das ganze Geld abstauben.«

»Die *Autorinnen* verabscheuen diese Typen?«

»Vielleicht übertreibe ich ein bißchen, aber viele von diesen Frauen haben ein Buch nach dem anderen geschrieben und dafür nur Peanuts abgekriegt. Wenn man dann zuschauen muß, wie irgendein dahergelaufener hübscher Junge mit dem großen Geld abzwitschert, dafür, daß er eine Stunde lang halbnackt in der Gegend herumsteht, kann einen das schon ziemlich irritieren. Wohlgemerkt, das ist nur eine These.«

»Bei allen Haargels dieser Welt!« Jake legte beide Hände flach auf seinen Schminktisch, als wolle er von da aus in die Umlaufbahn der Erde springen. »Nicht genug, daß man vor Hunderten von kreischenden Frauen in Unterhosen auf die Bühne spazieren muß, auch noch zu denken, daß manche von denen nicht nur kreischen, sondern Blut sehen wollen ...! Das ist ja schrecklich.«

»Cheyenne wurde bei der ersten Probe umgebracht, nicht beim Wettbewerb selbst, aber an dem Morgen waren dutzendweise Tatverdächtige unterwegs: zum Beispiel Mitbewerber ...«

»Ich hab' es nicht getan«, schrie er melodramatisch und ging auf die Knie. »Sie wissen doch, daß ich nie gewinnen würde, egal, wen ich eliminiere. Ich könnte die gesamte Mannschaft ins Jenseits befördern und würde immer noch verlieren. Ich bin unschuldig, ich sage es Ihnen, unschuldig!«

Temple ließ sich von diesem theatralischen Spielchen nicht ablenken. Komiker waren immer auf Sendung, improvisierten immer. Das machte sie nicht gerade zu den besten Zeugen der Welt. Sie fragte sich, was Molina von diesem Typen denken würde, während sie weitere Tatverdächtige an ihren Fingern abzählte.

»Bühnenarbeiter. Dann darf man die Fans nicht vergessen... Sie wissen schon, diese pummeligen, süßen Damen mittleren Alters, die freiwillig dabei helfen, den Hunks ihre süßen Hintern in die hautengen Hosen hineinzuzwängen. Durchgeknallte Fans sind nichts Neues. Es waren auch ein paar Autorinnen da, die versuchten herauszukriegen, wen sie an dem Abend begleiten würden.«

»Um mich gab es kein großes Gedränge«, murmelte Jake bedrückt und versank tiefer in seinem Klappstuhl.

»Ich weiß, daß das Leben ein Kabarett ist, mein Freund, genau wie im Musical, aber selbst ein professioneller Witzereißer muß doch gelegentlich etwas anderes bemerken als nur, wie seine Possen gerade ankommen. Cheyenne machte sich irgendwelche Sorgen, so daß er sich am Abend vor seinem Tod unbedingt mit mir treffen wollte. Warum? Weil ich Öffentlichkeitsarbeit mache? Weil ich in Hotels und auf Kongressen arbeite und mich in der Szene auskenne? Oder weil ich geholfen habe, ein paar Morde aufzuklären?«

»Wie? So ein niedlicher kleiner Cheerleader-Typ wie Sie?« Jakes von Natur aus bleiches Gesicht war jetzt grau geworden. »In Mordfälle involviert?«

»Nur indirekt.«

»Das will ich auch hoffen!«

»Also erzählen Sie mir jetzt endlich etwas, das mir helfen kann. Ich muß wissen, was Cheyenne mir gern erzählt hätte! Sie waren hier fast vierundzwanzig Stunden mit ihm zusammen. Sie müssen doch irgend etwas gehört oder gesehen haben.«

Jake zuckte mit den Achseln und zog eine Grimasse. »Nur das Übliche. Er kam herein und kämpfte gegen den Jetlag an, mit dieser Art von Energie, die man im Showbiz einfach hat, die einen weitertreibt, komme was da wolle.«

»Keine Drogen?« Temple dachte an einen weiteren Grund: ein neues, aufregendes Leben im Jetset, in dem man sich mit Speed und Sex-Appeal am Laufen hielt ... vielleicht sogar durch Schmuggelei.

Jake schüttelte den Kopf. »Nee. Ich kenne den Unterschied zwischen einem High, das zweihundert Dollar gekostet hat, einem Koffeinschock und dem, was uns die gute Mutter Natur umsonst mitgibt. Ich habe das auch schon erlebt. Man macht einfach weiter, weil man auftreten muß. Und das war es auch, was ihn high machte: an diesem Wettbewerb teilzunehmen und erfolgreich zu sein. Mannomann, der hatte Energie! Sie hätten ihn mal sehen sollen, wie er hin- und hergedüst ist, um in der letzten Minute noch irgendwelche Fragen zu regeln. Er hat dieses Pferd hier hereingeschafft, ohne daß mehr als ein oder zwei Kumpels davon wußten. Er wollte auch die anderen Wettbewerbsteilnehmer überraschen. Er wollte, daß alle wissen, daß er ihnen immer eine Nasenlänge voraus sein würde.«

Jake schwieg für einen Moment. »Am Morgen der Probe wirkte er allerdings etwas abgelenkt. Er sauste mit einer seiner Taschen hinaus, und als er wieder zurückkam, warf er sie in irgendeine Ecke, als befände sich etwas Unangenehmes darin. Als gehöre das nicht wirklich zu ihm. Wenn Sie mich so fragen, würde ich fast sagen, daß er ein bißchen psychotisch wirkte. Hat mich sogar gebeten, ihm eine Pepsi zu holen, wo er doch sonst nichts anderes trank als Evian-Wasser. Er war ...«

»Besorgt?«

»Vielleicht. Vielleicht wollte er mich auch nur für eine Weile loswerden. Als ich zurückkam, sagte er nicht viel. Hatte schon sein winziges Kostüm angezogen. Na ja, nachdem ich mir diesen Navajo anschaute, wußte ich, daß alle meine Chancen erledigt waren.« Jakes Arme breiteten sich aus, enthüllten seinen wenig bemerkenswerten Körper in seinen noch weniger bemerkenswerten Klamotten.

»Sie haben wirklich Mut«, gab Temple zu. »Ich bin mir aber sicher, daß viele Frauen Sie unheimlich gut finden werden. Die stehen nicht alle auf diese Super-Schönlinge.«

»Diese Stecher mit den Mammut-Muskeln sind nur die Dekoration im Schaufenster. Die kann man ansehen, ohne daß man wirklich etwas davon hat.«

»Perfekte Kens«, bestätigte Temple. »Wie die Puppen Ken und Barbie.« Sie erinnerte sich daran, daß Matt sein eigenes gutes Aussehen auch oft genug bedauerte, weil es ihm nur oberflächliche Aufmerksamkeit zutrug. »Aber schöne Leute haben auch echte Gefühle. Und Ängste. Und irgend jemand mußte vor Cheyenne – Charlie Moon – genug Angst gehabt haben, um ihn umzubringen.«

»Glauben Sie, das war das Motiv? Nicht Eifersucht?«

»Welche Art von Eifersucht, das ist hier die Frage.«

»Das ist eine gute Frage. War es ein verrückt gewordener Wettbewerbsteilnehmer, der Angst hatte, er müsse die Krone an einen heißen Konkurrenten abgeben?« Jake nahm einen schuldbewußten Gesichtsausdruck an. »Oder war es irgendein brennendheißer Liebhaber, der Angst davor hatte, Cheyenne zu verlieren?« Er zwirbelte einen Phantasie-Schnurrbart.

»Haben Sie irgendwelche intimen Beziehungen zwischen den Herren hier beobachtet?«

»In weniger als zwei Tagen? Unwahrscheinlich.« Dann hellte sich sein Gesicht auf. »Moment mal, ich habe Cheyenne tatsächlich gesehen, als er mit einer Autorin in der Bar des Hotels Cocktails trank. Ziemlich spät am ersten Abend, als wir gerade angekommen waren.«

»Wer war das?«

Er zuckte mit den Achseln. »Ich hab sie nicht noch einmal gesehen. Jedenfalls nicht eine der Teilnehmerinnen vom Schönheitswettbewerb. Elegante Dame. Ich wollte gerade sagen ›ältere‹, aber ich nehme an, daß sie nur ein paar Jahre älter ist als ich, also halte ich lieber den Mund. Sah aber immer noch gut aus. Ungefähr Ihre Größe. Hatte auch rote Haare, nur waren ihre nicht ganz so leuchtend.«

Temple gefror das Blut in den Adern. Tante Kit.

»Um wieviel Uhr war das denn?«

»Um wieviel Uhr ich sie gesehen habe? Ach, ich würde sagen gegen elf. Sie war alt genug, um seine Mutter zu sein, aber Cheyenne wirkte ja wie ein sehr kosmopolitischer Typ. Jede Wette, uninteressante Kleinigkeiten wie Alter, Geschlechtszugehörigkeit und Nationalität haben ihn überhaupt nicht interessiert.«

Temple, wegen Kit immer noch sehr schockiert, war nicht überrascht, ihren Verdacht auf Bisexualität bestätigt zu hören, und das von einer unparteiischen Quelle.

»Jetzt sehen Sie mal nicht so schockiert aus, Liebling.« Jake spielte den älteren Bruder. »Heutzutage tun erwachsene Menschen in erotischer Hinsicht alles mögliche. Aber ich bezweifle, daß irgend etwas davon auf diesem Kongreß läuft. Viel zuviel Druck vor der Aufführung. Jeder ist viel zu sehr vor dem Schönheitswettbewerb der Incredible Hunks in Anspruch genommen, um Zeit für eine Liebelei zu haben!«

Jake lehnte sich gegen den Schminktisch und nahm eine weltgewandte Miene an, die sein schlichtes Gesicht auf lächerliche Weise veränderte, allerdings nicht zum Besseren. »Das heißt, wenn Sie heute abend nichts anderes vorhaben, Baby?«

»Tut mir leid, Fabrizio Junior.« Temple stand auf. Ihre Geduld war ebenso am Ende wie dieses Gespräch. »Ich bin völlig ausgebucht.«

Kapitel 25

Wahre Beichten

C. R. Molina ging durch die Eingangshalle des Crystal Phoenix und fluchte.

Sie haßte das unaufhörliche Rasseln der Spielautomaten, vor allem, wenn sie gerade versuchte nachzudenken. Nicht, daß es besonders viel gab, über das sie hätte nachdenken können: nur über das unvermeidliche Ende dieses Liebesroman-Kongresses und die damit verbundene Abreise aller Tatverdächtigen im Mordfall Charlie Moon.

Sie wußte, daß ihre Chancen, den Fall bis Montag zu lösen, geringer waren als die Chance, in einem der Automaten einen Jackpot zu bekommen. Das »Kling Kling Kling« der zum Sterben verurteilten Münzen klang in ihren Ohren wie der Motor des Versagens, der warm lief, um sie dann mit aller Macht zu überrollen. Dieser lästige Mordfall nagte deshalb so sehr an ihr, weil die unerwartete Begegnung im Blue Dahlia sie ohnehin schon verunsichert hatte.

Als sie an das frustrierende Geplänkel mit Max Kinsella dachte, erinnerte sie sich auch an ihre stets unfruchtbaren Begegnungen mit der Begleiterin des flüchtigen Zauberers: Temple Barr. Und sie selbst hatte die Frau auch noch dazu ermuntert, ihrer Neugier freien Lauf zu lassen! Aber in manchen Fällen lohnte die Information auch unkonventionelle Wege.

Als Molina im Geiste die ihr verbliebenen Möglichkeiten durchging, während sie zwischen den Automaten durchrauschte, war ihr professionelles Polizei-Auge auf selbständigen Aufnahmemodus eingestellt. Etwas Merkwürdiges drang in ihr Bewußtsein: ein Spielleiter, der in ein Gespräch vertieft war. Spielleiter beobachteten normalerweise, sie redeten nicht. Vor allen Dingen nicht mit so eindeutigen Kasino-Neulingen wie ...

Molina hielt mitten im Schritt inne. Die Haltung der Person, die sich mit dem Spielleiter unterhielt, war sehr untypisch für die Umgebung.

Sie änderte die Richtung und näherte sich den beiden so, daß sie dem Spielleiter gegenüberstand.

Spike Saltzer war ein Veteran in der Welt der Kasinos, ein Mann um die siebzig mit übernatürlich glänzendem, vollem schwarzen Haar und einem ewig sonnengebräunten Gesicht. Die Bräune war seine einzige Konzession an den Sündenpfuhl von Las Vegas. Spike rauchte nicht, trank nicht und nahm keine Drogen. Manchmal fragte sie sich sogar, ob er überhaupt schlief. Er war seit ewigen Zeiten mit derselben Frau verheiratet und Mitglied der Golden Light Kirche. Trotz alledem, oder vielleicht gerade deswegen, entging ihm in der Spielhalle nichts, so daß er Molina fast genauso schnell entdeckt hatte wie sie ihn. Er hatte sich das aber nicht anmerken lassen.

Die Spielleiter waren die Zirkusdirektoren des Kasinos, die Kapitäne des Geschehens. Sie sorgten dafür, daß das Spiel am Laufen blieb und achteten auf Betrüger, seien es Gäste oder auch Angestellte. Deswegen unterhielten sich Spielleiter auch nur selten mit anderen. Molina stand nah genug an dem blonden Mann, um ihren ersten Eindruck bestätigt zu finden: Matt Devine.

So, so.

Sie tauchte neben den beiden Männern auf, ehe Devine sie entdeckte.

»Wie lange also könnte ...« Aus dem Augenwinkel bemerkte er eine Bewegung neben sich und drehte den Kopf.

Sie genoß die verwirrte, ein bißchen schuldbewußte Miene auf seinem auffällig schönen Gesicht.

»Ich hab jetzt keine Zeit mehr«, tat Spike kund. Er sah Molina eine Sekunde lang an, dann schaute er wieder über die Tische.

»Lieutenant«, begrüßte Devine sie.

»Wie schade, daß ich nicht ebenfalls mit einem Titel antworten kann«, sagte sie und lächelte, während aus seiner Verwirrung allmählich Vorsicht, wenn nicht gar Ablehnung wurde. »Also, worüber haben Sie mit Spike gesprochen?«

»Nichts Wichtiges. Nichts, was interessant wäre. Für Sie.«

»Ich interessiere mich für alles, vor allen Dingen im unmittelbaren Umfeld eines Tatortes.«

Devine wirkte noch schuldbewußter als vorher. Es war fast schon gemein von ihr, ihn so zappeln zu lassen.

»Miss Barr ist hinter der Bühne oder unten«, sagte sie brüsk, in der Annahme, daß er wegen Temple ins Crystal Phoenix gekommen war. »Was wollten Sie also hier? Saltzer auf die Nerven gehen?«

»Ich war neugierig, wie dieser Laden geführt wird, das ist alles. Temple ist hier? Allein?«

Devine sah noch verwirrter aus und, falls das überhaupt möglich war, noch besorgter.

»Allein? Nein, ich glaube nicht. Ich glaube, ungefähr dreißig Taschenbuch-Helden schwirren um Sie herum.«

»Taschenbuch-Helden?«

»Cover-Models. Männliche Models. Hunks, die auf den Umschlägen der Liebesromane posieren. Wissen Sie nichts von dem Liebesroman-Kongreß?«

Devine schüttelte den Kopf.

»Sie sind nicht deswegen hier? Denn sie steckt mal wieder, na wo wohl, mitten in einer Morduntersuchung. Oder sind Sie vielleicht hier, um die Gesetzeshüter vor der Barrschen Einmischung zu retten?«

»Der Mord ist doch ... Schnee von gestern«, sagte er vorsichtig.

»Wie versiert Ihr Amateure sein könnt! Ja, der Typ ist tatsächlich vor ganzen dreißig Stunden gestorben, aber auf der Akte sind schließlich noch keine Spinnenweben.« Molina betrachte sein immer noch verwirrtes Gesicht und bekam Mitleid. »Wußten Sie übrigens, daß ein bestimmter Jemand in die Stadt zurückgekehrt ist?«

»Wußten Sie es?« erwiderte er vorsichtig.

»Würde ich ansonsten fragen?«

»Woher...?«

»Die Polizei weiß alles«, antwortete sie mit einer gehörigen Portion Selbstironie. »Ich nehme an, daß damit das Klima für Sie wieder rauher wird.«

»Was meinen Sie damit?«

»Na ja, Sie waren doch Temples offizieller Begleiter, und jetzt – ›Max ist in der Stadt‹.« Sie zitierte eine Zeile aus der Dreigroschenoper über Macky Messer, aber das begriff Devine nicht.

»Das geht nur Temple... und ihn etwas an.«

»Tatsächlich? Das glaube ich nicht. Es geht ihn und das Gesetz etwas an.«

»Haben Sie ihn festgenommen?«

»Da freuen Sie sich zu früh.«

Devine wurde rot. Es war wirklich gemein von ihr, sich jemanden zum Hänseln auszusuchen, der so wenig in der Lage war, ihr Paroli zu bieten. Sie lächelte noch einmal.

»Tut mir leid, ich kann die Einzelheiten nicht mit Ihnen besprechen, aber der Mysteriöse Max wird bestimmt festgenommen, sobald ich ihn wieder in die Finger kriege.«

»Weswegen denn?«

»Machen Sie sich keine Sorgen, ich werde früher oder später schon noch etwas finden, was ich ihm an seinen hübschen Pferdeschwanz hängen kann.«

Sie sah, wie sich sein Gesicht anspannte. Er glaubte ihr, daß sie Kinsella getroffen hatte. Deswegen hatte sie ja auch den Pferdeschwanz erwähnt. Jetzt wußte sie, daß Devine diesen verflucht schwer zu erwischenden Typen ebenso gesehen hatte wie sie.

»Was hielten Sie von ihm?« fragte sie als nächstes.

»Wie merkwürdig. Das wollte ich Sie auch gerade fragen.«

Sie zuckte mit den Achseln. Bei einem so vorsichtigen Menschen wie Devine bekam man das, was man wollte, oft erst zum Schluß. »Wie sagte man früher? ›Ein aalglatter Typ‹. Aber ich bewerte die Menschen auf professionelle Weise. Für persönliche Dinge interessiere ich mich nicht.«

»Meine Einschätzung ist auch professionell«, sagte er erstaunlich gelassen. Er hatte sich offensichtlich endlich in ihren verbalen Schlagabtausch hineingefunden. »Eine facettenreiche Persönlichkeit. Sehr charmant. Beunruhigend intelligent, aber... irgendwie unsicher. Und dunkel. Ein tiefer, dunkler Wesenszug, der ganz besonders keltisch wirkt.«

»Keltisch. Kein Wort, das man auf Formularen der Polizei findet, Mr. Devine. Ich werde das berücksichtigen.«

»Warum machen Sie sich über mich lustig?«

»Ach, weil ich nichts Besseres zu tun habe, weil ich über den gegenwärtigen Fall frustriert bin, und weil es immer lustiger ist, sich mit alten Fällen zu befassen.«

»Gegenwärtiger Fall? Noch ein Mord?«

»Was glauben Sie denn, von welchem Mord ich rede? Oder gibt es einen, von dem ich noch nichts weiß?«

»Es hat so viele gegeben, seit...«

»Seit Sie Miss Barr kennengelernt haben. Ich weiß. Na ja, jetzt haben wir den nächsten. Einer der Hunks, die auf ein Cover wollen. Hat einen Pfeil in den Rücken bekommen, nur Sekunden, bevor er bei einer Bühnenprobe einen höchstdramatischen Auftritt hatte – der Abgang war dann wohl noch dramatischer. Hat sie Ihnen nicht davon erzählt?«

»Ich habe Temple seit Ewigkeiten nicht gesehen.«

»Also weiß sie gar nicht, daß Sie hier sind?«

»Nein. Und ich ...«

»Wußten nicht, daß sie hier ist. Was haben Sie denn gedacht, wo sie hingefahren sei?«

»Ich – ich weiß es nicht. Ich wollte nicht fragen. Ich dachte ...«

»Nein. Nein, mein Sohn. Sie ist *nicht* mit dem Mysteriösen Max ausgebüchst, jedenfalls nicht, soweit ich weiß. Ich glaube, wenn dem so wäre, würde sie weniger Interesse an dem jüngsten Mord zeigen, aber dieses Glück ist mir leider nicht beschieden. Im Moment ist sie gerade mit rund dreißig halbnackten, muskulösen männlichen Models unterwegs.«

Er runzelte die Stirn und ignorierte ihre Sticheleien. »Temple sollte sich nicht in solche Geschichten einmischen.«

»Ganz meine Meinung. Diesmal hat sie Schuldgefühle.«

»Schuldgefühle? Temple?« Der Mord schien ihn mehr zu beunruhigen als die Rückkehr von Max.

»Das Opfer hatte sie um ein Gespräch unter vier Augen gebeten, und zwar am Abend vor dem Mord. Sie kannte ihn – flüchtig, so sagt sie – von dem Stripper-Wettbewerb vor ein paar Monaten.«

»Darüber weiß ich nicht viel«, murmelte Devine.

Molina erkannte plötzlich, warum er so unsicher war. »Deswegen haben Sie also mit Saltzer gesprochen! Sie wußten gar nichts von dem letzten Mord, Sie haben sich nach dem Fall Effinger erkundigt. Großartig, noch ein Amateurdetektiv!«

»Ich bin kein Amateurdetektiv.« Er wurde schon wieder rot. »Ich bin in diesem Fall ein Betroffener. Effinger war mein Stiefvater. Wenn der Tote überhaupt wirklich Effinger war.«

Molina trat einen Schritt zurück. »Was meinten Sie damit?«

»Was meinten Sie denn damit, Lieutenant?« fragte er leise. »Sie haben mich in die Irre geführt. Warum? Mir ist endlich... klar geworden, daß es nicht notwendig gewesen wäre, mich zum Leichenschauhaus zu schleppen, damit ich die sterblichen Überreste identifiziere. Effinger hatte eine lange Polizeiakte. Inklusive seiner Fingerabdrücke hier und in Chicago. Warum haben Sie mich die Leiche identifizieren lassen? Zum Spaß? Hat man Ihnen das in Ihrer katholischen Schule beigebracht, Carmen?«

Molina mußte feststellen, daß auch sie rot wurde. Die gute katholische Erziehung. Sie war von einem ehemaligen Priester bei der Sünde der Heimtücke erwischt worden. Und dann hatte er auch noch ihren verhaßten Taufnamen benutzt, um ihr diese irdische Sünde unter die Nase zu reiben.

»Ich brauchte eine Einlassung«, sagte sie steif.

»Einlassung?« Er spuckte es aus wie ein Schimpfwort. »Nennt man das heutzutage so? Ich hatte nicht sehr viel davon, Einlassungen zu machen. An diesem verlassenen Ort zu stehen, mit diesen ganzen Leichen in den verschiedensten Stadien der Auflösung, dieser... Geruch von bitteren Orangenblüten, die man über einer Kloake ausgestreut hat, darauf zu warten, daß der beigefarbene Vorhang beiseite gezogen wird, damit ich auf eine beigefarbene Leiche unter einem weißen Laken schauen kann! Der Tod ist an sich schon ein schreckliches Erlebnis. Warum haben Sie mir das angetan, wenn Sie schon wußten, wer er war?«

»Aber das wußte ich doch gar nicht«, beichtete sie mit leiser Stimme. »Ich weiß es immer noch nicht, da selbst Sie sich nicht sicher sind.«

»Aber die Fingerabdrücke...!«

»Sind nicht identisch«, gab Molina zu und hörte die Bitterkeit in ihrer eigenen Stimme. Das Versagen.

»Sind nicht identisch?«

Er starrte ihr ins Gesicht. Ihn zu benutzen, ohne ihm den Grund zu sagen, war ein Teil ihres Jobs. Das meiste an ihrem Job war nicht besonders nett.

Matt Devine versank in Grübeleien, und seine Gefühle waren ihm vom Gesicht abzulesen. Sie runzelte die Stirn. Jemanden zu benutzen, der schutzlos und ehrlich war wie Devine, war mehr als gemein. Sie hatte immer schon vermutet, daß er in seiner Familie Schreckliches erlebt haben mußte, und jetzt sah sie den Beweis.

»Wie gut, daß ich meine Mutter nicht angerufen habe...«, dachte er laut, und sie trat sich noch einmal selbst in den Hintern vor lauter Ärger über sich selbst.

Der Verdacht war damit jedoch nicht vom Tisch. Wenn es in der Familiengeschichte Devine/Effinger irgend etwas Schreckliches gegeben hatte, dann hätte Matt Devine den Mann umbringen können, der sich selbst als Cliff Effinger ausgegeben hatte, denn er wußte ja nicht mehr über seine wahre Identität als sie selbst.

»Vielen Dank, daß Sie mir wenigstens jetzt die Wahrheit gesagt haben«, sagte er und schaute sie an.

Sie wünschte, sie hätte ihm mit der gleichen Sicherheit dasselbe sagen können.

Kapitel 26

Noch eine Eröffnung, wieder ein Schuh

Erinnerungen an die großartige Show im Gridiron! Wieder einmal raste Temple durch den Theaterbauch des Crystal Phoenix, dachte über Sketche, Kostüme und Kriminalität nach. Diesmal trug sie jedoch die volle Montur eines Cover-Models und mußte lange, schwere Röcke aus lavendelfarbenen Brokat hinter sich herschleppen.

Schulterfreie Ausschnitte mochten ja notwendig sein, um die Helden historischer Liebesromane in den Wahnsinn zu treiben. Sie konnten aber auch, mußte Temple jetzt feststellen, jede, die sie trug – wenn sie nicht gerade Schultern wie ein Ruderer hatte –, völlig verrückt machen. Sie zuckte im Laufen dauernd die Achseln, um den Stoff oben zu halten.

Ihre eiskalten Finger zogen eine brokatene Schulter hoch ... welche Heldin aus einem Liebesroman hätte nicht kalte Finger, wenn sie kurz vor der Probe einer Abschlußpose mit einem dieser Hunks stünde? Wahrscheinlich würde es mal wieder mehr um den Hunk als um die Probe gehen. Sie hatte aus der Gruppe der Autorinnen schon das Gerücht gehört, es habe im letzten Jahr einen Teilnehmer gegeben, der versucht hatte, jeden vorbeikommenden Rock zu erhaschen.

Obwohl Danny versprochen hatte, die Schlimmsten von ihr fernzuhalten, war er auch nicht der liebe Gott und konnte nicht alles unter Kontrolle haben. Schließlich war Quincey, die Stieftochter von Crawford Buchanan, auch dabei und mußte von ihm beschützt werden.

Sie rollte ihren Kopf, um einen Krampf in der Schulter zu entspannen, und kämpfte dabei gegen einen Wasserfall von heißem, schwerem roten Haar, der auch ein Teil des Kostüms für dieses neue Cover-Girl war. Das Haarteil fühlte sich an, als würde es gleich ihren Rücken hinunterrutschen, also hatte sie überdimensionale Haarklammern in ihre Frisur gesteckt und gehofft, dabei auf ihr eigenes Haar, auf die Perücke oder auf sonst irgend etwas zu treffen, an dem man sie festmachen konnte. Und wenn es die Kopfhaut wäre...

Temple lehnte sich gegen die Betonwand und keuchte. In diesem schweren Theaterkostüm herumzurasen, war nicht gut für ihre Gemütsverfassung. Sie beäugte einen beeindrukkenden Kostümständer: Pailletten, Perlen und Federn aus der abendlichen Revue des Phoenix. Die Leute vom Wettbewerb, zu denen sie jetzt gehörte, durften diesen Raum nur ausnahmsweise benutzen.

Ihr Blick blieb an etwas Glitzerndem hängen, das unter dem Ständer lag. Was sie sah, war zweifellos ein Schuh.

Tatsächlich ein Schuh. Nur die Sohle war zu sehen, so glatt und unberührt, als sei sie frisch ausgelegtes Linoleum. Aber um den Zeh herum war ein winziger glitzernder Rand zu sehen und zog sie an wie ein Lächeln aus Aluminiumfolie. Temple merkte, daß sie zurücklächelte. Manche Leute lächelten Babys an, sie lächelte Schuhe an. Na und!

Ach was, zum Teufel! Sie konnte ja wenigstens einmal nachschauen, wie er aussah.

Sie ließ sich in die luftigen Lagen ihrer Brokatröcke hinabsinken. Mit einem kleinen Stöhnen schaffte sie es schließlich, mit den Fingerspitzen an den Schuh zu kommen.

Dieser glitzernde Rand sah ganz entschieden danach aus, als sei er aus aneinandergereihten silberweißen Straßsteinen. Wäre das nicht großartig? Der *Schuh!* Vielleicht trug ein Showgirl (Schuhgirl?) sie jeden Abend auf der Bühne.

Indem sie die Sohle mit ihren Fingernägeln Zentimeter um Zentimeter näher zog, war Temple schließlich in der Lage, mit den Fingern in den Zeh zu kneifen und den Schuh so dicht an sich heranzuziehen, daß sie ihn endlich aufheben konnte.

Nur war der Schuh ... ein Stiefel. Und was für einer! Sie starrte ihn erstaunt an, als wäre sie ein Aschenputtel, deren gute Fee sich als absolute Idiotin herausgestellt hatte.

Na ja, es war schon ein schicker Stiefel: In das silbrige Leder waren Flammen eingelegt worden, und hier und dort war Straß verteilt wie glitzernde Ausrufezeichen. Obwohl er glitzerig und auffällig genug war, um ein Frauenstiefel zu sein, war er doch eher für einen Yeti zugeschnitten. Und die meisten Glitzersteine glitzerten nicht, sondern waren nur groß und auffällig. Mit einem Wort, billig. Tut uns leid, gute Fee, sie mögen ja keine Idiotin sein, aber ihr Geschmack, was Stiefel angeht, ist auf jeden Fall daneben! Natürlich tragen Showgirls, die ja meist sehr groß sind, durchaus auch große Schuhe. Vielleicht war dies aber auch ein Flüchtling aus einer Wildwest-Revue.

Temple stand auf, den großen häßlichen Stiefel in der Hand. Sie war enttäuscht und verwirrt. Da war sie auf der Jagd nach den Designer-Pumps, und statt dessen hatte sie einen groben Glitzer-Stiefel gefunden, den noch nicht einmal ein Pferd anziehen würde. Ohne Zweifel mußte dieses schreckliche Teil doch einen Gefährten haben! Sie ertrug den Gedanken nicht, sich noch einmal bücken zu müssen, also versuchte sie, die langen Kostüme beiseite zu schieben, indem sie mit ihrem Fuß dort entlangwischte. Sie wirbelte die Säume auf, aber unter der Garderobe lag kein weiterer Stiefel. Yippeee! Dies war ein einsamer Stiefel.

Also hatte jemand einen Stiefel unter einem Kostümständer vergessen, abgelegt oder absichtlich dorthin geworfen. Warum? In Kürze erwartete man Temple auf der Bühne, damit sie endlich anfing, die Hunks in Augenschein und in die Arme zu nehmen. Was sollte sie tun? Sie tippte mit der jungfräulichen Sohle des Stiefels unentschlossen gegen ihre Handfläche. Warum hatte der Stiefel so einsam hier gelegen? Sie würde sich dieser Frage später widmen müssen.

Sie eilte den leeren Flur entlang, zurück zu dem kleinen Kabuff mit den beiden Spiegeln, das sie sich mit der schmollenden Quincey teilte. Dort warf sie den Stiefel in ihre Baumwolltragetasche.

Fabrizio stand breitbeinig mit den Händen auf den Hüften (welch große Hände, welch schmale Hüfte!), das Haar über die Schultern zurückgeworfen (welch üppige Haare, welch breite Schultern!) und blickte auf die Bühne.

Dort befand sich gerade sein Publikum. Die Sitze im Zuschauerraum waren leer, doch auf der Bühne hatte sich eine ungeheure Menge Testosteron versammelt, wie auch dessen auffälligere Nebenwirkungen. Dreiunddreißig gutaussehende Helden, unruhig wie ein Wildwest-Wind, liefen durch die Gegend, und die Rampe auf der Bühne stöhnte unter ihrem versammelten Gewicht um Mitleid. Die Gebrüder Fontana schlichen als rastloses Trüppchen umher, alle in enge schwarze Jeans gekleidet.

Danny Dove saß im Schneidersitz auf dem Bühnenboden, wie ein machtversessener Kobold, und begutachtete die Models – runzelte die Stirn und zeigte hierhin und dorthin.

»Sie da, einen Meter nach links. Nein, nicht auf einem Fuß! Und wenn ich es jetzt recht bedenke, bewegen Sie keinen Muskel. Wir haben keine Unfallversicherung abgeschlossen. Nur ein Scherz, Leute. Und Sie da in den Hosenträgern aus Maßband, eine Stufe tiefer bitte, großer Junge Sie, denn sonst trifft ihr Kopf auf ein Hängemikrofon. Ja, Mr. Fontana, der fünfte, oder wer auch immer Sie sein mögen, bewegen Sie Ihren jungenhaft schlanken Körper ein ... ganz ... kleines ... bißchen nach drüben.«

Temple fühlte sich klein und verletzlich, während sie mit den beiden anderen Mädchen auf der linken Seite der Bühne auf die Abschlußpose wartete. Ihre beiden Schwester-Models fummelten an ihren Kostümen herum.

Quincey war kostümiert wie eine Bardame aus einem Wildwest-Saloon. Ob sie ein goldenes Herz hatte, wie es diesen Damen immer nachgesagt wurde, war noch nicht klar, aber ihr Ausschnitt war tief genug, damit es überprüft werden konnte. Ihr knielanger Rock aus rotem Satin war mit schwarzen Maribu-Federn gesäumt, sie zog ihn hoch und befestigte ihn mit einer Sicherheitsnadel auf einer Hüfte.

»Hast du denn gar keine Unterwäsche angezogen?« fragte Temple und sah sich die Netzstrümpfe von Quincey genauer an, die unter dem Rocksaum verschwanden.

»Selbstverständlich nicht.« Quinceys Tonfall war die reine Verachtung. »Man weiß nie, was bei einer dieser Posen zu sehen ist, hat Danny gesagt. Würden Sie denn wollen, daß jemand im Publikum ihre schrecklichen alten Unterhosen sieht?«

»Na ja, es wäre vielleicht besser als die Alternative.« Temple zog noch einmal an den rutschenden Schultern ihres Kleides. »Verflixt noch mal! Dieses Kostüm will einfach nicht da bleiben, wo es hingehört!«

»Ihre Titten sollen es ja auch hochhalten«, erklärte Quincey und rollte mit ihren heftig geschminkten Augen.

»Ach so, das ist also das Problem.« Temple blickte in den weit offenen Ausschnitt ihres Kleides hinein. »Ich hab' nämlich gar keine.«

»Natürlich haben Sie welche. Beugen Sie sich einfach nach vorne und stehen Sie dann wieder auf.«

Quincey demonstrierte es mit sehr beweglichem Enthusiasmus und offenbarte dabei die winzige Tätowierung einer Bulldogge, die zigarrerauchend auf ihrem Busen saß. Diese einfache Übung hatte ihre BH-Größe um mindestens einen Buchstaben des Alphabets vergrößert.

Temple war beeindruckt, ohne es wirklich zu wollen. Sie beugte sich ebenfalls nach vorn und richtete sich wieder auf. Quincey hatte recht, das Oberteil fühlte sich enger an, und – ach du liebes bißchen – es gab plötzlich sehr viel mehr von ihr preis.

»Und was verhindert, daß wir aus diesen Kleidern herausfallen, wenn es auf der Bühne richtig losgeht?«

»Nichts«, bemerkte das Mädchen auf ihrer anderen Seite, eine braunhaarige junge Dame namens Lacey. Diese Mädchen waren so schmal und so jung, daß es überhaupt keinen Sinn hatte, sie Frauen zu nennen. »Das hier ist genau wie eine echte Aufnahme für ein Cover, verstehen Sie? Je aufreizender, desto besser.«

Ach du liebes bißchen, dachte Temple. Ich hab mich doch hierzu nicht gemeldet, um aufreizend zu sein! Ich wollte doch nur einen Blick hinter die Kulissen werfen.

»Glücklicherweise«, fügte Lacey hinzu, »sind diese Typen ziemlich gut und haben ihre Auftritte schon vorbereitet. Wir setzen uns nur kurz zusammen und beschließen, ob wir es in der Horizontalen oder Vertikalen machen, Sie wissen schon.«

»Also haben Sie das schon einmal gemacht?« fragte Temple.

»Nee, ich habe aber mit einem Mädchen gesprochen, die es letztes Jahr gemacht hat.«

»Und warum ist sie diese Jahr nicht wieder Model?«

»Ach, sie hat mit dem Typen, der letztes Jahr gewonnen hat, eine wirklich heiße Nummer abgezogen, verstehen Sie, und ihre Eltern haben das in einer Boulevardsendung gesehen. Und die Zeitschrift Skintight hat angerufen und wollte eine wirklich sexy Reportage machen, und ihre Eltern, die aus der Steinzeit stammen, haben sich da total drüber aufgeregt und haben ihr dieses Jahr nicht erlaubt, überhaupt zu kommen.« Lacey schnalzte mit ihrem Kaugummi, aber dieser endlos lange Satz hatte jetzt endlich doch einen Punkt bekommen.

Auf Temples anderer Seite bückte sich Quincey gerade und zog ein rotes Satin-Strumpfband ihren Oberschenkel hinauf.

Temples Aufmerksamkeit richtete sich wieder auf die ungeahnten Schrecknisse, die sie auf der Bühne erwarteten.

Fabrizio tat kund: »Ich melde mich freiwillig für eine Probe-Abschlußpose, falls irgendeiner von Euch Jungs zu schüchtern dazu ist.«

Keiner der Jungs auf der Bühne wirkte das kleinste bißchen schüchtern, bemerkte Temple, vielleicht mit Ausnahme von Jake Gotshall. Und selbst der sah eigentlich ziemlich heiß aus, ehrlich gesagt.

»Also, wer von den Frauähn will denn Breezys Gefährtin sein für eine kleine Probe, eh?« fragte er.

»Ach, das ist ja wirklich beeindruckend!« murmelte Quincey. »Genau wie in einem dieser historischen Liebesromane, wo die Frauen gefangen werden, um als Liebessklavinnen verkauft zu werden, und der gutaussehende Kapitän der Piraten sucht sich eine aus. Ich, ich, ich!«

»Völlig falsches Zeitalter, Schätzchen«, sagte Lacey. »Du brauchst John Wayne oder einen anderen lange toten Knakker. Überlaß die Lebendigen bitte mir.«

Sie schob sich vor Temple und Quincey und warf sich in ihrem Haremskostüm, das eindeutig aus den mottenzerfressenen Originalen der sieben Schleier der Salome gefertigt worden war, in Pose. Eine Hand, an der etwa siebzehn dünne Messingarmbänder klingelten, winkte. »Ich mach's gerne, Fabrizio!«

Aber das wäre ja zu einfach gewesen. *Alles easy für Breezy,* dachte Temple bei sich selbst.

Sie wußte, was jetzt kam. Er wußte, daß sie sehr leicht war. Sie war eine der für ihn ausersehenen Frauen. Quincey hatte recht. Temple fühlte sich allmählich wirklich wie die hartgebeutelten Frauen in den historischen Liebesromanen.

Die Zeit gefror. Temples Hirn flüchtete wie ein kleines Vögelchen vor den einengenden Gittern der Realität. Doch so sehr sie sich auch wünschte, aus der Gegenwart in irgendeine ferne Vergangenheit oder Zukunft entweichen zu können, es war unmöglich, dem zu entkommen, was ihr jetzt drohte.

»Hah!« Kapitän Breezy hielt inne, stellte sich breitbeinig hin, so daß seine Oberschenkel hervorquollen, und zeigte befehlsgewohnt auf Temple, die sich leider immer noch in der Jetztzeit befand, ungeachtet dessen, wie bizarr diese auch sein mochte.

»La Rossa.« Er lächelte. Zeigte seine Zähne. Grinste. Leckte sich die Lippen. Fraß ihre Großmutter auf. »Wir doch schon Experten, was diese Pose angeht, no?«

Ehe Temple den Kopf schütteln oder ihr Kleid wieder irgendwie auf die Schultern bekommen konnte, schritt Fabrizio auf sie zu und nahm ihre winzig kleine Hand in seine riesige Pfote.

Er führte – schleppte – sie mitten auf die Bühne, was nicht ganz ihrer Vorstellung von verdeckter Ermittlung entsprach.

Anscheinend entsprach es auch nicht Danny Doves Vorstellungen von einer Probe.

Danny sprang auf und zerrte Temple aus Fabrizios schinkengroßen Patschhändchen, ehe einer von beiden auch nur mit der Wimper zucken konnte.

Dann wies Danny mit herrischen Finger auf seinen Gegner. »Sie da! Hinauf auf die Treppe, zu dem Rest der Truppe.« Er wandte sich an die versammelten Hunks.

»Wenn Sie schon unbedingt eine Vorführung brauchen, was die Feinheiten einer Abschlußpose angeht, dann werde ich Ihnen die geben. Sie müssen daran denken, daß die Person, die vielleicht nur halb soviel auf die Waage bringt wie Sie selbst, sich möglicherweise trotzdem schwerer anfühlen wird, als Sie glauben. Das gilt vor allen Dingen, wenn Sie allzu heroische Manöver machen, ohne diese vorher sorgfältig geprobt zu haben. Ich rate Ihnen zum Beispiel dringend von irgendeiner Reminiszenz an *Der Widerspenstigen Zähmung* ab, wo die Frau über die Schulter geworfen wird wie ein Sack Kartoffeln ... es sei denn, Sie haben es vorher geübt.«

Danny demonstrierte es, indem er sich duckte, Temple über die Schulter warf und sich wieder erhob. Sein Arm um ihre Knie war das einzige, was sie davon abhielt, auf den harten Bühnenboden zu plumpsen.

Temple versuchte Luft zu schnappen, aber das Korsett verhinderte es. Danny war herumgewirbelt, so daß sie in den leeren Zuschauerraum hineinschaute, und das war auch gut so: Die Schwerkraft zog ihre Korsage in Tiefen hinab, von denen Quincey und ihre Gefährtin nie zu träumen gewagt hätten. Sie kreuzte die Arme über ihrem riesigen Dekolleté, während sie Dannys knappe Vorlesung über ihren Hintern ... ähm, an ihrem Hintern zuhörte.

»In dieser Position liegt das Gewicht der Frau im wesentlichen auf meiner Schulter, aber die Schwerkraft macht selbst die leichteste von ihnen schwer wie Blei. Wenn Sie die Beine loslassen, fällt sie hin. Wenn Sie sich zu weit zurücklehnen, fällt sie auch hin. Mein Rat ist: Versuchen Sie es gar nicht erst. Wenn sie auf ihrem Arsch landet, werden Sie am Ende selbst aussehen wie einer. Nicht sehr romantisch.«

Temple spürte, wie sich die Welt unter ihr bewegte, während Danny sich nach vorne beugte und sie, die Füße voran, wieder mit der *Terra firma* Kontakt aufnahm.

Nicht für lange.

»Mir ist bewußt, meine Herren, daß Sie während der Abschlußpose außerdem gerne ein Manöver ausführen, das als Dip bekannt ist.« Dannys beißend präzise Aussprache ließen die Tat, eine Frau hintenüber in Richtung Boden zu beugen, so klingen, als wäre es zutiefst geschmacklos.

»Bitte bedenken Sie, daß sich der weibliche Oberkörper vielleicht biegen läßt, aber nicht so einfach bricht.«

Danny wandte sich um, beugte sich noch einmal vor. Plötzlich stellte Temple fest, daß sie die Säume der Vorhänge anstarrte, die oben unter der Decke des Bühnenraums hingen. Sie hatte das Gefühl, sie läge mit dem Kopf nach unten auf der niedrigeren Seite einer Wippe.

»Keine Sorge.« Dannys beruhigender Tonfall besänftigte sie, während er sie in dieser schwierigen Position festhielt und mit seinem Vortrag fortfuhr.

»Das hier ist sehr viel schwieriger, als es aussieht. Bitte beachten Sie, daß mein Stützarm so weit wie möglich längs unter der Wirbelsäule der Dame liegt. Wenn Sie unbedingt eine Dame dippen müssen, üben Sie den Vorgang langsam und mit großer Ruhe. Sehen Sie zu, daß Sie es richtig hinbekommen. Ansonsten wird sie in Ihren Armen herumrudern ... oder sie fällt auf den Boden. Dann ist der einzige Dip, den Sie noch nehmen können, Ihr Abschiedsknicks, während Sie von der Bühne gepfiffen werden, weil Sie ein solch unromantisches Rhinozeros sind.«

Danny zog Temple hoch, als wiege sie ganze drei Kilo, und ließ ihre Hand wieder los. »Irgendwelche Fragen?«

Temple hatte eine. Sie wußte, daß sie wie ein Stück Braten herumgeschleppt worden war, doch hatte sie sich niemals wirklich außer Kontrolle gefühlt, trotz ihrer Ängste. Und Danny wog wahrscheinlich ganze siebzig Kilo, und das auch nur, wenn seine Haare naß waren.

Ein langsames, nachdenkliches Klatschen ging durch die

ernst gewordenen Hunks. Die Sache mit dem Gewicht hatten sie verstanden, wenn auch sonst nicht viel. Danny nahm Temples Hand und machte einen Schritt rückwärts. Sie hatte sich rasch genug erholt, um eine nicht allzu tiefe Verbeugung zu machen (man denke an den Ausschnitt), und lächelte tapfer.

»Mein Held«, flüsterte sie ironisch, als Danny sich verbeugte und ihr die Hand küßte.

»Wesentlich besser, als ein Pseudoheld zu sein«, murmelte er und rollte seine Augen in Richtung Tribüne, auf der Breezy schmollte, als wäre er der Welt größter Fünfjähriger.

Dannys breites Grinsen beim Anblick Fabrizios wich wieder dem üblichen strengen Blick des Regisseurs. Temple schlenderte von der Bühne und versuchte, ihre Schwindelgefühle in den Griff zu bekommen.

»Scheinwerferversessene Tucke«, begrüßte Lacey sie. »Wie schade, daß du's nur mit diesem Schwächling von Regisseur gemacht hast.«

»Ich werde ihm gerne erzählen, was du von ihm hältst«, antwortete Temple freundlich. »Ich weiß, daß er dann dafür sorgen wird, daß du nur die dämlichsten Typen als Partner für die Abschlußpose bekommen wirst.«

»Jawohl, gut gemacht!« Quincey grinste Temple an.

Gemeinsam beobachteten sie, wie Lacey sich von dannen schlich, um den Typen auf der Showtreppe zuzuwinken.

»Sie waren echt klasse«, sagte die Sechzehnjährige zu Temple. »Aber stellen Sie sich nicht so dämlich an wegen des verdammten Ausschnitts.«

Das, so erkannte Temple mit Bedauern, war ein ausgezeichneter Rat.

Sie beschloß, sich von weiteren drohenden Entwürdigungen zu retten und statt dessen lieber noch einmal nach den berühmten Schuhen zu suchen.

Kapitel 27

Hexenkessel

Ich mache mir mehr als nur Sorgen um Miss Temple Barr.

Nachdem ich ihr merkwürdiges Verhalten neulich im Vergnügungspark des MGM Grand beobachtet habe, wo sie nicht nur einmal, sondern gleich zweimal von dreckigen, schmierigen Piraten auf den Arm genommen wurde, fürchte ich, daß die jüngsten emotionalen Umwälzungen sie endgültig ihres geistigen Gleichgewichts beraubt haben.

Daher beschließe ich, meine Augen auf ihre jeweilige Wetterlage zu richten (passend zum nautischen Thema ihrer Expedition).

Und wissen Sie was? Das nächste Mal, als ich sie vom Crystal Phoenix wegschleichen sehe, ganz offenbar auf der Suche nach etwas Ruhe und Entspannung, ist es spät am Abend, und wohin tragen ihre zierlichen Füßchen sie, wenn nicht gleich wieder zurück ins MGM Grand? Hat sie's denn noch nicht begriffen? Sie ist auf diesen schrecklichen, neonbeleuchteten Straßen nicht sicher!

Ich spaziere hinter ihr her und mache mir keine Gedanken darüber, welche Luftkunststückchen sie heute abend vielleicht vorhat. Noch einmal riskiere ich mein Leben und meine Gliedmaßen, indem ich durch die beeindruckende Glastür hindurchsause, die nichts lieber täte, als sich an jedem einzelnen Teil meiner Anatomie festzubeißen. Diese Kasinotüren sind hungriger als ein Kredithai auf Diät.

Diesmal scheint Miss Temple die Rolle einer unschuldigen Touristin zu spielen. Sie wendet sich gleich in Richtung des niedlichen kleinen Kiosks. Der steht, umgeben von kohlkopfgroßen grellbunten Blumen, im rückwärtigen Teil des »Zauberer von Oz«-Bereichs, direkt zwischen den willkommenheißenden Pfoten von Leo. Ich bemerke, daß hier Eintrittsgeld verlangt wird, also schleiche ich in das künstliche Grünzeug und krieche durch den Schmutz, bis ich nur noch eine Schnurrhaarlänge von der Straße mit den gelben Ziegelsteinen entfernt bin.

(Übrigens, haben Sie irgendeine Vorstellung, warum die Straße mit den gelben Ziegelsteinen gelb ist? Das ist eine echte Insider-Information, also hören Sie gut zu. Toto. Jawohl. Für so einen kleinen Pinscher war er ausgesprochen kraftvoll, was die Ausscheidung angeht. Hunde machen es ja überall, wissen sie. Und das bezieht sich auch auf andere Angelegenheiten. Eine unterlegene Spezies, von Anfang an, aber gelegentlich sind die Tölen doch ganz praktisch.)

Ich warte ungeduldig, daß Miss Temple zu mir aufschließt. Mensch zu sein hat wirklich zahlreiche Nachteile, aber Eintrittsgeld bezahlen zu müssen, ist wohl einer der schlimmsten. Nicht nur, daß Miss Temple fünf Kracher bezahlen muß für die Führung durch den Verzauberten Wald und die Wunderbare Smaragdstadt in der Mitte, sie muß auch noch warten, bis die Show loslegt, während hinter ihr eine Menschenmasse von Touristen drängelt und ungeduldig stampft.

Einem Schild am Lebkuchenkiosk zufolge wird in der Wunderbaren Smaragdstadt eine Zauber-Aufführung stattfinden. Ich könnte ihr mal einen echten Zaubertrick vorführen: einfach nur auf dem Bauch unter dem Zaun durchkriechen, und man ist kostenlos drinnen! Natürlich würde Miss Temple behaupten, daß allein schon die Idee, in eine Sehenswürdigkeit hineinzukriechen, ziemlich unwürdig ist, aber – angesichts ihrer Herumturnereien mit dem Piratenabschaum in der Takelage neulich und angesichts ihrer neuen Rolle als Dirne – kann sie wohl kaum ihre Würde als Entschuldigung anführen, wie etwas Unwürdiges zu tun.

Also lege ich mich im sogenannten Wald auf die Lauer und warte, wobei ich versuche, mich nicht von den künstlichen Gerüchen nach Plastik und Klebstoff von der Duftspur abbringen zu lassen. Bald schon lege ich die Ohren zurück, während eine wildschnatternde Menge von Touristen mit ihren ebenfalls krakeelenden Nachfahren die Straße mit den gelben Ziegelsteinen hinabgeht. Diese schlängelt sich durch den Wald, der ja eigentlich ein Bühnenbild ist, als wäre er die Mittellinie eine Highways, die von einem betrunkenen Matrosen gemalt wurde. Ein beeindruckendes Sortiment an Tennisschuhen zieht an mir vorüber, aber nirgendwo entdecke ich die hochhackigen Turnschuhe meiner kleinen Puppe. In Ordnung, es sind eigentlich keine Turnschuhe. Sie sind aus schwarzem Jeansstoff mit einer Gummisohle und einem Hacken, der so aussieht, als sei er aus Ahornholz, damit sie nicht so laut klackern.

Die quasselnden Neugierigen jagen und sammeln sich entlang der Straße mit den gelben Ziegelsteinen, während ich näher schleiche, meine olfaktorischen Werkzeuge immer nach Toto ausgerichtet. Glücklicherweise ist dieses Set so künstlich, daß es auf dem ganzen Pfad rein gar nichts anderes Natürliches gibt. Endlich! Ich entdecke Miss Temples zierliche Bleistiftabsätze, wie sie die Straße hinuntersausen. Sie geht hinter den Touristen her, aber sie hält bei der ersten Solodarstellung inne, als wolle sie die kleine Miss Dorothee Gale mit ihren kleinen Korb à la Rotkäppchen und ihren Schuhen mit den roten Pailletten ansehen.

Miss Temple Barr hat jedoch keine Zeit, sich mit Picknickkörben und mit karierten Schürzchen aufzuhalten. Sie geht neben der kleinen Miss Dorothee in die Hocke und untersucht auf das Genaueste die glitzernden Pumps. Ich kann erkennen, was Miss Temple gerade denkt. Sie begeistert sich für die rubinroten Slipper, obwohl sie weiß, daß sie eine Kopie einer Reproduktion sind. Noch nie habe ich erlebt, daß sie ein elegantes Paar Schuhe nicht ausreichend gewürdigt hätte.

Sie erhebt sich mit einem deutlich hörbaren Seufzen und schneidet Miss Dorothee Gale eine Grimasse. Es sind die falschen Schuhe. Die sind ihr zu flach, zu langweilig, zu staubig. Das paßt alles nicht zu meinem rostroten Lockenkopf. Sie spaziert weiter, heute, auf ihren neuen Detektivschuhen, einmal äußerst leise.

Was kann man als Kerl schon tun, als ihr zu folgen?

Keine fünfzehn Meter weiter die Straße mit den gelben Ziegelsteinen hinunter, bleibt sie wie angewurzelt stehen. Nein, sie hat nicht vor, zu einem Baum zu mutieren. Doch ist sie genauso still wie eine dieser übereleganten, überredseligen Statuen. Ich gleite näher, um den Gegenstand ihrer Faszination zu erkunden.

Doch tut es mir bald schon leid.

Jemand ist aus dem Lebkuchenhaus entkommen, und zwar keine Kartenverkäuferin. Da steht sie – groß und grün und dünn und äußerst unhübsch –, mitnichten das Mädchen aus Ipanema, sondern die Böse-West-Hexe, ein Anblick, der selbst einem Ameisenbär Übelkeit verursachen würde. Ihre mit Klauen bewehrten Hände greifen nach ihrem Glasauge, das so scharf ist wie ein Fernrohr, während ihre spitze Nase und ihr noch spitzeres Kinn den Versuch unternehmen, sich mit den Warzen zu berühren. Gleichzeitig keckert sie, was sie mit Miss Dorothee Gale anstellen wird, »und auch mit dem kleinen Hund«.

Na ja, vielleicht ist die Böse-West-Hexe doch eine nicht ganz so schreckliche Person.

Miss Temple muß zum selben Schluß gekommen sein,

denn sie steht wie festgefroren vor dieser sprechenden Statue, die zwar gut ist, aber *so* beeindruckend nun auch wieder nicht. Ich bin ein bißchen entsetzt – tatsächlich bin ich sogar gezwungen, unter irgendeine zottelige, ausgebreitete Pflanze irgendeiner besonderen Art zu flüchten –, als Miss Temple sich bückt und den Boden rings um die Hexe begutachtet.

Sie wirft immer mal wieder einen Blick über die Schulter, ob nicht jemand sie beobachtet, aber sie scheint ernsthaft nach etwas zu suchen. Keine anderthalb Meter entfernt findet sie es. Einen echten Ast, ungefähr einen Meter lang. Knorrig, genau wie die Hexe, und ohne Blätter und auch noch lose, so daß man ihn mitnehmen kann. Was sie auch tut. Meine arme kleine Puppe. Ich habe sie wegen des Sirenenrufs meiner eigenen Spezies wahrhaftig vernachlässigt. Kann ihr derzeitiges Leben so sinnentleert sein, daß sie sich als neues Hobby ausdenken muß, tote Äste zu sammeln? Was ist aus ihrer Leidenschaft für Schuhe geworden?

Miss Temple hebt ihren Ast mit einem triumphalen Gesichtsausdruck, jedoch ganz diskret auf und wendet sich erneut zu der Hexe um. Hey, ich fand die alte Schreckschraube ja auch nicht so furchtbar sympathisch, aber deswegen muß man doch noch lange nicht ihre Nachbildung ausprügeln!

Aber Miss Temple scheint keine körperliche Züchtigung zu beabsichtigen, sondern, etwas noch Merkwürdigeres und möglicherweise sogar ... Perverses.

Sie beugt sich über den niedrigen Holzzaun, der sie von der Hexe trennt, streckt den scheußlichen Ast nach vorn, dehnt sich, grunzt und transpiriert möglicherweise sogar (ein häßlicher und geschmackloser menschlicher Prozeß, ich ziehe es vor, das nicht im Detail zu erörtern) in ihrem Bemühen, an die Hexen-Figur heranzukommen.

Als sie es so nicht schafft, kniet sie sich hin, steckt ihren

Stab hindurch und versucht wieder, die anderthalb Meter zu überbrücken, die sie von der batteriebetriebenen Hexe trennen.

Ich halte den Atem an und hüte meine Zunge. Zum einen wird die Hexe in Kürze bestimmt wieder in ihre Bewegungen und das abstruse Geschwätz von vorhin ausbrechen, so daß sie ungewollte Aufmerksamkeit auf das bizarre Benehmen meiner lieben Wohnungsgenossin lenken wird. Zum anderen könnte außer meiner diskreten Person noch jemand diese schändliche Pantomime beobachten, die eindeutig darauf hindeutet, daß hier jemand nicht ganz dicht ist. Es könnte sie zum Beispiel jemand vom Sicherheitspersonal sehen. Drittens... Nun denn, noch will ich mir keine weitere schreckliche Möglichkeit vorstellen.

Einen Moment später traue ich meinen Augen nicht mehr.

Miss Temple hat es endlich geschafft, den Ast unter den Rock der Hexe zu manövrieren und schiebt ihn vorsichtig hoch. Ich bin entsetzt. Tragen Hexen Unterhosen, und interessiert das irgend jemanden? Was denkt sich Miss Temple eigentlich? Die ist ja völlig hinüber! Oder verstehe ich hier etwas nicht?

Während ich mich noch bemühe, das Vertrauen in meine Sichtwerkzeuge zurückzugewinnen, bewegt sich plötzlich der grüne Himmel über der Wunderbaren Smaragdstadt mit Blitzen, Donner grollt, und es wird finster. Ich erwarte die Ankunft einer ganzen Herde von Sicherheitsleuten, während am Himmel über uns die Botschaft »TEMPLE SOLL AUFGEBEN« erscheint.

Selbstverständlich ist Miss Temple Barr von all dem überhaupt nicht beeindruckt. Mit einer letzten Bewegung nach vorn und einem kräftigen Ruck ihres Stocks nach oben schafft sie es, den langen schwarzen Rock der Hexe vom Boden zu lösen. Dahinter sehe ich Schatten und sonst nichts – die Hexe steht auf dem Nichts! Kein Wunder, daß sie am Ende des Films wie flüssiges Gummi zusammengeschmolzen ist. Ich verstehe außerdem endlich, welches Ziel Miss Temple bei diesen ganzen merkwürdigen Tätigkeiten im Auge hatte. Die Hexe hat keine Füße und trägt deswegen auch keine Schuhe.

Oh, was für ein kluges, erfindungsreiches Mädchen meine kleine Puppe doch ist! Ich gebe zu, daß ich sie dieses eine Mal vollkommen unterschätzt habe. Natürlich hat sie angenommen, daß unter der Bösen-West-Hexe ein Paar Schuhe mit schwarzen Katzen darauf verborgen sein könnten! Schwarze Katzen gehören schließlich zu Hexen wie weiße Tauben zum Frieden. Leider nicht in diesem Fall, aber immerhin war es ein guter Versuch, meine Miss Temple!

Während ich noch Wellen von Unterstützung und Wohlwollen zu ihr aussende, bemerke ich, daß sich ein Mensch an Miss Temple herangeschlichen hat, eine blonde junge Frau in einem kurzen Rock und einer Weste. Sie runzelt die Stirn.

»Verzeihung, Ma'am«, sagt diese aus dem falschen Märchen herüberverirrte Goldmarie.

Oh, Miss Temple muß dieses »Ma'am« wirklich verabscheuen. Sie richtet sich so rasch auf, daß ihr kostbarer Ast entzweibricht, und stößt ihr Schienbein an der Oberkante des Zauns.

»Haben Sie etwas verloren?« Die Unschuld in Uniform betrachtet meine liebe Wohnungsgenossin mit einem hilfsbereiten Lächeln, das höchst abfällig ausfällt.

Soll bloß keiner behaupten, Midnight Louie täte sich mit denen zusammen, die es mit dem schweren Gewicht der wortwörtlichen Wahrheit allzu ernst nehmen.

»Ähm, ja«, extemporiert Miss Temple mit weit aufgerissenen Augen, als sei sie selbst die kleine Dorothee. »Eine Katze... keine echte Katze. Eine kleines, schwarzes Schmuckstück, das an meinem Schlüsselbund hängt. Ich glaube, sie ist hier irgendwo in den Wald gefallen.«

»Ich sehe aber nichts«, sagt das hilfreiche Girl.

In der Zwischenzeit hat auch Miss Temple endlich bemerkt, daß die Kleidung des Mädchens sehr nach einer Uniform aussieht, und begreift, daß sie von jemanden entdeckt worden ist, der hier eine offizielle Rolle spielt.

»Vielleicht habe ich sie ja auch im Auto verloren. Ich werde da noch mal nachsehen. Hat die Show schon angefangen?«

»Fast«, antwortet die junge Frau. »Beeilen Sie sich lieber.«

Und das tut Miss Temple Barr dann auch: Direkt vorbei an dem plappernden, beweglichen Blechholzfäller und dem ebenfalls quasselnden Vogelscheuchenmann und hinein in die sich auftürmenden grünen Dächer der Wunderbaren Smaragdstadt. Die junge Frau beobachtet ihren Rückzug so genau, daß ich ihr gar nicht folgen kann, obwohl ich natürlich sterbe vor Neugier, den Zaubereien in der märchenhaften grünen Metropole beizuwohnen.

Statt dessen schleiche ich mich heimlich auf die andere Seite der Wunderbaren Smaragdstadt und bemerke, daß sie aus Brettern und Glitzerwerk besteht. Illusionen. Das Leben ist ein Zaubertrick, und diesmal sitze ich in der letzten Reihe. Aber ich warte in dem künstlichen Grün, bis Miss Temple blinzelnd aus dem Gebäude wieder heraus ins Sonnenlicht tritt.

Ich könnte jetzt einen kleinen Imbiß gebrauchen, jedenfalls besser, als Miss Temple Barr ein weiteres Paar Schuhe.

Kapitel 28

Romantisches Rendezvous

»Wo bist du denn den ganzen Morgen über gewesen?« wollte Kit am nächsten Tag wissen, wobei sie sich anhörte wie Temples Mutter.

»Bin ausgegangen. Ja, John.« Temple sprach wie Bela Lugosi in der Rolle des Assistenten von Dr. Frankenstein.

»In Ordnung, Igor«, sagte Kit und bewies damit, daß sie sich mit alten Horrorfilmen gut auskannte. »Mal wieder in Sachen Schuhe unterwegs, was?«

Temple nickte. Sie war nicht gerade darauf erpicht, über entwürdigende Einzelheiten zu berichten. Außerdem fragte sie sich, wo Kit eigentlich den ganzen Morgen über gesteckt hatte. Schließlich hatte sie gestern von Jake diese höchst beunruhigende neue Auskunft über die spätabendlichen heimlichen Treffen ihrer Tante bekommen. Und Electra war heute morgen eigentlich auch noch nicht oft zu sehen gewesen, wenn sie es recht bedachte!

Vollkommen ahnungslos, was Temples Überlegungen anging, plätscherte Kits Redefluß weiter. »Während du losgezogen bist, um Weitzmans zu suchen, habe ich das Treffen eines Grüppchens von sehr einflußreichen Liebesromanautorinnen vorbereitet. Unter ihnen kann sich durchaus eine Mörderin befinden. Muß ich noch mehr sagen?«

Temple schüttelte den Kopf.

»In Ordnung.« Kit redete schneller, als man zuhören konnte. »Ich hab' gesagt, daß du Regisseurin für *Prime Time* bist ...«

»*Prime Time?* Du meinst doch nicht etwa diese auf allen Sendern ausgestrahlte Nachrichtensendung?«

»Doch, genau die.« Kit hievte einen rutschigen Stapel Presseunterlagen über die Autorinnen auf Temples Arme. »Die habe ich mir gerade im Presseraum genommen, damit es aussieht, als hättest du deine Hausaufgaben erledigt.«

»Vielen Dank für diese Beförderung, aber ich kann mich einfach nicht als Regisseurin für *Prime Time* darstellen! Das ist... das kann mich vor Gericht bringen, wenn irgend jemand das herausfindet. Die Regisseurin einer Boulevard-TV-Sendung zu spielen, in der Absicht, einen Mörder in die Falle zu locken, ist nicht ganz so schlimm. Niemand vom Boulevard-Fernsehen hat einen besonderen Ruf, den er schützen müßte, aber wenn ich so tue, als wäre ich im *nationalen*...«

»Ganz ruhig, Herzchen. Ich habe zugegeben, daß du meine Nichte bist, so daß diese Autorinnen wahrscheinlich annehmen, daß du nur eine Assistentin oder Volontärin bist.«

Sie steckte einige von Temples ungehorsamen Locken an den richtigen Platz, als sei sie die Mami, die ihr Jüngstes für ein Gartenfest vorbereitet.

»*Tante* Kit! Erst schlägst du vor, daß ich mich für ein merkwürdiges Ritual in einem Schönheitswettbewerb von Männern zur Verfügung stelle, Abschlußpose genannt. Jetzt arrangiert du eine Audienz bei den Königinnen des Liebesromans unter Vorspiegelung falscher Tatsachen. Du hast gesagt, diese Frauen würden Mega-Bestseller schreiben. Die sind doch viel zu welterfahren, um auf unser Spielchen hereinzufallen. Die werden sofort merken, daß ich nur bestimmte Informationen aus ihnen herausquetschen will.«

»Keine Sorge.« Kit strich sich jetzt über ihre eigenen, unordentlichen rotgrauen Locken. »Die werden dir einiges zugestehen, weil du die Verwandte einer Kollegin bist. Außerdem sind wir Liebesromanautorinnen schon so lange die Prügelknaben der Medien, daß wir einen pathetischen Optimismus entwickelt haben. So wie eine alleinstehende Frau vor der Verabredung mit einem Unbekannten. ›Vielleicht wird es diesmal nicht ganz so schrecklich sein‹.«

»Und vielleicht ist morgen auch immer noch ein Tag, Scarlett.«

»*Scarlett.*« Kits drückte hinter den glitzernden Fenstern ihrer Brille hingebungsvoll die Augen zu. »Gott, wie ich wünschte, daß ich *diese* Rolle bekommen hätte! Ich hätte auf jeden Fall Besseres leisten können, und heute wäre ich auf das elendigste reich.«

»›Auf das elendigste reich‹ ist ein Oxymoron, Tantchen, wie du dich sehr wohl dank unserem ersten Treffen noch erinnern wirst. Wie findest du es eigentlich, daß alle möglichen Leute Nachfolgeromane zu Klassikern schreiben, deren Autoren schon längst verstorben sind?«

»Ein entsetzlicher Trend«, knurrte Kit wütend. »Verlage ... und Agenturen ... und Erben, die so weit weg von der Sache sind, daß sie überhaupt keine Ahnung haben: Alle verdienen sie auf die leichteste Art und Weise Geld an toten Schriftstellern, indem sie lebendige Autoren als Lohnschreiber anheuern, Fließbandarbeiter, die die erfolgreiche Geschichte weiterführen sollen. Die Autoren von heute und deren Gegenwart oder Zukunft darf man einfach vergessen! Wen soll man denn in vierzig Jahren ausnutzen, wenn sie nicht zulassen, daß wir Schriftsteller eine eigene Bedeutung erlangen?«

»Du bist ja sehr emotional, was diese Verlagsgeschichten angeht.«

»Das ist auch mein gutes Recht. Schließlich lebe ich davon.«

»Und du bist nicht gerade begeistert über diesen neuen Trend, halbnackte Hunks auf dem Cover abzubilden.«

»Stimmt genau.« Kit hatte sofort den Ernst in Temples

Stimme erkannt. Sie brauchte jetzt nur noch zu warten, bis die eigentliche Frage käme.

Temple beschloß, die Spannung aufzulösen. »Warum hast du dann Cheyenne am Mittwoch abend auf einen Drink getroffen, nachdem ich ihm einen Korb gegeben hatte, und warum hast du das nicht erwähnt, nachdem er ermordet worden war?«

»Vielleicht, weil ich diese Prachtkerle nicht auf meinen Covern brauche, damit sich meine Bücher verkaufen. Aber ich habe nichts dagegen, sie live zu bewundern«, antwortete Kit ohne zu zögern. »Und dann ist es natürlich so: Wenn ich ihn ermordet hätte, würde ich keine Aufmerksamkeit auf unsere Verbindung lenken wollen.«

»Ihr hattet eine ›Verbindung‹?« Temple hatte eigentlich nicht gewollt, daß ihre Stimme um eine Oktave hochstieg.

»Also hör mal, Nichtchen, jetzt frag deine alte Tante nicht so aus.« Kit lächelte. »Ich habe es nicht erwähnt, weil es mir so verdammt peinlich war. Ich bin ihm nach unserer kleinen Expedition ins MGM Grand und dem anschließenden Abendessen in der Lobby begegnet – du und Electra wart ins Bett gegangen und träumtet von Piraten. Wir haben uns kurz unterhalten und einen Drink genommen. Ich hatte mich natürlich gefragt, warum er mit dir hatte sprechen wollen, aber ich habe nichts herausgefunden«

»Sonst ist nichts passiert?« hakte Temple nach.

»Sei nicht so mütterlich und zurückhaltend. Spuck es aus. Nein, wir sind nicht miteinander ins Bett gegangen. Wir sind noch nicht einmal über Los gegangen und haben auch keine zweitausend Mark kassiert. Wir haben uns unterhalten. Ein bißchen geflirtet. Schließlich bin ich alleinstehend und über einundzwanzig Jahre alt. Wir haben uns gründlich verabschiedet, für immer, wie sich dann später herausstellte. Aber ich wollte nicht den Anschein erwecken, ich hätte dir den Typen ausgespannt.«

»Wenn ich mich richtig erinnere, gefielen dir meine Typen sogar ziemlich gut«, bemerkte Temple mißtrauisch.

»Nennen wir es eine post-menopausale Neigung.« Kit lächelte wieder. »Wenn eine Frau erstmal ein bestimmtes Alter erreicht hat, kann sie sich Dinge leisten, die die Männer schon immer gemacht haben. Das ist wirklich sehr befreiend und ziemlich harmlos.«

»Die meisten der tatverdächtigen Autorinnen sind in deinem Alter oder zehn Jahre jünger.« Temple kehrte erleichtert zu ihren prä-menopausalen Gedanken zurück. »Hätte eine von denen es eigentlich tun können?«

»Cheyenne ermorden?«

»An Ende, ja. Aber zuerst mit ihm schlafen?«

»Alles ist möglich und vielleicht sogar wahrscheinlich. Deswegen habe ich dieses Treffen angeleiert, Nichtenherz. Damit du die wichtigsten Tatverdächtigen begutachten kannst. Willst du wissen, ob ihre Haltung gegenüber Cover-Models wohlanständig aufrecht ist oder auf das billigste horizontal? Frag sie doch auf deine zurückhaltende Art! Aufgrund der Kontroverse über die Cover werden sie so sehr damit beschäftigt sein, Schaum vor dem Mund zu entwikkeln, daß es ihnen überhaupt nicht auffallen wird, wenn du irgendwelche Fragen stellst, die mit *Prime Time* gar nichts zu tun haben. Und ich weiß, daß du diese Rolle ganz großartig spielen wirst. Du hast nicht nur Erfahrung als Journalistin, sondern auch die Schauspielergene der Carlsons!«

Temple schüttelte den Kopf. »Nenne mir einen Carlson, der ein berühmter Schauspieler war.«

Kit wußte auch nicht weiter. »Na ja, seitdem ich von der Bühne gegangen bin...« Dann kreischte sie auf: »Richard!«

»Wer ist – oder wer war – das denn?«

»Der Herr gebe mir Geduld mit diesem Kind! Richard Carlson hat in den fünfziger Jahren ein paar großartige

Science-fiction-Filme, leider alles B-Movies, und eine Menge Fernsehen gemacht.« Temples Gesichtsausdruck blieb weiterhin leer. »Filme über die kommunistische Bedrohung Amerikas.« Temple verriet mit keinem Wimpernzucken, daß ihr das irgend etwas sagte. »Und diese Unterrichtsfilme für Kinder für die Bell Telephone Company, die wir alle in der Grundschule gesehen haben.«

Temple sah immer noch unwissend drein, und Kit fügte vorsichtig hinzu: »Aber von der Telefonfirma hast du schon mal was gehört, oder?«

»Ich glaube ja. Da klingelt bei mir was. Okay, wo soll ich denn diese Ansammlung großer alter Damen kennenlernen?«

»Electra hat gesagt, sie würde im Hotel einen kleinen Raum reservieren. Sie kümmert sich um das Essen und alles andere.«

»Essen?«

»Du kannst doch nicht erwarten, daß sich eine wichtige, in der ganzen Nation ausgestrahlte Fernsehsendung die Leute im Flur vorknöpft, oder?« Kit fummelte in ihrer Handtasche herum und blinzelte auf das neon-pinkfarbene Klebezettelchen, das an ihren Zeigefinger geklebt herauskam. »Da ist es. Zimmer siebenhundertelf.«

»In Ordnung.« Temple machte sich tapfer auf den Weg, hielt dann jedoch mitten im Schritt inne. »Ist das nicht die... Geistersuite?«

»Was für eine Geistersuite?«

»Schon gut.«

Temple trabte so rasch zu den Aufzügen, als würde sie nicht drei Kilo Pressemappen mit sich herumschleppen. Im siebten Stockwerk gab es nur Schlafzimmer, so daß es so still war wie in einem Grab, als sie aus dem Aufzug heraustrat.

Sie ging den üppig dekorierten, frisch mit Teppich ausgelegten Flur entlang. Jawohl, 711 war tatsächlich die berüchtigte Geistersuite. Temple hielt inne und lauschte an der Tür. Schwaches Gelächter, aber auch das Klingen von Besteck und Gläsern waren zu hören. Hinter der festen Holztür herrschte also eindeutig menschliches Leben. Geister mögen vielleicht kichern, aber essen tun sie nicht. Obwohl sich Temple dann doch erinnerte, daß Jersey Joe Jacksons Geist eine gewisse Vorliebe für Champagner gehabt hatte, und das war noch gar nicht so lange her ...

Temple schauderte und legte ihre Hand auf den kalten Messingtürknopf. Dann beschloß sie zu klopfen, nur für den Fall, daß irgendein Ectoplasmus noch in letzter Sekunde aufräumen wollte.

»Herein!« Electra stand vor ihr, leuchtete in einem durch und durch gelben Muumuu, und ihr Haar war zu einem lokkigen Heiligenschein aus beruhigend schlichtem, über sechzigjährigem Silber frisiert. »Die Jungs haben schon die erste Ladung gebracht.«

»Jungs?« murmelte Temple fragend, während sie sich an Electra vorbeischob.

»Du wirst schon sehen. Deine Gäste sind bereits da.«

Das waren sie wirklich! Temple hatte die Geistersuite noch nie so passend besetzt gesehen. Eine Gruppe von wohlhabend aussehenden Frauen mittleren Alters hatte es sich auf den Vierziger-Jahre-Möbeln gemütlich gemacht. Sie nahmen sich Hors d'œuvres von gläsernen und silbernen Tabletts. Ein Messing-Servierwagen glitzerte mit Gläsern aus Kristall und Karaffen, in denen bernsteinfarbene, topas- und diamantenklare Flüssigkeiten schimmerten.

Temple schaute sofort zu den Sofatischchen hinüber, aber dort standen nur Untersetzer.

»Alles unter Kontrolle, Liebes«, sagte Electra leise, und an ihrem Atem merkte man den ... Johnny Walker Black. »Trauen Sie mir. Möchten Sie ein Gläschen?« Sie wies mit den Augenbrauen zur Bar.

»Nicht im Dienst«, flüsterte Temple durch zusammengebissene Zähne. »Wo haben Sie das denn alles her?«

»Restaurant. Van. Chefkoch Song. Die Jungs.«

Jungs? »Ich hoffe kostenlos?«

»Selbstverständlich. Sie wissen doch, daß die für Sie einfach alles tun würden.«

»Ich wünschte nur, ich hätte darüber vorher Bescheid gewußt.«

»Ich bin gleich wieder da«, sagte Electra und glitt in den Flur. »Viel Erfolg, mein Mädchen.«

Temple zog den leichten Sessel von dem Schreibtisch neben der Tür fort. Sie legte die schweren Pressehefter auf dem Schreibtisch ab. Dann lächelte sie ihre ... Gäste an.

»Ich bin beeindruckt.« Die schlanke Frau, die Temple bereits als den Megastar Misty Meadows kennengelernt hatte, knabberte an einem Keks mit Frischkäse und Kaviar. »Ihr Sender weiß wirklich, wie man die Leute verwöhnt.«

Temple lächelte breit. Sehr breit. Sie würde kein einziges Wort sagen, das man als Vorspiegelung falscher Tatsachen interpretieren könnte. Sie ordnete die Pressemappen auf ihrem Schoß neu und strahlte dann die Versammlung an.

»Bitte entschuldigen Sie meine Verspätung, es gibt im Moment einfach so viel zu tun! Und ich habe mir gerade erst Ihre Presseunterlagen schnappen können, so daß ich meine Hausaufgaben nicht sehr gut gemacht habe.«

»Kein Problem«, sagte eine eher schwergewichtige Frau in schreiend pinkfarbenem Leinen, die sich intensiv mit drei Selleriestangen und einem Radieschen befaßte. »Wir sind es gewöhnt zu improvisieren.«

»Wir sind außerdem Beschimpfungen gewöhnt.« Eine weitere Frauenstimme war deutlich und herausfordernd aus einem Sessel mit hellgrünem Bezug zu hören, auf dem Midnight Louie sich so gerne lümmelte, wer wußte schon genau, mit wem ... oder womit? »Ich hoffe, Sie werden dem Menschen, der vor der Kamera steht, kein Skript reichen, in dem es dann heißt, wir Liebesromanautorinnen würden diese Bestseller einfach ›nur so in Serie ausspucken‹, um ›ein bißchen sexuelle Fantasie‹ in unsere glanzlosen, übergewichtigen, mittelalten Frauenleben zu bringen.«

Temple hob die Hände und bat mit dieser Geste um Frieden. »Ich verstehe Ihr Problem, und ich hoffe zur Lösung desselben beitragen zu können. Tatsächlich geht meine erste Frage genau in diese Richtung. Also, diese sogenannten Cover Hunks...«

Das kollektive Aufstöhnen war mehr, als sie sich erhofft hatte. Während abwertende Bemerkungen über die gegenwärtigen Trends bei Buchumschlägen durch die Luft schwirrten, schaute Temple rasch die Pressemappen durch und versuchte, sich anhand der Fotografien die Namen einzuprägen.

Folgende Damen waren anwesend: Sharon Rose auf dem mit hellgrünen Satin gepolsterten Sessel. Misty Meadows im Lehnstuhl. Die Frau mit der Brille neben Sharon Rose war die forsche Mary Ann Trenarry, die sich schon seit Jahren gegen diesen neuen Trend mit den männlichen Cover-Models engagierte, obwohl sie heute noch nichts Bemerkenswertes gesagt hatte. Vielleicht tat ihr ihre klare Position mittlerweile leid.

Temple blickte nach links und erschrak fast, als sie den riesigen lilafarbenen Berg sah, der wohl Shannon Little war. Unter einem schrägsitzenden Strohhut mit mehreren herabhängenden schneeweißen Federn starrte die Doyenne der Liebesromane Temple eisig an. Ein Glasteller mit Hors d'œuvres auf ihrem Schoß war genauso üppig wie ihre ganze Erscheinung. Shannon schwieg. Sie aß mit mechanischer Effizienz, wobei ihre Finger sich zierlich zu ihrem Mund bewegten, und die zu engen Ringe an ihnen glitzerten.

Shannon Little war weiß Gott eine lila Präsenz, aber

Temple fand, daß die anderen Autorinnen enttäuschend normal aussahen.

Sharon Roses rosafarbene, geblümte Bluse und ihr streng geschnittener Rock zum Beispiel hätten jede Frau aus dem mittleren Westen vor Eifersucht sabbern lassen. Ihre hausfrauliche Dauerwelle war genauso ordentlich wie ihre Kleidung. Dieses Outfit hatte sie mit einem schweren Goldkettchen und Ohrringen, an denen diamantene Rauten hingen, aufgepeppt. Ihr ganzer Geschmackssinn war offensichtlich gerade auf ihren Teller konzentriert, der bescheidenerweise nur mit einem Häppchen von jedem Tablett gefüllt war.

Nur eine Frau im Raum konnte man als das bezeichnen, was Temple ein Glamour Girl genannt hätte. Ravenna Rivers, sehr wahrscheinlich ein Pseudonym. Die ungefähr dreißigjährige Frau (und man hätte wahrhaftig gern gewußt, um wieviel Jahre sie älter als dreißig war) saß aufrecht auf einem Stuhl, und ihr kurzer schmaler Rock zeigte jede Menge von ihren profihaft übereinandergeschlagenen und bestens bestrumpften Beinen, die in den hohen Absätzen von roten Manolo Blahnik-Schuhen endeten. Eine weiße Leinenjacke ließ ihre aggressiv gebräunte Haut besonders vulgär erscheinen, und der V-Ausschnitt senkte sich weitaus tiefer, als es üblicherweise für Cocktailpartys erlaubt war. Unglaublich üppige, bis an die Ellenbogen reichende blonde Locken umrahmten ein eckiges Gesicht, das genauso heftig geschminkt war wie das von Joan Collins. Temple erwartete, daß jeden Moment die Titelmelodie irgendeiner Seifenoper ertönen würde.

Sie erinnerte sich daran, daß Ravenna Rivers sich angeblich auf ihrer letzten Lesereise bestens mit dem Homestead Man vergnügt hatte. Anscheinend schrieb diese Großstadtteufelin historische Liebesromane aus der Zeit des Wilden Westens, in der es jede Menge offener Lagerfeuer und selbstgestickter Patchwork Quilts gab.

»Welche Haltung nehmen Sie als Autorinnen denn in der Sache mit den Cover-Models ein?« fing Temple an.

»Meine Haltung ist wohl ziemlich klar.« Mary Ann Trenarry setzte ihr Glas mit Mineralwasser auf einem Untersetzer ab und beugte sich vor. »Ich glaube, daß diese Konzentration auf männliche Cover-Models die Öffentlichkeit und auch die Medien einfach ablenkt, und zwar von unseren Büchern. Liebesromane, die von Frauen geschrieben werden ...«

»Richtig.« Misty Meadows unterbrach sie und hüpfte vor ihrem Stuhl herum wie ein Cheerleader. »Vor zig Jahren, als Bücher wie unsere noch von Männern wie Thomas B. Costain geschrieben wurden, hießen sie ›historische Romane‹ und wurden als Romane wahrgenommen.«

»Costain hat nie Romane wie unsere geschrieben«, unterbrach Shannon Little sie herrisch. Sie war so in Rage, daß sie für einen kurzen Augenblick sogar eine in Schinken eingewickelte Kastanie auf ihren Teller zurücklegte. »Die Frauen haben erst den Sex in die historischen Romane gebracht.«

»Und was ist mit Frank Yerby?« fragte Misty Meadows mit erhobenen Augenbrauen.

Die Frauen rollten die Augen himmelwärts.

»Ich bitte Sie, Sie reden hier von ganz billigen Lohnschreibern«, sagte Mary Ann Trenarry. »Wie ich schon sagte, als die Frauen in den siebziger Jahren die historische Romanze wiederbelebten, aus weiblicher Sicht natürlich – und, zugegebenermaßen, mit etwas wirklich Neuem, nämlich ausdrücklicher sexueller Offenheit –, wurden ihre Bücher als Müll abgetan. Der Drang, sich in der Fiktion bunt und detailreich zu vereinigen, war eine soziologische Reaktion auf die Emanzipation der Frauen, die ihre Sexualität zurückeroberten. Das Resultat war das Übliche: Man machte sich über die Bücher lustig, und nur der sexuelle Inhalt erregte Aufmerksamkeit. Ravenna, wer außer den Liebesromanautorinnen hält denn heute noch die Tradition des Western-Romans aufrecht?«

Ravenna Rivers kreuzte ihre Beine sehr hoch oben am Oberschenkel. Dann sortierte sie sie neu und überkreuzte sie genau in entgegengesetzter Richtung. Man stelle sich vor, dachte Temple neidisch, eine Frau mit ambidexteren Beinen!

Auf Ravenna Rivers' Schoß stand kein Teller, möglicherweise war der Schoß dafür auch zu klein, aber das Glas auf dem Tisch neben ihr war randvoll mit Scotch gefüllt.

»Stimmt. Die Western-Romane halten die Geschichten über die alten Pionierzeiten am Leben. Aber diese ganze Debatte ist doch langweilig. Was sich gut verkauft, verkauft sich eben gut, und deswegen sind Liebesromane auf dem Markt, deswegen sind wir hier, und deswegen sind Cover Hunks gerade ganz heiß.« Nachdem sie ihr Sprüchlein gesagt hatte, nahm sie einen tiefen Schluck Scotch.

Während der Debatte hatte Temple die Pressemappen überflogen.

»Die Männer sind auf den Umschlägen sehr deutlich abgebildet«, sagte sie und hielt ein paar Abbildungen von Taschenbuch-Covern hoch, von denen über die Hälfte nichts als einen halbnackten Mann zeigten. »Ist das hier nicht Cheyenne, der neulich umgebracht wurde?«

Temple hätte eine Schlange in der Hand halten können, so intensiv richteten sich alle Augen auf das Titelbild.

»Das ist er«, stimmte Misty Meadows zu. »Der hatte jede Menge Aufträge in letzter Zeit. Ist er nicht auch auf Ihrem letzten Buch, Sharon?«

»Also, meine Bücher haben keine halbnackten Hunks auf dem Umschlag«, sagte sie betont wohlerzogen, »weil ich mir die Mühe mache, darauf zu bestehen, daß meine Verlage sie anders gestalten. Mein neuestes Buch hat eine ausgestanzte Titelseite mit einem weißen Tischtuch, hinter der man eine charmante Picknickszene aufschlagen kann. Ich habe die Aufnahmen in New York persönlich beaufsichtigt. Das mache ich immer, damit es keine geschmacklichen Entgleisungen gibt. Cheyenne hat in einem karierten Hemd und Jeans sehr gut ausgesehen, und die Heldin trug Köperbaumwolle. Natürlich hat er in letzter Zeit viel in der Modebranche gearbeitet.«

»Ach ja, richtig.« Ravenna lächelte bedeutungsschwanger. »Cheyenne war ausgesprochen vielseitig. Er und Fabrizio wurden von *Vanity Fair* besprochen, als sie auf der Modewoche in Mailand Raumschiffjeans in Silber trugen, mit Aluminiumnieten. Es ist immer wieder dieselbe alte Geschichte, meine Damen. Nackte Haut verkauft sich gut. Sex verkauft sich gut. Sie machen sich etwas vor, wenn Sie irgend etwas anderes glauben.«

Es folgte ein unglückliches Schweigen, in dem sich Ravenna Rivers mit ihrem Scotch befaßte und Temple über eine Frage grübelte, auf die sie unbedingt eine Antwort wollte.

Ein Klopfen an der Tür ließ sie alle erstarren, als seien sie Kaninchen im Scheinwerferlicht.

Electra trat ein. »Jetzt gibt's Nachschub.«

Und herein rollten Servierwagen mit kleinen Sandwiches, Salaten, Früchten und Gebäck, die von mehreren der Gebrüder Fontana geschoben wurden, alle in der Einheits-Uniform männlicher Prachtexemplare: enge Bluejeans und knappe Hemden, die sich nur schwerlich schließen ließen. Und alle waren sie darauf eingestellt, die Autorinnen zu umschmeicheln.

»Hier haben Sie ein Gläschen Champagner, meine Damen«, gurrte Rico, der einschenkte und die Gläser so schnell verteilte, wie er nur irgend konnte. »Mit freundlichen Grüßen von Fontana Inc.«

Temple legte ihre Pressemappen beiseite und schob die Neugier fürs erste auf. Sie würde aus den Autorinnen nicht wesentlich mehr herausbekommen. Aber ihr waren zwei Dinge aufgefallen, mit denen sie sich befassen mußte. Erstens: Ravenna Rivers kannte Cheyenne ganz offensichtlich sehr gut, so wie sie viele Cover-Models wohl besonders gut kannte. Zweitens: Der Name fast jeder der hier anwesenden Autorinnen stand auf einer Titelseite, auf der der Tote abgebildet war, selbst der von Sharon Rose, die immer so tat, als würde sie die ganze Jagd nach Cover Hunks verachten.

»Champagner, Miss?« fragte Rico, verbeugte sich und tat dabei so, als kenne er sie nicht. Er war nämlich auch ein verdeckter Ermittler, jawohl.

Sie griff nach dem Stiel des Glases und nahm einen Schluck.

Rico zwinkerte ihr zu.

Kapitel 29

Ein Siebenmeilenstiefel bei den Four Queens

»Hallo.« Temple steckte die Nase in die Garderobe der Four Queens. Sie besuchte die vier Showgirls vom Crystal Phoenix, die unter diesem Namen auftraten.

Darcy, Midge, Jo und Trish befanden sich gerade in verschiedenen Stadien der Nacktheit oder des Angezogenseins, je nachdem, von welchem Standpunkt aus man die Vorbereitungen für eine Revue in Las Vegas betrachtete.

»Kann ich euch eine Frage stellen?« fuhr sie fort. Die Mädchen waren so beschäftigt, auch noch das letzte Kleidungsstück loszuwerden, daß sie kaum aufschauten.

»Was gibt's?« fragte Darcy und richtete den Sitz ihres glitzernden Strings.

Temple zog Beweismittel A hinter ihrem Rücken hervor. »Das hier.«

Die vier Frauen sahen hoch.

»Was für ein unglaublicher Stiefel.« Trish, eine grobknochige Blondine, warf ein extralanges Bein über die Lehne eines Holzstuhls, streckte ihr Knie durch und stampfte mit ihren Steptanz-Schuhen auf den Sitz, während sie ein Strumpfband mit Marabufedern festmachte.

Die Netzstrümpfe der Tänzerinnen trugen die Symbole der Kartenfarben: winzige rote Herzen für Darcy, Karos für Midge, winzige schwarze Piksymbole für Jo und Kreuz für Trish.

Jo, ein wohlgeformter Rotschopf, lachte, während sie einen Kristallohrring anlegte, der von ihrem linken Ohrläppchen bis hinunter auf ihr Schlüsselbein fiel.

»Temple, was sind Sie aber auch für eine Süße! Sie würden

ja glatt mit beiden Füßen in den dicken alten Stiefel da passen und hätten immer noch genug Platz für Ihre Katze.«

»Apropos Katze«, sagte Temple, »hat irgend jemand Midnight Louie gesehen?«

Darcy trat von ihrem Schminktischchen zurück, und Er höchstselbst wurde sichtbar, wie er sich auf einem roten Samtkissen ausstreckte.

Irgend jemand hatte ihm eine rote Satinfliege um den Hals gebunden, die jetzt frech unter einem Ohr hervorlugte.

»Ach Gottchen, er sieht ja aus, als hätte er eine Medaille bekommen!« Temple schüttelte den Kopf. »Was ist denn hier unten für ihn so interessant?«

»Abgesehen von Trishs geräucherten Austern?« Darcy grinste. »Also. Wann kommt Ihr texanischer Freund zu Besuch?«

»Deswegen bin ich ja hier. Ich habe dieses Ding unter einem Kostümständer im Flur gefunden und frage mich, ob es Teil eines Ihrer Kostüme ist. Ich mache beim Schönheitswettbewerb der Cover-Models mit, und ich wollte nicht, daß irgendein wesentlicher Teil Ihrer Kostüme in deren Zeug verlorengeht.«

»Wie nett von Ihnen.« Jo ließ das seitliche Gummi an ihrem String schnappen, »aber bei *unseren* Kostümen ist nichts besonders wesentlich.«

»Eigentlich«, korrigierte sich Temple artig, »sind Sie selbst ja die einzigen wesentlichen Dinge. Also? Niemand kennt diesen Stiefel?«

»Lassen Sie mal sehen«, schlug Darcy vor. »Das ist jedenfalls kein normaler Straßenstiefel.«

Sie versammelten sich um Temple, und ihre Steptanz-Schuhe klackerten auf dem Betonfußboden der Garderobe wie Pferdehufe. Temple spürte einen seltenen Anfall von Platzangst, als sich die Showgirls um sie schlossen. Mit ihrer durch die hochhackigen Schuhe begünstigten Größe von mindestens einem Meter achtzig, ihrem Feder-Kopfschmuck und den glitzernden Schlingen ihres knappen Geschirrs erinnerten sie an elegante, aufgeputzte Zirkuspferde.

Seit sie im Crystal Phoenix arbeitete, hatte sie diese Frauen oft aus der Ferne gesehen, ihnen zugewinkt, sie angelächelt. Jetzt war sie von ihnen genauso überwältigt wie von den ebenfalls riesigen, nackten und ebenso offensichtlich erotischen Cover-Models. Warum mußten Sexsymbole eigentlich immer Übergröße haben? Groß und mächtig mochte ja auf einige Entfernung sehr verführerisch sein – aber ging es nicht auch klein und dezent?

»An diesem Stiefel ist aber auch alles groß.« Jo nahm ihn Temple aus der Hand, um ihn hin und her zu drehen. »Das ist doch wirklich was für den Rhinestone Cowboy! Sieh sich mal einer diese riesigen Glitzersteine in Nippelgröße auf dem Absatz an!«

»Igitt!« Darcys Stöhnen galt sowohl den geschmacklosen Glitzerkieseln als auch Jos vulgärem Vergleich. »Aber das ist alles handgearbeitet, und diese silberne Flamme aus Leder ist von Hand aufgenäht. Irgend jemand hat ganz schön für dieses Paar Schuhe gelöhnt, als es noch ein Paar war.«

»Warum glauben Sie eigentlich, daß dieses Schlachtschiff uns gehören könnte?« Jo reichte ihr den Stiefel mit gerümpfter Nase zurück.

»Er ist ziemlich groß, und das sind Sie auch.«

»*So* groß auch wieder nicht.« Trish schaute in den Stiefel hinein, als befände sich darin ein versteckter Schatz. »Da ist nirgendwo eine Größe eingestanzt. Merkwürdig. Ich schätze, es ist mindestens Größe achtundvierzig oder fünfzig. Wer ist denn hier durch unsere Korridore geschlichen – der Yeti?« Sie nickte Temple zu. »Das da ist der Stiefel eines Riesen.«

Temple seufzte. »Nicht gerade das, was ich hören wollte.«

»Außerdem ...«, Trish legte ihren Fuß erneut auf den Sitz

des Stuhls, um ihren silbernen Pumps in Größe achtunddreißig zu zeigen. »Wir Tänzerinnen tragen alle diese Schuhe mit den üblichen Absätzen von zehn Zentimetern und dem Riemchen über dem Spann. Wenn wir versuchen würden, in diesen Glitzer-Galoschen auf die Bühne zu tanzen, würden wir uns den Hals brechen. Versuchen Sie es mal bei den Jungs vom Incredible-Hunk-Wettbewerb.«

Temple war erleichtert. »Sie wissen davon?«

Sie hatte nicht erwartet, daß sie das mitbekommen hätten. Showgirls waren nächtliche Kreaturen und Zugvögel, die ihr wahres Leben weit weg vom Las Vegas Strip führten. Sie kauften um drei Uhr nachts ein und lackierten sich am Mittag die Nägel. Nur selten hatten sie Zeit oder Lust, sich den prachtvollen Männern des Showbiz zu widmen.

»Wer würde denn einen Kongreß von lauter Exemplaren von Conan, dem Barbar übersehen?« fragte Midge. »Vor allen Dingen, wenn einer von ihnen auf so spektakuläre Weise über den Jordan geschickt wird. Soweit ich gehört habe, ist er im Sattel gestorben.«

»Nicht ganz.« Temple schlang die Arme um den Stiefel und drückte ihn an ihre Brust. »Er ist wie die Indianer geritten. Ohne Sattel.«

Trish schüttelte traurig ihren befederten Kopf. »Was für ein Tod, halbnackt auf einem nackten Pferd.«

»Ich kannte ihn«, fing Temple an.

»Ach du liebes bißchen! Tut mir leid«, bat Trish um Verzeihung. »Hier unten werden wir immer mal ein bißchen melodramatisch.«

»Ist schon in Ordnung.« Temple setzte sich auf einen leeren Stuhl nahe der Tür. Sie hielt den Stiefel immer noch umarmt und ließ ihr Kinn auf seiner Kante ruhen. »Merkwürdig. Die ganze Zeit über suche ich überall nach einem Aschenputtelschuh und dann finde ich direkt vor meiner eigenen Haustür einen glitzernden, merkwürdigen Cowboystiefel.«

»Suchen Sie klasse Schuhe für wenig Geld?« fragte Midge, die den einzigen Teil ihres Haares, der nicht von einem glitzernden Kopfstück bedeckt war, enthusiastisch mit Haarspray vollsprühte (also ihren Pony). »Versuchen Sie es doch mal bei diesem Discount ...«

»Ich meine nicht irgendwelche Schuhe«, unterbrach Temple sie. »Der neue Laden von Stuart Weitzman im Forum des Caesar's verspricht ein kostenloses Paar handgemachter, hochhackiger straßbesetzter Schuhe, wenn man irgendwo in Las Vegas einen ähnlichen Schuh findet.«

»Früher haben sie Schuhe mit Glitzersteinen in der Show im Tropicana gehabt, vor ein paar Jahren. Mit denen konnte man die Sonne blenden.«

»Keine Glitzersteine«, erklärte Temple geduldig. »Echten österreichischen Straß.«

»Was ist denn da der Unterschied?«

»Genau derselbe wie zwischen einem Marmeladenglas und einem Kognakglas. Kristall hat mehr Feuer und kostet auch mehr.«

»Diese Schuhe müssen ja ein Vermögen wert sein.«

»Für mich wäre es wohl ein Vermögen. Und das schlimmste daran ist, er ist auf ihnen drauf.« Temple zeigte auf Midnight Louie.

»Louie? Der ist doch immer auf Schuhen, auf Schminktischen, auf Strings ...« Darcy lachte, als sie eine Perlenkette unter Louies rotem Samtkissen hervorzog.

Er schlug lethargisch mit der Pfote nach den vorbeischwebenden Perlen und gähnte.

»Nett, daß er uns mal wieder besucht«, sagte Darcy.

»Das liegt daran, daß Louie häufiger eine Katzendame hier in der Gegend besucht.«

»Die kleine schwarze, die wir hier dauernd herumsausen sehen?«

»Lieber Himmel, nein.« Temple war entsetzt. »Midnight

Louise hat nur einen ähnlichen Namen wie er. Sie ist sozusagen seine Tochter. Außerdem ist sie sterilisiert worden. Louise ist von außerhalb und kommt gelegentlich auf Besuch.«

»Jede Wette ist er deswegen immer erst gegen Mitternacht zu Hause«, spekulierte Midge. »Immer wenn er da ist, müssen wir unsere Steptanz-Schuhe wegschließen, sonst kaut er noch die Riemchen.«

Selbst eine Erwähnung von Louies vergangenen Missetaten konnte Temple nicht aus ihrer Träumerei über die verlorenen Schuh-Freuden losreißen. »Ach, es ist natürlich nicht Louie selbst, der auf den Preisschuhen abgebildet ist, aber diese Schuhe sind sooo wunderbar und wie für mich geschaffen! Auf jedem Hacken ist eine schwarze Katze. Für Halloween. Doch es muß einfach Louie sein.«

»Für Sie ist es Louie, für mich bedeutet es nur Pech.« Trishs Schaudern ließ ihr Kostüm an allen Ecken und Enden zittern. »Ich würde nie Schuhe mit einer schwarzen Katze drauf tragen. Jeder, vor dem ich herlaufe, würde einfach Panik bekommen! Wir befinden uns hier in Las Vegas, Kinder, wo die Spieler so abergläubisch sind, daß sie auch noch ihre Hosenträger kreuzen.«

»Wenn Sie diese Schuhe nur sehen würden«, sagte Temple leise trauernd. »Sie würden sie einfach wunderbar finden.«

»Ich glaube nicht«, sagte Jo. »Ich trage keine hochhackigen Schuhe, wenn ich nicht im Job bin.«

»Ich auch nicht«, fügte Trish hinzu.

»Sie sollten mit Savannah, dem Vamp aus Ipana, darüber besprechen. Die ist knöcheltief mit merkwürdigen Schuhen eingedeckt«, schlug Darcy vor.

»Savannah, der Vamp von Ipana?«

»Die Ashleigh mit dem gebleichten Überbiß. Eine echte Schreckschraube! Sie mimt dieses Jahr die Leiterin des Schönheitswettbewerbs für die Hunks und hat ihre ›alte‹ Garderobe zurückverlangt. Und sie hat sie bekommen, obwohl dieser Bereich für die Leute vom Schönheitswettbewerb eigentlich tabu ist. Nicht nur in der Oper gibt's Primadonnen.«

Temple starrte Midnight Louie an, der ihren Blick geradewegs erwiderte.

»Savannah Ashleigh ... Schuhe. Natürlich! Sie ist in der Stadt – mit ihrer Katze Yvette, was erklären würde, warum Ihr String-Wärmer zurückgekommen ist«, sie nickte Midnight Louie zu, der auf dem Kissen gerade wieder wegschlief, »und sie jagt meinen Schuhen hinterher!«

Temple sprang auf die Füße.

Vier Paar falsche Wimpern blinzelten sie im Spiegel an und senkten sich dann unisono zu ihren Füßen. »Es geht nicht um diese Schuhe, die ich jetzt anhabe, sondern um die Schuhe vom Preisausschreiben. Haben Sie Eightball O'Rourke in letzter Zeit hier herumschleichen sehen?«

Die Königinnen von Karo, Pik und Kreuz zuckten die nackten Schultern, aber Darcy runzelte die Stirn.

»Kleiner Typ, sehr drahtig. Ungefähr siebzig«, half Temple nach.

Darcy wandte sich vom Spiegel ab. »Ich habe Eightball tatsächlich schon ein paarmal hier unten gesehen. Ich dachte immer, er würde Jill und Johnny Diamond besuchen.«

»Der hat gearbeitet, diese Ratte! Der ist bestimmt für diese abgehalfterte Hollywood-Tante hinter den Schuhen mit der schwarzen Katze her. Aber wenn Savannah Ashleigh genug Geld für einen Privatdetektiv hat, hat sie auch genug Geld, um sie sich einfach zu kaufen!«

»Wie ich höre, ist sie schon seit einiger Zeit dabei, ihre Reserven an Uppers anzuknabbern«, bemerkte Midge.

»Na ja, sie soll bloß ihre gierigen kleinen Patschehändchen von *meinen* Uppers lassen! Seht mich doch nur an! Ich bin den ganzen Strip rauf und runter gelatscht, habe den Tod durch Ertrinken riskiert, mich den Piraten gestellt und mir fast das Genick gebrochen, bin beinahe festgenommen worden, weil ich frech zu einer Hexe war, und alles, was ich davon habe, ist ein einzelner, unbekannter Stiefel mit abgeschabten Pailletten-Hacken. Das Leben ist einfach nicht gerecht.«

»Temple?« Darcy kam in ihren silbernen Steptanz-Schuhen herübergetrabt, wobei sie erstaunlicherweise genau wie Cheyennes Appaloosa klang. »Alles in Ordnung mit Ihnen?«

Temple setzte sich wieder hin, denn sie wußte, daß die Antwort nein war, und sie wußte auch, daß sie keine Lust hatte zu erklären, warum es ihr so vorkam, als wäre die Suche nach den Midnight-Louie-Schuhen die einzige geistig gesunde Tat in einer verrückt gewordenen Welt, einer Welt mit ermordeten Models (bislang einem)... sich duellierenden Liebhabern (sozusagen bislang zwei)... und Abschlußposen mit einer Herde gutaussehender Hunks (und einer gefürchteten Generalprobe, die ihre Schatten bereits vorauswarf).

»Ich war in letzter Zeit ziemlich viel unterwegs«, sagte sie, »wegen des Schönheitswettbewerbs und wegen der Suche nach den Schuhen, das ist eigentlich alles.« Sie hob den Stiefel hoch. »Ich hoffe nur, daß dieses Ding nicht Bestandteil von irgend jemandes Kostüm ist.«

»Welche Rolle spielen Sie denn im Schönheitswettbewerb?« Darcy wandte sich wieder dem Spiegel zu, um sich ihr Make-up zu überpudern.

»Dirne.«

»Wie bitte?«

»Dirne, Mädchen für alles, mit einem Ausschnitt bis zum Bauchnabel. Die brauchen warme Körper für die Abschlußpose à la Taschenbuch-Cover.«

»Abschlußpose. Das ist ein neuer Begriff.«

»Man fotografiert die Umarmungen der Cover-Models von Liebesromanen für den Grafiker, der das Umschlagbild gestaltet. Die Kandidaten des Incredible-Hunk-Wettbewerbs brauchen willige Mädchen, die mit ihnen in der letzten Runde posieren.«

»Und dafür haben Sie sich freiwillig gemeldet?« Trish konnte es offensichtlich kaum glauben.

»Sagen wir mal, eine Verwandte hat mich zwangsrekrutiert.«

Midge zuckte mit den Achseln und grinste. »Es könnte ja schon Spaß machen.«

»Das«, sagte Temple, während sie wieder nach ihrem Stiefel griff und sich auf den Weg machte, »könnte aber auch eine Akupunktur.«

Temple kehrte in ihre Garderobe zurück, ein kleines Kabuff, das genauso aussah wie das von Jake Gotshall und dem verstorbenen Charlie Moon. Sie verstaute den einzigartigen Stiefel – einzigartig sowohl deshalb, weil er nur einer von einem Paar war, als auch wegen seiner auffälligen Dekoration – wieder tief in ihrer Kostümtasche. Man wußte ja nie, was jemand anderem gut gefallen könnte.

Ihr Kostüm hing über einem der mit einem Vorhang zugehängten Rohre, die die Grenzen zwischen den einzelnen Garderoben zogen. Sie würde sich in einer halben Stunde für die Generalprobe der Abschlußpose umziehen müssen.

Temple nahm rasch ihre Börse aus ihrer großen Tasche und trat in den Korridor.

Die Kandidaten vom Incredible-Hunk-Wettbewerb waren nirgendwo in Sicht. Alle steckten in ihren kleinen Kabuffs und machten sich fein. Murmelnde Stimmen waren zu hören, und hier und dort beulten sich Vorhänge aus, während Temple an ihnen vorbei kam.

In den Gängen flitzten hin und wieder anonyme Gestalten an ihr vorüber – die freiwilligen Ankleidehelferinnen der Hunks. Die meisten waren sicher längst über die Grenze der

Mittelalterlichkeit hinaus, wie die Haushälterinnen von Priestern. Ganz anders als priesterliche Haushälterinnen waren sie allerdings nicht automatisch gleichgültig gegenüber dem jungenhaften Charme ihrer Schutzbefohlenen. Mit Ausnahme von Matt Devine waren die meisten Priester jedoch auch nicht mit einem so wunderschönen Aussehen gesegnet, daß sie auf dem Cover eines Liebesromans posieren könnten.

An Matt zu denken, ließ Temple auch an Max denken, was in jedem Fall eine ungeschickte Verbindung war. Was hatte diese beiden einander fremden Männer zusammengeführt, abgesehen von ihr selbst?

Denk an Charlie Moon, riet Temple sich selbst. Und dann denk an England.

Moon zuerst. Allein hinter der Bühne. Konzentriert auf seinen Auftritt, geistig eine Million Kilometer entfernt von dem, was um ihn herum gerade geschah. Das konnte Temple sich vorstellen. Nichts machte einen so einsam wie diese wenigen Augenblicke der Nervosität vor einem Auftritt, vor allen Dingen dann, wenn man gerade versuchte, ungefähr eine Tonne Pferdefleisch zu beherrschen. Das Tier war bestimmt herumgetänzelt, die Hufe hatten auf den Bühnenboden gedröhnt, den Reiter abgelenkt.

Temple konnte sich vorstellen, daß das Eindringen einer Pfeilspitze in den Rücken wohl kaum die adrenalingetriebene Konzentration eines Schauspielers, der gleich auf die Bühne muß, durchdringen kann. Sie hatte sich einmal hinter der Bühne den großen Zeh an einer Metallplatte gestoßen, während sie unterwegs war, um rechtzeitig zum Stichwort auf der Bühne zu sein. Sie war weitergesaust, hatte zwei Seiten Dialog in einer leichten Komödie gesprochen und war lachend von dannen geschritten ... um dann auf der anderen Seite der Bühne zusammenzubrechen, heulend und fluchend, als sie endlich den Schmerz gespürt hatte, beziehungsweise es sich gestattet hatte, ihn zu spüren.

Auf der Waffe waren keine Fingerabdrücke gewesen. Wer auch immer den Pfeil gegriffen hatte, war geistesgegenwärtig genug gewesen, auch noch einen Lappen zu ergreifen.

Sie war derart in Gedanken versunken, daß sie geradewegs mit jemandem zusammenstieß.

»Ach, Verzeihung!« sagte Temple.

»Liebes bißchen, Mädchen, Sie sind genau in mein Klemmbrett gelaufen! Damit hätten Sie sich auf ewig schaden können, und gerade im Moment können Sie das nun gar nicht gebrauchen«, fügte die Frau hinzu und runzelte angesichts des Busens von Temple die Stirn. »Für ein Abschlußposen-Mädchen ist so etwas besonders gefährlich.«

»Sie wissen, wer ich bin?«

»Nicht wer, nur was. Die einzigen Damen ihres Alters, die vor der Generalprobe hier hinten sein dürfen, sind die glücklichen dünnen jungen Dinger, die Cover-Model spielen. Ansonsten laufen hier nur alte Fregatten wie ich herum.«

»Sie sind keine alte Fregatte!« Diesen Begriff hatte Temple immer schon verabscheut. »Wozu dient denn dieses Klemmbrett?«

»Ach, ich darf noch nicht einmal die Jungs in ihre engen, knappen Kostüme hineinschieben, ziehen, stopfen und binden. Ich mache nur den Papierkram.«

Temple lachte, während sie fieberhaft nachdachte. Ihre neue Bekanntschaft war eine Frau Ende Sechzig, die ausgebeulte Jeans und ein Sweatshirt der Ohio Universität mit Grasflecken trug, das sie zweifellos von einem Enkel geerbt hatte.

»Dann wissen Sie ja, wer mit wem für die Abschlußpose zusammengeht.«

»Und Sie wissen es noch nicht?« Die Großmutter hob Augenbrauen, die so wild und unordentlich waren wie die einer Katze.

»Ich war ... woanders beschäftigt. Ich trage ein schulterloses, lavendelfarbenes Brokatkleid.«

»Dann müssen Sie Miss Melisendis sein, das Renaissance-Model. Alle bekommen bei uns Codenamen. Sie können in keinem Fall Miss Kitty sein, das ist die mit dem Wildwest-Outfit, und dieses Flittchen Lacey ist Miss Odaliske.«

Temple versuchte, über den Rand des Notizbretts zu linsen, aber die Frau zog es rasch wieder weg.

»Also, hier ist einer, der zu Ihnen paßt: Mr. Romeo.«

»Italien der Renaissance«, sagte Temple nickend. Widerstrebend hielt die Ältere ihr nun doch die Liste hin. »Und Mr. Lancelot, der ist auch für mich. Ich vermute, daß alle diese Typen Handschuhe tragen.«

»Handschuhe? Wieso denn das?«

»Weil das zu den Kostümen passen würde.«

»In meiner ganzen Zeit als Garderobenhexe bei Schönheitswettbewerben habe ich noch nie etwas so Komisches gehört.« Sie warf den Kopf zurück und ließ ein dröhnend lautes Gelächter hören, wobei sie zwei Reihen makelloser falscher Zähnen offenbarte.

»Keine ... Handschuhe?«

»Nein, meine Liebe. Die wären doch während der Abschlußpose nur im Weg – und außerdem wollen die Zuschauerinnen soviel von den Wettbewerbsteilnehmern sehen, wie gesetzlich erlaubt ist. Handschuhe sind einfach zuviel Textil.«

»Ach so. Ich vermute, Harnisch-Handschuhe wären ohnehin ein bißchen kühl.« Temple schauderte innerlich zusammen.

»Machen Sie sich keine Sorge, Miss Melisendis. Keine Handschuhe und keine Fehdehandschuhe.«

Die Frau ließ ein geübtes Auge über die Liste gleiten. Dann runzelte sie die Stirn. »Außer ...«

»Außer?«

»Na ja, er liegt weit vor Ihrer Epoche, also würde ich mir da keine Sorgen machen.«

»Welche Epoche ist er denn?«

»Wikinger. Der geht mit diesem fuchsgesichtigen Mädchen in dem durchsichtigen Chiffonkleidchen zusammen.«

»Aber er trägt Handschuhe?«

»Das ist der einzige. Er trägt auch nur einen Handschuh, wie Michael.«

»Michael, so heißt er also?«

»Nein! Wie Michael Jackson.« Die Frau hielt eine Faust in die Höhe, spreizte die Finger und tat so, als zöge sie einen Handschuh an. »Nur ist sein Handschuh nicht weiß, er ist schwarz. Schwarzes Leder. Wegen des Vogels.«

»Wegen des Vogels.« Jetzt war Temple vollkommen verwirrt.

»Der Vogel. Er soll mit einem Falken auf dem Handgelenk auf die Bühne kommen. Deswegen braucht er den Handschuh. Er bewahrt ihn hinter der Bühne auf, oder seine PR-Tante macht das, und er trägt Scheuklappen, also nicht er, sondern der Falke. Etwas gruselig. Ist Ihnen der Vogelkäfig noch nicht aufgefallen?«

Temple schüttelte benommen den Kopf.

Die Frau lächelte, selbstsicher und zufrieden. »Das ist der einzige Typ mit einem Handschuh. Der Vogelmann sozusagen. Und er wird nicht neben Ihnen auftauchen.«

»Wer?« fragte Temple geduldig.

»Wer? Wer was?«

»Wer«, wiederholte sie und hatte langsam das Gefühl, daß sie wie eine zerkratzte Schallplatte klang, »wer verkleidet sich für die Abschlußpose als Wikinger?«

»Na, der große Blonde, natürlich. Fabrizio.«

Fabrizio. Natürlich.

Zwischenspiel

… oder etwa menschliche Hysterie?

Termine, Termine.

Das ist hier auf diesem Kongreß von glücklichen G.R.O.W.L.ern wirklich wörtlich zu nehmen, da schon einer seinen Terminus gefunden hat.

Aber Mord ist nicht das, womit ich mich befasse; Liebesromane sind es. Ich werde diesen Jurymitgliedern mal etwas geben, worüber sie wirklich knurren können. Jetzt ist es an der Zeit, alles loszulassen und hier ein wirkliches Meisterwerk zu schaffen. Sinnliche Szene!

Der dämonische Dolch von Devonshire sprang in die Kutsche und befahl dem gefesselten und geknebelten Kutscher, sich eiligst nach …

Kann dieser Kutscher eigentlich gefesselt und geknebelt sein? Klar. Zügel sind nicht besonders schwer zu halten, nur ein paar Lederstrippen. Wohin also? Ach …

… Dover zu begeben, bis zum Morgen!

»Meine Verwandten werden Euch finden, Sir«, warnte die schöne Arianiola.

»Das sollte Euch leid tun, denn ich bin kurz davor, meine charmante Flüchtige, Euer Leben zu verändern, Euch zu den Sternen mitzureißen.«

Mit diesen Worten …

Wie weit können wir hier eigentlich gehen? Ich sollte mal lieber ein paar Sexszenen in diesen heißen Büchern da drüben lesen. Mal sehen … reden, reden, reden … Flucht … noch mehr reden … wieder reden … hey, wo bleiben denn die heißen Szenen? Ein Kuß über drei Absätze? Etwas mehr Realität bitte. Also, ich zeig' euch mal, wie man das macht.

Mit diesen Worten griff er Arianias Schulter und riß sie in seine männlichen Arme. Augenblicklich reagierte sie auf das mächtige, männliche Charisma, das die muskulöse Gestalt des dämonischen Dolchs von Devonshire ausstrahlte. Sie war eine Wildkatze. Sie fing an zu schnurren und zu spukken, aber ihre Abneigung war nur vorgespielt, denn der dämonische Dolch wußte, welche Wirkung seine Erscheinung auf Frauen aller Art hatte, von den Dirnen in den Wirtshäuser bis hin zu den hochadligen Damen der feinen Gesellschaft. Bald schon keuchte sie und löste die Knöpfe seiner...

Gibt es in dieser Zeit eigentlich schon Westen? Warum nicht?

...Weste. In der Zwischenzeit steckte der Dolch seine machtvolle Zunge in ihren Mund und ließ sie aufstöhnen.

Und weiter fuhr die Kutsche durch die Nacht, vom gefesselten und geknebelten Kutscher gefahren, während Blitze am Himmel krachten, und im Innern der Kutsche auf den Kissen ein Feuerwerk tobte.

Ariana hatte keine Chance. Sie war wie Knetmasse...

Gab es damals schon Knetmasse? Wir wollen es den Preisrichtern nicht allzu schwer machen.

... in seinen verwirrend sinnlichen Händen, und bald schon lagen ihre Kleider auf einem Haufen auf dem Boden der Kutsche, wohin auch seine bald fielen, und sie umschlangen sich in einem heftigen, verrückten Rasen über den Sümpfen.

Schließlich hatte er Gnade mit ihr und zeigte ihr die machtvollste Waffe in seinem Arsenal. Sie wirkte sehr beeindruckt, wenn auch nicht überrascht. Und so ging die wilde Jagd weiter, zwei rasende Herzen in der Nacht, zwei Leiber, die sich vor aufrichtigem Verlangen umeinanderwanden, wahre Liebe, die sie auf dem Boden der schönsten Kutsche des Barons fanden...

Als der Mond wie eine Melone am Himmel stand, hielt die Kutsche am Rand der weißen Kliffs von Dover an, die Pferde müde und erschöpft, die süße Arianail müde, der dämonische Dolch von Dover erschöpft. Der konfiszierte Kutscher war schon lange vorher irgendwo am Weg vom Bock gefallen, und die Geliebten lagen einander glücklich und befriedigt in den Armen.

Vögelchen stiegen in die Wolken empor, während die Wellen unten am Ufer an die Kliffs schlugen, und das von Rache erfüllte Herz des Dolchs konnte zum erstenmal seit Jahren fliegen, jetzt, wo die Kutsche angehalten, seine spontane Leidenschaft nachgelassen hatte, und die wunderschöne Ariania sicher in seinen Armen lag. Sie war jetzt auf immer vor seiner Rache gerettet – aber nicht vor seinem Charme.

Wie beendet man eigentlich so eine Szene? Der Tagesanbruch ist ja schon nicht schlecht. Das nächste Kapitel kann ja dann mit dem nächsten Tag beginnen. Jetzt muß ich nur noch das Rechtschreibprogramm drüberlaufen lassen und zusehen, daß der Name der blöden Kuh auch immer gleich geschrieben ist. Und dann ab an die Jury!

Kapitel 30

Generalprobe aufs Exempel

Weiße Säulen, die die Pracht des einstigen Roms wieder aufleben ließen, erhoben sich neben einem gedrungenen mittelalterlichen Bogen aus grob behauenem, grauen Stein, und neben der gotischen Szenerie befand sich die Westernwelt, dargestellt durch grobgehauene hölzerne Stützen eines Stalls, inklusive Heuhaufen. Der verstorbene Cheyenne und sein Pferd hätten sich hier wahrscheinlich besonders wohl gefühlt.

Temple untersuchte die Aufbauten des Bühnenbilds von der Rückseite und nannte dann die drei Schauplätze für die Abschlußposen von links nach rechts »das Gute, das Schlechte und das Häßliche«.

Sie sah ein, daß ihr halbwegs mittelalterlich wirkendes Kostüm sie zu dem gruseligen gotischen Kerker verdonnerte. Laceys schmuddelige Haremsseide paßte zu den schizophrenen Assoziationen, die falscher weißer Marmor hervorrief: klassische Reinheit gegenüber der Dekadenz, die man mit dem alten Rom in Verbindung brachte. Quincey, das Saloonmädchen, würde im Heuhaufen residieren. Temple beneidete sie nicht gerade um dessen Bequemlichkeit.

Sie trippelte näher an das Ganze heran, ihre Füße in den schrecklich flachen Schuhchen, die zu ihrem Kostüm gehörten (irgend etwas Billiges, bronzefarben Glitzerndes). Jawoll, genau wie sie es befürchtet hatte, in der gotischen Nische befand sich auch ein Fenstersitz, auf dem sie stundenlang in verkrampften Stellungen angehimmelt werden würde. Immerhin gab es dort zwei Kissen aus schwarzem Samt, die ihr Schicksal als verurteilte Frau etwas bequemer gestalten konnten.

»Man schaue sich nur diesen tollen Holzpfahl an«, sagte eine beeindruckte Stimme neben ihr. »Damit kann ich richtig gut arbeiten.«

Temple wandte sich um und entdeckte Quincey. »Sie freuen sich tatsächlich auf diese Geschichte? Warum machen Sie das eigentlich? Und wie sind Sie überhaupt daran gekommen?«

»Mein Stief-Wichser.« Quincey beantwortete ihre letzte Frage zuerst, während sie die strähnigen Locken vor ihren Ohren noch fester drehte.

»Meinen Sie damit Crawford Buchanan?«

»Oh, bitte nicht! Bitte keine Namen. Allein schon an diesen Arsch zu denken, ist schlimm genug. Obwohl ich zugeben muß, daß mein liebster Stiefvater endlich einmal ein Versprechen wahr gemacht hat und mir zu diesem tollen Einsatz verholfen hat.«

»Jetzt weiß ich, wie, aber warum weiß ich immer noch nicht.«

»Warum machen *Sie* das denn?« Quincey ließ einen mürrischen Blick über Temples Kostüm gleiten.

»Weil ...« Mit der Wahrheit käme sie hier nicht weit. Vielleicht würde eine halbe Wahrheit, den Bedürfnissen ihres Publikums angepaßt, auch reichen. »Ich bin wütend auf meinen Freund.«

»Cool.« Quincey ließ ihre Kaugummiblase platzen.

»Eigentlich« – Temple revidierte ihre Aussage und fügte fünfundzwanzig Prozent mehr Offenheit hinzu – »bin ich wütend auf meine beiden Freunde.«

»Noch cooler.« Quincey beäugte Temple mit wachsendem Respekt, zog ihren knielangen Rock hoch und walzte in die umschatteten Bühnenregionen hinüber, so daß Temple auch weiterhin nichts über die Motive der Sechzehnjährigen erfuhr. Sie hatte den Verdacht, daß es eine Menge damit zu tun hatte, cool zu sein. Was sonst?

Eigentlich war Temple selbst auch ziemlich cool. Da stand sie nun, kurz davor, serienweise »Abschlußposen« einzunehmen, und sie war der Aufklärung des Mordes an Cheyenne keinen Schritt näher als vor drei Tagen. Wenn sie das Kinderspiel spielen würde, bei dem die Zuschauer »heiß!« und »kalt!« brüllten, dann würden in diesem Fall wohl alle »Nordpol!« brüllen.

Sie schauderte noch einmal, diesmal ob der Eisigkeit ihres geistigen Bildes. Wenn sie in dieser Laune die Scharade mit den Abschlußposen begänne, würden auch alle »eiskalt!« brüllen.

Nicht an die bevorstehende Ehrlosigkeit denken, sagte sie sich selbst. Nicht mal an England denken. Denk an einen Mord.

Sie spazierte über den Laufsteg auf der linken Seite der Bühne und kletterte die vier steilen Stufen am Ende hinauf. Troy Tucker hatte recht gehabt. Von hier oben hätte selbst ein Zwerg es tun können. Die weinroten Vorhänge, die diesen Bereich vor den Augen der Zuschauer verbargen, hüllten jeden, der hier stand, in tiefe Schatten. Dieser Weg war im Halbdunkel nur schwer zu überwinden. Und doch mußte der Mörder ihn benutzt haben. Temple stellte sich vor, neben ihr auf der Bühne stünde ein Pferd. Der Rücken des Reiters wäre sehr leicht zu erreichen.

Der Tod wurde gemeinhin durch einen dunklen Reiter symbolisiert. Diesmal hatte der Tod gewartet, und der dunkle Reiter, der vorbeikam, war gestorben.

Der Killer mußte den tödlichen Pfeil aus Cheyennes Köcher genommen haben, bevor er hierhergekommen war, noch bevor das zukünftige Opfer sich den Lederriemen um die Brust geschlungen hatte. Es wäre einfach gewesen, von hier aus einen Pfeil aus dem Köcher zu greifen, aber das hätte Cheyenne sicher bemerkt. Also war der Mord zumindest ein paar Minuten zuvor geplant worden. Dennoch spürte

Temple, daß der Tat eine irgendwie unanständige Eile beiwohnte. Sie war riskant gewesen, verzweifelt. Hatte jemand versucht, Cheyenne zum Schweigen zu bringen? Oder war der Tatort, also die Bühne, nur ein Ablenkungsmanöver? Wurde Charlie Moon umgebracht – nicht sein Alter ego Cheyenne, das Model, das am Wettbewerb teilnahm, sondern Charlie Moon – aus einem Grund, der mit der Geschichte hier gar nichts zu tun hatte?

Bühnenarbeiter sausten unten vorüber und warfen kein einziges Mal einen Blick zu ihr empor. Die, die mit den tausend hektischen Problemen einer Produktion mit großem Ensemble beschäftigt waren, das wußte Temple aus ihrer Zeit am Guthrie Theater, waren viel zu aufgeregt und gehetzt, um irgend etwas um sich herum wahrzunehmen.

Also hatte der Mörder entweder Bühnenerfahrung, oder er hatte die Hektik hinter der Bühne bemerkt und sich die Situation zunutze gemacht. Großartig! Damit war immer noch das gesamte Ensemble von *Ben Hur* im Spiel.

Konnte denn einer der Bühnenarbeiter ein ungeahntes Motiv gehabt haben, wie zum Beispiel die freiwilligen Kostümhelferinnen, die sich selbst als »Garderobenhexen« bezeichneten?

Eine von ihnen eilte gerade vorbei, eine typische Großmutter, die man als langweilig beschreiben würde, wollte man unfreundlich zu ihr sein. Sie trug einen bequemen, elfenbeinfarbenen Trainingsanzug mit einem sich aufbäumenden, dunkelblauen Einhorn auf der Brust.

Genau der richtige Look für eine Mörderin.

»O mein Gott«, murmelte die Frau und sah überall hin, nur nicht hoch zu Temple, womit bewiesen wäre, wie leicht man sich hinter der Bühne verstecken konnte. »Was soll ich nur machen?«

Temple hatte noch nie der Herausforderung widerstehen können, ein Problem zu lösen. Immer noch unbemerkt lief sie auf ihren Leisetretern die Stufen hinunter, um diese weibliche Version von Alices verwirrtem, immer zu spät kommendem weißen Hasen abzufangen.

»Ist irgend etwas nicht in Ordnung?« fragte Temple.

»Häh?« Die Frau stieß fast mit Temple zusammen und beäugte verwirrt ihr Kostüm. »Nicht in Ordnung? Zum Teufel aber auch! *Sie* sind ja schon ganz fertig angezogen und können gleich loslegen. Ach, was soll ich nur tun? Gar keine Zeit mehr!«

Temple widerstand der Versuchung, sich schnell ein Kaninchenloch zu suchen. »Was ist denn los?«

»Einer der Jungs ... ein Teilnehmer ... er ... ach du liebes bißchen ... er ist aus seinem Kostüm geplatzt, und wir beginnen in ein paar Minuten mit der Probe, und er ist als erster dran!«

»Gibt es denn in der Garderobe kein Nähkästchen?«

»Häh?« Braune, von dunklen Ringen der Müdigkeit umgebene Augen blinzelten sie traurig an. »Wir dürfen die normalen Garderoben doch gar nicht benutzen.«

»Wo ist denn dieser alle Maßstäbe sprengende Hunk?«

Die Frau machte eine unkoordinierte Geste Richtung Bühne. Temple sauste los, wobei ihre langen Brokatröcke hinter ihr her raschelten. Die Garderobenhexe folgte ihr.

»Man hat uns einzelne Teilnehmer zugewiesen, denen wir beim Anziehen helfen sollen«, plapperte sie voller atemloser Erleichterung darüber, daß sie eine Partnerin in ihrer Panik gefunden hatte. »Wir sind dafür verantwortlich. Es ist natürlich noch nicht der eigentliche Wettbewerb, aber Mr. Dove verlangt Pünktlichkeit, und der arme Lance ist zum ersten Mal bei so etwas dabei und einfach *schrecklich* nervös. Wenn er sein Stichwort verpaßt, oder, was noch schlimmer wäre, wenn er lächerlich aussieht, dann wird das seinen Elan für den eigentlichen Wettbewerb zerstören. Der arme Kerl ...«

»Hören Sie. Wenn ich dieses Nähkästchen finde, und ich weiß, daß es unten irgendwo eins gibt, dann wird alles gut gehen.«

Der Gegenstand der Sorge war ein hochgewachsener junger Mann, der ein bis zum Bauchnabel aufgeknöpftes weißes Hemd mit besonders weit geschnittenen Ärmeln trug. Er stand wie ein weißer Scherenschnitt vor dem dunklen Hintergrund und beobachtete seine Garderobenhexe wie irgendein Romeo, der hofft, einen Blick von Julia zu erhaschen. Für Temple hatte er dagegen kaum einen Blick übrig, was angesichts ihrer besonders erotischen Kostümierung als Dirne entweder seine hohe Nervosität bezeugte oder aber seine sexuellen Vorlieben.

»Folgen Sie mir bitte unauffällig«, sagte Temple, ging ohne eine Sekunde innezuhalten an ihm vorüber, ergriff ihre Tasche und marschierte von der Bühne hinunter. Nun folgte dem Turnschuhquietschen der Garderobenhexe auch noch das monotone Stampfen von Stiefeln.

Was für eine Parade! Die Dirne, die Hexe und der glücklose Träger der geplatzten Garderobe.

Temple klapperte über die Betontreppen in den Keller und sauste in die Garderobe der Four Queens. Gestern abend war ihr Blick automatisch auf das gefallen, was sie heute abend, welch ein Zufall, brauchte.

In der Ecke stand, zwischen Schminktischchen und Spiegeln, ein unschuldiger Korb, aus dem verschiedene Teilchen und Stückchen quollen – Extrapackungen mit falschen Wimpern und Fingernägeln, Kleber, Sicherheitsnadeln und Haarnadeln, Ersatzfedern und... voilà! ein ordentliches Nähkästchen mit Schere, Nadeln und von Nähgarn in allen Regenbogenfarben.

»Hier!« Sie nahm das Kästchen und streckte es... »Wie heißen Sie noch mal?« fragte sie die Garderobenhexe.

»Mary Lou. Und das ist Lance.« Der Hunk wartete

schüchtern und mit gesenktem Kopf an der Tür zur Garderobe.

Temple nickte und schob Mary Lou das die Show rettende Kästchen in die Hände. Vielmehr versuchte sie, dies zu tun, denn Mary Lou versteckte ihre Hände, die sie bis vor kurzem noch vor dem Einhorn auf ihrer Brust verschränkt hatte, plötzlich hinter dem Rücken.

»O nein. Nein, das könnte ich nicht«, lehnte sie ab, biß sich auf die Unterlippe und trat zurück, als würde Temple ihr die Natter der Kleopatra bieten. »Ich kann nicht ... nähen.«

Genervt wandte Temple sich Lance zu. Er war das übliche Exemplar des männlichen Helden, gutaussehend, durch Krafttraining gestählt, dickes, welliges, kaffeefarbenes Haar, um das ihn Cher beneiden würde. Und mit seinen knapp einundzwanzig oder zweiundzwanzig Jahren war er wohl einer der jüngsten Wettbewerbsteilnehmer.

Mary Lou ging rückwärts aus dem Zimmer. »Ich warte dann ... draußen.« Sie beäugte ihre Uhr mit dem riesigen Ziffernblatt, deren rosafarbenes Plastikband ihr in das dickliche Handgelenk schnitt. »Aber beeilen Sie sich! Lance muß in ein paar Minuten auf die Bühne.«

»Ich übrigens auch!« sagte Temple.

Und sie haßte verpatzte Auftritte, sei es nun bei Proben oder bei Generalproben, auch wenn sie den bevorstehenden Vergnügungen auf der Bühne mißtrauisch entgegensah.

Sie hatte jetzt keine Zeit mehr, sich zu fragen, warum die Garderobenhexe ihren Posten so schmählich verlassen hatte. Die Show mußte schließlich weitergehen! Temple zog ihre Brille aus dem Etui.

»Wo ist denn das Problem?« fragte sie Lance, während sie nach einer Nadel mit einem großen, leicht zu durchstechenden Öhr und nach weißem Garn suchte.

Sie wunderte sich über sein merkwürdiges Schweigen und sah ihn an.

Lance blickte hinab.

Temple blickte hinab.

Ach so.

Sie begann, nach schwarzem Faden zu suchen, und zwar nach einer ganzen Menge.

Eine Naht an Lances schwarzer, lederartiger Hose war geplatzt. Temple konnte jetzt erkennen, warum. Die hautengen Hosenbeine wurden an den Seiten zugebunden. Anscheinend hatte eine enthusiastische oder nervöse Garderobenhexe – in diesem Fall Mary Lou – das mit dem Zubinden zu ernst gemeint. Irgend etwas mußte da nachgeben und hatte es dann auch, allerdings an der unangenehmsten Stelle: eine zwanzig Zentimeter lange Naht vorne am Schritt.

»Ich kann sie ja auch ausziehen«, schlug Lance vor und beäugte Temples Brille mit offensichtlichem Zweifel.

»Dazu ist keine Zeit mehr. Stellen Sie sich da drüben hin.«

Die Deckenbeleuchtung war dünner als Hühnerbrühe, und die Make-up-Leuchten an den Garderobenspiegeln reichten über den Rand der Schminktische nicht hinaus. Also stellte Temple ihn direkt neben den Tisch, knotete den doppelten Faden viermal fest und ging auf ihre berockten Knie nieder.

Die Nadel im Anschlag, bereit zuzustoßen, analysierte sie das Problem. Die Nadel mußte in einem spitzen Winkel durch den Stoff, um die Naht zu schließen. Angesichts der Art des Kostüms und der Lage des Risses würde ein allzu heftiges Zustechen das Risiko bergen, den Träger der Hose aufzuspießen, und das an einem Ort, der am besten so wenig wie möglich stimuliert wurde, sei es nun lust- oder schmerzvoll.

Temple seufzte. Lance sagte nichts.

Wie nationale Ausnahmezustände bringen auch Krisen im Theater das Beste im Menschen zum Vorschein, eine nachbarliche Hilfsbereitschaft, die keine Diskussionen kennt. Die Beteiligten gaben sich also redlich Mühe, die Delikatesse dieser Situation so gut es ging zu ignorieren.

Lance sah sich in der Garderobe um, richtete seine Augen auf alles, nur nicht auf den Ort, an dem die Tragödie stattgefunden hatte, und an dem jetzt Temples Nadel ihres Dienstes waltete.

Temple konzentrierte sich auf die vor ihr liegende Aufgabe und nicht auf deren gesellschaftliche Konsequenzen. Sie mußte den sich spannenden Stoff immer fester zusammenziehen und dann rasch die Nadel durch die eine Seite hinein und auf der anderen Seite wieder heraus stechen, ehe die Spannung die ganze Naht wieder aufplatzen ließ.

»Noch zwei Minuten, Leute!« donnerte Danny Doves knappe, trompetengleiche Stimme aus dem Lautsprecher hoch oben unter der Decke der Garderobe. Und er meinte das ernst.

Sie schraken zusammen.

Temple trieb die Nadel in den nächsten Stich hinein, versuchte, während sie die Spitze durch den schweren Stoff quälte, nicht zu stöhnen. Ein Grunzen würden den Typen vielleicht nervös machen.

Sie konnte nicht umhin, ihren Gedanken nachzugehen, während sie mit der Lücke in dem auseinandergerissenen Stoff kämpfte. Rockstars waren dafür bekannt, daß sie ihren Schritt mit Socken polsterten, genauso wie Frauen ihre BHs mit Taschentüchern ausgestopft hatten, ehe die Wäscheindustrie freundlicherweise die passenden wunderbaren Vergrößerungshilfsmittel bereitgestellt hatte.

Griffen die Kandidaten um den Titel des Incredible Hunk auch zu derart peinlichen Mitteln? Wenn dem so war, würde ihre Aufgabe wesentlich leichter zu erledigen sein, indem man derartige Stopfmittel einfach entfernte. Aber daran hätte Lance bestimmt schon längst gedacht und vorgeschlagen, den Ballast über Bord zu werfen. Allerdings fiel Temple ein, daß sie, wenn die Situation umgekehrt wäre, ihren WonderBra wohl auch kaum einem männlichen Notschneider zuwerfen würde...

Und wenn dies kein Fall von künstlicher Vergrößerung war, dann blieb immer noch die interessante Frage, wie gut ausgestattet Incredible Hunks denn eigentlich waren. In jedem Fall war es höchst lehrreich, dieser Frage *in abstractu* und auf desinteressierte, akademische Art nachzugehen.

»Auf die Plätze, Leute!« donnerte der Lautsprecher. *»Jetzt!«* Danny klang wie ein schlechtgelaunter General Patton.

Temple machte ein paar letzte, eilige Stiche, knotete den Faden dreimal zusammen, klopfte dann den Schminktisch nach der Schere ab. Sie war nirgends zu finden.

»Schere?« fragte sie so knapp wie ein Chirurg.

Lance drehte sich um, um nachzuschauen, wobei er fast den kostbaren Faden unter dem Knoten reißen ließ und all das zunichte gemacht hätte, was Temple gerade gerettet hatte. Sie rang entsetzt nach Luft.

»Äh, Entschuldigung.« Er mußte eine braune Locke über seine Schulter werfen, als er sich wieder umwandte. »Ich kann die Schere nicht finden.«

Temple überlegte, ob sie den Faden abbeißen sollte, beschloß dann aber, daß das ihre Pflichten als Dirne nun bei weitem überstieg.

»Den heraushängende Faden wird man auf dem Schwarz bestimmt nicht sehen«, sagte sie. »Sie müssen das sowieso mit einer Nähmaschine reparieren lassen.«

Sie nahm ihre Brille ab und warf sie in ihre offene Tasche.

Dann war sie schon aufgestanden und lief eilig zur Treppe, ihre Röcke fast genauso hoch gerafft wie die von Quincey. Lance donnerte hinter ihr die Rampe hinauf.

»Danke sehr. Ähm, glauben Sie, es wird ... Sie wissen schon, standhalten?«

Sie hoffte innigst, daß er ihre Reparatur meinte und nichts anderes.

»Das wird sich noch rausstellen«, keuchte sie. »Wenigstens müssen Sie Ihre Aufführung nur einmal zeigen. Ich muß elfmal zur Verfügung stehen.«

Und sie hatte auf der Bühne zu sein, ehe das erste Terzett von Hunks erschien.

Temple flog förmlich in die Seitenränge, Lance und seine Naht vergessend. Lacey und Quincey waren nirgendwo zu sehen, was bedeutete, daß sie sich schon in das schwach beleuchtete Bühnenbild eingefügt hatten.

Temple raste weiter, bis dahin, wo sie von den Zuschauerreihen her gesehen werden konnte, bremste dann ab und schlenderte langsam in die Szene. Es gab kein Publikum außer Danny Dove und ein paar weiteren Interessierten, aber sie mußte so tun, als sei das ganze Haus voller erwartungsvoller Zuschauer.

In dem schwachen Licht sah sie, daß Laceys sieben glitzernde Schleier sich um eine Säule rankten. Temples Röcke wischten weich wie eine verebbende Meereswelle über den imitierten Stein ihrer gotischen Ecke, während sie mit einem ungeschützten großen Zeh dagegenstieß und ein schmerzhaftes Aufjaulen unterdrückte mußte. Auf der anderen Seite lehnte sich Quincey wie Lili Marleen gegen den nachgemachten Laternenpfosten der Bühnenbild-Scheune. Temple glitt an ihren Platz und stellte sich vor die Wand, wobei sie einen seelenvollen Blick aus dem Bogenfenster warf, der eine unspektakuläre Aussicht auf die Vorhänge hinter der Bühne bot.

Von links kamen drei Hunks auf die Bühne gestapft. Sollte Lance ihr nach allem, was sie gemeinsam durchgemacht hatten, zugeordnet worden sein, würde das wohl Spitze werden, geradezu nadelspitze... Immerhin wußte sie jetzt genug, um jede Position, die annäherungsweise strapaziös für das Kostüm werden könnte, zu verhindern.

Ein römischer Gladiator, dessen geölter Oberkörper in seinem Geschirr glänzte und dessen haarige Beine Bürsten glichen, an dem das Leder und das Messing bei jedem Schritt klatschte und klirrte, bewegte sich auf Lacey zu, die hinter Temple stand. Sie stellte sich nur ungern vor, was es bedeuten könnte, während der Abschlußpose von dem tödlichen Kostüm des Gladiatoren eins übergezogen zu bekommen.

Eine zweite Figur in einem kurzen Mantel und Strumpfhosen kam um die Temples steinerne Wand herumgeschlichen. Hinter ihr machte sich Lance, eine zusammengerollte Peitsche über die Schulter gelegt, zu Quincey auf. Wie romantisch.

Temple kannte den Ablauf: drei Damen als Models, dreiunddreißig Incredible Hunks, das bedeutete elf für jede. Jedes Terzett eintretender Männer würde sich zu dem Bühnenbild begeben, das zu ihrem jeweiligen Kostüm paßte und sich das passende Mädchen schnappen, um für eine Minute oder etwas länger Ersatz-Leidenschaft darzustellen. Der Trick war, Positionen und Posen dauernd zu variieren, als wären sie Cover-Models beim Fototermin. Temple wußte, daß Quincey und Lacey sich mit ihren auserkorenen Hunks zusammengesetzt hatten, um ihre Aufführungen durchzusprechen. Sie war mit anderen Dingen beschäftigt gewesen, so zum Beispiel mit einem Mord, und würde improvisieren müssen.

Sie konnte nur hoffen, daß Danny ihre Partner weise und wohlwollend ausgesucht hatte. Und sie mußte nur nachgiebig und formbar sein (nichts anderes als die üblichen Eigenschaften jeder mittelalterlichen Jungfrau und Braut). Die Theaterillusion würde dann schon den Rest erledigen.

Temple hätte eigentlich verstehen müssen, was derjenige,

der die Moderatorin vertrat und jetzt die Kandidaten vorstellte, sagte, aber das Mikrofon verzerrte die Stimme völlig. Das bedeutete, daß ihre Partner für sie genauso überraschend kommen würden wie ihre improvisierten Posen.

Die Beleuchtung wurde endlich heller, als Temples erster Hunk vor ihr auf ein Knie ging, sie zärtlich in die Arme nahm und sie dann hintenüberbeugte, bis ihr Haarteil die Bühne berührte. Wenn ihre Klammern nicht hielten, würde ihr falsches Haar auf dem Bühnenboden eine blutrote Pfütze bilden.

Die Lichter wurden ganz hell. Gegen die grellen Scheinwerfer blinzelte Temple nach oben ... in das edel geschnittene, italienische Gesicht eines der Gebrüder Fontana im Kostüm des Romeo!

Das war ja gut gelaufen! Ein Hunk, den man kennt, ist immer ein geringeres Risiko als ein Hunk, den man nicht kennt.

Rico oder Armando, vielleicht sogar Eduardo, beugte sich über sie, bis die Feder in seinem Samtbarrett fast ihr rechtes Auge durchstach.

»Keine Sorge, Herzchen. Ich werde Sie wie eine Schwester behandeln.«

»Die Gebrüder Fontana haben keine Schwestern«, zischte sie zurück.

Er zuckte mit den Achseln und begann, mit ihr Tango zu tanzen, während er *dolce far niente* flüsterte und andere Worte aus irgendeinem vergessenen Broadway-Musical voller süßer italienischer Koseworte.

Temple murmelte verliebt zurück: »Rigatoni, Ziti Pitti, Uffizi. Oh, Linguini!«

Niemand konnte sie hören, weil über die Lautsprecher boleroähnliche Rhythmen donnerten, von denen man wohl angenommen hatte, sie würden zu einer Verführungsszene passen. Schließlich wurde sie zu ihrem Fensterplatz zurückgebracht, wo sie sich gedankenverloren weiter zieren konnte, bis ihr edler Herr mit einer tiefen Verbeugung von dannen schlich.

Die Lichter wurden schwächer. Temple blinzelte, um zu sehen, ob der sich davonschleichende Lance noch ganz und heil war, was seine Beinbekleidung anging, aber sie vermochte es nicht zu erkennen. Noch konnte sie sich entschließen, welches ihrer rutschenden Attribute sie als erstes überprüfen sollte: ihr Haarteil oder ihr sehr authentisch hinabsinkendes Dekolleté. Sie beschloß, sich für ihren nächsten Bewerber halb auf dem Fenstersitz zurückzulehnen.

Ihr nächster Ritter klapperte beim Eintreten in seiner glänzenden Rüstung. Sie nahm die Ankunft der Herrenbesuche ihrer Nachbarinnen kaum wahr, so sehr war sie mit der Frage beschäftigt, wie sie es sich wohl mit einem wandelnden Schweizer Armeemesser gemütlich machen sollte.

Mit einer Hand schob er sein Metallvisier hoch, mit der anderen umfaßte er ihre Taille. Er hob sie auf und drehte sich einmal um sich selbst, wobei er Temples Fuß fast gegen eine Wand aus falschen Steinen gerammt hätte, während ihr schweres Haarteil sich der zentrifugalen Fliehkraft hingab.

Der grinsende Fontana-Bruder mit dem gefiederten Helm beruhigte sie: »Keine Sorge, edle Dame, ich lasse Sie nicht fallen.«

Sie hatte nichts zu fürchten außer die Furcht selbst, also streichelte sie seine kühle, silbrigmetallene Wange und ließ ihre Hände sein Kettenhemd hinauf und wieder hinab gleiten, während er sie sehr langsam wieder zu Boden ließ, da er sich nicht richtig bücken konnte.

Mittlerweile hatte sie den Dreh raus. Es ging bei diesen Abschlußposen nur darum, sich an den Hunk zu hängen und sich von ihm in die eine oder andere verdrehte Position bringen zu lassen. Es folgten ein paar gestellte Möchtegern-

Kußszenen, die gefährlich nahe an eine echte Kußszene herankamen, aber dann war es auch schon so weit, dem jeweiligen Bewerber auf Wiedersehen zu winken.

Sie wurde rasch müde, jedesmal etwas Neues zu erfinden, doch fühlte sie sich verpflichtet, den ihr zugeteilten Hunks im Wettbewerb behilflich zu sein. Außerdem wußte sie, daß Quincey und Lacey sich nicht zurückhalten würden. Daß zwei Lolitas im Teenageralter es ihr als erwachsener Frau in den besten Jahren zeigen sollten, wie es geht, war für Temple undenkbar. Also machte sie Abschlußposen aller Art, senkrecht, horizontal, links herum und rechts herum, wobei sie manchmal ihre kleine Mauer oder den edlen Helden halb bestieg, manchmal in liliengleicher Liebessehnsucht dahingestreckt war. Nach einer Weile wirkten alle Hunks gleich, sie kamen ihr alle vor wie Fontana-Brüder.

Und das waren sie auch, denn Danny Dove hatte eine verteufelt einfache Methode ersonnen, um Temple auf vertrautem Terrain spielen zu lassen. Die ganze Geschichte blieb sozusagen in der Familie, nämlich in der des Crystal Phoenix. Ein Fontana-Bruder, der jemals wieder im Hotel willkommen geheißen werden wollte, würde niemals die Angestellte seines Bruders Nicky fallen lassen, mit einem Zungenkuß bedrängen, oder sonstwie durch vulgäre Taten in Verlegenheit bringen.

Tatsächlich fühlte sich Temple so sicher, daß sie schon bald in einen gelangweilten Rhythmus eingelullt war und nicht mal mehr mitzählte, wie viele Fontanas eigentlich schon an ihrem Fenster vorbeigeschritten waren. Die in wechselndem Rhythmus gedämpften und wieder heller werdenden Lichter hatten eine durchaus hypnotische Wirkung, stellte sie fest.

Wie viele konnten es eigentlich noch sein? Temple beobachtete, wie der letzte Fontana in Seidenweste und Stiefeln von der Bühne schritt. Die Lichter und Damen senkten sich wieder zu ihrer Ruheposition.

Drei weitere Figuren traten aus den Seiten heraus und trennten sich, um auf die einzelnen Bühnenbilder zuzuschreiten. Temple fragte sich, wie der nächste Fontana wohl gekleidet sein würde, als er auch schon die Stufe zu ihr hinaufstolperte. Er stolperte tatsächlich im Dunkeln und fiel so heftig über sie, daß ihr die Luft wegblieb.

Uffffz. Sie versuchte, etwas zu sagen, zu atmen, aber sie brachte kein einziges Wort heraus.

Temple stieß mit ihren Fäusten auf die breite, nackte Brust des Mannes ein, um ihn auf ihre mißliche Lage aufmerksam zu machen. Er aber hielt die Geste wohl für geschauspielerten Widerstand, denn er rührte sich nicht von der Stelle. Es war entsetzlich beängstigend, noch nicht einmal schreien oder ein Wort sagen zu können, während ein Dummkopf auf ihr lag, als wäre er eine Hantelscheibe. Sein dämliches langes Haar kitzelte an ihrem Hals und drang ihr in den Mund, der dringend nach Luft verlangte...

Sie spürte, daß die Lichter wieder angingen, aber es war ihr egal, wie das Publikum diese Szene beurteilen würde. Sie konnte nicht atmen. Sie... konnte... nicht... atmen. Konnte keine Luft holen und auch keine ausstoßen. Sie mußte atmen, aber wie sollte sie dies denn schaffen, wenn einhundert Kilo eines ungeschickten Hunks auf ihr lagen, und mochte er auch ein noch so netter Fontana-Bruder sein? Aber er war gar keiner von den Gebrüdern Fontana!

Der Vorhang an Haaren, der sich wie ein Zelt über ihre beiden Gesichter gelegt hatte, war blond. Hatte Danny am Ende keine Fontanas mehr gehabt? Natürlich, es waren neun Brüder an dieser Sache beteiligt (schade, daß Nicky nicht mitgemacht hatte), aber auf Temples Plan standen elf Helden. Danny hatte das Programm für die Abschlußpose mit ein paar Nicht-Fontanas auffüllen müssen. Du liebe Güte, dachte sie, warum lag dieser Typ einfach auf ihr, ohne sich zu bewegen? Kein Wunder, daß sie nicht atmen konnte!

»*La Rossa*«, flüsterte der so aufdringliche Hunk schließlich mit einer merkwürdigen Stimme. Ach du liebes bißchen! Warum hatte Danny ihr denn ausgerechnet Fabrizio zugeteilt?

Seine Gesichtszüge verzogen sich in außerordentlicher Gemütsbewegung. »Ich ... Entschuldigung.«

Das soll ihm auch verdammt noch mal leid tun, dachte Temple, und wurde immer panischer. Seine Hände lagen auf ihren Schultern, und seine Daumen drückten sich in ihren Hals. Einer grub sich in ihre Schlagader, bis sie spürte, wie sich ihr Puls aufbäumte.

Sein Mund hing über ihrem, ein erstickender Beinahe-Kuß.

Aber sie konnte immer noch nicht atmen. Und er schien es nicht zu merken. Er würde sie mit seinen ungeschickten theatralischen Gesten noch zu Tode drücken!

Da schlossen sich seine Hände fester um ihren Hals, riesige Hände, die versprochen hatten, sie aufzuheben und nie fallen zu lassen. Sie glitt halb vom Fenstersitz hinab. Immer noch war sie in der luftlosen Stille gefangen, ihr Brustkorb unter dem heißen, schweren Gewicht von Fabrizios Dreitausenddollar-Brust zerdrückt.

Sie spürte, wie sich ihr Hals in jener langen, fließenden Linie zurückstreckte, die die Gestalter der Liebesroman-Cover so liebten. Eine Pose, die Temple schon immer mehr an eine Frau im Todeskampf erinnert hatte, als an eine in Ekstase.

Und jetzt, wo sie sich selbst in genau dieser Position befand, konnte sie ... nicht ... atmen ... niemals wieder. Und Fabrizio fand sich so sexy, seine schinkengroßen Hände an ihrem Hals, sein heißer Atem, der ihr in den Mund keuchte! Er brachte sie um. Er ... brachte ... sie ... um.

Der Druck der Hände wurde noch fester, und Temple wußte plötzlich, woher das kam. Fabrizios blaue Augen schlossen sich in einem Gesicht, von dem die ewige Bräune gewichen war.

Schwarze Flecken tanzten vor Temples Augen. Weil sie die ganze Zeit in die Scheinwerfer geschaut hatte? Nein, sie sah keine Scheinwerfer mehr, überhaupt kein Licht, nur schwarze Flecken und ein schmaler werdender Tunnel, Tunnelblick, am Ende ein helles Licht, wie so viele dieser fast tödlichen Erlebnisse ... nein!

Temple wand sich, kämpfte, um sich von dem Absatz hinunterfallen zu lassen, der sie halb aufrecht hielt, um unter der erdrückenden Schwere herauszurutschen, um den Händen zu entkommen, die ihren Hals umfaßten. Sie kämpfte, um zu atmen! Fabrizio grunzte in seinem eigenen Kampf, ihr den Atem für immer abzuschnüren, als wäre er ein Samson, dessen Kraft langsam verebbte. Sie fühlte, wie seine langen Haare ihre Schultern streichelten. Er war unbesiegbar ...

Endlich schaffte sie es, keuchend einzuatmen. Die Luft trocknete ihren nach Sauerstoff ringenden Hals und ihre Lungen aus, als sie tief in ihre Brust eindrang und mit einem raschen *Husch* wieder nach draußen explodierte.

Dieser Atemzug, gewalttätig wie ein Aufbäumen, schüttelte Fabrizios Hände ab. Temple atmete erneut ein, wieder ein machtvoller Krampf ihres ganzen Oberkörpers. Als gebäre sie einen Atem. Sie drehte ihren Körper mit aller Kraft, die sie noch aufbrachte, kämpfte um ihr Leben.

Fabrizio fiel rücklings auf den Bühnenboden. Temple stützte sich auf einem Arm ab. Keuchend hing sie über ihm, die Enden ihrer langen, falschen Locken vermischten sich mit dem Kranz aus gelbem Haar, die sein erstauntes Gesicht umgab. Wie peinlich diese Situation auch sein mochte, er hatte es nicht anders verdient.

Auf Fabrizios glatter goldener Brust waren ein paar falsche, scharlachrote Streifen zu sehen. Manche wanden sich sogar um den Messergriff, der fest an seinem Waschbrettbauch gepreßt war.

Jetzt, wo Temple hätte schreien können, wagte sie es nicht.

Die Lichter wurden wieder abgestellt.

Glücklicherweise hatte jemand gemerkt, daß etwas nicht stimmte. Jemand, der Macht hatte. »Die Lichter wieder hochfahren, verdammt noch mal!« brüllte Danny, der wie ein Berserker angestürmt kam.

Aus allen Richtungen donnerten jetzt Schritte auf sie zu, aber Temple konnte immer noch nicht sprechen. Und Fabrizio . . .?

Fabrizio würde niemals wieder etwas hören.

Kapitel 31

Mörderische Verdächtigungen

»Ich vermute, Sie werden auf Notwehr plädieren«, schlug Lieutenant Molina freundlich vor.

Temple zwang sich zumindest zu glauben, daß Lieutenant Molina freundlich gesprochen hatte. Jede andere Interpretation wäre viel zu angsterregend.

»Er hat versucht, mich zu erwürgen«, sagte sie heiser.

»Also haben sie ihn mit einem Dolch umgebracht, den Sie zufälligerweise zu Ihrer Verteidigung in ihrem Strumpfband versteckt hatten.«

»Ich weiß nicht, wo das Strumpfband – der Dolch – hergekommen ist, aber ich weiß, daß er schon in seiner Brust gesteckt haben muß, als er bei mir ankam.«

»Dann hat ihn jemand umgebracht, ehe er Sie umbringen konnte.«

»Womit ein Unbekannter oder mehrere Unbekannte jetzt behaupten können, daß sie mir das Leben gerettet haben.«

»Warum hätte dieser...« – Molina blickte auf ihren Notizblock und seufzte – »...Fab-ritz-ijoh Sie denn umbringen sollen?«

»Vielleicht, weil ich seinen Namen falsch ausgesprochen habe.«

»Wie spricht er sich denn dann aus?«

»Fabriiisio, wie in Breezy. Kleine Brise.«

»Warum hätte denn dieser Fabriiisio Sie umbringen sollen?«

»Ich weiß es nicht, aber ich weiß, daß er sich große Mühe gegeben hat, es zu tun. Er sollte gar nicht zu mir kommen.

Danny Dove hätte ihn mir nie zugeteilt ...« Temple unterbrach sich.

Molina beendete gelassen für sie diesen Satz: »... weil Fabrizio Sie nach diversen Zeugenaussagen seit Beginn des Kongresses verfolgt.«

»Er hat mich hochgehoben. Das ist ein kleiner Unterschied.«

»Und Sie haben ihn abgewiesen.«

»Aber nicht aufgespießt wie einen Prosciutto. Außerdem, als er auf mir landete, hat er mir alle Luft aus der Lunge gepreßt. Ich war ... gelähmt. Ich hätte nichts tun können.«

»Also haben Sie den Verdacht, daß er bereits hinter der Bühne erstochen wurde, wie Charlie Moon. Und daß er dann im Dunkeln herausgestolpert ist, ohne zu begreifen, was gerade passiert war. Deswegen konnte er auch – aus Versehen – an Ihrem Stand landen.«

Temple hob ihre Augenbrauen empor. »Vielleicht hatte er sogar vor, mich umzubringen, und war wie Cheyenne so aufgedreht, während er auf seinen Auftritt wartete, daß er den tödlichen Stich gar nicht mitbekommen hat.«

»Messerstiche können wirklich heimtückisch sein«, gab Molina zu.

»Außerdem hat ihn vielleicht der Plan, jemanden auf der Bühne vor Zeugen umzubringen, nervös gemacht. Er hatte bestimmt vor, zu mir zu kommen. Und er hätte seinen Plan ja auch fast ausgeführt, trotz dieser tödlichen Wunde.«

»Vielleicht.« Molina war nicht überzeugt. »Ich sehe kein Motiv. Na ja, ich sehe doch ein Motiv, aber ich glaube nicht, daß irgend jemand einen anderen Menschen umbringen will, nur weil der unglaublich nerven kann.«

Temple ignorierte diese überflüssige Beleidigung. »Moment mal! Wen hatte mir Danny eigentlich wirklich für diese Runde zugeteilt? Warum ist der denn nicht aufgetreten?«

Molina schaute sich ihre Notizen an. »Einen Jake Gotshall.«

»Ach nein! Der Witzereißer. Was war denn mit ihm?«

»Jemand hat sich die untere Hälfte seines Kostüms ›ausgeliehen‹.«

»Oder geklaut, damit er zu spät kommt. Ähm, was war eigentlich die untere Hälfte seines Kostüms? Ich muß doch wissen, was ich ... verpaßt habe.«

Molinas einschüchternde blaue Augen waren fest auf die Seiten ihres Notizblocks gerichtet. Temple hatte das Gefühl, daß sie sich größte Mühe gab, nicht zu lachen. »Pelzshorts.«

»Pelzshorts? Als was wollte er denn auftreten?«

»Seiner Meinung nach als die geheime Phantasie aller Frauen: Der Weihnachtsmann, der am Weihnachtsabend ein Extrageschenk für die Dame des Hauses bringt. Er meinte, er hätte nichts anderes tragen wollen als weiße Pelzshorts, eine weiße Perücke und einen Bart. Und hier und da ein paar Mistelzweige.«

»Ooohh«, sagte Temple. »Hätte ja ganz schön gekitzelt!«

»Ich hab noch nie gehört, daß irgend jemand totgekitzelt worden wäre. Dennoch«, fügte Molina vorsichtshalber hinzu, »bin ich mir sicher, daß *Sie* eines Tages bestimmt so jemanden kennenlernen werden. Jedenfalls konnte Gotshall ohne dieses Teil nicht auf die Bühne kommen und sauste auf der Suche nach Ersatz durch die Garderoben. Es war ja nur die Generalprobe, und er hoffte, die Pelzshorts würden schon wieder auftauchen.«

»Also hat Fabrizio sie geklaut, damit Jake zu spät kommt.« Temple legte eine Hand an ihren Hals.

Das Sprechen tat ihr weh. Fabrizios sich im Tod verkrampfende Hände hatten ihr nicht gerade gutgetan. Es war schwer zu beweisen, daß er sie absichtlich verletzt hatte, daß er nicht nur aus Versehen zu ihr hinübergestolpert, in seinem Todeskampf zufällig an sie geraten war. Er hatte jedenfalls gewußt, wer sie war. Warum sonst hätte er gesagt, daß es ihm leid tat?

Temple blickte auf ihre Unterstützer, die in der ersten Reihe des Theaters saßen: Danny Dove, der dieses eine Mal vollkommen reglos dasaß, und Electra und Kit, zwei gute Feen, die keine Zauberstäbe mehr hatten. Sogar Midnight Louie war da, durch das Unglück seiner Mitbewohnerin von seiner platinfarbenen Liebsten fortgelockt. Da war die Buschtrommel ja wirklich sehr schnell aktiv geworden.

»Warum hätte Fabriiisio Sie denn nun angreifen sollen?« insistierte Molina noch einmal.

Temple legte die Hand an den Hals. Es nützte nichts. »Vielleicht... vielleicht wußte er, daß ich wußte, daß sein Kostüm auch einen Handschuh beinhaltete.«

»Handschuh?« Das Glitzern in Molinas Augen verriet, daß sie die Bedeutung dieses Satzes sofort begriffen hatte.

»Er war der einzige Teilnehmer des Wettbewerbs«, sagte Temple, um es ganz deutlich zu machen, »der auf der Bühne etwas an der Hand tragen wollte.«

»Aber an der Leiche war doch gar kein Handschuh.«

»Genau. Er hat ihn nicht getragen, noch nicht einmal bei den Proben, aber ursprünglich war er Teil seines Kostüms. Dazu gehörte sonst nicht mehr sehr viel – enge Hose, ein Gürtel, langes Haar und ein schwarzer Lederhandschuh. Er hatte vor, mit einem Falken am Handgelenk auf die Bühne zu kommen.«

»Mit einem lebendigen Falken?«

»Ein toter würde wohl kaum aufrecht sitzen bleiben.«

»Welche Hand?«

Temple schüttelte den Kopf. Das wußte sie nicht. Überhaupt, waren das nicht Sachen, die die Polizei immer herausfand?

»Sie müssen leider mit uns ins Hauptquartier kommen«, sagte Molina und stand auf.

Temple blieb weiter auf ihrem schwarzen Samtkissen sitzen.

»Warum?« fragte sie.

»Wir brauchen ihre Fingerabdrücke. Gibt es jemanden, der Sie hinfahren kann?«

Ach herrje, jetzt war sie also eine verdächtige Frau. Temple starrte Electra, Danny und Kit an. Hoppla, Matt Devine war neben Electra aufgetaucht. Entwickelte er plötzlich dieselben Eigenschaften wie der Mysteriöse Max? Sie sah noch einmal zu Lieutenant Molina, die Matts Gegenwart ebenfalls interessiert zur Kenntnis nahm.

»Mich fahren? Sie meinen, ich könnte ... zu nervös sein? Vermutlich stimmt das ...«

»Auf dem Messergriff sind sicher ein paar Fingerabdrükke. Ich will einfach wissen, welche Fingerabdrücke zu wem gehören. Sie wußten schließlich nicht so genau, was Sie da taten, oder?«

Temple konnte nicht behaupten, daß sie es gewußt hätte, also schwieg sie. Sie hatte das Recht, zu schweigen. Sie hatte auch das Recht auf einen Rechtsanwalt. Sie hatte nicht zuletzt das Recht, jetzt sofort um ihr Leben zu rennen. Aber dieses Recht würde sie nicht nutzen.

Sie verstand langsam, wie Max sich gefühlt haben mußte, als er die Leiche in der Decke des Goliath fand. Was kann man schon sagen, wenn man neben einer Leiche entdeckt wird? Da läuft man doch lieber erst einmal fort und beantwortet erst später die Fragen. Oder auch nie.

»Haben Sie mich übrigens gerade festgenommen?«

»Sie kommen jetzt für die Abnahme der Fingerabdrücke mit. Überlassen Sie das Fragen mir. Ich sage Bescheid, daß Sie unterwegs sind.«

»Vielen Dank«, sagte Temple und erhob sich.

Fabrizios Leiche lag immer noch mit dem Gesicht nach oben auf der Bühne. Der Anblick war würdig, auf den Umschlag eines Bestsellers zu landen. Temple erinnerte sich an eine Zeile aus der *Herzogin von Malfi*: »Bedeckt ihr Gesicht. Mir schwimmt es vor Augen. Jung ist sie gestorben.«

Sie wandte die Augen ab und ging zum Ende des Laufstegs. Nicky Fontana und Van von Rhine hatten sich dem magischen Kreis angeschlossen, so daß jetzt ein Septett von Freunden darauf wartete, ihr die Treppe hinunterzuhelfen.

»Hat irgend jemand eine grüne Minna?« scherzte sie krächzend. »Ich brauche nämlich eine Mitfahrgelegenheit zur Polizei.«

Matt bestand darauf, Temple zu fahren. Immerhin, so hatte er gesagt und damit die Debatte der Freunde beendet, hatte er nichts mit diesem Kongreß zu tun und daher Zeit genug. Danny mußte im Theater bleiben, um dafür zu sorgen, daß die Untersuchung den Ablauf der Dinge nicht noch mehr störte, als sie es ohnehin schon tat. Da der Schönheitswettbewerb der Incredible Hunks am nächsten Abend stattfinden sollte, war die Situation mittlerweile kritisch. Nicky Fontana stimmte nur zögernd zu, daß Matt Temples Chauffeur spielte. Temple wußte, daß er unglaublich gerne in seiner silbernen Corvette, mit dem er spielend allen Verkehrspolizisten vor der Nase wegfahren konnte, vor dem Polizeihauptquartier aufgekreuzt wäre.

Temple ging allerdings zuerst zurück in ihre Garderobe. Quincey war da und rauchte eine Zigarette. Eilig drückte sie sie im Blechdeckel einer Make-up-Dose aus.

»Um Himmels willen, ist mit Ihnen alles in Ordnung?« fragte sie und sprang mit weit aufgerissenen Augen auf.

»In gewisser Hinsicht ja«, sagte Temple rauh. »Kannst du mir aus dieser Klamotte helfen? Ich muß zur Polizei.«

»Ach du lieber Gott!« Quinceys Finger waren wie Eiszapfen auf Temples Rücken, als sie zittrig die Haken aufmachte und die Korsettschnüre löste. »Diese gräßliche Lacey hat dieser fürchterlichen Polizistin, dem Lieutenant, alles mögliche Zeugs über Sie und Fabrizio erzählt. Von wegen, er hätte versucht, Sie zu einer Pose zu zwingen, und Danny Dove hätte ihn mit Gewalt daran gehindert. Blöde Klatschtante!«

»Ist schon in Ordnung. Lieutenant Molina kennt mich. Sie würde nie glauben, daß ich ihn erstochen habe.«

»Dann haben Sie es also nicht getan?«

Temple wandte sich um und sah sie an. »Nein! Wenn ich jemanden umbringen wollte, dann nicht aus so einem nichtigen Grund wie dem, daß er mal versucht hat, mich hochzuheben!«

»Ich weiß nicht ...« Quinceys Hände hielten inne. »Manche Männer machen dauernd irgendwelche schmierigen Bemerkungen und behandeln ihre Frauen, als wären sie der letzte Dreck, während sie jeder anderen Frau schöne Augen machen ... oder jedem Mädchen. Die könnte man doch wirklich umbringen.«

Temple wandte sich um und zog die Schnüre aus Quinceys gefühllosen Fingern. »Nein«, sagte sie sehr deutlich. »Es reicht nicht als Grund, daß sie Widerlinge sind, oder sexistische Arschlöcher. Ich würde es nicht tun und du auch nicht.«

»Vermutlich nicht. Aber ... ach, was für eine gräßliche Geschichte diese ganze Sache mit dem Incredible Hunk doch ist! Ich dachte, das hier wäre cool, spannend, *irgendwas*, aber ich fühle mich einfach nur ... scheußlich.«

Temple grinste. »Es ist wirklich nicht einfach, eine *Femme fatale* zu sein ... huch! So wörtlich habe ich das gar nicht gemeint. Es kommt schon alles wieder in Ordnung. Nur noch ein Tag bis zum Wettbewerb, und dann ist die Show vorbei.« Sie zog eilig ihren BH über ihre neuerdings so nützliche Brust (zum Kleider stützen), während ihr Kostüm in einer lavendelfarbenen Wolke auf dem Boden zusammenfiel.

Sie stieg heraus, als umgehe sie einen Hundehaufen. »Ich hoffe, ich muß nie wieder dieses doofe Kostüm anziehen.«

Quinceys blasses Lächeln wirkte ferngesteuert. Als Temple sich fertig umgezogen hatte und gehen wollte, durchsuchte sie die Garderobe nach einem Streichholz, um ihren Zigarettenstummel noch einmal anzuzünden.

Matt wartete oben allein auf sie, eine goldene Gestalt in seinem gelben Sporthemd.

»Alle haben gemacht, was du ihnen gesagt hast: sich wieder ihren eigenen Angelegenheiten zugewandt«, sagte er.

»Sogar Louie?« wunderte sie sich lächelnd.

»Er ist in der Sekunde abgezwitschert, als du gegangen bist. Vielleicht hatte er auch was Dringendes zu erledigen.«

»Yvette«, diagnostizierte Temple, während sie durch das Kasino zum Parkhaus gingen. »Kein Mensch«, sagte sie rasch, »eine Katze. Weiblich. Perserin. Der verwöhnte, reinrassige Liebling von Savannah Ashleigh. Louie hat sich im Minnewahn in die Dreharbeiten für einen Werbespot für Katzenfutter hineingedrängelt, und Miss Ashleigh hat mich heute morgen im Flur abgefangen, um mich einmal quer durchs Katzenklo zu schleifen, weil ich mein Biest nicht unter Kontrolle hätte.«

»*Sie* klingt ja eher selbst wie ein unkontrolliertes Biest.« Matt reichte ihr etwas. »Ich hab dir ein paar Halsbonbons besorgt.«

»Vielen Dank.« Temple puhlte eine Rolle auf und steckte sich eins in den Mund.

Als er eine der gläsernen Türen öffnete (im Crystal Phoenix hatten die Plexiglas-Türgriffe natürlich die Form eines

Phoenix), wurde sie von der Wärme und dem Tageslicht draußen fast umgehauen.

»Aaah.« Sie blieb stehen, um es zu genießen.

»Bist du sicher, daß alles in Ordnung ist? Lieutenant Molina hat nicht das Recht, dich gleich nach einem so schrecklichen Überfall ins Hauptquartier zu beordern.«

»Sie hat durchaus das Recht. Und ich habe nichts dagegen. Ich kann mich nicht daran erinnern, einen Messergriff in der Hand gehabt zu haben, also können auch keine Fingerabdrücke von mir zu finden sein. Ich nehme an, daß nur die Fingerabdrücke von Fabrizio drauf sind.«

Während sie zum Parkplatz gingen, lutschte Temple pflichtergeben an dem Halsbonbon.

»Was für eine Art von Kongreß ist das hier überhaupt?« fragte Matt.

»Viel zu kompliziert, das zu erklären und gleichzeitig meine Stimme zu schonen. Für Liebesromane und jeden, der die Dinger liest, schreibt und herstellt.«

»Und deine Tante ist mit von der Partie?«

»Eine Autorin. Wir haben uns das letzte Mal gesehen, als ich noch ganz klein war.«

Matt nickte und hielt ihr die Tür zum Aufzug auf. Während sie nach oben fuhren, überlegte Temple, wie sie das Ganze mit möglichst wenig Worten schildern könnte.

»Wahrscheinlich verstehst du nicht, warum ich dieses gräßliche Kleid anhatte und es zugelassen habe, daß vollkommen fremde Männer mich auf einer Bühne betatschen.«

»Na ja ...«

»Ich habe verdeckt ermittelt. Ja, ich weiß, das hört sich lächerlich an. Normalerweise muß man sich nicht halb ausziehen, um verdeckt zu ermitteln, außer vielleicht Polizistinnen bei der Sitte. Aber Molina hatte mich gebeten, mich ein bißchen umzuhören, kaum zu glauben, aber wahr. Außerdem fühlte ich mich dazu verpflichtet, herauszufinden, warum ein Teilnehmer des Wettbewerbs umgebracht worden ist.«

»*Das* hat Molina also gemeint.« Matts Skepsis echote in dem kleinen Aufzug aus rostfreiem Stahl. Im dritten Stock stiegen sie aus.

Sie nickte. »Der Tote war ein Typ von diesem Striptease-Wettbewerb, für den ich vor ein paar Monaten die Öffentlichkeitsarbeit gemacht habe. Er wollte am Abend vor seinem Tod noch einmal mit mir reden. Kit und Electra haben mich geneckt, weil ich von einem Hunk auf einen Drink eingeladen wurde. Und ich kam mir so blöd vor, daß ich abgelehnt habe. Ich glaube, das, worüber er mit mir reden wollte, hatte etwas mit seinem Tod zu tun.«

»Temple!« Matts gebräuntes Gesicht hatte sich dunkel verfärbt. »Und was ist mit deinen Freunden? Du verschwindest ohne ein Wort aus dem Circle Ritz, tauchst im Crystal Phoenix auf und setzt dich wahnsinnigen Risiken aus. Denk doch mal an deine Freunde, wenn du schon nicht an dich selbst denkst.«

»Electra ist doch hier. Und meine Tante auch«, fügte sie hinzu. »Und ich bin keine schlechte Detektivin. Fabrizio hat nur versucht, mich umzubringen, weil ich zuviel wußte.«

»Na großartig. Das können wir ja dann schön auf deinen Grabstein setzen: SIE WUSSTE ZUVIEL.«

»Auf den meisten Friedhöfen in Amerika sind Grabsteine gar nicht mehr zugelassen.«

Temple durchsuchte ihre Schultertasche und reichte Matt ihren Schlüsselbund. Er nahm ihn, ohne sie anzusehen.

»Wie kann ich dir nur klarmachen, wie es sich anfühlt?« sagte er langsam. »Zuzusehen, wie die Sicherheitsleute durch das Kasino stürmen? Dann kommt einer der Gebrüder Fontana in irgendeinem ... lächerlichen Halloween-Kostüm vorbeigerauscht, ruft Nicky und Van irgendwas über ›einen neuen Mord‹ zu und erwähnt außerdem dauernd deinen Namen. Ich dachte ...«

Temple legte ihm die Hände auf den Arm. »Danke.«

Matt blickte auf, und der Augenblick hielt inne, zögerte am Rand von etwas Größerem. Doch darauf waren beide nicht vorbereitet.

»Vielleicht ...« Temple sah hinauf zu der wenig inspirierenden Betondecke des Parkhauses. »Vielleicht sollte es ein Mord mit Selbstmord sein! Wenn Fabrizio Cheyenne umgebracht hat und glaubte, daß ich ihn verdächtige, hat er sich vielleicht selbst erstochen und ist dann hinausgekommen, um die einzige Zeugin umzubringen.«

Matts Augen wurden ungläubig schmal.

»Du hast wirklich eine unglaubliche Phantasie, was Verbrechen angeht«, sagte er. »Lieutenant Molina sollte deinen Kopf untersuchen, nicht deine Fingerspitzen.«

»Da müßte ich zuerst tot sein, und das bin ich glücklicherweise noch nicht.«

Sie zog das Papier der Halsbonbonrolle etwas weiter herunter und bot Matt eines an. Er schüttelte den Kopf, also nahm sie ein weiteres Bonbon und gönnte ihrem wunden Hals das Aroma von Honig und Kräutern.

Matt zog eine Sonnenbrille aus der Tasche seines Hemds. »Du mußt mir sagen, wo das Hauptquartier ist.«

»Ganz einfach. Den Strip hinunter, rechts auf der East Stewart ein paar Blocks entlang. Ein großes, helles Gebäude mit einer Menge Leute davor.«

»Das klingt ja so, als wärst du schon öfter da gewesen.«

Sie zuckte mit den Achseln und lehnte den Kopf gegen den Sitz. Sie hatte das Gefühl, als habe sie gegen Alligatoren gekämpft, und vielleicht hatte sie das ja auch.

»Übrigens.« Ihr Kopf drehte sich zu Matt. »Warum warst du eigentlich im Kasino vom Crystal Phoenix?«

»Ach ...« Er tat so, als würde er sich auf die Fahrt konzentrieren, blickte ostentativ in den Rückspiegel, schaute über die Schulter auf den Verkehr, runzelte die Stirn und betrachtete die Anzeigen auf der Konsole.

Ehe er eine Lüge vorbrachte, beschloß Temple, es ihm einfacher zu machen, indem sie gleich die nächste, noch wichtigere Frage stellte. »Und warum warst du neulich zusammen mit Max im Hotel?«

Fingerabdrücke nehmen zu lassen, war nicht so einfach, wie Temple sich das vorgestellt hatte: die Finger in irgendein nasses Zeug wie Fingerfarben zu stecken und sie dann auf ein Stück Papier zu klatschen.

Wie alle Rituale hatte auch dieses eine feste, protokollarisch geregelte Abfolge. Der ekligste Teil, außer dem chemischen Gestank der Tinte, war die Tatsache, daß der Polizist jeden ihrer Finger nahm und die Spitze von einer Seite auf die andere auf der Karte rollte. Es fühlte sich an wie automatisches Schreiben. Als wäre sie ihr eigener Geist.

Molina hatte eine Nachricht für sie geschickt: Bitte warten.

Also wartete Temple. Kit und Electra hatten sich ein Taxi geteilt, um zu ihr zu kommen, obwohl sie dagegen protestiert hatte. Matt schlich sich von dannen. Er hatte Temples Frage über seine Verbindung zu Max nicht beantwortet.

»Diese Polizistin kann doch nicht ernsthaft glauben, daß du es warst«, sagte Kit, als sie sich mit Plastikbechern voll lauwarmem Kaffee in der kleinen Wartehalle niederließen.

»Nein, aber sie würde es liebend gerne tun«, sagte Temple. Sie war froh, daß Molinas Annahme, Fabrizio habe Cheyenne umgebracht, Kit wenigstens von jedem Verdacht befreite.

»Warum?« wollte Kit wissen.

»Wir vertragen uns nicht besonders gut.«

»Temple, du bist meine Nichte. Meine Verwandten haben keine Fehden mit Beamten vom Morddezernat.«

»Das ist keine Fehde, nur ... eine Disharmonie zwischen zwei Persönlichkeiten. Und außerdem habe ich verdächtige Begleiter.«

»Uns?« fragte Kit entsetzt.

Temple schüttelte den Kopf und blickte Electra an, die besorgter aussah, als Temple sie je gesehen hatte.

»Electra, warum fahren Sie nicht zurück ins Phoenix? Wer weiß, wie lange diese Befragung dauern wird, und Sie müssen doch noch Ihren Beitrag für den Schriftstellerwettbewerb fertig schreiben.«

»Muß ich nicht.« Electra lächelte zum ersten Mal. »Der ist schon fertig.«

»Sie sind schon fertig? Das ist ja großartig.«

»Das denke ich auch, meine Liebe, aber es wäre trotzdem schöner, wenn Sie sich mit diesem Lieutenant besser vertragen würden.«

»Ach, sie will mich nur einschüchtern, damit ich die ganze Sache mit Max ausspucke.«

»Was gibt es denn da auszuspucken?« fragte Kit.

»Nichts. Das ist ja das Problem.«

»Noch einen Kaffee?« Electra war aufgestanden.

»Warum nicht?« sagte Temple.

Molina betrat nach einer Stunde ihr Büro, in jeder Hand eine braune Papiertüte. Ihr Partner trug ebenfalls zwei Tüten.

»Vielleicht haben die uns ja etwas zu essen mitgebracht«, flüsterte Temple ihren beiden Mitverschwörerinnen zu.

Wenig später erschien Molina und nickte Temple zu.

Ihr Büro war lang und schmal, gerade breit genug, daß ein Schreibtisch darin Platz fand und man noch an ihm vorbeikam. Molina saß hinter dem Schreibtisch, ihr Partner auf einem altersschwachen Bürostuhl an der Wand.

Temple nahm einen der beiden Stühle gegenüber des Schreibtisches.

»Ist Ihnen noch was eingefallen?« fragte Molina.

Temple schüttelte den Kopf.

»Auf dem Messergriff waren keine Fingerabdrücke.«

»Dann hätten Sie meine ja gar nicht gebraucht ...«

»Kein Handschuh«, fügte Molina streng hinzu, als sei das Temples Schuld.

»Sie haben keinen Handschuh gefunden?«

Molina schüttelte den Kopf.

»Was ist mit dem Vogel?«

»Der Falke war hinter der Bühne im Käfig. Eine Frau namens Cindy Blyer hat bestätigt, daß Fabrizio vorhatte, den Vogel bei seinem Auftritt mitzunehmen.«

»Aber das hat er nicht getan.«

»Blyer behauptet, er habe in letzter Sekunde beschlossen, daß es zu schwierig sein könnte.«

»In letzter Sekunde?«

»Ungefähr fünfzehn Minuten vor seinem Auftritt. Sie hat den Handschuh nie gesehen, aber sie sollte für den Vogel sorgen. Klasse Job, persönliche Presseassistentin.«

Molina beugte sich plötzlich vor und betrachtete Temple durch Augenschlitze, die jedem Scharfschützen zur Ehre gereicht hätten. »Das wird ja richtig hübsch aussehen!«

»Wie bitte?«

»Würgemale«, erklärte sie und setzte sich wieder hin. »Wir brauchen Fotos davon, wenn sie voll aufgeblüht sind. Morgen.«

»Ich muß morgen schon wieder hierher? Kann ich denn wenigstens jetzt gehen?«

»Gehen Sie!« befahl Molina, als wollte sie einen bösen Geist verscheuchen.

Temple stand auf. »Und in seiner Garderobe war auch kein Handschuh?«

»Nur die üblichen Siebensachen schöner Jungs.« Molina wies auf die Papiertüten. »Make-up und Schaumfestiger, Lederhosen und Hemden mit Ärmeln, die man auch als Segel benutzen könnte, große, billige Motorradfahrergürtel und Stiefel.«

Temple wirbelte beim Hinausgehen noch einmal herum. »Stiefel?«

Molina nickte. »Sie glauben doch nicht etwa, er hätte sich einen Stiefel über die Hand geschoben, damit seine Fingerabdrücke nicht auf den Pfeil kommen?«

»Nein, aber ... was für Stiefel waren es denn?«

»Das ist tatsächlich merkwürdig.« Molina blätterte in ihrem Notizbuch. »Wir haben genau denselben in der Garderobe von Moon gefunden. Wir müssen noch überprüfen, ob die beiden identisch sind. Könnte ja ein Werbegeschenk an alle Wettbewerbsteilnehmer sein oder Teil eines Kostüms, das sie alle tragen müssen.«

Temple wartete. Molina kam ihrer unausgesprochenen Bitte nach, indem sie etwas aus einer der braunen Tüten zog.

Es war ein riesiger Stiefel, Größe achtundvierzig oder fünfzig, niegelnagelneu, mit einer rosafarbenen Ledersohle und einer Zierapplikation aus silbernem Leder. Die Glitzersteine an seiner Spitze und an seinem Hacken funkelten wie Tau auf Diamanten.

Kapitel 32

Interview mit dem Scharfrichter

Jeder halbwegs gebildete Krimileser weiß, was man braucht, um einen Mord zu lösen, bei dem es keine Zeugen gibt: knallharte Beweismittel. (Beweismittel überhaupt zu finden, ist schon knallhart.)

Nachdem sich Miss Temple Barr immer tiefer in Gefahr begeben hat, seit sie sich mit der Untersuchung von Cheyennes Tod befaßt, fühle ich mich verpflichtet, auch einmal meine Nase in diese Angelegenheit zu stecken. Mir ist durchaus bewußt, daß meine romantischen Interessen mich bislang daran gehindert haben, Miss Temple mit der notwendigen Regelmäßigkeit und Konzentration zu beschützen.

Da ich ihr bislang noch nicht einmal helfen konnte, die eindrucksvollen Schuhe mit meinem Abbild zu finden, kann ich mich wenigstens bei der Suche nach einem Bekleidungsartikel engagieren, der in Kreisen der an Kriminalfällen Interessierten eine gewisse Berühmtheit erlangt hat: der schwarze Lederhandschuh, den Fabrizio so kurz vor seinem Tod verloren hat.

Während Schuhe einen gewissen Ledergeruch ausströmen, den ich durchaus anziehend finde, hoffe ich, daß der vermißte Handschuh nach etwas riecht, was ich besonders liebe: das Blut des Opfers. Ich gebe zu, daß ich im Jahre 1995 auf Grund meines Naturells Miss Temples Fernseher mit Hilfe der Fernbedienung oft auf den Sender eingestellt habe, in dem der Prozeß eines gewissen O. J. Simpson übertragen wurde. Ich lerne immer gerne was dazu. In diesem Fall ist es offensichtlich notwendig, die

Verdächtigungen aller Beteiligten wissenschaftlich zu untermauern.

Also mache ich mich auf die Suche nach der Spur des Blutigen Handschuhs.

Zunächst brauche ich einen Zeugen, oder das, was einem Zeugen am nächsten kommt. Also gehe ich zur Bühne des Peacock Theaters, wo ich – neben Dutzenden von Menschen, die sich auf die große Show des Abends vorbereiten – ein häufig übersehenes Individuum vorfinde.

Niemand hat bislang daran gedacht, meinen geheimen Zeugen zu befragen. Und selbst wenn, dieser knallharte Typ würde bestimmt nicht reden. Aber Midnight Louie hat so seine Methoden, um selbst mit den Stummen zu kommunizieren. Ich springe auf eine hochkant aufgestellte Kiste und untersuche mißtrauisch die Umgebung meines Verdächtigen. Dieses Individuum ist so gefährlich, daß man es in einem Käfig verschlossen hält. Und der Käfig wird sogar bedeckt, so daß ich zuerst das Tuch runterziehen muß. Ich schaffe das mit einem mächtigen Schlag meiner Pfote und mit Hilfe meiner zuverlässigen, eingebauten Klappmesserchen.

Das Tuch knüllt sich auf dem Boden zusammen, und ich beäuge meine ehrfurchteinflößende Beute.

Es ist ein Vogel. Ein brauner Vogel mit langen, gebogenen Klauen, gegen die meine Klappmesserchen lächerlich aussehen. Diese üblen Krallen können zweitausend Pfund Druck ausüben, wenn sie sich um den Hals einer Beute legen.

Mein Vogel hat außerdem einen beeindruckenden Schnabel, der einem Rhinozeros die Haut abzuziehen vermag. Glücklicherweise kann ich diese Beiß-Reiß-Freß-Maschine nicht genauer sehen, da der ganze Kopf der Kreatur von einer kleinen, unheimlichen Lederhaube bedeckt wird.

Das ist so, als würde ich einen Scharfrichter befragen.

Ich räuspere mich mit einem leisen Schnurren.

Der bedeckte Kopf wendet sich mir zu, und acht tödliche Krallen schneiden in das Holz. Ich bemerke, daß die Stange mit Einschnitten übersät ist. Lieber sie als ich.

Normalerweise sind die weitläufigeren Verwandten dieses Typen die Beute meiner Familie. Aber die Vögel, die wir jagen, sind kleine, flinke Exemplare. Dieses jedoch ist größer als sie und darüber hinaus ein Raubvogel.

Die Velociraptoren des Jurassic Park haben jede Menge Menschen in Angst und Schrecken versetzt.

Der Gegenstand meines Interesses ist ein überlebender Nachfahre. Ein Jagdfalke.

Ich kann die Vogelsprache nicht sehr gut, aber ein paar Worte kann ich schon noch radebrechen, auch wenn es mit dem Satzbau nicht ganz hinhauen mag. Ich fange vorsichtig an. »Du allein.«

»A-aok«, stimmt er zu und beugt seinen verdeckten Kopf zu mir.

»Du nicht auf Handgelenk Herrchen.«

»Mein letztes Herrchen war kein echter Jäger.«

»Du also nicht mögen Fabrizio?«

Der gefiederte Körper verlagert sein Gewicht von einem Bein auf das andere, und die Klauen krallen sich mal fester um die Stange, mal lösen sie sich wieder. Anscheinend nicht.

»Aber du dann Star in einer Show.«

»Ich möchte lieber jagen.«

»Er sein tot.«

»Das habe ich gehört, aber nicht gesehen.«

»Du neues Herrchen haben?«

»Nein. Eine Frau füttert mich.«

»Du sitzen auf Lederstange.«

»Du meinst wohl einen menschlichen Arm.«

»Wo ist Handschuh?«

Der Vogel hüpft auf der Stange näher. Ich kann nicht erkennen, ob er langsam die Nase voll hat von meiner Befragung oder ob er nur hungrig ist.

»Wer bist du überhaupt?« krächzt er.

»Detektiv.«

Schweigen. Vögel haben nicht den scharfen Geruchssinn, über den meine Spezies verfügt, aber ihre Augen sind erstklassig. Glücklicherweise sind Raubvögel, denen der Kopf bedeckt worden ist, des größten Teils ihrer überlebenswichtigsten Sinne beraubt, und daher kann man gut mit ihnen fertig werden.

»Ich rieche Blut«, sagt er.

»Von Bühne.«

»›Bühne‹, kenne ich nicht.«

»Ungefähr eine Bachbreite von hier entfernt?«

»Ja. Zweimal.«

»Vom . . . Handschuh?«

»Was heißt ›Handschuh‹?«

»Lederstange auf Mensch.«

»Ja.«

»Wann?«

»Seit drei Jagdmonden.«

Das Fell auf meinem Rücken sträubt sich. Obwohl unsere Kommunikationsmethode primitiv ist und wir die Vergangenheitsform noch nicht so recht beherrschen, scheint meine fliegende Quelle mir sagen zu wollen, daß er seit dem Mord an Cheyenne Blut riecht, was bedeutet, daß der Handschuh immer noch in der Nähe ist.

»Wo?« frage ich.

Wieder bewegt der Vogel sich von einer Seite auf die andere. Mittlerweile habe ich begriffen, daß dies Frustration ausdrückt.

»In der Nähe. Viel zu nahe. Ich habe Hunger.«

Obwohl er von mir aus den Handschuh gerne fressen darf, kann ich dies doch nicht zulassen. Schließlich ist er ein Beweisstück.

»Wie nahe?«

»Auf dem Boden.«

Ich untersuche den Bühnenboden, der absolut leer ist. Ich springe sogar hinunter, um etwas methodischer zu suchen. Nichts. Null. Nullo-pullo. Ich verabscheue es, wenn ein Zeuge mich in die falsche Richtung schickt, aber meine Wut werde ich an diesem großen Vogel bestimmt nicht auslassen. Ich gehe zurück zu ihm und fange von vorne an.

»Handschuh auf Boden?«

»Ja. Genau unter mir.«

»Ich ihn nicht sehen.«

»Ich kann ihn auch nicht sehen.«

Natürlich kann der Falke den Handschuh nicht sehen, weil sein Kopf bedeckt ist! Was für ein Schlaumeier. Dann bemerke ich, daß ich das Brett vorm Kopf habe.

Ich zwinge mich zu einer unangenehmen Aufgabe. Ich untersuche den Käfig, der den Vogel beherbergt. Er ist groß und viereckig, aus starkem Draht. Da diese Vögel in Käfigen aufbewahrt werden, müssen ihre Unratbehälter wohl im Boden eingebaut sein.

Ich blicke hinab und sehe eine Zeitung, auf der ein Dutzend sehr beeindruckend aussehender Häufchen liegt, zum Teil hinuntergefallene . . . Leichenteile. Da dies ein so großer Käfig ist, ist die Auffangschale im unteren Teil unglaublich tief.

Die Zeitung wird wahrscheinlich täglich von der Person gewechselt, die als »sie« bekannt ist, aber die Auffangschale wird wohl eher selten herausgenommen. Ich strekke mich nach oben, bekomme den Rand zu fassen und ziehe. Die Auffangschale ist festgehakt. Ich ziehe mit meiner ganzen Kraft. Die Auffangschale bewegt sich auf mich zu, mitsamt des ganzen Käfigs.

Herr Falke und ich stehen kurz davor, zu stürzen. Ich sage ihm, er soll sich ordentlich festhalten, und dann fallen wir flatternd in einem Wirbel von Federn und herumfliegendem organischem Unrat auf den Bühnenboden. Kaum bin ich wieder auf den Füßen, verstecke ich mich eilig hinter einem schwarzen Vorhang.

Der Krach hat eine ganze Menge Personen an den Ort des Geschehens gelockt, darunter die PR-Frau, die für Fabrizio den Vogel gehütet hat ... und Danny Dove.

Sie starren auf die Unordnung und richten den Käfig dann rasch wieder auf. Die Auffangschale hängt zur Hälfte draußen, so daß die PR-Frau versucht, sie wieder hineinzuschieben. Dann übernimmt Danny Dove die Arbeit und beschließt, die Auffangschale erst einmal ganz herauszuziehen.

Kluger Kerl. Als das Ding mit einem kreischenden Geräusch herauskommt, taucht noch etwas ganz anderes auf.

Ich beobachte zufrieden, wie die gesamte Gesellschaft auf der Bühne auf etwas Schwarzes, Zerknülltes starrt, das auf dem Boden liegt und nach Maus stinkt.

Der Blutige Handschuh.

Das ist eine Sensation. Danny Dove sieht zu, daß niemand den Handschuh anfaßt.

Gesegnet sind, die Frieden stiften.

Ich schlendere davon, in einem Maße mit mir selbst zufrieden, daß ich beschließe, noch eine andere kleine Angelegenheit bezüglich der Bekleidung zu untersuchen, die von allen anderen bislang übersehen worden ist.

Nein, nicht der mir zugeeignete Schuh – noch nicht –, aber damit sind wir schon ganz schön dicht dran.

Kapitel 33

Ein Beweismittel zum Zähne ausbeißen

Drei Stiefel standen auf Lieutenant Molinas Schreibtisch: das Paar von Fabrizio und einer, der sich nach Cheyennes Tod unter seinen beschlagnahmten Besitztümern gefunden hatte.

»Warum haben Sie Ihren Stiefel denn nicht erwähnt?« fragte Molina Temple.

»Ich wußte nicht, wem er gehörte, und auch nicht, daß er mit dem Fall zusammenhing.«

»Sie haben ihn bei einer Probe gefunden.«

»Dutzende von Leuten benutzen die Garderoben für die Revue im Hotel. Ich hatte überhaupt keinen Grund zu der Annahme, der Stiefel könne irgend etwas mit dem Incredible-Hunk-Wettbewerb zu tun haben.«

»Und die Größe?«

»Showgirls sind alle riesig und tragen entsprechende Schuhe.«

»Sie dachten, das hier sei ein Frauenstiefel?«

»Angesichts des glitzerigen Designs, ja. Wenn sie nicht gerade Countrysänger sind, ziehen die meisten Männer doch etwas bißchen Konservativeres vor. Und wie ich schon sagte, große Frauen tragen auch große Schuhe, und in den Garderobe der Hotels von Las Vegas sind massenweise großgewachsene Frauen zu finden.«

»Aber ob die deswegen gleich so riesige Füße haben...«, bemerkte Molina zweifelnd. Dann fügte sie hinzu: »Der Stiefel, den Sie gefunden haben, ist genau wie diese drei hier?«

»Ja...«

»Warum zögern Sie?«

»Ich will es ganz genau sagen. Der Stiefel, den ich gefunden habe, war in einer Hinsicht anders. Am Absatz fehlten ein paar Glitzersteine. Vielleicht wurde er deswegen weggeworfen.«

»Kaputt«, bemerkte Molina und biß sich gedankenvoll auf die Unterlippe. »Wer hätte ihn denn wegschmeißen sollen?«

»Offensichtlich Cheyenne. Es war schließlich sein Paar Stiefel. Er war vielleicht eilig auf dem Weg zur Bühne und hat ihn einfach weggeworfen, als er an der Kostümstange vorbeikam.«

»Wegen ein paar fehlender Glitzersteine gleich weggeworfen?«

Temple zuckte mit den Achseln.

»Ich werde Sie zurück ins Phoenix bringen lassen. Ich will den anderen Stiefel. Das ist jetzt ein Beweisstück.«

Dagegen konnte man nichts mehr sagen.

Kit und Electra gefiel es, auf dem Rücksitz von Molinas Caprice chauffiert zu werden, wo Platz genug für drei Personen war. Sie diskutierten, wie es wohl wäre, einmal vom Genre abzuweichen und keine historischen Liebesromane zu schreiben, sondern sich auf zeitgenössische romantische Thriller einzulassen, um diese »Atmo« für ihre nächsten Bücher zu nutzen.

Temple fand allerdings, daß die Atmosphäre einiges zu wünschen übrig ließ.

Sobald sie wieder im Crystal Phoenix angekommen waren, kehrten Kit und Electra zu den Sitzungen des Kongresses zurück. Temple begleitete Lieutenant Molina hinunter in ihre bescheidene Garderobe.

»Der Stiefel ist in der Tasche mit meinem ganzen Bühnenzeugs«, erklärte sie, während Molina sich duckte, um in das mit Vorhängen abgetrennte Kabuff zu treten.

»Ist ja ganz schön groß, was?« Molina beäugte die Baumwolltasche.

Und dann bewegte sich die Tasche.

»Das kann doch wohl nicht wahr sein!« rief Temple.

Molina beugte sich hinab und machte die Tasche auf.

Midnight Louie streckte sich blinzelnd im hellen Licht, die Vorderpfoten wissend um Cheyennes Stiefel geschlungen.

»Ein Beweismittel mit Katzensabber hatte ich noch nie«, sagte Molina ironisch. »Liebes Kätzchen. Gib mir den Stiefel.«

Temple hätte ihr gleich sagen können, daß sie bei Midnight Louie so nicht landen würde. »Liebes Kätzchen« war einfach nicht die richtige Anrede. Während Molina die Hand nach dem Stiefel ausstreckte, schlangen sich Louies Pfoten voll Besitzerstolz noch fester darum. Dann legte er auch noch seine Hinterbeine darauf und fing wieder an, an dem mit Glitzersteinen bedeckten Absatz zu knabbern.

»Jetzt komm schon!« Molina bekam die Finger an den Absatz und zog. »Aua!« Ihre blauen Augen blickten streng, als sie über die Schulter rief: »Ihre Katze hätte mich fast gebissen!«

»Nein, das hat er nicht. Ihre Hand war nur im Weg, während er an dem Absatz gekaut hat.«

»Eine lächerlich schwache Ausrede für einen offensichtlichen tätlichen Angriff. Und überhaupt, warum kaut er an dem Absatz?«

»Der ist aus Leder, und Katzen mögen das.«

»Erinnert sie wahrscheinlich an ihre Beute. Jetzt komm schon.« Molina kämpfte erneut gegen Louie, aber ein leises, entschlossenes Knurren ließ sie ihre Hand wegziehen.

»Beschaffen Sie mir das Ding«, wies sie Temple an und stand auf. »Wenn er irgend jemanden verletzt, kommt er wegen Tollwut in Quarantäne.«

Temple eilte hinzu, griff nach dem oberen Teil des Stiefels und zog. Midnight Louie setzte seine ganzen zehn Kilo ein, um ihn festzuhalten.

Temple zog noch einmal, diesmal so fest, daß sie auf ihren Hintern purzelte, als der Stiefel plötzlich freigegeben wurde.

Sie hielt den Stiefel ins Licht. »Hier ist die Stelle, an der die Glitzersteine fehlen.«

Molina neigte den Kopf. »Das sehe ich auch, aber ich verstehe immer noch nicht, warum das Opfer ihn weggeworfen hat. Geben Sie mal her, ich nehme ihn mit ins Hauptquartier zu den anderen Sachen.« Sie runzelte die Stirn, als sie den Stiefel in die Hand bekam. »Ist ja ganz schön schlecht gemacht, wenn die Glitzersteine so leicht abfallen. Vielleicht hatte das Opfer ja recht, ihn wegzuwerfen.«

Temple stand schwerfällig auf. Sie litt immer noch Schmerzen vom letzten Tango mit Fabrizio. »Nein, die Four Queens haben gesagt, der wäre teuer. Straß ist heutzutage nicht mehr so billig, Lieutenant.«

»Die Four Queens? Sicher ein besonders aufregendes Quartett von Liebesromanautorinnen oder eine Truppe von Abschlußposen-Mädchen?«

»Keines von beiden. Das sind die festangestellten Showgirls im Phoenix. Ich hab sie gefragt, ob der Stiefel irgend jemanden von der Revue gehört, aber die meinten, nein.«

»Schlechter Geschmack ist nicht unbedingt billig. Ach, schauen Sie mal, der Absatz ist sogar schief angesetzt worden.«

Temple sah zuerst den Stiefel an und dann hinab zu Louie, der sich vollkommen darauf konzentrierte, seine eigene Fußbekleidung abzulecken. »Lassen Sie mich mal sehen!«

Molina war es nicht gewöhnt, daß Zivilisten ihr Befehle erteilten, aber sie reichte den Stiefel trotzdem rüber.

»Dieser Absatz saß noch gerade, als ich den Stiefel das

letzte Mal gesehen habe.« Temple drehte den Stiefel in ihrer Hand. Plötzlich hatte sie eine Idee. »Diese Kristalle in Cheyennes Medizinbeutel, was waren das für welche?«

»Weiße Kristalle, wie sie diese New-Age-Leute immer tragen.« Molina runzelte die Stirn. »Aber viel kleiner und nicht länglich.«

»Aber unten spitz zulaufend, wie ungefaßte Rheinkiesel?«

Temple griff den Absatz des Stiefels – die aufgesetzten Glitzersteine fühlten sich stachlig an – und drehte ihn einmal um. Igitt. Kühler Sabber von Louies Stiefelleckerei fühlte sich nicht gerade schön an.

Doch irgend etwas machte klick, sowohl in Molinas Hirn als auch im Stiefel. Die Polizistin streckte schon die Hand nach dem Stiefel aus, als Temples Mühe zum Erfolg führte. Der Absatz drehte sich um hundertachtzig Grad zur Seite und löste einen Regen von kleinen weißen Steinen aus, die auf den Fußboden fielen.

»Ach du Scheiße! Machen Sie das Ding wieder zu!« Molina ging in die Knie und hielt die Hände geöffnet, bis sie mit winzigen glitzernden Tropfen gefüllt waren.

Temple ließ den Hacken wieder an seinen Ort zurückschnappen und wandte sich zum Schminktisch.

»Hier ist der Deckel einer Make-up-Dose.«

Temple hielt sie unter Molinas Hände, und funkelnder Hagel trommelte auf das Metall, bis Molinas Hände leer waren, abgesehen von ein paar schimmernden Steinen, die an den Handflächen kleben geblieben waren.

Sie nahm sie einzeln ab, einen nach dem anderen, als wären es unbezahlbare Kletten.

Temple krabbelte schon auf Händen und Knien über den Boden, um einzusammeln, was fortgesprungen war.

»Ich werd' ein paar meiner Leute herüberschicken, um hier eine offizielle Durchsuchung durchzuführen«, sagte

Molina und erhob sich mit der Beute. »Stehen Sie auf und sagen Sie mir, was Sie wußten und warum und wie Sie es erfahren haben.«

»Ich habe es nicht erfahren«, sagte Temple und klopfte sich die Hände ab. »Es ist mir einfach so in den Sinn gekommen.«

»Irgend etwas muß ihren Instinkt in Gang gesetzt haben, also denken Sie einmal nach.«

Temple lehnte sich an das Schminktischchen und blickte hinunter auf den flachen Deckel. Da lagen geschliffene und ungeschliffene Diamanten, karatweise.

»Jake Gotshall hat mir erzählt, daß Cheyenne kurz vor seinem tödlichen Probeauftritt noch einmal hinausgeeilt ist. Dann sei er zurückgekommen und wegen irgendwas ziemlich wütend gewesen.«

»Der Stiefel. Ich hätte an den hohlen Absatz denken sollen. Ein uralter Schmugglertrick. Also wollten die stählernen Männer und die hübschen Jungs sich einen kleinen Nebenverdienst erwirtschaften.«

Temple nickte und starrte den Stiefel an. Vielleicht hätte sie während ihrer letzten anstrengenden Einsätze doch nicht dauernd an England denken sollen, sondern lieber an ein anderes Land. Eines, das wegen seiner Schuhindustrie und seiner Lederwaren berühmt war. Eines, in dem Cheyenne und Fabrizio vor kurzem gewesen waren. Eines, das wie ein Stiefel aussah.

»Italien!« sagte sie.

Molina wartete.

»Cheyenne kam gerade von einem Model-Einsatz in Italien, und Fabrizio stammte von da.«

Molina berührte den Hacken mit den fehlenden Rheinkieseln. Dann hob den Stiefel von der Tischplatte. »Haben Sie mal eine Nagelfeile?« Sie blickte auf Temples lange, rotlackierte Fingernägel.

Temple förderte aus ihrer Tasche eine Metallfeile zutage, die ironischerweise mit Diamantenstaub besetzt war. Sie legte sie in Molinas ausgestreckte Hand, wie eine OP-Schwester, die einem Chirurgen das verlangte Skalpell reicht.

Molina benutzte die Nagelfeile auch wie ein Skalpell. Sie hebelte mit der Spitze in dem weichen Leder herum, bis ein großer Glitzerstein heraussprang.

Molina hielt ihn gegen das Licht. »Die größeren Steine sind in das Leder eingesetzt worden. Schlau, echte mit falschen Steinen zu vermischen. Sieht so aus, als hätten sich die Amateurschmuggler Cheyenne und Fabrizio zum Schluß nicht mehr so gut verstanden.«

»Aber wenn Fabrizio Cheyenne umgebracht hat...«

»Natürlich, um Cheyennes Anteil an den Diamanten zu bekommen. Jede Wette, daß der andere Stiefel von Cheyenne sauber ist. Nur in einem Stiefel von jedem Paar war heiße Ware, so konnte der Schmuggler sie vertauschen, wenn ein Zollbeamter zu neugierig wurde. Cheyenne ist dahintergekommen, daß Fabrizio vorhatte, die Ware aus beiden Stiefeln zu behalten. Deswegen hat er seinen Stiefel mit der Schmuggelware schnell versteckt. Und dann ist er umgebracht worden. Als Fabrizio später in Cheyennes Garderobe kam, nachdem er ihn umgebracht hatte, um den diamantbesetzten Stiefel zu holen, hat er nur den leeren gefunden, und den hat er dagelassen.«

»Und wer hat dann Fabrizio umgebracht?«

»Ein weiterer Mitspieler, vielleicht sogar derjenige, der den Schmuggel in Auftrag gegeben hat. Glauben Sie mir, diese Typen durften das Zeug bestimmt nicht behalten. Während Cheyenne und Fabrizio sich um den Besitz der Juwelen stritten, wurden die ursprünglichen Eigentümer ungeduldig und haben Cheyennes Ermordung genutzt, um Fabrizio auch kaltzumachen.«

»Ausländische, gedungene Killer? Diamantenmogule im

Crystal Phoenix? Aber Fabrizio wollte doch *mich* umbringen …«

»Weil Sie ihm auf der Spur waren. Ich bekam auf dem Weg hierher einen Anruf. Die Bühnenarbeiter haben einen schwarzen Lederhandschuh gefunden, der in der Auffangschale im Käfig des Falken versteckt war. Wir werden es überprüfen, aber allein schon der Ort legt nahe, daß Fabrizio für Cheyennes Tod verantwortlich ist.«

Ein Jaulen vom Boden lenkte ihre Aufmerksamkeit auf Midnight Louie, der sich an Molinas dunkelblauen Hosen zu schaffen machte und sein Kinn an ihrem Bein rieb.

Sie machte schnell einen Schritt zur Seite.

»Ich wünschte, wir wären früher drauf gekommen, daß die Steinchen in Cheyennes Medizinbeutel etwas anderes waren als einfache Kristalle«, fuhr sie fort. »Aber alles am Tatort war so nachgemacht …«

Molinas Rechtfertigung endete in einem Lächeln. »Jedenfalls, vielen Dank für den Stiefel. Ich hab' jetzt alles, was ich brauche. Sie können Ihre Katze nehmen und gehen.«

»Kriegt er etwa keine Medaille?«

»Dafür, daß er Beweismittel vollgesabbert hat und eine Polizistin beißt? Ich glaube eher nicht.«

Immerhin streichelte Molina Midnight Louies Kopf, nachdem Temple sich beim Aufheben ihres schweren Katers fast einen Hexenschuß geholt hatte.

Temple wußte, daß Midnight Louie Herablassung genausosehr verabscheute wie sie selbst. Aber diesmal wollte er es wohl nicht so eng sehen. Immerhin hatte er den Fall gelöst.

Kapitel 34

Letzter Akt

Als sie aus dem Garderobenbereich heraus waren, wollte Midnight Louie wieder runter. Temple ließ ihn zu Boden, ehe er mit seinen hinteren Klauen nachhalf.

Sie beobachtete, wie er von dannen trabte, wahrscheinlich auf romantischer Mission. Sie selbst hatte ja auch noch was vor.

Zunächst einmal schaute sie bei Danny vorbei, der gerade die Wettbewerbsteilnehmer neu zusammensetzte. Die Lükke, die Fabrizios Tod gerissen hatte, mußte überspielt werden.

Eine Weile herrschte Chaos, während Danny sich mit Temple beriet, ein oder zweimal auf die Bühne wies und ihr schließlich auf den Rücken klopfte. Sie ging den Zuschauerraum des Theaters hoch, lächelnd, und es lag neuer Schwung in ihren Schritten.

Als sie aufblickte, sah sie, daß eine große Gestalt am Ausgang auf sie wartete. Erst als sie näher kam, erkannte sie, wer es war.

»Max!«

Das Hawaiihemd hatte er durch sein übliches schwarzes Hemd ersetzt, auch die Sonnenbrille war verschwunden. Er lächelte nicht zur Begrüßung, sondern sah sie nur an.

»Es war verrückt zu glauben, ich könnte dich dadurch beschützen, daß ich weggehe«, sagte er schließlich. »Du hast dich in kürzester Zeit in mehr gefährliche Situationen gebracht, als ich jemals verursachen könnte.«

»Mir geht es doch schon wieder gut«, sagte Temple, aber ihre belegte Stimme verriet sie.

Max begutachtete ihren Hals und lächelte. »Hast du vor, deine Rolle als bedrängte Liebesromanheldin heute abend weiterzuspielen?«

Sie stellte erfreut fest, daß er ihr diesmal keine Vorschriften machte. »Nein. Es gibt keinen Grund mehr. Danny läßt ein Mädchen für mich einspringen, die es im letzten Jahr auch schon gemacht hat und ganz versessen darauf ist.«

»Eine Veteranin der Liebesromankriege«, bemerkte Max.

»Ja. Sie ist ganze achtzehn Jahre alt.«

»Ich fragte nur, weil ich wissen wollte, ob du vielleicht nach dem Schönheitswettbewerb der Incredible Hunks heute abend mit mir ausgehst.«

»Ausgehen? Kannst du dir das denn erlauben?«

»Wahrscheinlich wird es dort, wo wir hingehen, sicherer sein als hier.«

»Und das wäre?«

»Das Goliath.«

»Max, was willst *du* denn im Goliath! Warum denn dahin?«

Sein Lächeln wurde mysteriös. »Ich hab' einfach Sehnsucht, mal wieder den Love Moat zu sehen.«

Temple erstarrte. Sie hatten sich vor mehr als einem Jahr das Love Moat zusammen angeschaut, als sie gerade in Las Vegas angekommen waren. Die Gondelfahrt auf dem Kanal, der sich durch die riesige Lobby des Goliath schlängelt, war an sich schon ganz nett, aber der Teil, der durch eine romantisch beleuchtete künstliche Grotte führte, ließ die Art von Intimität zu, von der bekannt war, daß Liebespaare sie voll und ganz nutzten. Temple war dazu noch nicht bereit.

»Ich weiß nicht...«

»Wenn du dir Sorgen machst, werde ich deinen Kampfsportlehrer fragen, ob er als dein Bodyguard mitkommen will.«

Das wiederum verursachte Temple einen tiefen Stich.

»Was geht hier vor? Was hast du mit Matt vor und …«

»Schsch.« Max' grüne Augen zwinkerten geheimnisvoll. »Traue mir.«

Das war ganz schön viel verlangt. Schließlich sagte das die Schlange im Dschungelbuch auch, und man wußte ja, was dann passierte. Temple war müde. Sie hatte nicht nur einen Mordversuch überlebt, sondern auch mehrere Stunden im Polizeirevier und in Gesellschaft ihrer Erzfeindin Molina. Obwohl – Temple mußte lächeln –, sie hatte jetzt bei Molina einen gut, und zwar dank Louies Liebe für Stiefelleder, und auch auf Grund der Tatsache, daß sie zwei und zwei zusammengezählt hatte und auf die italienische Verbindung gekommen war.

»Du scheinst ja ganz zufrieden zu sein, trotz dieses Schreckens.« Max' Stimme unterbrach ihre Träumerei. »Wir treffen uns um elf an dem Phoenix aus Lalique-Kristall, und ich verspreche dir einen schönen Abend.«

Sein vertraulicher Bariton ließ eine Gänsehaut an Temples Wirbelsäule hinauf und hinunter laufen. Das war ja nun wirklich ein zum Sterben schöner Vorschlag! Aber wenn Matt mitkommen sollte? Was hatte Max bloß vor? Eine Überraschung, das konnte sie an seinen Augen erkennen. Sie nahm auch die stumme Intensität des Gefühls hinter seinen Worten war. Tu es, umwarb sein starker Zaubererwille sie.

Was hatte sie zu verlieren? Wenn sie Fabrizio niederkämpfen konnte, dann konnte sie doch wohl auch ihr eigenes gespaltenes Herz bezwingen.

Temple nickte, und Max verschwand hinter dem blauen Samtvorhang. Sie seufzte. Was sollte sie bloß zum Schönheitswettbewerb der Cover-Models anziehen, nachdem sie jetzt endlich diesen Renaissance-Fummel los war? Vielleicht irgend etwas, das naß werden konnte. Ein Anzug für Froschmänner. Max konnte manchmal wirklich verrückt sein.

Ein fremder Mann hielt Temple auf, als sie sich dem Aufzug näherte.

»Entschuldigen Sie bitte. Sind Sie zufällig Temple Barr?«

»Ja.« Sie hob die Augenbrauen.

Er zeigte mit den Fingern auf sie. »Man hat mir erzählt, Sie hätten rote Haare. Ich bin Hal Richards, der Regisseur von dem Werbespot für à la Cat.«

Er streckte eine Hand aus, die Temple brav schüttelte. Aber sie war verwirrt. Hatte Savannah Ashleigh ihr etwa diesen Typen auf den Hals gehetzt, damit auch er sich noch über Louies kleine Eskapade beschweren konnte?

»Es gibt anscheinend mehr als eine schwarze Katze im Hotel«, fuhr er fort. »Miss von Rhine sagt, die Kleine wäre eine Hauskatze, aber der große schwarze Kerl wäre Ihrer.«

Temple nickte. Was hatte Louie denn jetzt schon wieder angestellt?

Hal Richards, ein schlanker Mann mit der typischen Hollywood-Bräune und kurzgeschnittenem braungrauem Haar, wirkte zurückhaltend. »Es ist etwas ungemütlich, das hier zu besprechen.« Er machte eine Geste zu den vielen Leuten ringsum. »Aber ich würde Ihnen gerne etwas vorschlagen.«

O nein! Louie hatte wieder etwas angestellt.

»Wir haben uns den Film von unserer mißglückten Dreharbeit von neulich noch einmal angeschaut ...«

»Es tut mir so leid, daß Midnight Louie einfach in Ihre Dreharbeiten geplatzt ist. Er schwärmt so sehr für Yvette und ...«

»Genau das ist es doch. Der Film ist großartig! Wir hatten die Beleuchtung nicht auf eine schwarze Katze eingerichtet und der Kontrast mit Yvettes silberweißem Fell ist leider sehr deutlich, aber wir fanden es toll. Die beiden sind klasse.

Wir würden gern Midnight Louie – soll heißen *Sie* und Ihre Katze – bitten, den Werbefilm mit uns zu drehen. Im übrigen redet der Geschäftsführer der Marketingfirma schon von einer ganzen Serie von Spots. Glauben Sie, daß Sie und das Tier gelegentlich nach L. A. reisen könnten?«

»Klar, aber ... wie gut wird das denn bezahlt?«

Richards zuckte mit den Achseln. »Wenn Midnight Louie ein Elefant wäre, würde ich Peanuts sagen. Hundertfünfzig pro Filmtag.«

Temple zuckte zusammen. »Und ich dachte, *menschliche* Schauspieler würden schlecht bezahlt.«

»Es gibt natürlich Tantiemen, und Sie haben dann Connections im Marketingbereich. Normalerweise nehmen wir Tiere, die von Trainern gestellt werden, aber die Marketingfirma hat vorgeschlagen, wir sollten eine berühmte Katze nehmen, und auf diese Weise kamen wir auf Yvette. Und auf Miss Savannah Ashleigh«, fügte er unglücklich hinzu.

»Louie ist berühmt«, sagte Temple. »Er ist eine Detektivkatze und löst Kriminalfälle.«

Hal Richards lächelte schwach. Temple hatte das Gefühl, er würde dem Realitätssinn von Katzenbesitzerinnen nicht besonders trauen. »Das ist ja nett. Na ja, wenn es Ihnen zusagt, könnten wir morgen früh schon den Vertrag machen und am Nachmittag mit den Dreharbeiten beginnen. Wir sind etwas knapp mit der Zeit. Geht das in Ordnung?«

Temple nickte, nannte ihm ihre Hotelzimmernummer, ihre Privatadresse und die Telefonnummer, und er schrieb sich alles in einem kleinen Notizblock auf. Dann streckte Hal Richards ihr wieder seine Hand entgegen, und das war's. Midnight Louie war ein zukünftiger Star.

»Ich kann's nicht fassen«, sagte Electra am Abend in ihrem gemeinsamen Zimmer. »Nach allem, was Sie durchgemacht haben, wollen Sie trotzdem noch zum Wettbewerb um den Titel des Incredible Hunk.«

»Wenigstens werde ich nicht auftreten müssen. Was halten Sie eigentlich hiervon?« Sie drehte sich um und zeigte ihr kurzes, mit silbernen Perlen besticktes Cocktailkleid, das sie damals auch mit Matt im Gridiron getragen hatte.

»Großartig.« Electra schob die langen, weiten Ärmel ihres blauen Muumuus aus Seidentaft zurecht. »Schade, daß Sie in diesem Kleid nicht auf die Bühne gehen.«

»Ich hab genug vom Scheinwerferlicht«, sagte Temple. »Ich will still und ruhig – und unbelästigt – unter den Zuschauern sitzen, wie alle anderen auch, und mir den Gewinner-Hunk aussuchen.« Sie zögerte und band dann ein schwarzes Samtband um ihren Hals. »Das verdeckt die blauen Flecken. Ich gebe Molina nur ungern recht, aber diese Dinger hier werden morgen früh richtige Veilchen sein.«

»Molina hatte auch mit dem Verbrechen recht«, bemerkte Electra.

»Aber Louie hat die Diamanten im Stiefel entdeckt, und ich habe die Verbindung zu Italien gezogen.«

»Ganz genau. Wo ist eigentlich dieser Herumtreiber? Ich hab ihn lange nicht mehr gesehen.«

»Ohne Zweifel wird er sich mit Yvette zurückziehen, wenn ihre Herrin heute abend auf der Bühne arbeitet. Sie ist so unglaublich gluckenhaft. Ich hoffe, daß Louie heute nacht dann einen ordentlichen Schönheitsschlaf hält«, fügte sie sorgenvoll hinzu. »Er weiß es noch nicht, aber morgen steht ihm ein großer Tag bevor. Und ich selbst werde auch erst etwas später zurückkommen«, fügte sie ganz nebenbei hinzu, »aber machen Sie sich keine Sorgen.«

»Wie spät denn?«

»Mitternacht, vielleicht auch ein Uhr. Ich werde versuchen leise zu sein, wenn ich hereinkomme.«

»Irgend jemand, den ich kenne?«

»Niemand, den Sie nicht kennen.«

»Es geht mich natürlich nichts an, aber ich sollte doch lieber wissen, mit wem Sie ausgehen. Die letzte Verabredung neulich ist auch ziemlich schauerlich ausgegangen.«

»Damals bin ich aber gar nicht ausgegangen. Vielleicht würde Cheyenne noch leben, wenn ich es getan hätte.«

»Jetzt machen Sie sich mal wegen seines Todes nicht allzu große Sorgen. Er war immerhin ein Juwelenschmuggler, Liebes.«

»Ich glaube trotzdem, daß er Hilfe suchte.«

»Ja klar, wahrscheinlich wollte er Sie überreden, irgendeine illegale Geschichte mit ihm anzufangen. Vergessen Sie es. Dieser Schönheitswettbewerb der Hunks heute abend wird bestimmt eine ganz große Sache!«

Electra vervollständigte ihr Outfit, indem sie ihre Haare mit einer Orchideenfarbe besprühte und smaragdgrüne Ohrringe aus Glitzersteinen anhängte, die ihr bis auf die Schultern reichten.

Die Steine glitzerten tatsächlich wie die österreichischen Kristalle, die auf den Schuhen von Stuart Weitzman das Auge der Katze darstellten. Temple hatte nach dem Kongreß immer noch Zeit, die Schuhe zu suchen, aber sie bezweifelte, daß sie sie finden würde.

Sie nahm eine winzige silberne Abendhandtasche und wartete an der Tür auf Electra, die noch ihre restlichen Sachen zusammensammelte. Als sie schließlich unten ankamen, war die Lobby des Peacock Theater voll von Frauen in Kleidern mit Pailletten und Perlenstickereien, mit Straß und Perlen, mit hohen Absätzen und hochaufgetürmten Frisuren.

Nur wenige Männer mischten sich unter die Menge. Sie waren auf erfrischende Weise mittleren Alters und sahen so aus, als würden sie niemals den Umschlag eines Buches zieren. Aber irgendwie wirkten sie dadurch einladender.

»Kann ich Ihnen beiden einen Drink besorgen?«

Harvey Herbert (oder Herbert Harvey?), der Gatte von Sharon Rose, stand vor ihnen. Temple linste verzweifelt auf sein Namensschildchen (heute abend wollte sie auf keinen Fall eine Brille tragen), aber sie konnte die beiden so ähnlichen Namen nicht auseinanderhalten.

»Ach ... danke. Das ist meine Freundin Electra, die im Wettbewerb um die beste Amateurschriftstellerin mitmacht. Und seine Frau ist die Bestsellerautorin Sharon Rose.«

»Herbert Harvey«, sagte er und schüttelte Electra die Hand. »Sharon begleitet einen der Wettbewerbsteilnehmer als Autorin, so daß ich etwas in der Luft hänge. Ich würde Ihnen beiden furchtbar gerne einen Drink besorgen.«

»Gibson«, sagte Electra, die offensichtlich von Kit angesteckt worden war.

»Eine Bloody Mary.« Herbert Harvey nickte und verschwand in der Menge.

»Was für ein netter Mann.« Electra strahlte.

»Seien Sie mal nicht allzu beeindruckt«, sagte Temple leise. »Seine Frau ist die Hölle auf mittelhohen Absätzen und äußerst besitzergreifend. Nennt ihn dauernd ›*mein* Herb‹. Ich frage mich, welches elegante Kostüm sie wohl anhaben wird, um ihren Hunk zu begleiten. Ihren Sinn für Mode hat sie neunzehnhundertachtundfünfzig im Billigladen erworben.«

»Das sieht Ihnen aber gar nicht ähnlich, Temple.«

»Die hat mich fast umgebracht, weil ich mich mit ihrem Mann unterhalten habe. Armer Kerl. Ich kann schon verstehen, daß er auch mal ein paar Minuten gesellschaftlichen Umgang ohne sie pflegen möchte.«

Harvey kam schon bald von der Bar zurück, drei Gläser fest an sein Jackett gepreßt.

Temple und Electra nahmen ihre Gläser und bedankten sich mit glockenhellen Stimmen.

»Aber gerne doch.« Er sah sich interessiert um. »Meine Güte, sehen heute nicht alle großartig aus?«

Temple seufzte. Wie konnte man nur eifersüchtig sein bei einem Mann, der etwas derartig Nichtssagendes angesichts dieser vielen Frauen sagte, die ihre beeindruckendste Abendgarderobe aufgefahren hatten?

»Was trägt Sharon denn?« fragte Temple.

»Ähm ... irgend etwas in Rosa, glaube ich.«

Temple nickte. Was sonst könnte die Königin der Liebesromane und der Gemeinheit in Personalunion tragen? Die wirkliche Persönlichkeit der Frau und ihre in der Öffentlichkeit gezeigten Seiten standen in völligem Gegensatz zueinander, doch was die Garderobe anging, hatte immer schon das Süßliche über die schreckliche Wahrheit gesiegt.

Herbert Harvey schwebte nach der üblichen Cocktailfrist von dannen.

»Ahhh«, vertraute Temple Electra an. »Dieser Drink ist einfach großartig.«

»Ihre Nerven müssen aber auch völlig zerrüttet sein. Ich würde an der Bar stehen und den Schnaps nur so in mich hineinkippen, wenn ich das hätte durchmachen müssen, was Sie heute erlebt haben.«

»Electra!«

»Hallo, Ihr Lieben.« Kit glitt neben sie. Sie sah umwerfend aus in einem schwarzseidenen Abendkostüm, dessen langer Rock den ganzen Oberschenkel hinauf geschlitzt war.

Als Temple ihr ein Kompliment machte, streckte sie ein zierlich geformtes Bein in Spitzenstrümpfen vor. »Die Kompensation älterer Autorinnen für eine nicht mehr ganz so ideale Bauchregion. Du siehst so niedlich aus wie noch nie, Temple, und Electra, Sie sind wahrhaftig elektrisierend.«

»Niedlich!« beschwerte sich Temple.

»Entspann dich und genieß es«, riet ihre Tante ihr. »Das

nächste Stadium ist ›auf der Kippe und eigentlich schon im Abstieg befindlich‹.« Sie nahm den letzten Schluck ihres Cocktails. »Wir sollten uns langsam ein paar gute Plätze organisieren. Ich will diese Show wirklich sehen. Ihr habt doch nichts dagegen, wenn ich mich zu meiner Lektorin setze, oder? Sie hat mich eingeladen.«

Temple und Electra schüttelten den Kopf, und Kit rauschte davon. Als nächstes kam eine dünne Frau in einem paillettenbesetzten Blümchenkostüm auf sie zu geschwebt.

»Electra! Morgen ist die Preisverleihung, wie aufregend! Ich hab' Ihnen einen Stuhl bei den anderen Teilnehmern am Schreibkurs freigehalten. Kommen Sie schon.«

Electra warf einen flehenden Blick zu Temple.

»Gehen Sie nur. Ich finde schon noch einen Platz.«

Die andere Frau zog Electra von dannen, ehe sie protestieren konnte.

Temple trank den letzten Rest ihrer feurigen Bloody Mary – das Crystal Phoenix hatte eine erstklassige Bar – und stellte ihr Glas auf einem Tablett ab.

Sie fühlte sich überhaupt nicht ausgeschlossen. Sie wollte die Show aus dem Publikum beobachten, ohne sie mit jemandem besprechen zu müssen. Sie wollte sehen, wie erfolgreich Cheyenne gewesen wäre. Vielleicht war ja sein Geist anwesend.

Die Plätze füllten sich jetzt rasch, so daß sie sich auf einen auf halber Strecke des Ganges setzte. Wenn der Wettbewerb zu lange dauerte, konnte sie von hier aus früher gehen. Mittlerweile wedelten die Schmetterlinge in ihrem Bauch den Flammen der Bloody Mary Luft zu, aber sie hatte nicht vor, sich jetzt Gedanken über die Vergangenheit oder die Zukunft zu machen. Sie wollte sich die Show anschauen, das war alles.

»Ist hier noch frei?«

Die Frau, die ihr die Frage gestellt hatte, war groß und

eckig, mit kinnlangen, seidigen, blonden Haaren und in strenges Schwarz gekleidet. Sie wirkte nervös und klappte eilig den samtbezogenen Sitz nach unten. »Pflicht, nicht Schönheit führt mich hierher«, erklärte sie ungefragt. »Welch ein Aufwand!«

»Sie haben wohl schon einige von diesen Wettbewerben gesehen.«

»Ich muß. Ich bin Lektorin bei Bard Books. Emma Ransom.«

»Ich mach die PR für das Hotel. Temple Barr.«

»Na, dann bereiten Sie sich mal auf die unglaublichen Verlagswerbetricks vor. Wenn Sie einen laufenden Kommentar über die wahren Lügen brauchen, müssen Sie sich nur an mich wenden.«

Temple wollte keinen laufenden Kommentar; sie wollte Ruhe. Sie hoffte, daß die Frau neben ihr das auch begriffen hatte. Sie beugte sich gerade nach vorne, und ein Plastikbecher mit Eis und einer klaren Flüssigkeit kam zum Vorschein. Ach, herrje, das war bestimmt kein Wasser.

Temple schob sich in ihrem Sitz nach unten. Sie wollte die Show mit einem frischen, distanzierten Auge sehen, würde Tote eben Tote sein lassen.

Die Lichter wurden langsam gelöscht, die Musik schwoll an, und Emma Ransoms Eis klinkerte.

Die Spots gingen auf die rechte Seite der Bühne, wo etwas wie die blaue Fee aus Pinocchio heraustrat: Savannah Ashleigh erschien in einem weißen Satinkleid à la Jean Harlow mit einer Stola aus Fuchspelz, hoffentlich Imitat. Savannah hätte keinen Grund, sich irgend etwas Echtes oder Ehrliches zu leisten. Sie war schließlich durch und durch falsch.

»Guten Abend, meine Damen und meine Damen und hallo Jungs«, sagte Savannah mit ihrer keuchenden, künstlichen Stimme. »Willkommen im Westen, wo gefragte Männer das sind, hinter dem die Frauen her sind.«

Ihr Co-Moderator trug zwar eine Smokingjacke, sah aber aus, als würde er sich in einer Fahrradhose wohler fühlen. Er hatte lange, gesträhnte blonde Haare und griff mit einem aalglatten Disc-Jockey-Plappern den Dialog höchst spontan auf. »Was ist denn mit den gefragten Frauen, Savannah?«

»Die sind auch ganz in Mode, Vic. Wir werden gleich eine hübsche Parade sehen: gutaussehende Helden von Covern und die Frauen, die sie sich erträumen.«

»Dann laß uns doch die Spiele eröffnen, Savannah«, schlug Vic höchst originell vor.

Ihre Scheinwerfer wurden dunkler, und auf der Mitte der Bühne wurde es ganz hell. Nacheinander kamen die Kandidaten heraus, jeder mit einer glitzernd bekleideten Dame am Arm und mit einer scharlachroten Rose in der Hand.

Viele der Frauen waren um Jahrzehnte älter als ihre Begleiter, bemerkte Temple. Wie erfrischend. Endlich einmal umgekehrte Rollen, und zwar deutlich! Die Bewerber wirkten weltgewandt und sahen in ihren teilweise etwas exzentrischen Abendanzügen gut aus.

Troy Tucker hatte seine ofenrohrschmalen schwarzen Jeans samt Cowboystiefel und Smokingjacke mit einer straßbesetzten Fliege und einem weißen Stetson komplettiert. Ein aufgeregtes Jauchzen zog Temples Augen auf Troys Frau Nance, die in ihrem Sitz auf und nieder hüpfte und hoch über ihrem Kopf in die Hände klatschte.

Ein Klinken auf der linken Seite bereitete Temple auf den unvermeidlichen Kommentar vor.

»Ein Favorit für die Wahl der Zuschauerinnen.«

Temple nickte. Sie sah das auch so. Doch die lange, glitzernde Reihe von Jurymitgliedern in der ersten Sitzreihe würde die Gewinner ausmachen.

Jedes Paar teilte sich am Ende des Laufstegs mit einer romantischen Geste. Troy riß seinen Stetson vom Kopf, um langes, wildes Haar nach der Art von Wild Bill Hickock zu offenbaren, und verbeugt sich tief vor seiner Begleiterin. Die verschwand hinter der Bühne und wurde von donnerndem Applaus und durchdringenden Pfiffen belohnt.

Der nächste Hunk hatte das Pech, Ravenna Rivers zu begleiten. Ihr Kleid stellte das weinrote Samtkleid von Scarlett O'Hara weit in den Schatten. Es war rot, eng, trägerlos und hinten tief ausgeschnitten. Sie verabschiedete ihren Begleiter mit einer nicht jugendfreien Umarmung, bei der der jugendliche Hunk so rot wurde, daß es zu ihrem Kleid paßte.

»Deren ganzes Talent liegt in ihren Hormonen«, flüsterte Emma mit wodkarauher Stimme.

Temple mußte zugegen, daß sie mit ihren Kommentaren den Nagel auf den Kopf traf.

Als nächstes kam Jake Gotshall, der trotz der riesigen Clown-Schuhe durchaus akzeptabel aussah. Sein Auftritt wurde von hellem Lachen begleitet, und die ihn begleitende Autorin Mary Ann Trenarry wirkte neben ihm wie eine würdige *grande dame,* in einem mittelblauen Kostüm aus Crèpe-de-Chine mit der Perlenkette.

Als sie am Ende des Laufstegs ankamen, grinste Jake und befingerte die rote Nelke in seinem Knopfloch. Daraufhin spritzte Wasser in die Zuschauer, die begeistert aufjohlten. Dann zog er die Boutonniere hervor und präsentierte sie Mary Ann auf höchst elegante Weise.

Das Gelächter war noch nicht ganz verebbt, als einer der muskulösesten Hunks herausstolziert kam. Seine Arme standen seitlich ab wie steife Würstchen, sein langes Haar floß weich über den Rücken, und in seinem linken Ohr glitzerte ein kleiner diamantener Ohrring.

Die Autorin kannte sie nicht, eine wunderschöne, zierliche Frau von Mitte Sechzig in einem mit zitronenfarbenen Perlen bestickten Designer-Kostüm. *Die dippst* du *nicht*, befahl Temple dem Hunk mit einem guten Anteil von Max'

Willenskraft. Sie stellte sich vor, daß Dove hinter der Bühne im Geiste denselben Befehl aussandte. Die arme Frau setzte in ihren hochhackigen Schuhen einen Fuß vor den anderen, als wäre sie eine zimperliche Katze. Am Ende ließ der Hunk sie aus seinem Arm herauswirbeln und sich drehen.

NICHT DIPPEN, DU DIP! Er zog sie wieder an sich, küßte ihr die Hand und beobachtete, wie sie vorsichtig die Treppe hinunterstieg.

Temple atmete auf, und der Hunk erhielt einen umwerfenden Applaus für seine Ritterlichkeit. Er stand mitten auf der Bühne, platzte fast aus seinem geliehenen Smoking und hielt die Hände in die Luft, als wäre er Sylvester Stallone in der Rolle des Rocky.

»Anna Amber Leigh. Deren Karriere ist auch hinüber«, vertraute Emma ihr an. »Viel zu altmodisch, kein Zunder.«

Temple nickte. Sie hatte sich mittlerweile in ihre Rolle als Geheimnisempfängerin eingefügt. So war das eben mit der Sitzordnung.

Ein weiterer Klon von Conan dem Barbar kam herausgestapft. Wehendes, langes dunkles Haar. Er bewegte sich wie ein roboterhafter Terminator. Die Autorin an seinem Arm war viel jünger als die anderen, eine wohlgestaltete Blondine in einem trägerlosen Kleid aus Seidentaft.

»Die derzeit führende Naive der Liebe«, bemerkte Emma. »Wo hat sie eigentlich dieses gräßliche Kleid herbekommen? Direkt aus dem Kostümfundus von *Carrie?*«

Temple erkannte ihr echtes Lampenfieber auf den ersten Blick. Das arme Mädchen war vor Angst völlig starr. Am meisten Angst hatte sie wohl vor ihrem Hunk, der mit beeindruckender Zuversicht grinste, während er den Laufsteg hinunterklotzte. Am Ende wandte er sich zu ihr. Sie schaute entsetzt drein. Ihre Hände formten sich zu blassen Fäusten.

Dann griff er nach ihr, drehte sie um und dippte sie, bis ihre schulterlangen Haare den Bühnenboden berührten. Die ganze Zeit sah sie aus wie ein jungfräuliches Opfer für die Götter des Vulkans. Temple sah weg. Sie hatte gehört, daß manche der Autorinnen wirklich darum gebettelt hatten, daß man sie nicht dippte, aber dieser Typ hier ... Es war eine Art gesellschaftlicher Vergewaltigung, so, als wäre man mit jemandem zum Tanzstundenabschlußball gegangen, der dann gemein wurde oder sich besoff.

Die größtenteils weiblichen Zuschauer johlten und jodelten und applaudierten. Das mit dem Dippen mochten sie unglaublich gern, solange es jemand anders war, der gedippt wurde. Die blonde Frau schwankte die Treppe des Laufstegs hinunter und sah aus, als wäre sie lieber gestorben.

»Manche von diesen Typen sind einfach Schweine!« spuckte Emma Ransom aus, und zwar nicht besonders leise.

Temple nickte. Sie hatte das Gute, das Schlechte und jetzt das Häßliche gesehen. Der Schönheitswettbewerb der Cover-Models war wie das Leben und der Tod, manchmal überraschend nett und manchmal auf eine überflüssige Art und Weise selbstsüchtig.

Ein weiteres Paar wartete schon hinter dem Bühnenvorhang. Temple wappnete sich innerlich.

Sie waren ein merkwürdiges Paar: Er war für einen Hunk eher jung und vorsichtig. Sie war reif und auf fast aggressive Weise gelassen. Ihr Haar sah aus wie ein lackierter Helm, und ihr Abendkleid wie eine architektonisch gestaltete rosa Kreation aus Polyester aus den sechziger Jahren. Ihr Lächeln war breit und äußerst starr. *Man hat mich zu mögen!*

»›... und lächelt und lächelt und lächelt und ist doch ein Bösewicht‹«, zitierte Emma. »Dagegen sieht Richard der Dritte ja aus wie ein Heiliger!«

Temple versuchte, diesen Kommentar zu ignorieren.

»Was für eine blöde Ziege.«

Das war schon schwieriger zu ignorieren.

Es war kein Eis mehr in dem Drink nebenan und auch nur noch sehr wenig Flüssigkeit. Emma Ransom hielt den Plastikbecher an die Lippen und murmelte hinein.

»Hat dafür gesorgt, daß sie mich bei Chapter/Reynolds/Deuce rausgeschmissen haben. Verlangt immer alles Lob für sich allein. Muß auf anderen Leuten herumtrampeln wie ein Elefant im Porzellanladen.«

Temple wurde immer angespannter. Das konnte sie nach ihrem schrecklichen Tag nun wirklich nicht gebrauchen!

»Egoistische Ziege!«

Sie wollte das nicht!

»Armer Kerl!«

Temples Ohren spitzten sich doch wieder. War etwa der Hunk der Gegenstand des Mitleids?

Er sah tatsächlich eingeschüchtert aus, als er sich galant auf ein Knie niederließ und vor einer selbstbewußten, triumphierenden Sharon Rose posierte.

»Verkauft sich wie warme Croissants.«

Semmeln, korrigierte Temple, die ja selber auch mal Lektorin gewesen war. Alkohol war wirklich ein Gift, verstümmelte selbst das letzte, abgenutzte Klischee. Und das bei einer Lektorin!

»Verkauft sich auf der ganzen Welt. Macht Lesereisen im Osten und an der Riviera. Wo immer sie hinkommt, sorgt sie für Ärger. Sie würde sich doch gut im East River machen, meinen Sie nicht?« Ein lautes, unglückliches Lachen.

Auf der Bühne zog Sharon Rose gerade ihre langstielige Rose über die Wange des Möchtegern-Hunks, den langen, dornigen Stiel bis hin zu dem satin-weißen Blütenblättern an der blühenden Blume. Oxymoron, das Zentrum aller Liebesromane: freundlich und grausam, weich und hart, Illusion und Realität.

»Geht über Leichen. Macht Leichen aus den netten Typen. Ziege.«

Haß war ansteckend. Temple versuchte, sich vor der giftigen Flutwelle zu schützen, die über sie zu schwappen drohte. Sie war hier, um sich die Show anzuschauen. Mehr nicht.

»Überall in Europa. Nutzungsrechte. Das Geld fließt in Strömen. Millionen! Keine Gerechtigkeit. Sogar im Orient. Reiche Ziege. Eine Villa in der Via Reg, ein pied-à-terre in Paris, und das kann die blöde Kuh noch nicht einmal buchstabieren! Wir müssen ihr ganzes Zeug noch einmal neu schreiben, dumme blöde Gans. Und ihr Mann läuft bei jedem Fingerschnipsen hinter ihr her. Unehrliche Ziege. Die Königin des süßlichen Liebesromans. Familienwerte. Geld, Geld, Geld.«

»Entschuldigen Sie mich bitte.« Temple stand auf. Sie brauchte dringend frische Luft.

Sharon Rose lächelte immer noch den vor ihr knienden Hunk an. Temple hatte mit ihren Adleraugen den einzelnen Tropfen Blut auf seiner Wange erspäht. Der Name der Rose ist Einschüchterung. Der Name des Spiels ist Gier. Sie hatte es mitbekommen – oh, wie sie das mitbekommen hatte –, aber sie mußte sich das nicht auch noch anhören, nicht heute abend, obwohl sie nicht zugehört hatte, als ein Mörder den Namen seines Mörders in ihr Ohr gehaucht hatte wie eine Liebkosung. Nicht nach diesen Todesdrohungen und den Diamanten und der bevorstehenden Verabredung mit Max. Und Matt.

Lieber Gott, sie mußte hier wirklich raus!

Temple stolperte über die Frau, die auf dem Platz saß, der eigentlich den Kritikern vorbehalten war. Köpfe wandten sich um, drehten sich dann jedoch wieder zur Bühne.

Ein weiterer Hunk kam mit seiner Begleitung heraus. Sie glitzerte, er glänzte. Savannah Ashleighs nichtssagende Stimme war bis in die letzte Reihe zu hören. Vic ließ für die

Kameras seine Grübchen spielen. Alle waren sie da, *Hard Copy, A Current Affair, Hot Heads.*

Temple sauste in die Lobby, verzweifelt auf der Suche nach einem Telefon. Sie hätte nie gedacht, daß sie einmal so gerne mit diesem Menschen würde reden wollen.

Die Schrift in den Telefonbüchern war winzig, und selbst mit Brille konnte sie kaum etwas erkennen. Endlich wählte sie, endlich wurde sie durchgestellt an jemanden, der ihr helfen konnte.

»Gibt es irgendeine Möglichkeit, irgendeine, wie ich heute abend noch Lieutenant Molina erreichen kann?«

Klicken und Stimmen und endlich Klingeln.

»Molina.« Knapp, mit einer Andeutung von sehr menschlicher Genervtheit.

»Hier ist ... Temple Barr.«

»Ja?«

Fragen an die Polizistin. Antworten für die PR-Frau.

»Wir werden das sofort überprüfen«, sagte Molina. »Es wird ein paar Stunden dauern. Wegen der Zeitverschiebung«, sagte Molina. »Und Interpol braucht ja auch immer ein Weilchen.«

Temple zuckte zusammen. Dann sagte sie wieder etwas, ihre Worte sprudelten nur so aus ihr hervor.

»Wir werden auch das untersuchen.«

»Via Reggio«, schlug Temple vor.

»Sonderanfertigung von Stiefeln.« Molina.

»Reise.« Temple.

»Wir werden das untersuchen«, schloß Molina. »Machen Sie sich *keine Sorgen*. Wir sind an der Sache dran.«

»Kanada! Haben Sie auch schon an Kanada gedacht?« Das war noch einmal Temple.

»Das werden wir jetzt tun.« Molina.

Temple hängte den Hörer des Münzfernsprechers auf die Gabel. Sie würde nicht zum Schönheitswettbewerb der

Hunks zurückgehen. Sie beäugte ihre Uhr, ein zierliches Stück mit dem Gesicht einer Barbie-Puppe darauf, und stellte fest, daß es schon zehn Uhr war.

Sie konnte genausogut schon zum Goliath spazieren. Ein bißchen frische Luft würde ihr bestimmt guttun.

Kapitel 35

Verlorene Liebesmüh'

Max löste sich aus der Menge in der Eingangshalle des Goliath, wieder einmal der Mann in Schwarz vor einem schwarzen Vorhang. Temple konnte noch nicht einmal seinen Pferdeschwanz erkennen. »Du bist ja früh dran«, sagte er mit nahezu hoffnungsvoller Stimme.

»Du auch.«

»Unser Anstandswauwau ist noch nicht da.«

»Der wird schon pünktlich sein.«

»Ich wußte nicht, daß er abends arbeitet.«

»Er wird schon pünktlich sein.«

»Möchtest du solange einen Drink?«

»Eigentlich wollte ich dem Alkohol langsam abschwören, aber eigentlich doch, gerne. Danke.«

Die Bar in der Lobby des Goliath hatte vergoldete Tische in Form von Kamelsätteln und kniehohe Seidenkissen als Stühle.

Temple ließ sich dankbar in eines sinken.

»Du siehst ja ganz durcheinander aus«, sagte Max. »Wie war der Wettbewerb um den Titel des Incredible Hunk?«

»Ich hab' den Wettbewerb vorzeitig verlassen.«

»Du weißt nicht, wer gewonnen hat?«

»*Ich* hab' gewonnen.«

»Du hast dich wirklich verändert«, sagte er und legte den Kopf auf eine Seite.

»Du nicht?«

»Vielleicht nicht ausreichend.«

Die Kellnerin, in Haremsschleier gewandet, trat an sie heran. Max warf Temple einen fragenden Blick zu.

»Bloody Mary«, sagte sie voller Leidenschaft.

Max lachte. »So ein Abend ist das also?«

»Ja.«

»Ist der Fall denn noch nicht abgeschlossen?«

»Nein.« Sie fragte sich, ob er verstehen würde, wie schwer ihr das gefallen war. »Ich mußte Molina anrufen.«

»Lieutenant C. R. Molina? Alles in Ordnung bei dir?«

Das hatten die Four Queens sie neulich auch schon gefragt. War es so offensichtlich, das etwas mit ihr nicht stimmte?

»Es geht mir blendend. Louie wird Fernsehstar. Ich bin gerade noch einmal unter dem letzten Hunk hervorgekrochen, und das meine ich wörtlich. Ich habe Molina ein paar lebenswichtige Informationen gegeben. Damit wird sich der Fall vielleicht sogar lösen lassen.«

»Also.« Max hob sein langes Glas. »Was willst du noch?«

»Nichts.« Temple stellte überrascht fest, daß das der Wahrheit entsprach. »Der Grund, aus dem Cheyenne umgebracht wurde – und Fabrizio – und der mich fast auch umgebracht hat, war häßlicher als Ehrgeiz und alberner als Sex.«

»Zuviel zu wissen ist schlimmer, als gar nichts zu wissen«, warnte er.

»Das sagst du aus egoistischen Motiven.«

»Stimmt.« Max nahm einen Schluck von seinem Getränk, das so grün wie Absinth war. Aber das konnte es nicht sein, Absinth war schließlich mittlerweile verboten.

»Ich wollte dich überraschen«, sagte er. »Statt dessen überraschst du mich.«

»Gut.« Sie entspannte sich allmählich.

»Ich hoffe, ich ... enttäusche dich nicht. Heute abend.«

»Welch neue Bescheidenheit, Max.«

»Nein, ich will dich nur warnen. Ah. Er ist also doch überpünktlich.«

Er stand auf. Matt kam zu ihnen.

Wie bizarr, dachte Temple. Aber nicht ganz so bizarr wie das, was beim Incredible-Hunk-Wettbewerb geschehen war.

»Temple hat Lieutenant Molina angerufen«, sagte Max.

Matt setzte sich. Auch er wollte nichts trinken. Seine mißtrauischen Augen waren fest auf Temple gerichtet. Ihr Schutzengel vor diesem schrecklichen Teufel von früher.

Dunkel. Hell. Falsch. Richtig. Vergangenheit. Gegenwart. Verbrechen. Strafe. Alle diese Konzepte schlichen an diesem Abend auf ihr vorgesehenes Ende zu.

»Sollen wir los?« fragte Max.

»Warum nicht?« sagte Temple.

Sie gingen zum Kartenschalter, ein von Bäumen umgebenes Maulwurfsloch. Die Gondeln des Goliath waren vergoldet und mit rotem Samt bezogen, und es gab gegenüberliegende Sitze, die für vier Personen gedacht waren, oder für zwei, aber keinesfalls für drei.

Drei stiegen jedoch ein: Temple auf eine Bank, die Männer ihr gegenüber, und deren lange Beine füllten den Raum zwischen ihnen aus. Die Gondel schaukelte hin und her. Das ist doch unglaublich albern, dachte Temple, während sie die belebte Eingangshalle aus einem neuen Blickwinkel betrachtete.

Doch das Wasser war beruhigend. Ein automatischer Zeitschalter schob die schmale Gondel nach vorne, fort von dem Lärm und der Geschäftigkeit der Lobby.

»Ihr fragt Euch wahrscheinlich, warum ich Euch heute abend hierhergebeten habe«, intonierte Max in seiner Zeremonienmeister-Stimme.

Sie glitten unter lichtgefleckten Bäumen durch und an anderen Menschen vorbei.

Ein dunkler Torbogen wartete auf sie, der Mund des

Monsters, offen und hungrig. Die Gondel glitt hinein, und Temples Hände griffen fest nach dem vergoldeten Rand.

Laserhologramme reflektierten das beunruhigende Schimmern der neongrünen Figuren am Himmel, an dem Wolken vorüberzogen.

»Es ist ja umdekoriert worden!« rief Temple aus.

»Ich habe es noch nie gesehen.« Matts Stimme.

»Es ist eine Illusion hinzugekommen«, sagte Max. »*Deine* Illusion, Temple.«

Sie betrachtete das Panorama der durchsichtigen, dreidimensionalen Bilder, das an den Wänden vorüberglitt. Nichts als Laserlicht und Phantasie, das wußte sie, und doch wirkte es so echt! Realität à la Disney: immer großartige Unterhaltung.

Die Laser warfen Regenbogen auf den künstlichen Fels, Schatten, geisterhafte Gesichter. Sie sah Adern exotischer Metalle, verlorene Azteken-Schätze, ägyptische Kunst, und alles glitzerte lasergrün, alles war nur Feenstaub und Illusion.

Plötzlich, während die Gondel in der Nähe einer Wand vorbeiglitt, schoß Max' langer Arm hervor. Ein Teil des Felsens klappte bei der flüchtigen Berührung heraus. Max drückte auf einen roten Notbremsenknopf.

»Also, hol es dir, Taucher«, sagte er. »Wir haben nur ein paar Minuten, bis jemand hier vorbeikommt.«

Matt schrak zusammen, dann folgten seine Augen der Richtung, die Max' anderer Arm wies. Ein Bild erschien an an der gegenüberliegenden Wand, im geheimnisvollen Licht kaum sichtbar.

Hinter dem luftigen Tanz des Laserhologramms zwinkerte etwas. Ein Aschenputtel-Schuh aus dem einundzwanzigsten Jahrhundert.

Matt starrte von Temple zu Max und zog sich dann aus, die Schuhe, sein Hemd, seine Hose. Er ließ sich in das dunkle, vom Laserlicht befleckte Wasser gleiten und schwamm auf die hell erleuchtete Nische zu.

»Das ist verrückt«, warnte Temple Max. »Ich brauche den Schuh doch nicht, ich muß nur sagen, wo er sich befindet. Woher wußtest du, daß ich ihn gesucht habe?«

»Das pfeifen doch die Spatzen von den Dächern.«

Hieß einer davon Electra?

»Und ich kenne das Hotel«, fügte er bescheiden hinzu.

Das tat er wirklich ... viel zu gut.

»Und außerdem ...«, Max' Grinsen war selbst in der künstlichen Dämmerung zu sehen, »... schaut sich Eightball O'Rourke gerade im Goliath um. Es sollte lieber niemand fragen, wer den Schuh in Wirklichkeit gefunden hat.«

Matt kam schon wieder zurück. Mit einer Hand hielt er einen glitzernden Gegenstand über das Wasser. Er zog sich an Bord, wobei die Gondel fast kenterte.

»Hoppla!« Matt lachte, als er Temple das glitzernde Etwas überreichte. »Ich vermute, dies gebührt Ihnen, Madame.«

Er war noch viel schöner als alle Illusion. Das Dämmerlicht betonte das Glitzern, das wie feurige Opalblitze in Rot, Grün und Blau davonstob. Der Schuh war genauso lang wie ihre Hand und leuchtend weiß-diamanten. Mit Ausnahme von Midnight Louies kohlrabenschwarzem Profil natürlich, in dem ein smaragdgrünes Auge zwinkerte.

Temple lachte begeistert. »Wenn ich mit diesem Ding im Geschäft auftauche«, erklärte sie Matt, »bekomme ich kostenlos ein Paar in meiner eigenen Größe.«

Matt kämpfte bereits damit, sich die Kleider über seine feuchte Haut zu ziehen. »Das Wasser war kälter als im Lake Michigan.«

Temple erinnerte sich an die Lektion, die sie während der kurzen Zeit als Abschlußposen-Mädchen gelernt hatte: immer an England denken und nicht an Unterwäsche.

»Probier ihn doch mal an«, schlug Matt vor. Also zog Temple ihren rechten Schuh mit dem Stahlabsatz aus und schob ihren Fuß hinein in das glitzernde Feuer.

»Zu groß«, sagte sie enttäuscht. Aschenputtelschuhe sollten eigentlich schon beim ersten Mal passen. »Das ist wahrscheinlich Größe vierzig.«

»Es sieht … unglaublich aus. In welcher Größe müssen *deine* Schuhe denn sein?«

»Sechsunddreißig. Es wird ein paar Wochen dauern, bis mein Paar fertig ist. Ich kann es kaum fassen, daß der Preis mir gehört, und das zwei Wochen vor Halloween! Max, sag mal, wie hast du das gewußt?«

Sie blickte auf den gegenüberliegenden Platz – und sah ins Leere.

Max war weg.

Das Wasser war dunkel und spiegelglatt.

Sie wandte sich zu Matt. Der war zu sehr damit beschäftigt gewesen, sich anzuziehen, um etwas zu bemerken.

Er hielt inne und zuckte mit den Achseln. »Ich glaube, der Mysteriöse Max sagt damit ›Prost Halloween‹.«

»Was hältst du von Max?«

»Weiß noch nicht so genau. Ich bin naß geworden, aber er darf den Prince Charming spielen.«

»Warum sind wir denn beide seiner Einladung hierher gefolgt?«

»Wir sind von Natur aus neugierig.«

»Ist das so schlimm?«

»Manchmal. Hey, dieses Floß bewegt sich ja schon wieder.«

Temple hielt den Schuh an ihre Wange, als würde sie Midnight Louie persönlich streicheln. »Ich hab' gewonnen, aber es fühlt sich noch gar nicht danach an.«

»Das Gewinnen entspricht nie den Mühen vorher.«

»Warum, glaubst du, ist er gegangen?«

»Ich hab' keine Ahnung.« Matt beäugte sie vorsichtig in der Dämmerung. »Wegen etwas, das du gesagt hast?«

»Oder du? Du hast doch in letzter Zeit mehr Zeit mit ihm verbracht als ich.«

Einen Moment lang schwieg er. »Teile und herrsche.«

»Er würde uns wohl kaum allein lassen ... zusammen ... in der Dunkelheit, wenn das seine Strategie wäre.«

»Vielleicht doch. Vielleicht will er, daß wir genau das tun, was wir jetzt im Moment tun.«

»Als da wäre?«

»Hör mal, Temple, wir müssen diese Geschichte regeln.«

»Geschichte?«

»Was passiert mit dir und Max?«

»Im Moment nicht viel. Wir ... ich ... können nicht einfach wieder da anfangen, wo wir aufgehört haben. Viel zuviele unangenehme Fragen stehen zwischen uns.«

»Wir beide können auch nicht da weitermachen, wo wir aufgehört haben.« Matts Satz hatte am Ende kein Fragezeichen.

»Vermutlich nicht.« Temple ließ ihre Finger im kühlen Wasser treiben, das sich wie flüssiger Samt anfühlte.

»Vielleicht wäre die beste Idee, über uns alle ein Moratorium auszusprechen«, sagte er.

»Vielleicht.«

Ein Schweigen.

»Vielleicht«, sagte Matt plötzlich, »vielleicht machen wir wirklich im Moment gerade das, was der Mysteriöse Max von uns will.«

Temple zog eine Grimasse. »Das soll schon mal vorgekommen sein.«

Sie schwebten tiefer in die märchenhaften Lichter hinein auf einer verzauberten Gondel, die Max für ein paar noch verzaubertere Sekunden entführt hatte.

»Er muß wirklich ein großartiger Zauberkünstler sein«, gab Matt zu und blinzelte in die grelle Beleuchtung der kunstvoll erhellten Nacht von Las Vegas.

»O ja.« Temple lächelte, wieder völlig gelassen, und hielt den Aschenputtel-Slipper im Schoß. »Wir verdienen uns tatsächlich alle gegenseitig.«

Kapitel 36

Hingerissen

»Tragen Sie heute abend zum Bankett und zum Ball mit der Preisverleihung nicht ihr wunderschönes Renaissance-Kostüm, Liebes?« fragte Electra.

»Ich hab' von langen Kleidern und langem Haar – bei beiden Geschlechtern – gründlich die Nase voll.«

»Oh, sind wir heute ein bißchen genervt?« Electra sah Temple in den breiten Spiegel über dem Frisiertisch an. »Ihre Verabredung gestern abend muß ja ein völliger Flop gewesen sein. Aber halten Sie sich deshalb beim Glitzern nicht allzusehr zurück, Mädchen! Wenn Sie einen Preis gewinnen und ihn auf der Bühne abholen müssen, wird es Ihnen noch leid tun, daß Sie sich nicht feingemacht haben.«

»Einen Preis gewinnen? Wofür? Für die Begleitperson, die am dichtesten daran war, zu Tode gequetscht zu werden? Das beste Trampolin für einen Incredible Hunk?« Temple hörte auf, ihre Locken zu bürsten und sah Electra an.

Die zuckte mit den Achseln. »Vielleicht die beste noch nicht veröffentlichte Autorin. Mir ist aufgefallen, daß auf dem Laptop neue Dateien verzeichnet sind. Sie schreiben auch einen Liebesroman, geben Sie es zu!«

»Seien Sie nicht lächerlich.«

»Das fällt mir allerdings in diesem Kostüm einer guten Fee ziemlich schwer.« Electra setzte ihre Schminkorgie fort und klopfte sich irisierendes Glitzergel auf Gesicht und Haare.

Ihr Kostüm war eine Wolke aus glänzendem Stoff.

»Also, wenn *Sie* den Wettbewerb gewinnen«, fuhr Temple fort, »dann sind Sie jedenfalls passend dafür angezogen.

Aber glauben Sie mir, im Computer sind nur Notizen über die Renovierungsarbeiten im Crystal Phoenix.«

»Hmmm.« Electra klang nicht überzeugt. »Sie haben mir noch nicht einmal erzählt, wer Cheyenne und Fabrizio umgebracht hat und warum.«

»Es gibt nichts zu erzählen, weil es noch nicht endgültig geklärt ist.«

»Ich bin es nicht gewöhnt, darauf zu warten, bis die Dinge endgültig geklärt sind, Liebes. Ich bin es gewöhnt, daß Sie mir die ganze Sache erklären, sobald der Übeltäter festgenommen wurde.«

»Es ist auch noch niemand festgenommen worden.«

»Sie wissen ja *doch* etwas!«

Temple knallte ihre Bürste auf den Schminktisch. »Ich weiß nicht einmal, wer den Autorenwettbewerb gewinnen wird. Warum konzentrieren Sie sich nicht auf die großen, unbeantworteten Frage *Ihres* Lebens und überlassen den Mörder Molina?«

»Das tun Sie doch auch nicht.«

»Und welche großen, unbeantworteten Fragen gibt es in meinem Leben?«

»Beide fangen mit M an. Wie Männer.«

Temple schwieg, dann grinste sie. »Molina und ich arbeiten in letzter Zeit zusammen. Und Midnight Louie ist gerade in einen großen Fernsehauftrag hineingehüpft.«

»Die Unschuldige zu spielen steht Ihnen nicht«, sagte Electra spitz. »Wie gut, daß sie die Rolle als Abschlußposen-Model aufgegeben haben.«

»Ich hab' sie nicht aufgegeben! Ich wäre fast umgebracht worden dabei!«

Electra zuckte mit den Achseln. »Und warum haben Sie heute abend keinen Begleiter?«

»Ich brauche keinen. Matt arbeitet richtig, und Max arbeitet mal wieder daran, unsichtbar zu sein.«

Electra begutachtete Temples mit silbernen Perlen besticktes Kleid und die Schuhe mit den Stahlabsätzen. »Ich mache mir Ihretwegen Sorgen, Temple. Sie haben dieses Kleid schon gestern abend getragen. Es sieht Ihnen gar nicht ähnlich, daß Sie sich nicht für jede Gelegenheit passend anziehen.«

»Gestern abend hat mich niemand gesehen, und ich habe keine Lust, mich wieder in mein Kostüm zu werfen. Als Dirne habe ich ausgedirnt. Ich gehe hier heute abend nur zu dieser Veranstaltung, um dabei zu sein, falls Sie gewinnen.«

Electra strahlte. »Das ist wirklich reizend. Ich sollte mich keiner falschen Hoffnung hingeben, aber ich glaube, daß ich wirklich eine gute Sache eingereicht habe. Er ist Straßenräuber, und sie ist eine wohlerzogene Aristokratin.«

Temple schaute erstaunt drein und wurde dann etwas verlegen. »Ist das nicht... eine ziemlich gewöhnliche Kombination für einen Liebesroman?«

»Ja, vielleicht, aber es kommt darauf an, was man aus diesem Märchen macht. Manche Situationen liegen so tief in unserem Sein begraben, daß wir sie wieder und wieder erzählen können, wie *Die Schöne und das Biest.*«

»Oder *Aschenputtel*«, fügte Temple lächelnd hinzu. Schade, daß sie nur einen Schuh hatte, dafür aber zwei Prince Charmings, so unzuverlässig die beiden auch sein mochten.

»Ganz genau.« Electra betrachtete Temple mit erneutem Mißtrauen, gab es dann jedoch auf. »Ich erwarte, daß Sie mir beim Abendessen alles über Louie erzählen. Jetzt müssen wir aber los.«

»Amen.« Temple griff nach ihrer winzigen, silbernen Abendhandtasche.

Der Speisesaal, in dem die ganze Woche über die Mittagessen und Dinners serviert worden waren, war mit noch mehr

Tüll dekoriert als vorher. Kleine Kerzen glitzerten hinter regenbogenfarbenen Schleiern.

Unter dieser himmlischen Dekoration herrschte ein irdischer Karneval an Kostümen und Masken, schillerndem Schmuck und ebenso auffälliger Kleidung.

»Heute abend haben sich ja wirklich alle feingemacht«, bemerkte Temple.

»Ich vermute, Ihnen kommt das wie ein Antiklimax vor«, sagte Electra. »Keine Überraschungen mehr.«

»Ich hab' meine Überraschung schon erlebt.« Temple wußte, daß ihr geheimnisvolles Lächeln Electra auf die Folter spannte, aber mehr würde sie jetzt über den Schuh und wie sie an ihn drankam nicht erzählen.

»Lassen Sie uns Kit suchen und einen Tisch, ehe alles besetzt ist. Ich will vorn in der Mitte sitzen, falls ...«

»Falls Sie nach vorne müssen, um sich einen Preis abzuholen«, beendete Temple den Satz. »Ich hoffe wirklich, daß es so sein wird, Electra. Ich drücke Ihnen fest die Daumen.«

»Kit ist auch für einen Preis nominiert worden, wissen Sie das schon?«

»Nein!«

»Ich wußte es auch nicht, bis die Liste der nominierten Kandidatinnen aus einer ihrer Pressemappen rutschte.«

»Na, so eine Geheimniskrämerin!«

Während sie einen Tisch aussuchten, gesellte sich Kit auch schon zu ihnen.

»Für eine schauspielernde Carlson bist du viel zu bescheiden«, schimpfte Temple. »Warum hast du denn nicht erwähnt, daß du für einen, einen ...«

»Einen Romie nominiert bin? Das sind mit mir noch ungefähr zwölftausend andere Autoren.«

»Was bedeutet um Himmels willen ›Romie‹?«

Kit runzelte die Stirn. »Woher zum Teufel soll ich das wissen?«

Electra lehnte sich vor. »ROManzen In Ewigkeit. In Großbuchstaben ROMIE.«

»Tatsächlich.« Kit war beeindruckt. »Wo haben Sie das denn herausgefunden?«

»Im Kurs.«

»Wofür wird dieser Preis denn verliehen?« fragte Temple.

Kit hatte plötzlich ihre mit Perlen bestickte Abendhandtasche fallen lassen und tauchte unter die Tischdecke.

Electra beugte sich über sie hinweg und flüsterte: »Bester S-E-X.«

»Nein!«

Electra nickte ernst. »Nur nennen wir das Sinnlichkeit. Sieht vor der Presse besser aus.«

»Das will ich wohl meinen! Irgendwas gefunden, Tantchen?«

»Zwei Pfefferminzbonbons und eine Handtasche.«

Kit tauchte wieder auf, mit hochrotem Kopf und mehr als bereit, das Thema zu wechseln. »Was gibt es Neues im Todesfall Fabrizio? Der Killer wird doch bestimmt nicht ungestraft davonkommen? Ich würde ihm lebenslänglich geben – lebenslänglich Fabrizio-Videos gucken und Fabrizio-Liebesroman-Kassetten hören müssen, Fabrizio, wie er gurgelt ...«

»*Ihr* würde das vielleicht durchaus gefallen.«

»Eine Frau hat es getan?«

»Vielleicht.«

»Mit dir macht es einfach keinen Spaß.« Kit schmollte. »Ich wünschte, es würde endlich losgehen. Es gibt neunundachtzig Preiskategorien, und für jeden Preis gibt es mehrere Kandidatinnen, was bedeutet, daß zweitausendacht Menschen hier im Raum sind, die gefährdet sind, sich anschließend die Pulsadern aufzuschneiden.«

»Ich kann verstehen, daß man beschlossen hat, die Preise

vor dem festlichen Abendessen zu verleihen«, befand Electra. »Aber haben die sich auch überlegt, daß einer Menge Leute schon der Appetit vergangen sein wird, ehe die Kellner überhaupt anfangen, den Salat zu servieren?«

Temple überflog die Broschüre auf ihrem Teller, in der die Preise aufgeführt waren, die verliehen werden sollten. Kit hatte nur geringfügig übertrieben. Jedes Fältchen auf dem verlebten Gesicht der romantischen Fiktion wurde anerkannt: Zeitreisen und Science-fiction, historische und zeitgenössische Themen, Spannung und Geisterromane, Monographien und Reihentitel.

Und doch hatte Temple bei diesem Kongreß Geschichten über ausgebeutete und unterbezahlte Autorinnen gehört, hatte erfahren, wie im Mittelfeld wegrationalisiert wurde. Das große Geld verdienten nur einige wenige.

Die Namen der Autorinnen standen ebenfalls in der Broschüre. Temple erkannte einige, die sie mochte – oder verabscheute. Sulah Savage, natürlich. Shannon Little und Misty Meadows, Mary Ann Trenarry und Sharon Rose. Sie benutzte ganz offenbar ihre beiden Vornamen als Pseudonym, obwohl Sharon Harvey eigentlich gar nicht so schlecht klang. Ach so, ja: und Ravenna Rivers, der Vamp des Westens und des Homestead Man.

»Hallo«, hauchte eine atemlose Stimme durch das Mikrofon. »Ich bin Savannah Ashleigh, Ihre Moderatorin bei der Preisverleihung. Und ich möchte alle G.R.O.W.L.er heute abend mit einem langen Grrrrrrr begrüßen.«

Temple warf einen Blick auf die Bühne: blondes Haar, blonder Körper, blondes Kleid. Es war unglaublich langweilig.

»Als erstes«, fuhr Savannah in monotonem Monolog fort, »gibt es den Preis für die meistgelesenen Werke aller Zeiten. Für den besten Mist ... ähm, für die mistige Witwe der besten Einzeltitties ... Titels ... Veröffentlichung ...

oh.« Savannah starrte auf die Zuschauerschar, beschloß, daß deren heruntergeklappte Unterkiefer Bewunderung ausdrücken sollten, und streckte die Hände aus, als wolle Sie den sprachlosen Mob zur Ruhe bringen. »Ich meine Misty Meadows, beste Veröffentlichung eines Einzeltitels!«

Kit versank förmlich vor Peinlichkeit in ihrem Stuhl und versteckte ihr Gesicht hinter der Preisbroschüre. »Diese Frau ist ja unglaublich! Sie ist wohl zu eitel, um sich eine Lesebrille aufzusetzen. Wenn sie alles so ankündigt, werden wir *Stunden* brauchen! Ich hoffe wahrhaftig, daß ich nicht gewinne. Ich will mir gar nicht vorstellen, wie sie meinen Namen verunstalten könnte.«

»Du überschätzt sie«, murmelte Temple. »Eine Brille würde ihr überhaupt nichts nützen. Sie ist schließlich Filmschauspielerin.«

Und so stolperte der Abend weiter. Aller Ohren und Augen richteten sich auf Savannah Ashleigh im Scheinwerferlicht, die verzweifelt versuchte, die Preistitel und die Namen der Gewinner zu verlesen.

»Und für den besten Sex!« Savannah schaute stolz auf. Dann wieder nach unten auf ihre Karteikarte. »Ähm, beste Sexualität... nein, Sinn. Bester Sinn für... Realität? Sue LaSavage!« Sie sprach den Namen selbstverständlich französisch aus, beziehungsweise in einem Akzent, den sie wohl für Französisch hielt. »Suuh La Sawaaasch.«

»Mein Name klingt ja wie eine nymphomanische Waschmaschine!« Kit stand auf, warf ihre Serviette auf den Tisch und stolzierte nach vorn, um den Preis entgegenzunehmen.

Temple lachte immer noch, als Kit an den Tisch zurückkehrte, einen vergoldeten Gegenstand auf das Tischtuch knallte, der wohl sich paarende Delphine darstellen sollte, sich hinsetzte, ihre Serviette nahm, sie auseinanderfaltete und sich damit den Kopf bedeckte.

Temple lachte immer noch, als Mary Ann Trenarry hinaufwalzte, um den Preis für die »intensivste Heldin« anzunehmen.

»*Innovativste!*« dolmetschte Kit, immer noch unter ihrem pfirsichfarbenen Damastzelt.

Ravenna Rivers schlängelte sich nach oben, um einen »Preis für den größten, sexy, billigen West-Helden« abzuholen.

»*Westernheld mit dem größten Sex-Appeal*«, tönte Kit drohend.

Ehe Savannah Ashleigh eine weitere Kategorie zerfleischen konnte, tippte jemand Temple auf die nackte Schulter.

Sie wandte sich um und erkannte Molinas beschnurrbarten Partner. Er beugte sich zu ihr hinunter, um ihr ins Ohr zu flüstern: »Lieutenant Molina würde Sie gerne sprechen.«

Molina, hier? Mußte wohl so sein, wenn ihr Partner auch da war. Was war denn los?

Temple entschuldigte sich, ohne daß das besonders aufgefallen wäre. Electra war so nervös, daß sie Savannahs Verstümmelungen konzentriert folgte und dabei den Stoff ihres durchsichtigen Muumuus in den Händen zwirbelte. Und Kit, die Weise-Frau-Aus-Dem-Osten, Die Nur-Unter-Dem-Schleier-Spricht, Suuh La Sawaaasch, kommunizierte weiter mit Thespis.

Molina lehnte an der Wand wie eine wartende Kellnerin. Sie beobachtete Savannah und die Bühne, als erwartete sie, daß die beiden von dannen schleichen würden, genau wie der Wald von Birnam.

Temple stellte sich neben sie an die Wand und fühlte sich wie die kleine Shirley Temple, kurz bevor sie gemeinsam mit dem riesigen, schlaksigen Buddy Ebsen einen Steptanz tanzt.

Molina hielt ihr eine Preisbroschüre entgegen und wies

auf einen bestimmten Namen. »Kennen Sie die vom Sehen?«

Temple nickte.

Molina beugte sich vor und flüsterte: »Tun Sie um Gottes willen nichts.« Molina lehnte sich wieder an die Wand. »Zeigen Sie sie mir nur.«

»Küssen muß ich sie nicht?« Temple konnte sich nicht davon abhalten, diese Frage zu stellen. »Schließlich ist das ein Kongreß über Liebesromane.«

Molina runzelte die Stirn, antwortete jedoch nicht. Temple wußte, warum. Sie war bewaffnet und gefährlich. Sie stand kurz davor, eine Mörderin festzunehmen.

Savannah Ashleighs Stimme klang mittlerweile fast betrunken. Anscheinend glaubte sie, langsam zu begreifen, was es mit dieser Preisgeschichte auf sich hatte, aber sie irrte sich. Zwischen den Nennungen der Kategorien kicherte sie schelmisch, und die Namen der Gewinnerinnen sprach sie ohne Ausnahme falsch aus.

»Für ... für Gänse ... Ganzleinen im Reich ...!« Kichern. »Ich meine Bereich, meine Damen und Herren. Für Gesamtleistungen im Bereich der Liebesromane, Sharon Rose!« Savannah hob die Liste an ihr Gesicht. »Stimmt das? Sharon Rose. Ich hab's hingekriegt!« Sharon Rose ging zur Bühne. Ihr langes Kleid war aus gelbem Chiffon, eindeutig Polyester, und weit geschnitten. Sie trug dazu mitten auf ihrem braunen Pony eine passende gelbe Organza-Schleife. Ihre Hände mit den unlackierten Nägeln griffen so fest nach den Delphinen, als wollten sie sie nie wieder loslassen.

»Ich kann Ihnen gar nicht sagen, wieviel mir das bedeutet«, trällerte ihre Stimme zitternd über die Lautsprecher. »Ich habe so lange und so hart gekämpft, damit dieser Bereich sein ganzes Potential entfalten kann. Habe zu beweisen versucht, daß gute Schriftstellerei der Weg zum Erfolg ist, daß unsere Cover sich nicht das Billige und Abgeschmackte bieten lassen müssen. Qualität. Das ist mein Ziel. Vielen Dank, daß Sie es anerkennen.«

Sie rauschte von der Bühne, schwebte in ihrem sonnengelben Chiffon zu ihren anbetenden Fans hinab.

Molina trat nach vorne und zog sie zur Wand, wo eine Fotografin wartete. Alle Gewinner (außer Kit) waren dort vorbeigegangen, um diesen Moment für die Ewigkeit festzuhalten.

Molina flüsterte Sharon Rose etwas zu, während Savannah am Mikrofon weiter kicherte und stolperte. Sharon Rose nickte. Molina wandte sich Temple zu und gab die Nachricht weiter.

Temple ging vorsichtig durch die Tische, bis sie an einem bestimmten ankam. Sie sprach dort mit jemanden, der sich sofort erhob und ihr folgte, zu Molina und zu Molinas schweigendem Partner ging. Zu einer triumphierenden Sharon Rose, die wie eine Polyester-Osterglocke strahlte.

Mehrere Leute schlossen sich plötzlich um sie, darunter zwei uniformierte Beamte, einer männlich, eine weiblich, die aus den Schwingtüren der Küche getreten waren.

Eine andere Autorin schlängelte sich gerade durch die Tische zum Podium, dankbar und überrascht. Nicht Sharon Rose. Eine andere Autorin dankte den Göttern für ihre Glück, aber nicht Sharon Rose. Eine andere Autorin hörte den Applaus ihrer Kolleginnen und Fans, den süßesten Klang der Welt. Aber nicht Sharon Rose.

Sharon Rose wurden gerade in einem knappen, offiziellen, monotonen Ton ihre Rechte vorgelesen.

Sharon Rose streckte die Hände aus, um ihre Trophäe abzugeben … und streckte sie hinter den Rücken den Handschellen entgegen.

Das gleiche tat auch ihr Ehemann Herbert Harvey. Oder war es Harvey Herbert?

Armer Kerl, dachte Temple, während sie beobachtete, wie

das völlig verunsicherte, eingeschüchterte Paar diskret durch die Küchentüren gescheucht wurde. Sie sah, daß dahinter Nicky Fontana und Van von Rhine mit aufgeregten und sorgenvollen Gesichtern warten.

Der arme Herbert Harvey. Das war ja wirklich ein Epitaph für einen Mitläufer. Ein Scharfrichter. Die schlechtere Hälfte einer Verbindung von Mord und Gier. Und letzten Endes ein Auftragskiller, der Fabrizio auf dem Gewissen hatte.

»Ich hatte also recht mit meiner Vermutung?« wandte sich Temple an Molina, als diese Minuten später aus der Küche zurückkam.

»Ich fürchte ja. Ich habe es überprüft. Sharon Rose und ihr Mann waren in Italien – sogar in Mailand, um sich da mit ihrem italienischen Verleger zu treffen –, und zwar zur gleichen Zeit, als Cheyenne und Fabrizio dort als Models für Armani auf dem Laufsteg waren. Die Harveys haben die Stiefel in Florenz in Auftrag gegeben. Die beiden Ermordeten bekamen die Stiefel ›geschenkt‹, zur Erinnerung an ihr Treffen mit Sharon Rose und ihrem Mann in Mailand. Die Männer wunderten sich nicht über solche Geschenke, schließlich waren sie ja auch sehr erfolgreiche Cover-Models. Sie wußten nicht, daß sie als Kuriere für geschmuggelte Diamanten mißbraucht werden sollten.«

»Cheyenne wurde umgebracht, weil er die ganze Sache auffliegen lassen wollte, nicht wahr? Darüber hatte er sicher am Abend, bevor er gestorben ist, mit mir reden wollen, oder?«

»Hey!« Molina lächelte. »Vielleicht wollte er wirklich nur ein Date mit Ihnen. Das werden Sie nie erfahren. Aber Sie haben recht. Cheyenne war nicht dumm. Er ist direkt von Mailand nach Las Vegas geflogen, genau wie Fabrizio. Es waren verschiedene Flüge, aber kurz nacheinander. Das haben wir überprüft. Cheyenne ist außerdem geradewegs zu einem Pfandleiher gegangen, der für die Verhältnisse von Las Vegas noch einigermaßen ehrlich ist, als er feststellte, daß einige der Steine abgegangen waren. Er hat die Steine schätzen lassen. Der Pfandleiher hat die Steine als Diamanten erster Qualität identifiziert. Ich vermute, Cheyenne erzählte Fabrizio die Sache in der Garderobe und mußte feststellen, daß Fabrizio keine Lust hatte, das Zeug abzugeben. Wer etwas findet, darf es auch behalten. Cheyenne mußte dann rasch auf die Bühne, also hat er den Stiefel unter der Kostümstange versteckt, in der Absicht, ihn später da wieder herauszuholen.«

»Nur, daß es kein Später gab.« Temple phantasierte mit. »Kurz darauf hat Fabrizio den Falknerhandschuh übergezogen und Cheyenne mit seinem eigenen Pfeil abgestochen.«

»Und dann versteckte er den Handschuh in der Auffangschale im Falkenkäfig.«

»Einen blutigen Handschuh?«

»Natürlich.«

»Wie haben Sie denn den gefunden, Lieutenant?«

»Die Bühnenarbeiter haben ausgesagt, daß eine Katze, die versucht hat, an den Falken heranzukommen, den Käfig umstieß. Die Auffangschale löste sich, und der Handschuh fiel auf den Boden.«

»Ein Katze? Welche Katze würde denn einen Jagdfalken fressen wollen?«

Molina blinzelte. »Die Zeugen sagen, es sei eine schwarze Katze gewesen.«

Temple beschloß, dies nicht weiter zu kommentieren. »Ich habe Fabrizio erst viel später verdächtigt, als ich hörte, daß der Handschuh verschwunden war.« Sie lächelte müde. »Wie merkwürdig. Herbert Harvey ist mir erst verdächtig vorgekommen, als ich erfuhr, daß er nach dem Kongreß zur Jagd nach Kanada wollte. Da ist mir die Jagd mit Pfeil und

Bogen eingefallen. Aber er hat Cheyenne nicht umgebracht. Und Fabrizio hat er mit einem Dolch erstochen.«

»Ein Dolch, den er sich übrigens aus dem Vorratsschrank des Kostümfundus ausgeliehen hat«, sagte Molina. »Wir haben einen Durchsuchungsbefehl für das Zimmer der Harveys bekommen und die *Quittung* für die verdammten Stiefel der Cover-Jungs in ihrem Gepäck gefunden. In einem maßgeschusterten italienischen Stiefel. Ihrem eigenen.«

»Ganz schön leichtsinnig, nicht wahr?«

»Fabrizio dachte, er sei in Sicherheit. Er glaubte, daß Sharon Rose und ihr Ehemann es nicht wagen würden, es der Polizei zu sagen, wenn er die Diamanten behielt, weil sie dann ihre Geldwäsche zugeben müßten. Und die Diamanten waren eine perfekte Investition; die kann jeder zu jeder Zeit verkaufen. Harvey war mit seiner Frau hinter der Bühne, so konnte er Fabrizio in dem dunklen Durcheinander der Generalprobe leicht erstechen. Sie hatten vor, später seine und Cheyennes Stiefel zu holen.«

»Warum hat Sharon Rose denn Diamanten eingeschmuggelt? Sie war doch schon so reich.«

»Sie hatten recht, als Sie vermuteten, daß ihre Verkaufszahlen im Ausland etwas mit der Sache zu tun haben. Sie hat ihre *ganzen* Titel auf dem Markt im Fernen Osten verkauft, der boomt ja geradezu. Das Geld wurde in Hong-Kong in Diamanten verwandelt. Und dann hat sie ihren Cover-Models die Stiefel als Erinnerungsstücke geschenkt. Voilà: Die Models und die Stiefel haben es ohne Schwierigkeiten in die U.S.A. geschafft. Sharon Rose wollte der Steuer aus dem Weg gehen, aber jetzt wird sie wegen Mordes und nicht nur wegen Steuerhinterziehung und Geldwäscherei angeklagt.

Fabrizio wiederum wußte nicht, daß er ein dem Tod geweihter Mann war. Der dachte, daß Sie über seinen fehlenden Handschuh Bescheid wüßten, und wollte Sie deshalb umbringen.«

»Der arme Herbert Harvey. So ein netter Mann«, murmelte Temple. »Jedenfalls wirkte er so.«

»Wahrscheinlich war er bloß ein Spielball seiner Frau. Sie war das Hirn, angetrieben von einem heißen Herzen voller Geldgier. Gerade eben hat sie behauptet, daß die Verlage dafür verantwortlich sind, daß sie sich diesen Plan zurechtlegen mußte. Weil sie Autoren dazu zwingen, so ein knappes, unsicheres Leben zu führen.«

»Bei den Verkaufszahlen! Ich bitte Sie. Die hatte es doch längst geschafft. Ich kann mir ihren zurückhaltenden Ehemann übrigens immer noch nicht als Killer vorstellen.«

»Ein Mann, der Rehe mit Pfeil und Bogen jagt!«

»Wie kann er nur? Bambi-Killer!«

»Manche Jäger essen das Rotwild, das sie umbringen.«

»Kannibalen!«

»Das sind sie nicht, weil sie nicht ihre eigene Art auffressen.«

»Tun wir das nicht doch alle, Lieutenant, jeden Tag?«

Pause.

Applaus.

Hinter Temple klatschten tausend Hände. Eine weitere Autorin nahm einen Preis entgegen. Manche Dinge kann man jedoch mit Geld nicht kaufen. Freiheit zum Beispiel.

Noch wußte niemand im Ballsaal, welchen Preis Sharon Rose an dem Abend in Wahrheit bekommen hatte: den der am besten gekleideten Gehilfin bei einem Mord. Morgen würde es in allen Zeitungen stehen.

Heute abend hingegen standen einfache Dinge auf der Tagesordnung. Temple glitt zurück an ihren Tisch, ohne übermäßig aufzufallen.

Kit legte gerade ihre Serviette auf den Schoß zurück und schaute wieder mit wachen Augen in der Gegend umher. »Endlich. Die Verleihungen für die professionellen Autorinnen sind vorbei. Alle Delphine haben sich gepaart, und die

Ozonschicht ist für die Nachwelt gerettet. Wenn auch nur unsere Ohren gerettet wären! Savannah Ashleigh wird gleich kundtun, welche Amateurautorinnen Preise für ihre Liebesroman-Entwürfe erhalten.«

»Der dritte Preis geht an Valerie Menendez ... ich meine Mendez, für *Herzschmerz.*«

Applaus. Eine hocherfreute Autorin am Mikrofon. »Der zweite Preis geht an ... ist für *Ein Mann aus allen möglichen Gründen.* Carolyn R. Podesta!«

Wieder Applaus. Wieder ein überschwengliches Hin und Her zwischen der Preisgekrönten und der Preisüberreicherin.

»Und den ersten Preis gewinnt Elizabeth Lard für ...« Sie blinzelte auf die Liste, um den Titel entziffern zu können.

Applaus.

Keine nach vorne eilende Autorin.

Schweigen. Flüstern.

Savannah Ashleigh strengte sich mächtig an, um etwas zu lesen. »Nicht Elizabeth, aber ... Electricity Elektrizitätsverlust. Nein, El ... ec –«

Kit stand auf. Sie richtete ihre Stimme auf die Leuchter unter der Decke. »Electra Lark, Sie Depp!« Kit dröhnte wie ein Löwe im Winter.

Das Publikum brüllte zurück.

Temple stellte sich neben Kit und applaudierte.

»San Andreas Sonnenblume«, rief Savannah.

Electra ging auf die Bühne und bekam dort eine Plakette, auf der ihr Name (richtig geschrieben) eingraviert war. Sie erhielt nicht enden wollenden Applaus.

Kurze Zeit später setzte sie sich völlig außer Atem auf ihren Stuhl und legte die Plakette in die Mitte des Tisches, damit alle sie ansehen und bewundern konnten. *»Die Sonnenblumen von San Antonio«,* murmelte sie, als es im Raum wieder leise wurde.

»Und«, sagte eine bescheiden gewordene Savannah Ashleigh sehr langsam und sehr leise, »ein letzter, besonderer Ehrenpreis für einen... einzige... einzigartigen Beitrag. Eine höchst intelligente Parität...«

Kit stand erneut auf und brüllte: »Parodie!«

Savannah Ashleigh sah aus, als stünde sie einem Exekutionskommando gegenüber. »Parrotie«, echote sie kleinlaut. »Parrotie des Clichy... Wassers?« Sie blickte sich hilflos um. Eine gebrochene Frau.

Eine andere Frau eilte ans Mikrofon, hielt es zu und redete energisch auf Savannah ein.

»Des klischeehaften Stereotyps...«, plapperte Savannah nach, blickte nach links und rechts und zuckte mit den Achseln, »...eines Liebesromans. Tempest Tower...«, sie grinste erleichtert darüber, daß es auch derartig einfache, zweisilbige Worte gab. »Autorin von *Wilde Wirrnis des Herzens!* Kommen Sie und holen Sie sich Ihren Preis, Tempest!«

Electra blickte Temple erwartungsvoll an.

»Ich war das nicht!« schwor sie.

Niemand kam, um sich den Preis abzuholen. Das Publikum wurde unruhig.

Ein Kameramann von Hot Heads ging zur Bühne. Nichts.

Dann ging schließlich doch jemand nach vorn. Das Publikum reagierte. Zögernder Applaus brandete auf, als eine schmale Gestalt in einem hellen Anzug sich neben Savannah an das Pult stellte.

»Ich möchte dem Komitee von G.R.O.W.L. danken sowie den höchstgeehrten Jurymitgliedern und all denen, die literarisches Können anerkennen«, tönte Crawford Buchanans Bariton. »Ich hätte es nie geschafft, wenn ich mir nicht alle veröffentlichten Autorinnen zum Vorbild hätte nehmen können. Und auch meiner Mom möchte ich danken... immer her mit den Thunfischaufläufen, Mom! Da kann man sich viel besser konzentrieren.«

Er hielt seine Trophäe in die Höhe und marschierte an einen weit entfernt gelegenen Tisch zurück. Die Kamera des Teams von *Hot Heads* verfolgte jeden seiner Schritte.

»Widerlich«, sagte jemand in Temples Nähe.

Sie wandte sich um. Quincey saß mit einem der Fontana-Brüder nur einen Tisch entfernt.

Electra wirkte enttäuscht. Sie blickte Temple an. »Ich war mir so sicher, daß Sie...«

»Unschuldig«, behauptete Temple.

Sie würde nie einen Liebesroman schreiben, nicht bevor sie nicht ihr eigenes Liebesleben in Ordnung gebracht hatte, und das konnte noch eine ganze Weile dauern.

»Ach übrigens, wer hat eigentlich gestern abend den Titel des Incredible Hunk gewonnen?« fragte sie, als sie sich spät in der Nacht schließlich alle erhoben, um den Ballsaal zu verlassen.

»Troy Tucker hat die Wahl des Gesamtkongresses erhalten.«

»Das war keine Überraschung«, bemerkte Kit und nahm ihre verschlungenen Delphine auf.

»Ein netter Typ«, lobte Temple.

»Und Kyle Warren hat den großen Preis bekommen«, sagte Electra, während sie ihre Plakette verstaute.

»Kyle Warren? Welcher war das denn?«

»Großgewachsen. Langes dunkles Haar. Muskeln. Ein Ohrring, zwei Manschetten, kein Hemd.«

Temple schüttelte den Kopf. »Keine Ahnung, wer das ist. Hätte Cheyenne gewonnen, was glauben Sie?«

»Vielleicht, Liebes.« Electras Gesicht wurde ernst. »Du liebes bißchen, Sie sind ja die einzige von uns dreien, die keinen Preis gewonnen hat!«

Temple lächelte. »Das steht noch nicht fest.«

Kapitel 37

Die Beichte

Die Messinglampe, die von der hohen Decke hing, glühte schwach gegen das Tageslicht an und ließ einen hellroten Schimmer auf das Gesicht der Madonna fallen.

»Gott segne unsere Herrin von Guadalupe«, dachte Matt, mit ihrer altmodischen Atmosphäre ewiggültiger katholischer Wahrheiten: die ewige Lampe und die Jungfrau.

Er saß auf der abgewetzten Holzbank und nahm Frieden und Frömmigkeit in sich auf. Statuen von Maria und Josef hielten auf beiden Seiten des Kirchenschiffes Wache. Buntglasfenster warfen bunte Muster auf den Steinfußboden und lenkten den Blick des Betrachters ab.

Die Kirchenbänke waren aus goldenfarbener Eiche und glänzten. Die Kniekissen waren mit braunem Vinyl gepolstert, eine dreißig Jahre alte Konzession an die modernen Gläubigen mit ihren empfindlichen Knien. Matt erinnerte sich daran, wie er als Jugendlicher gelitten hatte, wenn im Auditorium der High School Hochämter gefeiert wurden.

Jetzt saß er hier. Diesmal hing er eher seinen Gedanken nach, als daß er betete. Er machte sich nach wie vor über dieselben Dinge Sorgen, nur in neuer Form.

Irgendwo knarrte eine Tür. Es war nicht die große, donnernde, Echos auslösende Flügeltür vorne, sondern eine kleinere Tür hinter dem Altar. Vielleicht die Tür zur Sakristei – oder ein Seiteneingang.

Kam oder ging da ein Hausmeister? Oder waren es die Frauen, die zum Staubwischen kamen?

Ein Mann in einem kurzärmeligen schwarzen Hemd kam hinter dem Altargitter hervor, das heute auch schon zu einem altmodischen Symbol eines formellen Rituals geworden war. Die Kommunion wurde nicht mehr kniend eingenommen, nicht mehr auf harten Steinstufen entlang eines Altargitters, mit schutzlosen, geschlossenen Augenlidern und offenen Mündern, sondern stehend, im Mittelgang der Kirche, mit einer hingestreckten Hand und weit geöffneten Augen. Heutzutage nahm man die Oblate mit den eigenen Händen, und das Bußsakrament hieß inzwischen Versöhnung.

Doch trotz der Lockerung ihrer uralten Rituale blieb die Kirche in dogmatischen Fragen eine einsame Herrin.

Pater Rafael Hernandez erkannte Matt, lächelte und ging zu ihm hin.

»Darf ich mich zu Ihnen setzen?«

»Selbstverständlich, Pater.«

Der alte Mann setzte sich in die Kirchenbank und schaute nach vorn, betrachtete die kunstvollen Statuen am Altar, so barock und verziert wie eine Fuge von Bach.

»Sogar in den frühen sechziger Jahren«, bemerkte er, »wollten die Gemeindeglieder ihre Volkskunst. Mir gefällt sie.«

»Mir auch«, stimmte Matt zu. »Wir Polen haben unsere schwarze Madonna und unser vergoldetes Jesuskindlein. Vergoldete Ziertüchlein für den Herrn, Liebesgrüße für Feiertage.«

»Es ist schön, daß die Menschen in Osteuropa wieder die Freiheit haben, ihren Glauben zu praktizieren.«

Der Priester seufzte. »Meine jüngsten ... Probleme waren eigentlich ein versteckter Segen. Ich hatte mein Dasein als Priester für selbstverständlich hingenommen, ich war zu stolz auf meine Position und hatte einen zu kleinen Glauben. Das ist eine Verführung. Sie haben ja auch schon in der Gemeinde gearbeitet«, fuhr er fort. »Eine Gemeinde ist ein kleines Königreich. Die Priester sind ihre Prinzen, und der leitende Pfarrer ist der König. Ich habe mich selbst zu ernst genommen. Eine alte Frau fühlte sich meinetwegen von der Kirche entfremdet, und das nur Tage vor ihrem plötzlichen Tod, und alles wegen der Frage, ob Tiere in den Himmel kommen! Nein, das war eigentlich nicht die Frage. Es ging um meine Autorität. Ob ich recht hatte, selbst in derart unwesentlichen Dingen. Unser Herr wurde fälschlicherweise beschuldigt und hat daraufhin die ganze Menschheit erlöst, aber ich, Rafael Hernandez, konnte nicht einmal einen einzigen auf mich gerichteten Zeigefinger ertragen. Ich war zu stolz. Das ist die Wurzel allen Übels, nicht das Geld. Stolz.«

»Geld hat immerhin Peter Burns dazu gebracht, seine Großtante umzubringen«, bemerkte Matt. »Aber auch der Stolz. Er fühlte sich ... von Geburt an nicht geachtet und hatte nie die Freiheit, irgend etwas anderes zu fühlen. Er hat sich selbst mit Jesus verglichen, wußten Sie das? Er hat gefragt, wer ihm Raum in der Herberge gegeben hätte, als er Kind war und eines Obdachs bedurfte.«

»Sie haben kürzlich mit ihm gesprochen?«

Matt nickte. »Vor ein paar Wochen, im Gefängnis.«

»Warum? Der Mann ist Gift, und er kann der Welt nicht für alle Übeltaten, die er begangen hat, die Schuld geben.«

»Ich wollte seinen Haß verstehen lernen.«

»Sie sind kein Priester mehr. Sie müssen sich solche Geständnisse nicht mehr anhören.«

»Das stimmt.« Matts Blick war auf die Beichtstühle gefallen, die nebenan im Seitengang standen. »Die sehen aus, als gehörten sie zu Alice im Wunderland. Merkwürdig. Dekorative Türen in Schränken ohne Ausgang, in denen man sich geschrumpft oder vergrößert fühlt, je nachdem, welche Sünden man an dem Tag begangen hat oder welche Buße man leistet.«

»Ich benutze sie immer noch.« Pater Hernandez zuckte

mit den Achseln, als er Matts überraschten Blick sah. Heutzutage fand die Beichte normalerweise von Angesicht zu Angesicht in gesichtslosen Pfarrhäusern, Kirchen oder Schulräumen statt. »Die alten Leute können sich aber eine gemütliche Zusammenkunft mit dem Gemeindepfarrer bei Tageslicht einfach nicht vorstellen. Die brauchen ihre Kniekissen, die gestärkten weißen Damastvorhänge und das Flüstern im Dunkeln... Ich gebe zu, daß mir die Spannung auch Spaß macht, die Anonymität, das Drama, das Rätseln im Dunkeln. So vieles an der Kirche hat sich verändert. Ich wundere mich, daß es überhaupt noch jemanden gibt, der Priester werden will.«

Matt lächelte. »Eine Menge Frauen wollen das.«

»Frauen! Fangen Sie bloß nicht damit an, Matt. Als nächstes werden Miss Tylers Katzen finden, der Himmel sei ihnen nicht genug, und werden verlangen, auch geweiht zu werden. Ich bin zu alt für all das.«

»Und dennoch bleibt die Doktrin der Kirche eisenhart.«

»Meistens.«

»Haben Sie nie Zweifel?« fragte Matt plötzlich.

Die Augen von Pater Hernandez, dunkel wie spanische Oliven, blickten verwirrt. »Zweifel? Nur an mir selbst, wie Sie es ja selbst erlebt haben. Woran sollte ich denn Zweifel haben?«

»Zweifel an den Grenzen der Sünde, zum Beispiel. Sie scheinen ... außerhalb des Priesteramts verschwommener.«

»Ach, na ja, meine Sünden sind die Sünden der Selbstsucht, und das verbindet mich mit einer höchst exklusiven Gemeinschaft. Ein Mensch in der Gesellschaft begegnet der Sünde in vielen verschiedenen Situationen. Ein Priester ist von der Gesellschaft abgetrennt und damit auch vor mancher Versuchung gewappnet.«

»Manche Priester haben es geschafft, sich auf das Ärgste an der Gesellschaft zu versündigen.«

»Und noch ärger, weil sie Priester waren«, bemerkte Pater Hernandez spitz. »Warum beschäftigen Sie sich mit der Sünde, Matthias? Das ist kein neues Thema.«

»Manches davon doch, für mich zumindest. Denken wir an Peter Burns. Hätte die Kirche eine unverheiratete Mutter nicht als Außenseiterin gebrandmarkt, dann wäre ihr Sohn nicht so isoliert und entfremdet aufgewachsen.«

»Die Kirche lehnt ledige Mütter nicht mehr ab.«

»Nicht mehr so demonstrativ. Aber nehmen wir die Sünderin tief in unseren Herzen wirklich an? Oder wollen wir nur verhindern, daß sie keine größere Sünde begeht, die uns noch mehr irritieren würde?«

»Sie sprechen davon, ob sexuelle Sünden ernst sind oder nur eine Sensation.«

Matt nickte. Er genoß diese Debatte. Ihm fehlten diese Sitzungen, in denen man »mit den Engeln kämpfte«, in denen nichts beantwortet wurde, aber viel gefragt.

»Wir erachten das Töten des Körpers als eine der schwersten Sünden«, fing er an.

»Mord«, stimmte Pater Hernandez zu. »Kain und Abel.«

»Der Mord an der Seele jedoch ist schwieriger festzumachen.« Matt stellte plötzlich fest, daß er schneller redete, als er nachgedacht hatte. »Pater, ich glaube, ich ... brauche ... ich würde gerne ein altmodisches Sakrament namens Beichte empfangen.«

»Da drin?« Pater Hernandez zeigte auf die Beichtstühle.

»Warum nicht?«

»Nun, warum nicht. Ich hole nur schnell meine Stola.«

Matt beobachtete, wie er fortging und jeder Schritt erhielt ein scharfes Echo von dem unbarmherzigen Steinfußboden. Es war unmöglich, in einer Kirche zu schleichen.

Matt wartete nicht auf die Rückkehr des Paters, sondern schlüpfte in den rechten Beichtstuhl. Wie viele ängstliche Momente hatte er als Kind in einer Schlange verbracht, hatte jenen Augenblick gefürchtet und doch herbeigesehnt? Den Augenblick, in dem er sich im Dunkeln auf das Kissen knien und seine gefalteten Hände auf das kleine, hölzerne Regal legen konnte.

Seine Welt war auf die dünne, helle Linie unter der geschlossenen Tür zusammengeschrumpft. Vor ihm das blasse Fenster aus weißem Damast, kaum erhellt in dem wenigen Licht, das sich durch das Gitter an der Tür hindurchzwängte.

Wie viele gequälte Minuten hatte er sein Gewicht von einem Knie auf das andere verlagert, während eine alte polnische Babuschka ihre endlose, triviale Litanei an Sünden aufsagte. Die brauchten immer so lange, die Alten. Beichteten sie die Sünden eines ganzen Lebens, während er wartete und dringend aufs Klo mußte?

Ach, noch eine weitere Sünde zu beichten, Ungeduld, Pater, und zwar mit den Alten. Das fügte er der langen Liste der Sünden hinzu: Respektlosigkeit, merkwürdig aufregende, »schlechte« Gedanken, herrlich mysteriöse »Fleischeslust«. Sechs »Ave Maria« und zehn »Vater unser«, und man war davongekommen.

Er hörte die näherkommenden Schritte, stellte sich die lilafarbene Beichtstola um den Hals von Pater Hernandez vor, fragte sich, warum er das hier machte. Dann schlug sein Herz schneller, und seine Blase begann zu brennen, wie ein Pawlowscher Reflex. Versteckte er irgendeinen Fehler? Ließ er etwas aus? Vor dem Pater oder vor sich selbst?

»Zum Teufel, ja!« gab der erwachsene Matt mit einem Ausruf zu. Er hatte alles unter dem Deckmäntelchen von kleinen Ordnungswidrigkeiten versteckt, so wie er sich selbst lange hinter einem Priesterkragen versteckt hatte.

Vergib mir, Vater, denn ich habe gesündigt. Seit meiner letzten, wahren Beichte ist eine Ewigkeit vergangen. Ich bin gegen meine Mutter sechsmal respektlos gewesen und gegen Schwester Esperanza zweimal. Ich war viermal gedankenlos gegen andere, und ich wollte zwölfmal meinen Stiefvater umbringen.

Matt schloß die Augen, als er hörte, wie ein Holzfenster zur Seite glitt. In den Beichtstuhl drang kein Licht mehr. Huch, falsche Seite, Pater Hernandez. Vielleicht waren die Priester doch nicht so allwissend, wie es der junge Matt einstmals geglaubt hatte. Ein Lichtstrahl fiel auf den Damastvorhang, doch es zeigte sich kein Schatten auf den ordentlich gestärkten Falten.

»Vergib mir, Vater, denn ich habe gesündigt. Seit meiner letzten Beichte«, – schon damit wollte er die Wahrheit umschiffen –, »sind acht Monate vergangen.« Acht Monate, seit er in einer Kirche gewesen war, mit Ausnahme von Unserer Herrin von Guadalupe. Er klang wie ein abtrünniger Priester. Vielleicht war er das ja auch. Pater Hernandez kommentierte es nicht. Eine Beichte war heutzutage etwas Freiwilliges und dadurch selten geworden. Es war nicht mehr der allwöchentliche Schrecken verängstigter Kinder. Er war aus freien Stücken hier. Wie oft hatte er damals im Priesterseminar eigentlich den freien Willen diskutiert?

Der freie Wille war außerhalb des Priesterseminars oder der Disziplin der Weihe keine Theorie mehr. Jede Handlung, jede Minute konnte eine ethische Entscheidung von ihm fordern. Seine Verwicklung mit Temple hatte zweifelhafte Begierden geweckt, alte Geister und Schuldgefühle. Und jetzt hatte er eine neue Quelle der Wut angezapft, gegen eine andere machtvolle, männliche Figur, Max Kinsella, dem Superzauberer. Fleischeslust war kein unbekanntes Wort mehr, aber auch nicht Neid und Rivalität…

Er redete in allgemeinen Formulierungen auf eine flüsternde Stimme hinter dem milchigen Schleier ein, sprach mit der spirituellen Tradition und mit der Macht, die hinter dem unsichtbaren Priester stand. Zweifelte an sich selbst, an der Vergangenheit, an der Kirche. Er bekam keine Antworten, sondern nur drängendere Fragen. Und fand schließlich Verständnis, weil ein erfahrener Priester Matts gefürchtete Todsünden zu zeitlichen Sünden umwandelte.

Dann räusperte sich Pater Hernandez, ehe er mit der Absolution einsetzte. Einen entsetzten Moment lang fürchtete Matt, ob ihm wohl gesagt würde, daß er jenseits aller Vergebung sei.

Dann hörte er wieder das heisere Flüstern des Priesters. »Gott segne dich, mein Sohn, für dein Vertrauen und deinen Mut. Indem du dich mir offenbart hast, hast du mich von meiner Schande und meinem verletzten Stolz befreit, für meine Verfehlungen, die du durch keine eigene Schuld gesehen hast. Durch dieses Sakrament sind wir beide erlöst.«

Und er sprach die rituellen Worten der Absolution auf Lateinisch. Matt spürte, daß er mit *einem* Vater endlich Frieden gefunden hatte, immerhin.

Kapitel 38

Schachmatt

Ich wünschte, ich könnte behaupten, daß mein Liebesleben genauso gut ist, wie es in Liebesromanen immer kolportiert wird. Man kennt das ja: Junge trifft Mädchen, Junge kriegt Mädchen rum, Junge geht jagen, und Mädchen ... tut, was auch immer Mädchen eben tun, wenn sie gerade Junge haben.

Allerdings leben wir in modernen Zeiten, woran ich bald erinnert werde. Während die Teilnehmerinnen des Kongresses der Liebesromanautorinnen sich im Ballsaal oben selbst feiern, bin ich nach unten gestampft, um die Umgebung der Göttlichen Yvette zu erforschen.

Und das ist auch gut so.

Denn wer, glauben sie, schleicht gerade um die Behausung der Göttlichen Yvette herum? Man würde annehmen, der Möchtegern Maurice.

Nein. Es ist ein Möchtegern, mit dem ich selbst verwandt bin, Midnight Louise.

»Nun, Daddy-Herzchen«, zischt sie, als ich an die Tür der Göttlichen herantrete. Schließlich weiß ich, daß Miss Savannah Ashleigh noch lange beschäftigt ist, so wie sie da oben vor sich hin stottert. »Ich vermute, du bist hier, um eine arme, unwissende, vertrauensselige weibliche Person zu mißbrauchen.«

So würde ich das nun nicht gerade beschreiben, und außerdem bin ich nicht bereit, über vertrauliche Dinge zwischen zwei einander wohlgesonnenen Katzen ausgerechnet mit meiner auf Abwege geratenen Tochter zu reden, die all diesen Aktivitäten entsagt.

»Ich hatte keinerlei Absichten in bezug auf dich «, antworte ich.

Wieder zischt sie. »Ich weiß, daß du wegen dieser platinblonden Tante in der Garderobe völlig hinüber bist. Und ich weiß auch, daß die heißgeliebte Yvette derzeit nicht gewillt ist, sich deiner Avancen zu erwehren. Ssssie issssst läufig.«

Ah. Also sind die Sterne mir endlich einmal gnädig! Meine Geliebte ist so weit, und ich bin auch schon da. Was könnte sich ein Kater mehr wünschen? Wie wäre es zum Beispiel mit einer Tochter, die sich endlich von dannen schleicht?

»Wenn du dir wirklich etwas aus Yvette machst, obwohl sie nur eine Blondine ist«, fährt Midnight Louise fort, »dann bitte ich dich inständig, an ihre Zukunft zu denken. In ihrer Position sind Mischlingsjunge ein Stigma. Sie wird aus der Gesellschaft für Katzenliebhaber herausgeworfen werden. Sie wird eine Schande für ihre Herrin sein, und ihre Kinder werden auf die Straße geworfen. Sie wird eine Königin ohne Land sein, eine auf ewig verdammte Felide. Dieses eine Mal in deinem Leben denk bitte nach, ehe du handelst.«

Da hat sie schon recht, schließlich ist sie meine Tochter und keine Idiotin. Doch ich sehe zwei Tatsachen: Daß die Göttliche Yvette in jenem gesegneten Zustand ist, den man »läufig« nennt, und daß jeder Kater mit rotem Blut in den Adern, der seine eigenen Hormone wert ist, die Türen niederreißen würde, um an sie heranzukommen ... Also ...

Ich sause an Midnight Louise vorbei und werfe mein ganzes Gewicht gegen die Tür der Garderobe. Sie gibt krachend und knarrend nach.

Ich bahne mir mit der Nase einen Weg hinein, nur um meinen schlimmsten Verdacht bestätigt zu sehen: Maurice ist drin, und die Tragetasche der Göttlichen Yvette liegt auf dem Boden. Maurice macht sich gerade so ungeschickt am Reißverschluß zu schaffen, als wäre er ein Affe, der versucht, Shakespeare-Verse zu tippen.

Ich bin auf ihm drauf wie eine Erynnie, bestehe nur aus Krach und Wut. Meine Klauen sind Sägeblätter, und er ist gelbes Fichtenholz ... bald gefällt. Ich habe ihn schon auf den Rücken geworfen, während die Weiber als Kontrapunkte jaulen.

Ein paar Schläge an die Schnurrhaare, und er hat es endlich kapiert. Das hier ist das Terrain von Midnight Louie. Er schleicht rückwärts hinaus auf den Flur, den Rücken gekrümmt, den Schwanz geknickt, und zischt ununterbrochen.

Ich bin nicht sehr beeindruckt, im Gegensatz zu Midnight Louise.

»Gut gekämpft, Daddy-Herz. Und jetzt tu das einzig Richtige.«

Was kann ich da noch sagen? Ich schlendere hinüber zur Tragetasche meiner Göttlichen.

Sie keucht, ihre Augen weit aufgerissen und wild. Der Sturz hat ihre Leidenschaft nicht abgekühlt. Wir reden hier von platinfarbener Leidenschaft. Ich kann die Pheromone meiner Zukunft riechen. Jede Faser meines Körpers kreischt nach Befriedigung, und die Göttliche Yvette ist willig, mir in jedem meiner Instinkte nachzugeben.

Leider habe ich jedoch eine Zeugin. Meine eigene Familie, in chirurgisch veränderter Form. Sie würde das nie verstehen.

Ich seufze.

»Louie, Louie«, miaut die Göttliche Yvette, die es kaum erwarten kann.

Einer von uns beiden muß das Rechte tun.

Ich schiebe und ziehe ihre Tragetasche in ihre richtige

Stellung, oben ist eben oben, hake dann eine Klaue in den Reißverschluß und ziehe die Tasche etwas auf. Die langen, spinnenartigen Schnurrhaare der Göttlichen Yvette staksen durch den Schlitz. »Louie, mon amour!«

Mit diesem Französisch kommt sie mir jedesmal.

»Ma chérie, wir müssen warten und weise sein. Wir haben noch einen weiteren à-la-Cat-Film-Werbespot vor uns.«

»Louie!« jault sie auf. (Und die Göttliche Yvette weiß trotz ihrer ganzen sublimen Zartheit tatsächlich, wie man jault, vor allen Dingen, wenn sie voller Leidenschaft ist.)

»A bientôt«, verspreche ich und ziehe mich zurück, bevor ich mich vergesse, Midnight Louise an die Wand klatsche und endlich den langverdienten Spaß habe, den ich schon ewig haben wollte.

Es ist wirklich schwer, in diesen modernen Zeiten ein verantwortungsvoller Mann zu sein. Ehrlich gesagt ist es die Hölle.

Am nächsten Abend kehre ich zu Miss Temple Barr ins Circle Ritz zurück.

Sie scheint froh zu sein, daß sie wieder zu Hause ist und macht sich gerade fürs Bett fertig.

Ich bemerke einen neuen Gegenstand auf ihrem Nachttisch: ein einsamer Schuh, der glitzert, als sei er der Broadway bei einer Premiere. Er trägt ein sehr schönes Bild einer schwarzen Katze mit einem einzigen grünen Auge auf dem Absatz. Ich ziehe zwei Augen vor, aber noch habe ich ja den anderen Schuh nicht gesehen.

»Louie!« Miss Temple begrüßt mich mit freundlicher Begeisterung, die mir nach meinem ganzen Leid im Crystal Phoenix sehr gut tut. »Hast du die ganze Sache mit den Liebesromanen genauso satt wie ich? Komm schon, hier ist dein Platz.«

Sie klopft auf die Decke in der Nähe ihrer Knie. Miss Temple hat die unglaublich schöne Angewohnheit, ihre Knie zu beugen, wenn sie schläft. Der Winkel ist für einen Typen meiner Größe und meines Temperaments wie maßgeschneidert, um sich dort hineinzukuscheln. Und sie schimpft auch nicht wegen meiner Angewohnheit, mich reproduzieren zu wollen, und hält mir auch nicht meine früheren, gedankenlosen Taten vor, die in einer unvorhergesehenen Schwangerschaft mündeten.

Sie klopft mir auf den Kopf und die Schultern und macht wunderbare Dinge mit meinen Ohren, die mich fast zur Raserei treiben.

»Louie«, sagt sie, »die Liebe ist Mord, und die Liebe zum Geld ist das mörderischste Ding von allen.«

Davon verstehe ich nichts. Geld gehört nicht zu meinen Schwächen. Deswegen bin ich ein so großartiger Detektiv.

»Und vielen Dank, daß du den blutigen Handschuh gefunden hast.« Und dann vertraut sie mir alles an, was in Sachen Liebe und in Sachen Kriminalfälle passiert ist, inklusive der guten Nachricht über »meinen« Schuh.

Es ist nett, wenn man der Held der Stunde sein kann. Ich lasse mich auf meinem Lieblingplätzchen nieder und höre aufmerksam zu, während ich mir die Symmetrie des Lebens vor Augen führe.

Wir sind alle an den uns angemessenen Orten, und der größte Teil unserer Welt ist in Ordnung.

Die Mörder haben ihre gerechte Strafe bekommen: Fabrizio wurde selbst zum Opfer, und Sharon Rose wird ihre Bestseller fortan im Gefängnis schreiben. Ohne Zweifel wird ihr Gatte mit den guten Manieren es bedauern, daß er nicht mehr mit Pfeil und Bogen jagen kann, aber den Rehen wird das bestens gefallen. Ich applaudiere mit leisen Katzenpfoten.

Sogar ich habe mich gebessert.

Nach unserer Verabredung vor der Kamera morgen wird die Göttliche Yvette mit ihrem Menschen Miss Savannah Ashleigh nach Malibu aufbrechen, schon voller Vorfreude darüber, daß ich demnächst wieder mit ihr in einem dieser kleinen Filmchen, genannt Fernsehwerbung, auftreten werde. Miss Savannah Ashleigh ist ebenso begeistert, daß sie in einer Videoaufnahme des berüchtigten Schönheitswettbewerbs um den Titel des Incredible Hunk auftritt, bei dem zwei Morde geschahen. So wird man sie in Hot Heads, A Current Affair und Hard Copy sehen. Die Göttliche Yvette hat mir heute morgen gesagt, daß ihre Herrin sehr enttäuscht war, als sie erfuhr, daß sie irgendwelche Preisschuhe an irgendeine Schuh-Jägerin verloren hat, aber daß sie genug Geld von Yvettes Werbesendung hat, um sich ein handgemachtes Paar Pavé-Collection-Schuhe zu bestellen, auf deren Absätzen jeweils ein Incredible Hunk abgebildet sein wird.

Maurice wird zu der Farm zurückkehren, auf der trainierte Tiere gehalten werden. Ab in die Heimat.

Miss Temple hat mich in beiden Formen nach Hause gebracht: einmal persönlich und einmal als Schuh. Sie hat im Geschäft von Stuart Weitzman den Beweis erbracht, daß sie das Versteck des Preisschuhs gefunden hat.

Apropos: Bei Danksagungen fällt mir noch folgendes ein:

Mr. Matt Devine ist der Meinung, daß seine Schwimmkünste sich gelohnt haben.

Der Mysteriöse Max, wo auch immer er ist, hat mal wieder die Umstände so manipuliert, daß sie ihm passen, und zwar auf eine höchst großzügige Art und Weise.

Miss Temple Barr hat sich damit abgefunden, daß sie auf die professionellen Verbindungen der Lieutenant C. R. Molina angewiesen ist, wenn sie Detektivarbeit leisten will, so zum Beispiel bei internationalen Anfragen.

Was könnte man sich mehr wünschen? Midnight Louise würde es nicht verstehen. Wahrscheinlich müßte ich ihr nur die Musik aus diesem Meisterwerk vorsummen, das unsereinen besingt, sozusagen unsere Bibel: Andrew Lloyd Webber, unser Evangelienschreiber, hat sie für uns komponiert . . .

Kapitel 39

Midnight Louie feiert

Na, so laß ich mir die Dinge gefallen! Alles kommt zu dem, der wartet, und ich habe immerhin schon einige Zeit auf mein verdientes Zückerchen gewartet. Ich hätte allerdings geglaubt, daß es eßbar sein würde und nicht ästhetisch. Aber das ist auch in Ordnung. Ich komme mit diesem Lohn klar.

Ich bin während meiner Tage auf der Straße mehr als einmal der Gegenstand gewesen, nach dem man mit Schuhen getreten hat, aber noch nie war ich *auf* einem Schuh.

»Der Midnight-Louie-Schuh.« Dieser Satz hat doch wirklich Wohlklang. »Der Midnight-Louie-Pussyfüßchen-Schuh.« Klasse. »Die Midnight-Louie-Aristokatzen-Absätze.« Besser! Hat noch mehr Mumm. Diese Schuhe sind geschaffen, um darin zu tanzen, wenn nicht im Savoy, dann doch wenigstens im Crystal Phoenix.

Möglicherweise mag man meiner Überschwenglichkeit mißtrauen. Man mag den Verdacht hegen, daß ich mich in letzter Zeit zu häufig der Katzenminze zugewandt habe. Vielleicht klinge ich sogar ein bißchen schwindelig. Aber ich bin einer, dem die Anerkennung erst spät... ähm, sagen wir lieber etwas später... im Leben angediehen ist. Wenn ich die Herumtreibereien dieser Hunks bedenke, die auf den Umschlägen von Liebesromanen auftreten, wer hätte denn da gedacht, daß Midnight Louie tatsächlich selbst einer geworden wäre? Ich bin also jetzt selbst ein Cover-Model, aber nur nach langer Zeit und vielen Mühen und nur, nachdem mir eine goldene Gelegenheit auf Ruhm grausam entrissen wurde, als ich jung war, als ich noch schlank war und als ich noch ehrgeizig genug gewesen wäre, um es wirklich zu genießen.

Aber damals, während dieser grausamen Zeit der Ablehnung und des Exils war die Zukunft noch nicht zu überblicken. So marschierte ich tapfer weiter, doch hat sich mir diese Episode durchaus eingeprägt. Daher genieße ich nicht nur meine längst schon fällige Rache als rechtmäßig gefeierte Katze auf dem Cover meiner eigenen Krimiserie . . . sondern auch auf einem Paar handgemachter hochhackiger Schuhe. Ich kann es kaum erwarten, auf welche Höhen des Ruhmes meine Arbeit als Werbekater für eine Katzenfuttermarke mich demnächst katapultieren wird!

Mit den allerbesten Wünschen für viele schöne Fische,

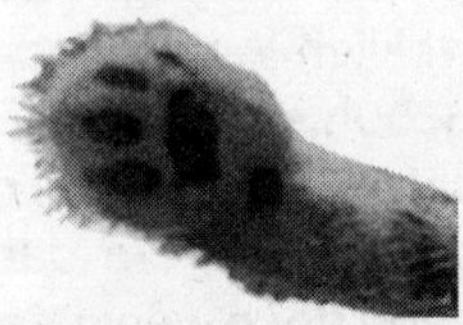

Midnight Louie, Esq.

P.S. Midnight Louie ist im Internet in englischer Sprache zu erreichen unter: http://www.catwriter.com/cdouglas

ECON Unterhaltung

Eine Katze im Diamantenfieber

Männer und andere Probleme: Privatdetektivin Temple Barr hat von allem die Nase voll. Zur Ablenkung besucht sie daher einen Talentwettbewerb für Romanschriftstellerinnen und trifft allerlei skurrile Menschen: verschollene Tanten, alte Freunde, die ihren gestählten Körper als Model verkaufen möchten, schmierige Italiener-Machos ... Als Temples Freund Cheyenne jedoch plötzlich von einem Pfeil durchbohrt zu Boden sinkt, haben die Probleme sie wieder. Gemeinsam mit ihrem schnurrenden Partner Midnight Louie, dem massigen Gourmet, Charmeur und Katzendetektiv, setzt sie sich auf die Spur des Mörders. Und diesen Beistand auf vier Pfoten hat sie auch bitter nötig, denn der Fall ist komplizierter als erwartet – und weitaus gefährlicher ...

Carole Nelson Douglas ist mit ihrer Midnight-Louie-Reihe die preisgekrönte Königin des Katzenkrimis.

Deutsche Erstausgabe
ECON Taschenbuch Verlag